拓展版

義烏文史讀本

张涌泉 楼含松 冯国栋 主编

浙江文艺出版社

《义乌文史读本》编委会

前言

20世纪80年代初，伴随着中国改革开放的步伐，义乌，这个位于浙江中部，自然资源贫乏、经济基础薄弱的小县，以小商品市场为突破口，商贸经济异军突起，不断壮大，很快成为八方辐辏、闻名遐迩的商贸中心，实现了经济的腾飞。时至今日，义乌业已成为全球最大的小商品集散中心，名副其实的国际商贸城。经济高增长的同时，义乌社会治理、文化教育、医疗卫生、生态环境等领域的发展也齐头并进，取得了举世瞩目的成就。

“为什么是义乌?”从义乌小商品市场方兴未艾之时起，就开始有了这样的追问。义乌的崛起，是时代机遇的偶然眷顾，还是历史命运的必然抉择？是义乌具有独特的区位优势，还是义乌人天生具有经商禀赋？作为中国改革开放的重要窗口和精彩样本，义乌被不断审视和剖析，有关义乌的研究成果已经很多，视角多维，结论多元。人们在破解义乌崛起的密码时，偶尔也会将目光投向义乌悠久的历史与深厚的文化，希望从中寻找到答案。

“一切过往，皆为序章。”回望历史，能够让我们更清楚地知道自己从哪儿来，该往何处去。对文化传统的了解与把握，能够让我们从中汲取经验与智慧，获得精神的滋养，增强文化自信心和自豪感。2005年7月，中共浙江省委十一届八次全体（扩大）会议通过了《中共浙江省委关于加快建设文化大省的决定》，启动了包括“文化研究工程”在内的“八项工程”。在浙江文化大省建设的总体部署下，义乌也确立了文化大市建设目标，并于2008年启动“义乌丛书”编纂工程，制订中远期规划，全面整理出版义乌历代名人文集，分类选编地方文献，分专题开展义乌历史文化的研究。经过十余年的努力，一大批义乌文化研究成果陆续问世，历史悠久、内涵丰富、成就璀璨的义乌文化正越来越多地进入人们的视野。

纵观义乌历史文化，不难发现中华文化长期积淀而成的优良传统，深深融入在义乌人民的血液中，体现在义乌人民的行动上，更在那些杰出人物身上得到了充分的体现，他们还丰富和提升了文化传统的内涵和品格。千百年来的发展历程中，义乌文化有一条鲜明的主线，那就是“以孝立县，以文筑基，以勇扬名，以商驰誉”。义乌原名乌伤，得名于颜乌至孝而感动群乌的故事。孝，是中国文化传统最为核心的伦理道德观念，是人伦之根本，社会之基石，也是义乌文化最素朴的底色。从南北朝的傅大士，唐代的骆宾王，元代的黄溍、朱震亨，明代的王祎，清代的朱之锡、朱一新，到现代著名学者陈望道、吴晗，著名作家冯雪峰、王西彦，从义乌走出来的文化名人灿若星辰，在中国思想文化史上留下了耀眼的光彩。典型垂范，形成了义乌人民崇文尚学、明义敦礼的优良传统，这是义乌文化长盛不衰的精神源泉。在家言孝，于国尽忠，每当外敌凭陵之际，孝义观念往往转化为可歌可泣的爱国热情和报国壮举，如南宋初年的爱国名臣宗泽，矢志抗金，临终三呼“过河”，忠肝义胆，彪炳千秋；明代抗倭名将戚继光麾下的“义乌兵”，骁勇善战，威震海疆。在经济活动中，孝义观念则转化为重义守信的商业伦理。义乌的商贸经济肇兴于南宋，到明朝中叶日臻繁荣；延续至清中叶，义乌已跻身浙中重要的商品集散地，大大小小的集市遍布全县各地，更有无数的商人走南闯北，拓展商业版图，并形成了一定规模的海外贸易。义乌的坐贾行商，诚信为本，义利并重，赢得了良好的商誉。正是如此深厚丰沃的文化土壤，成就了今天不凡的义乌。

习近平总书记在中共十九大报告中指出：“深入挖掘中华优秀传统文化蕴含的思想观念、人文精神、道德规范，结合时代要求继承创新，让中华文化展现出永久魅力和时代风采。”这是当代文化建设与发展的重要课题，更是中华民族伟大复兴的必然要求。深入挖掘优秀传统文化的精神内涵，应该以全面了解传统文化资源为基础。继承创新优秀文化，需要以普及优秀传统文化为前提。历代文献是传统文化最重要的载体，对古代文献的整理研究是挖掘传统文化的主要途径。然而，义乌历史悠久，人物众多，文献浩繁，内容庞杂，需要站在今天的角度，对历代文献进行系统梳理，去芜存菁；由于时代隔阂，古文中的字词、用典等，并不易于为今天的广大读者所了解，需要通过普及化的手段，才能让古代优秀作品进入寻常百姓家，真正做到古为今用，推陈出新。在整理出版“义乌丛书”的基础上，编纂《义乌文史读本》，就是为了做好义乌优秀传统文化的普及工作。本书从浩瀚博大的义乌历代典籍中精选一百多篇作品，分类编排，严谨校勘，加上详细的注释、通畅的白话翻译、精练的导读，并提示延伸阅读的内容，以广见闻。读者一册在手，就能了解义乌的历史、名胜、人物、风俗，通过阅读经典，感受古今之变，领略文章之美，得到思想的熏染和精神的陶冶。

《义乌文史读本》的编纂，是继承弘扬优秀传统文化的具体实践，也是综合选编义乌文史名篇的首次尝试。这项工作得到了义乌市委市政府领导的高度重视和直接指导，省内外学者积极参与并为之付出了大量时间和精力，义乌市教育局、方志办和本地文史工作者在编写体例和具体选文上，提供了不少有益的建议，并协助收集了图片资料。本书能够在较短的时间内编写完成并呈现在读者面前，是多方协力的结果。作为一本乡土文化读本，我们希望本书能够成为义乌中小学生、机关干部、广大市民和外来经商务工人员的案头常备读物，也成为提升义乌形象、弘扬义乌精神的一张文化名片，更希望本书能够为义乌的发展提供文化支撑和精神动力！

亲爱的读者，让我们开启精彩的义乌文化之旅吧！

《义乌文史读本》编委会

2020年6月16日

目　录

第三编　文史名篇

第四编　规约家训

凡　例

一、版本类别

《义乌文史读本》包括普及版、拓展版两个版别：普及版适合高中以上文化水平的学生、公务员及一般读者阅读；拓展版是在普及版的基础上扩充而成的，更适合文史爱好者研阅，也可作为阅读普及版之后的拓展资料。在此基础上，另有针对少儿读者编写的《义乌名家名篇导读》，适合作为义乌当地小学、初中阶段的乡土教材。

二、时间截止

本书以民国为下限，凡在1949年以前发表的作品都在择取介绍之列；个别近现代人物的选文酌情推延到1966年之前。

三、选文范围

历代义乌籍或任职、久居义乌的非义乌籍先贤著述，以及其他描写义乌人物、名胜的著述，都在遴选范围之列。

四、基本框架

本书由“历史回望”“山川风流”“文史名篇”“规约家训”四大板块构成，其中“文史名篇”为重点。

“历史回望”简要勾勒义乌建县、发展、演变的历史，“山川风流”为介绍义乌地理名胜、名人的诗文选读，“文史名篇”为历代义乌籍先贤或描写义乌人物的名诗名文选读，“规约家训”为义乌本地规约和义乌名人家训、书信选读。

所选诗文下大致含括作者简介、作品注释、来源出处、导读（揭示写作背景、诗文大旨、艺术特色等）、延伸阅读（附列主要著作的重要版本与内容简介）等。酌情附载作者肖像及故居、著作珍贵版本等图片。

同一作者的作品按文、赋、诗、词为序排列。

五、录文注释

所选诗文一律据文末标注的底本录文；底本有误，据他本或理校改正的出注加以说明。本书用简化字录文排版，但使用简化字会造成歧义或注释中辨析正俗字形时，酌用个别繁体字或异体字。古代诗文正文酌情划分段落，并加标点符号。近现代人的著作原书本身已加标点符号的，基本上保持原貌，但对明显不符合目前规范的标点符号，酌加改动。

所选诗文酌加简明注释，但不做烦琐考证；生僻字加注汉语拼音；注码一般放在每句的末尾，一个注码下如果涉及多个字词的注释，则每个字词的注释间用◎号加以区隔，以清眉目。

每篇诗文或每一作者诗文之末标注读本撰稿者，以示文责自负。

第一编 历史回望

义乌市位于浙江省中部、金衢盆地东部，东邻东阳，南界永康、武义，西连金华、兰溪，北接诸暨、浦江。东、南、北三面群山环绕，南北长而东西狭，南北长58.15千米，东西宽44.41千米，区域面积1105.46平方千米。境内低山、丘陵、岗地、平原错杂，地势自东北向西南缓降。中部为义乌江、大陈江、洪巡溪冲积而成的河谷平原。北部的会稽山余脉，构成了东阳江和曹娥江的分水岭，也是义乌市与诸暨市、东阳市的分界线；南部为仙霞岭余脉八素山脉，分隔开义乌市与永康市、武义县；西北部有玉壶山脉，分开了浦阳江和东阳江。周围的群山，发育出众多的河流。义乌江从东到西南斜贯市境，长39.75千米。大陈江系山溪，斜穿义乌市北端，境内流长17.5千米，注入浦阳江。义乌属亚热带季风气候区，年无霜期约243天，年平均气温17℃上下，极端最低气温－10.7℃，极端最高气温40.9℃。年降水量1100—1600毫米，因分布不均，历来易遭旱害和局部洪涝。

义乌在春秋时属越国。秦王政二十五年（前222），建县，始名乌伤，属会稽郡。新莽时（公元9年），改县名为乌孝。东汉建武初，复称乌伤。汉献帝初平三年（192），分割西部辖境，设置长山县（即后之金华县）。三国吴赤乌八年（245），分南境，置永康县。陈文帝天嘉三年（562），以会稽、东阳、临海、永嘉、新安、新定、晋安、建安八郡置东扬州。隋文帝开皇九年（589），改东扬州名吴州；十三年，分吴州置婺州。炀帝大业三年（607），废婺州为东阳郡，统金华、永康、乌伤、信安（今衢州境）四县。唐高祖武德四年（621），东阳郡复为婺州，并划乌伤一县别立稠州；六年，稠州分置乌孝、华川二县；七年，稠州废，复合乌孝、华川二县为一，名义乌，隶婺州。唐武后垂拱二年（686），析义乌县东境设东阳县。唐玄宗天宝元年（742），改婺州为东阳郡；十三载，划县北及兰溪、富阳地置浦阳县，即今之浦江。肃宗乾元元年（758），改东阳郡为婺州。

义乌宋时属婺州。元代，隶属婺州路总管府。元至正十八年（1358），朱元璋部攻取婺州，改婺州路为宁越府；二十二年，又改名金华府。明清仍旧，义乌隶属关系未变。辛亥革命后，废府制代以道制，义乌属金华道。1927年废道制改为省县两级制，义乌直属浙江省；后设行政督察专员公署，义乌属金华专区或浙江省第四专区。1949年义乌解放。中华人民共和国成立后，义乌属金华专区。1959年浦江并入义乌，1967年浦江仍析出。1988年撤销义乌县，设立义乌市。

一　史前时期

早在一亿年前，义乌就是恐龙生活的乐园。1993年、1995年、2009年和2010年，义乌市佛堂镇剡溪村等地发现了珍贵的恐龙蛋化石。2014年，在江东街道观音塘村后岩头山和东阳市风车口交界处，以及江东街道平畴村，除了发现大量的恐龙、翼龙及鸟类足迹化石外，还首次发现两块恐龙骨骼化石。通过科学考察，可判明后岩头山以及周边山体，很可能是世界罕见的恐龙足迹化石群。现已探明恐龙足迹化石原生层位21层，有恐龙足迹70余处，包括蜥脚类、兽脚类、鸟脚类以及翼龙类、甲龙类等种属。

新石器时代，义乌即有人类活动。21世纪初，在距义乌10多千米的浦江县黄宅镇渠南村考古挖掘发现的上山文化遗址，出土了稻谷遗存、大口盆陶器等，将浙江新石器历史上溯到了一万年以前。无独有偶，义乌桥头遗址发现了环壕聚落遗址以及藜麦种子，且遗迹单元分布集中；出土大批距今9000多年的陶制物，器形丰富且相对完整，主要包括陶壶、大口盆、平底盘、双耳罐、圈足盘等，陶衣鲜亮，手艺高超，堪称世界“最早的彩陶”；更难得的是，遗址中还发现了距今8000多年的完整的墓葬、完整的人骨，专家称之为“浙江第一墓葬”“浙江第一人”。凡此种种，在已经发现的上山文化遗址和国内新石器时代早期遗址中都属罕见，可以看出我们的先民对美好生活的追求，将中华文明推进到了9000多年前，是世界人类文明史上的重大发现，具有重要的学术价值。①

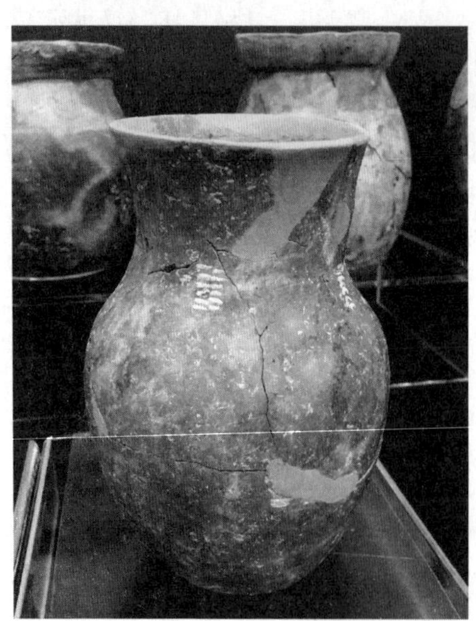

桥头遗址出土的陶壶——“中国最早的酒器”
（《钱江晚报》记者马黎　摄）

两周时期的文化遗址在义乌也时有发现。1981年，在平畴村南木枧山，发掘了一座西周晚期的土墩墓。墓底铺有约1厘米厚的细沙和白膏泥，随葬品62件，规则地摆放在白膏泥上，另在墓左

① 《上山文化：发现与记述》“义乌桥头遗址”节，浙江省文物考古研究所编，文物出版社2016年版，第184页；马黎《他沉睡了8000多年！义乌发现“最早的浙江人”》，《钱江晚报》2019年8月11日。

侧发掘出器物52件，共计114件。其中原始青瓷盉、盂、盘、豆、碗等100件，另外14件为陶罐及纺轮、砺石等器物。随葬品数量之多，在浙江省内亦属罕见。[①]2003年，在观音塘村附近的小山坡上发现五个土墩墓和石室土墩墓，时代均为春秋战国时期，出土的印纹陶和青瓷碗等器物具有典型的吴越文化风格。[②]

2000年5月，在义乌绣湖广场不到一万平方米的区域内，相继发现古井20余口，其中金山岭顶下一处就多达12口。根据北京大学考古文博学院考古实验室碳14测定：古井的年代为距今约2300年的战国时期。同时，从同一口古井中出土了一件完整的细方格印纹红陶缶，断代为春秋战国时期，这也印证了古井时代测定的可靠性。

另据传说和相关文献记载，越王勾践曾建都于义乌与诸暨交界的勾乘山。此山又称句无山、勾陈山、九层山、九乘山。宋王象之《舆地纪胜》卷十两浙东路绍兴府载："九乘山，在诸暨南五十里。《旧经》云：'勾践所都也。'又名勾乘山，其山九层。"光绪《诸暨县志》卷五山水志亦称："勾乘山，在县南五十里，山南界义乌。……相传越王勾践曾栖于此。今岗上有古坟遗址，俗名越王墓。"

从这些新石器时代、两周的遗迹、遗物及相关的文献记载可以看出，义乌地区早有人类活动，人们繁衍生息，文化绵延不断。

二　秦汉时期

秦王政二十五年，义乌正式建县。据《史记·秦始皇本纪》载："二十五年，大兴兵。……王翦遂定荆江南地，降越君，置会稽郡。"下辖乌伤等二十四县。唐李吉甫《元和郡县图志》卷二六江南道："义乌县，本秦乌伤县也。"

"乌伤"之名，源自孝子颜乌的传说。南朝宋刘敬叔《异苑》卷十：

> 东阳颜乌以纯孝著闻，后有群乌衔鼓集颜所居之村，乌口皆伤。一境以为颜至孝，故慈乌来萃。衔鼓之异，欲令聋者（孝声）远闻。即于鼓处立县，而名为乌伤。王莽改为乌孝，以彰其行迹云。[③]

① 《义乌县志》，义乌县志编纂委员会编，浙江人民出版社1987年版，第535页。

② 《乌伤遗珍——义乌市文化遗产图志》，义乌市博物馆编，文物出版社2008年版，第93页。

③ 《异苑》卷十，据《丛书集成新编》影印《学津讨原》本，台北新文丰出版公司1985年版，第82册第540页。

群乌助葬（丰子恺 绘）

北魏郦道元《水经注》（《永乐大典》本）引《异苑》亦云："东阳颜乌以淳孝著闻，后有群乌衔鼓集颜乌所居之村，乌口皆伤。一境以为颜乌至孝，故致慈乌，欲令孝声远闻。又名其县曰乌伤矣。"不过《水经注》所引"衔鼓集颜乌所居之村"句，有的版本作"助衔土块为坟"。宋乐史《太平寰宇记》卷九七引《异苑》亦作"助衔土块为坟"。宋王存《元丰九域志》卷五引《异苑》相关文句则作"父死，负土成坟，群乌衔土助焉"。唐李吉甫《元和郡县图志》卷二六也说："孝子颜乌将葬，群乌衔土块助之，乌口皆伤，时以为纯孝所感，乃于其处立县，曰乌伤。"比较而言，"衔土助葬"的传说更切合人情物理，故后世得以广为流传。这一地名的由来，为义乌注入了敬老重义的文化基因。

秦汉时期的乌伤，北接诸暨，南邻大末（今龙游），为婺州八邑肇基，地理位置十分重要。《汉书·地理志》载，会稽郡有西、南两部都尉，乌伤为西部都尉治所，统领一方。北京故宫博物院藏有新莽时期的"乌伤空丞印"①，铜铸瓦纽，通高1.7厘米，边长2.3厘米，是乌伤早期历史的重要实物证据。

乌伤空丞印（故宫博物院藏）

正史中有关义乌人物的较早记载，是《后汉书·杨璇传》。杨氏始祖杨茂，本河东（今属山西）人，从光武帝征伐有功，封乌伤新阳乡侯，后定居于此。杨茂曾孙杨扶，为交趾刺史。杨扶之子杨乔，桓帝时为尚书。杨乔弟杨璇，灵

① "空丞"由司空、县丞演化而来，系主管营造建筑等事的县级属吏。

帝时为零陵太守，在平定边乱时发明“石灰阵”而建奇功，迁渤海太守，官至尚书仆射。

汉末乌伤人陈修以任官清廉著称[①]。历任谷城令、豫章太守、合浦太守等，生活简朴，粗茶淡饭，不燃官烛，布被覆身；每到年底，假装卧床不起，以此婉拒同僚的宴请；教民以婚丧嫁娶等礼仪，移风易俗。其事迹见晋虞预《会稽典录》等书。继颜乌之纯孝，陈修在为政清廉方面为义乌人做出了榜样。

三　三国至隋唐时期

三国至隋唐，义乌之政区、隶属屡有变动，大体而言，隶属东阳郡或婺州。唐高祖武德七年（624），正式定名为义乌。

乌伤在三国时地属东吴，县令褚瑶以清廉闻名。康熙《义乌县志》卷十六载：

> 吴褚瑶，字孔珽，为乌伤令。罢去，单船而归。太子庶子羊道乞其土宜，瑶以竹一竿与之，曰：“东南之美，惟竹箭最贞，幸堪岁寒。”道密令人视其舟，惟竹笠一枚，草祓数领而已。遂起用为明信中郎。

褚瑶仅以一竿竹为地方特产携归，足见其廉洁操守和高尚气节。

乌伤骆氏一族，在汉末三国时也甚有政声。骆俊（？—197），字孝远，汉末曾为陈国相。骆统（193—228），字公绪，骆俊之子。年二十，任吴国乌程相；又迁为建忠中郎将、偏将军、濡须督等，封新阳亭侯。他认为“财须民生，强赖民力，威恃民势，福由民殖，德俟民茂，义以民行”，“夫国之有民，犹水之有舟，停则以安，扰则以危”（《三国志·吴书·骆统传》），所以力劝孙权尊贤纳士，省役息民。这种强烈的民本意识，在今天仍闪耀着思想的光芒。其后，骆球在东晋时因功任永嘉太守。

南齐朱幼（约433—?），字长明，其先鲁人。曾祖朱汎晋永兴中任临海太守，秩满来徙义乌蒲墟村，为义乌赤岸朱氏始祖。朱幼历高辛、平昌、淮阳三郡太守，迁扬州刺史兼度支使，“悉心抚字，民得其所”。当地百姓德而歌之

---

① 陈修，字奉迁，其生活的年代，史志有东汉、晋、南朝不同的记载。考《太平御览》卷七〇九引晋虞预《会稽典录》记其“为豫章太守，厅事荐编绝不改，以郡风俗不整，常卷坐席。唯徐穉、李贽数诣问，乃待以殊礼”，所云徐穉（97—168）为东汉豫章名士，则陈修亦应为汉末人。今从雍正《浙江通志》卷一九一隶归于汉。

义乌双林寺（陈俊鹏　摄）

曰："朱幼渡江东，民安盗贼空。"①

六朝时期，乌伤佛教兴盛，出现了中国佛教史上的重要人物傅大士。傅大士（497—569），本名傅翕，字玄风，自号"双林树下当来解脱善慧大士"，故后世称傅大士、双林大士、善慧大士、东阳大士。

傅翕出身于农家，十六岁娶妻生子，二十四岁时受胡僧点化而皈依佛教。苦修七年后，自言弥勒降生，颇显神通，甚受当地信众支持。梁武帝中大通六年（534），傅大士得于金陵谒见梁武帝，并参与武帝于华林园举行的《三慧般若经》讲会。傅大士主要在乌伤地方弘法利生，弘法之形式主要有斋会、布施、讲经、禳灾等。傅大士以一介居士身份崛起于梁、陈，立足地方，影响朝堂，对后世禅宗、天台宗、牛头宗等的发展产生了一定的影响。

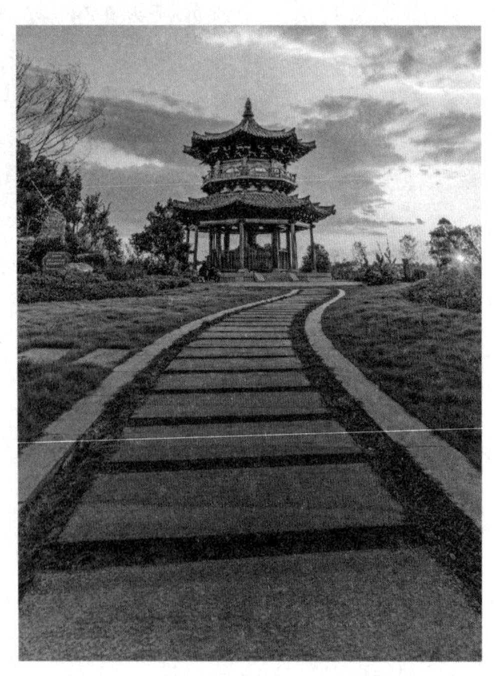

后周广顺二年铸造的双林寺铁塔亭
（吴献华　摄）

初唐时期，义乌最耀眼的明星无疑是骆宾王。骆宾王（约619—约687）自幼聪慧，七岁能诗，长于七言歌行，五律、五绝亦有佳篇。光宅元年（684），李敬业在扬州起兵讨伐武则天，骆宾王作《代李敬业檄》，檄文理直气壮，气势磅礴，为千百年来檄文中的杰作。兵败后逃亡，不知所终。骆宾王与王勃、杨炯、卢照邻并称为"初唐四杰"，对后世影响极大。

这一时期，义乌地方文化特征初现端倪，褚瑶的为官风操，骆氏和朱氏家族的军功治业，傅大士的佛教弘传，骆宾王的文章气节，都给义乌精神文化植下了厚实的根基。

① 雍正《浙江通志》卷一七〇人物，明徐象梅《两浙名贤录》卷二六吏治。

四 两宋时期

两宋时期，经济中心南移，特别是南宋定都临安，浙江的政治、经济、文化地位愈加凸显。宋时义乌经济繁荣，丝织、酿酒、陶瓷等较为发达。《宋会要辑稿·食货》载："义乌县有山谷之民，织罗为生。本县乃尽拘八乡柜户，籍以姓名，掠其所织罗帛投税于官，民甚苦之。"此则材料虽然旨在说明官府对百姓的掠夺剥削，但从中也可以看出义乌乡民的丝织业活动。宋人陈亮曾因义乌酒税繁重撰写《义乌县减酒额记》，也从一个侧面反映了义乌当时酿酒业的繁荣。另据调查，义乌今存宋、元时期古窑址37处，分布在廿三里、荷叶塘、苏溪、徐江、佛堂、赤岸等乡镇，可以想见当时陶瓷业之盛况。

另外，宋时义乌出现了代替金属钱币的关子与会子[①]。南宋初年，战事频仍，婺州屯兵，急需经费，于绍兴元年（1131）始置关子，"召商人入中，其法，入见钱于婺州，执关子赴杭越榷货务"[②]。朱熹《按唐仲友第四状》亦载："淳熙七年十二月十四日，（开字匠蒋辉）同黄念五在婺州苏溪楼大郎家开伪印六颗，并写官押及开会子出相人物，造得成贯会子九百道，与黄念五等分受。"[③]朱熹所记婺州伪造会子事件，说明当时义乌会子的流行程度。这种能取代笨重金属的新货币，是商品经济发达、社会进步的标志，由此也可以看出宋代义乌走在了商品经济的前列。

经济的发展，也促进了教育文化事业的兴盛。南宋以后，由于临近首都临安，义乌的出版业迅速发展，书坊、书肆林立，一度成为全国的出版

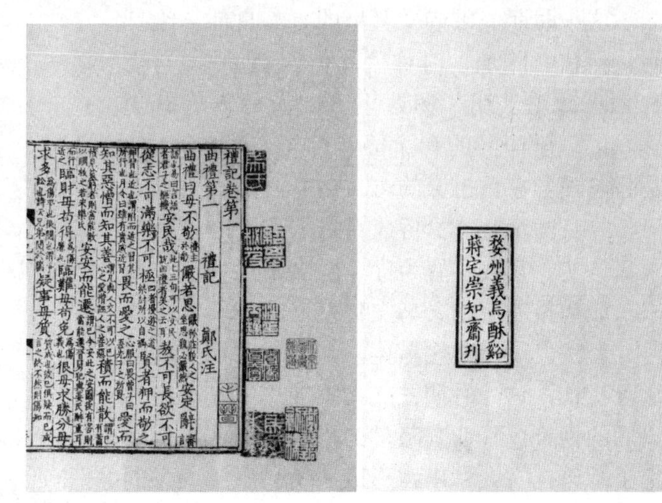
禮記卷第一
曲禮第一 禮記 鄭氏注
曲禮曰毋不敬 儼若思 安定辭
安民哉 敖不可長 欲不可
從 志不可滿 樂不可極 賢者狎而敬之
畏而愛之 愛而
知其惡 憎而知其善 積而能散
安安而能遷
臨財毋苟得 臨難毋苟免 很毋求勝 分毋
求多 疑事毋質

婺州义乌酥溪蒋宅崇知斋刊《礼记》（中国国家图书馆藏）

① 关子、会子，均为南宋高宗绍兴年间发行的纸币。

② 见宋李心传《建炎以来朝野杂记》甲集卷十六。

③ 载《晦庵先生朱文公文集》卷十九"实行"。

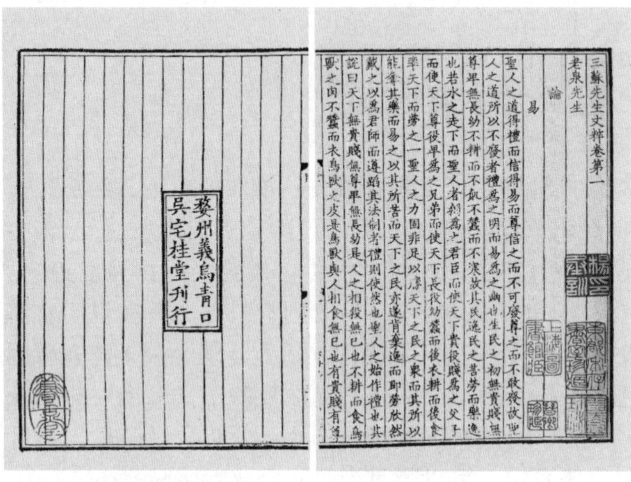

婺州義烏青口吳宅桂堂刊行

三蘇先生文粹卷第一
老泉先生
論
易
聖人之道得禮而信得易而尊信之而不可廢尊之而不敢廢故聖人之道所以不廢者禮爲之明而易爲之幽也生民之初無貴賤無尊卑無長幼不耕而不飢不蠶而不寒故其民逸民之苦勞而樂逸也若水之走下而聖人者刱爲之君臣而使天下貴役賤爲之父子而使天下尊役卑爲之兄弟而使天下長役幼蠶而後衣耕而後食率天下而勞之一聖人之力固非足以勝天下之民之衆而其所以能奪其樂而易之以其所苦而天下之民亦遂肯棄逸而即勞欣然戴之以爲君師而遵蹈其法制者禮則使然也聖人之始作禮也其說曰天下無貴賤無尊卑無長幼是人之相殺無已也不耕而食鳥獸之肉不蠶而衣鳥獸之皮是鳥獸與人相食無已也有貴賤有尊

婺州义乌青口吴宅桂堂刊《三苏先生文粹》（上海图书馆藏）

中心之一，出现了一批著名的出版商。如青口吴宅桂堂、酥溪蒋宅崇知斋，就是南宋义乌刻书业的代表性坊肆。传世的刻本有《三苏先生文粹》（婺州义乌青口吴宅桂堂刊行，现藏上海图书馆）、《礼记》（婺州义乌酥溪蒋宅崇知斋刊行，现藏中国国家图书馆）等，都属于南宋时期版刻中的精品，堪称国宝。

两宋时期，义乌人才辈出，群星闪耀。前有抗金名将宗泽，后有“乌伤四君子”，前后辉映。宗泽（1060—1128）是南宋初年力主抗金、挥师北伐的著名人物，临终前三呼“过河”而卒。宗泽一生以抗金复国为志，大义凛然，他的事迹一直激励着后来的爱国志士。

宗泽像（上海博物馆藏）

这一时期，以诗文名世的有喻良能、喻良弼、何恪、陈炳，时称“乌伤四君子”，与当时名士如王十朋、杨万里、陆游等人皆有交游。以理学闻名的有徐侨（1160—1237），他是著名理学家吕祖谦的再传弟子，后入朱熹之门，终身师事之。徐侨兼吕、朱二子之说，以求真务实、真践实履为尚，融会贯通，继往开来，成为推动南宋义乌文化发展的重要人物。

经济发展，文化昌盛，是两宋时期义乌的显著特征，这一时期在义乌发展史上具有承先启后的地位。百业兴隆，为后来的商业兴盛奠定了基础；文人辈出，形成了义乌崇学尚义的人文风气；而抗金名将宗泽则为义乌文化注入了劲健朴质的贞刚气质，明代义乌兵的出现，并非偶然。

五　元明清时期

元朝全国统一，农业和手工业得以恢复和发展，海运和漕运的恢复加快了商品货物的流通，纸币交钞的大量发行，促进了商业的发达。1977年，原义乌百货公司建筑工地（现为市民广场西部）出土一只元代铜权，铜权通高7.2厘米，实测重375克，权体呈扁平六面体，扁方环纽，束腰，六角形厚底座，权身正反两面有浮铸铭文“龙凤七年”（1361）[①]，是义乌元代商品经济繁荣的历史见证。

明代商品经济更是快速发展，义乌已有人脱离农业生产，转而专门从事工商业。如洪武年间义乌下骆宅村人骆征信做粮食生意，南粮北运，曾经在“北京顺天府大兴县第四厢富户地方，设田三百亩”[②]。正统时，义乌人朱文完“素饶于财，赴义乐施，惠及乡闾。虽商旅往来，困乏者，莫不赈之”[③]。

明代义乌商业发展另一个引人注目的现象，是工商业集市的崛起。据万历六年（1578）编《金华府志》记载，义乌县有集市13个。到万历二十四年编的《义乌县志》记载，当时义乌的集市增加到16个，即湖塘市、上市、青口市、廿三里市、江湾市、洋滩市、光明市、野墅市、赤岸市、倍磊市、酥溪市、八里市、楂林市、卢砦市、双林市、花溪市。这些集市构成了密集的网络，覆盖了义乌大部分城乡。毫无疑问，明代中叶以后义乌集市的勃兴，是商品经济活跃的具体表征。这些集市充分发挥了商品集散中心的作用，大大促进了地区间的经济分工与合作，推动了经济一体化的进程，也呈现了乡村城镇化的趋势。

龙凤七年铜权（义乌博物馆藏）

① 龙凤为元朝起义者韩宋小明王韩林儿的年号，1355—1366年使用，前后共12年。韩林儿死后，其属下吴王朱元璋改次年（1367）为吴元年，吴二年改元洪武，建立明朝。龙凤七年朱元璋已占据应天府（今江苏省南京市），并以此为根基，图谋发展，当时他名义上是吴国公，尚遵奉韩林儿年号，故所铸铜权仍用龙凤纪年。

② 《下骆宅村志》，下骆宅村志编纂委员会编，1997年版，第56页。

③ 嘉庆《义乌县志》卷十六。

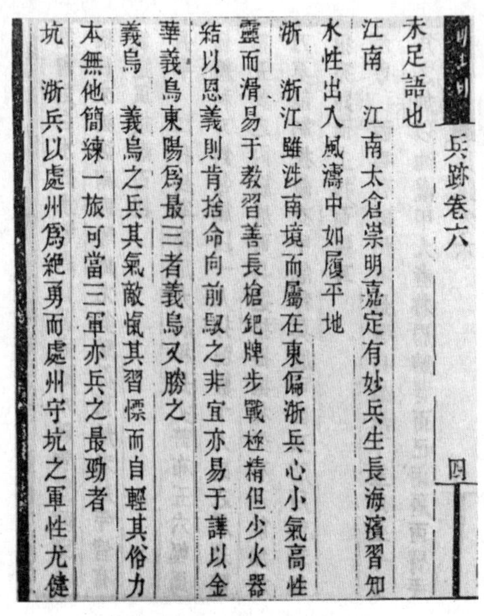

兵跡卷六

未足語也

江南　江南太倉崇明嘉定有妙兵生長海濱習知水性出入風濤中如履平地

浙　浙江雖涉南境而屬在東偏浙兵心小氣高性靈而滑易于教習善長槍鈀牌步戰極精但少火器結以恩義則肯捨命向前驅之非宜亦易于譁以金華義烏東陽爲最三者義烏又勝之

義烏　義烏之兵其氣敵愾其習慓而自輕其俗力本無他簡練一旅可當三軍亦兵之最勁者

坑　浙兵以處州爲絶勇而處州守坑之軍性尤健

四

清魏禧《兵迹》（民国《豫章丛书》本）卷六记“义乌兵”

除了集市，行商也是明代义乌经济发展的重要推动力。戚继光平定倭寇之后，大量义乌兵离开军队，利用多年走南闯北、熟悉各地的山川地理和风土人情的优势，以及行军打仗时所练出的铁脚板和一身好功夫，转而从事行商活动。康熙《新修东阳县志》卷四称：“乌人世经商他处，远至京师，著籍不啻千家，他乡故知视同骨肉。”可见当时义乌行商的繁荣。

义乌海外贸易的发展，在明代也进入了一个新阶段，赤岸人冯允奇就以从事外贸而出名。民国甲子（1924）重修《赤岸孝冯氏宗谱》载冯允奇“颀然伟然，德备才全，先意承志，孝友夙娴。数奇有待，出塞贸迁，波斯珍异，载满归船”。

明代义乌除商业发展之外，“义乌兵”的崛起也是一个值得注意的现象。明代后期，沿海一带倭寇猖獗。为抗击骚扰浙江的倭寇，戚继光于嘉靖三十四年（1555）从山东调浙抗倭前线。嘉靖三十六年，直浙总督胡宗宪拨兵三千供戚继光统率抗倭。然而，这支部队在实战中懦弱畏敌，不堪使用。正在此时，义乌发生外地矿徒与义乌人的大规模械斗①，义乌人的勇敢刚强给戚继光留下深刻印象。也正是这一契机，促使戚继光下决心在义乌招募兵勇，代替旧部。戚继光于嘉靖三十八年上书《议练义乌兵》，称义乌兵“一旅可当三军”。后得胡宗宪及义乌令赵大河支持，招募工作得以顺利进行。其后，戚继光带领义乌兵抗倭十余年，基本消除了东南沿海的倭患，以义乌兵为主体的“戚家军”也留名青史。

元明时期，义乌名人辈出，如元代之黄溍、金涓，明代的王祎、吴百朋、傅岩等人，皆有文名于当世。另外，朱震亨的医学也影响甚大。

黄溍（1277—1357）世称金华先生，少从南宋遗民方凤游学，与虞集、揭傒斯、柳贯齐名，号“儒林四杰”，又与柳贯并称“黄柳”。

金涓（1306—1382）幼学文于黄溍，复投东阳许谦门下。金涓一生笔耕不

① 崇祯《义乌县志》卷三：“八宝山，在县南五十里。旧不载，近因妄传有矿，嘉靖三十七年间，永康、处州矿徒数千人讧聚开坑，知县赵大河督率近山居民陈大成等平之。义乌之民，因以勇武称，而兵事之多，亦自此始。”

辍，著有《湖西集》和《青村集》，宋濂赞其诗文：“气雄而言腴，发为文章，尤雅健有奇气。”

王袆（1322—1374）幼承家学，初入著名文学家柳贯门下，后成为著名学者黄溍的入室弟子。王袆文名甚盛，时人将他与宋濂并列。元末明初，王袆应朱元璋征辟走上仕途，洪武二年（1369）奉诏出任《元史》总裁官。《元史》编纂不到一年即告成，体例完备，文字浅显畅晓，保存了大量原始史料，殊为难得。王袆后来在招抚西南元朝残部时，被梁王所杀，死后谥“文节”，改谥“忠文”，追认翰林学士。

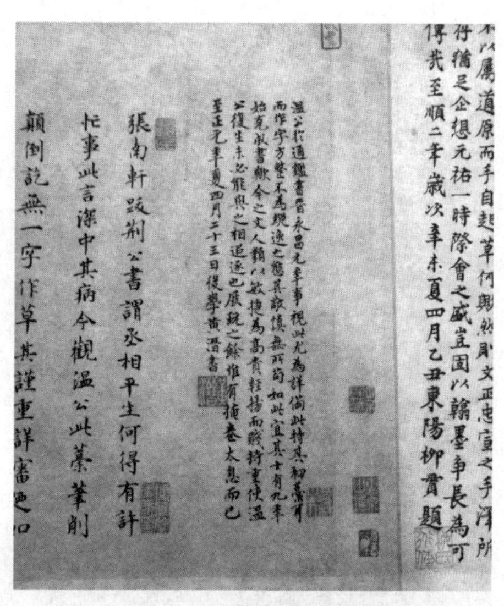
張南軒跋荊公書謂丞相平生何得有許
忙事此言深中其病今觀溫公此藁筆削
顛倒訖無一字作草其謹重詳審也如

元黄溍跋宋司马光《资治通鉴》手稿
（中国国家图书馆藏）

吴百朋（1519—1578）嘉靖二十六年（1547）登进士，官至刑部尚书，仕宦凡32年，在职期间率部抵御倭寇，平定山匪，巩固边防，是一位军事名将，又长于为文。

傅岩（1600/1602—1646）少孤而贫，天启四年（1624）中举人，崇祯七年（1634）中进士，任徽州府歙县知县。知歙五年间，傅岩锐意祛奸，重手革弊，兢兢业业，夙夜忧劳，终使歙县风气为之一新，同僚誉之为“徽郡第一循良”“江南第一循良”。南明弘光朝，任江西道御史，固守金华。城破，与其次子龄发、三子龄熙同时遇难。

朱震亨（1282—1358）是元代著名医学家，与刘完素、张从正、李东垣合称“金元四大家”，因所居地有“丹溪”，学者尊之为“丹溪翁”或“丹溪先生”，著有《格致馀论》《局方发挥》《丹溪心法》《金匮钩玄》《素问纠略》《本草衍义补遗》《伤寒论辨》等书。丹溪学说还远播海外，日本人月湖、田代三喜等曾来华攻研丹溪之学，将丹溪学说传至日本，成立“丹溪学社”，前后传扬时间长达200余年。[①]

朱震亨像

① 日本泽庵（1573—1645）在《医说》中赞叹称：“朱丹溪医学由田代三喜导入，曲直濑道三撰著大量医书。由讲授医学，集天下医者为弟子，初开医道。日本国医者大半皆为道三流。”

到了清代，义乌经济持续发展，人口不断增长。乾隆五十年（1785），义乌有户口58090，人口513878（男278578，女235300），户均8.8人。与明崇祯四年（1631）相比，人口增加了六倍。人口的增加既是社会发展、经济繁荣的结果，同时也是促进经济进一步繁荣的推动力。

这一时期义乌的集镇持续发展。嘉庆《义乌县志》记载：当时的义乌有集市29个，包括县市、湖塘市、大元市、廿三里市、华溪市[①]、何宅市、尚经市、骆宅市、酥溪市、楂林市、大陈市、郑朱市、鹤田市、湖门市、曹村市、柳村市、东河市、龙回市、上溪市、夏演市、吴店市、王阡市、义亭市、畈田市、江湾市、佛堂市、野墅市、赤岸市、倍磊市，较明万历二十四年（1596）增加了13个。

其中，佛堂镇的兴起尤为特出。据嘉庆《义乌县志》载："佛堂镇，县南，南负云黄，北临大溪，跨以浮梁，船只泊岸如蚁。"（卷一）又载："距县治之西三十里有佛堂市镇，其地四方辐辏，服贾牵牛，交通邻邑。"（卷二）可见当时的佛堂镇俨然已是水陆通衢。由于与东阳、永康、金华、浦江相邻，各地的手工业品、土特产品在此交易集散，并通过水路西往金华、兰溪，北上杭州、上海，再换回大米、丝绸、布匹和日用品，久而久之，人气渐旺，客商云集。

佛堂老街（吴献华　摄）

清代义乌出现了许多著名的商人。顺治年间，杨宅人杨思睿"秉性冲恬，作事周详，勤于治亩，善于经商"[②]。康乾时，大岭丁成寿"先习儒业，艰于时势，素志未售，遂业陶朱，览都会于新安者数年，览山川于豫章者又数年，由是积累充盈，广置田亩，建造巨室"[③]。乾隆时，后宅全备村人陈锦宠"克

① 华溪市，上文引万历《义乌县志》作"花溪市"，"华（華）"即"花"的古字（鲜花的"花"古本作"華"，"花"为"華"的后起俗字）。"华溪市"或"花溪市"在华溪村，"以其山水环汇，花竹秀茂，故以名焉"（《虞氏宗谱》）。

② 民国辛巳（1941）重修《金谷杨氏宗谱》卷一"奉赠秀廿九公传"。

③ 民国丁亥（1947）重修《义乌大岭丁氏宗谱》卷三"生百八静庵公行传"。

勤克俭，克恭允让，经营取义，名显苏杭”[①]。咸丰、同治年间，佛堂人王文彬“家世世业商，所谓籴贱贩贵，贸迁有无，耳濡目染，固已游刃有馀，不待学而俱能者也。时丧乱之后，工商窳惰，财滞货积，公乃南走岭南，北至苏沪，转毂万里，输蹄相属，不数年，而赀雄一乡，称素封矣”[②]。

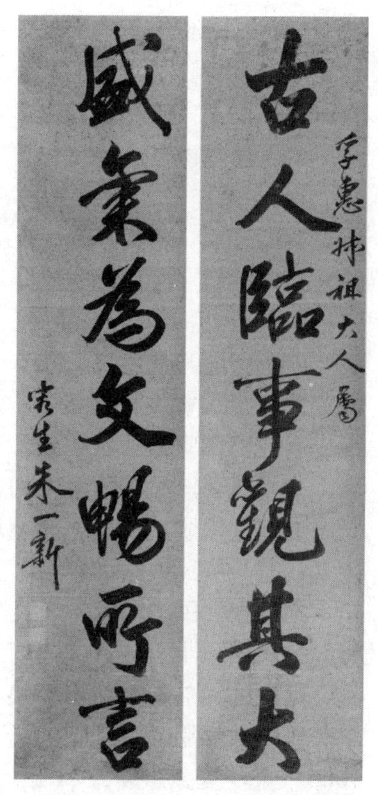

清朱一新《古人盛气》行书七言联
（义乌博物馆藏）

清初治河名臣朱之锡是义乌清代为官者的杰出代表。朱之锡（1624—1666），字孟九，号梅麓，义乌陇头朱村人。清顺治三年（1646）进士及第，入翰林院授庶吉士；顺治十四年被任命为河道总督。为官清正勤勉，鞠躬尽瘁，治理黄河、淮河、运河等皆有奇效。康熙五年（1666）二月因病卒于任上，年仅四十多岁。遗著《河防疏略》收录其河防奏疏百余件，是治理河道的宝贵资料。死后当地百姓沿河立庙，奉为河神“朱大王”；乾隆时又被追封为“助顺永宁侯”。

清代义乌也涌现了不少文化名人。如精于词学的楼俨，擅长辞赋的朱凤毛，精于考据的朱一新等。楼俨（1669—1745）词学曾受孙致弥、朱彝尊、沈皞日、查慎行等大家指点，又与杜诏、陈王猷、缪谟、张梁、周铨等文士倡和，曾入京修《词谱》，注唐诗。他辨析有宋以下词家原委，以四声二十八调为经，以词之有宫调者为纬，并以无宫调者依世代先后附于其下，著成《群雅集》一书，但因卷帙繁重，未能付梓。其所著仅存《蓑笠轩仅存稿》，诗、词、词论并收，题材广泛。其中《洗砚斋集》皆词论，辨律极精，发前人所未发，为词学所宗者。朱凤毛（1829—1900）官至工部主事，饱读群书，笔耕不辍，尤擅辞赋。其诗文集主要有《虚白山房诗集》四卷、《虚白山房诗续集》一卷、《虚白山房骈体文》二卷、《一帘花影楼试帖律赋》二卷，诗歌三百七十多首，辞赋约六十篇。朱一新（1846—1894）乃朱凤毛之子，光绪二年（1876）登进士，历官内阁中书舍人、翰林院编修、陕西道监察御史等。辞官后应两广总督张之洞聘，先后任广东肇庆端溪书院主讲、广州广

① 民国己巳（1929）重修《泉陂陈氏宗谱》卷八“榛七十三讳锦宠公传”。

② 民国二十五年（1936）重修《凤林蒲潭王氏宗谱》“惠二百廿五质卿公传”。

雅书院山长。著述有《无邪堂答问》五卷、《奏疏》一卷、《诗古文辞杂著》八卷、《京师坊巷志稿》四卷、《汉书管见》四卷等。朱一新平生为官正义刚直，爱国忧民，直言遭贬。其学术贡献主要在经史考证，是清末著名学者，汉宋调和学派代表人物之一。

六　近现代时期

由于历史与环境的影响，义乌商业在清末民初继续发展。从清朝到民国，佛堂镇市廛密集，商店众多，为义乌商业之重镇。据史料记载：中华人民共和国成立前，佛堂镇经营茶馆酒肆、钱庄当店、田料百货的殷户商贾多达400余家。商号林立，比较著名的如胡开文墨庄、吴德兴布店、沈太和堂中药店、灌聪图书馆及印刷厂、金乾元酒坊、三星百货商店、傅成佳皮箱店等。民国二十年（1931）杭江铁路通车后，稠城镇交通便利，贸易兴旺，商业发展超过佛堂镇。据调查，民国十八年，义乌有7个主要行业，有商号68家，年交易额78万银元；民国二十五年，义乌有商家1000多号；民国三十六年，义乌有棉、纱、布、糖、油、盐、茶、木、粮食、百货、山货、国药、铜铁器、五金电料、田料、图书教育用品、承揽运送、钱庄等32个行业，各种商店652家，从业人员1000余人，资金总额2.34亿元（法币）。

民国期间，义乌金融业也开始发展起来，义乌有名的钱庄有裕源钱庄、裕盛钱庄、源昌钱庄。民国十八年以后，上海、杭州等地的钱庄利用义乌的钱庄，发放大量贷款，同时境内商店利用沪杭商人资金经商，收入存入钱庄。民国二十三年，义乌的第一家银行——义东浦地方农民银行建立。

这一时期，义乌外销产品种类增多，数量也急剧增加，据《中国名产》记载，早在清光绪十四年（1888），金华火腿已远销欧美及南洋各地。民国十七年至十八年，仅从佛堂一处出口萤石达1万余吨，十之八九运销日本（《重修浙江通志稿》）。民国二十一年，义乌输出商品：南枣100吨、白蜡40吨、黄蜡50吨、毛猪2万只、火腿15万只，其中大部分出口，黑猪鬃则全部出口（《中国实业志》）。民国二十二年，义乌桐油产量达200吨，大多销往英、美、苏联及南洋各地（《浙江工商年鉴》）。

义乌商人大多守信重义，逐渐形成了具有地域特点的经商文化与商业伦理。那些注重商业道德的良商义贾，受到乡里、亲族的尊崇。如后宅全备村人陈开兰“兼营商货，至苏杭，必大获利归，操赢如操券。同业者每不解其故，有问之，曰：‘吾无他长，用吾诚而已，一诚无伪，人皆信之，吾是以得战胜

陈望道老家——义乌市城西街道分水塘村
（张涌泉　摄）

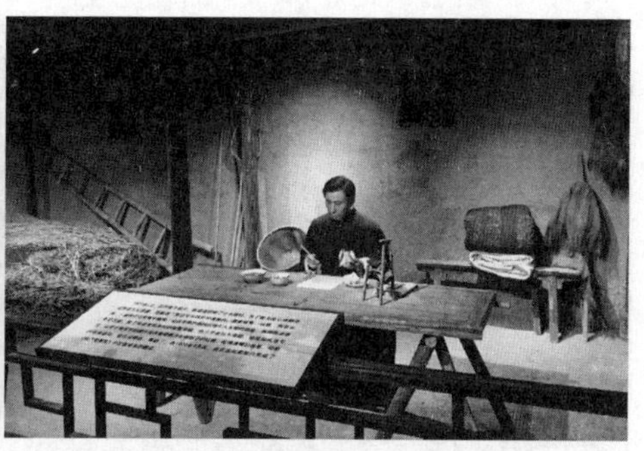

陈望道在自家柴棚翻译《共产党宣言》蜡像
（张涌泉　摄）

商场也。’”[①]。又如江湾人吴尔海资性勤慎，“擅计算，朴毅、重然诺，用是所业日盛而财雄一乡，君于是遂能自立”[②]。

在这风云激荡的时代，从义乌走出去的文化人，走在了时代思潮的前列。陈望道（1891—1977），义乌城西分水塘村人，早年留学日本，1919年自日本留学归国，任教于浙江省立第一师范学校，同时投身新文化运动。1920年翻译出版了《共产党宣言》第一个完整的中文译本，1921年参与中国共产党的创立，为中国共产党的早期活动家。陈望道一生从事文化教育和学术研究达60年，涉猎社会科学的多个领域，在哲学、法学、政治学、伦理学、因明学、美学、文艺学、新闻学等方面多有成就，尤其为中国语文改革、语法学和修辞学等学科做出了开创性的贡献。

冯雪峰（1903—1976），义乌赤岸神坛村人。早年就读于浙江省立第一师范学校，与潘漠华、应修人、汪静之等结成“湖畔诗社”。1927年6月加入中国共产党。1928年12月，开始与鲁迅交往，成为鲁迅的学生和战友。1929年底起，参加中国左翼作家联盟的筹备工作。从1930年至1933年底，是左翼文化战线的重要领导人之一。他亲身参加了二万五千里长征，抗战期间在重庆、上海从事统战和文化工作，出生入死。中华人民共和国成立后，曾任华东军政委员会委员、人民文学出版社社长兼总编辑、中国作协

义乌市赤岸镇神坛村冯雪峰故居
（吴献华　摄）

① 民国己巳（1929）重修《泉陂陈氏宗谱》卷八“洪百廿三开兰公行传”。
② 民国甲子（1924）重修《延陵吴氏宗谱》卷二十“吴君尔海家传”。

冯雪峰及夫人何爱玉墓（吴献华　摄）

副主席等职。冯雪峰是中国文艺革命事业的先驱，在文艺理论和文学创作上卓有建树。

吴晗（1909—1969），义乌吴店苦竹塘人，曾任云南大学、西南联合大学、清华大学教授。1949年后曾任清华大学校务委员会副主任、历史系主任、文学院院长，北京市副市长、北京市政协副主席，民盟中央副主席等职，兼任中国科学院历史研究所学术委员，中国科学院哲学社会科学部学部委员等职。他是现代著名历史学家，尤其在明史研究领域影响巨大。

王西彦（1914—1999），义乌清塘下村人。1933年在北平中国大学国学系求学时组织了“绿洲文艺社”。抗战初期赴武汉参加战地服务团，到鲁南、苏北做民运工作。武汉沦陷后，到湖南观察日报社和塘田战时讲学院从事编辑与教学工作。1940年到福建永安主编《现代文学》月刊。1942年后，先后担任桂林师范学院、湖南大学、武汉大学、浙江大学等校教授。王西彦是现代颇具影响的小说家，其作品具有浓郁的乡土气息。

清华大学邓小平题署的“晗亭”（张涌泉　摄）

义乌自秦始皇时期建县，历经汉唐宋元明清，至今已走过2000多年。岁月沧桑，山河巨变。改革开放40年来，义乌人民以敢为天下先的勇气和创新精神，创造了社会经济文化全面繁荣的“义乌模式”。今天的义乌，已经雄踞全国百强县的前列，获得了“国家卫生城市”“中国最具幸福感城市”“全面建成小康社会范例城市”等一系列国家级荣誉；举世闻名的义

义乌世贸城掠影（吴献华　摄）

乌小商品市场，早已成为亚洲乃至全球最大的商品集散中心，商品销往200多个国家和地区。当代义乌的发展成就，与深厚的历史文化积淀有着密不可分的联系。吃苦耐劳、忠毅刚勇、守信重义、崇学尚文……这些流淌在义乌人民血脉中的文化精神，正是推动义乌勇立时代潮头、不断创造发展奇迹的不竭动力。

第二编

山川风流

建 置

义乌，金华属县，去郡东一百一十里。在唐虞为《禹贡》扬州之域[①]，荒服之地[②]。自夏少康封庶子无余于会稽[③]，号“於越”[④]，而此地在其西鄙[⑤]，历商至周，皆属於越。战国时，越为楚并[⑥]，乃属楚。及秦始皇之二十五年定江南[⑦]、平百越[⑧]，置会稽郡[⑨]，始为乌伤县，隶焉[⑩]。《异苑》载，以颜乌孝子事，因

---

① 唐虞，唐尧与虞舜的并称，用来指尧与舜的时代，可以理解为通常所说的上古时代。《论语·泰伯》：“唐虞之际，于斯为盛。”◎《禹贡》，《尚书》中的一篇，以自然地理为根据，将当时全国分为冀、兖、青、徐、扬、荆、豫、梁、雍九州，并简要记述了各地区的疆域、山川、物产面貌，反映了上古时代人类对于天下的地理性认知，是研究古代历史地理的重要文献。◎扬州，古代九州之一，泛指我国东南地区。包括今天的江苏、安徽、江西、浙江、福建、广东等地。《尔雅·释地》：“江南曰扬州。”

② 荒服，古代“五服”之一。古代王畿外围，以五百里为一区划，由近及远分为侯服、甸服、绥服、要服、荒服，合称五服。荒服距离王城约两千至两千五百里，故也用来指称距离京城最远的属地。

③ 夏少康，指姒少康，又称杜康，重建了夏王朝。姒少康曾封庶子姒无余于越（今浙江绍兴），以祀奉祖先大禹的墓，这就是越国的开始。

④ 於越，春秋时属越国，地在今浙江省一带。“於”为发声辞。

⑤ 西鄙，西面边境。

⑥ 并，吞并、兼并。公元前306年，越王无强欲效法列国征伐中原，于是发兵向北攻打齐国。时齐威王在位，于是派遣使者劝说越王西征楚国。齐使以楚国分兵在列国争胜、国内空虚为借口诱引越国伐楚。越王无强听从齐使计策，转头讨伐楚国，结果越军大败，越为楚并。《史记·越王勾践世家》：“当楚威王之时，越北伐齐，齐威王使人说越王曰：越不伐楚，大不王，小不伯……于是越遂释齐而伐楚。楚威王兴兵而伐之，大败越，杀王无强，尽取故吴地至浙江，北破齐于徐州。而越以此散，诸族子争立，或为王，或为君，滨于江南海上，服朝于楚。”

⑦ 江南，指长江流域。秦王政在公元前222年左右，派王翦率军平定了原来属于楚国的江南地区，设置了会稽郡，长江流域被并入秦国的版图，这就是“定江南”。

⑧ 百越，也作“百粤”，是我国古代南方越人居住地的总称，包括了今天浙、闽、粤、桂等地，因为部落众多，所以总称百越。秦始皇在公元前218年左右，派屠睢、赵佗率大军南下，征伐百越岭南地区，深入到今天的湖南、广东和江西等境内，经过四五年的苦战，终于取得压倒性胜利，南方越人地区被并入秦国的版图，这就是“平百越”。

⑨ 会（kuài）稽郡，中国古代郡名，位于长江下游江南一带，于公元前222年设郡（秦朝置）。郡治在吴县（今江苏苏州城区），辖春秋时长江以南的吴国、越国故地。《史记·秦始皇本纪》：“（秦始皇）二十五年，大兴兵，使王贲将，攻燕辽东，得燕王喜。还攻代，虏代王嘉。王翦遂定荆、江南地，降越君，置会稽郡。”

⑩ 隶焉，隶属会稽郡。《元和郡县图志》卷二六江南道：“义乌县，本秦乌伤县也。”

名县曰乌伤。汉兴[①]，封刘濞王吴[②]，地在封内[③]；濞诛[④]，仍隶会稽郡。新莽改邑名乌孝[⑤]。东汉仍曰乌伤。初平三年，分地置长山县[⑥]。孙权领会稽[⑦]，据江东，国号吴，地属焉。后汉帝禅延熙八年[⑧]，为吴赤乌八年[⑨]，分县地置永康县[⑩]。宝鼎元年析会稽[⑪]，立东阳郡，以乌伤隶之。晋、宋、齐因其旧。梁改东阳为金华郡。隋平陈[⑫]，于会稽郡改置吴州。开皇九年，又分吴州置婺州，废东阳县，以五乡入乌伤。大业三年，州复为东阳郡。唐武德四年，郡复为婺州，割

---

① 汉兴，指刘邦建立了汉朝，即西汉的开始。西汉初期，刘邦为了维持国内形势的稳定，开始实行分封同姓王的制度，就是将一定面积的地块区域分封给同姓家族成员，下文的刘濞（bì）就是其中之一。

② 封，动词，指帝王把土地给予亲属或臣僚。◎刘濞，汉高祖刘邦的侄子，因有战功，被封为吴王，东南三郡五十三城赏赐作他的封国，定都在广陵（今江苏扬州）。后因公开叛乱，兵败被杀，封国被废除。◎王（wàng），统治。

③ 地在封内，指乌伤县在吴王刘濞的封国辖区之内。封，名词，指领地，邦国。

④ 诛，杀戮。此处意为被杀。

⑤ 新莽，指西汉外戚王莽建立的朝代——新朝。公元9年，王莽废除汉室继承人刘婴，自己登基，改国号为新，建都常安（今陕西西安），史称“新莽”。在新莽时期，义乌用的是“乌孝”这一地名。

⑥ 长山县，在今天浙江省金华市婺城区一带。此处的意思是说，在东汉初平三年（192）时，乌伤县的一部分被划分出来，另设长山县。

⑦ 孙权，吴郡富春（今浙江杭州富阳）人，公元229年在武昌（今湖北武昌）正式称帝，国号吴，不久又迁都建业（今江苏南京）。孙权在政期间，统领长江中下游的江南地区，大力开拓海上交通事业，尤其注重与东北地区经济文化的交流，奠定了江南地区的经济文化发展基础。义乌在当时是划归吴国的。领，占领，管领。

⑧ 后汉帝禅（shàn），指蜀汉孝怀皇帝刘禅，刘备的儿子，在位41年，有建兴、延熙等年号。

⑨ 延熙是蜀汉的年号，赤乌是东吴的年号，延熙八年等于赤乌八年，即公元245年。

⑩ 永康县，在今天浙江永康一带。此处的意思是说，在公元245年的时候，分割出乌伤县的一部分区域，另设永康县。

⑪ 宝鼎元年，吴归命侯孙皓年号，即公元266年。◎析，分开，拆分。宝鼎元年，吴拆分会稽郡之一部分另设东阳郡，统领长山（今浙江省金华市婺城区一带）、永康（今浙江永康一带）、乌伤（即义乌）、吴宁（今浙江东阳一带）、太末（今浙江龙游一带）、信安（今浙江衢州一带）、丰安（今浙江浦江一带）、定阳（今浙江常山一带）、平昌（今浙江遂昌一带）等九个县（参见《晋书·地理志》），以其地在衢江之东、长山之阳而得名，在范围上包括了今天浙江中南部的大部分区域。

⑫ 陈，南朝陈（557—589），南北朝时期南朝的最后一个朝代，定都建康（今江苏南京），控制江陵以东、长江以南、交趾以北的地区。陈后主祯明二年（588），隋文帝杨坚命其子杨广等统军攻陈，至次年攻陷建康，南朝陈灭亡。

乌伤一县[①]，别立绸州[②]，分置乌孝、华川二县。绸以绸岩得名；华川或曰绣川，以绣湖得名。七年，州废，复合二县为一，始名曰义乌，遂隶婺州。垂拱二年，复分县地置东阳县。天宝十三载，又分县地置浦阳县，即今之浦江也。金华即长山，兰溪乃故金华之西界。然则唐婺州七县在秦汉悉乌伤之境。

义乌之为县，历五代、宋、元至今，皆因之。唐史及《十道图》定为紧县[③]；《宋史》及《九域志》定为望县[④]；元定为上县[⑤]，隶婺州路总管府。国朝戊戌冬下婺州[⑥]，义乌归附，以婺州路为宁越府。壬寅春[⑦]，改宁越为金华府，义乌县仍隶焉。

（原载崇祯《义乌县志》卷二方舆考“建置”）

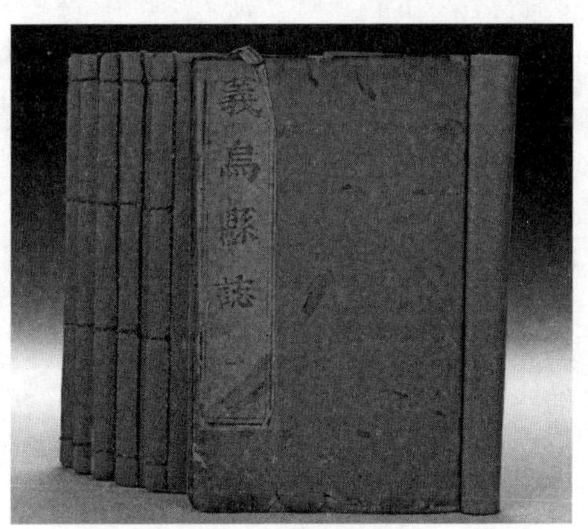

崇祯《义乌县志》

---

① 割，划分，分割。

② 绸州，即“稠州”，其名源于境内的稠山，因其“峰峦稠叠”得名；偶有写作“绸州”的，“绸”古通“稠”。崇祯《义乌县志》卷三“山川”称绸山位于“县北二十五里，高四十五丈，峰峦稠叠”，同卷又记德胜岩“在县西北稠山之顶，下视平野，历历如指诸掌，是为上岩，而其阳为下岩”，两处所指，实际上是同一座山，在今义乌市后宅街道区域。

③ 《十道图》，唐代贞观元年（627），太宗李世民将全国分为十个道（关内道、河南道、河东道、河北道、山南道、陇右道、淮南道、江南道、剑南道、岭南道），并绘制出《唐十道图》，类似于今天的中国行政区域划分地图。◎紧县，唐代将县分作赤、畿、望、紧、上、中、下共七个等级，紧县相当于第四等级。据《新唐书·地理志五》，义乌被定为“紧县”。

④ 望县，宋代将县分作辅、雄、赤、畿、外、望、紧、上、中、下共十个等级，望县相当于第六等级。

⑤ 上县，元代将南方地区的县分为上、中、下三等，一般凡三万户以上者即为上县。

⑥ 国朝戊戌，在时间上是指朱元璋在元朝至正十八年（1358）攻取婺州之事。由于此时明朝尚未真正建立，还没有年号，所以用“戊戌”来记，而“国朝”指的是明朝。

⑦ 壬寅，在时间上指元朝至正二十二年（1362）。

【导　读】

崇祯《义乌县志》是义乌知县熊人霖崇祯十三年（1640）编写的一部县志，是义乌现存方志中编修时间最早且内容最为完整的一部志书。全志共二十卷，比较简练地勾勒了明代崇祯年间义乌在县境建置、城郭山川、学校礼仪、户口物产、徭役田赋、职官名宦、政事义行、方技艺文等各方面的情况，对于今天了解明代义乌风貌具有重要的参考价值。

《建置》这一篇主要讲述义乌历代政区地理的沿革变化。全文分两段，第一段主要讲义乌隶属的变化。义乌上古时代属于九州之一的扬州，东周之前属于於越，战国时期属楚国。秦代统一，义乌属会稽郡，汉代属吴国及会稽，三国时属吴地，南朝时属金华郡。隋唐之后隶属婺州（或东阳郡）。第二段主要讲义乌县的建置与沿革。唐代义乌为紧县（七等县中的第四等），宋代为望县（十等县中的第六等），元代为上县（三等县中的第一等），说明义乌随着唐宋以后中国经济重心的南移，地位越来越重要。

（浙江大学人文学院窦怀永副教授撰稿）

城　池[①]

《易》曰[②]："王公设险，以守其国。"[③]《记》曰[④]："城郭沟池以为固。"[⑤]吾邑幅员广袤，不下古侯邦，设险固封[⑥]，似不可已者，第区会地窄形崎[⑦]，势难建筑。自秦历今千馀年，故趾遗砾[⑧]，漫无稽考[⑨]，有城守之名，而无雉堞之迹[⑩]。然邑不以其故贬壮[⑪]，岂所云"忠信为甲胄，礼义为干橹"[⑫]，守顾不在险欤[⑬]？

---

① 城池，城墙和护城河。

② 《易》，指《周易》。《周易》相传为周文王姬昌所作，包括了《经》和《传》两大部分，前者主要是六十四卦和三百八十四爻，卦和爻各有说明（即卦辞、爻辞），后者则是进一步解释卦辞和爻辞的文句。《周易》可以看作是中国先民对自然与社会的思考结晶，是中国哲学与人文思想的智慧根源，对我国几千年来的政治、经济、文化等产生了极其深刻的影响。

③ "王公设险"二句，出自《周易·坎》的《彖》："王公设险，以守其国。险之时用大矣。"王公，指天子和诸侯。

④ 《记》，指《礼记》。《礼记》相传为春秋战国时由孔子的七十二弟子及其学生们共同编纂，是弟子们学习"礼"的阐释与体会。西汉时，学者戴德、戴圣分别对当时流传的《礼记》文本进行了编辑整理，形成了《大戴礼记》《小戴礼记》两种版本。前者流传不广，到唐代时逐渐失传，而后者由于经学家郑玄为之做了注释，得以大行于世，以至于后世经常直接将之称作《礼记》，到唐代以后被尊称为"经"。《礼记》一书，主要记载了我国早期社会礼仪制度，体现了先秦时期儒家的政治思想、教育思想、哲学思想等。

⑤ 城郭沟池以为固，出自《礼记·礼运》："大人世及以为礼，城郭沟池以为固。"

⑥ 封，疆界，边界。

⑦ 第，只是，但是。◎区会，地区，区域。◎崎，倾斜貌。

⑧ 故趾，旧址。趾，通"址"。

⑨ 稽考，查考，考证。

⑩ 雉（zhì）堞（dié），指城墙。

⑪ 贬壮，影响安全。壮，坚实，牢固。

⑫ 甲胄（zhòu），铠甲头盔，泛指兵器。◎干橹（lǔ），小盾大盾，泛指武器。《礼记·儒行》："儒有忠信以为甲胄，礼义以为干橹。"汉郑玄注："干橹，小楯、大楯也。"楯，同"盾"。这两句意思是说要把忠信当作盔甲，把礼义当作盾牌。

⑬ 顾，通"固"，本来。清王引之《经传释词》卷五："固，犹乃也。……或作故，又作顾。"◎欤（yú），语气词，表示疑问。

嘉靖中[①]，倭夷驿骚[②]。有议筑者，民恟恟弗宁[③]，甚于寇至，事乃寝[④]。盖“地利不如人和”[⑤]，古记之矣。又况乎时诎举赢[⑥]，巧匠不能为力，可轻议哉？虽然，可不议哉？

县旧无城，北依山麓，西带绣湖，前左因地形为濠[⑦]，民庐之滨濠而居者十有三[⑧]。相传城趾周三里一十五步[⑨]，无兴筑岁代[⑩]。旧设四门，东曰东阳，西曰金华，南曰绣川，北曰会稽。宋大观三年，知县徐秉哲重建。开庆元年，知县赵必升重修。门各有亭，东曰迎春，北曰迎轺[⑪]，西曰渌波[⑫]，寻废[⑬]。元至正十三年，达鲁花赤亦璘真创金华门楼[⑭]。国朝嘉靖五年，知县林文焯重建四门。十九年，知县张拱北重修朝阳门。三十四年，知县曹司贤始用石筑为门楼，颇如城门之制，便于守望[⑮]。东曰朝阳，仍其旧，东北更创一门曰金麟，南曰南薰，西曰迎恩，西北曰湖清；又复设二门于东北，曰槐花。

崇祯戊寅[⑯]，知县熊人霖肇造七门敌楼[⑰]，详后。东曰朝阳，东北曰金麟今改为卿云门，南曰南薰今改为文明门，西曰迎恩，西北曰湖清，又东北二门曰槐花

---

① 嘉靖，明世宗朱厚熜年号，1522—1566年使用。

② 倭夷，我国古代对日本人，尤其是日本海盗的称呼。“夷”本指古代中国东部地区各部族之人，所以《论语·子罕》有“子欲居九夷”的话。“倭”在中国古代指称日本。《玉篇·人部》：“倭，国名。”两汉魏晋时多称日本作“倭”，唐宋以后则逐渐称“日本”。元明时期，东南沿海常受日本海盗骚扰，因而“倭夷”一词又可专称日本海盗。明袁可立《请讨篡逆疏》：“又系倭夷之婿，废立之举，实借倭为之。”◎驿骚，扰动，骚乱。明史可法《上表叔某》：“江南北昔称乐土，近以流氛东逸，所在驿骚。”

③ 恟恟，嘈杂纷乱。

④ 寝，停止，平息。

⑤ 地利不如人和，语出《孟子·公孙丑下》：“孟子曰，天时不如地利，地利不如人和。”

⑥ 时诎举赢，指在物资短缺的时候却做奢侈的事情。诎，通“绌”，短缺。赢，宽缓。《史记·韩世家》：“往年秦拔宜阳，今年旱，昭侯不以此时恤民之急，而顾益奢，此谓时绌举赢。”

⑦ 濠，护城河。

⑧ 民庐，指民居、民房。◎滨濠，指靠近护城河。

⑨ 三里一十五步，古代一步约合1.3米，一里合500米，三里一十五步则约合1500米。

⑩ 兴筑，兴建，筑造。◎岁代，年代。

⑪ 轺（yáo），古代的轻便马车。

⑫ 渌（lù），水清。

⑬ 寻，不久。

⑭ 达鲁花赤亦璘真，指元代义乌的地方官亦璘真。“达鲁花赤”是蒙古语的音译，原意为“掌印者”，元朝的官名，掌管地方行政和军事实权。“亦璘真”是人名。

⑮ 守望，看守瞭望。

⑯ 崇祯戊寅，指崇祯十一年，公元1638年。

⑰ 熊人霖（1586—1666），江西进贤（今属江西南昌）人，崇祯十一年八月出任义乌知县。◎肇造，始建，建造。◎敌楼，城墙上御敌的城楼。

今一改为拱辰门，一改为通惠门。

（原载崇祯《义乌县志》卷二方舆考“城池”）

【导　读】

城池，又称城郭，至少包括了城墙和护城河。城墙产生和存在的主要原因，首先是基于城市对外防御的需要，其次也划定了城市的范围。城墙上方多建有雉堞、城楼和敌楼等。护城河，即环绕城市外围的河流，一般是以利用天然河流条件为主、辅以人工挖掘而建成的，可以防止外敌入侵。城墙与护城河配伍，形成了一个城市坚强的防御体系，也就是《礼记》所说的“城郭沟池以为固”。受地势所限，义乌城池修建困难，毁坏容易，以致“故趾遗砾，漫无稽考”。自宋代大观年间知县主持重修后，义乌城池渐有规模，格局趋于成熟，并在历届知县的维护下，确保了防御的需要。

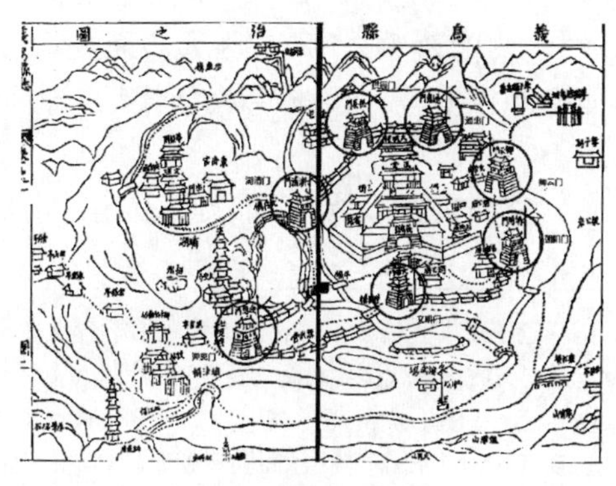

义乌七处城门分布图
（崇祯《义乌县志》卷一）

（浙江大学人文学院窦怀永副教授撰稿）

形 胜

盖闻《筦子》曰[①]：圣王之处国，必于不倾之地[②]，乡山左右[③]，经水若泽[④]，内为落渠之写[⑤]，因大川而注焉[⑥]。[⑦]故险阻四塞[⑧]，非直有国者之藩屏[⑨]，即宰制百里[⑩]，而设险以防不虞[⑪]，谭保障者先之矣[⑫]。况邑无城堞[⑬]，其为扞御尤不易哉[⑭]！

婺郡棋置八邑[⑮]，而义乌首建。南襟括苍[⑯]，北枕杭绍[⑰]，东带台嵊[⑱]，西蹠

---

① 《筦子》，即《管子》，该书大约成书于春秋战国时期，汇聚了当时法家代表人物管仲的思想学说，是研究我国古代文化思想的重要典籍。

② 不倾，平坦不倾侧。

③ 乡（xiàng），同“向”，面向，朝着。《汉书 · 张良传》：“雒阳东有成皋，西有殽、黾，背河乡雒，其固亦足恃。”

④ 若，或，或者。◎泽，池塘、湖泽之类。《广雅 · 释地》：“泽，池也。”

⑤ 落渠，落水之渠。落，入，下。◎写（xiè），后作“泻”，倾泻。《周礼 · 地官 · 稻人》：“以浍写水。”汉董仲舒《春秋繁露 · 考功名》：“其为天下除害也，若川渎之写于海也。”

⑥ 因，依着，顺着。◎大川，大江大河。◎注，流入，灌入。

⑦ 所引《管子》语出《杂篇八 · 度地第五十七》（唐房玄龄注、明刘绩增注）：“圣人之处国者，必于不倾之地（言其处深厚，冈原复壮者，谓之不倾），而择地形之肥饶者，乡山左右，经水若泽（其国都或在山左，或向山右，及缘水泽，然后建），内为落渠之写，因大川而注焉（谓于都内更为落水之渠，以注于大川）。”

⑧ 险阻四塞，指四境皆有天险，可作为屏障。《战国策 · 齐策》：“齐南有太山，东有琅邪，西有清河，北有渤海，此所谓四塞之国也。”险阻，险要之地。

⑨ 直，只，仅仅。◎有国者，拥有国家的人。◎藩屏，屏障。唐刘禹锡《游桃源一百韵》：“重岩是藩屏，驯鹿受羁靮。”

⑩ 宰制，管辖，控制。《史记 · 礼书》：“宰制万物，役使群众。”

⑪ 设险，利用险要之地建立防御工事。◎不虞，指意料不到的事情。

⑫ 谭，通“谈”，谈论。◎保障，保卫，防卫。

⑬ 城堞（dié），城墙。堞，城上齿状的矮墙，也称女墙。

⑭ 扞御，防御。

⑮ 棋置，像棋子一样繁密分布。◎八邑，指当时的婺州（即金华府）管辖有金华、兰溪、东阳、义乌、永康、武义、浦江、汤溪共计八个县，所以有“八婺”的说法。直到今天，人们还会用“八婺”来指称金华。

⑯ 襟，像衣襟那样屏障在前。唐王勃《滕王阁序》：“襟三江而带五湖。”◎括苍，古地名，在今天浙江丽水一带，境内有括苍山。

⑰ 枕，临近，靠近。◎杭绍，指杭州、绍兴。

⑱ 带，连接。◎台嵊，指台州、嵊州。嵊州，秦汉时建剡县，唐初曾设嵊州，即今嵊州市一带。

衢严[1]，历秦至今，千百年仍而不改，岂非以其形利势便，足为两浙雄乎？今统观四履[2]，负山而治[3]，堑设天险，层岗盘错；汇以绣川，环以长江，吞吐包络，势若建瓴[4]；右跨航溪，左负魏麓；前则文峰、王几，而枫坑、铁岩奠于坤巽之维[5]；后则莲岩、锦屏，而龙祈、五云应于乾艮之位[6]。最其胜者，黄蘖龙蟠[7]，青潭鹰啄；潜厓象踞，金峰麟集；画坞涵碧，覆釜列翠；瑞云轮囷[8]，灵泉瀑布。武岩聚八景之秀[9]，龙门挺双尖之奇[10]；大士遗喂虎之岩[11]，葛仙存炼丹之窟[12]。其幽踪秘迹，为耳目之所不经见者，不可胜记也。

至策其要害[13]，则尤有可言焉。邑据郡上流，搤东越之吭[14]。元末张士诚自诸暨入寇[15]，及我太祖下婺[16]，先令胡大海攻取兰溪[17]，西断喉咽已，乃亲提师

---

① 蹠（zhí），踏。◎衢严，指衢州、严州。严州，古州名，唐代始设，下辖淳安、建德、桐庐、分水、寿昌、遂安等县。

② 四履，四方。

③ 负，倚靠。

④ 建瓴，形容居高临下、难以阻挡的形势。

⑤ 奠，定。◎坤巽（xùn），古代以八卦来定方位，坤指西南方，巽指东南方。◎维，隅，边侧。

⑥ 乾艮（gèn），乾指西北方，艮指东北方。

⑦ 龙蟠，同“龙盘”，像龙盘卧的样子，形容雄壮绵延。

⑧ 轮囷（qūn），盘旋。

⑨ 武岩聚八景之秀，崇祯《义乌县志》卷三方舆考“山川”：“武岩山，在县东三十五里，高数百丈，周围十馀里，状如纱帽。其下有八景。左滴水岩，四时流注不绝，听之若鼓韵。”

⑩ 龙门挺双尖之奇，崇祯《义乌县志》卷三方舆考“山川”：“双尖峰，在龙门山绝顶，冈峰相对，俗呼双尖。”

⑪ 大士，指傅大士，姓傅名翕，南朝梁高僧，创建双林寺。崇祯《义乌县志》卷三方舆考“山川”：“喂虎岩，在云黄山上。山多猛兽，傅大士斋竟，每持馀饭喂之，自此伏匿，故名。”

⑫ 葛仙，指葛洪，自号抱朴子，东晋医药学家，精炼丹之术。传说，葛洪曾经在今天的义乌市佛堂镇葛仙村南面的葛仙山上炼制丹药，并在山上留下了遗址，村庄和山峰也是因此而得名。今天山上还有一处葛仙的庙。崇祯《义乌县志》卷三方舆考“山川”：“葛仙山，在县南五十里，高一百五十丈，有炼丹岩。”

⑬ 策，测度，推数。

⑭ 搤（è），掐住，扼守。◎吭，咽喉，比喻地势险要之地。

⑮ 张士诚，江苏泰州人，元朝末年反抗元朝统治的著名领袖之一，与弟弟张士义、张士德等十八人带领盐丁起兵，史称“十八条扁担起义”。后来在江苏高邮自称诚王，建国号大周，割据范围北到山东中部、西到安徽北部、南到浙江绍兴，后被朱元璋瓦解镇压，自杀身亡。◎寇，侵略，进犯。

⑯ 太祖，明太祖朱元璋。

⑰ 胡大海，朱元璋的军事将领，英勇善战。胡大海跟随朱元璋起事，有勇有智，善于用兵，一路作战至江南一带，屡建功勋，被委派镇守金华。

旅[①]，间从义乌躏入其罙[②]，而城遂附[③]。由此观之，郡治之东所恃以不受兵于敌者[④]，则乌为之蔽也。愚观县治境界，独善坑一路接壤诸暨，行旅往来，开上江之门户[⑤]，疆域巨防[⑥]，无逾于此。然崇岗四塞[⑦]，叠障周围[⑧]，车不方轨[⑨]，人鲜队侣，天下有事，则据险拒敌，扼吭设奇，乌得百二焉[⑩]。《兵志》所谓"一夫当关，万夫莫过"者，其在斯乎！

稍转而北，道通浦江，则龙潭绾其口[⑪]，山谷高峻，翳以丛箦[⑫]，延亘数十里[⑬]，鸟不能飞渡，阻守潭口，亦一方之屏阨也[⑭]。

至于南，与永康连界，挂纸、查岭诸山，嵚崟巀嶪[⑮]，如出天入井[⑯]，不可攘掉[⑰]。嘉靖间，处州不逞之徒入我南鄙[⑱]，盗扰八宝山麓[⑲]，我兵摧之若拉朽，非独人力，盖亦险固便形势利也[⑳]。然未可恃险弛备，犹宜兢兢堤防之禁云[㉑]。

乃若东西，路属平坦，冠盖辐辏[㉒]，士庶肩摩[㉓]。万一有警，而金华、东阳

---

① 提，率领。

② 躏（lìn），踏，踩。◎罙（shēn），同"深"。

③ 附，归附。朱元璋率兵在义乌一带攻打张士诚时，经历了反复争夺的过程，留下了许多的神奇故事，至今仍在一些乡镇有流传，比如兵过山后金的故事。

④ 恃（shì），依赖，凭借。

⑤ 上江，上游，指金华、衢州一带，以其居浙江上游，故称。◎门户，比喻出入口或必经之地。

⑥ 巨防，大屏障。唐阎随侯《西岳望幸赋》："倬彼灵岳，杰出秦畿，豁为巨防，壮我皇威。"

⑦ 崇岗，高峻的山岭。

⑧ 叠障，重叠的山峰。

⑨ 方轨，指车辆并行。《战国策·齐策》："车不得方轨，马不得并行。"

⑩ 百二，以二敌百，一说百的一倍，比喻山河险固的地方。《史记·高祖本纪》："秦，形胜之国，带河山之险，县隔千里，持戟百万，秦得百二焉。"唐司马贞索隐引虞喜曰："言诸侯持戟百万，秦地险固，一倍于天下，故云得百二焉，言倍之也，盖言秦兵当二百万也。"

⑪ 绾（wǎn），控制。

⑫ 翳（yì），遮蔽。◎丛箦（zé），丛林。箦，本指席子，此处喻指山上茂密的树木。

⑬ 延亘，绵延伸展。

⑭ 屏阨（ài），屏障，险要之处。

⑮ 嵚（qīn）崟（yín），高大险峻。◎巀（jié）嶪（yè），山高峻貌。

⑯ 出天入井，比喻山高。井，星名，即井宿，二十八宿之一。

⑰ 攘掉，侵犯摇动。

⑱ 不逞之徒，歹徒。

⑲ 盗扰八宝山麓，明朝嘉靖三十七年（1558），永康盐商施文六通过散播假消息的方式，哄骗处州（今丽水市）、永康数千盗矿者涌入义乌八宝山麓，私掘乱挖矿藏，义乌陈大成父子带领附近居民三千余人，设计击杀，引发械斗，一时震撼浙江全省。

⑳ 便形势利，疑当作"形便势利"，本篇上文称"岂非以其形利势便，足为两浙雄乎"，可以互勘。

㉑ 兢兢，小心谨慎的样子。◎堤防之禁，预防、禁止性的禁令。堤防，提防，防备。禁，禁令。

㉒ 冠盖辐（fú）辏（còu），指宾客云集。

㉓ 士庶，士人和普通百姓，泛指百姓。◎肩摩，肩膀相互摩擦，形容人多。

为之左右翼，互为掎角①，则辅车相依之势也②。

相提而论，我乌之形势，大概可睹矣。然则严衣袽之戒③，慎复隍之虑④，决策防守，为东藩保障，唯在人和哉，唯在人和哉！

古绸之山⑤，峙于西北；山环矗而邃⑥，泉疏而清⑦；平湖十里，涵碧澄酥⑧；右擅湖光⑨，左带江流⑩。襟溪带湖⑪，青岩、黄蘖诸山环列于前后；川明山秀，其清淑之气不下于他邑焉⑫。

（原载崇祯《义乌县志》卷二方舆考“形胜”）

【导　读】

《形胜》这一篇主要描述义乌的地形、山水。义乌东邻东阳，南接永康、武义，西连金华、兰溪，北靠诸暨、浦江，群山环抱，集崇山险峻与平原广阔于一身，融湖泽碧澄与川流延绵于一处，山清水秀，四季分明，民众富足。《荀子·强国》篇中所说的“其国险塞，形势便，山林川谷美，天材之利多”，也可以用来形容义乌的地理位置。正因为“以其形利势便，足为两浙雄”，从而造就了义乌秀丽的自然景观和深厚的人文底蕴，也使得义乌在古代经济发展、军事战争中往往处于重要的地位。文章说，义乌之所以成为金华东方的屏障，并不仅仅是因为山川形

① 互为掎角，指分兵互相呼应。《左传·襄公十四年》：“譬如捕鹿，晋人角之，诸戎掎之，与晋掊之。”唐孔颖达疏：“角之谓执其角也，掎之言戾其足也。”

② 辅车相依，像颊骨和牙床相互依靠，比喻关系密切，利害相关。《左传·僖公五年》：“谚所谓‘辅车相依，唇亡齿寒’者，其虞虢之谓也。”晋杜预注：“辅，颊辅。车，牙车。”

③ 衣袽（rú）之戒，指对潜伏着的危机应有所戒备。袽，破旧的衣服或棉絮。语出《周易·既济》：“繻有衣袽，终日戒。”

④ 复隍，城倒覆于护城河上，指君道倾危，国家将亡。复，通“覆”。隍，护城壕。语本《周易·泰》：“城复于隍，勿用师。”唐孔颖达疏：“谓君道已倾，不烦用师也。”汉王逸《七谏·谬谏》：“悲太山之为隍兮，孰江河之可涸。”自注：“言太山将颓为池。”

⑤ 古绸之山，即稠山，亦作绸山。绸，通“稠”。崇祯《义乌县志》卷三方舆考“山川”：“绸山，县北二十五里，高四十五丈，峰峦稠叠。”

⑥ 矗，高耸。◎邃，深密。

⑦ 疏，疏通。

⑧ 涵碧，水清如碧。◎澄（chéng）酥，比喻水体洁白清澈。

⑨ 擅，拥有。

⑩ 带，围绕。

⑪ 襟溪带湖，溪河环绕，如襟似带。

⑫ 清淑之气，清和、秀美的形胜。唐韩愈《送廖道士序》：“郴之为州，在岭之上，测其高下，得三之二焉，中州清淑之气于是焉穷。”

胜，而更重要的是“唯在人和哉，唯在人和哉”。地利不如人和，老百姓生活富裕不仅是一县也是一国安定的基础，民心所向才是最可依赖的“天险”。

（浙江大学人文学院窦怀永副教授撰稿）

水　利

乌地层峦叠嶂，横亘错峙[①]，而中则襟带江水[②]，源出东阳大盆山[③]。经魏阜稍折而南，过龙潭，循山西[④]，抵为九里江。又去西五六里为洋滩江，会于合港而流入金华。缘江诸田[⑤]，赖以灌溉，然至山碛之乡[⑥]，势踔远[⑦]，曾弗获分勺水以益亩浍[⑧]，于是溪堰坡塘之利兴焉。

县之诸山之水并而为溪，流派相属[⑨]，自东而北，曰八里堰、曰廿三里溪、曰洪巡溪、曰深溪、曰酥溪。而酥溪通诸暨县界，最当孔道[⑩]，溪所从来者高，水湍悍[⑪]，数为败[⑫]，居民叠石成堰，以捍卫之，而时有崩塌啮蚀之患[⑬]。逶迤而南[⑭]，曰梅溪、曰丹溪、曰吴溪。又转而西稍北，曰根溪、曰双溪、曰五云溪，而其派总会于航慈溪。是溪也，与金华画疆而治，地势宏衍[⑮]，沙土不坚，每遇春水泛滥，则渰田禾[⑯]、漂楗石[⑰]，民率褰裳病涉[⑱]，君子盖于是慨桥之圮坏而不复也[⑲]。

---

① 错峙（zhì），错杂峙立。

② 襟带江水，指水系环绕，如襟似带。

③ 大盆山，即大盘山，位于今浙江省金华市磐安县。

④ 循，沿着，顺着。

⑤ 缘，沿。

⑥ 山碛（qì），山坡沙碛地带。

⑦ 踔（chuō）远，遥远，广阔。

⑧ 亩浍（kuài），田间水沟。

⑨ 流派，指水的支流。◎相属，相接连。

⑩ 孔道，要道。

⑪ 湍悍，指水势急猛。

⑫ 数，屡屡。◎败，毁坏。

⑬ 啮蚀，侵蚀。“啮”字底本作左土右齧，盖涉上“塌”字影响类化换作土旁，兹径录正。

⑭ 逶（wēi）迤（yí），道路、河流、山川等弯弯曲曲、绵延不绝的样子。

⑮ 宏衍，开阔。

⑯ 渰（yān），同“淹”。

⑰ 楗（jiàn），堵塞河堤决口用的竹子和木桩。

⑱ 褰（qiān）裳，撩起下裳，挽起裤脚。语出《诗经·郑风·褰裳》：“子惠思我，褰裳涉溱。”◎病涉，苦于涉水过河。

⑲ 圮（pǐ）坏，毁坏，坍塌。◎复，修复，恢复。

自溪而下，吐纳众流、潴藏潢洿者[①]，毋若湖与塘。夫绣湖，则郛郭间一巨浸也[②]，宫寺民庐枕其旁，广袤九里，计田一千五百顷而羸[③]；东南各有斗门[④]，酾以二渠[⑤]，疏为三，以达于田。洪武初，县令孔克源大修治之[⑥]；而继浚者则郑锡文[⑦]，封土湖中，以杀水势[⑧]，人至今呼为郑公敦云。然岁久淤积，内潴甚浅，稍旱即竭，民嗷嗷病矣。先儒所谓"不有浚之，化为平陆"[⑨]，傥亦虑其渐乎[⑩]？

而附郭以北至永宁间[⑪]，有莲塘、青塘之属，地势低洼，随峡注水，民田获溉济焉[⑫]。又西走二十馀里，为波东塘、王陂塘，地平衍[⑬]，水辄易涸，民多盗决[⑭]，渔其中。宜设为厉禁[⑮]，时加浚之[⑯]。其在十七都为苦竹塘，亦邑之一巨浸也。二面邻山，独直西筑堤为捍[⑰]，去双溪不百武[⑱]。遇潦，每苦其偪而菑[⑲]。谨视其堤，勿使决[⑳]，即久暵可毋虞竭矣[㉑]。

于西循而南，多属江滨，民颇获其饶[㉒]，而长塘、姑塘则亦邑之一巨浸也。

---

① 潴（zhū）藏，蓄积，积聚。◎洿，同"污"。潢洿，当作"潢污"，指聚积不流的水。南朝宋鲍照《拜侍郎上疏》："潢污流藻，充金鼎之实。"

② 郛郭，外城，城郊。◎巨浸，指大湖泽。

③ 羸，通"赢"，有余。

④ 斗门，堤堰中用以蓄泄渠水的闸门。

⑤ 酾（shī），疏导，分流。《汉书·沟洫志》："乃酾二渠以引其河。"唐颜师古注引孟康曰："酾，分也。分其流，泄其怒也。"

⑥ 孔克源，字敦夫，曲阜人，洪武七年（1374）任义乌知县。

⑦ 郑锡文，字禹范，一字艾庵，福州长乐人，弘治六年（1493）进士，历任义乌知县、南京监察御史、云南佥事、广西布政等。

⑧ 杀，抑制。

⑨ "不有浚之"二句，语出明宋濂《义乌重浚绣川湖碑》。平陆，平原，陆地。

⑩ 傥，或许。◎渐，逐步发展。

⑪ 附郭，城外，郊外。

⑫ 溉济，灌溉调剂。

⑬ 平衍，地势平坦宽广。

⑭ 盗决，指私自开通水道。《宋史·李若谷传》："豪右多分占芍陂，陂皆美田，夏雨溢坏田，辄盗决。"

⑮ 厉禁，禁令。

⑯ "之"字后底本原有"便而"二字，费解，康熙、雍正、嘉庆年间的《义乌县志》均无，今径删。

⑰ 直西，正西。◎捍，阻拦。

⑱ 武，古以五尺为步，半步为武。

⑲ 偪（bī），同"逼"，逼仄，拥挤，密集，指水势大而急。◎菑（zāi），同"灾"。

⑳ 决，堤岸溃决。

㉑ 暵（hàn），干旱。◎虞，忧虑，忧患。

㉒ 饶，厚惠，益处。

长塘南北夹山，西汇蓄田阪之流，而东当孔道[①]，岁久，岸善崩[②]。而姑塘则四无山阜，雨潦辄泛；浃旬不雨[③]，人辄以车戽争[④]。浚筑塞争[⑤]，此亟务[⑥]也。

从江以南，抵蜀山，可五十馀里，中有稽亭、山鸦、后泽诸塘[⑦]，亦各一方之所利赖[⑧]，溉田不下五六百顷。乃其著者[⑨]，在蜀墅塘[⑩]。夫蜀墅塘，亦邑之一巨浸也，旁数涧注其中，而来山寔要其道[⑪]。至正四年，堤坏，田遂不稔[⑫]，丹溪朱氏倡修之[⑬]，而民复获全济[⑭]。每六月朔，则具牲以告水神[⑮]，志启瀛也[⑯]。

其他各都在在引泉流用溉陇亩陂泽甚多[⑰]，不可胜数。大都乌僻处山隅[⑱]，土不湿而燥，势不夷而险[⑲]，产不麦而稻，暴雨骤盈，倾泻立涸，故民田近山

---

① 当，值，对着。

② 善，容易。

③ 浃旬，指一旬，十天。

④ 车戽（hù）争，指用水车汲水争水。

⑤ 浚筑，清除淤塞和加固堤坝。◎塞争，阻止纷争。

⑥ 亟务，紧要之事。

⑦ 山鸦，也作“山丫”。崇祯《义乌县志》方舆考“塘”：稽亭塘，在二十四都，计一顷二十亩；后泽塘，在二十六都，计一顷；山丫塘，在二十八都，计十九亩五分。今义乌市赤岸镇有三丫塘村，乃一名之异写。

⑧ 利赖，依傍，依靠。

⑨ 著者，突出的，影响特别大的。

⑩ 蜀墅塘，由义乌人王槐在南宋淳熙十一年（1184）兴建，位于今义乌市佛堂镇，这是目前已知的义乌历史上最早的水利工程。义乌地区地势总体较高，池塘规模较小，每次遇到洪水，往往受害严重，但是遇到干旱季节时，池塘里又没有积水可用。王槐利用飞来山的位置优势，依山筑坝，设有两条渠道，用于调节库容，灌溉分水系统合理，受益农田可达七千亩。宋濂撰有《蜀墅塘记》，歌咏此举。蜀墅塘已有八百多年历史，至今仍然碧波荡漾。

⑪ 寔（shí），通“实”。

⑫ 稔（rěn），庄稼丰熟。

⑬ 丹溪朱氏，指朱震亨家族。朱震亨（1282—1358），字彦脩，元代著名医学家，义乌赤岸人，因村旁有溪名“丹溪”，学者遂尊之为“丹溪翁”或“丹溪先生”。

⑭ 济，帮助，救助。

⑮ 牲，指供祭祀、盟誓和食用的家畜，包括牛、羊、猪、鸡等。◎告，祷告，祭告。

⑯ 志，标志，记载。◎启瀛，开池，指开始引池水灌溉。

⑰ 在在，到处，处处。

⑱ 大都，大概，大抵。◎山隅，山角，山区。

⑲ 夷，平坦。

而不便浸灌者。俗有靠天之谚，非虚语也[①]。为今计者，要在督令食利人夫[②]，各因水势、地势之宜，纵横曲直，随其所向，修陂塘渠堰灌溉之利。若地有水可田为地界阏隔[③]、不通转输[④]者，若元有陂池就堙可浚者[⑤]，若近大川堤防为所啮蚀者[⑥]，若淤坟[⑦]、卑洼可捐土壤为丘井者[⑧]，邻伍互相修治[⑨]，民出其力而官责其成，涝则收蓄，旱则取用，其为民利且什百[⑩]。

而或者曰：乌多沙土，即浚，辄不旋踵而淤[⑪]，不胜淤，亦不胜浚。民惮夫爬沙戾指[⑫]，则摇唇而却走[⑬]，计不终朝而罢[⑭]。

是不然！往者东南草创[⑮]，人稀，地故莱芜不治[⑯]。自东晋南渡[⑰]，人民辟聚[⑱]，因山溪、流泉之利，火耕水耨争趋之[⑲]，而陂堰寖兴[⑳]，夫谁非人力之所

---

① 虚语，假话，空话。

② 督，督促。◎食利人夫，受益民众。食利，获利，受益。汉王充《论衡·答佞》："佞人食利专权，不养名作高。"人夫，民工，民众。《北史·魏赵郡王干传》："数日间，谧召近州人夫，闭四门，内外严固，搜掩城人，楚掠备至。"

③ 阏（è）隔，阻隔，阻断。

④ 转输，流通。

⑤ 堙（yīn），填埋，堵塞。

⑥ 堤防，堤坝，江堤。

⑦ 淤坟，由于泥沙沉积而形成的高地。坟，堤岸，水边高地。

⑧ 卑洼，低洼地。◎丘井，古代田制单位，九百亩为井，十六井为丘，文中泛指耕地。

⑨ 邻伍，邻居。

⑩ 什百，十倍，百倍。

⑪ 旋踵，掉转脚跟，形容时间短促。

⑫ 惮（dàn），怕，畏惧。◎爬沙，清理积沙。爬，刨，扒。◎戾指，折损手指。戾，通"捩"。《古文苑·宋玉〈大言赋〉》："北斗戾兮太山夷。"宋章樵注："戾，折也。"

⑬ 摇唇，动嘴巴，指发声拒绝。《魏书·萧衍传》："曲体胁肩，摇唇鼓舌，候当朝之顾指，邀在位之馀论。"

⑭ 终朝，一整天。

⑮ 东南草创，指自西晋永嘉年间开始出现的中原居民向南方迁移的现象。草创，创建。大约自永嘉元年（307）开始，中原士族百姓为躲避战乱，开始大量向南方迁移，门阀士族往往带领家眷等举家到江南一带定居，促进了长江中下游地区的经济发展。

⑯ 故，本，本来。◎莱芜，荒芜。

⑰ 东晋南渡，指西晋宗室司马睿在4世纪初率众南迁，定都建康（今江苏南京），建立东晋政权。东晋政权执掌了淮河、长江流域以南的大部分地区，偏安百年，其间虽曾多次试图北伐，回归洛阳，恢复旧土，但由于内部不团结，终未得愿。

⑱ 辟聚，开荒聚居。

⑲ 火耕水耨，放火烧除杂草，灌水种植水稻。《史记·平准书》："江南火耕水耨，令饥民得流就食江淮间。"

⑳ 寖兴，逐渐兴盛。

成者？若惮其淤而不为，此与惩噎废食何异[1]？故余以为旱防之策，乌之人所宜蚤计而熟讲也[2]。

（节选自崇祯《义乌县志》卷八时务书“水利”）

【导　读】

《水利》一篇主要讲述义乌境内的溪塘湖泊等水资源，以及水资源与农业生产的关系。义乌境内河流属于钱塘江水系，主要有义乌江和大陈江，另有南江、航慈溪、吴溪等多条河道，水资源十分丰富，但同时也导致洪涝灾害频繁，尤其是遇上梅雨和台风所带来的暴雨洪水。自古以来，义乌民众尽享丰富的水资源带来的灌溉之便，同时也根据水势、地势的特点，或垒石成堰，或修坡挖渠，积累了丰富的经验，如位于今天佛堂镇的蜀墅塘，就是义乌人民水利灌溉和水利管理智慧的代表之一。该文在全面分析义乌地形特点和总结治水经验的基础上，指出“宜蚤计而熟讲”旱防之策，“各因水势、地势之宜，纵横曲直，随其所向，修陂塘渠堰灌溉之利”，争取“涝则收蓄，旱则取用”等积极作为；同时反对“惮其淤而不为”、“靠天”吃饭、因噎废食的消极不作为态度。

（浙江大学人文学院窦怀永副教授撰稿）

① 惩噎废食，犹“因噎废食”，比喻要做的事情由于出了点小毛病或怕出问题就索性不去干。

② 蚤计，早做打算。蚤，通“早”。宋王安石《秋庭午吏散》诗：“悲哉不蚤计，失道行畹晚。”◎熟讲，经常讨论。宋陈亮《论励臣之道》：“无以小事塞责，无以小谋乱大，相与熟讲惟新之政，使内外有序，则朕即安之日。”

风　俗

语曰："广谷大川异制[①]，民生其间异俗。"[②]风俗之成，所由来者渐矣[③]。唐俗勤俭[④]，而《蟋蟀》犹存遗风[⑤]；鲁崇信义[⑥]，而两生愈坚晚节[⑦]。此岂一朝一夕哉？

乌以前尚已[⑧]，风俗靡得而考镜云[⑨]。举其所可纪者，如颜乌之血诚格乌[⑩]、宗忠简之力战驱夷[⑪]，精忠纯孝，培植千百年之前[⑫]。迨至我朝[⑬]，如王氏祖孙[⑭]、

---

① 广谷，辽阔的山谷之地。◎异制，指不同的形态、不同的制度。

② 引语出自《礼记·王制》，大意是，在深谷大川里，制度会与外界不同，而生长在那里的人民，风俗也会与外界不同。

③ 渐，逐步发展。

④ 唐，指晋国。西周时晋国始封唐尧故地，故称唐，其俗勤俭。

⑤ 《蟋蟀》，指《诗经·唐风·蟋蟀》篇。《诗经》是中国古代第一部诗歌总集，"唐风"即先秦时期晋国的民歌。

⑥ 鲁，地区名，春秋时鲁国故地，今山东一带。

⑦ 两生，叔孙通在汉初为刘邦拟定朝仪，使征鲁地诸生三十余人，有两生不肯行，说叔孙通的行为不合于古，叔孙通笑他们不知变通。后以"两生"喻指熟悉礼乐典籍而不知变通的人。

⑧ 尚，久远。《史记·三代世表序》："五帝、三代之记，尚矣。"

⑨ 考镜，考证借鉴。

⑩ 颜乌，乌伤（今义乌市）人，埋葬父亲时，得到大群乌鸦相助，衔土砌坟；颜乌又因悲伤和劳累而亡，群鸦遂又衔土葬之。◎格，感动，感通。

⑪ 宗忠简，即宗泽，义乌人，曾带领宋朝军民抗击金兵侵略、保卫首都东京（今河南开封），并曾二十多次上书高宗赵构，力主还都东京，还制定了收复中原的方略。

⑫ 培植，培育。

⑬ 迨（dài），等到。

⑭ 王氏祖孙，应当指王祎、王绅、王稌、王汶祖孙。王祎，义乌人，少即聪颖过人，师从黄溍，后与宋濂同任《元史》总裁官。洪武五年（1372），王祎出使云南，招降梁王，后因北元脱脱从中作梗，遂慷慨就义。洪武二十八年，王祎次子王绅从成都出发，到云南寻找其父遗骸，终未找到，次年三月，不得不奉神主带回义乌。王绅有志于学，官国子博士。王稌是王绅长子，王汶又是王稌之子。王稌师从方孝孺，很受器重。方孝孺被杀后，王稌与友人偷偷收集其遗骸，葬在南京城外。王汶在成化十四年（1478）中进士，后授中书舍人。

龚氏父子[①]，并以节义辉映后先[②]。故沦肌浃髓[③]，耳濡目染[④]，而乌之风俗比他邑为独美焉。男子服耕稼[⑤]，女子勤纺织，商贾鬻鱼盐[⑥]，工习器械，以利民用。无淫巧奇邪之物[⑦]，奉公供赋[⑧]，语官府辄惕心丧气[⑨]，至老死不识县门。而富家子咸布衣革履入城市，不驰驱为富贵[⑩]，容亲戚邻里以饮食[⑪]，相聚会或四五簋[⑫]、六七簋而已。礼仪繁委[⑬]，不及东人[⑭]；然真情款洽[⑮]，重然诺不欺[⑯]，过之远矣。语曰："东亲戚，不若乌相识。"[⑰]诚然哉！故兴大役、动大众，一呼而集，不费公帑[⑱]，兢捐私藏[⑲]，无俟发征期会也[⑳]。

晚近，乐岩居者不惮千里以从兵[㉑]，事本业者不鄙末作以要利[㉒]；里儿羞布

---

① 龚氏父子，指龚泰、龚永吉父子。龚泰，义乌人，明洪武二十九年（1396）举乡贡，官至户科都给事中，为官清廉，正气凛然。明代建文年间，朱棣率"靖难之师"攻破南京，夺取皇位，建文帝朱允炆下落不明。龚泰以为建文帝已死，被捕后就趁机跳城自杀，以示忠节。龚泰殉难时，其子龚永吉年仅四岁，遂跟随母亲回到义乌。永吉自幼聪慧，少小立下大志，诸子百家，无不涉猎。明朝永乐年间，被授予兵部职方主事，后因护驾有功，逐渐得到重用。龚永吉前后为官四十多年，南征北战，公正廉明，执法平冤，功绩赫赫。成化元年（1465），龚永吉辞官回到义乌后，依然谦恭待人，关心乡里，还出资修建桥梁、开仓赈济灾民，在乡里有美声。

② 节义，节操与义行。《管子·君臣上》："是以上之人务德，而下之人守节义。"

③ 沦（lún）肌浃（jiā）髓，浸透肌肉，深入骨髓。比喻受影响深或感受很深。《淮南子·原道训》："不浸于肌肤，不浃于骨髓。"

④ 耳濡目染，耳朵经常听到，眼睛经常看到，不知不觉地受到影响。

⑤ 服，从事。

⑥ 商贾（gǔ），商人。◎鬻（yù），卖。

⑦ 淫巧，过于精巧而无益。◎奇邪，诡诈，邪伪不正。《周礼·天官》："去其淫怠与其奇邪之民。"

⑧ 奉公，秉持公正之心，不徇私舞弊。

⑨ 惕心，心里有所畏惧。

⑩ 驰驱，放纵，炫耀。

⑪ 容，容纳，收容。

⑫ 簋（guǐ），古代盛放食物的器皿，圆口，双耳。

⑬ 繁委，繁复琐碎。

⑭ 东，东阳，在义乌东侧。

⑮ 款洽，亲密，亲切。

⑯ 然诺，应允，许诺。

⑰ 康熙《新修东阳县志》卷四风俗："乌志亦言之：东亲戚，不如义相识。此言良然。然大半皆人事，非纯任地气也。乌人世经商他处，远至京师，著籍不啻千家，他乡故知，视同骨肉，势使然。"

⑱ 公帑，公款。

⑲ 兢，当读作"竞"，竞相。

⑳ 俟（sì），等待。◎发征，发令征收或征求。◎期会，按规定的期限聚集。

㉑ 岩居，山居，指居住或隐居在山中。◎惮（dàn），怕，畏惧。

㉒ 本业，指农业。◎末作，古代指工商业。◎要（yāo），求。

素而尚纨绮[①]，窭家效富室而侈华筵[②]，侈靡日甚[③]，物力日绌[④]；巧伪萌生[⑤]，智作渐毒[⑥]，民乃知逃国税、捍文纲[⑦]，持官司短长而讦告之风炽矣[⑧]。回视昔日之醇厚，何如哉？然其苦筋力[⑨]、务纤啬[⑩]，激烈慷慨，盖亦有足多者焉[⑪]。岂数君子忠孝节义之化未泯乎[⑫]？亦其习俗然也。孔子曰："移风易俗，岂家至之哉？"[⑬]是在良有司与诸大家明礼法[⑭]、树型范，俾齐民有所视效[⑮]，而后偷薄庶几其可回也[⑯]。

（原载崇祯《义乌县志》卷三方舆考"风俗"）

---

① 里儿，乡人。宋梅尧臣《送周谏议知襄阳》诗："里儿尚唱《铜鞮曲》，耆旧争随画鹿车。"◎布素，布衣素服。◎纨（wán）绮（qǐ），精美的丝织品。唐韦元甫《木兰》诗："易却纨绮裳，洗却铅粉妆。"

② 窭（jù）家，贫穷人家。◎效，仿效，模仿。◎华筵，丰盛的筵席。唐杜甫《刘九法曹郑瑕邱石门宴集》诗："能吏逢联璧，华筵直一金。"

③ 侈（chǐ）靡（mí），奢侈浪费。

④ 绌（chù），不足。

⑤ 巧伪，虚伪不实。

⑥ 智作，指要小聪明之类的伎俩。◎毒，毒害，祸害。

⑦ 捍，抗拒，抵制。◎文纲，应当作"文网"，指法网、法禁，"捍文网"就是指犯法。《史记·游侠列传序》："以余所闻，汉兴有朱家、田仲、王公、剧孟、郭解之徒，虽时扞当世之文罔，然其私义廉絜退让，有足称者。""捍文网"即"扞文罔"（"罔"为"网"的古异体字）。

⑧ 短长，短处和长处，指利弊。◎讦（jié）告，揭发控告。《宋史·选举志》："请许人讦告，得实，则有官者优擢，非仕宦者授以官，或赏缗钱。"◎炽（chì），盛行，炽烈。

⑨ 筋力，体力。《后汉书·刘茂传》："少孤，独与母居。家贫，以筋力致养，孝行著于乡里。"

⑩ 纤（xiān）啬（sè），计较细微，悭吝。《史记·货殖列传》："宛孔氏之先，梁人也，用铁冶为业……然其赢得过当，愈于纤啬，家致富数千金。"

⑪ 多，称赞，肯定。

⑫ 泯（mǐn），消失，丧失。

⑬ 孔子的话出自西汉陆贾《新语》一书，全文是："移风易俗，岂家至之哉？先之于身而已矣。"大意是，改变民间的风俗习惯，不是靠挨家挨户去做说服劝告的工作而能够实现的，而是要靠自身的榜样力量。

⑭ 有司，指官吏。◎大家，豪门贵族。明黄佶《明道篇》卷四："今之论治者，见民日就贫，海内虚耗，不思其本，皆为巨室大家吞并所致。"

⑮ 俾（bǐ），使。◎齐民，犹平民。《庄子·渔父》："上以忠于世主，下以化于齐民。"◎视效，仿效，效法。

⑯ 偷薄，指社会风气浮薄。宋司马光《论以公使酒食遗人刑名状》："臣恐忠厚之俗益衰，偷薄之风遂长，百司庶尹无所措其手足。"

【导　读】

《风俗》篇主要讲述义乌的民风民俗。根据出土文物来看，义乌的远古文明可追溯到距今约三四千年前的新石器时代，并且至迟到了西周时期，社会文明就已经比较发达。位处浙中的地理位置与厚重的文明积淀，尤其是几千年的忠孝节义之化，老百姓“沦肌浃髓，耳濡目染”，使得“乌之风俗比他邑为独美”。肯吃苦，守本分，“男子服耕稼，女子勤纺织，商贾鬻鱼盐”；民风淳朴，遵纪守法，不炫富，乐助人，讲节俭，不铺张浪费，“相聚会或四五簋、六七簋而已”；向心力强，每逢大事，一呼而集；讲真情，“重然诺不欺”。俗谚“东亲戚，不若乌相识”，正是义乌淳朴民风最真实的写照。

文中后一部分也讲到明代义乌的一些不良风气，如“侈靡日甚”“逃国税、捍文网”“讦告之风炽”等，希望地方政府“明礼法、树型范”，使普通百姓遵循效法，切实改变不好的社会风气。

（浙江大学人文学院窦怀永副教授撰稿）

岁　时

元日[①] 先夕，汛扫室堂及庭[②]。五鼓而兴[③]，设香烛，男女礼服，拜上下神祇[④]。陈果饵酒馔[⑤]，以祀其先。序拜尊长。男子则出拜宗族、亲戚、邻里，谓之贺岁。家各具酒食，以相延款[⑥]。

立春 前期一日，邑宰率僚属迎春于东郊，舁土牛[⑦]、芒神置诸县治[⑧]。清晨礼太岁，行鞭春礼，碎土牛，以送寒气，使民知耕焉。

元宵 自十三日夜，四街各设竹棚彩障[⑨]，悬灯其上，祠庙皆盛张灯。游观达曙。或以火药为锦树之戏。至十八日乃止。

二月十五日 家长率子孙齐诣祠堂[⑩]，祭始祖及四代[⑪]。祭毕，散胙而宴饮焉[⑫]。

---

① 元日，正月初一。

② 汛扫，洒扫，打扫。

③ 五鼓，指五更。古代民间把夜晚分成五个时段，每个时段两小时，用鼓打更报时。一更是从晚上的七点开始，到九点，而五更则相当于第二天的凌晨三点到五点。

④ 神祇，同“神祇”，天神与地神。《尚书·汤诰》：“尔万方百姓，罹其凶害，弗忍荼毒，并告无辜于上下神祇。”

⑤ 果饵，指糖果饼饵等食品。◎酒馔，酒食。

⑥ 延款，接纳款待。

⑦ 舁（yú），抬。◎土牛，用泥土制的牛。在古代，立春前后，要造土牛，表示到了春耕的时间，劝百姓从事农耕。《后汉书·礼仪志上》：“立春之日，夜漏未尽五刻，京师百官皆衣青衣，郡国县道官下至斗食令史，皆服青帻，立青幡，施土牛耕人于门外，以示兆民，至立夏。”唐白居易《和三月三十日四十韵》诗：“布泽木龙催，迎春土牛助。”

⑧ 芒神，也称“句（gōu）芒”，民间神话中的春神，据说是鸟身人面，下乘两龙，主管树木的发芽生长。《山海经·海外东经》：“东方句芒，鸟身人面，乘两龙。”晋郭璞注：“木神也，方面素服。”◎县治，县衙所在地。

⑨ 彩障，彩绸装饰的幛子。

⑩ 诣，到。

⑪ 四代，指高祖、曾祖、祖父、父亲四辈。

⑫ 散胙（zuò），祭祀完毕后把祭祀用的肉分给大家。胙，祭祀用的肉。

社日[①]　春、秋二社，各村保备牲醴祀土谷神[②]，以祈以报[③]。祭毕，则饮福而归[④]。

清明　各家为青糍[⑤]、螁螺[⑥]、牲醴祭墓，封土，扫竹挂纸钱于颠[⑦]。门壁皆插柳，或簪于首。

三月上巳　先十馀日，沿溪民皆泛龙舟，至是日而止，俗谓兢（竞）渡。

四月八日　寺僧皆于是日浴佛，为黑黍之会[⑧]。民间亦有为黑黍以馈其亲友者。

端午　取菖蒲及艾插门户[⑨]，或系以彩胜佩于身[⑩]，为衣香置之箧笥[⑪]；杂菖蒲、雄黄和酒饮之，以避邪禳毒[⑫]；为角黍[⑬]、骆驼蹄糕祀其先[⑭]，亲戚各相馈遗[⑮]。

七夕　妇女陈瓜果祀牛女于庭，谓之乞巧。

---

① 社日，古时祭祀土神的日子，一般在立春、立秋后第五个戊日。

② 村保，保长之属。◎牲醴（lǐ），指祭祀用的牲畜和甜酒。◎土谷神，一般是土地神和谷神的合称。在古代，国家和民间都会举行一定的仪式，祭祀土谷神，祈求粮食丰收。在不同的地区，祭祀土谷神的时间会各有不同，一般多在社日、夏至和中元。

③ 祈，祈年，春社祭祀祈祷丰年。◎报，秋社祭祀报答社稷之神。《诗经·周颂·良耜序》："良耜，秋报社稷也。"唐孔颖达疏："秋物既成，王者乃祭社稷之神，以报生长之功。"

④ 饮福，祭祀完毕饮食供神的酒肉，以求神赐福，也泛指祭毕宴饮。《宋史·礼志二》："既享，大宴，谓之饮福。"

⑤ 青糍，就是青糍粑，又叫清明粿，在蒸熟的糯米中加入新鲜艾蒿和面粉后，经过多次捣制、拉抻做成。

⑥ 螁螺，嘉庆《义乌县志》作"蛳螺"，"螁"当即"蛳"的后起形声字。"蛳螺"应即"螺蛳"，但祭墓用螺蛳，闻所未闻。考嘉靖《宁波府志》卷四"岁时节物"："清明，各家为青糍、黑饭、牲醴祭墓，封土，插竹挂纸钱于颠。门壁皆插柳，或簪于首。"《义乌县志》本条有沿袭《宁波府志》的嫌疑，颇疑"螺"是"黑饭"传抄之误。请参下条。

⑦ 扫竹，疑当作"插竹"。明代以来的方志中，常见插竹挂纸钱于墓顶的习俗。明刘允修、沈宽纂《弘治夷陵州志》卷下题咏"过公安谒寇公庙"条："寇公天下士，遗迹在公安……公安人好义，插竹挂纸旛。"可参。参上条。

⑧ 黑黍，就是黑色的黍米。

⑨ 菖蒲，植物名，多年生水生草本植物，有香气，叶狭长，似剑形，民间在端午节常用来和艾叶扎束，挂在门前。

⑩ 彩胜，古代的一种饰物，用五色纸或绢剪制成小旌旗、燕、蝶、金钱等形状，多簪于髻上。

⑪ 箧（qiè）笥（sì），藏物的竹器。

⑫ 禳（ráng），祈祷消除灾殃。

⑬ 角黍，就是粽子，春秋时期就已在食用，多用粽叶包裹糯米蒸或煮而成。大约在西晋、东晋时期，粽子开始固定成为端午节的节令食物，后来又传到日本、朝鲜等国。

⑭ 骆驼蹄糕，外形像骆驼蹄印的一种糕点，里面装入豆沙、黄糖或肉类，外面裹上厚厚的米粉，在今天的江苏南部、浙江北部一带比较流行。

⑮ 馈遗，馈赠，赠予。

中元　各家以牲醴、羹饭祀其先，缁黄之流诵经供佛[①]，谓之兰盆会[②]。

中秋　士人家置酒酣燕[③]，玩月为乐[④]，每至夜分乃止。以月饼相馈。

重阳　士人登高燕赏[⑤]，以茱萸泛酒饮之。各家制牡丹糕[⑥]、方粽[⑦]，亲戚转相馈遗。

冬至　前夕，民家各具酒肴宴饮。是日，具牲醴祭祖宗，亦有行序拜之礼者。

岁除　岁前十日内，民家择吉日祀土神，谓之谢年。又具牲醴祭祖宗。为饮燕以会其亲属乡党，谓之分岁。又各以食物相馈。至日，烧火盆[⑧]、响爆竹、换桃符[⑨]、写春帖[⑩]，骨肉团栾而饮[⑪]，坐以守岁。

（原载崇祯《义乌县志》卷三方舆考“岁时”）

【导　读】

《岁时》篇主要以一年时间为序，讲述义乌地区重要的节日与习俗。岁时是人们在社会生活中，通过观察天时、物候的周期性特点，约定俗成地在一年四季的不

① 缁黄之流，僧侣、道士之属。缁是类似黑泥的颜色，黄是类似黄土的颜色，古代僧人一般穿黑泥色的衣服，道士则一般戴土黄色的头冠，故称。

② 兰盆会，即盂兰盆会，佛教徒于农历七月十五日为追祭亡灵而举行的一种仪式。唐韩鄂《岁华纪丽·中元》：“道门宝盖，献在中元。释氏兰盆，盛于此日。”

③ 酣燕，即“酣宴”，纵情饮宴。

④ 玩月，即赏月。

⑤ 燕赏，宴饮观赏。

⑥ 牡丹糕，又叫“牡丹饼”，以豆类粉为主料，加米捣碎，蒸制成糕，再加上牡丹花瓣和豌豆、红小豆、红枣等，最后烘烤而成，外观造型也像牡丹。传说牡丹糕是武则天发明的，后来东传到了日本，今天还在流行。

⑦ 方粽，外形四方的粽子，一般用糯米、蚕豆、红豆、豌豆等做主料，再用竹笋壳包好，上锅煮成。

⑧ 火盆，盛炭火取暖的盆子。

⑨ 换桃符，春节时把旧桃符换为新的。桃符，古人用桃木板分别写或刻上门神“神荼”“郁垒”的名字，悬挂或者张贴在门上，用于祈福禳灾。明代以后，也会把春联称作桃符。宋薛嵎《新年换桃符》：“桃符频换句难新，休对春风诉旧贫。”宋王安石《元日》：“爆竹声中一岁除，春风送暖入屠苏。千门万户曈曈日，总把新桃换旧符。”

⑩ 春帖，又叫“春端帖”“春帖子”，是一种写有吉祥诗词的纸片，起初与今天的春联并不是一类。春帖习俗可能是从宋代开始广泛流行，一般贴在禁中门帐，其诗词或歌颂升平，或寓意规谏，皇帝还会要求大臣进献帖子词。随着春帖的盛行，样式也逐渐丰富起来，既有单字的斗方（如今天的“福”字），也有合字斗方，还有门心、春条、框对（基本上是今天在用的成对的春联）等形式。后来春帖也用来指春联。

⑪ 团栾，围绕成一圈。

同时间里从事某一类特定的习俗活动。这既显示了我国先民对自然规律的认识与把握，也反映了不同时代的社会现象和生活情趣，更体现了人们对平安、富裕的心理期望。义乌地区承袭古越礼俗文化的共通特点，故上文所记礼俗与嘉靖《宁波府志》等浙江各地方志记载大多相同，但历经两千多年的不断融汇与发展，也糅合了义乌本地的地理特色、耕种物产、语言风格、宗教信仰等，形成了自己的岁时民俗特色，如“岁除”条称“岁前十日内，民家择吉日祀土神，谓之谢年”，就颇具义乌特色，并至今仍在义乌民间流传着。

【延伸阅读】

义乌虽然早在秦代就已建县，但以后很长时间都没有专门的县志，直到宋代元丰年间才由郑安平编纂了《义乌县志》，即元丰志；咸淳年间又由黄应龢进行了续修，即咸淳志。元代至正十三年（1353），义乌人黄溍组织王祎、朱廉等整合上述元丰志、咸淳志，编纂成了新的七卷本《义乌县志》，即至正志。可惜的是，自宋至元的几种县志，后来都没有流传下来。到了明代正统十年（1445），义乌令刘伯询组织编修县志，篇幅由原来七卷扩展到十四卷。隆庆六年（1572），义乌教谕郑茂林等再次编修县志。这两种明代县志，应当是义乌令周士英在万历二十四年（1596）编纂万历《义乌县志》的重要基础。崇祯十三年（1640），邑令熊人霖又在万历志的基础上，沿用基本体例，更新时效内容，组织编成新一版县志，即崇祯《义乌县志》。

崇祯《义乌县志》共二十卷，分成县图纪、方舆考、经制考、物土考、时务书、人物表、人物传、杂述考共八大类，各类下再细分条目，如建置、分野、山川、风俗、公署、学校、礼仪、户口、水利、孝友等，共计五十二小类，比较简练地勾勒了明代崇祯年间义乌在县境建置、城郭山川、学校礼仪、户口物产、徭役田赋、职官名宦、政事义行、方技艺文等各方面的情况，对于今人了解明代义乌风貌具有重要的参考作用。

万历、崇祯两种《义乌县志》的点校整理本即将由中华书局出版。

（浙江大学人文学院窦怀永副教授撰稿）

胜　迹

义乌重浚绣川湖碑[①]

〔明〕宋濂

义乌有绣川湖，在县西一百五十步[②]，广袤九里三十步[③]。旧设东、西、中三管[④]，稽其户田之数以均水利[⑤]，其所溉凡八百九十五亩[⑥]。后加疏瀹之功[⑦]，其利愈博，以亩计者至于一千五百而赢[⑧]。东、南各有斗门[⑨]，酾以二渠[⑩]，东渠循堤折行[⑪]，会于南[⑫]，又折而东，疏为三，以达于田。然而众流行潢洿间[⑬]，挟之入湖，其势易致填阏[⑭]。

在宋绍兴甲子[⑮]，知县董爟请湖为放生池[⑯]，尝一浚之。淳熙戊戌[⑰]，县丞吴沃以春夏暴涨而淫[⑱]，管不能宣泄，始更为闸，视赢缩而司启闭[⑲]，仍架石桥

① 绣川湖，在义乌旧城西，又名绣湖、绣川。

② 步，中国旧制长度单位，一步等于五尺。

③ 广袤，犹言方圆。东西长度曰广，南北长度曰袤。

④ 管，管道。

⑤ 均水利，均衡湖水之利。

⑥ 凡，总计。

⑦ 疏瀹，疏浚。

⑧ 赢，有余。

⑨ 斗门，水闸。

⑩ 酾，疏导，引流。

⑪ 循堤折行，沿着湖堤曲折行进。

⑫ 会于南，和南渠汇合。

⑬ 潢洿，池塘，此处特指不流动、水质差的水池。

⑭ 填阏，淤塞。

⑮ 绍兴甲子，南宋高宗绍兴十四年（1144）。

⑯ 董爟，字彦明，饶州番阳人，南宋官员，绍兴十二年至十三年担任义乌知县。宋洪迈《夷坚志》曾记录他的奇事。◎放生池，供善士放生水生动物以行善积德的地方。

⑰ 淳熙戊戌，南宋孝宗淳熙五年（1178）。

⑱ 县丞，官职名，是一县的副长官，协助县令通管县事。◎吴沃，南宋官员，淳熙四年任义乌县丞。◎暴涨而淫，湖水上涨，水量过大。

⑲ 赢缩，水量的多少。◎司，管理，控制。

其上，人因以吴公名之。开禧丙寅县丞胡衍[①]、景定甲子知县林桂发复皆重浚之[②]。自后无继之者。一遇亢阳为沴[③]，水辄涸，田遂不稔[④]。

曲阜孔侯来为县之三年[⑤]，政通人和，百废具兴，乃躬履湖滨[⑥]，愀然而叹曰[⑦]："无湖是无田也，兹非县令之责乎！"归与僚佐谋[⑧]，集八乡二十八都之民[⑨]，量地定徭[⑩]，分乡授事[⑪]，各植小帜以别其界域，使不相淆乱。严示期约，责其成功。于是畚锸齐举[⑫]，有不戒而趋之意[⑬]。侯恐其过于劳也，趋承水利之家[⑭]，具酒浆菹醢以食之[⑮]。劝相既频[⑯]，功绪日就。湖之北故为官道[⑰]，水啮蚀且尽[⑱]，因筑而广之。湖南沿堤亦有曲径以通人行，居民侵塞，且及湖百尺，皆斥而复之[⑲]。杂艺花柳[⑳]，映带左右，复聚土为山于花岛之后。经始于今洪武戊午正月十五日[㉑]，至三月十八日，湖之浚已及三之二，以东作方兴[㉒]，遂辍其功。其深约五尺有奇[㉓]，役工三万二千有奇。自兴是役，昼恒晴[㉔]，夜或雨雪；

---

① 开禧丙寅，南宋宁宗开禧二年（1206）。◎胡衍，南宋官员，开禧二年任义乌县丞。

② 景定甲子，南宋理宗景定五年（1264）。◎林桂发，南宋官员，景定四年任义乌知县。

③ 亢阳，大旱。◎沴，灾害。

④ 稔，庄稼成熟。

⑤ 曲阜孔侯，指孔克源，字敦夫，曲阜人，孔子五十代孙，洪武七年（1374）任义乌知县。"侯"是对长官的尊称。

⑥ 躬履，亲临。

⑦ 愀然，忧愁貌。◎曰，《宋学士文集》作"田"，据崇祯《义乌县志》改。

⑧ 僚佐，属下。

⑨ 都，《宋学士文集》作"里"，据崇祯《义乌县志》改。乡、都，古代基层行政单位。义乌旧有八乡：崇德乡、缙云乡、龙祈乡、永宁乡、智者乡、同义乡、双林乡、明义乡。乡下设都若干，如崇德乡下设一都、二都、三都，缙云乡下设四都、五都、六都，凡二十八都。

⑩ 量地定徭，根据田地面积制定徭役的标准，这里指将疏浚绣湖的工程量按照受惠田地的多少平均分配给各乡百姓。

⑪ 分乡授事，按各个乡分配任务。

⑫ 畚锸，挖运泥土的工具，这里指水利建设之事。

⑬ 不戒而趋，指不需催促就主动赶工。

⑭ 趋承，慰问。

⑮ 酒浆菹（zū）醢（hǎi），泛指酒食。酒浆，酒类。菹醢，肉酱。

⑯ 劝相，勉励，帮助。

⑰ 故，旧，原先。◎官道，官府修建的驿路。

⑱ 水啮蚀且尽，被水患侵蚀接近废弃。

⑲ 斥，除去，清除。下文"斥之绿绿"（本书第51页）之"斥"，义同。

⑳ 杂艺，交错种植。

㉑ 洪武戊午，明太祖洪武十一年（1378）。

㉒ 东作，春耕。

㉓ 有奇，有余。

㉔ 昼恒晴，白天总是晴朗（利于施工）。

迨夫遂事①，淫霖久不止②，君子谓侯爱民之所感③。是岁④，婺七县大旱⑤，绣湖之田独获有秋⑥。县人士怀侯不能忘，援⑦昔人名桥故事，既名土山为“孔公墩”，以识侯功⑧，复来谒予文为记⑨，欲示后之为令者俾嗣浚之。

余观载籍之中⑩，有民社者能修陂渠之政⑪，则屡书之而不厌其详。此无他，以民食之所系故，特用是以为劝也。昔者史起之为邺令⑫，大兴水利以利民，至有“舄卤生稻粱”之谣⑬，逮今五尺之童亦有能知其贤者⑭。世之为令者，苟能如起之爱民，其修名有不垂于无穷者乎⑮？绣川湖，县之巨浸⑯，一方之所倚赖。自景定甲子以迄于兹，已阅一百十五春秋⑰。佩铜章、墨绶者不知其几人⑱，皆漠然不以为意，而孔侯独能行之，可谓无愧昔贤者矣！因备书之，勒于金石⑲，非惟永侯之闻⑳，抑亦劝来者使则效之也㉑。

侯名克源，字敦夫，孔子五十代孙。系之以诗曰：

---

① 遂事，完工。

② 淫霖，久雨。

③ 感，感应。

④ 是岁，这一年。

⑤ 婺，婺州，今金华市。当时义乌属于婺州七县之一。

⑥ “绣”字据崇祯《义乌县志》改；《宋学士文集》作“並”，当读作bàng，通“傍”，挨着，依，义亦可通。《史记·秦始皇本纪》：“自榆中並河以东，属之阴山。”南朝宋裴骃集解引服虔曰：“並音傍。傍，依也。”◎有秋，有收成，丰收。

⑦ 援，援引。

⑧ 识，铭记。

⑨ 复来谒予文为记，更前来请求我撰写文章记录这件事。

⑩ 载籍，典籍，群书。

⑪ 有民社者，掌管人民与社稷者，即执政者。◎陂渠之政，水利事业。

⑫ 史起，战国时魏人，魏襄王时任邺城（今河北临漳西南）令，重修西门豹渠，发展生产，得百姓爱戴。

⑬ “舄卤生稻粱”之谣，《汉书·沟洫志》记民歌颂史起曰：“邺有贤令兮为史公，决漳水兮灌邺旁，终古舄卤兮生稻粱。”舄卤，含有盐碱的不适合耕种之地。

⑭ 五尺之童，未成年的孩童。

⑮ 修名，美名。

⑯ 巨浸，大湖。

⑰ 春秋，一年为一春秋。

⑱ 佩铜章、墨绶者，指地方长官。铜章，古代铜制的官印；墨绶，结在印纽上的黑色丝带。铜章、墨绶为唐以来郡县长官的标配。

⑲ 金石，颂扬功德的碑铭。金指钟鼎彝器，石指碑碣石刻。

⑳ 闻，《宋学士文集》作“文”，据崇祯《义乌县志》改。

㉑ 则效，效法。

华川之墟[①]，众水所趋。其势回旋，汇而为湖。黄流奔冲[②]，岁受洿浊[③]。不有浚之，化为平陆[④]。孰为其先，泽我甫田[⑤]。孰为其后，维今之贤。其贤为谁，裔自曲阜。我煦我育[⑥]，不翅召父[⑦]。百龄绝响[⑧]，曰吾继之。民食攸系，何敢弗思。乃程土功，乃集徒旅[⑨]。畚锸齐兴，其来如雨。森之绸绸[⑩]，斥之緎緎[⑪]。翕之鸠鸠[⑫]，离之休休[⑬]。窊者既深[⑭]，壅者斯戢[⑮]。建闸筑防，节其出入。潦水时行[⑯]，纳之若虚。犹如东瀛[⑰]，注于尾闾[⑱]。亢阳为沴，靡神不格[⑲]。徒尔号呼，土毛尽赤[⑳]。我行我野，黍苗芃芃[㉑]。亦有流泉，其声潨潨[㉒]。人力胜天，遵古之义。胡不是修[㉓]，索诸茫昧[㉔]。彼岁遘凶[㉕]，我年独丰[㉖]。拊己而思，伊谁

---

① 华川，水名，即绣川、绣湖；也为义乌旧称。崇祯《义乌县志》卷二方舆考：“唐武德四年，郡复为婺州，割乌伤一县，别立绸州，分置乌孝、华川二县。”原注：“绸以绸岩得名；华川或曰绣川，以绣湖得名。”◎墟，地面，地方。

② 黄流，黄色的水流，指河水。

③ 洿浊，水流淤积而浑浊。

④ 平陆，平原，陆地。

⑤ 甫田，面积广大的田地。《诗经》中有《甫田》篇。

⑥ 煦、育，指抚育，养育。

⑦ 不翅，不啻，如同。翅，通“啻”。◎召父，西汉元帝时南阳太守召信臣，曾修召父渠。

⑧ 百龄，百年，形容很长时间。

⑨ 徒旅，众人。

⑩ 森，众盛貌。◎绸绸，密集貌。

⑪ 緎緎，急速貌。

⑫ 翕，聚合。◎鸠鸠，集聚貌。

⑬ 离，分开，分割。◎休休，拟声词，形容喘息、呼气的声音。

⑭ 窊者，低洼的地方。

⑮ 壅（yōng）者，堵塞的地方。◎戢，止，阻止。

⑯ 潦水，雨后的大水。

⑰ 东瀛，东海，大海。

⑱ 尾闾，古代传说中海水所归之处，在扶桑之东。

⑲ 格，感通，感动。

⑳ 土毛，指土地上生长的各种植物。◎赤，空，没有收成。

㉑ 芃芃，植物茂盛貌。

㉒ 潨潨，水流声。

㉓ 胡不，何不。

㉔ 索诸茫昧，指求之于神鬼。索，求。茫昧，模糊无知。明刘基《题群龙图》诗：“世间万类皆可睹，茫昧独有鬼与龙。”

㉕ 遘凶，遇到灾祸，此指旱灾。

㉖ 年，收成。

之功[1]？功在不刊[2]，匪文莫纪。采而书之，敢告惇史[3]。

洪武十一年冬十月记[4]。

（据明正德刻本《宋学士文集·芝园后集》卷四收录，参校崇祯《义乌县志》卷三）

【导　读】

绣湖是义乌的风景名胜。“在县西一百五十步，周回九里，溉田甚广。山川花木掩映如绣，故曰‘绣川’。自昔好事者往往建亭台于上，以资玩赏。”（嘉靖《浙江通志》卷六）同时，绣湖也是与民生利益攸关的重要水利设施，宋代地方官员曾多次修缮。明太祖洪武十一年（1378），义乌县令孔克源见绣湖历久淤塞，发动乡民进行疏浚。乡民有感善政，将花岛后的土山命名为“孔公墩”，并请名士宋濂撰文记颂此事。宋濂用简练的文笔叙述了绣湖的历史和现状，为后世留下了宝贵的文献记录。后来，明正统年间，“知县刘同、县丞刘杰时与乡大夫龚永吉、朱肇赏宴其间，取其地与时会物，因事称者八种，云驿楼晚照、烟寺晓钟、花岛红云、柳洲画舫、湖亭渔市、画桥系马、松梢落月、荷荡惊鸥，名‘八景’”（康熙《义乌县志》卷二）。这就是“绣湖八景”的由来。文章中说：凡兴修水利的地方官都会被史书详细记载下来，因为他们心中装着百姓的疾苦。

【延伸阅读】

宋濂（1310—1381），初名寿，字景濂，号潜溪，别号玄真子，祖籍金华潜溪，后迁居金华浦江，元末明初著名政治家、学者、文学家。

宋濂自幼贫寒多病，师从吴莱、柳贯、黄溍等名家。元末不仕。入明，受朱元璋聘为太子师，深受礼遇，被朱元璋誉为“开国文臣之首”。洪武二年（1369），主修《元史》。后累官至翰林学士承旨、知制诰。洪武十年，以老乞休。晚年因长孙牵连胡惟庸案遭流放，卒于途。后追谥“文宪”。《明史》有传。

宋濂一生著作颇丰，其诗文集自元末明初以来屡被刊刻，并可分为单刻本、选本和汇刻本等三类：单刻本有《潜溪集》（前集）十卷附录二卷、《潜溪后集》十卷、《潜溪续集》十卷、《潜溪别集》十卷、《萝山集》五卷、《翰苑集》（新集）四十卷、《朝京稿》五卷、《芝园集》三十卷等；选本有《宋学士文粹》等十余

---

① 伊，《宋学士文集》作“侯”，据崇祯《义乌县志》改。

② 不刊，不可磨灭。

③ 惇史，有德行之人的言行记录。

④ “洪武”句，《宋学士文集》无，据崇祯《义乌县志》补。

民国时期的绣湖（义乌城建档案馆藏）

种；汇刻本有《宋学士先生文集》二十六卷附录一卷、《宋学士文集》七十五卷、《宋学士全集》三十三卷、《宋文宪公全集》五十三卷首四卷、《宋文宪公全集》八十三卷等多种。目前宋濂文集最完整的点校本为黄灵庚先生辑校的新编《宋濂全集》（人民文学出版社2014年版），共收录宋濂诗文2107篇。宋濂的文学成就很高，对台阁文学产生了深远影响。他与刘基、高启并列“明初诗文三大家”。

关于绣湖的历史文献，可参阅浙江省义乌市政协文史资料委员会编《义乌文史资料》第12辑《绣湖专辑》。

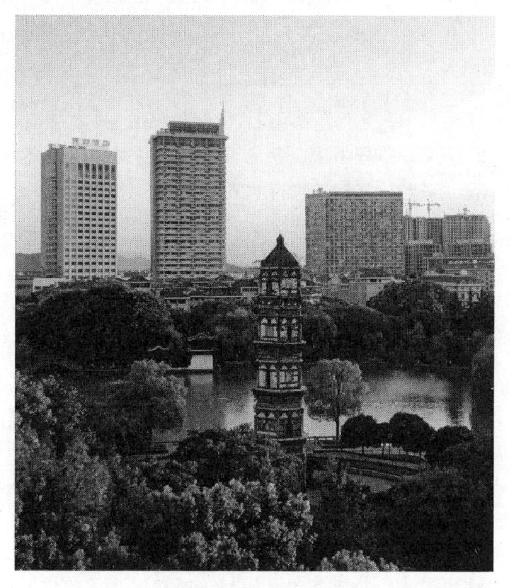
绣湖新貌（李永 摄）

（浙江大学人文学院贾海生教授、安徽大学文学院唐宸博士撰稿）

游鸡鸣山记[①]

〔清〕刘元震

鸡鸣山峙东江之左[②]，屈曲盘旋，来若无因，止若无去[③]；突者若螺，垂者若带。后枕小巅[④]，里人构庙祀神[⑤]。而最高一峰挺出原野间。或曰昔山有金鸡鸣而群鸡皆鸣，或曰唐崔智韬逐化虎之妇至此闻鸡鸣[⑥]，故名焉。宋时有陈鼐者[⑦]，因国亡结茅其阳[⑧]，躬耕事母[⑨]。余先人尝构小亭[⑩]，名“登高台”。岁九日[⑪]，与乡之士大夫会于此，今圮矣。

登山旷览[⑫]：北为邑之龙祈山[⑬]，锯齿刀背[⑭]，诸崖青影逼人[⑮]；西北为浦之仙华山[⑯]，宋谢皋羽尝同方韶卿、吴子善辈登之[⑰]，以寓其中之所感；西则邑之

---

① 鸡鸣山，义乌东部山名，风景优美，属大盘山余脉分支，海拔123.6米，与古朝阳门相对。

② 东江，即东阳江，今金华江，古名太白溪，又名东江、东港。

③ “来若”二句，犹言“来去无形”。

④ 枕，背靠。

⑤ 里人，乡人。◎构，建造。

⑥ 崔智韬，又名崔韬，唐人传奇小说《崔韬》的主人公。据说他未第时游滁州，夜有一虎入门，脱皮化为一女。崔问其故，女称父兄为猎人，并表示愿为其妻。崔将女子虎皮扔入井中，携此女离去，并娶其为妻。多年后，崔为官携妻儿赴任路过旧地，谈起往事，知虎皮仍在井中。妻令人取来虎皮试穿，即化为虎，食崔韬父子而去。

⑦ 陈鼐，字孟容，自号静翁，义乌人，北宋靖康初年入太学，靖康之变后归乡，隐居鸡鸣山，耕读奉母。有诗稿五卷。

⑧ 结茅，编茅为屋，谓隐居不仕。◎阳，南边。古代以山南、水北为阳，山北、水南为阴。

⑨ 事母，侍奉母亲。

⑩ 余先人，指刘应龟（1244—1307），字元益，号山南，宋末元初义乌青岩刘村人，著名学者、诗人，是作者的先祖。

⑪ 九日，重阳节。

⑫ 旷览，四面眺望。

⑬ 龙祈山，义乌北部山名，唐代建有兴善教寺，地理位置重要，宋代设置巡检司，元代设置龙祈驿，清代为义乌四镇之一。

⑭ 锯齿刀背，山势仿佛刀锯一般险峻。

⑮ 诸崖青影逼人，山崖层层叠叠，气势逼人。

⑯ 仙华山，浦江县山名，又名仙姑山，素有“浦邑第一胜景”之美誉。

⑰ 谢皋羽，指谢翱（1249—1295），字皋羽，号宋累，福建霞浦人，南宋遗民诗人。曾参与文天祥义军，兵败后隐居，辗转浙东。“月泉吟社”创立者之一，著有《晞发集》。◎方韶卿，指方凤（1240—1322），字韶卿，号存雅，浙江浦江人，南宋遗民诗人。宋亡隐居于浦江仙华山。“月泉吟社”创立者之一，著有《存雅堂遗稿》。◎吴子善，指吴思齐（1238—1301），字子善，号全归子，婺州永康人，南宋遗民诗人。曾任嘉兴县丞，宋亡后隐居浦阳，所著有《左氏传阙疑》等。

稠岭[①]，宋忠祐胡公[②]，惠政在人[③]，庙祀于此；西南为双峰[④]，下为明宋景濂先生故址[⑤]；正南则郡之芙蓉峰[⑥]，为通郡人文所钟秀[⑦]；而钓鱼岩则南之最近者[⑧]，上建浮图七级[⑨]；东为龙门[⑩]，宋王正叔先生讲学处也[⑪]，为石门[⑫]，先世山南先生隐居处也[⑬]；东之南麓，明王忠文公托处于兹[⑭]；东北旁溪而聚族者，则宋忠简宗公之遗裔[⑮]。而旁睨城郭[⑯]，则徐文清、黄文献之祠在焉[⑰]；俯瞰山麓，又有龚忠愍父子之墓[⑱]，皆历历可数；中有一江，自吴宁蜿蜒入乌[⑲]，经兰

---

① 稠岭，即稠山，在义乌西北，因重岩稠叠而名。

② 忠祐胡公，指胡则（963—1039），字子正，北宋永康人，端拱二年（989）进士，累官工部侍郎，曾奏免衢、婺两州百姓身丁钱，卒谥“忠祐”，百姓为立胡公祠，称为“胡公大帝”。《宋史》有传。

③ 惠政在人，即以善政著名，流传于人口。

④ 双峰，双峰山，在义乌赤岸，位处浙江中心点，海拔779.5米。因二峰并拔天表，故名。又因形似笔架，俗称笔架山、双尖山。

⑤ 宋景濂先生，指宋濂，详见本书第52至53页延伸阅读。

⑥ 芙蓉峰，即尖峰山，在金华城北，海拔427米，是金华的标志性山峰，也是登临俯瞰金华城的最佳地点，素有“金华人三日不见尖峰山要落泪”之说。

⑦ 通郡，全郡，指整个金华郡。

⑧ 钓鱼岩，即钓鱼矶，高约40米，立于义乌城西南江水东岸。现存明代钓鱼矶塔（又名一峰塔）一座。

⑨ 浮图，佛塔，此处指钓鱼矶塔（一峰塔）。

⑩ 龙门，龙门山，在义乌南二十里南山最高处。

⑪ 王正叔先生，指王迈（1184—1248），字正叔，义乌人，南宋经学家，受学于朱熹门人，登宋理宗淳祐元年（1241）进士第，授弋阳尉。诸生为其筑室于义乌龙门山。王迈被郡守赵汝腾与何基举荐于朝廷，未到官而卒。

⑫ 石门，石门山，在义乌东九里，连山中断，两山对峙如门，因此得名。

⑬ 山南先生，指刘应龟，详见本书第54页注⑩。

⑭ 王忠文公，王祎（1322—1374），字子充，号华川，元末明初义乌人，善诗文，与宋濂并称“浙东二儒”，谥“忠文”。◎托处于兹，指埋葬于此。

⑮ 宋忠简宗公，指宗泽（1060—1128），义乌人，宋朝名将。死后追赠观文殿学士，谥“忠简”。◎遗裔，后代。

⑯ 旁睨城郭，近看城郊。睨，斜着眼看。

⑰ 徐文清，指徐侨（1160—1237），义乌人，宋末理学家、诗人，卒谥“文清”。◎黄文献，指黄溍（1277—1357），义乌人，元代著名文学家，卒谥“文献”，与柳贯、虞集、揭傒斯并称元代“儒林四杰”。

⑱ 龚忠愍父子，指龚泰、龚永吉父子。龚泰（1367—1402），字叔安，义乌人，明代官员，洪武二十九年（1396）以乡荐入太学，建文三年（1401），任户科都给事中，“靖难之役”南京城破时，于金川门投城殉难，赐谥“忠愍”，清朝改赐“忠节”，与宗泽、王祎入“三忠祠”祭祀，《明史》有传。龚永吉（1399—1471），字天民，号澹斋，义乌人，龚泰子，累官兵部侍郎、大理寺卿，入“崇德报功祠”祭祀。

⑲ 吴宁，东阳市古称。

江以归钱塘[①]。曾足迹不越数武[②]，而数百里之奇观胜迹，皆在几席间[③]。

是岁重九[④]，风日晴爽[⑤]，与诸子登其巘[⑥]，坐石磴[⑦]，分韵赋诗行觞[⑧]。余顾而慨曰：

诸君得无有触目而动心，吊古而伤今者乎？龙祈之连天插汉[⑨]，奇矣，未闻有名人硕士蔚起其间，遂与众山埒焉[⑩]。而仙华复有登之者乎？稠岭犹是也，复有没敬其神者乎[⑪]？景濂之文章与双峰同不朽。今徒望芙蓉而羡秀、观钓岩而叹异而已。孰能讲学使龙门增重乎？砥节使石门艳称乎[⑫]？保障封疆[⑬]、仗义死国如忠简、忠文、忠愍之表表乎[⑭]？孰能衍未丧之传[⑮]，立朝正直如文清、文献者乎？川岳之钟毓无时或息[⑯]，而人士之后起何若前踪[⑰]，必也积学博稽如文献、景濂，守道式时如文清、正叔、山南[⑱]，树勋立节如忠简、忠文、忠愍，而殁也如忠祐之歌祀勿绝，其庶几乎[⑲]！然则登斯山而徒怡情风景，恣意啸咏[⑳]，岂但山灵所不许，亦吾与诸君子之所羞矣！

（据康熙《义乌县志》卷十九收录，参校嘉庆《义乌县志》卷二）

---

① 兰江，即兰溪，因岸多兰茝得名。东源出东阳，称婺港，又名东阳江，即今金华江；西源出新安江，即今衢江，至兰溪县合流，称兰溪。◎钱塘，即钱塘江，又称“浙江”“之江”，是浙江省最大河流，经杭州湾注入东海。

② 曾，乃，竟。◎数武，古代以半步为武，数武即不远处。

③ 几席，案几和坐席。

④ 重九，重阳节。

⑤ 风日，风光。

⑥ 巘（yǎn），山峰。

⑦ 石磴，石台阶。

⑧ 分韵，数人相约赋诗，选择若干字为韵，各人分拈，依拈得之韵作诗，谓之分韵。◎行觞，行酒，依次敬酒，多伴有赋诗等活动。

⑨ 插汉，插入云汉，极言其高。

⑩ 遂与众山埒焉，能够让龙祈山和其他名山一样出名。埒，同等。

⑪ 复有没（mò）敬其神者乎，也有去世后让世人长久祭祀的杰出人物吗？没，同“殁”，去世。

⑫ 砥节，砥砺气节。

⑬ 保障封疆，犹言保家卫国。封疆，疆界。

⑭ 表表，卓异，特出。《明史·李三才传》：“若顾宪成、邹元标、赵南星、刘宗周，皆表表为时名臣。”

⑮ 衍，推演，传承。◎未丧之传，指斯文（人文）精神。《论语·子罕》：“天之未丧斯文也，匡人其如予何！”

⑯ 钟毓，钟灵毓秀，指美好山川风土往往诞育出优秀的人物。

⑰ 人士之后起何若前踪，后起之秀该如何追踪前贤。

⑱ 守道式时，坚守道德规范，示范当世。式，示范，作为榜样。明刘基《〈季山甫文集〉序》：“季君山甫文集若干卷，体格严正，文词典雅，真可以式后学、传来世，不可磨灭者也。”

⑲ 其庶几乎，大概差不多吧！

⑳ 啸咏，歌咏，赋诗作文。

【导　读】

清初隐士刘元震效仿他的先人刘应龟，在重阳节这一天与友人登义乌鸡鸣山（当年刘应龟在鸡鸣山建登高台，“岁九日，与乡之士大夫会于此”），即景赋诗，写下了著名的《游鸡鸣山记》。这篇游记与寻常的文人游记有明显的不同：作者并未局限于描写山水奇景，而是感慨义乌名胜大多留有贤人遗迹，山水因贤人而名重，贤人亦托山水而不朽，激励同行诸君效仿先贤，建立事业功勋（名山事业指著述而言），为家乡增光添彩。

义乌鸡鸣山历史悠久，关于山名的来历，刘元震说“或曰昔山有金鸡鸣而群鸡皆鸣”，“或曰唐崔智韬逐化虎之妇至此闻鸡鸣，故名”。事实上，化虎妇的故事在唐薛用弱《集异记·崔韬》和元董解元《西厢记诸宫调》所载曲文《崔韬逢雌虎》等小说话本皆有叙述，发生地并非义乌，而是安徽滁州。而根据义乌本地掌故，鸡鸣山的来历与朱元璋兵败稠州，逃难闻鸡鸣的故事有关。鸡鸣山究竟如何得名，仍然是一个未解之谜。

【延伸阅读】

刘元震，字声之，号恐庵，义乌人，清初隐士。少负意气，傲视一切。试入郡庠，后弃去，居城外五里青岩山之石门，即先人“山南先生”刘应龟归隐之地，耕读授徒，与樵人为伍，自号“壁山樵子”。康熙二年（1663），筑环山草堂。卒后门人私谥“安节”。诗文多意胜于辞，著有《环山堂稿》，集首不书姓名，不欲人知之。又有《绳武集》《金华文选》《地理书》《评陶诗》等，今皆散佚。康熙《义乌县志》卷十五有传。

义乌山水奇绝，人文钟秀，历代不乏隐贤。刘元震出身于一个耕读世家，先祖“山南先生”刘应龟是宋末元初义乌青岩刘村人，时人誉为“江南奇士”。刘应龟咸淳年间入太学，丞相马骥欲以女妻之，他婉言谢绝。宋亡后，一度隐居石门山。元朝至元、大德年间，历任义乌县学教谕、月泉书院山长、杭州府学学正。黄溍在《绣川二妙集序》中说：“吾里中前辈以诗名家者，推山南先生为巨擘。”对刘应龟的文学成就给予很高评价。

鸡鸣山图（嘉庆《义乌县志》图十四）

据康熙《义乌县志》卷二十记载，顺治十八年（1661）夏，刘元震还曾与隐士吴伟玠同游义乌石门山，在先人刘应龟隐居处建室以祀。元震当时作《石门山》诗曰："隔断尘喧事，寻幽每一过。峰围天觉小，径险石偏多。白日闲麋鹿，清风老薜萝。欲移李子架，高卧万山窝。"刘氏一门隔代隐士的故事，在义乌当地传为佳话。

（浙江大学人文学院贾海生教授、安徽大学文学院唐宸博士撰稿）

重建东江桥记[①]

〔清〕张若霈

邑之有东江桥也，始于宋庆元三年，中间天时人事[②]，递废递兴[③]。议创建者[④]，或殊其制，或异其名[⑤]，总之，兴则为民利，废则为民病[⑥]，桥固不可一日而无也。

余摄兹邑篆在康熙五十四年冬[⑦]，而桥之毁于火也在五十一年春。前之官斯土者[⑧]，倡议重兴，顾以费不赀[⑨]，仅修筑石墩，得半而止。是非余之责而谁责哉？爰集邑之好义者[⑩]，经营相度[⑪]，鸠工庀材[⑫]，春夏之季，不数月而告厥成[⑬]。桥之广二丈[⑭]，长四十馀丈，计石千石[⑮]，围木数千丈[⑯]，小木三之，铁器

① 东江桥，位于义乌旧城东三里东阳江（金华江）上，故名。
② 间，间隔。
③ 递废递兴，屡废屡修。
④ 议创建者，讨论主持修桥的人。
⑤ "或殊其制"二句，指有的改造它的形制，有的改变它的名字。
⑥ "兴则为民利"二句，指修桥能使百姓受益，桥废则给百姓带来不便。
⑦ 摄篆，代理官职。◎兹邑，指义乌。
⑧ 前之官斯土者，前任长官。
⑨ 不赀，不可计数，指无处谋划。
⑩ 爰，于是。
⑪ 经营，筹划营造。◎相度，测量。
⑫ 鸠工，聚集工匠。◎庀材，备齐材料。
⑬ 告厥（jué）成，告成，完工。厥，其。
⑭ 丈，古代长度计量单位，一丈等于十尺。
⑮ 计石千石（dàn），合计用石料一千石。后一个"石"字是量词，计算重量的单位，一百二十斤为一石。
⑯ 围木，合抱之木，指较大的木材。

千觔[①]，油与灰千斗[②]，工手指数千[③]。覆桥之屋四十楹[④]，广长与桥等[⑤]。椽柱瓦埴之属千[⑥]，其他劳酒、肉食、杂费钱十几千。其费官俸居十之二[⑦]，好义督事之人输其三[⑧]，而募捐所得居十之五焉。

是役也，物料论其值[⑨]，无尅价也[⑩]；匠作偿其佣[⑪]，无白役也[⑫]。在官在民之费，按簿而纳[⑬]，无丝粟虚浮也[⑭]。且夏五之月，积雨连绵，山溪沧莽[⑮]，木植之属泝流而上[⑯]，殊苦艰辛。好义督事者，不辞况瘁[⑰]，扁舟上下；而居近之民咸裹粮泅水[⑱]，必令速达于岸而后止焉。余闻而忧之，方亟止之，而民奋迅以从不少懈也。呜呼！此以见民风之淳厚，亦兹桥之会当兴也[⑲]。顾余何幸而得此欤[⑳]！

桥成之日，适余卸邑事[㉑]，将返严州，因呼诸民而告之曰："事不从踊跃得者[㉒]，卒难以图成功[㉓]；不从劳瘁收者[㉔]，不可以垂久。今兹桥也，惟尔民图利

---

① 觔，同"斤"。

② 斗，古代容量单位，十升为一斗，十斗为一石。

③ 工手指，工匠工数。工手，工匠。指，量词，用以计算人口。清魏源《圣武记》卷六："乃伐箐中数百丈老藤，夜往钩其栅，役数千指曳之。"

④ 覆桥之屋，即桥亭。◎楹，古代计算房屋的单位，一说一列为一楹，一说一间为一楹。

⑤ 广长与桥等，长宽和桥面等同。

⑥ 椽柱瓦埴之属，泛指桥亭上的各种建筑材料。瓦埴，砖瓦。明曹学佺《蜀中广记》卷八五《峨眉历代耆宿》："西域圣僧名阿婆多尊者，来礼峨眉。而观山水环合，同于西域化城寺地形，依此而建道场。山高无瓦埴，复雨雪寒严，而冻裂不坚，故以木皮盖殿，因呼为木皮殿。"

⑦ 官俸，官吏的薪水。

⑧ 输，输纳，这里指捐献。

⑨ 物料论其值，物料按实际价值支付价钱。

⑩ 无尅价，没有克扣压价，指实事求是按照实际价值付钱。尅，同"剋"，克扣。

⑪ 匠作偿其佣，工匠根据劳动量获得报酬。

⑫ 无白役，没有人白白劳动。

⑬ "在官在民之费"二句，指付公家或付个人的费用都按簿册规定缴纳。

⑭ 丝粟，一丝一粟，比喻极微少。

⑮ 沧莽，水势浩大。

⑯ 木植，木材。◎泝流，逆流。泝，后作"溯"。

⑰ 况瘁，劳累。况，通"怳"。

⑱ 裹粮，携带熟食干粮。◎泅水，游水。

⑲ 兹桥之会当兴，这座桥的重建真是适逢其时。

⑳ 顾余何幸而得此欤，我何其幸运，能参与这项工作啊！顾，发语词。

㉑ 适，正值，恰逢。◎卸邑事，指卸任代理知县。

㉒ 踊跃，形容情绪高涨、热烈，争先恐后。◎得，开展。

㉓ 卒，最终。

㉔ 劳瘁，劳累辛苦。◎收，结束。

之[①]，实惟尔民相成之[②]。余往矣，尔民当知废之易而兴之难如此也。有损则急补苴之[③]，有费则豫储蓄之[④]，毋令灾于火、漂摇于风雨[⑤]，则兹桥可以长利济也[⑥]。以‘永济’名桥，可乎？”维时好义督事者为楼君元斐[⑦]、吴君允祉[⑧]，咸曰“善”，因请书之于石。

（原载嘉庆《义乌县志》卷二）

【导　读】

张若霈（1681—1727），字云举，号北冲，安徽桐城人。祖父张英（1637—1708）、父张廷瓒（1655—1702）、叔父张廷玉（1672—1755）皆为清初名臣。张若霈为康熙四十七年（1708）举人，历任内阁中书、浙江严州同知、广西梧州知府，荐升苍梧道按察使司副使，卒于官。后入名宦祠祭祀。他在担任严州同知期间，曾于康熙五十四年冬至五十五年夏短暂代理义乌知县。

义乌古代桥梁众多，其中不乏东江桥、西江桥、广益桥、万善桥、众善桥等名桥。东江桥始建于宋代，是义乌入东阳的交通要道，历代屡毁屡修四十余次，堪称义乌桥梁史上的奇迹。清康熙五十一年，桥毁于火灾。五十四年冬，张若霈代理义乌知县，他以修桥利民为己任，兴工重建，留下了这篇《重建东江桥记》。文章记叙了桥梁修建的过程，详细罗列了修桥所费的物料、人工、资金来源，特别提到民众“裹粮泅水”，不辞艰辛参与桥梁修建的热情，以彰显桥梁修筑的不易。文章末尾，作者以修桥不易教导百姓“废易兴难”的道理，引人深思。

【延伸阅读】

嘉庆《义乌县志》卷三记载：“兴济桥，即东江桥。县东三里，在东江。入东阳大路旧有浮桥。宋庆元三年，知县薛扬祖更造石桥，号‘薛公桥’。嘉定二年，

---

① 利之，指借助修桥获得便利。
② 相，辅助，帮助。
③ 补苴，弥补缺漏。
④ 豫，预先。
⑤ 漂摇，即飘摇。
⑥ 利济，有益于人。
⑦ 楼君元斐，楼元斐，字文侯，邑诸生，慷慨好施，孝义卓著，曾捐百金倡修东江桥。嘉庆《义乌县志》卷十六有传。
⑧ 吴君允祉，吴允祉，邑诸生，康熙三十年（1691）岁贡。

知县施寅重建。淳祐五年，知县赵圆卿作新桥，易今名。元大德五年，僧永识修。皇庆元年，达鲁花赤木薛飞为浮梁。泰定二年，僧文中募作石桥于故址西八步，两岸皆有石堤，中叠石为七墩，桥长四十二丈。僧智宏募为屋覆之。其南二墩，水激而仆，达鲁花赤亦璘真重修。明洪武五年，南堤及二墩毁于水。至十五年，主簿聂用和修如旧。后南二墩累为暴水所圮，僧志洪、深远相继修完。永乐间，为水激坏。正统三年，县丞刘杰捐俸倡民择石为墩。正统六年，知县刘同劝民助资完之。成化九年，改卷石洞桥。十二年，洪水冲坏。十六年，同知李珍董建。十七年，暴涨冲塌。十八年，知县齐溥劝义民吴希仁捐资倡义，南筑石堤，重建桥梁，构屋建亭其上，改名'广济桥'。弘治十五年，知县吕盛劝义士吴希彩、黄子宣、虞子盛捐修。嘉靖八年，大水，坏者过半。十四年，筑墩建桥。越二年，毁，知县方介董修。逾二纪馀，桥复朽坏。四十五年，侍郎吴百朋捐修。隆庆五年，桥屋坏，知县欧阳柏修。万历七年，举人吴大缵重整石墩。万历二十三年，墩颇倾颓，梁版朽坏，知县周士英命吴彦清、虞学凤、虞大常、虞懋徽悉新之。天启七年，知县郑极祥修。崇祯十二年，衿士以旧楹就圮、木版将朽，且为邑上游过高非制，佥议彻朽楹，版以石。十三年，知县熊人霖倡捐，暨吴、虞、金、陈、李各大姓助资，并为木阑翼之。因岁首迎春于此，取杜必简'梅柳渡江春'之句，颜曰'渡春桥'。国朝康熙九年，知县于涟修。十三年，邑寇纷啸。冬，都统吴公率师由府趋暨阳，取道乌邑。邑寇骇而奔至桥南，毁桥自固。大师逐之，斩获无算。桥且废。二十四年，知县辛国隆，邑绅陈祥发、李培美、黄大吕、毛岳、楼元斐捐市巨木为梁，上覆以版，又虑岁久必倾，置田三石八斗续葺，复令桥右庵僧立石募之，欲改版为石，未之能。康熙三十年，知县王廷曾，邑人吴洪禹、楼元斐倡建桥屋。五十一年春，毁于火。五十四年，署县张若霈重建。乾隆四十五年，圮于水。”张若霈所说“知废之易而兴之难如此”，诚非虚言！

（浙江大学人文学院贾海生教授、安徽大学文学院唐宸博士撰稿）

水竹洞天记[①]

〔明〕宋濂

同郡胡君伯器[②]，世居酥溪之上[③]。其地山环水萦，林木郁深[④]。伯器择其胜者[⑤]，作亭其间，因高为堤[⑥]，汇流成池，旁植翠竹数百竿，清气翛翛然袭人[⑦]。登亭四望，杳不知尘壤之连区[⑧]，仙寰之在迩也[⑨]。乃扁之曰“水竹洞天”[⑩]，而请国子助教郑涛篆之[⑪]。

及余致政归青萝山[⑫]，伯器始造吾庐[⑬]，以记文为属[⑭]。且曰：“吾亭有水竹之胜，薦绅家以洞天名之[⑮]。洞天乃神仙之所栖息，夫岂宜哉?”

---

① 此文见于康熙《义乌县志》卷十六见闻志“古迹”之“水竹洞天”条下，其前云：“酥溪，唐贞元中，戴叔伦令吴宁《过酥溪诗》：‘酥溪亭上草漫漫，谁倚东风十二栏。燕子不归春事晚，一汀风雨杏花寒。’元至正十七年，胡琏筑亭溪滨，察伋士安题其楣。前翰林学士承旨知制诰兼修国史兼太子赞善大夫金华宋濂记。”戴诗实出于明江广洋之手，详见后文。嘉庆《义乌县志》卷十九亦收载此文，兹取以参校。◎洞天，道教中神仙的居处，意谓洞中别有天地。后常泛指风景胜地。唐陈子昂《送中岳二三真人序》：“杨仙翁玄默洞天，贾上士幽栖牝谷。”

② 胡伯器，名琏，字伯器，生卒年不详，婺州义乌（今浙江义乌）人。元至正十七年（1357），胡琏在义乌苏溪畔建亭，命名为“水竹洞天”。明洪武十三年（1380）授户部郎中，曾任户部侍郎。

③ 酥溪，亦称苏溪，在今浙江省义乌市苏溪镇境内。崇祯《义乌县志》卷三：“酥溪，去县东北三十里，源出清潭山，至丫口与深溪合，入丰江。”

④ 郁深，繁茂幽深。

⑤ 胜者，指风景优美的地方。胜，佳胜，优美。金元好问《游黄华山》：“手中仙人九节杖，每恨胜景不得穷。”

⑥ 堤（dī），指堤坝。

⑦ 翛（xiāo）翛，浓郁茂密貌。唐岑参《范公丛竹歌》：“盛夏翛翛丛色寒，闲宵槭槭叶声干。”

⑧ 杳，杳然，无影无踪。◎尘壤，指尘世。宋朱熹《题周氏溪园·溪亭》：“主人心事远，妙寄尘壤隔。”◎连区，指村庄相连。

⑨ 仙寰，指神仙居住之地。◎迩，近，近处。

⑩ 扁，题署。

⑪ 郑涛，字仲舒，生卒年不详，婺州浦江（今金华浦江）人。早年受业于柳贯、吴莱，曾任太常礼仪院博士、奉议大夫，著有《药房集》若干卷。◎篆之，用篆体书写。篆，汉字书体名，有大篆、小篆之别。

⑫ 致政，辞去官职。◎青萝山，在今金华市浦江县东二十四里。宋濂筑有青萝山房，著有《萝山杂言》。

⑬ 造，造访。◎庐，简陋居室。晋陶潜《读〈山海经〉诗》之一：“众鸟欣有托，吾亦爱吾庐。”

⑭ 属（zhǔ），同“嘱”，嘱咐，委托。

⑮ 薦绅，通“缙绅”，也作“搢绅”，旧时官员的装束，亦借指士大夫。

余谓之曰："子以神仙诚异于人乎？彼亦人耳。第能全其形神而葆其真熙[①]，于是乎始与人殊耳。且覆载之内以洞天名者[②]，凡三十六[③]，往往皆有崇山幽谷人迹旷绝之所，自非劳神苦形，则不足以致之。今子之居斯亭，当风日澄煦[④]，月色爽朗，良宵嘉旦，呼酒命席，朋游毕集，披羽衣[⑤]，御五弦[⑥]，鼓《淇澳》之章[⑦]，诵寒潭之句[⑧]，更歌迭舞[⑨]，扬袂抚掌[⑩]，有不知夕阳之西颓[⑪]，零露之在草也[⑫]。当是之时，神酣意适[⑬]，虽清都、蓬岛[⑭]，何以加此？而谓之洞天，奚为而弗宜哉？"然伯器少失所怙[⑮]，克自奋厉，以充裕厥家[⑯]，又能延致才士大夫[⑰]，以共享水竹之乐，则其贤于人也远矣。余方杜门习静[⑱]，未及来与宾筵之末，因其

---

① 第，连词，表示转折，只是。宋陆游《老学庵笔记》卷十："魏文帝善弹棋，不复用指，第以手巾角拂之。"◎形神，形骸与精神。《史记·太史公自序》："凡人所生者神也，所托者形也。神大用则竭，形大劳则敝，形神离则死。"◎葆，通"保"，保持。◎真熙，"熙"字疑误。

② 覆载，天地，天下。宋陆游《贺曾秘监启》："虽身居湖海之远，而名满覆载之间。"

③ 三十六，指三十六洞天，道家称神仙居住在人间有三十六处名山洞府。

④ 风日澄煦，犹言风静日暖。澄，静，宁静。煦，温润。

⑤ 羽衣，以羽毛织成的衣服，常为道士或神仙所着。三国魏曹植《平陵东行》："阊阖开，天衢通，被我羽衣乘飞龙。"

⑥ 御，弹奏。唐韩愈《郓州溪堂诗》："公在溪堂，公御琴瑟。"◎五弦，古乐器名。汉张衡《归田赋》："弹五弦之妙指，咏周孔之图书。"

⑦ 《淇澳》之章，指称颂辅佐国政之人的乐章。淇澳，同"淇奥"（"澳"为"奥"涉上"淇"的类化增旁字），为《诗经》篇名。《诗经·卫风·淇奥序》："《淇奥》，美武公之德也。有文章，又能听其规谏，以礼自防，故能入相于周，美而作是诗也。"

⑧ 寒潭之句，指称颂美景的诗句。寒潭，寒凉的水潭，为古代诗文中描写美景经常出现的意象。南朝宋谢灵运《九日从宋公戏马台集送孔令》诗："凄凄阳卉腓，皎皎寒潭洁。"

⑨ 更歌迭舞，犹言歌舞更迭，歌舞轮流更换不停。

⑩ 扬袂，举袖。袂，衣袖。

⑪ 西颓，向西坠落，指夕阳西下。《文选·潘岳〈寡妇赋〉》："四节流兮忽代序，岁云暮兮日西颓。"唐李善注："《说文》曰：'颓，坠也。'"

⑫ 零露之在草，典出《诗经·郑风·野有蔓草》："野有蔓草，零露漙兮。"零露，降落的露水。

⑬ 酣，畅快。《广雅·释诂一》："酣，乐也。"

⑭ 清都、蓬岛，均是神话传说中仙人居住的地方。蓬岛，即蓬莱山。《楚辞·远游》："集重阳入帝宫兮，造旬始而观清都。"清唐孙华《同年沈昭嗣明府谈杭州西溪之胜》："桃源与蓬岛，仙界疑未遥。"

⑮ 怙（hù），指父亲。语出《诗经·小雅·蓼莪》："无父何怙？无母何恃？"

⑯ 厥，代词，相当于"其"。《尔雅·释言》："厥，其也。"

⑰ 延致，招来，邀请。《后汉书·郎𫖮传》："𫖮少传父业，兼明经典，隐居海畔，延致学徒常数百人。"

⑱ 杜门，指闭门。《史记·陈丞相世家》："陵怒，谢疾免，杜门竟不朝请。"◎习静，过幽静的生活。唐王维《积雨辋川庄作》诗："山中习静观朝槿，松下清斋折露葵。"

请也，翘翘然兴思[①]，遂为古辞五章，各道一时之趣。酒酣耳热[②]，傥击节而歌之[③]，安期、羡门之徒[④]，庶几翩然而来下乎？其辞曰：

菉竹兮青青[⑤]，晨冰泮兮水气清[⑥]。日杲杲兮在牖[⑦]，翠蕤翘翘兮鸟和鸣[⑧]。

菉竹兮如幄，清飙兴兮动新箨[⑨]。挹微波兮坐嘉荫[⑩]，神周游兮澹泊[⑪]。"

竹被兮庭中，水流兮阶下。揽明月兮吹参差[⑫]，望美人兮延伫[⑬]。

白石兮如雪[⑭]，风泠泠兮相轧[⑮]。岁云暮兮何心[⑯]，聊逍遥兮安节[⑰]。

---

① 翘翘然，企盼貌。宋苏舜钦《上杜侍郎启》："日希明府一言一顾，以为光价，有未获者，盖翘翘焉。"◎兴思，构思。

② 酒酣耳热，形容酒喝得畅快，酒兴正浓。三国魏曹丕《与吴质书》："每至觞酌流行，丝竹并奏，酒酣耳热，仰而赋诗，当此之时，忽然不自知乐也。"

③ 击节，指打拍子。晋左思《蜀都赋》："巴姬弹弦，汉女击节。"

④ 安期，亦称安期生，与羡门皆古代传说中的神仙。《史记·孝武本纪》："（栾）大言曰：'臣尝往来海中，见安期、羡门之属。'"对于"羡门"，唐司马贞索隐："韦昭云：仙人。"

⑤ 菉（lù）竹，草名，一年生细柔草本植物，高一二尺，叶片卵状披针形，近似竹叶。《诗经·卫风·淇奥》："瞻彼淇奥，绿竹青青。""绿竹"即"菉竹"。

⑥ 泮，融解。

⑦ 杲（gǎo）杲，明亮貌。《诗经·卫风·伯兮》："其雨其雨，杲杲出日。"

⑧ 翠蕤（ruí），缀有翠羽的饰物，借指嘉宾高朋。唐独孤及《送陈兼应辟兼寄高適贾至》诗："旧友满皇州，高冠飞翠蕤。"◎翘翘，众多貌。《诗经·周南·汉广》："翘翘错薪，言刈其楚。"

⑨ 清飙（biāo），清风。南朝宋颜延之《寒蝉赋》："折清飙而不沦，团高木以飘落。"◎箨（tuò），竹笋皮。"新箨"当是指"菉竹"的新叶。

⑩ 挹（yì），舀，舀水。《说文·手部》："挹，抒也。"

⑪ 澹泊，动荡起伏貌。此句指作者心中对美景的向往。宋苏轼《答张文潜书》："其文如其为人，故汪洋澹泊，有一唱三叹之声。"

⑫ 参差，古代乐器名，即笙。相传为舜造，像凤翼参差不齐。《楚辞·九歌·湘君》："望夫君兮未来，吹参差兮谁思?"

⑬ 美人，喻圣明之主。《楚辞·九章·抽思》："结微情以陈词兮，矫以遗夫美人。"汉王逸注："举与怀王，使览照也。"◎延伫，盼望貌。晋陶潜《停云》诗："良朋悠邈，搔首延伫。"

⑭ 白石，洁白的石头。《诗经·唐风·扬之水》："扬之水，白石凿凿。"

⑮ 泠（líng）泠，嘉庆《义乌县志》作"冷冷"，古混用字。泠泠，清凉貌。《文选·宋玉〈风赋〉》："清清泠泠，愈病析酲。"唐李善注："清清泠泠，清凉之貌也。"◎轧（yà），侵凌。宋张载《正蒙·动物篇》："声者，形气相轧而成。"清王夫之注："触而相迫曰轧。"

⑯ "何心"与文意不符，"心"疑为"止"字之讹。"止"字草书作"心"，与"心"形近易误。"何止"，指往哪儿去，到哪儿终止。

⑰ 逍遥，从容，悠闲。◎安节，指遵守一定的节度，不作非分之想。语本《周易·节》："安节，亨。《象》曰：'安节之亨，承上道也。'"按《楚辞·九歌·湘君》："时不可兮再得，聊逍遥兮容与。""岁云"二句即化用此意。

湛清酤兮金樽[①]，操鸣弦兮吹篪与埙[②]。流光去兮如水[③]，胥为乐兮无谖[④]。

洪武十年夏六月既望[⑤]。

（原载康熙《义乌县志》卷十六）

【导　读】

本文是宋濂受同乡胡琏的邀请，为胡氏“水竹洞天”亭所写的“记”。据康熙《义乌县志》载，胡琏于元至正十七年（1357）在义乌苏溪之畔建造了“水竹洞天”。为志庆贺，胡琏邀请了一批文人墨客赋诗作文，此文即其中之一。

首先，作者言简意赅地介绍了“水竹洞天”的由来及作文的始末。接着，作者以胡氏“洞天乃神仙之所栖息，夫岂宜哉?”之问为引子，阐释了自己对“水竹洞天”之名的理解。宋濂认为“洞天”虽然是神仙居住之所，但是神仙本也是人，只不过经过刻苦磨炼才异于凡人。“水竹洞天”周边环境优美，又有文人雅士宴设其中，把酒言欢，吟诗奏乐，与神仙居所别无二致。更何况，这一切都是胡琏靠个人的努力得来的，胡琏艰苦奋斗的品质亦如神仙般超越常人。因此，胡氏将此亭命名为“水竹洞天”，合情合理。

文章末尾，作者为“水竹洞天”赋辞五章，尽显“水竹洞天”四季之美与群贤毕至之乐。

（浙江师范大学硕士研究生项雨峥、浙江大学人文学院张涌泉教授撰稿）

---

① 湛，沉醉，迷恋。◎清酤，指清酒。《诗经·商颂·烈祖》：“既载清酤，赉我思成。”◎金樽，亦作“金尊”，酒樽的美称。南朝宋谢灵运《石门新营所住四面高山回溪石濑修竹茂林诗》：“芳尘凝瑶席，清醑满金樽。”

② 鸣弦，指琴瑟琵琶等弦乐器。晋陶潜《闲情赋》：“仰睇天路，俯促鸣弦。”◎篪（chí），亦作“箎”，古代一种用竹管制成的笛子一样的乐器，有八孔。此乐器失传已久，其制不详。◎埙（xūn），古代土制乐器，有六孔。

③ 流光，指如流水般逝去的时光。北宋宋祁《浪淘沙·别刘原父》：“少年不管，流光如箭，因循不觉韶华换。”

④ 胥，副词，皆，都。《尔雅·释诂下》：“胥，皆也。”◎谖（xuān），指忘记。《诗经·卫风·淇奥》：“有匪君子，终不可谖兮。”毛传：“谖，忘也。”

⑤ 既望，农历十六日（农历十五日为望）。

苏溪亭[①]

〔明〕汪广洋

苏溪亭上草漫漫[②]，　谁倚东风十二阑[③]。
燕子不归春事晚，　一汀烟雨杏花寒[④]。

（原载汪广洋《凤池吟稿》卷十，明万历四十五年高邮王百祥刻本）

【导　读】

《苏溪亭》一诗虽然篇幅短小，然兴寄遥深，极富意味，将眼前景、景中人、心上情融为一体，明写眼前景，实抒心上情。“苏溪亭上草漫漫”，从苏溪亭上一眼望去，碧草连天；草连天涯，而游人不归——首句既紧扣诗题，又逗出下句。“谁倚东风十二阑”，在惆怅的东风中，是谁倚遍栏杆，望穿秋水，心事欲诉而无

---

① 此诗最早见于明代初年汪广洋《凤池吟稿》卷十（明万历刻本，初刻于洪武三年）。崇祯年间曹学佺作《石仓历代诗选》，卷六五“中唐十九”首次将此诗系于唐戴叔伦名下。而同书卷二八九“明诗初集九”所收汪广洋诗，也有《苏溪亭》，文句全同。可知是曹学佺重收。其后《全唐诗》《唐诗三百首》皆将此诗系于戴叔伦名下。康熙《义乌县志》卷十六古迹“溪上亭”条，称系“唐戴叔伦留诗处”，接着的“水竹洞天”条，引“戴叔伦令吴宁《过酥溪诗》”，较早把此诗所写地点定作义乌酥溪。汪广洋（？—1379），高邮人，曾任江南行省照磨、元帅府令史、江南行省提控等职，著有《凤池吟稿》等，其中包括《过义乌拜颜孝子祠》《绣川道中》《东阳遇雨》《游金华山》《过浦江县》《兰溪棹歌》等诗，说明他曾在婺州一带游历，到过义乌苏溪的可能性很大。又戴叔伦（约732—约789），曾任东阳令，到过义乌苏溪的可能性也是存在的。但戴氏诗文身后多散佚，经明清人搜集，才汇编成集，窜入由唐至明其他诗人的作品甚多。故从此诗流传情况来看，为汪广洋所作的可能性更大。参蒋寅《戴叔伦诗集校注》，上海古籍出版社2010年版，第255页。

② 苏溪，在今浙江省义乌市苏溪镇，古代本作“酥溪”，得名于“酥”。元末明初唐之淳《水竹洞天辞并序》（清光绪十年刻婺州义乌《酥溪胡氏宗谱》）云：“乌伤之西北，有地曰酥溪，谓其水甘而腴，有类于酥也。或曰昔者有酥氏居之，盖讹云。”但“酥”“苏”同音，二字古代混用。如《新唐书·南蛮传上·南诏上》（据百衲本影印宋本）：“妇人不粉黛，以苏泽发。”其中的“苏”即通作“酥”，指酥油。又如明嘉靖《永康县志》卷三“山川”：“苏溪，县东八里一都，会于华溪。”而明万历《金华府志》卷四永康水下则记作：“酥溪，县东八里……会于华溪。”故“酥溪”不妨也写作“苏溪”。如雍正《浙江通志》卷五二水利“通省水道”：“花溪出密浦山，东南流入之。仙溪出马岭北谷，南流合义乌苏溪水入之。”乾隆《诸暨县志》卷四“太平桥”引知县单宇记：“浣江在县治之东，又名瓢溪，相传为西子浣纱之所，其源发于浦江，合义乌苏溪、东阳、嵊县众流，辐辏以成。”皆其例。宋楼钥《攻媿集》卷七依次收有《绣川道中》《过苏溪》《东阳遇雨》三诗，这个苏溪很有可能也就是义乌的酥溪。

③ 阑，栏杆。南朝江淹《西洲曲》：“鸿飞满西洲，望郎上青楼。楼高望不见，尽日栏干头。栏干十二曲，垂手明如玉。卷帘天自高，海水摇空绿。海水梦悠悠，君愁我亦愁。南风知我意，吹梦到西洲。”

④ 汀，水边的平地，小洲。

由？诗人稍一显露情怀，即一笔刹住，转写眼前之景："燕子不归春事晚，一汀烟雨杏花寒。"燕子不归，春事已晚，一片小洲，一川烟雨，春寒料峭中，数枝杏花开放得孤独！虽写眼前景，实写心中情。"春事晚"象征的正是美人迟暮，而"燕子不归"也正是写游人的离别。春寒烟雨中孤独开放的杏花，不正似倚遍栏杆，心事无处诉的闺中之人吗？全诗四句，句句不离写景，又句句抒写情怀，只于第二句稍露心曲，含而不露，吐而不发，含蓄蕴藉，堪称写景抒情的上乘之作。

【延伸阅读】

汪广洋（？—1379），高邮（今属江苏）人，字朝宗，元末进士，年少时跟随太祖朱元璋起义反元，曾被任命为江南行省照磨、元帅府令史、江南行省提控等职；明朝建立后，曾担任山东行省参政、陕西行省参政、中书省左丞、广东行省参政、右丞相等职，受封忠勤伯。通经能文，尤工诗，善隶书，著有《凤池吟稿》等。

戴叔伦（约732—约789），字幼公，一说字次公，润州金坛（今属江苏）人。唐天宝年间，师事萧颖士为学为文，"以文学政事见称于萧门"。至德元年（756），为避永王兵乱，戴叔伦随亲族迁往江西鄱阳。大历元年（766），得到户部尚书充诸道盐铁使刘晏赏识，任职幕下。大历三年，由刘晏推荐，任湖南转运留后。建中元年（780），刘晏被贬，戴叔伦也被贬为东阳令。后曾任抚州刺史、容管经略使等职。晚年上表自请为道士。戴叔伦诗文身后多散佚，经明清人搜集，粗具规模。现有蒋寅《戴叔伦诗集校注》及戴文进《戴叔伦诗文集笺注》，可参考。

（浙江大学人文学院冯国栋教授、张涌泉教授撰稿）

华川十景[①]

〔明〕熊人霖

城堞建威[②]

初县封疆古越东，　凌虚雉翥石楼雄[③]。
遥遥领势千重出[④]，　漠漠村烟百道通[⑤]。
戍角夜闲斜浦月[⑥]，　寒旌昼静隔溪风[⑦]。
河山襟带闾阎暇[⑧]，　圣主恩崇户牖功[⑨]。

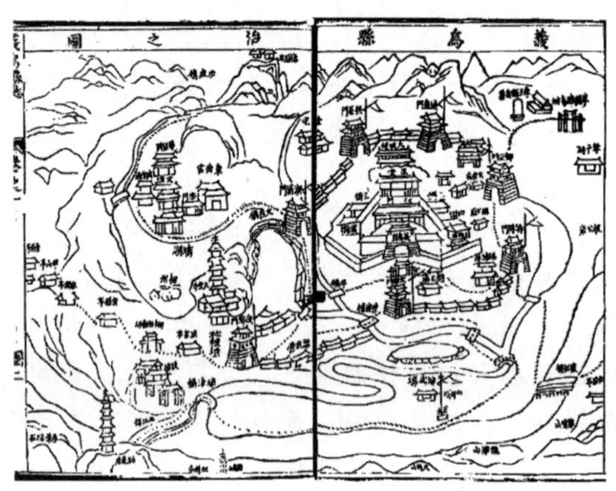

义乌县治之图（崇祯《义乌县志》卷一）

① 华川，义乌古称之一。唐代初期，曾将乌伤改设稠州，统辖乌孝、华川两个县，后来又撤销了稠州，再将两个县合并，定名为义乌，一直沿用至今。以下熊人霖诗前八首载崇祯《义乌县志》卷二十，第一首《城堞建威》标题下原注："以下八首，并别见《步虚寓望》《钩岩瑞石》，为'华川十景'。"

② 城堞，城墙。明吴之器《城堞建威诗序》云："邑以地险，不设隘。今肇为石楼，如兖州制，强弩飞炮甚设，风窗四注，矢石可薄。五百步七门，联络如环。言言臲臲，不必升虚陟巘，而形胜亦可揽也。"

③ 凌虚雉翥（zhù），喻楼阁像雉鸟飞翔高空。凌虚，升向高空。翥，高飞。

④ "遥遥"句，指远处山岭层层叠叠。领，同"岭"，嘉庆《义乌县志》正作"岭"。

⑤ 漠漠，云烟密布或弥漫的样子。

⑥ 闲，底本作"間"，静也，与下句"静"字对文同义。◎浦月，指江河水中的月亮。

⑦ 旌（jīng），旗子。◎昼，底本误作"画"，兹据嘉庆《义乌县志》改。

⑧ 河山襟带，山河环绕，如襟似带。◎闾阎，本指里巷内外的门，诗中借指平民百姓。◎暇，从容，悠闲。

⑨ 户牖（yǒu），本指门窗，诗中当指修筑城墙和门楼。

桥阁汇秀[①]

阁飞似隼乘烟起[②]，　桥涌如虹吸浦回。
锁断两厓函日月[③]，　横吞千濑静风雷[④]。
檐前浪卷长空尽，　海上云随独鸟来。
芳甸黍苗青极目[⑤]，　澄清保障思悠哉。

义乌县境之图（崇祯《义乌县志》卷一）

东江渡春[⑥]

江桥东去海西涯，　海曙江春转物华[⑦]。
着草初浓苍巘雾[⑧]，　凭栏闲绕赤城霞。

---

① 桥阁汇秀，“桥”指西江桥，“阁”指“文昌阁”，今已无存。吴之器《桥阁汇秀诗序》云：“县治之坤维两山，犬牙错吴宁；江东来如贯也，创石桥束之，号曰西江；杰阁祀文昌于北阜，实风气之所和会云。”

② 隼（sǔn），一种凶猛的鸟，从空中俯冲猎取食物。

③ 厓，后作“崖”。

④ 濑（lài），急速的流水。

⑤ 芳甸，芳草茂盛的原野。

⑥ 东江渡春，旧时义乌在立春日，造春牛于东江，结彩亭，备锣鼓、彩旗于东江桥上，然后，敲锣打鼓迎至县城内，举行打春牛的迎春仪式，故称“东江渡春”。东江，指东江桥。吴之器《东江渡春诗序》云：“东江者，走台宕驿路也。山曰鸡鸣，其麓有亭，为岁始迎春地，颜曰渡春。”

⑦ 物华，自然景物。

⑧ 着草，附着于草，指雾低而浓。◎苍巘，青山。巘，险峻的山峰。

村庄帖就栖双燕，　　驿使书来见一花[①]。
无限韶光随马首[②]，　　散分雨露与桑麻[③]。

东江桥图（光绪《义邑东江桥志》）

南营讲武[④]

春蒐小队出林垌[⑤]，　　羽扇纶巾江上亭[⑥]。
组练光摇鸥鹭色[⑦]，　　风云气壮鹳鹅形[⑧]。

---

① 驿使，古代驿站专门传递公文、书信的人。在甘肃嘉峪关出土的彩绘《驿使图》，刻画了1600多年前中国驿使的形象。

② 韶光，美好的时光。

③ 桑麻，桑树与麻，泛指农作物。唐孟浩然《过故人庄》诗："开轩面场圃，把酒话桑麻。"

④ 南营，指演武场，旧址在义乌城南五里下阜渡（今江东街道下傅村）。吴之器《南营讲武诗序》云："郊南广场，前临江岸，细草平莎，利于驰射。今设两营，材官蹶张，皆闾井良家子，岁时晦朔，合肄于此。"崇祯《义乌县志》卷四经制考"演武场"："在县南五里下阜渡，嘉靖十八年刘特宣迁于县北五里颜孝子墓山。四十五年，同知张书绅因都指挥陈大成于原所，仍复其旧。正厅三间。崇祯十三年，知县熊人霖捐俸重修。十月，肄乡兵于此。"其下亦载此诗。

⑤ 蒐（sōu），阅兵。◎林垌（jiōng），郊野。《文选·陈琳〈为曹洪与魏文帝书〉》："夫绿骥垂耳于林垌，鸿雀戢翼于污池，亵之者固以为园囿之凡鸟，外厩之下乘也。"唐李善注引《尔雅》："野外谓之林，林外谓之垌。""林垌"即"林垌"。

⑥ 羽扇纶（guān）巾，用长羽毛制成的扇子和用青丝带做的头巾，喻指从容潇洒之状。宋苏轼《念奴娇·赤壁怀古》词："羽扇纶巾，谈笑间，樯橹灰飞烟灭。"

⑦ 组练，指组甲和被练，都是古代将士的衣甲服装。唐李白《登金陵冶城西北谢安墩》诗："组练照楚国，旌旗连海门。"

⑧ 鹳（guàn）鹅，鹳、鹅皆古阵名，泛指军阵。鹳，一种水鸟。

六千君子推雄略，　十二便宜忆武经[①]。
薄敛省刑多暇日[②]，　三农努力报明廷[③]。

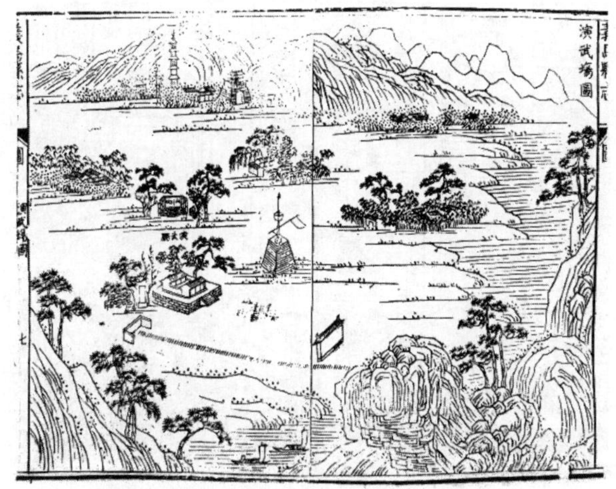

演武场图（嘉庆《义乌县志》卷一）

泮宫绣绕[④]

清波十里照宫墙，　处处春风藻荇香[⑤]。
按乐每依鸾翼谱[⑥]，　弹琴閒和《鹿鸣》章[⑦]。
草侵书屋青栽带[⑧]，　石近天台紫作梁。

① “十二”句，指兵书中有许多不拘陈规、便宜行事的规定。便（biàn）宜，谓斟酌事宜，不拘陈规，自行决断处理。武经，泛指各类兵书。唐杜牧《分司东都寓居履道叨承川尹刘侍郎大夫恩知上四十韵》诗：“周孔传文教，萧曹授武经。”

② 薄敛，减轻赋税。《汉书・吴王刘濞传赞》：“吴王擅山海之利，能薄敛以使其众。”◎省刑，减少或减轻刑罚。《管子・牧民》：“故省刑之要，在禁文巧；守国之度，在饰四维。”

③ 三农，古代指居住在平地、山区、水泽三类地区的农民，后来泛指农民。唐白居易《贺雨》诗：“宥死降五刑，已责宽三农。”

④ 泮（pàn）宫，学宫，学校，旧址在今义乌市第四中学内。◎绣，指绣湖。吴之器《泮宫绣绕诗序》云：“邑治之西有湖曰绣，堤花拂曙，泮水涵星，胜甲一郡。”

⑤ 藻（zǎo）荇（xìng），水草。金刘瞻《所见》诗：“藻荇半浮苔半湿，浣纱人去不多时。”

⑥ 鸾翼，本指鸾鸟的翅翼，亦用作曲谱名。唐李峤《李峤杂咏》卷下《音乐十首・笙》：“悬匏曲沃上，孤筱汶阳隈。形写歌鸾翼，声随舞凤哀。”

⑦ 閒，此字可读作jiān（今简化字作“间”）和xián（今简化字作“闲”），诗中疑为前者，指间杂、交错。◎《鹿鸣》，《诗经・小雅》的第一首诗，应当是在宴会上唱的歌，反映了宾客欢聚的情景。该诗尤其以“呦呦鹿鸣，食野之苹”句最为著名，诺贝尔生理学或医学奖获得者屠呦呦教授的名字就取自该诗。

⑧ 青栽带，指青草栽成了带状，与下句“紫作梁”俪偶。

欲识远臣心似水，　　沿堤桃李已成行。

义乌儒学之图（崇祯《义乌县志》卷一）

棠茇清垂[①]

南国词人第一流，　　太函霜气挟高秋。
禅心静对双梼树[②]，　　秀句遥连八咏楼[③]。
枢府筹边存谔谔[④]，　　卿才敷政自优优[⑤]。

---

① 棠茇（bá），本指西周召公奭（shì）居住的棠树之下的草舍。《诗经·召南·甘棠》："蔽芾甘棠，勿剪勿伐，召伯所茇。"汉郑玄笺："茇，草舍也。"后亦用以褒称官府衙门。◎清垂，指政事清明。◎"棠茇清垂"盖歌咏纪念明代嘉靖年间义乌知县汪道昆的遗址，旧址在绣湖之南。汪道昆（1526—1593），字伯玉，号南溟，又号太函，歙县西溪南松明山（今属安徽省黄山市徽州区）人，明代著名戏曲家、抗倭名将。嘉靖二十六年（1547）进士，初任义乌知县，历官襄阳知府，福建按察使，福建、郧阳、湖广巡抚等职，仕终兵部左侍郎。吴之器《棠茇清垂诗序》云："嘉隆间少司马汪伯玉先生以弱冠筮仕于此，盖先司寇同籍，至雅，而于明府为千秋大业之契，因树坊曰道左，曰'卿才发轫'。"

② 梼（chóu）树，指松柏之类刚劲的树木。双梼树应是指义乌双林寺。传说傅大士就是依双梼树结庵，后就在其地建双林寺，成为浙东地区名刹。

③ 八咏楼，在金华城区东南隅，南朝时东阳郡太守沈约创建，并有《八咏》诗；原名玄畅楼，唐代起改为今名，为历代文人墨客游览题咏之所。◎"禅心"两句是指清静寂定的心境与双林寺遥相呼应，吟咏的诗句则可与八咏楼的题咏媲美。

④ 枢府，指主管军政的中枢机构。◎筹边，指筹划边境事务。《明史·吴执御传》："筹边不在增兵饷，而在择人。"◎谔谔，直言争辩貌。

⑤ 敷政优优，施政宽和从容貌。《诗经·商颂·长发》："不竞不絿，不刚不柔，敷政优优，百禄是遒。"

只今万户弦歌地[①]，　还引清风洒绿畴[②]。

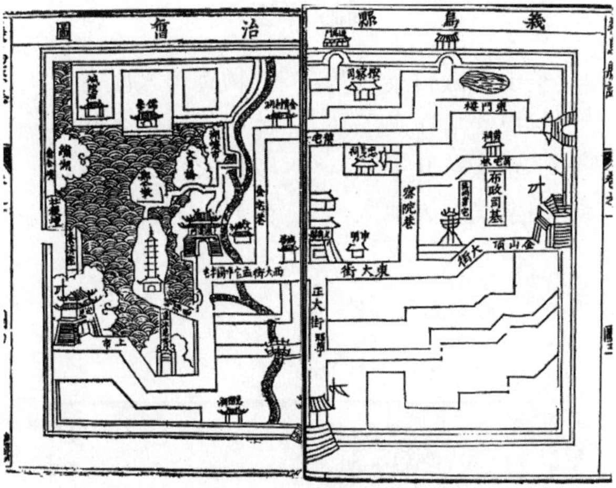

义乌县治旧图（崇祯《义乌县志》卷一）

慈航祇林[③]

春堤杨叶覆春潭，　潭影春灯傍雨龛。
咒食汀虚初上月[④]，　寻源瀑泻乍分岚。
玉堂学士陪龙衮[⑤]，　祇岭高僧演象函[⑥]。

---

① 弦歌，指礼乐教化。《史记·儒林列传》："及高皇帝诛项籍，举兵围鲁，鲁中诸儒尚讲诵习礼乐，弦歌之音不绝，岂非圣人之遗化，好礼乐之国哉？"

② 畴，田地。

③ 慈航，佛教语，谓佛、菩萨以慈悲之心度人，如航船之济众，使脱离生死苦海。◎祇林，当读作"祇（qí）林"，即祇园，祇树给孤独园，印度佛教圣地之一，后用为佛寺的代称。慈航祇林，指旧时的航慈溪，该溪流经梁时惠约法师的出生地智者乡（今义乌市城西街道夏演村）。吴之器《慈航祇林诗序》云："西界婺境，溪曰航慈，从溪入山十里，故约法师所生地也。师齐梁尊德，与宝志公齐名。"

④ 咒食，指供奉斋食或吃斋食前吟诵经咒。咒，同"咒"。北周耶舍崛多译《佛说十一面观世音神咒经》："此名咒食咒。献佛食时，所有饮食及诸杂果，先咒二十一遍，然后乃献。"西晋竺法护译《佛说盂兰盆经》："时佛敕十方众僧，皆先为施主家咒愿七世父母，行禅定意，然后受食。初受盆时，先安在佛塔前，众僧咒愿竟，便自受食。"

⑤ 玉堂学士，指翰林院学士。宋以后翰林院亦称玉堂。◎龙衮（gǔn），天子礼服，因上绣龙纹而得名，诗中指天子。翰林学士亦本为文学侍从之臣，因接近皇帝，往往参与机要，故称"玉堂学士陪龙衮"。

⑥ 祇岭，当读作"祇岭"，应是祇园和鹫岭的合称，二者皆可用作佛寺的代称。宋苏轼《海会殿上梁文》："庶几鹫岭之雄，岂特鹅湖之冠。"◎象函，当指佛经。佛教称佛或菩萨为"象王"，佛教为"象教"，"象函"当由"象王""象教"类推而来。

原隰泉流劳吏事[①]，　每依幢影一停骖[②]。

稠岭祥云[③]

空山台殿自梁时[④]，　云物辉煌入座奇[⑤]。
谷口一痕江鸟入，　钵中五色涧龙知[⑥]。
半轮法转开千藏，　双树衣传第一枝[⑦]。
国泰民安天地久，　祥光长护盛明时。

（以上八诗原载崇祯《义乌县志》卷二十）

云黄山图（嘉庆《义乌县志》卷一）

① 原隰（xí），泛指原野。隰，低湿的地方。

② 幢（chuáng），是一种圆桶状的、表达吉祥之意的旗帜，一般用绸布做成，上面刺绣花纹或经、咒，佛教用作庄严具。唐代以后，开始流行用石材来雕刻幢，称为经幢，分成基座、幢身和幢顶三部分，可以经久不毁。杭州灵隐寺就有两座五代时期的经幢。◎骖（cān），指独辕车所驾的三匹马。

③ 稠岭，此处应指云黄山，地处义乌市佛堂镇，山上有双林寺，由南梁高僧傅大士开创。吴之器《稠岭祥云诗序》云："县南三十里曰双林乡，故梁傅大士道场也。遗事具他记载中。相传大士每登座，即有异云如盖，经夕不散，故山名曰云黄。初山中双梼树间数闻天乐，因诏于此置寺至今，为江浙第一山云。"

④ "空山"句，指云黄山一带自南朝梁傅大士就开始修建寺院。

⑤ 云物，云气，云彩。宋范成大《光相寺》诗："云物为人布世界，日轮同我行虚空。"

⑥ "钵中"句，当是用唐法照的典故。宋赞宁《宋高僧传》卷二一《唐五台山竹林寺法照传》："释法照，不知何许人也。大历二年，栖止衡州云峰寺，勤修不懈。于僧堂内粥钵中，忽睹五彩祥云，云内现山寺；寺之东北五十里已来有山，山下有涧；涧北有石门，入可五里有寺，金榜题云'大圣竹林寺'。"

⑦ 双树，指傅大士依双梼树结庵之事。

步虚寓望[①]

翠壁丹梯绝境悬，　孤亭面面合苍烟。
搴帷却忆无怀氏[②]，　策杖虚疑小有天[③]。
候吏燎吹岩下月[④]，　山家饭供涧中泉。
到来两地弦歌满，　犹有催科愧俸钱[⑤]。

钓岩瑞石[⑥]

大石岩岩气象尊[⑦]，　嵌空壁立捍津门[⑧]。
苔痕积铁平如掌[⑨]，　松底垂萝翠可扪[⑩]。

---

① 步虚寓望，崇祯《义乌县志》卷三方舆考“山川”之“岭”类：“步虚岭，山界，浦江至高，知县熊人霖摄浦，因亭焉。”下载此诗。兹据同书卷二十《华川十景》第一首《城堞建威》标题下原注改定今题。吴之器《步虚寓望诗序》云：“界浦阳，有山曰步虚之岭，北出则仙华、宝掌诸山，西出为金华洞天，峦嶂骞翔，林涧幽邃，殊得永和禊帖中意。”步虚，即步虚岭，位于义乌与浦江交界处，山岭险峻。寓望，指步虚岭上所修亭子。古代边境上常设寓望亭，用以瞭望、迎送。《国语・周语中》：“国有郊牧，疆有寓望，薮有圃草，囿有林池，所以御灾也。”清董增龄《正义》：“寓望，谓寄寓之楼，可以观望，亦曰候馆。”

② 搴（qiān）帷（wéi），撩起帷幔，喻指地方官亲民廉政。搴，通“褰”。《梁书・刘孝绰传》：“方且褰帷自厉，求瘼不休。”◎无怀氏，传说中的上古帝王。宋罗泌《路史・禅通纪三・无怀氏》：“无怀氏，帝太昊之先。其抚世也，以道存生，以德安刑……当世之人甘其食，乐其俗，安其居而重其生。”

③ 策杖，拄着拐杖。唐许浑《泛溪夜回寄道玄上人》诗：“几回策杖终难去，洞口云归不见山。”◎小有天，本为道家所传洞府名，泛指名胜地方。宋赵师侠《阳华岩》诗：“萦回栈道泉湍响，疑是仙家小有天。”

④ 候吏，古代掌管整治道路、稽查奸盗或迎送宾客的官员，也指驿吏。唐刘禹锡《秋日送客至潜水驿》诗：“候吏立沙际，田家连竹溪。”◎燎吹，用柴薪烧饭。吹，通“炊”。

⑤ 催科，催办缴纳租税。明江盈科《催科》：“为令之难，难于催科。”

⑥ 钓岩瑞石，崇祯《义乌县志》卷三方舆考“山川”之“石”类，有“春潭瑞石”条，云：“本钓渔岩，知县熊人霖临董字勒石。”下载此诗。嘉庆《义乌县志》卷二“石”类“钓鱼岩石”条云：“距西江桥二里，知县熊人霖勒‘春潭瑞石’字，并诗云……按万历间知县张维枢建塔五级于巅，知县周廷侍命邑人陈思善捐资增建二级。”兹据崇祯《义乌县志》卷二十《华川十景》第一首《城堞建威》标题下原注改定今题。钓岩，即钓鱼岩，今义乌市江东街道钓鱼矶公园有“钓鱼矶塔”和摩崖石刻“春潭瑞石”遗址。吴之器《钓矶瑞石诗序》云：“去西江桥二里许，有矶曰钓，面水削成，奇迥幽秀，题曰‘春潭瑞石’，明府所书也。”

⑦ 岩岩，高大、高耸的样子。

⑧ 嵌空，空阔，开阔。唐沈佺期《过蜀龙门》诗：“长窦亘五里，宛转复嵌空。”◎津门，在渡口设置的关门。北周庾信《明月山铭》：“船横埭下，树夹津门。”

⑨ 积铁，堆积的铁，用来描绘山体陡峭深黑。唐杜甫《铁堂峡》诗：“峡形藏堂隍，壁色立积铁。”

⑩ 扪，摸，按。

徙宅鱼龙沉不吼[①]，　　翻枝猿鸟舞还蹲。
春潮进艇时舒啸[②]，　　渭水桐江共讨论[③]。

（以上二诗原载崇祯《义乌县志》卷三）

【导　读】

熊人霖（1586—1666），江西进贤（今属南昌）人，在崇祯十一年（1638）八月出任义乌知县。执政期间，深入民间，实地调研，建立社学，教化风俗，还组织民众筑建城郭、兴修水利、发展农业，颇有政绩。在现存的义乌方志中，编修时间最早、内容最完整的一部方志——崇祯《义乌县志》（共二十卷），就是由熊人霖在崇祯十三年组织编修的。崇祯十五年，熊人霖离任，在义乌共任职四年。

大约在其主政后期，为宣传义乌的自然与人文景观，熊人霖创作了《华川十景》诗，并命义乌乡贤吴之器作诗唱和。吴之器在《鹤台熊明府华川咏和章》序中说："明府以戊寅秋下车，逾期化成，政通民和，百废俱举。循行采风之暇，尝慨然谓器曰：'此邦景物清远，冠于东南，而无抚弦动操者，何以令众山皆响耶？传曰：登高能赋，可以为大夫，亦君子之教也。'于是始制为十咏，而属不佞器歌而和之。"吴氏和诗见载《芷兰集》，可以参看。

这首组诗描绘了义乌的名胜与美景。这里有"遥遥领势千重出，漠漠村烟百道通"的城堞，"锁断两厓函日月，横吞千濑静风雷"的桥阁；有"六千君子推雄略，十二便宜忆武经"的南营，"清波十里照宫墙，处处春风藻荇香"的泮宫；有"玉堂学士陪龙衮，祇岭高僧演象函"的寺院，"半轮法转开千藏，双树衣传第一枝"的稠岭。"翠壁丹梯绝境悬"写出步虚岭的险峻，"苔痕积铁平如掌"描绘的是钓鱼岩的苍古。这里既有"檐前浪卷长空尽，海上云随独鸟来"的山川美景，又有"南国词人第一流，太函霜气挟高秋"的地灵人杰。秋日中"戍角夜闲斜浦月，寒旌昼静隔溪风"，春天里"着草初浓苍巘雾，凭栏闲绕赤城霞"。熊人霖以诗人的妙笔，再现了明代义乌的秀美山川。

（浙江大学人文学院龚怀永副教授撰稿）

---

① 徙宅，搬家，迁居。

② 舒啸，放声歌啸。晋陶潜《归去来兮辞》："登东皋以舒啸，临清流而赋诗。"

③ 渭水桐江，喻指不同水流。渭水，指渭河，发源于甘肃定西，流经甘肃、陕西，汇入黄河。桐江，指富春江的上游，桐庐至富阳的一段。

名　贤

哭宗留守汝霖[①]

〔宋〕李纲

宗泽字汝霖，浙东人。自为小官，卓荦不群，能自立，以故屡被罪。靖康冬，用为磁守[②]。值金寇再犯阙，上以康邸奉使道磁[③]，泽力挽留，不得行，再造之功，泽为多。同列者忌之，谮毁百端，斥外不用。余去夏抵行在[④]，泽得守襄阳，未行，与款语[⑤]，忠义慷慨，愤发至流涕。力荐于上，使进职留守京师。诛奸恶，拊善良[⑥]，大得都人之心。缮治城堑[⑦]，楼橹复完壮[⑧]。屡出兵以挫贼锋，以故能守。数表请车驾宜还阙。媢嫉者愈切齿[⑨]，难其代者[⑩]，故得不罢。今闻其疽发背而死，殆忧愤使然，殊可为天下惜也！《诗》云："人之云亡，邦国殄瘁[⑪]。"方时危而失此一人[⑫]，其可哀也矣！赋诗以哭之。

时危念人杰，　济物须材雄[⑬]。
寻常龌龊姿[⑭]，　讵可收奇功？

---

① 宗留守，宗泽（1060—1128），字汝霖，义乌人，宋朝名将。在任东京留守期间二十多次上书宋高宗，力主还都东京。忧愤成疾，临终三呼"过河"而卒。死后追赠观文殿学士，谥"忠简"。《宋史》有传。

② 磁守，磁州太守。

③ 上，指宋高宗赵构。◎康邸，康王赵构的宅邸。赵构尚未称帝时为康王。◎道磁，道经磁州。

④ 行在，天子所在的地方。

⑤ 款语，恳谈。

⑥ 拊，抚慰，安抚。

⑦ 城堑，护城河。

⑧ 楼橹，守城的高台。

⑨ 媢嫉，嫉妒。

⑩ 难其代者，找不到接替人选。难，因某事犯难。

⑪ 殄瘁，困穷。

⑫ 时危，时事危急，指北宋面临亡国之患。

⑬ 济物，济世。

⑭ 龌龊，器量局促，狭小。南朝宋鲍照《代放歌行》："小人自龌龊，安知旷士怀？"

英英宗夫子[1]，　邈与古人同[2]。
抱器实磊落[3]，　秉心郁精忠[4]。
彯缨仕州县[5]，　山立不妄从[6]。
青松虽未高，　已足凌蒿蓬[7]。
涉世多龃龉[8]，　失官久龙钟[9]。
擢居河朔郡[10]，　烟尘正昏蒙[11]。
今上在藩邸[12]，　奉使边庭中[13]。
力争不可往，　高牙建元戎[14]。
王室遂再造，　廊庙当畴庸[15]。
同朝共排媢[16]，　一麾江汉东[17]。
见我论世故[18]，　慷慨泪沾胸。
荐之守留钥[19]，　付以节制隆[20]。
惠政附疲瘵[21]，　威声慑奸凶[22]。

---

① 英英，光彩鲜明貌。
② 古人，古之君子。
③ 抱器，怀有治国之才。《周易·系辞下》："君子藏器于身，待时而动，何不利之有。"
④ 秉心，持心。◎郁，蕴蓄，蕴藏。《汉书·路温舒传》："忠良切言，皆郁于胸。"◎精忠，纯洁忠贞。
⑤ 彯缨，冠缨飘动，指做官。
⑥ 山立，像山一样屹立，指自立不群。
⑦ 蒿蓬，杂草，指庸碌之辈。
⑧ 龃龉，上下牙齿不对应，比喻发生抵触。
⑨ 龙钟，年迈貌。
⑩ 擢居河朔郡，指宗泽被起用为磁州太守。
⑪ 烟尘，烽烟和征尘，指战争。◎昏蒙，昏暗。
⑫ 今上，现任皇帝，指李纲撰写此文时的皇帝宋高宗赵构。◎藩邸，诸侯的宅邸。赵构尚未称帝时为康王。
⑬ 边庭，边地，指金国。此句清《四库全书》因避讳改作"持节使敌中"，据嘉庆《义乌县志》改。
⑭ 高牙，牙旗，将军之旗。◎元戎，元帅。靖康元年（1126）十一月，宗泽被任命为兵马副元帅，起兵勤王。
⑮ 廊庙，殿下屋和太庙，指朝廷。◎畴庸，酬功。畴，通"酬"。嘉庆《义乌县志》作"酬庸"。
⑯ 同朝，同僚，指那些主张和议、排斥宗泽的人。◎排媢，排斥嫉妒。嘉庆《义乌县志》作"排摈"。
⑰ 江汉东，江汉一带，指襄阳府。宗泽在朝受到排挤，拟出为襄阳知府。
⑱ 世故，世事变故。
⑲ 留钥，指开封府。宗泽受李纲推荐，改知开封府，意图恢复。
⑳ 节制隆，指挥管辖之大权。
㉑ 疲瘵，困乏疲弱之人，指久经战乱的开封百姓。
㉒ 奸凶，奸诈凶恶的敌人。

金汤治成堑[①]，　楼橹欻以崇[②]。
出师京洛间[③]，　屡挫黠鼠锋[④]。
邦畿千里宁[⑤]，　夸说百岁翁[⑥]。
抗疏请还阙[⑦]，　北伐归两宫[⑧]。
辞直志鲠亮[⑨]，　天子为动容。
奸谀更切齿[⑩]，　恨未能关弓[⑪]。
乃同归鄛人[⑫]，　感愤陨厥躬[⑬]。
皇天不慭遗[⑭]，　吾道何其穷[⑮]。
骅骝竟委离[⑯]，　冀北群遂空[⑰]。
梁摧大厦倾，　谁与扶穹窿[⑱]。
安能百身赎，　坐为四海恫[⑲]。

---

① 金汤，金城汤池，形容城池坚固。
② 欻，忽然。嘉庆《义乌县志》作“剡”。
③ 京洛，洛阳，这里代指开封。建炎二年（1128），宗泽在此与金人交战，打败金兵，巩固了开封一带的形势。
④ 黠鼠，狡猾之鼠，指侵扰开封周边地区的金兵和盗贼。此句清《四库全书》因避讳改作“屡挫巨寇锋”，据嘉庆《义乌县志》改。
⑤ 邦畿，都城及其所属周围千里的地域，犹言京畿。
⑥ 百岁翁，金人对宗泽的敬惮称呼。《宋史・宗泽传》：“泽威声日著。北方闻其名，常尊惮之，对南人言必曰宗爷爷。”
⑦ 抗疏，上书直言。◎还阙，还京。当时赵构偏安南都，未回驾汴京（开封）。
⑧ 两宫，指被金人俘虏北去的宋徽宗、宋钦宗。
⑨ 辞直，言辞耿直。◎鲠亮，刚直诚实。
⑩ 奸谀，阿谀弄权的奸臣，指汪伯彦、黄潜善等主和派大臣。嘉庆《义乌县志》作“奸雄”。
⑪ 关弓，拉满弓，意指杀死宗泽。
⑫ 归鄛人，范增（前277—前204），居鄛（今安徽巢湖西南）人，项羽的谋士，被项羽尊称为“亚父”。鸿门宴上范增示意项羽杀刘邦，未能成功。后遭陈平离间计，受项羽猜忌，辞官归里，途中疽发背而死。《史记》有传。宗泽亦是因为壮志未酬，疽发背而死，故曰“乃同归鄛人”。
⑬ 陨厥躬，殒身，去世。
⑭ 慭遗，愿意留下。《诗经・小雅・十月之交》：“不慭遗一老，俾守我王。”
⑮ 吾道何其穷，典出《史记・孔子世家》，鲁哀公西狩获麟而麟死，孔子流泪感叹：“吾道穷矣。”后用以自伤困顿或借以咏叹人亡。穷，困窘。
⑯ 骅骝，骏马，周穆王八骏之一，比喻良将。◎委离，死亡的讳称。
⑰ 冀北群遂空，比喻群无留良，人才断绝。唐韩愈《送温处士赴河阳军序》：“伯乐一过冀北之野，而马群遂空……群无留良焉。苟无良，虽谓无马，不为虚语矣。”冀北盛产良马，比喻人才荟萃之所。
⑱ 穹窿，天，指朝廷。
⑲ 恫，悲痛，伤悼。

人亡国殄瘁， 天意真懵懵[①]。
中原气萧瑟[②]， 洒涕临西风[③]。

（据清《四库全书》本《梁溪集》卷三二收录，参校嘉庆《义乌县志》卷七）

【导 读】

李纲（1083—1140），字伯纪，号梁溪，福建邵武人，宋代名臣。北宋徽宗政和二年（1112）进士，历任太常少卿、兵部侍郎、尚书右丞。力主抗击金兵，受主和派排斥。南宋高宗即位后起用为相，力图革新，仅立朝七十五天即遭罢免。绍兴二年（1132），起用为湖南宣抚使兼知潭州，不久罢职。病逝后追赠少师，谥“忠定”。《宋史》有传。

靖康二年（1127），金人南下，攻陷北宋东都（今河南开封），俘虏宋徽宗、宋钦宗和宗室、大臣等三千人北去，北宋朝廷覆亡。康王赵构幸免于难，于南都（今河南商丘）称帝，建立南宋，改元“建炎”，渐渐偏安于南方。当时，受李纲推荐而留守东都的宗泽力主抗金，任用岳飞等部将，取得了一系列军事上的胜利，于是接连上疏二十余道，请求赵构回驾以安抚天下人心，但为主和派所阻。建炎二年（1128）七月，他忧愤成疾，疽发于背，连呼：“过河！过河！过河！”溘然病逝。死讯传出，开封官民皆为痛哭流涕，李纲愤懑不已，认为“梁摧大厦倾，谁与扶穹窿”，写下了这篇著名的《哭宗留守》。

李纲此诗大气豪迈，磅礴慷慨，写出忠臣被斥、报国无门的孤忠与悲愤。全诗以时间为序，概括了宗泽的一生。宗泽年轻时，即有报国之志，干城之才，“青松虽未高，已足凌蒿蓬”。金人犯阙，擢居河朔，拥立高宗，再造宋室。正欲奋发有为，建功立业，却遭奸佞排挤，志不得伸，忧愤而死。“骅骝竟委离，冀北群遂空。梁摧大厦倾，谁与扶穹窿”，写出诗人对宗泽遭际的同情，以及对奸佞误国的痛斥。“中原气萧瑟，洒涕临西风”一联收束得凄怆而苍茫，既是悼人，又何尝不是李纲的自悼。

【延伸阅读】

李纲生平出将入相，被后世誉为抗金英雄，诗文沉雄劲健。其著作由其子孙编

---

① 懵懵，模糊不清，糊里糊涂。
② 萧瑟，凄凉貌。
③ 西风，秋风。宗泽卒于建炎二年（1128）秋七月。

为《梁溪全集》，现存最早刻本为南宋邵武官刻残本，存三十八卷，题为《梁溪先生文集》。清代主要传本有《四库全书》本和道光刻本，傅增湘曾持二本做过校勘："以道光本校四库本，两本文句略有差异：道光本讹误较多，然忌讳字如'虏''狄'之类犹存原貌，是其所长；四库本虽亦难免讹误，且擅改字句，总体稍加。"今人王瑞明取众本合校，整理出版《李纲全集》（岳麓书社2004年版），是目前所见最佳读本。

保存在嘉庆《义乌县志》中的《哭宗留守》，年代早于前述道光刻本《梁溪全集》，与清《四库全书》本《梁溪集》相比有多处文字差异，例如："奉使边庭中"一句贬低金朝为"边庭"，清《四库全书》改为"持节使敌中"；"屡挫黠鼠锋"蔑称金兵为"黠鼠"，清《四库全书》改为"屡挫巨寇锋"。这些都是清朝统治者借《四库全书》大规模删改违碍文字的体现。

（浙江大学人文学院贾海生教授、安徽大学文学院唐宸博士撰稿）

乌伤先达四首[①]

〔清〕陈德调

秦颜孝子乌[②]

事亲至孝，父亡，负土筑坟，有群鸦衔土助之，乌喙皆伤，因以名县。（案：墓在县东北四里，西为孝子父墓，东为孝子墓。宋魏了翁题曰"秦颜氏乌伤墓"[③]，原碑存。又秦曰乌伤，王莽曰乌孝，唐初始易称义乌。）

群鸦还记旧时灵，　　嗟若先生信典型[④]。

---

① 先达，先贤，谓有德行学问的前辈人物。

② 颜乌，北魏郦道元《水经注》（《文渊阁四库全书》本）卷四十引《异苑》："东阳颜乌，以淳孝著闻，后有群乌助衔土块为坟，乌口皆伤。一境以为颜乌至孝，故致慈乌，欲令孝声远闻。又名其县曰乌伤矣。"宋人王柏有《乌伤行》诗："惟皇降衷于下民，暴暴莫殄心之仁。孝哉颜氏一有感，毕逋衔土成丘茔。彼亦莫知其所以，自甘血觜含馀辛。志壹动气气动志，凤仪麟出理亦均。环百里地画疆井，千有馀载蒙嘉名。绣衣使者迂六辔，下马肃拜心凌兢。大书瑰辞镇松柏，便有山鬼呵崖阴。明刑弼教期无刑，何如先使教化明。流传墨本到此屋，有人心者俱作兴。但愿人人常此心，安得作乱干章程。"

③ 魏了翁（1178—1237），字华父，号鹤山，邛州蒲江（今属四川）人，南宋著名理学家，庆元五年（1199）进士，历任兵部郎中、秘书监、起居舍人、潼川路安抚使等，赠太师、秦国公，谥号"文靖"。

④ 典型，典范。宋苏舜钦《代人上申公祝寿》诗："天为移文象，人思奉典型。"

一筑秦泥兼汉土，　千秋地义与天经[①]。
桃花不羡仙源碧，　灯火长随佛寺青[②]。
珍谢扶风贤令尹[③]，　云礽不断荐椒馨[④]。

唐骆侍御宾王[⑤]

黄台瓜落惨闻歌，　啄尽王孙痛若何[⑥]。
鹦鹉一朝难折翼[⑦]，　貔貅十万强横戈[⑧]。
雄文此后真无两[⑨]，　大义当年总不磨。
却怪延清旧相识，　龙宫错认老头陀[⑩]。

---

① 地义天经，天地间的不变之理。《孝经·三才》："夫孝，天之经也，地之义也。"

② "灯火"句，谓永慕庙灯火历代不绝。南宋理宗时为颜乌立庙奉祀，理宗赐庙名为"永慕"，俗称孝子祠。

③ 扶风，古郡名，旧为三辅之地，多豪迈之士。唐李白《扶风豪士歌》："扶风豪士天下奇，意气相倾山可移。"后用以代称慷慨豪迈之士。清孙枝蔚《吕生招饮城南酒家》诗："愿得美酒如兰陵，愿得主人胜扶风。"◎令尹，下文附注又称"明府"，皆县令的别称，此应指附注中的赵宏信。赵宏信，四川华阳人，雍正十三年（1735）举人，乾隆十七年（1752）至二十七年任义乌县令，嘉庆《义乌县志》称其"才能敏捷，摘伏惩奸，是非立断"，或可当豪迈之称。

④ 云礽，同"云仍"，沿袭，相沿。◎椒馨，椒的芳香，此代指祭品。《诗经·周颂·载芟》："有椒有馨，胡考之宁。"又原注："乾隆间，邑明府赵公宏信访六都，颜氏承祀。"六都，义乌属下的行政区划，乾隆五十年，义乌划分为二十八个都，六都为今天义乌市东北部的下骆宅、尚经、西山下、翁界、仙顶一带。

⑤ 骆侍御宾王，即骆宾王，义乌人，初唐著名诗人，初唐四杰"王杨卢骆"之一。骆宾王于仪凤三年（678）任侍御史，故称骆侍御。

⑥ "黄台"二句，指武则天残害亲子。典出武则天时太子李贤所作《黄台瓜辞》："种瓜黄台下，瓜熟子离离。一摘使瓜好，再摘使瓜稀。三摘犹自可，摘绝抱蔓归。"《全唐诗》题注："初，武后杀太子弘，立贤为太子。后贤疑隙渐开，不能保全，无由敢言，乃作是辞。命乐工歌之，冀后闻而感悟。"

⑦ "鹦鹉"句，鹦鹉不会一个早上折断翅膀，喻指有志者不会轻易受挫。典出《资治通鉴·唐武后圣历元年》二月："他日，（武后）又谓（狄）仁杰曰：朕梦大鹦鹉两翼皆折，何也？对曰：武者，陛下之姓，两翼，二子也。陛下起二子，则两翼振矣。太后由是无立（武）承嗣、（武）三思之意。"

⑧ "貔貅"句，指骆宾王参加李敬业讨伐武则天之军队事。貔貅，传说中的猛兽，后多比喻勇猛的战士。唐罗隐《寄酬邺王罗令公五首》诗："十万貔貅趋玉帐，三千宾客珥金貂。"

⑨ 雄文，内容精深、气势雄伟的诗文。此指骆宾王所作《代李敬业檄》一文。

⑩ 延清，指初唐诗人宋之问。宋之问，字延清。◎龙宫，指佛寺。◎头陀，僧人。此二句典出计有功《唐诗纪事》："宋之问贬黜放还，至江南游灵隐寺。夜月极明，长廊行吟曰：'鹫岭郁岧峣，龙宫锁寂寥。'句未属，有老僧点长明灯，问曰：'少年夜久不寐，何也？'之问曰：'适偶欲题此寺，而思兴不属。'僧请吟上联，即曰：'何不云"楼观沧海日，门对浙江潮"。'迟明更访之，则不复见矣。寺僧有知者，曰此骆宾王也。"按李敬业兵败后，骆宾王不知所终，或谓死于乱军中，故谓遁入空门。

宋宗留守泽[①]

太息神州付陆沉[②]，　苦将忠义勉如林[③]。
风云泥马驱还倦[④]，　荆棘铜驼恨不禁[⑤]。
播越计谁淆国是[⑥]，　偏安局早定天心[⑦]。
回銮廿四空肠断[⑧]，　那得黄鹂和好音[⑨]。

---

① 宗留守泽，指宗泽，字汝霖，义乌人，宋名臣，曾任东京留守，力主抗金，忧愤成疾，临终三呼“过河”而卒，谥“忠简”，有《宗忠简公集》。

② 陆沉，喻国土沦陷于敌手。南朝宋刘义庆《世说新语·轻诋》：“桓公入洛，过淮泗，践北境，与诸僚属登平乘楼，眺瞩中原，慨然曰：遂使神州陆沉，百年丘墟，王夷甫诸人，不得不任其责。”

③ “苦将”句，此谓宗泽以忠义联络勉励北方豪杰共同抗金事。如林，形容多。《诗经·小雅·大明》：“殷商之旅，其会如林。”毛传：“如林，言众而不为用也。”《宋史·宗泽传》：“王善者，河东巨寇也，拥众七十万、车万乘，欲据京城。泽单骑驰至善营，泣谓之曰：朝廷当危难之时，使有如公一二辈，岂复有敌患乎？今日乃汝立功之秋，不可失也。善感泣曰：敢不效力。遂解甲降。时杨进号没角牛，兵三十万，王再兴、李贵、王大郎等各拥众数万，往来京西、淮南、河南北，侵掠为患。泽遣人谕以祸福，悉招降之。……山东盗起，执政谓其多以义师为名，请下令止勤王。泽疏曰：‘自敌围京城，忠义之士愤懑争奋，广之东西、湖之南北、福建、江、淮，越数千里，争先勤王。当时大臣无远识大略，不能抚而用之，使之饥饿困穷，弱者填沟壑，强者为盗贼。此非勤王者之罪，乃一时措置乖谬所致耳。今河东、西不从敌国而保山砦者，不知其几；诸处节义之夫，自黥其面而争先救驾者，复不知其几。此诏一出，臣恐草泽之士一旦解体，仓卒有急，谁复有愿忠效义之心哉？王策者，本辽酋，为金将，往来河上。泽擒之，解其缚坐堂上，为言：契丹本宋兄弟之国，今女真辱吾主，又灭而国，义当协谋雪耻。策感泣，愿效死。泽因问敌国虚实，尽得其详，遂决大举之计，召诸将谓曰：汝等有忠义心，当协谋剿敌，期还二圣，以立大功。言讫泣下，诸将皆泣听命。’”

④ “风云”句，用宋高宗“泥马渡江”的传说。题辛弃疾《南渡录》载，靖康之变后，宋高宗赵构时为康王，质于金。与金太子同射。康王三矢俱中，金人以为此必拣选宗室之长于武艺者冒名为之，留之无益，遣还。康王得脱，奔窜疲困，假寐于崔府君庙中，梦神人曰：金人追及，速去之，已备马于门首。康王惊觉，马已在侧，跃马南驰。既渡河而马不复动，下视之，则泥马也。

⑤ “荆棘”句，喻世乱荒凉。《晋书》卷六十《索靖传》载：“靖有先识远量，知天下将乱，指洛阳宫门铜驼，叹曰：会见汝在荆棘中耳。”

⑥ “播越”句，谓南宋渡江南逃的政策误了国事。播越，逃亡，指宋高宗溃逃临安。南朝宋范晔《后汉书·袁术传》：“天子播越，宫庙焚毁。”国是，国策，国家大事。

⑦ “偏安”句，指宋高宗临时定都临安。偏安，谓封建王朝不能统治全国而苟安于一方。天心，君王之心意。

⑧ “回銮”句，指宗泽先后上疏二十四道，请求高宗回都东京，但为黄潜善等所阻碍，终积愤而卒。见《宋史·宗泽传》。回銮，古代称帝王的车驾为銮驾或銮舆，帝王外出回返则称回銮。

⑨ 黄鹂，鸟名，身体黄色，叫的声音很好听，诗中喻指志同道合者。唐杜甫《蜀相》诗：“映阶碧草自春色，隔叶黄鹂空好音。”

明王待制祎[①]

字子充，文章与宋濂齐名。明祖下婺州，征至行在[②]。后进《平江西颂》，上喜曰："吾固知浙东有二儒，卿与宋濂耳。学问之博，卿不如濂；才思之雄，濂不如卿。"洪武三年，同宋濂总裁《元史》。五年，持诏往云南谕降梁王，为梁王所害。

雄才冠绝四先生[③]，　正是兰台稿属成[④]。
佐命群公皆北向[⑤]，　请缨壮志独南征[⑥]。
赤心不负君王托，　乌喙终无故旧情[⑦]。
重茧棘人凄欲绝[⑧]，　寥天洒泪溢昆明[⑨]。

（原载民国二十二年印本《存悔堂诗草》）

---

① 王祎（huī），字子充，号华川，义乌人。师事元末大儒柳贯、黄溍等，有文名。元至正十八年（1358），朱元璋取婺州，召为中书分省掾史，出知南康府事。明洪武元年（1368）为漳州府通判，二年，与宋濂同任《元史》总裁官。书成，拜翰林待制、同知制诰、兼国史院编修官。五年，奉诏出使云南招降元梁王，后不幸遇害。有《王忠文公文集》二十四卷、《大事记续编》七十七卷、《重修革象新书》二卷等。

② 行在，天子巡行所到之地。

③ 四先生，盖指明初主持修《元史》之宋濂、王祎、汪克宽、胡翰等文士。

④ 兰台，汉代宫内藏书之处，以御史中丞掌之。东汉班固曾为兰台令史，撰《汉书》，故后世亦称史官、史局为兰台。此谓王祎参与的元史局。◎稿属成，谓《元史》稿撰成。

⑤ "佐命"句，指群臣上朝。北向，朝北；帝王则居南向之尊位。

⑥ 请缨，用汉代终军请长缨羁南越王于阙下的典故，谓王祎出使云南谕降梁王孛儿只斤·把匝剌瓦尔密之壮举。

⑦ 乌喙，本形容人之嘴尖。汉赵晔《吴越春秋》："夫越王为人长颈乌喙、鹰视狼步，可以共患难而不可共处乐。"此借指明太祖朱元璋刻薄寡恩。"乌喙"句后原注："死事闻朝廷，竟无恤典。"恤典，指朝廷给予去世官吏的赐祭、追封、赠谥、建祠等各种恩典。

⑧ "重茧"句，指王祎之子王绅千里跋涉赴云南求父遗骨事。重茧，脚上生的厚茧，指跋涉辛苦。棘人，居父母丧者之称。《诗经·桧风·素冠》："庶见素冠兮，棘人栾栾兮，劳心慱慱兮。"汉郑玄笺："急于哀戚之人。"

⑨ 昆明，指昆明湖，即滇池，在昆明市西南，云南省最大的淡水湖。"寥天"句后原注："子绅赴滇求遗骸不得，有《滇南恸哭记》。"子绅，王祎次子王绅（1360—1400），字仲缙，父亲遇害后由兄王绶抚养成人，受业于宋濂。蜀献王聘请去做官，王绅受蜀献王资助赴云南寻找父亲遗骸。建文帝时荐任为国子博士，参与修撰《太祖实录》，与方孝孺为友，著有《继志斋集》。

【导　读】

中国古代的城市因地而得名的很多，因人、因事而得名的不太多。而义乌名称的由来，即源于秦时的孝子颜乌及其纯孝感动群鸦的故事。《秦颜孝子乌》正是对颜乌的赞美。此诗首联从群鸦引出颜乌；次联凝重，“千秋”句笔法挺拔，议论正大；三、四两联说后代的景仰与祭享，笔力略弱，但作为对本地风土的吟咏还是得体的。

骆宾王一生经历奇特，在唐高宗和武则天的朝廷中未得机遇，到浙江临海任县丞后，弃官而去，后来加入了李敬业反抗武则天的军队，留下了那篇传颂千年的雄文《代李敬业檄》（亦作《代李敬业传檄天下文》或《为徐敬业讨武曌檄》）。据说武则天对该檄文的文采居然也颇为欣赏。李敬业兵败后，骆宾王遂不知所终。《唐骆侍御宾王》基本上就是围绕骆宾王在武则天时代的经历而展开的。首联谓武后对亲子的残酷；次联用狄仁杰为武则天解梦的故事，再说到李敬业起兵；三联赞骆宾王檄文一时无两的气势和大义凛然的立场；尾联则涉及宋之问与骆宾王对诗的传说。从诗中基本可见骆宾王这位本地先贤的一生事迹。

宋代的宗泽，作为抗金名臣和提携岳飞的伯乐，爱国形象播于人口。宗泽在南北宋之交，以花甲之年的一腔忠愤与热血，在朝廷危亡的时刻奏响了时代的最强音。《宋宗留守泽》一诗正是宗泽忠义的写照。“风云”“播越”两联均很精彩，有史事有议论，笔力甚健；末联写宗泽回銮疏二十四上却没有响应，令人痛心。

明代初年的王祎也是著名的文人和史家。人们多知道宋濂主修《元史》，却不太知道王祎其实是《元史》的两位总裁之一。王祎在元末隐居，后为朱元璋所任用，得到赏识，按理说前途是一片光明的。正当此时，王祎接受了招降元梁王的使命，不幸以身殉国，壮烈而死。《明王待制祎》一诗着力表现王祎的才识、忠勇，以及对其未能尽展才华的同情。“请缨壮志独南征”“赤心不负君王托”，将王祎忠勇的气节表现得淋漓尽致。

以上这四位历史名贤，分别从品行、文采、气节、学识四个方面，为义乌这座城市奠定了深厚的历史文化底蕴。

【延伸阅读】

陈德调（1769—?），字鼎梅，号夔堂，义乌人。嘉庆十三年（1808）举人，十六年进士，十八年任教官，道光二年（1822）补授衢州府学教谕。博览群书，尤长于经史，善于疑中求信。当时科举考试以四书五经命题，所课制艺，不得违背朱熹注，否则以犯律令论。而德调讲授经传，多与朱熹不合，于《大学》《论语》《孟子》朱熹注颇有疑问，作《我疑录》一卷，征引详确，实有为朱熹所不逮者。又取

《大学》古本，潜心玩索，作《读古本大学》一卷，其所言即知即行之旨，与王阳明异曲同工。另有《存悔堂诗草》一卷（民国二十二年《义乌先哲遗书》本）。《存悔堂诗草》收录五言古诗、七言古诗、五言律诗、五言排律、七言律诗、七言绝句近二百首，附录词一首、骈文一篇。可阅读中华书局2019年出版的《陈德调集》点校本（汪少华点校）。

（杭州师范大学人文学院樊葵副教授撰稿）

和人咏古诗四首

〔清〕陈元颖

颜孝子

乌伤遗冢望嵯峨，　至性从来感格多[①]。
秦代讫今名郡邑，　匹夫终古重山河[②]。
史尊独行畴无忝[③]，　礼肃明禋典不磨[④]。
风木年年惭返哺[⑤]，　毕逋影里泪滂沱[⑥]。

骆临海[⑦]

潜移帝座牝朝新[⑧]，　一檄煌煌大义伸[⑨]。

① 感格，感通，感动。宋李纲《应诏条陈七事奏状》："然臣闻应天以实不以文，天人一道，初无殊致，唯以至诚可相感格。"

② 终古，自古以来。《楚辞·九章·哀郢》："去终古之所居兮，今逍遥而来东。"

③ 畴，类，类别。《战国策·齐策三》："夫物各有畴，今髡贤者之畴也。"宋姚宏注："畴，类。"◎无忝，无愧。

④ 明禋，指明洁诚敬的献享。此句后原注："永慕祠列在祀典。"

⑤ 风木，比喻父母亡故，不及奉养。宋刘宰《分韵送王去非之官山阴得再字》："桃李春正华，风木养不待。"◎返哺，乌鸦长成，能觅食喂养母乌，喻子女孝养父母。

⑥ 毕逋，乌鸦的别称。唐顾况《乌夜啼》诗："毕逋发刺月衔城，八九雏飞其母惊。"

⑦ 骆临海，骆宾王于唐高宗调露二年（680）为临海县丞，故称。

⑧ "潜移"句，指武后篡唐当政。牝朝，武则天掌权之世。明杨慎《艺林伐山·牝朝》："唐人目武后之世为牝朝。"清赵翼《乾陵》诗："一番时局牝朝新，安坐妆台换紫宸。"

⑨ 一檄，指骆宾王《代李敬业檄》，详见本书第118页注①。

自出孤臣酬故国，　何关宰相失斯人[①]。
首阳翠蕨沉冥影[②]，　博浪金椎慷慨身[③]。
垂拱齐名殊愦愦[④]，　错将文彩掩经纶[⑤]。

宗留守

苍黄留守障狂澜[⑥]，　破敌恢疆智力殚[⑦]。
战转十三联奏捷[⑧]，　疏成廿四望回銮。
朝廷已定偏安局，　帐幕空罗大将坛[⑨]。
情与武乡同抱憾[⑩]，　渡河三唱有馀酸。

---

① 宰相失斯人，《新唐书·骆宾王传》："徐敬业乱，署宾王为府属，为敬业传檄天下，斥武后罪。后读，但嘻笑，至'一抔之土未干，六尺之孤安在'，矍然曰：'谁为之?'或以宾王对，后曰：'宰相安得失此人!'"

② "首阳"句，指伯夷、叔齐隐居于首阳山，吃野菜度日。首阳，山名，相传为伯夷、叔齐采薇隐居处。翠蕨，蕨菜的嫩叶。《史记·伯夷列传》："武王已平殷乱，天下宗周，而伯夷、叔齐耻之，义不食周粟，隐于首阳山，采薇而食之。"伯夷、叔齐所采本为"薇"，但因"蕨"和"薇"均为山菜，均可用之以指代野蔬，故本诗代之以"蕨"。《诗经·小雅·四月》："山有蕨薇，隰有杞桋。"唐孟郊《长安羁旅行》诗："野策藤竹轻，山蔬薇蕨新。"可参。

③ "博浪"句，指张良与力士在博浪沙以铁锤狙击秦始皇。事载《史记·留侯世家》。博浪，博浪沙，在今河南省阳武县东南。金椎，铁锤。唐李白《经下邳圯桥怀张子房》："沧海得壮士，椎秦博浪沙。"

④ "垂拱"句，指把骆宾王定作"垂拱四杰"之一乃糊涂之举。垂拱（685—688），为唐睿宗李旦年号，其间实际由武则天控制朝政。齐名，指把骆宾王与初唐文学家王勃、杨炯、卢照邻并列定作"垂拱四杰"。愦愦，昏庸，糊涂。

⑤ 经纶，指治理国家的抱负和才能。又此句后原注："垂拱乃武后年号，称临海为垂拱四杰，大非。"

⑥ 苍黄，匆促。◎留守，指出任东京留守。详见本书第77页李纲《哭宗留守》之序。

⑦ 恢疆，谓开疆拓土。此谓宗泽镇守东京，恢复北方疆土。

⑧ 战转十三，《宋史·宗泽传》："（靖康）二年正月，泽至开德，十三战皆捷。"

⑨ 罗，列，设置。又此句后原注："按：公卒时岳武穆在帐下，秩已显矣，朝廷不以之代公而用杜充来，殊不可解。"岳武穆，指岳飞（1103—1142），字鹏举，相州汤阴县（今河南省汤阴县）人，抗金名将。杜充（？—1141），字公美，相州（今河南省安阳市）人，北宋哲宗绍圣间进士，高宗建炎二年（1128），宗泽死后，杜充代为东京留守，金兵南下时，弃城南逃。"杜充"后的"来"字或为衍文。

⑩ 武乡，谓诸葛亮，封为武乡侯。《宋史·宗泽传》："泽前后请上还京二十馀奏，每为潜善等所抑，忧愤成疾，疽发于背。诸将入问疾，泽矍然曰：'吾以二帝蒙尘，积愤至此。汝等能歼敌，则我死无恨。'众皆流涕曰：'敢不尽力!'诸将出，泽叹曰：'出师未捷身先死，长使英雄泪满襟。'翌日，风雨昼晦。泽无一语及家事，但呼'过河'者三而薨。""出师"二句为唐杜甫《蜀相》诗句。

王忠文

雍容佐命龙兴日[①]，　慷慨招降虎穴行。
正拟功名齐陆贾[②]，　忽惊节烈殉真卿[③]。
鸿文一代先鸣盛[④]，　异数千秋创易名[⑤]。
碧血无归拚恸哭[⑥]，　臣忠子孝两峥嵘[⑦]。

（原载民国二十二年印本《栗园诗草》）

【导　读】

陈元颖的这四首诗和陈德调的《乌伤先达四首》所咏的对象是一致的，均为颜乌、骆宾王、宗泽和王祎。这是对乡邦先贤的致敬之作。

《颜孝子》：这首诗中"秦代"一联写得厚重如山，揭示了义乌得名的由来及其内蕴的伦理意义。结尾落到自己的心理，由历史上的纯孝之事联想到自己未能在父母膝下尽孝承欢，以致泪落"滂沱"的感慨。这样全诗的意脉就有了更广阔的层次，较前陈德调《秦颜孝子乌》更有个性色彩。

---

① 龙兴，龙飞腾上天，喻王者兴起，此谓朱元璋开国。

② 陆贾，西汉初楚人，汉高祖及文帝时，两次出使南越，说服赵佗臣服汉朝。吕后时，说服陈平、周勃等同力诛吕。著有《新语》。

③ 真卿，颜真卿（709—784），字清臣，京兆万年（今陕西西安）人，安史之乱时，起兵抗敌，后官至吏部尚书，封鲁郡公。唐代著名书法家。兴元元年（784），被派遣晓谕叛将李希烈，凛然拒贼，被缢杀遇害。

④ 此句下原注："王弇州云：国朝之文，濂溪为首，乌伤称辅。又曰：乌伤王祎，杂用欧、曾、苏、黄家，语空于文宪而力胜之。"王弇州，明王世贞（1526—1590），字元美，号弇州山人。濂溪，当作"潜溪"，为宋濂之号。乌伤，代指王祎。王世贞《艺苑卮言》卷五："国初之业，潜溪为冠，乌伤称辅。"文宪，明武宗时追谥宋濂"文宪"。王世贞《艺苑卮言》卷五："乌伤王祎、金华胡翰，杂用欧、曾、苏、黄家，语空于文宪而力胜之。"

⑤ 此句下原注："明洪武时文臣无谥，武臣非赠侯伯亦无谥。建文时王祎以待制谥文节，文臣得谥自公始，以臣得谥亦自公始，后改谥忠文。"

⑥ 碧血，忠臣烈士所流之血。典出《庄子·外物》："苌弘死于蜀，藏其血，三年而化为碧。"

⑦ 峥嵘，巍峨高大，卓越不凡。唐张说《唐故夏州都督太原王公神道碑》："卓荦文艺，峥嵘武节。"又此句下原注："按：忠文子王绅后为蜀王太傅，自四川赴云南，求父遗骸不可得，有《滇南恸哭记》，今存，故末二句及之。癸酉八月黄侗补注。馀皆先生自诠。"黄侗（1873—1939），字晓城，号无知氏，义乌稠城人，清末科秀才，同盟会会员，曾任浙江省议会议员、省统税局局长、省会警察局秘书、华洋义赈会委员等职，著有《义乌兵事纪略》。1933年黄侗铅印《义乌先哲遗书》，收录陈元颖《栗园诗草》。

《骆临海》：陈元颖的父亲陈熙晋，曾作过《骆临海集笺注》，至今仍然是研究骆宾王的基本文献。陈元颖这首咏骆宾王的诗，也有史家的眼光与见识。除了前两联讲骆宾王的事迹与传说之外，第三联以伯夷、叔齐不食周粟饿死于首阳，以及张良与力士以金锤狙击秦始皇之事，揭示骆宾王之所以参与李敬业的军队正是因为不能接受大唐江山的易姓改号，事虽有异，理无不同。尾联更推进一层，称后世把骆宾王列为“垂拱四杰”之一，那是以他的文名掩盖了他的政治才干，可谓别出心裁。整首诗意脉贯通，不是寻常敷衍之作。

《宗留守》：宗泽在南北宋之交，的确是一位可挽狂澜于既倒的人物。他任东京留守，镇守中原，使得南宋朝廷粗得安定，且一直有北向恢复中原的雄心壮志。宗泽在东京，不但力主出兵抗金，而且联络了许多中原豪杰，以大义相激励，使得他们都奉大宋正朔与号令，形成了比较有利的局势。他先后上了二十余道奏章，请求宋高宗北归定都东京，以与金人相抗，不宜偏安江南。可惜宗泽一死，接替他的杜充既能力有限，又贪生怕死，中原一弃，再难重光。这首诗把宗泽的事迹和心事都写得比较明白，是有史识的一首作品。特别是结尾，将宗泽与诸葛亮相提并论，令人产生杜甫所云“出师未捷身先死，长使英雄泪满襟”的感慨，而杜甫的这两句诗正是宗泽临终前曾咏叹的诗句。

《王忠文》：这一首运用陆贾与颜真卿的典故，对照王祎的生平，颇为精切。王祎的名望固然不能与颜真卿相比，但其忠义之志却是相同的。

陈元颖的这四首诗写得都比较亲切。一般来说，为本乡前贤写诗文，容易流于溢美敷衍，但义乌的这四位历史名人，值得后人书写传颂。

【延伸阅读】

陈元颖（1826—1877），字栗园，义乌人。父陈熙晋，历官贵州知县、湖北知府，所至有政声，博学能文，名列《清史稿·儒林传》。元颖为其次子，幼承家学，擅长诗和古文辞，不喜作八股文，不愿科举应试，性情疏懒，喜好吟诗作诗。成年后纳资为县丞，授贵州铜仁府省溪长官司吏目。咸丰元年（1851），父亲去世，归家居丧，遂无意仕进。同治元年（1862）至十二年间，家乡遭兵燹，家境贫困，几乎无法生存。同治初年，两度前往楚、粤，投靠亲戚，皆不遇，怏怏而返。元颖读万卷书，行万里路，见闻广，有才识，可惜虽有远见卓识，始终不获大用，仅以诗人终其身。其著作现存《栗园诗草》一卷，收录五言律诗、七言律诗、五言绝句、七言绝句近三百首，附录词二首。另有《砚农文集》八卷（清抄本，见《中国古籍善本书目》）。可阅读中华书局即将出版的《陈元颖集》校点本（汪少华校点）。

（杭州师范大学人文学院樊蕤副教授撰稿）

《华川文派录》序[①]

〔明〕宋濂

义乌，婺上县，自隋至唐，名士辈出。若娄幼瑜[②]，若骆宾王，则其尤者也，幼瑜之文以卷计者，凡六十有六[③]；宾王之文，其数亦盈十焉[④]。然皆散逸无存，其仅见于世者，往往出于编类家之所采。此无他，聚之广，则行之久也。宋南渡后，宗忠简公泽[⑤]，其文多至五十卷；细高居士黄公中辅[⑥]，亦十卷；香山喻公良能则三十四卷[⑦]；香山之弟杉堂公良弼[⑧]，颇如居士之数。南湖何公恪[⑨]、岩堂陈公炳[⑩]，各二十卷。惟是四三君子，事业虽不同，其以文辞有助于名教则一而已。计其当时，鸾跄凤翥于士林行[⑪]，嗈嗈和鸣[⑫]，而龟麟为之后

---

① 《华川文派录》，义乌人黄应龢所编。黄应龢，号铁岩，约生于宋元之际。《浙江通志》卷二五四："《华川文派录》六卷，黄应龢编，宋濂序。"

② 娄幼瑜，字季玉，南齐人，曾任给事中。少有学术，不应征辟，聚徒教授，为扬州刺史临川王刘映所叹赏。著有《礼捃拾》三十卷、《礼记摭遗别记》一卷。生平见《南史》卷五十、卷七六。

③ 六十有六，可参《隋书·经籍志》："《娄幼瑜集》六十六卷。"

④ "宾王之文"二句，说的是骆宾王之文集，唐中宗时，命郗云卿搜访编集，得遗文百余篇，编为十卷。

⑤ 宗忠简公泽，即宗泽（1060—1128），字汝霖，元祐六年（1091）登进士第。靖康元年（1126），金兵入侵，召赴阙，除直秘阁，充兵马副元帅，招集义勇，力主抗金。后功未成而卒。著有文集五十卷，今存《宗忠简公集》七卷。

⑥ 黄公中辅，即黄中辅（1111—1187），字槐卿，晚号细高居士，斋名"转拙"。中辅为喻良能、喻良弼舅父，元代著名学者黄溍六世祖。绍兴中，秦桧柄国，和议既成，使士大夫歌咏太平中兴之美。中辅独奋不顾，作《满庭芳》，题临安城太平楼酒店上，有"快磨三尺，欲斩佞臣头"之句。著有《类稿》十卷，元时已亡佚。生平见喻良能《细高居士黄公墓志铭》。

⑦ 喻公良能，即喻良能（1120—1205），字叔奇，号香山，又号锦园。与何恪、陈炳及其弟喻良弼合称"乌伤四君子"。绍兴二十七年（1157）进士，曾任广德尉、鄱阳县丞、诸王宫大小学教授、国子监主簿、太常丞等职。《浙江通志》卷二四八载："《香山集》三十四卷。"已佚，今本《香山集》系从《永乐大典》中辑出，仅十六卷。

⑧ 良弼，即喻良弼（1125—?），字季直，人称"杉堂先生"。喻良能弟，曾任新喻（今江西新余）县尉。著有《杉堂集》十卷、《乐府》五卷。

⑨ 何公恪，指何恪（1127—1172），字茂恭，号南湖居士，绍兴三十年（1160）进士。初任永新县主簿；再调徽州录事参军，未上任，在家励学，筑园自娱。著有《南湖集》二十卷。

⑩ 陈公炳，即陈炳，生卒年不详，字德先，乾道二年（1166）进士。官知上虞，与喻良能、喻良弼、何恪并称"乌伤四君子"。著有《易解》五卷、《岩堂杂稿》二十卷等，均已亡佚。

⑪ 鸾跄（qiāng）凤翥（zhù），指盘旋飞举的凤凰，比喻文采斐然。跄，起舞。翥，飞举。

⑫ 嗈嗈（yōng），众鸟和鸣声。

先[①]，学者歆艳之[②]，未必不家传而人诵。远者仅二百年，近者始百馀载，求其家集，则子孙或不能以咸有，况它学者乎？一邑之间且若此，而况于四方乎？呜呼！立言之士，其心勤矣，其虑精矣，又恶知一旦变灭若烟霞者乎？然则编类者之功，要不可少之也。

居士之族孙铁岩公应龢[③]，尝有见娄、骆之事，乃自忠简至于岩堂，各编其粹精者十馀篇，聚于一书，厘为六卷，名曰《华川文派录》。华川，县之绣湖别名，唐尝因之置县，故取以号其录云。后五十年，豫章张侯来为县[④]，读而善之。复谓群公之文，幸仅见于斯，然未有誊其副者。苟或亡之，非唯重有识者之叹，且将何以风厉于吾民[⑤]。亟请邑士傅君藻[⑥]，精加校雠，捐俸而刻，置县庠[⑦]，来征濂为之序。

昔者乡先达吴公师道[⑧]，悯前修之日远，而遗文之就泯，乃集婺七邑名人著为《敬乡前后录》二十三卷。其视铁岩，志益广矣。惜乎官其邦者不使永其传，兵燹之馀，手稿弗复能存。今侯则惓惓是书[⑨]，夙夜不少置，以此较彼，贤不肖之相去抑何远哉[⑩]！虽然，侯之风厉于县人士者，不止文辞而已也。当如岩堂之介，南湖之孝，香山之质实无伪，杉堂之宽厚有容，居士之气节不群，忠简之竭诚报国至死而不变，庶几无负于侯。不然，则操觚濡墨[⑪]，仰而号诸人曰："我能文，我能文。"岂不见笑于大方之家哉？

侯名永诚，以儒术缘饰吏事[⑫]，忠信廉明如古循吏[⑬]。县务虽至剧，雍雍处之，轻重皆不失其度。吏胥受约束，拱手案侧，不敢出一语相可否。诸弊顿

---

① 龟麟，乌龟和麒麟。《礼记・礼运》："麟、凤、龟、龙，谓之四灵。"文中应是喻指杰出的学人。

② 歆（xīn）艳，歆羡，羡慕。宋李纲《论福建海寇札子》："小民歆艳，皆有仿效之意。"

③ 应龢，即黄应龢，号铁岩。除撰《华川文派录》外，咸淳年间，曾作《义乌续志》。

④ 张侯，即张永诚。《浙江通志》卷一五五载："张永诚，成化《金华府志》：南昌人，洪武初以都督府断事司知事任义乌，为政简易，吏民悦服。创公宇，争相趋赴，治行为诸县最。"

⑤ 风厉，鼓励，劝勉。

⑥ 傅君藻，即傅藻（1321—1392），字伯长，号国章，曾任翰林编修、监察御史、东宫文学、武昌知府、河南廉访使等职。告老还乡后，创建杜门书院（在今义乌杜门）。

⑦ 置，放置，安置。◎县庠（xiáng），县学，县级学校。

⑧ 先达，有德行学问的前辈。◎吴师道（1283—1344），字正传，婺州兰溪（今浙江兰溪）人，至治元年（1321）进士，历任宁国路录事、池州建德县尹、国子博士，后以奉议大夫、礼部郎中致仕，终于家。著有《易诗书杂说》《春秋胡传附辨》《战国策校注》《敬乡录》等。

⑨ 惓惓，念念不忘。

⑩ 相，底本误作"后"，兹据嘉庆十五年（1810）严氏校刊本及崇祯《义乌县志》卷二十所载径正。

⑪ 操觚（gū），即执简写作，后泛指写作。觚，是古人用以书写或记事的木简。◎濡墨，蘸润墨汁，谓用墨书写。

⑫ 缘饰，文饰。《史记・平津侯主父列传》："习文法吏事，而又缘饰以儒术。"

⑬ 循吏，守法循理的官吏。

革，故治效彰著为诸邑之最。是为序。

（原载《四部丛刊》景明正德本《宋学士文集》卷七）

【导 读】

义乌历代名人辈出，以诗文著称于世者也不少。如南朝娄幼瑜、唐代骆宾王。宋室南渡之后，更是群星璀璨，如宗泽、黄中辅、喻良能、喻良弼、何恪、陈炳，皆长于为文，当时皆有文集传世。然时代变迁，其集或不存，或存而已失其原貌。有鉴于此，黄应龢搜采义乌历代名人所撰优秀诗文，编集《华川文派录》，以存乡邦之文献。至明代初年，张永诚任义乌县知事，命傅藻校勘《华川文派录》，并请宋濂写序。此文即宋氏为《华川文派录》所写序言。文章首先叙述黄应龢编纂此书之缘起，次则表彰张永诚刊刻此书之功德。《华川文派录》已佚，通过宋濂之序言，我们还可以大致了解此书之概况。

（浙江大学人文学院冯国栋教授撰稿）

题名碑记[①]

〔明〕刘浚

义乌，婺之属邑也。去郡治百一十里，居东南之奥区[②]。其山川秀峙[③]，人物之殷，俗尚儒雅，甲于他邑，稽之郡乘[④]，盖可见矣。在宋则有宗忠简公泽、徐文清公侨，元有黄文献公溍，实产兹邑，后先悉以科第起家，其文

① 本篇见载崇祯《义乌县志》卷十人物表和康熙《义乌县志》卷十九艺文志，但前者刊刻粗疏，版面模糊，颇多错讹，如“嘉已”误作“加已”，“学校”误作“学较”，“接踵”误作“按踵”；而康熙志刊刻精善，版面清晰，文字疏误极少，故兹据康熙志收载，以崇祯志所载参校。题名碑，指刻有进士姓名的石碑。古代州县为纪念科场登录，往往在学宫立碑，题写登科者姓名于其上，以为荣耀和激励。前蜀马鉴《续事始》：“慈恩寺题名：闲游而题其同年姓名于塔下，后为故事。”

② 奥区，腹地。《后汉书·班固传上》：“防御之阻，则天下之奥区焉。”唐李善注：“奥，深也。言秦地险固，为天下深奥之区焉。”

③ 秀峙，秀美超逸。《新唐书·崔澹传》：“玙子澹，举止秀峙，时谓玉而冠者。”

④ 郡乘，郡志，郡史。清周亮工《与王隆吉书》：“顷汪舟次来索愚在广陵诸诗文，欲入郡乘。”

章政事，炳然焕然[①]，海内至今称之。洪惟我太祖高皇帝[②]，龙飞淮甸[③]，肇造区夏[④]，树立学校，开设科目[⑤]，亦累有其人。

永乐八年夏，余佥浙江按察司事[⑥]。明年冬，来按于兹[⑦]。下车皇皇[⑧]，未暇他及，首谒文庙[⑨]，拜先圣先师。礼成[⑩]，诸生复导升堂会讲。讲馀，其教谕胡春同率生徒进而告曰[⑪]："邑庠自前代登第者[⑫]，咸勒石丰珉[⑬]，文献公尝为文以记之[⑭]。国朝开科迄今四十馀祀，俱未有纪载，恐后泯焉。先是，诸生悉捐赀于家[⑮]，僦匠砻石[⑯]，愿刻先达之名以励将来。而未有纪之者，乞一言以传不朽。"余谓："黄公天下巨儒，后学师仰之，既秉笔大书于前，若等求余荒谬之

---

① 炳然焕然，此处"炳然"与"焕然"均指明显貌。《汉书·刘向传》："决断狐疑，分别犹豫，使是非炳然可知，则百异消灭而众祥并至。"

② 洪惟，语助词，用于句首。《尚书·多方》："洪惟图天之命，弗永寅念于祀。"◎太祖高皇帝，崇祯本作"太高祖皇帝"，误。"太祖高皇帝"指明朝开国皇帝朱元璋（1368—1398年在位），朱元璋庙号"太祖"，谥号"开天行道肇纪立极大圣至神仁文义武俊德成功高皇帝"。

③ 淮甸，指淮河流域。朱元璋生于濠州钟离（明朝建立后改为凤阳），属于淮河流域，故称。唐刘禹锡《代谢贷钱物表》："寿春固垒以备盗，淮甸兴师以扞奸。"

④ 肇造区夏，指在华夏大地上建立国家。肇造，谓始建。区夏，诸夏之地，指华夏、中国。《尚书·康诰》："用肇造我区夏，越我一二邦以修我西土。"

⑤ 科目，指唐代以来分科选拔官吏的名目。清顾炎武《日知录·科目》："唐制取士之科，有秀才，有明经，有进士，有俊士；有明法，有明字，有明算；有一史，有三史，有开元礼；有道举，有童子。而明经之别，有五经，有三经，有学究一经，有三礼，有三传；有史科，此岁举之常选也；其天子自诏曰制举……见于史者凡五十馀科，故谓之科目。"《明史·选举志一》："明制，科目为盛，卿相皆由此出，学校则储才以应科目者也。"

⑥ 按察司，管理一省监察、司法的机构，属官有佥事，无定员，分道巡察。

⑦ 按，巡行，巡视。唐李白《永王东巡歌》："王出三江按五湖，楼船跨海次扬都。"

⑧ 皇皇，同"遑遑"，指匆忙。

⑨ 谒，进见，拜见。

⑩ 礼成，仪式结束。

⑪ 教谕，学官名，掌文庙祭祀，教育所属生员。

⑫ 邑庠，明清时称县学为邑庠。◎登第，犹登科，科举时代应考人被录取。第，指科举考试录取列榜的甲乙次第。

⑬ 勒石，刻字于石，亦指立碑。《隋书·史万岁传》："于是勒石颂美隋德。"◎丰珉，亦作"丰砇"，丰美之石，指石碑。唐张说《梁国文贞公神道碑》："帝乃洒恩仙翰，镂泽丰砇。"

⑭ 文献公，指黄溍（1277—1357），字晋卿，一字文潜，婺州义乌（今浙江义乌）人，谥"文献"，元代著名史官、文学家、书法家、画家。与柳贯、虞集、揭傒斯并称为"儒林四杰"。

⑮ 诸生，明、清两代称已入学的生员。明叶盛《水东日记·杨鼎自述荣遇数事》："翌日，祭酒率学官、诸生上表谢恩。"◎捐赀，私人或团体出资金办理或资助公共事业。

⑯ 僦匠砻石，指雇用工匠来磨砺石头。僦，雇用。砻，雕琢。

言继之，犹持布鼓以过雷门[①]，怀燕石而趋玄圃[②]，诚可哂也[③]。”且公事鞅掌[④]，文墨谢去久矣，力却之。厥后，春同复与诸生固请如初，遂俯狥舆情[⑤]。余辱风纪[⑥]，旌别淑慝[⑦]，固分内事也，奚容再拒之哉。

切惟科目之设[⑧]，其来尚矣[⑨]。自唐虞兴贤亮采[⑩]，明试其言；后世以科举取士，实基于此。凡士生戴履间[⑪]，诵《诗》读《书》，获与四方俊乂角艺场屋[⑫]，裒然奏捷，发身文章以跻朊仕[⑬]，亦荣矣哉。今又记名于石，立于学宫[⑭]，俾传永久，信足嘉已。盖学校为风化之源[⑮]，人材所从出也。今诸生弦于斯[⑯]，

---

① 持布鼓以过雷门，比喻在高手面前卖弄。《汉书·王尊传》："太傅在前说《相鼠》之诗。尊曰：'毋持布鼓过雷门。'"唐颜师古注："雷门，会稽城门也，有大鼓。越击此鼓，声闻洛阳，故尊引之也。"

② 怀燕石而趋玄圃，比喻在高人面前献丑。燕石，指不足珍贵之物。玄圃，亦作"悬圃"，指昆仑山顶的神仙居所，中有奇花异石。《太平御览》卷五一引《阚子》："宋之愚人得燕石于梧台之东，归而藏之，以为大宝。周客闻而观焉，主人端冕玄服以发宝，华匮十重，缇巾十袭。客见之，卢胡而笑曰：'此燕石也，与瓦甓不异。'主人大怒，藏之愈固。"唐柳宗元《上权德舆补阙温卷启》："衷燕石而履玄圃，带鱼目而游涨海。"

③ 哂，讥笑。《晋书·蔡谟传》："我若为司徒，将为后代所哂，义不敢拜也。"

④ 鞅掌，指职事纷扰繁忙。《诗经·小雅·北山》："或栖迟偃仰，或王事鞅掌。"

⑤ 俯狥，顺从，听从。俯，向下。狥，通"徇"，顺从。

⑥ 辱风纪，指承担有辱风教纲纪之职。辱，玷辱，辜负。此处为谦辞。唐钱起《县内水亭晨兴听讼》诗："磨铅辱利用，策蹇愁前程。"

⑦ 旌别淑慝，指分辨善恶。旌别，识别，区别。淑慝，犹善恶。《尚书·毕命》："旌别淑慝，表厥宅里。"伪孔安国传："言当识别顽民之善恶。"

⑧ 切惟，犹"窃惟"，谓私下考虑。表示个人想法的谦辞。

⑨ 尚，久远。《吕氏春秋·古乐》："故乐之所由来者尚矣，非独为一世之所造也。"汉高诱注："尚，久也。"

⑩ 唐虞，唐尧与虞舜的并称，指尧与舜的时代，古人以为太平盛世。◎兴贤，推举有才能的人。《周礼·地官·乡大夫》："此谓使民兴贤，出使长之。"◎亮采，指辅佐政事。《尚书·皋陶谟》："日严祇敬六德，亮采有邦。"清孙星衍疏："此言助事有邦，谓有土者之臣。"

⑪ 戴履，亦作"戴天履地"，顶天立地，犹言生于天地之间。汉赵晔《吴越春秋·王僚使公子光传》："子胥曰：'吾闻父母之雠，不与戴天履地。'"

⑫ 俊乂，才德出众的人。《尚书·皋陶谟》："翕受敷施，九德咸事，俊乂在官。"◎角艺，较量才能或武艺。元辛文房《唐才子传》："在举场角艺三十年，屈声被人耳。"◎场屋，科举考试的地方，又称科场。宋王禹偁《谪居感事》："空拳入场屋，拭目看京师。"

⑬ 发身，成名，起家。《礼记·大学》："仁者以财发身，不仁者以身发财。"汉郑玄注："发，起也。言仁人有财则务于施与，以起身成其令名。"◎朊仕，高官厚禄。《诗经·小雅·节南山》："琐琐姻亚，则无朊仕。"汉郑玄笺："琐琐昏姻妻党之小人，无厚任用之，置之大位，重其禄也。"

⑭ 学宫，学校；各府县的孔庙，为儒学教官的衙署所在。

⑮ 风化，犹风教，风气。《诗经·豳风·七月》序："周公遭变，故陈后稷先公风化之所由。"

⑯ 弦，弹奏弦乐器。唐崔宗之《赠李十二白》："酌酒弦素琴，霜气正凝洁。"

诵于斯，目之所击，惕然奋发[①]，潜心六学[②]，安知异日不接踵以魁榜首乎[③]？凡登名金石者，益思上以忠于君，下以行其学，为世之名臣；勿使诸公专美于前，而后人指此而非议之，庶科目可以得人矣。传曰：事君，敬其事而后其食。[④]尚其勉诸[⑤]。

永乐九年冬，闰十有二月中吉。

（原载康熙《义乌县志》卷二一艺文志）

【导　读】

本文是浙江按察司佥事刘浚为义乌文庙进士题名碑所作的碑记。刘浚（生卒年不详），抚州崇仁（今江西抚州）人，永乐二年（1404）进士，永乐八年任浙江按察司佥事。永乐九年，刘浚至婺州义乌巡视，此文即写于此时。全文可以分为两部分：前半部分，阐述了撰写碑记的缘起；后半部分，表达了对义乌先儒的敬意及对后学的期许。作者希望后学们能够以宗泽、徐侨、黄溍等义乌名士大儒为榜样，惕然奋发，潜心学习，博取功名，为家乡争光。刘浚的碑记既展现了他的尚学、爱才之心，也从侧面体现出了义乌俊乂之多，学风之盛。

（浙江师范大学硕士研究生项雨峥、浙江大学人文学院张涌泉教授撰稿）

---

① 惕然，警觉省悟貌。《史记·龟策列传》："元王惕然而悟。"

② 六学，指六艺或六经。宋叶适《送陈彦群》："众儒治六学，厥志存不朽。"

③ 魁，首选，第一名。

④ 引文出自《论语·卫灵公》，指侍奉君主要认真把分内的事做好，再去想俸禄。

⑤ 尚，庶几，表示期许语气。

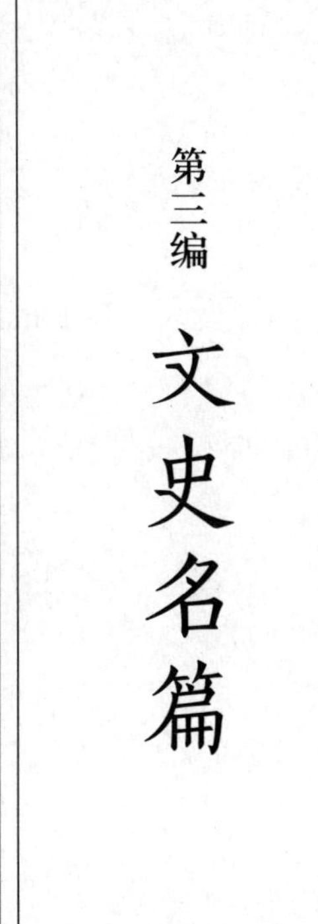

第三编 文史名篇

东汉·杨乔

杨乔（生卒年不详），字圣达，东汉末会稽乌伤（今浙江义乌）人。杨氏为汉代乌伤大族，杨乔高祖杨茂本河东（今山西）人，曾随光武帝征伐，拜威寇将军，封乌伤新阳乡侯。父杨扶为交趾刺史，有政声。弟杨璇，为零陵、渤海太守。杨乔幼有贤名，桓帝时为尚书，直言敢谏，多切中时弊。桓帝爱其才貌，下诏欲招其为婿。“乔固辞不听，遂闭口不食，七日而死。”生平见《后汉书·杨璇传》。

荐孟尝表①

臣前后七表言故合浦太守孟尝②，而身轻言微，终不蒙察。区区破心③，徒然而已！尝安仁弘义④，耽乐道德⑤，清行出俗⑥，能干绝群⑦。前更守宰，移风改政，去珠复还，饥民蒙活⑧。且南海多珍，财产易积，掌握之内⑨，价盈兼金⑩。而尝单身谢病⑪，躬耕垄次⑫，匿景藏采⑬，不扬华藻。实羽翮之美用，非

① 此文原载《后汉书·孟尝传》，其前有“桓帝时，尚书同郡杨乔上书荐尝曰”云云，题目为编者所加。雍正《义乌县志》卷十八“艺文志”题作《荐合浦太守孟尝表》。

② 孟尝，东汉会稽上虞（今属浙江）人，字伯周。举茂才，任徐县令。后迁合浦太守。郡产珍珠，民以采珠为业。然因官吏贪赃，采求无度，珠渐竭尽，民生艰难。孟尝就任之后，革除旧弊，珍珠生产得以恢复，民生有赖。后辞官隐居。

③ 破心，剖心，形容竭尽真诚。

④ 安仁，安心于仁道。《论语·里仁》：“仁者安仁，知者利仁。”

⑤ 耽乐，沉醉于。

⑥ 清行，高洁的德行。

⑦ 能干，才能，才略。干，犹“能”。《三国志·蜀志·诸葛亮传》：“理民之干，优于将略。”

⑧ “去珠”二句，指孟尝任合浦太守时革除时弊，恢复珍珠生产，百姓得以休养生息。

⑨ 掌握，一掌一握，一手掌。比喻面积小。

⑩ 兼金，价值倍于常金的好金子。

⑪ 谢病，托病辞官引退。

⑫ 躬耕，亲自从事农业生产。◎垄次，田亩，田野。

⑬ 匿景藏采，隐身，不张扬。景，同“影”。

徒腹背之毛也[①]。而沉沦草莽[②]，好爵莫及[③]。廊庙之宝[④]，弃于沟渠。且年岁有讫，桑榆行尽[⑤]。而忠贞之节，永谢圣时[⑥]。臣诚伤心，私用流涕。夫物以远至为珍，士以稀见为贵，槃木朽株[⑦]，为万乘用者[⑧]，左右为之容耳[⑨]。王者取士，宜拔众之所贵。臣以斗筲之姿[⑩]，趋走日月之侧[⑪]，思立微节[⑫]，不敢苟私乡曲[⑬]。窃感禽息[⑭]，亡身进贤。

（原载中华书局标点本《后汉书·孟尝传》）

【导 读】

杨乔为尚书时，以荐贤选能为己任，多次上书举荐人才。当时合浦太守孟尝，为官清廉，有才干，杨乔曾先后八次上表举荐。此即举荐表之八。文章先讲自己已七次上表举荐，无奈人微言轻，未被采纳。接着作者重点表彰了孟尝的才能与节操。孟尝安仁弘义，道德高尚，品行不凡，才能出众。任合浦太守时能移风改俗，革除时弊，纾解民困。返乡隐居，复能廉洁自守。然而如此人才，沉沦民间而不得任重，实让人叹息伤心。最后作者表达了自己推荐孟尝，实出自公心，并非因为孟

---

① 羽翮（hé），鸟羽。翮，鸟羽的茎，俗称“羽管”。此二句典出《说苑·尊贤》。赵简子与舟人古桑对话，赵简子认为自己很重视贤人，门人中有很多人才。古桑不以为然。古桑说：“鸿鹄高飞远翔，其所恃者六翮也。背上之毛，腹下之毳，无尺寸之数，去之满把，飞不能为之益卑；益之满把，飞不能为之益高。不知门下左右客千人者，有六翮之用乎？将尽毛毳也？”作者借此比喻孟尝是才干超群的贤才，并非一般的人。

② 草莽，草野，民间。《孟子·万章下》：“孟子曰：‘在国曰市井之臣，在野曰草莽之臣，皆谓庶人。’”

③ 好爵，高官厚禄。

④ 廊庙，殿下屋和太庙，借指朝廷。

⑤ 桑榆，桑树与榆树，日落时光照桑榆树端，因以指日暮，比喻晚年，垂老之年。三国魏曹植《赠白马王彪》：“年在桑榆间，影响不能追。”

⑥ 谢，此处意为“不用”。宋陆游《夜坐示桑甥十韵》：“大巧谢雕琢，至刚反摧藏。”

⑦ 槃木，枝干盘曲的树。

⑧ 万乘，帝王，国家。

⑨ 左右，旁边的人。◎容，装饰，雕饰。《文选·邹阳〈狱中上书自明〉》：“蟠木根柢，轮囷离奇，而为万乘器者何则？以左右先为之容也。”唐李善注：“器，谓玩之属。容，谓雕饰。”

⑩ 斗筲，斗、筲为量器，斗容十升，筲容一斗二升，容量都很小。比喻低微、卑贱。此处为谦辞。

⑪ 日月，比喻君主。

⑫ 微节，细小的节操。此处为谦辞。

⑬ 乡曲，这里指同乡。杨乔为乌伤人，孟尝为上虞人，东汉时都属会稽郡。

⑭ 禽息，秦国大夫。曾推荐百里奚，而不被秦穆公所用。禽息待秦穆公出行，以头击车，说：“臣生无补于国，不如死也。”秦穆公大受感动，任用百里奚而秦国大治。

尝与自己是同乡。文章声情并茂，表现了杨乔爱才、惜才、为国举才的热切之情。

【延伸阅读】

除了《后汉书》中所载的只言片语，历史上有关杨乔的记载并不多。唯独其拒绝做皇帝女婿乃至绝食而死一事流传千古。其中折射出的不畏强权、不慕荣利的精神，比之其他人的追慕荣华、附膻逐秽，真若霄壤云泥之别。这种精神千百年来一直为人们所激赏，明人方孝孺有《杨乔赞》并序，赞曰：

> 人之器量，有小有大。或盗一钱，或让天下。天下虽大，一钱之积。观其用心，大者可识。吾谓杨乔，可为三公。屈以非义，万钟不从。曷由知之？有大人节。帝女不娶，利岂能夺？其中所重，在义与道。视卓操辈，穿窬之盗。伊谁可方？孺子之伦。永言尚友，卓哉二人。

杨乔生活在1800多年前的东汉，这1800多年中，社会环境乃至道德追求都发生了极大变化。方孝孺的赞词沟通古今，有助于我们理解这位先贤的心境。

（浙江大学人文学院冯国栋教授撰稿）

三国吴·骆统

骆统（193—228），字公绪，会稽乌伤（今浙江义乌）人。汉末至三国时吴国将领，陈国相骆俊之子。

骆统二十岁时已任乌程国相，任内有政绩，使得国中民户过万。又迁为功曹，行骑都尉。他曾劝孙权尊贤纳士，省役息民。后出任为建忠中郎将。复因战功迁偏将军，封新阳亭侯，任濡须督。

黄武七年（228），骆统去世。有集十卷，今已佚。

论征役疏[①]

臣闻君国者，以据疆土为强富，制威福为尊贵，曜德义为荣显，永世胤为丰祚[②]。然财须民生，强赖民力，威恃民势，福由民殖，德俟民茂，义以民行，六者既备，然后应天受祚[③]，保族宜邦。《书》曰："众非后[④]，无能胥以宁[⑤]；后非众，无以辟四方[⑥]。"[⑦]推是言之，则民以君安，君以民济，不易之道也。

今强敌未殄，海内未乂[⑧]，三军有无已之役，江境有不释之备。征赋调数[⑨]，由来积纪[⑩]；加以殃疫死丧之灾，郡县荒虚，田畴芜旷。听闻属城民户浸寡[⑪]，又多残老，少有丁夫。闻此之日，心若焚燎。思寻所由，小民无知，既

---

① 标题据明贺复征《文章辨体汇选》卷九四拟题。明佚名辑《三国志文类》卷二二题《征役疫疠损民疏》，清严可均辑《全三国文》卷六七题《民户损耗上疏》。

② 世胤（yìn），世世代代。胤，后代。◎祚，福。

③ 应天，顺应天命。◎受祚，接受天地神明的降福。

④ 众非后，百姓没有君主。后，君主。

⑤ 胥，相互。

⑥ 辟，治理。

⑦ 引文出于《尚书·太甲》，原文作"民非后，罔克胥匡以生；后非民，罔以辟四方"，《礼记·表记》中引《太甲》作"民非后，无能胥以宁；后非民，无以辟四方"，骆统所引当据《礼记》，后世或避唐李世民讳，改"民"为"众"。

⑧ 乂（yì），安定。

⑨ 调，征调。◎数（cù），稠密。

⑩ 积纪，积时，指时间久。一纪为十二年。

⑪ 浸，逐渐。

有安土重迁之性[①]；且又前后出为兵者，生则困苦无有温饱，死则委弃骸骨不反，是以尤用恋本畏远，同之于死。每有征发，羸谨居家重累者先见输送[②]；小有财货，倾居行赂，不顾穷尽。轻剽者则迸入险阻[③]，党就群恶[④]。百姓虚竭，嗷然愁扰，愁扰则不营业[⑤]，不营业则致穷困，致穷困则不乐生，故口腹急则奸心动而携叛多也[⑥]。

又闻民间，非居处小能自供，生产儿子[⑦]，多不起养；屯田贫兵，亦多弃子。天则生之，而父母杀之，既惧干逆和气[⑧]，感动阴阳[⑨]。且惟殿下开基建国，乃无穷之业也，强邻大敌非造次所灭[⑩]，疆埸常守非期月之戍[⑪]，而兵民减耗，后生不育[⑫]，非所以历远年、致成功也。

夫国之有民，犹水之有舟，停则以安，扰则以危，愚而不可欺，弱而不可胜[⑬]，是以圣王重焉，祸福由之，故与民消息[⑭]，观时制政。方今长吏亲民之职[⑮]，惟以辨具为能[⑯]，取过目前之急，少复以恩惠为治，副称殿下天覆之仁[⑰]，勤恤之德者。官民政俗，日以彫弊[⑱]，渐以陵迟[⑲]，势不可久。夫治疾及其未笃，除患贵其未深，愿殿下少以万机馀闲，留神思省，补复荒虚，深图远计，育残馀之民，阜人财之用[⑳]，参曜三光[㉑]，等崇天地[㉒]。臣统之大愿，足以死而

---

① 安土重迁，留恋故乡，不愿轻易迁居异地。

② 羸谨，贫弱老实。◎重累，负担重。

③ 轻剽，轻浮躁急。◎迸，逃。

④ 党，结成朋党。

⑤ 营业，营谋生计。

⑥ 口腹，指饮食。“口腹急”指生计窘迫。◎携叛，背叛，造反。

⑦ 儿子，子女。

⑧ 干逆和气，冒犯祥瑞之气。

⑨ 感动，犹感应，谓受影响而引起反应。

⑩ 造次，须臾，片刻。

⑪ 疆埸（yì）常守，边疆日常的职掌。

⑫ 后生，后代，年轻人。

⑬ 胜，欺凌，强压。

⑭ 消息，休养生息。

⑮ 长吏亲民，地方官。长吏，州县长官的辅佐。亲民，古代对地方长官的称呼。

⑯ 辨具，备办，完成任务。

⑰ 副称，符合。

⑱ 彫弊，颓败。彫，同“凋”。

⑲ 陵迟，衰微。

⑳ 阜，使之丰厚、富有。

㉑ 参，并立，比并。◎三光，指日、月、星。

㉒ 等，等同，同样。

不朽矣。

（原载中华书局标点本《三国志·吴书·骆统传》）

【导　读】

疏是古代臣僚向帝王进言使用文书的统称。三国时期，吴国接连参与战争，百姓徭役繁重，而且瘟疫蔓延，导致百姓户口锐减，国力衰弱。对此，骆统深感忧虑，专门向孙权上疏。文章首先陈述了民与国的关系，认为“财须民生，强赖民力，威恃民势，福由民殖，德俟民茂，义以民行”。接着作者分析了吴国当时民贫赋重，“兵民减耗，后生不育”的局势。最后，力劝孙权尊贤纳士，提出“与民消息”，缓苏民力的建议。文章说“夫国之有民，犹水之有舟，停则以安，扰则以危”，作者把国家和百姓的关系比作水和船，国家有百姓，犹如船行水上，水平静则船安稳，水扰动则船不安。这种强烈的民本意识，在今天仍闪耀着思想的光芒。据说孙权看了此疏后，十分认同，从此对骆统器重有加。

【延伸阅读】

骆统是三国名臣，东吴大家，写过许多章表奏议。可惜其文集已经亡佚。除本文外，现在能见到的仅有《表理张温》（见《三国志·吴书·张温传》）、《陈诸将舟船饰丽笺》（见《北堂书钞》）等寥寥几篇。传世文章数目虽然不丰，但都颇为可观。如《表理张温》一文，乃作于张温触怒孙权、削职为民之时，彼时朝堂群小竞相构陷，欲致张温于死地，唯独骆统仗义执言，上此表文，文辞华美，有礼有节，文学性、思想性俱佳。虽然其意见未被孙权采纳，这篇文章却流传千古。

（浙江师范大学人文学院硕士研究生张春晖、浙江大学人文学院张涌泉教授撰稿）

南朝·傅大士

傅大士（497—569），东阳乌伤（今浙江义乌）人，名翕，字玄风，自号“双林树下当来解脱善慧大士”，后世称傅大士、双林大士、善慧大士、东阳大士。父宣慈，母王氏，以农为业。傅翕十六岁，娶留氏女妙光，生有二子：普建、普成。二十四岁，傅翕受胡僧嵩头陀点化，皈依三宝，结庵修行。苦行七年后，舍宅设会，化度乡里。自言弥勒降生，颇显神通，甚受当地信众支持。自梁武帝大通元年（527）至中大通六年（534），经过不懈努力，傅大士得于金陵拜见梁武帝，并参与梁武帝于华林园举行的《三慧般若经》讲会。其后，傅翕曾两次入金陵弘法。梁末陈初，傅大士主要在乌伤地方弘法利生，弘法之形式主要有斋会、布施、讲经、禳灾等。陈宣帝太建元年（569）四月，圆寂于乌伤，年七十三岁。生平见《善慧大士录》、张子开《傅大士研究》。传为傅大士所撰作品甚多，如《心王铭》《行路难》《浮沤歌》《梁朝傅大士颂金刚经》等。傅大士以一介居士身份崛起于梁、陈，立足地方，影响朝堂，不仅影响了当时的地方社会与佛教发展，也对后世禅宗、天台宗、牛头宗等的发展产生了一定的影响。

心王铭①

观心空王②，玄妙难测。无形无相，有大神力。能灭千灾，成就万德。体性虽空③，能施法则④。观之无形，呼之有声。为大法将⑤，心戒传经。水中盐

---

① 题为傅大士所撰《心王铭》，分别见于《善慧大士录》《景德传灯录》《隆兴佛教编年通论》诸书。然颇有人质疑此铭为傅大士所作。据张子开先生研究，此铭虽经后世禅宗之点染，然亦确实反映了傅大士的禅法思想。

② 观心空王，傅大士另有《心王论》作“观空心王”，学者们认为“观空心王”较好。然《心王铭》诸版本皆作“观心空王”。“空王”佛经中多见，且山东北朝摩崖多有“大空王佛”字样。空为万物之性状，心为把握此空性的主体；空为认识对象，心为认识主体；心与空为能所关系，故作“观心空王”似更合适。

③ 空，佛教认为万事万物皆由因缘聚合而成，任一因缘发生变化，事物即随之变化，并无恒久不变之主体性。空不是无，而是指事物变化性、聚合性、无实性的特点。

④ 法则，准则，规则。

⑤ 法将，佛法之大将，在此比喻最高之主宰。

味，色里胶清[①]。决定是有，不见其形。心王亦尔，身内居停。面门出入，应物随情。自在无碍，所作皆成。了本识心，识心见佛。是心是佛，是佛是心。念念佛心，佛心念佛。欲得早成，戒心自律。净律净心，心即是佛。除此心王，更无别佛。欲求成佛，莫染一物。心性虽空，贪瞋体实[②]。入此法门，端坐成佛。到彼岸已，得波罗蜜[③]。慕道之士，自观自心。知佛在内，不向外寻。即心是佛，即佛即心。心明识佛，晓了识心。离心非佛，离佛非心。非佛莫测，无所堪任。执空滞寂，于此漂沈[④]。诸佛菩萨，非此安心。明心大士，悟此玄音。身心性妙，用无更改。是故智者，放心自在。莫言心王，空无体性。能使色身[⑤]，作邪作正。非有非无，隐显不定。心性虽空，能凡能圣。是故相劝，好自防慎。刹那造作[⑥]，还复漂沈。清净心智，如世黄金。般若法藏[⑦]，并在身心。无为法宝[⑧]，非浅非深。诸佛菩萨[⑨]，了此本心。有缘遇者，非去来今。

（原载卍续藏本《善慧大士录》卷三）

【导　读】

传为傅大士所作，与“心”有关的著作甚多，如《心王论》《心王颂》与本篇《心王铭》。在古人看来，“心之官则思”，心为认识与思考之主体；而在佛教看来，“无不是空者”，空为世界万象之性质。心为认识主体，空为事物之性状，唯心可以认识把握空，而能把握空性即能契入真如，此即后世禅宗所谓：明心见性，则能成佛。故而心在整个佛教修行体系中占有重要的地位。然而心、性幽微，无形无相，如何把握无形无相的心、性，始终是一个重要问题。《心王铭》正是围绕这一问题展开的。

---

① 胶清，指一种流动性较大而没有杂质渣滓的胶。由于其能与染料混为一体，故在此比喻心虽然没有形象，肉眼看不出来，但它确实在发挥作用。

② 贪瞋，贪为贪欲，瞋为瞋怒。贪、瞋与痴，佛教并称为“三毒”。

③ 波罗蜜，为梵语音译，意译为“到彼岸”，一般指菩萨的修行。大乘有六波罗蜜之说，即布施、持戒、忍辱、精进、禅定、智慧。

④ 漂沈，漂泊沉沦。

⑤ 色身，指有形质之身，即肉身。

⑥ 刹那，梵语音译，意译为“一念”，指极短的时间，一弹指有六十刹那。

⑦ 般若，梵语音译，意译为“智慧”，专指修习佛法所得的智慧。◎法藏，又称佛法藏、如来藏，法性含藏无量之性德，故称法藏。

⑧ 法宝，佛教三宝之一，指佛所遗留的经典与教法。

⑨ 菩萨，菩提萨埵的略称，意译为“觉有情”“道心众生”，指自己觉悟并能使他人觉悟的修行者。

全文大略可分为三段：从开篇至“所作皆成”为第一段，主要咏叹描述心王之体、相、用。作者认为心王之体、相，“无形无相”“玄妙难测”，但它的作用却无处不在，“能灭千灾”“成就万德”。心王就像水中之盐味，色里之胶清，虽然不可见，却无处不在。从“了本识心”至“放心自在”为第二段，主要论述“即佛即心”“识心见佛”的佛法义理。在佛教徒看来，成佛永远是第一要义，然而如何成佛却古来歧义甚多。作者认为佛不在心外，心即是佛。既然心即是佛，那么认识心体、心王，则自然能成佛，故曰“识心见佛”。可以说，“即佛即心”是“识心见佛”的理论依据，而“识心见佛”则是“即佛即心”的实现路径。从“莫言心王”至终篇为第三段，是对前两段大义的概括，重新申明心王虽然空无形象，“隐显不定”，却能“作邪作正”，“能凡能圣”，故而作者谆谆劝人守护心识。《心王铭》词义简括，形象生动，对后世产生过重要的影响。宋祖琇《隆兴佛教编年通论》称赞说：“大哉《心王铭》！词致高妙，旨与宗门合辙，道与佛祖同源。”

贪瞋痴[①]

不须贪，看取游鱼戏碧潭。只是爱他钩下饵，一条线向口中含。
不须瞋，瞋则能招地狱因。但将定力降风火[②]，便是端严紫磨身[③]。
不须痴，痴被无明六贼欺[④]。恶业自身心所造[⑤]，愚迷披却畜生皮。

（原载卍续藏本《善慧大士录》卷三）

【导　读】

在佛教看来，贪欲、瞋怒、愚痴是三种根本烦恼。因为贪、瞋、痴能毁坏德行，故称之为“三毒”；又因三者能烧毁善行，故又称“三火”。佛教三学，戒律、禅定、智慧，正是为对治三种根本烦恼而产生。这组诗中，作者以形象的语言描绘了贪、瞋、痴三毒的危害，并奉劝世人远离三毒之苦。作者认为人之贪欲就像鱼儿贪图饵食，最后失去自由与生命。瞋怒之火，能烧功德，必招致地狱轮回之苦，如果能用禅定之力降服心魔而得清凉，那便是立地成佛了。世人因无明而被世间六尘

---

① 贪瞋痴，佛教称为三毒、三火、三垢。分别指欲望、瞋怒和愚痴。
② 风火，火一样的热风，指像火一样的烦恼。
③ 紫磨身，佛身为紫磨金色，故称。紫，紫色。磨，无垢浊之意。紫磨金为最上等之金。
④ 无明，指不能通达世间真相的精神状态，泛指无智、愚昧，特指不解佛教道理的世俗认识。◎六贼，代指六尘，即色、声、香、味、触、法。在佛教看来，外六尘能劫夺一切善法，故称六贼。
⑤ 恶业，指违背真理的行为。业，指行为，包括身、口、意三种。

诱惑，因为诱惑而做身、口、意三恶业，导致陷入轮回不得解脱。

颂二首[①]

空手把锄头，　步行骑水牛。
牛从桥上过，　桥流水不流。

有物先天地，　无形本寂寥[②]。
能为万象主[③]，　不逐四时凋。

（原载卍续藏本《善慧大士录》卷三）

【导　读】

法身，原指佛的自性真身，后世又指佛所证得的无上智慧，即真如实相不可得的真空。简而言之，即去除了对待分别的绝对真理或绝对存在。此二偈分别展现了法身智慧观察下的世界实相和法身本身的“体”“相”“用”。

先看第二首，此偈直接描摹法身的本体与相状，分别从“体”“相”“用”三方面来说明不可言说的法身。从“体”上看，法身在时间上先天地而生；从“相”上说，法身无形无相，幽玄难测；然而从“用”上来说，法身却可以主宰世间之万象，而不被世界万象所主宰，也不随时间而迁流变化。法身这一绝对的存在，在体貌上无形无相，先于时间而不随时间变化，却能生起万物，宰制万物。

回过头来，再看第一首。第一偈中的意象都极为普通，锄头、水牛、小桥、流水，当然还有人；但意象间的组合却出人意表：空手却拿着锄头，步行却又骑着水牛，流水恒常不迁，而小桥却变动不居。与我们日常认识相违背。然以佛教的空观来看，万事万物，刻刻变化（其实说“刻刻”，我们已经将恒久的变化切割为“刻刻”的状态，事物的变化是均质而不可切割的）。在此“刻刻变化”之中，我们日常生活中的大小、动静、长短等基于状态的比较都消融了。有和无、动和静不过都是我们基于比较而确认的状态，正如苏轼所言“盖将自其变者而观之，则天地曾不能以一瞬；自其不变者而观之，则物与我皆无尽也”。

① 颂二首，据张子开先生考证，至迟在9世纪的唐朝，此二颂就被称为“法身偈”或“法身颂”。
② 寂寥，空虚无形。
③ 万象，概指宇宙间的一切事物、现象。

浮沤歌[1]

君不见骤雨近看庭际流[2]，　水上随生无数沤。
一滴初成一滴破，　几回销尽几回浮。
浮沤聚散无穷已，　大小殊形色相似。
有时忽起名浮沤，　销竟还同本来水。
浮沤自有还自无，　象空象色总名虚。
究竟还同幻化影，　愚人唤作半边珠。
此时感叹闲居士，　一见浮沤悟生死。
皇皇人世总名虚，　暂借浮沤以相比。
念念人间多盛衰，　逝水东注永无期。
寄言世上荣豪者，　岁月相看能几时？

（原载卍续藏本《善慧大士录》卷三）

【导　读】

浮沤本是因冲击或下雨时水面生起的泡沫，因其旋生旋灭，虚幻不实，佛经多用来比喻世间万物的变化无常。比如《金刚经》中著名的“六如偈”：“一切有为法，如梦幻泡影，如露亦如电，应作如是观。”将世界的无常变灭比作梦、幻、影、露、电，还有一个便是泡。《浮沤歌》正是借“浮沤”这一意象，表达万物无常、生命有限的感叹和本体、性相一如的哲思。从“君不见”至“愚人唤作半边珠”为第一节，主要表达佛教的空观与体相一如的哲思。在佛教看来，一切事物不过是因缘的聚散，缘聚则物生，缘散则物灭，正如浮沤一般，时生时灭。然而事物虽“相”有生灭，而“体”则一如，正如沤起沤灭，而水性无变。如果说，沤起沤灭是“空”，水性一如则是“有”，空有双遣就是“不二”，就是“中道”。从“此时感叹闲居士”到篇末为第二节，主要通过浮沤洞明人生的盛衰无常，其中既有对人生盛衰变化的超然态度，也有对世间富贵荣豪的批判。

---

① 浮沤，因冲击或下雨时水面上生起的泡沫。《浮沤歌》，张子开先生将其归入“疑属牛头、台宗藻饰涂乙的诗偈”，认为此歌与傅大士其他诗偈风格不类，故存疑。然而，仅从风格判断，证据似尚不充分。

② 骤雨，暴急之雨。

【延伸阅读】

傅翕的生平、著作主要保存在唐代楼颖所述《双林善慧大士小录并心王论》以及楼颖编、宋代楼炤刊定的《善慧大士录》中。《善慧大士录》共四卷：卷一为傅大士传记；卷二为傅大士法语问答；卷三为傅大士诗偈及徐陵撰写的傅大士碑、元稹《还珠留书记》；卷四为附录，附录有傅大士前辈智者大师慧约、嵩头陀及其弟子慧集、慧和的传记。

（浙江大学人文学院冯国栋教授撰稿）

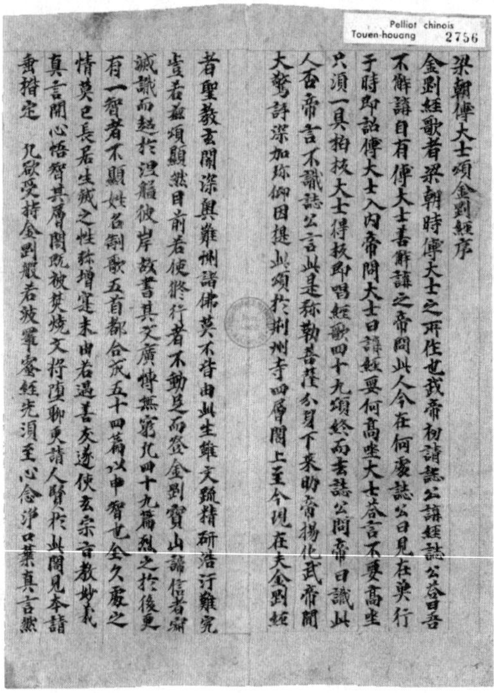

敦煌写本伯2756号（法国国家图书馆藏）

唐·骆宾王

骆宾王（约619—约687），字观光，婺州义乌（今浙江义乌）人。唐高宗永徽年间曾任道王（李元庆）府属官。咸亨年间因事被遣，从军西域，后曾入蜀。历任武功、明堂、长安等县主簿。仪凤三年（678），入为侍御史，因上书言事，被诬下狱。调露二年（680）遇赦，任临海县丞。光宅元年（684），李敬业在扬州起兵讨伐武则天，骆宾王作《代李敬业檄》，兵败后逃亡，不知所终。

骆宾王自幼聪慧，七岁能诗，长于七言歌行，五律、五绝亦有佳篇。与王勃、杨炯、卢照邻并称为"初唐四杰"，是"四杰"中唯一的南方诗人，也是义乌史上对后世影响最大的诗人。李敬业兵败以后，骆宾王的诗文也随之散佚。直到武则天去世，唐中宗复位以后，才令郗云卿搜访其遗文，得百余篇，编为十卷，现有宋蜀刻本《骆宾王文集》存世。清陈熙晋有《骆临海集笺注》十卷，最为通行。

自叙状

某官某谨再拜言：

伏奉恩旨，令通状自叙所能[①]。某本江东布衣人也[②]，幸属大炉贞观[③]，合璧光辉[④]，易彼上农[⑤]，叨兹下秩[⑥]，于今三年矣。然而进不能谈社稷之务，立

---

① 通状，下级呈送上级的公文。

② 江东，古代对长江下游南岸一带的通称。

③ 大炉，指天地。《庄子·内篇·大宗师》："今一以天地为大炉，以造化为大冶，恶乎往而不可哉？"◎贞观，以正道示人。贞，底本误作"与"，据《骆临海集笺注》改。《周易·系辞下》："天地之道，贞观者也。"一说此用贞观年号，与下文的"合璧"呼应。

④ 合璧，指日月。据《汉书》记载，尧时五曜如连珠，日月如合璧。一说此为合璧宫，唐高宗显庆五年（660）造八关宫，后改为合璧宫。一用太宗年号，一用高宗宫名，使事精切如此。

⑤ 上农，种植条件较好、收益较多的农民。汉东方朔《戒子书》："饱食安步，以仕易农。"

⑥ 下秩，低级官位。

事寰中；退不能扫丞相之门[①]，买名天下[②]。徒以黄离元吉[③]，白贲幽兴[④]，沐少海之波澜[⑤]，照重光之丽景[⑥]。虽任能尚齿[⑦]，载弘进善之规；而观过知人[⑧]，异降自媒之旨[⑨]。是用披诚历恳[⑩]，以舒愚衷[⑪]。若乃忘大易之谦光[⑫]，矜小人之丑行，弹冠入仕[⑬]，解褐登朝[⑭]，饰怀禄之心[⑮]，效当年之用[⑯]，莫不徇名养利[⑰]，励朽磨铅[⑱]，自谓身负管、乐之资，志怀周、召之业[⑲]。若斯人者，可胜道哉？而修誉察能[⑳]，听言观行，舍真筌而择士[㉑]，沿虚谈以取材，将恐有其语而无其人，得其宾而丧其实[㉒]。故曰：知人不易，人不易知。抑又闻之[㉓]：知臣莫若

---

① 扫丞相之门，打扫丞相舍人之门，以求引荐。《史记·齐悼惠王世家》记载，汉魏勃少时欲求见齐相曹参，贫无以自通，乃常早起为齐相舍人扫门，齐相舍人怪而为之引见。

② 买名，赚取声誉。《淮南子·俶真训》："弦歌鼓舞，缘饰《诗》《书》，以买名誉于天下。"

③ 黄离，指帝王的中和之道。◎元吉，大吉。《周易·离》："黄离元吉。"汉郑玄注："离为火，土托位焉。土色黄，火之子，喻子有明德，能附丽于其父之道，文王之子发、旦是也。慎成其业，则吉矣。"

④ 白贲幽兴，《骆临海集笺注》作"白贲幽贞"，义长，谓守志任真，得其本性。《周易·贲》："白贲无咎。"唐李鼎祚集解："干宝曰：'白，素也。延山林之人，采素士之言，以饰其政，故上得志也。'"贲，色彩斑斓。白贲，表明作者追求本真的高尚情操。

⑤ 少海，即太子。

⑥ 重光，日月之光。

⑦ 尚齿，本意为尊崇年长者，此处指尚能胜任。

⑧ 观过知人，查看一个人的过错，就可以知道他的为人。《论语·里仁》："人之过也，各于其党。观过，斯知仁矣。"

⑨ 自媒，自我推荐。

⑩ 披诚历恳，以诚恳之心待人。历，一本作"沥"，表露，倾吐。

⑪ 舒，一本作"抒"，抒发。

⑫ 大易，即《周易》。◎谦光，谦虚的人道德光明。《周易·谦》："谦尊而光。"

⑬ 弹冠，弹掉帽子上的灰尘，此处指做官。《楚辞·渔父》："新沐者必弹冠，新浴者必振衣。"后多以"弹冠""振衣"喻将欲出仕。

⑭ 解褐，指脱去布衣，走向仕途。褐，粗布衣服。

⑮ 怀禄，留恋爵禄。

⑯ 当年，壮年，指身强力壮的时期。《吕氏春秋·爱类》："士有当年而不耕者，则天下或受其饥矣。"

⑰ 徇名，舍身以求名。徇，通"殉"。汉贾谊《鹏鸟赋》："贪夫徇财兮，烈士徇名。"◎养，蓄积。

⑱ 此句指才能低下者也努力谋求仕进。励，通"砺"，磨砺。铅，质软，做刀、剑等器具质劣，故比喻无用的人和物。汉班固《答宾戏》："当此之时，搦朽磨钝，铅刀皆能一断。"

⑲ "自谓"二句，指有的人自视甚高，志向"远大"。管、乐，春秋时期齐国名相管仲和战国时期燕国名将乐毅。周、召，西周成王时共同辅政的周公旦和召公奭。

⑳ 修誉，即循名，按照名声。修，即循。《管子·九守》："修名而督实，按实而定名。"

㉑ 真筌，同"真诠"，真谛。筌，通"诠"，解释。

㉒ 宾，与实相对，此处指名声。

㉓ 抑，连词，但是，然而，表示转折。

君，知子莫若父[①]。诚能简材试剧[②]，考绩求功，观其所由，察其所以[③]，临大节而不可夺[④]，处至公而不可干[⑤]。冀斯言之无亏，于从政乎何有[⑥]？若乃脂韦其迹[⑦]，乾没其心[⑧]，说己之长，言身之善，腼容冒进[⑨]，贪禄要君[⑩]，上以紊国家之大猷[⑪]，下以渎狷介之高节[⑫]，此凶人以为耻[⑬]，况吉士之为荣乎[⑭]？所以令衒其能[⑮]，斯不奉令。

谨状。

（此篇宋蜀刻本《骆宾王文集》原缺，据毛氏汲古阁影宋抄本卷十收录）

【导　读】

骆宾王任职道王李元庆府属期间，道王曾令其自叙所能，给予提拔和引荐。令人惊奇的是，骆宾王并未在这篇《自叙状》中称述自己的才华。在简述了自己的出身和阅历之后，大谈他对擢拔人才的看法。骆宾王认为要了解一个人，不能靠他的自我吹嘘，而是应该授之以繁难的职务，在实际行动中考课其成绩，体现出了骆宾王不同于流俗的情怀。

---

① “知臣”二句，《管子·大匡》记载，齐僖公令鲍叔辅佐他的儿子小白，鲍叔称病不出，对管仲说：“知子莫若父，知臣莫若君。今君知臣不肖也，是以使贱臣傅小白，贱臣知弃矣。”

② 简，拣择。◎试剧，通过繁难、重要的工作或岗位加以考验。剧，繁重，厉害。

③ “观其所由”二句，指观察其借以达到目的的方式、方法和所作所为。《论语·为政》：“视其所以，观其所由，察其所安，人焉廋哉？人焉廋哉？”

④ 大节，关系危急存亡的大事。◎夺，动摇，改变。《论语·泰伯》：“可以托六尺之孤，可以寄百里之命，临大节而不可夺也。”

⑤ 干，求。

⑥ 何有，用反问的语气表示不难。《论语·里仁》：“能以礼让为国乎？何有？”三国魏何晏集解：“何有者，言不难。”

⑦ 脂韦，油脂和软皮，比喻阿谀和圆滑。

⑧ 乾没，贪求，贪得。

⑨ 腼容，不顾羞耻。◎冒进，才德不称而求仕进。《陈书·徐陵传》：“冒进求官，喧竞不已。”

⑩ 要，要挟，胁迫。《论语·宪问》：“臧武仲以防求为后于鲁，虽曰不要君，吾不信也。”

⑪ 大猷，治国之大道。

⑫ 狷介，拘谨自守。

⑬ 凶人，恶人。《尚书·泰誓中》：“我闻吉人为善，惟日不足；凶人为不善，亦惟日不足。”

⑭ 吉士，正直之人。

⑮ 衒（xuàn），炫耀，自夸。

上吏部裴侍郎书[①]

武功县主簿骆宾王[②]，谨再拜奉书裴公执事曰[③]：

书不尽言，言不尽意。然则理存乎象，非书无以达其微[④]；词隐乎情，非言无以筌其旨[⑤]。仆诚鄙人也[⑥]，颇览前事，每读古书，高堂九仞[⑦]，曾参负北向之悲[⑧]；积粟万钟[⑨]，季路起南游之叹[⑩]。未尝不废书辍卷，流涕霑衣。何者？情蓄于衷，事符则感；形潜于内，迹应斯通。是布腹心[⑪]，罄沥肝胆[⑫]，庶大雅含弘之量[⑬]，矜小人悃款之诚[⑭]，惟君侯察焉。

宾王一艺罕称，十年不调[⑮]，进寡金、张之援[⑯]，退无毛、薛之游[⑰]。亦何

---

① 裴侍郎，即裴行俭（619—682），字守约，历任吏部侍郎、礼部尚书等职，封闻喜县公。曾定铨选之法，改选官之制。善用兵。

② 武功县，今陕西省武功县，唐时属雍州。◎主簿，官名。《新唐书·百官志》记载："京县，主簿二人，从八品上。畿县，主簿一人，正九品上。"武功属畿县。

③ "奉"字底本无，据《骆临海集笺注》补。◎执事，对对方的敬称。古时指侍从左右供使令之人。旧时书信中用以称对方，谓不敢直陈，故向执事者陈述，表示尊敬。

④ "然则"二句，道理存在于具体的形象之中，不是书面文字不能表达它的微妙。微，幽深、精妙之处。

⑤ "词隐乎情"二句，言辞隐藏于情感之中，不是言语不能解释它的旨意。筌，一本作"诠"，诠释。

⑥ 鄙人，乡下人，鄙俗之人。

⑦ 九仞，六十三尺，一说七十二尺，形容极高。

⑧ 《韩诗外传》记载，曾子曰："亲没之后，吾尝南游于楚，得尊官焉。堂高九仞……犹北向而泣者，非为贱也，悲不及见吾亲也。"此用其意。

⑨ 钟，古容量单位，有六斛四斗、八斛及十斛之制。

⑩ 季路，即仲由，字子路，又字季路，鲁国卞人，孔门十哲之一，曾跟随孔子周游列国。《孔子家语》记载，子路曰："二亲在时，常食藜藿之实，为亲负米于百里外；亲没之后，南游于楚，积粟万钟……为亲负米不可复得。"亦"子欲养而亲不在"之意。

⑪ 布，披露。

⑫ 罄沥肝胆，倾吐心声。

⑬ 大雅，与下句"小人"相对，是对尊长的敬称。《文选·班固〈西都赋〉》："大雅宏达，于兹为群。"唐李善注："大雅，谓有大雅之才者。"◎含弘，包容博厚。

⑭ 矜，怜悯。◎小人，地位卑微者对尊长的自谦之称。◎悃款，诚恳。

⑮ 十年不调，代指长时间未得升迁。《汉书·张释之传》记载，张释之曾侍汉文帝，"十年不得调，亡所知名"。此用其典。

⑯ 金、张之援，汉代的金日磾、张安世，均权贵之家，乐于提拔后进。

⑰ 毛、薛之游，战国时毛公、薛公退而游处，见重于信陵君，事见《史记·魏公子列传》。

尝献策干时[①]，高谈王霸[②]，衒材扬己，历抵公卿[③]？不汲汲于荣名，不戚戚于卑位[④]，盖养亲之故也，岂谋身之道哉？不图君侯忽垂过听之恩[⑤]，任以书记之事[⑥]。拟人则多惭阮瑀[⑦]，入幕则高谢郗超[⑧]。昔聂政、荆卿[⑨]，刺客之流也；田光、豫让[⑩]，烈士之分也，咸以势利相倾，意气相许，尚且捐躯燕赵，甘死齐韩。今君侯无知于下官[⑪]，见接以国士，正当陪麾后殿[⑫]，奉节前驱，贾馀勇以求荣[⑬]，效轻生而答施[⑭]。逡巡于成命[⑮]，踌躇于从事者[⑯]，徒以夙遭不造[⑰]，幼丁闵凶[⑱]，老母在堂，常婴羸恙[⑲]。藜藿无甘旨之膳[⑳]，松檟阙迁措之资[㉑]，抚躬

---

① 干时，求为当局重用。五代谭用之《约张处士游梁》诗："好携长策干时去，免逐渔樵度太平。"

② 王霸，王业与霸业。南朝宋刘义庆《世说新语·品藻》："论王霸之馀策，览倚仗之要害，吾似有一日之长。"

③ 历抵，逐一拜访。

④ "不汲汲于荣名"二句，语本《汉书·扬雄传》："不汲汲于富贵，不戚戚于贫贱。"汲汲，急切。戚戚，忧惧。

⑤ 过听，误听。

⑥ 书记，官名。唐元帅府和节度使属官有掌书记，负责起草各类文字。

⑦ 阮瑀（165—212），字元瑜，阮籍之父，曾任曹操的军谋祭酒、管记室。

⑧ 郗超（336—377），字景兴，曾任桓温参军。《晋书·郗超传》："谢安与王坦之尝诣温论事，温令超帐中卧听之。风动帐开，安笑曰：'郗生可谓入幕之宾矣。'"

⑨ 聂政，战国时韩国的侠客，本以屠狗为生，后为严仲子刺杀韩国丞相侠累而死，事见《史记·刺客列传》。◎荆卿，即荆轲（？—前227），战国末期卫国朝歌（今河南鹤壁）人，公元前227年，受燕国太子丹指派入秦行刺秦王，事不成被杀。

⑩ 田光，战国时燕国人，曾为燕太子丹谋划刺杀秦王，并举荐了荆轲，后为避免泄密，自刎而死，事见《史记·刺客列传》。◎豫让，春秋战国时期晋国人，为晋卿智瑶家臣。后为给智瑶报仇，曾用漆涂身，吞炭致哑，刺杀赵襄子未遂而死，事见《史记·刺客列传》。

⑪ 下官，低级官吏自称的谦辞。

⑫ 陪麾，随从麾下。麾，军旗。◎后殿，行军时居于队尾者，指后卫。

⑬ 贾（gǔ）馀勇，使出剩余的力量。贾，卖。《左传·成公二年》："齐高固入晋师，桀石以投人，禽之，而乘其车，系桑木焉。以徇齐垒，曰：'欲勇者，贾余馀勇。'"

⑭ 轻生，不顾惜自己的生命。

⑮ 逡巡，迟疑，犹豫。◎成命，已发布的命令，此指裴行俭欲聘骆宾王为书记的邀约。《魏书·范绍传》："以父忧废业，母又诫之曰：'汝父卒日，令汝远就崔生，希有成立。今已过期，宜遵成命。'绍还赴学。"

⑯ 从事，追随，奉事。唐牛僧孺《玄怪录·张佐》："向慕先生高躅，愿从事左右耳。"

⑰ 不造，不幸。《诗经·周颂·闵予小子》："闵予小子，遭家不造。"

⑱ 丁，遭逢。◎闵凶，忧患凶丧之事。《左传·宣公十二年》："寡君少遭闵凶，不能文。"晋杜预注："闵，忧也。"

⑲ 婴，遭逢。◎羸恙，痼疾。

⑳ 藜藿，皆野菜名，贫苦人家常用于充饥。

㉑ 松檟，皆树木名，古人常于坟前种之，此处代指坟墓。◎措，通"厝"，停柩待葬。

在亡[①]，何心天地？故寝食梦想，噬指之恋徒深[②]；岁时蒸尝[③]，崩心之痛弥极。若仆者，固名教中一罪人耳[④]，何面目以奉三军之事乎？况属天伦之丧[⑤]，奄逾七月[⑥]；违膝下之养[⑦]，忽已三年。而凶服之制行终[⑧]，哀疚之情未泄，兴言永慕[⑨]，举目增伤。夫怨于心者，哀声可以应木石[⑩]；感于情者，至性可以通神明[⑪]。故徐元直寸心以求辞[⑫]，李令伯陈情以穷诉[⑬]，上以弃兴王之佐命[⑭]，下以全奉亲之笃诚，而蜀王不以为非，晋君待之逾厚。此二者，岂贪贫贱，恶荣华，厌万乘之交[⑮]，甘匹夫之辱也？盖有不得已者哉[⑯]！人有乾没为心[⑰]，脂韦

---

① 抚躬在亡，面对生者和死者自我反省。在亡，生者和死者；一本作“存亡”，义同。唐柳宗元《酬韶州裴曹长使君寄道州吕八大使因以见示二十韵》：“在亡均寂寞，零落间惸鳏。”《北齐书·文宣帝纪》：“故殷州刺史刘丰、故济州刺史蔡俊等并左右先帝，经赞皇基，或不幸早徂，或殒身王事，可遣使者就墓致祭，并抚问妻子，慰逮存亡。”

② 噬指之恋，指母子之间的心灵感应。《后汉书·蔡顺传》载，蔡顺少丧父，奉养母亲，外出伐薪，母望其归，噬指而蔡顺心动，弃薪驰归。

③ 蒸尝，泛指祭祀。冬祭曰蒸，秋祭曰尝。

④ 名教，指以正名定分为主的封建礼教，包括君君臣臣、父父子子。

⑤ 天伦之丧，指兄弟去世。

⑥ 奄，忽然。

⑦ 违膝下之养，指父母去世。膝下，对父母的亲敬之称。北周宇文护《报母书》：“区宇分崩，遭遇灾祸，违离膝下，三十五年。”

⑧ 凶服，丧服。古制，父母死，一般服丧三年；兄弟死，服丧一年。◎行，副词，将。

⑨ 兴言，语气助词，犹薄言也。《诗经·小雅·小明》：“念彼共人，兴言出宿。”

⑩ 应木石，使木石为之感动。《吕氏春秋·十二纪·精通》：“钟子期曰：‘悲存乎心，而木石应之。’”

⑪ 至性，天赋卓绝的品性。

⑫ 徐元直，指徐庶（生卒年不详），字元直，本为刘备谋士，后其母为曹操所获，徐庶只得辞别刘备。《三国志·蜀书·诸葛亮传》：“庶辞先主而指其心，曰：‘本欲与将军共图王霸之业者，以此方寸之地也。今已失老母，方寸乱矣！’”

⑬ 李令伯，指李密（224—287），字令伯，自幼丧父，由祖母抚养成人。李密曾任蜀国郎官，蜀亡，晋武帝屡次征召，皆不应命，以祖母年老无人照料为由，上《陈情表》以辞之。事见《华阳国志·西州后贤志》。

⑭ 兴王，励精图治、勤于王业的君主。

⑮ 万乘，指天子，帝王。

⑯ 不得已，无可奈何，不能不如此。《汉书·景帝纪》：“乃者吴王濞等为逆，起兵相胁，诖误吏民，吏民不得已。”唐颜师古注：“已，止也，言不得止而从之，非本心也。”

⑰ 乾没，参见本书第113页注⑧。

成性[①]，舍慈亲之色养[②]，许明主以驱驰，内忘顾复之私[③]，外存傅会之眷[④]，薄骨肉，厚荣宠，苟背恩而自效，则君侯何以处之？且义士期乎贞夫[⑤]，忠臣出乎孝子，既不能推心以奉母，亦焉能死节以事人？假物议之无嫌[⑥]，实吾斯之未信也。况流沙一去[⑦]，绝塞千里，子迷入塞之魂，母切倚庐之望[⑧]。就令欢以卒岁[⑨]，仰南薰之不赀[⑩]；而使忧能伤人，迫西山而何几[⑪]？君侯情深锡类[⑫]，道叶天经[⑬]，明恕待人[⑭]，慈心应物。倘矜犬马之微愿[⑮]，悯燕雀之私情[⑯]，宽其负恩，遂其终养，则穷魂有望，老母知归。

再拜。

（此篇宋蜀刻本《骆宾王文集》原缺，据毛氏汲古阁影宋抄本卷七收录）

【导　读】

上元三年（676），吐蕃入寇鄯、廓、河、芳等州，吏部侍郎裴行俭出任洮州道左二军总管，出兵讨伐吐蕃。行前欲聘骆宾王为书记，帮他处理军中杂务。骆宾王

---

① 脂韦，参见本书第113页注⑦。

② 色养，指人子和颜悦色奉养父母或承顺父母颜色。

③ 顾复，指父母的养育之恩。

④ 傅会，迎合，依附。唐刘知几《史通・忤时》："孝和皇帝时，韦武弄权，母媪预政，士有附丽之者，起家而绾朱紫。予以无所傅会，取摈当时。"

⑤ 贞夫，志节坚定、操守方正的人。

⑥ 物议，众人的批评。

⑦ 流沙，指西域地区。

⑧ 倚庐之望，指父母期盼子女归来的殷切心情。汉刘向《续列女传・王孙氏母》："王孙氏母谓贾曰：'汝朝出而晚来，则吾倚门而望汝；汝暮出而不还，则吾倚闾而望汝。'"

⑨ 就令，纵然，即使。

⑩ 此句谓父母的恩情难以计算。南薰，指父母的煦育之意。相传虞舜歌《南风》诗，内有"南风之薰兮，可以解吾民之愠兮"等句。◎赀，计算。

⑪ 迫西山，日薄西山之意，喻接近死亡。迫，接近。西山，日入处。《汉书・扬雄传》："临汨罗而自陨兮，恐日薄于西山。"

⑫ 锡类，指以善施及众人。《诗经・大雅・既醉》："孝子不匮，永锡尔类。"毛传："类，善也。"郑笺："孝子之行非有竭极之时，长以与女之族类，谓广之以教道天下也。"

⑬ 天经，天之常道。汉班固《典引》："躬奉天经，惇睦辨章之化洽。"

⑭ 明恕，明信宽厚。《左传・隐公三年》："明恕而行，要之以礼，虽无有质，谁能间之？"

⑮ 犬马，地位卑微者对尊长的自谦之称。唐牛僧孺《玄怪录・岑顺》："将军天质英明，师真以律；猥烦德音，屈顾疵贱。然犬马之志，惟欲用之。"

⑯ 燕雀，比喻地位卑微的人。《北史・崔彦穆杨纂等传论》："崔彦穆、杨纂、段永等昔在山东，沉沦下位，并以羁旅之士，邅回于燕雀之伍，终佩龟组，可谓见机者乎？"

以奉养老母为托词，婉言谢绝了裴行俭的邀约。后裴行俭因故未能成行，仍留吏部，最终被骆宾王的孝心所感，把他从较为偏远的武功县调往离京城更近的明堂县，以成全其奉母之愿。

代李敬业檄[①]

伪周武氏者[②]，人非温顺，地实寒微[③]，昔充太宗下陈[④]，曾以更衣入侍[⑤]。洎乎晚节[⑥]，秽乱春宫[⑦]，密隐先帝之私[⑧]，阴图后房之嬖[⑨]。入门见嫉，蛾眉不肯让人[⑩]；掩袂工谗[⑪]，狐媚偏能惑主[⑫]。陷元后于翚翟[⑬]，致吾君于聚麀[⑭]。加

---

① 李敬业，李勣孙，梓州刺史李震之子，因父早亡，直接承袭祖父英国公爵位。李勣本名徐世勣，因佐唐有功，赐姓李，后因避李世民讳，单名勣。李敬业少勇武，曾任太仆少卿、眉州刺史等职，是唐睿宗时反太后武则天临朝称制而起事的领导者，后兵败被部下所杀。标题一本作《代李敬业传檄天下文》。

② 伪周，指武则天建立的周朝（690—705），因系篡位掌权，故称伪周。◎武氏，即武则天（624—705），本名武珝（xǔ），后改名武曌（zhào），并州文水（今山西文水）人，十四岁时，进入后宫，为唐太宗才人；唐高宗时封昭仪，后为皇后，尊号“天后”，与高宗并称“二圣”；高宗驾崩后，作为唐中宗、唐睿宗的皇太后临朝称制；唐载初元年（690）九月九日，唐睿宗等六万多人上表请改国号，武则天见时机已到，遂改唐为周，定都洛阳，自己加尊号为圣神皇帝，前后正式掌权23年；如果从显庆五年（660）武则天代高宗执政算起，至神龙元年（705）中宗复位时为止，武则天前后执政达45年之久。

③ 地，门第，家族的社会地位。◎寒微，指出身贫贱，家世低微。武则天出身商人家庭，并非名门望族。

④ 下陈，指后宫中地位低下的姬侍。因武则天曾任唐太宗的才人，故云。

⑤ 更衣入侍，指武则天采用不光彩的手段得到唐太宗的宠幸。更衣，换衣服。

⑥ 洎，等到。◎晚节，晚年，此指唐太宗晚年病重时期。

⑦ 春宫，东宫，太子的居所。此句指武则天与太子李治淫乱。

⑧ 私，宠幸。此句指武则天隐瞒曾得到唐太宗宠幸的事实。

⑨ 嬖（bì），宠爱。此句指武则天暗中图谋得到唐高宗李治的宠爱。

⑩ 蛾眉，长而美的眉毛，美女的代称，此指武则天。

⑪ 掩袂，以袖掩鼻。《战国策·楚策》记载，魏王送给楚王一个美人，楚王妃郑袖怕她夺宠，就骗她说大王不喜欢你的鼻子，以后见大王必须以袖掩鼻。后来楚王问郑袖此为何故。郑袖进谗言说，大约是不喜欢闻到你的气味。楚王大怒，让人割掉了美人的鼻子。此处用以比喻武则天像郑袖一样阴险，多次向高宗进谗言，致使高宗废掉王皇后。

⑫ 狐媚，谓以阴柔手段迷惑人。

⑬ 元后，正宫皇后，指王皇后。◎翚（huī）翟（dí），雉鸡。古代皇后的车子和衣服上常画有雉鸡为装饰，故借以指皇后的礼服，此指武则天觊觎皇后的宝座而陷害王皇后。

⑭ 麀（yōu），母鹿。聚麀，两头公鹿共同占有一头母鹿，此指武则天使得高宗陷入了乱伦的境地。

以虺蜴为心[①]，豺狼成性；近狎邪佞[②]，残害忠良。杀子屠兄，弑君鸩母[③]，神人之所共嫉，天地之所不容。犹复包藏祸心，窥窃神器[④]。君之爱子[⑤]，幽在别宫[⑥]；贼之宗盟[⑦]，委以重任。呜呼！霍子孟之不作[⑧]，朱虚侯之已亡[⑨]。燕啄皇孙[⑩]，知汉祚之将尽；龙漦帝后，识夏庭之遽衰[⑪]。

敬业，皇唐旧臣，公侯冢子[⑫]，奉先君之成业，荷本朝之厚恩[⑬]。宋微子之兴悲[⑭]，良有以也[⑮]；袁君山之流涕[⑯]，岂徒然哉[⑰]？是用气愤风云[⑱]，志安社稷，

---

① 虺（huǐ）蜴，毒蛇和蜥蜴，用来比喻内心狠毒之人。

② 近狎，亲近。

③ 弑，古代用以指臣杀君、子杀父。◎鸩（zhèn），鸟名，羽毛有剧毒，用以浸酒，饮之即死。但史书上并未发现武则天杀死唐高宗、毒死其母杨氏的证据。

④ 神器，国家政权的代称。

⑤ 君之爱子，指唐高宗的两个儿子李显和李旦。李显被武则天废为庐陵王，并加以囚禁。李旦虽被立为皇帝，但武则天令其居于别殿，不得干预朝政。事见《新唐书·后妃传》和《旧唐书·睿宗本纪》。

⑥ 幽，幽禁。

⑦ 贼之宗盟，指为武则天所倚重的武承嗣和武三思等。

⑧ 霍子孟，指霍光（？—前68），字子孟，河东郡平阳县（今山西临汾）人，西汉大臣，历经汉武帝、汉昭帝、汉宣帝三朝，官拜大司马、大将军，封博陆侯；汉武帝去世后，主持废除昌邑王刘贺，拥戴汉宣帝即位，对稳固汉朝基业起到了重要作用。事见《汉书·霍光传》。

⑨ 朱虚侯，指刘章（前200—前176），汉高祖刘邦之孙，齐悼惠王刘肥次子，吕后称制期间被封为朱虚侯。汉高祖死后，吕后专政，刘章与陈平、周勃等合谋诛灭吕氏，稳定了西汉王朝。事见《汉书·高五王传》。

⑩ 燕啄皇孙，《汉书·五行志》记载，汉成帝时，民间传唱童谣"燕飞来，啄皇孙"。后赵飞燕入宫，因无子而妒杀了许多皇子，致使汉成帝无嗣。

⑪ 龙漦（chí），龙的涎沫。◎帝后，王后，即褒姒。◎夏庭，夏王朝。传说夏朝衰亡之际，有两神龙降于宫廷，夏帝把龙漦用木盒装起来。到周厉王时将木盒打开，龙漦溢出，有一后宫童女沾上龙漦，受孕而生褒姒，而使西周灭亡。事见《史记·周本纪》。

⑫ 冢子，嫡长子。

⑬ 荷，承受，蒙受。

⑭ 宋微子，名启，殷纣王的庶兄，因封于宋，故名宋微子。殷朝覆亡后，他路过殷墟时悲伤不已，作《麦秀》以示哀悼。事见《尚书大传》。

⑮ 以，缘由。

⑯ 袁君山，应作桓君山，即桓谭。桓谭，字君山，东汉光武帝时任议郎、给事中，因上疏条陈时弊，被贬六安郡丞，忧愤而死。事见《后汉书·桓谭冯衍列传》。

⑰ 徒然，无缘无故。

⑱ 是用，因此。◎气愤风云，意气使风云激愤。

因天下之失望[1]，遂海内之推心[2]。爰举义旗[3]，以清妖孽。南连百越[4]，北尽三河[5]，铁骑成群[6]，玉轴相接[7]。海陵红粟[8]，仓储之积靡穷[9]；江浦黄旗[10]，匡复之功何远？班声动而北风起[11]，剑气冲而南斗平。喑呜则山岳崩颓[12]，叱咤则风云变色[13]。以斯制敌，何敌不摧？以斯攻城，何城不克？

公等或居汉地，或叶周亲[14]，或膺重寄于话言，或受顾命于宣室[15]。言犹在耳，忠岂忘心？一抔之土未干[16]，六尺之孤安在[17]？傥能转祸为福[18]，送往事居[19]，共立勤王之功[20]，无废大君之命[21]。凡诸爵赏，同指山河[22]。若或眷恋穷城[23]，徘徊歧路，坐昧先几之兆[24]，必贻后至之诛[25]。

---

① 因，趁着。

② 推心，推举拥戴之心。

③ 爰，于是。

④ 百越，古代对居住在江、浙、闽、粤各地少数民族的统称。

⑤ 三河，洛阳附近的河东、河内、河南三郡。

⑥ 铁骑，披挂铁甲的战马，借指精锐的骑兵。

⑦ 玉轴，代指战车。

⑧ 海陵，古地名，在扬州附近，汉代曾在此筑仓储粮。◎红粟，粟米因久藏而颜色泛红，形容扬州附近粮草充足。

⑨ 仓，底本原作“苍”，据《骆临海集笺注》改。

⑩ 江浦，江滨，指扬州。◎黄旗，王者之旗。

⑪ 班声，战马的嘶鸣声。班，离群的马，此指战马。

⑫ 喑呜，发怒，怒喝。

⑬ 叱咤，发怒的声音。

⑭ 叶（xié），相配，相合。◎周亲，至亲，指与李唐皇室有联姻关系。

⑮ 顾命，皇帝临终的遗命。◎宣室，汉未央宫正殿前室，此指皇宫的正殿。

⑯ 一抔之土，一捧土，极言其少。文中代指唐高宗陵墓。《史记·张释之冯唐列传》云：“假令愚民取长陵一抔土，陛下将何法以加之乎？”

⑰ 六尺之孤，指继承皇位的新君，此指中宗李显。语本《论语·泰伯》：“可以托六尺之孤。”

⑱ 傥，倘若。◎转祸为福，指抛弃武氏，响应讨伐。

⑲ 送往事居，指安葬高宗，侍奉中宗。

⑳ 勤王，尽力于王事，多指臣下起兵救援王室。

㉑ 大君，一本作“旧君”，指已经去世的皇帝，此指唐高宗。

㉒ 同指山河，指着泰山和黄河发誓，意谓日后一定依功封赏。《汉书·高惠高后孝文功臣表序》：“封爵之誓曰：‘使黄河如带，泰山若厉，国以永存，爰及苗裔。’”又云：“迹汉功臣，亦皆割符世爵，受山河之誓。”

㉓ 穷城，孤立无援的城池。

㉔ 先几之兆，事前的征兆。

㉕ 贻，遗留。◎后至之诛，意思是说迟疑不响应，一定会遭受惩罚。《周礼·大司马》：“及致建大常，比军众，诛后至者。”

请看今日之域中，合是谁家之天下[①]？

（此篇宋蜀刻本《骆宾王文集》原缺，据毛氏汲古阁影宋抄本卷十收录）

【导　读】

光宅元年（684），武则天废唐中宗李显，另立睿宗李旦，临朝称制，进而觊觎帝位，遂引起一批忠于李唐王朝的臣子之不满。李敬业为大唐开国元勋李勣之孙，以匡复唐王朝为己任，在扬州建立匡复府，起兵讨伐武则天。时骆宾王被李敬业罗致入幕，这篇檄文，即作于此间。开篇即历数武则天之罪状，"入门见嫉，蛾眉不肯让人；掩袂工谗，狐媚偏能惑主"，刻画入神，生动描绘出武则天娇媚嫉妒、工于心计的形象。虽并不完全符合历史事实，但全文持论严正，先声夺人，具有极强的煽动性，对后来的起兵起到了很大的宣传鼓动作用。

咏　鹅杂言，时年七岁

鹅、鹅、鹅[②]，　曲项向天歌。
白毛浮绿水，　红掌拨青波[③]。

（原载宋蜀刻本《骆宾王文集》卷五）

【导　读】

据传骆宾王七岁时，曾于池上嬉戏，有宾客指鹅群令其作诗，骆宾王当即应声曰："白毛浮绿水，红掌拨青波。"宾客惊讶不已，遂以"神童"称之。整首诗完全采用素描手法，没有任何雕琢，却将鹅群的外形、动作及生活环境凸显了出来，显示出骆宾王善于捕捉事物特征的才情。仔细品味此诗，读者眼前仿佛呈现出一幅动态的白鹅戏水图，具有极强的画面感。

---

① 合，一本作"竟"。
② 鹅、鹅、鹅，底本作"鹅、鹅"，亦通，兹据《全唐诗》本改。
③ 青，一本作"清"。

在狱咏蝉并序

余禁所禁垣西[①]，是法厅事也[②]，有古槐数株焉。虽生意可知，同殷仲文之古树[③]；听讼斯在，即周邵伯之甘棠[④]。每至夕照低阴，秋蝉疏引[⑤]，发声幽息[⑥]，有切尝闻。岂人心异于曩时[⑦]，将虫响悲于前听[⑧]？嗟呼！声以动容[⑨]，德以象贤[⑩]。故洁其身也，禀君子达人之高行[⑪]；蜕其皮也[⑫]，有仙都羽化之灵姿[⑬]。候时而来，顺阴阳之数[⑭]；应节为变[⑮]，审藏用之机[⑯]。有目斯开，不以道昏而昧其视[⑰]；有翼自薄，不以俗厚而易其真[⑱]。吟乔树之微风，韵资天纵[⑲]；饮高秋之坠露，清畏人知[⑳]。仆失路艰虞[㉑]，遭时徽缠[㉒]，不哀伤而自怨，未摇落而先衰[㉓]。闻蟪蛄之流

---

① 垣，墙。

② 法厅事，一作“法曹厅事”。法曹，掌管刑狱的官吏。厅事，即中庭。

③ 据《晋书·殷仲文传》记载，东晋殷仲文，见大司马桓温府中老槐而叹曰：“此树婆娑，无复生意。”此用其典，说明古槐年久，已无枝繁叶茂之气。

④ 邵伯，姬奭，西周宗室，因封地在召，故称召公，或召伯，又作邵公、邵伯。◎甘棠，即棠梨，又名杜梨。相传召公巡行天下，曾听讼于甘棠树下。后遂以甘棠称颂循吏的美政和遗爱。

⑤ 疏引，稀疏但不间断的鸣叫声。曲慢声曰引。

⑥ 幽息，幽微的气息，形容蝉已临近衰亡。

⑦ 曩（nǎng）时，以前。

⑧ 将，抑或。

⑨ 动容，内心感动而形之于色。

⑩ 象贤，效法古人的贤德。

⑪ 达人，通达事理之人。

⑫ 蜕，脱掉。

⑬ 仙都，神仙所居之处。◎羽化，即道教所谓的飞升成仙，蝉由幼虫历经脱皮演变为蝉的过程如同道士飞升。

⑭ 阴阳之数，指自然规律。下文的“藏用之机”，亦指此。

⑮ 应节，顺应节气。

⑯ 审，洞悉，知道。

⑰ 道昏，世道昏聩。◎昧，昏暗。

⑱ 俗厚，世俗淫靡之气深厚。这两句是说无论外界如何变化，蝉都不为所动，始终能够保持它的高洁。

⑲ 韵姿，气质，风度。

⑳ 清畏人知，《晋书·良吏传》记载，胡威之父胡质以忠清著称，后胡威入朝，晋武帝问他，你与你父亲谁更忠清，胡威云：“臣父清恐人知，臣清恐人不知，是臣不及远也。”

㉑ 仆，自谦之辞。◎艰虞，艰难忧患。

㉒ 徽缠（mò），捆绑囚犯所用之绳索，代指自己被囚禁。

㉓ 摇落，战国楚宋玉《九辩》中有“悲哉！秋之为气也，萧瑟兮草木摇落而变衰”之句，此代指自己入晚景。

声[①]，悟平反之已奏；见螗螂之抱影[②]，怯危机之未安。感而缀诗[③]，贻诸知己[④]。庶情沿物应[⑤]，哀弱羽之飘零[⑥]；道寄人知，悯余声之寂寞[⑦]。非谓文墨，取代幽忧云尔。

西陆蝉声唱[⑧]，　南冠客思侵[⑨]。
那堪玄鬓影[⑩]，　来对白头吟。
露重飞难进，　风多响易沉。
无人信高洁[⑪]，　谁为表予心？

（原载宋蜀刻本《骆宾王文集》卷二）

【导　读】

唐高宗调露元年（679），身为侍御史的骆宾王，因屡次上疏讽谏，得罪了武则天，被人诬陷在长安主簿任上时曾犯贪赃罪，下御史台狱，而作本诗（一说作于调露二年）。这是一首形神兼具的咏物诗，由寒蝉的鸣叫引发了对自己人生遭遇的感慨。秋天的蝉鸣，引发了诗人深深的乡思。一个“侵”字形象地表现出乡思越来越深的情状。“玄鬓”与“白头”的对比，更衬托出诗人哀伤无以自解的心情。“露重飞难进，风多响易沉”，既是写物，也是写人。“无人信高洁，谁为表予心”，更是托物言怀，进一步发出了遭诬入狱、沉冤莫辩的呼号。

---

① 蟪蛄，蝉的别称。◎流，底本原缺，据《骆临海集笺注》补。
② 螗蜋，即螳螂。◎抱影，螳螂准备捕捉猎物时缩身欲扑的样子，比喻自己像被捕的蝉一样处境依然危险。
③ 缀诗，赋诗。
④ 贻，赠送。
⑤ 庶，希望。◎情沿物应，即情动物应，希望自己内心情感的波动能打动外物。
⑥ 弱羽，指蝉。
⑦ 余声之寂寞，战国楚宋玉《九辩》云：“蝉寂寞而无声。”此借蝉自比。
⑧ 西陆，指秋季。古人分黄道为东南西北四陆，太阳绕黄道运行，行至东陆谓之春，行至西陆谓之秋。
⑨ 南冠，囚徒，指骆宾王自己。◎侵，渐进，指乡思渐深。
⑩ 玄鬓影，指蝉。晋崔豹《古今注》载：“魏文帝宫人莫琼树乃制蝉鬓，缥缈如蝉翼。”
⑪ 高洁，既指蝉，又指自己。

于易水送人一绝[①]

此地别燕丹，　壮发上冲冠[②]。
昔时人已没[③]，　今日水犹寒。

（原载宋蜀刻本《骆宾王文集》卷四）

【导　读】

永隆二年（681）前后，骆宾王出狱不久，奉命出使燕齐。作者途中在易水送别友人，突然想起昔日燕丹曾在此地送荆轲入秦行刺秦王，送行者发皆冲冠的场面，引发了作者的感慨。整首诗格调深沉，情感激越，虽然只有短短的二十个字，却意蕴丰富。这正得益于作者对典故的妙用，以及与眼前景物的巧妙结合。易水送别，自然使人联想起入秦行刺的荆轲。“壮发上冲冠”写出荆轲的激越与慷慨。昔人虽已远去，其不畏强权，明知危难而能慷慨赴死的气节却像眼前的易水，尚能激动人心。骆宾王此后之所以参加李敬业反对武则天的军事活动，或与荆轲刺秦对他的激励不无关联。

咏　怀

少年识事浅，　不知交道难[④]。
一言芬若桂，　四海臬如兰[⑤]。

---

① 易水，在今河北省西部，因源于易县，故名。战国末期荆轲入秦行刺秦王，燕太子丹饯别于此。

② 壮发上冲冠，一本作“壮士发冲冠”。壮发，额前丛生突下之发。冲冠，谓头发上指把帽子冲起，形容极为愤怒。《战国策·燕策三》：“太子及宾客知其事者，皆白衣冠以送之。至易水上，既祖，取道。高渐离击筑，荆轲和而歌，为变徵之声，士皆垂泪涕泣。又前而为歌曰：‘风萧萧兮易水寒，壮士一去兮不复还！’复为忼慨羽声。士皆瞋目，发尽上指冠。”

③ 昔时人，指荆轲及燕丹等当时送行之人。

④ 交道，交友之道。

⑤ 臬（xiù），气味的总称。

宝剑思存楚①， 金锤许报韩②。
虚心徒有托③， 循迹谅无端④。
太息关山险⑤， 于嗟岁月阑⑥。
忘机殊会俗⑦， 守拙异怀安⑧。
阮籍空长啸⑨， 刘琨独未欢⑩。
十步庭芳敛⑪， 三秋陇月团。
槐疏非尽意⑫， 松晚夜凌寒。
悲调弦中急， 穷愁醉里宽。
莫将流水引⑬， 空向俗人弹。

（原载宋蜀刻本《骆宾王文集》卷五）

【导 读】

这首诗当作于骆宾王进入李敬业幕府之后，是作者晚年回顾往昔，对自己一生的思想变化和生命历程的总结。骆宾王在诗中回忆了早年的不谙世事和壮年的坎坷经历。骆宾王早年的抱负虽然未能实现，但其高洁和傲岸的气概却仍未少衰，即使进入暮年，依然壮心不已。骆宾王的诗往往场面宏大，且具有历史的纵深感，叙事抒怀，又能一气呵成，毫无雕琢造作之处。此诗洵为其代表。

---

① 存楚，代指复兴故国。《史记·伍子胥列传》记载：伍子胥与申包胥为友，子胥亡命，谓包胥曰："我必覆楚！"包胥曰："我必存之。"后子胥率吴师灭楚，申包胥依靠秦军，败吴存楚。

② 报韩，代指报国之志。《史记·留侯世家》记载：秦灭韩以后，张良派力士乘秦始皇出巡之机用一百二十斤的铁锤袭击他，后因中副车，未果。

③ 虚心，指自己徒有报国之志。

④ 循迹，因循沿袭。◎无端，没有尽头。

⑤ 关山，本指山河，此处代指人生之路，与下句的"岁月"呼应。

⑥ 阑，将尽。

⑦ 忘机，忘却功利机巧之心。

⑧ 怀安，苟且偷安。

⑨ 阮籍（210—263），字嗣宗，三国时魏国人，善长啸，因不满司马氏意欲篡魏之现实，终日饮酒谈玄，以求自保。

⑩ 刘琨（271—318），字越石，中山魏昌（今河北省无极县）人。晋室南渡以后，不忘恢复中原，后被段匹磾所杀。临终前致书卢谌，有"破涕为笑，排终身之积惨，求数刻之暂欢"等语，故云"独未欢"。

⑪ 敛，收起，这里指百花凋谢。

⑫ 槐疏，用殷仲文事，详见本书第122页注③。

⑬ 流水引，"流水"本为琴曲名，此处代指对知音抒发的心曲。

上吏部侍郎帝京篇[①]

宾王启：昨引注日[②]，垂索鄙文。拜首惊魂[③]，承恩累息[④]。楚翚丹质[⑤]，在荆南以多惭；辽豕白头[⑥]，望河东而载恧[⑦]。某散材易朽[⑧]，蟠木难容[⑨]。虽少好读书，无谢高凤[⑩]；而老不晓事，有类扬雄。徒以《易》象六爻，幽赞适乎政本[⑪]；诗人五际[⑫]，比兴在乎《国风》[⑬]。故体物成章，必写情于《小雅》[⑭]；登高能赋，岂图荣于大夫[⑮]？盖欲乐道遗荣，从心所好；非敢希声刻鹤[⑯]，窃誉雕虫[⑰]。至若质丑行以自

---

① 吏部侍郎，正四品上，负责官员的铨选。此指裴行俭。骆宾王曾多次上书裴行俭，除本诗外，另有《咏怀古意上裴侍郎》《上吏部裴侍郎书》等诗文传世。

② 注，注拟，按才资拟定官职。

③ 拜首，一作拜手，古代的一种跪拜礼。两手拱合至地，头置于手上。

④ 累息，因恐惧而不敢喘息，此处有受宠若惊之意。

⑤ 翚（huī），雉鸡，羽毛鲜亮。《尹文子》记载，楚国有人受骗，误把雉鸡当作凤凰，花重金购求，拟献于楚王。不料雉鸡经宿而死，楚王闻之，用十倍的金钱重赏此人。后遂以“楚翚”代指赝品。此为骆宾王的自谦之辞。

⑥ 辽豕白头，典故出自《后汉书·朱浮传》：“往时，辽东有豕，生子白头，异而献之。行至河东，见群豕皆白，怀惭而还。”后遂用来比喻见识短浅，自以为是。这也是骆宾王的自谦之辞。

⑦ 恧（nǜ），自惭。

⑧ 散材，一作散樗（chū），樗即臭椿，喻无用之材。

⑨ 蟠木，枝干盘曲的树木。

⑩ 谢，不如。◎高凤，字文通，东汉时人，以用功读书而闻名。

⑪ “徒以”二句，意思是《周易》的卦辞暗含着为政之本。唐孔颖达《周易正义》云伏羲初画八卦：“卦有六爻，遂重为六十四卦也。《系辞》曰‘因而重之，爻在其中矣’是也。”《说卦》：“昔者圣人之作《易》也，幽赞于神明而生蓍。”三国魏王弼注：“幽，深也。赞，明也。”

⑫ 五际，《汉书·翼奉传》：“《易》有阴阳，《诗》有五际。”汉应劭认为五际乃：君臣、父子、兄弟、夫妇、朋友。三国魏孟康则认为当为：卯、酉、午、戌、亥。古人附会阴阳五行之说，认为阴阳际会之时，政治上将会发生大的变动。

⑬ 比兴，《诗经》六义中“比”和“兴”的并称。比，以彼物比此物。兴，先言他物，以引起所咏之辞。《诗经·大序》：“故诗有六义焉：一曰风，二曰赋，三曰比，四曰兴，五曰雅，六曰颂。”◎《国风》，《诗经》的一部分，大抵是周初至春秋间各诸侯国的民间诗歌，包括十五国风，共一百六十篇。

⑭ 《小雅》，《诗经》组成部分之一，七十四篇。大抵产生于西周后期和东周初期。

⑮ “登高能赋”二句，语本《汉书·艺文志》：“登高能赋，可以为大夫。”骆宾王反其意而用之，表明自己创作诗文的目的并非仅仅是为了出仕。

⑯ 希声，迎合时论。◎刻鹤，一作刻鹄，指模仿他人。

⑰ 雕虫，比喻从事不足道的小技艺，常指写作诗文辞赋。唐李贺《南园》诗之六：“寻章摘句老雕虫，晓月当帘挂玉弓。”

媒[1]，衒庸音于苟进[2]，固立身之歧路，行己之外篇矣[3]。君侯蕴明略以佐时[4]，虚灵台以照物[5]。观《梁父》之曲[6]，识卧龙于孔明；听康衢之歌[7]，得饭牛于宁戚[8]。是用异人翘首[9]，俊乂归诚[10]。猥以疵贱之姿[11]，谬奉清通之盼[12]。虽仲由之瑟，终闷响于丘门[13]；而宋玉之谣[14]，谠均音于郢路[15]。敢忘《下里》[16]，轻冒上呈[17]。庶导起予[18]，陈卜商之四始[19]；恐吾几失子[20]，效然明于一言[21]。拜首增惭，忧心如醉。谨启。

---

① 丑行，丑陋的行为。◎自媒，自我推荐。

② 衒，夸耀，卖弄。

③ 立身、行己，均指为人处世。◎歧路、外篇，均指非正道要旨。

④ 明略，高明的智谋。汉张衡《归田赋》："游都邑以永久，无明略以佐时。"

⑤ 灵台，指心灵。

⑥ 《梁父》之曲，即《梁甫吟》，乐府古辞，相传为三国诸葛亮所作。

⑦ 康衢，宽阔平坦的大路。

⑧ 宁戚，春秋时齐国大夫，怀才不遇。据《吕氏春秋·举难》记载，齐桓公外出时，宁戚正在车下喂牛，趁机在康衢之上击角而歌，引起齐桓公的注意，后长期担任齐国的大司田（农官）。

⑨ 翘首，抬头而望，多形容盼望或思念之殷切。

⑩ 俊乂，贤能之士。

⑪ 疵贱，卑贱。

⑫ 清通，高尚通达。

⑬ "虽仲由之瑟"二句，语本《论语·先进》："子曰：'由之瑟，奚为于丘之门？'"骆宾王用仲由的典故说明自己的诗歌不合潮流。仲由，字子路，孔子的学生。闷（bì），闭门拒绝。丘，孔丘。

⑭ 宋玉，战国末期楚国辞赋家，政治上颇不得志。其《对楚王问》云："客有歌于郢中者，其始曰《下里》《巴人》，国中属而和者数千人；其为《阳阿》《薤露》，国中属而和者数百人。其为《阳春》《白雪》，国中属而和者不过数十人。引商刻羽，杂以流徵，国中属而和者不过数人而已。是其曲弥高，其和弥寡。"此用其典，抒发知音难觅的情怀。

⑮ 谠（dǎng），确当。◎郢路，通往郢都的路途，谓重返国门之路。《楚辞·九章·抽思》："惟郢路之辽远兮，魂一夕而九逝。"《九章》包括《惜诵》《涉江》《哀郢》《抽思》等九篇，汉王逸都定为屈原所作。

⑯ 《下里》，民间歌谣。晋陆机《文赋》："缀《下里》于《白雪》，吾亦济夫所伟。"

⑰ 轻冒，草率，不慎重。

⑱ 起予，启发自己。《论语·八佾》："子曰：'起予者，商也，始可与言《诗》已矣。'"三国魏何晏集解引包咸曰："孔子言子夏能发明我意，可与共言《诗》。"

⑲ 卜商，即子夏，他曾称风、小雅、大雅和颂四者为王道兴衰之始，谓之四始。作者借此表明创作《帝京篇》之目的。

⑳ 失，底本原缺，据《骆临海集笺注》补。

㉑ 然明，鬷姓，名蔑，又称鬷明，郑国大夫。事见《左传·昭公二十八年》：贾辛将适其县，见于魏子。魏子曰："辛来！昔叔向适郑，鬷蔑恶。欲观叔向，从使之收器者。而往立于堂下，一言而善。叔向将饮酒，闻之，曰：'必鬷明也！'下，执其手以上，曰：'昔贾大夫恶，娶妻而美，三年不言不笑。御以如皋，射雉，获之，其妻始笑而言。贾大夫曰："才之不可以已！我不能射，女遂不言不笑夫！"今子少不飏；子若无言，吾几失子矣。言之不可以已也如是！'"

山河千里国[①]，城阙九重门[②]。
不睹皇居壮，安知天子尊？
皇居帝里崤函谷[③]，鹑野龙山侯甸服[④]。
五纬连影集天躔[⑤]，八水分流横地轴[⑥]。
秦塞重关一百二[⑦]，汉家离宫三十六[⑧]。
桂殿阴岑对玉楼[⑨]，椒房窈窕连金屋[⑩]。
三条九陌丽城隈[⑪]，万户千门平旦开[⑫]。
复道斜通鳷鹊观[⑬]，交衢直指凤凰台[⑭]。
剑履南宫入[⑮]，簪缨北阙来[⑯]。
声明冠寰宇[⑰]，文物象昭回[⑱]。
钩陈肃兰戺[⑲]，璧沼浮槐市[⑳]。

---

① 千里国，指京畿所辖之地方圆千里。

② 九重门，指皇城。战国楚宋玉《九辩》："君之门以九重。"

③ 崤函谷，指以崤山和函谷关为屏障。崤山在今河南省洛宁县西北，函谷关在今河南省灵宝市，是唐代进出长安的咽喉之地。

④ 鹑（chún）野，指秦地。古人把天上的星宿与地上的国家相对应，称为分野，秦国在鹑首之次，故称鹑野。◎龙山，即龙首山，在今西安市龙首村一带。◎侯甸服，泛指京城附近。以京城为中心，方圆千里称王畿，其外方圆五百里称侯服，又其外方圆五百里称甸服。

⑤ 五纬，即金、木、水、火、土五星。据传西汉元年，五星曾会聚一处，故曰连影。◎躔（chán），日月星辰的运行。

⑥ 八水，即泾、渭、沣、滈、潦、灞、浐、潏八条河流。◎地轴，指大地。传说中大地有轴，晋张华《博物志》："地有三千六百轴，犬牙相举。"

⑦ 一百二，极言秦国地势之险要。《汉书·高帝纪》记载，田肯贺上曰："秦，形胜之国也。带河阻山，悬隔千里，持戟百万，秦得百二焉。"

⑧ 离宫，即皇帝的行宫。◎三十六，虚指，极言其多。汉班固《西都赋》："离宫别馆，三十六所。"

⑨ 桂殿，即桂宫，在未央宫北，汉武帝所建。◎阴岑，深邃的样子。

⑩ 椒房，后妃所住的宫殿。◎金屋，后宫的别称。传说汉武帝幼时曾对其姑母说："若得阿娇作妇，当作金屋贮之也。"此用其典。

⑪ 三条九陌，泛指长安街道之多。◎隈，角落。

⑫ 平旦，早晨。

⑬ 复道，高楼间架空的通道。◎鳷（zhī）鹊观，宫观名，在甘泉宫外，汉武帝建元年间造。

⑭ 交衢，纵横交错的街道。◎凤凰台，即凤女台，也称凤台，在今陕西省宝鸡市东南。

⑮ 剑履，指上朝时不去剑不脱履，古代皇帝赐给亲信大臣的特殊礼遇。《汉书·萧何传》："赐带剑履上殿，入朝不趋。"

⑯ 簪缨，古代官员的冠饰。

⑰ 声明，即声誉。

⑱ 文物，古代礼乐典章制度的通称。◎昭回，谓星辰光耀回转。喻指朝廷的礼乐典章光辉灿烂。

⑲ 钩陈，北极星，喻指后宫。◎戺（shì），台阶旁边砌的斜石。

⑳ 璧沼，学宫前半圆形的水池，此代指学宫。◎槐市，长安城东南的一处市场，以槐树众多而得名。

铜羽应风回[①]，　　金茎承露起[②]。
校文天禄阁[③]，　　习战昆明水[④]。
朱邸抗平台[⑤]，　　黄扉通戚里[⑥]。
平台戚里带崇墉[⑦]，　　灼金馔玉待鸣钟[⑧]。
小堂绮帐三千万[⑨]，　　大道青楼十二重[⑩]。
宝盖雕鞍金络马，　　兰窗绣柱玉盘龙。
绮柱璇题粉壁映[⑪]，　　锵金鸣玉王侯盛[⑫]。
王侯贵人多近臣，　　朝游北里暮南邻[⑬]。
陆贾分金将燕喜[⑭]，　　陈遵投辖正留宾[⑮]。
赵李经过密[⑯]，　　萧朱交结亲[⑰]。
丹凤朱城白日暮[⑱]，　　青牛绀幰红尘度[⑲]。
侠客珠弹垂杨道[⑳]，　　倡妇银钩采薪路。

---

① 铜羽，铜乌，置于长安宫南的灵台之上，风至乌动，以测风向。
② 金茎，承露盘的铜柱。
③ 天禄阁，汉代皇宫中的藏书之处。
④ 昆明水，一作昆明池。西汉元狩四年（前119），汉武帝在上林苑之南引丰水而筑成昆明池，原是为了练习水战之用，后成为泛舟游玩之处。
⑤ 朱邸，泛指豪门大族的宅第。◎平台，汉梁孝武王的离宫，奢华异常。
⑥ 黄扉，即禁门。◎戚里，皇帝的姻亲所居之处。
⑦ 崇墉，高墙。
⑧ 灼金，一作灼桂，以桂为薪。◎鸣钟，古代贵族之家必列鼎鸣钟而食。此句极言达官贵人生活之奢华。
⑨ 小堂，规模较小的娱乐场所。
⑩ 青楼，指贵族之家。
⑪ 璇题，用玉装饰的椽头。◎粉壁，用胡椒涂的墙壁。
⑫ 锵金鸣玉，古代达官贵人以金和玉做佩饰，走动时发出的铿锵之音。
⑬ 北里，长安城北之平康里，妓院所在之地。◎南邻，游乐场所。
⑭ 陆贾分金，据《汉书·陆贾传》记载，陆贾本为汉高祖时的太中大夫，离职后将千金平分给五个儿子，然后乘车带着侍从歌妓轮流到儿子家吃喝玩乐。
⑮ 陈遵投辖，《汉书·陈遵传》："遵嗜酒，每大饮，宾客满堂，辄关门，取客车辖投井中，虽有急，终不得去。"辖，插在车轴端孔内的车键。
⑯ 赵李，一说当时确有此二人，已难考证；一说指汉成帝皇后赵飞燕和婕妤李平。
⑰ 萧朱，指萧育和朱博，二人为密友，相互举荐以至显达。
⑱ 丹凤，即长安，汉武帝于长安筑凤阙，故称长安城为凤城。◎朱城，指宫城。
⑲ 绀（gàn）幰（xiǎn），天青色绘有花纹的车幔。
⑳ 侠客，本指游侠，此指贵族阔少。

倡家桃李自芳菲[①]，　京华游侠盛轻肥[②]。
延年女弟双飞入[③]，　罗敷使君千骑归[④]。
同心结缕带，　连理织成衣[⑤]。
春朝桂樽樽百味[⑥]，　秋夜兰灯灯九微[⑦]。
翠幌珠帘不独映[⑧]，　清歌宝瑟自相依[⑨]。
且论三万六千是[⑩]，　宁知四十九年非[⑪]？
古来荣利若浮云[⑫]，　人生倚伏信难分[⑬]。
始见田窦相移夺[⑭]，　俄闻卫霍有功勋[⑮]。
未厌金陵气[⑯]，　先开石椁文[⑰]。
朱门无复张公子[⑱]，　灞亭谁畏李将军[⑲]？
相顾百龄皆有待，　居然万化咸应改。

---

① 桃李，形容妓女的美貌。

② 轻肥，轻裘肥马。

③ 延年，西汉协律都尉李延年，通音律，善歌舞，得到汉武帝的赏识。他的妹妹李夫人因此得到汉武帝的专宠。

④ 罗敷，汉代美女，因乐府诗《陌上桑》而闻名。◎使君，汉代对太守的称呼。《陌上桑》写罗敷采桑之时路遇太守，太守见其美貌，欲载而归，遭到罗敷的拒绝。此反其意而用之，将罗敷描写成了一个图慕虚荣之人。

⑤ 连理，指衣服上绣有连枝的花纹，比喻男女的爱情。

⑥ 后一“樽”字，蕴藏，包含。

⑦ 九微，灯火名。传说一棵微树最多可以开出红、橙、黄、绿、青、蓝、紫、银、粉九种颜色的花朵，九微树的花枝，配以千年柏树烧成的木炭和新鲜采摘的野百合花，就能生起九微火。

⑧ 翠幌，翠绿色的帐幔。

⑨ 宝瑟，一种弦乐器。

⑩ 三万六千是，一生都是对的。人寿以百岁计，共三万六千日。

⑪ 四十九年非，指以前的过错。《淮南子·原道训》：“蘧伯玉年五十，而知四十九年非。”

⑫ 浮云，过眼云烟。《论语·述而》：“不义而富且贵，于我如浮云。”

⑬ 倚伏，指祸福可以相互转化。《老子》：“祸兮福之所倚，福兮祸之所伏。”

⑭ 田窦，田蚡和窦婴，均为西汉时的外戚和权臣。田蚡初为窦婴的门客，但后来田蚡得势，窦婴的门客纷纷转投田蚡门下，所谓的“相移夺”指此。事见《史记·魏其武安侯列传》。

⑮ 卫霍，卫青和霍去病，均为汉武帝时出击匈奴的名将，屡建军功。事见《汉书·卫青霍去病传》。

⑯ 厌，通“压”，压住。

⑰ 石椁文，石棺上的铭文。

⑱ 张公子，指富平侯张放，汉成帝时的佞臣。事见《汉书·外戚传》。

⑲ 李将军，指李广（？一前119），汉武帝时名将。李广罢官家居期间，曾因城门关闭后迟归，遭到霸陵尉的奚落，后遂用“霸陵尉”代指趋炎附势之小人。事见《史记·李将军列传》。

桂枝芳气已销亡[①]，　柏梁高宴今何在[②]？
春去春来苦自驰，　争名争利徒尔为。
久留郎署终难遇[③]，　空扫相门谁见知[④]？[⑤]
莫矜一旦擅豪华，　自言千载长骄奢。
倏忽抟风生羽翼[⑥]，　须臾失浪委泥沙[⑦]。
黄雀徒巢桂[⑧]，　青门遂种瓜[⑨]。
黄金销铄素丝变，　一贵一贱交情见。
红颜宿昔白头新[⑩]，　脱粟布衣轻故人[⑪]。
故人有湮沦[⑫]，　新知无意气。
灰死韩安国[⑬]，　罗伤翟廷尉[⑭]。
已矣哉！　归去来[⑮]。
马卿辞蜀多文藻[⑯]，　扬雄仕汉乏良媒。
三冬自矜成足用[⑰]，　十年不调几邅回[⑱]。

---

① 桂枝芳气，比喻美人。汉武帝《伤悼李夫人赋》："秋气憯以凄泪兮，桂枝落而销亡。"

② 柏梁，柏梁台，汉武帝元鼎二年（前115）所建，在长安城中北阙内。

③ 久留郎署，据《汉武故事》记载，汉代颜驷，自汉文帝时即担任郎官，至武帝时须发皆白仍不得升迁。

④ 扫相门，参见本书第112页注①。

⑤ "春去春来苦自驰"以下四句，底本原缺，据《骆临海集笺注》补。

⑥ 抟风生羽翼，语本《庄子·逍遥游》："抟扶摇而上者九万里。"此处指青云直上。

⑦ 失浪，失水。《淮南子·主术》："吞舟之鱼，荡而失水，则制于蝼蚁。"此处指贬官失势。

⑧ 黄雀徒巢桂，代指王莽篡汉。《汉书·五行志》记载，成帝时有歌谣曰："桂树华不实，黄爵巢其颠。"王莽自称黄象，爵同"雀"，故而"黄雀"正谓王莽。"巢其颠"，指代汉而立。

⑨ 青门遂种瓜，此句代指权贵失势。青门瓜，即东陵瓜，语本《史记·萧相国世家》："召平者，故秦东陵侯。秦破，为布衣，贫，种瓜于长安城东。瓜美，故世俗谓之'东陵瓜'。"

⑩ 宿昔，早晚，指时间很短。

⑪ 脱粟布衣，《西京杂记》记载，公孙弘为相后，仍食脱粟饭，盖布被，为故人高贺瞧不起。◎轻，被看轻。

⑫ 湮沦，沉没，此指失势。

⑬ 灰死韩安国，指西汉时韩安国曾犯罪，遭到狱吏的侮辱，韩安国以"死灰独不可复燃乎"应之。事见《汉书·窦田灌韩传》。

⑭ 罗伤翟廷尉，指汉文帝时翟公为廷尉，宾客盈门，及废，门可罗雀。事见《汉书·张冯汲郑传》。

⑮ 归去来，即归去。来，语气助词，无义。语本晋陶潜《归去来兮辞》："归去来兮，田园将芜，胡不归！"

⑯ 马卿，即西汉辞赋家司马相如，字长卿，古代诗文作品中，为了对仗的需要，常用"马卿"代称之。

⑰ 三冬，多年。《汉书·东方朔传》记载，他曾上书皇帝："臣朔少失父母，长养兄嫂，年十三学书，三冬文史足用。"此用其典。

⑱ 十年不调，详见本书第114页注⑮。

汲黯薪逾积①，　　孙弘阁未开②。
谁惜长沙傅？　　独负洛阳才③！

（此篇宋蜀刻本《骆宾王文集》原缺，
启据毛氏汲古阁影宋抄本卷六收录，诗据卷九收录）

【导　读】

此诗当作于上元三年（676）前后，骆宾王离蜀回京，担任武功县主簿期间。诗前所附之启说明此诗乃是应吏部侍郎裴行俭之命而作。骆宾王在启中表明了自己的文学主张：诗歌必须表达作者的真情实感；评价人物要以器识为先、文艺为后。在诗歌中，骆宾王也实践了自己的文学主张，以叙写长安城内达官贵人骄奢淫逸的生活状态为切入点，将自己怀才不遇、仕途偃蹇的悲愤之情，全部倾泻了出来，态度鲜明，感人至深。

【延伸阅读】

骆宾王现存著作主要为《骆宾王文集》，有宋蜀刻本《骆宾王文集》存世，共十卷，包括骆宾王的诗、赋、文等作品。骆宾王作品集的后世注本也较多，其中以清陈熙晋《骆临海集笺注》十卷最为详赡。

（浙江师范大学人文学院孟国栋副教授撰稿）

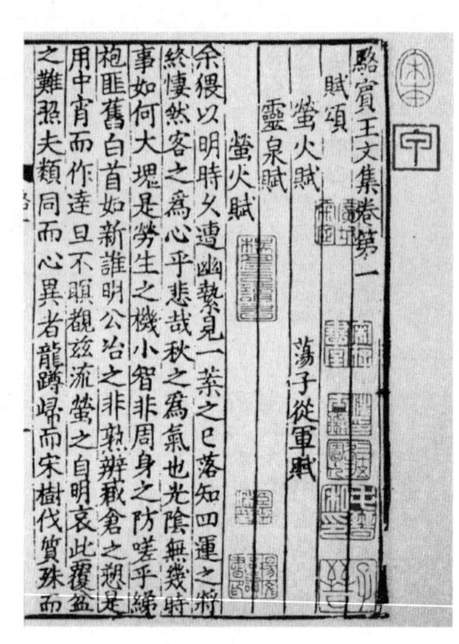
駱賓王文集卷第一
賦頌
螢火賦　蕩子從軍賦
靈泉賦
螢火賦
余猥以明時久遭幽縶見一葉之已落知四運之將
終悽然客之爲心乎悲哉秋之爲氣也光陰無幾時
事如何大塊是勞生之機小智非周身之防嗟乎綈
袍匪舊白首如新誰明公冶之非孰辨臧倉之愬是
用中宵而作達旦不瞑覩玆流螢之自明哀此覆盆
之難照夫類同而心異者龍蹲歸而宋樹伐質殊而

宋蜀刻本《骆宾王文集》
（中国国家图书馆藏）

---

① “汲黯”句，典故见《汉书·张冯汲郑传》，汲黯久不得升迁，云：“陛下用群臣，如积薪耳，后来者居上。”

② 孙弘，即公孙弘，曾开东阁以招贤纳士。此反其意而用之，指无人汲引。

③ 长沙傅、洛阳才，均指贾谊，因其为洛阳人，又曾任长沙王太傅，故称。

宋·宗泽

宗泽（1060—1128），字汝霖，婺州义乌（今浙江义乌）人。元祐六年（1091）登进士第，任大名馆陶县尉。元符元年（1098），迁衢州龙游令。元符三年，调文登令。崇宁二年（1103），调莱州胶水令。崇宁五年，丁父忧。至大观三年（1109），再调晋州赵城令。政和三年（1113），知莱州掖县。政和五年，差通判登州。宣和元年（1119），丐祠，得主管南京鸿庆宫，退居东阳。朝中佞倖廷昭劾宗泽改建神霄宫不当，褫职编置润州，遂居丹徒。至宣和四年，差监润州都酒税。宣和六年，改除巴州通判。靖康元年（1126），召赴阙，奏对三策。九月，除直秘阁、知磁州。时太原失守，宗泽单骑率十余兵卒往援。十一月，斡离不寇磁州，宗泽用神臂弓射退。闰十一月，诏充兵马副元帅。靖康二年，上大元帅书，乞檄诸道进兵，宗泽以孤军进南华，金兵不敢复出。屡上状请大元帅康王赵构进位。五月，赵构在南京即位改元。建炎元年（1127）六月，入对，陈收复中原大计。八月，除东京留守，兼开封府尹。上疏请赵构回銮东京，前后连上二十四疏（表），赵构畏死不回，暗中乞和，逃往扬州。宗泽在东京积极备战，招聚义军一百八十余万，措置过河北伐事宜。建炎二年六月，过河北伐时机已成熟，却遭汪伯彦、黄潜善阻挠。宗泽回天无力，在极度忧愤中，疽发于背，三呼“过河”，饮恨而卒。

宗泽一生以抗金复国为志，大义凛然。善治军打仗，又能诗善文。理政治军效法范仲淹、司马光，诗文亦得范仲淹、司马光之正。有文集五十卷，今存《宗忠简公集》七卷。本选文主要据清同治八年（1869）胡凤丹刻《金华丛书》本，另参明万历三十三年（1605）宗焕刻二卷本、崇祯十三年（1640）熊人霖刻六卷本及《文渊阁四库全书》八卷本。

遗　表[①]

心期许国[②]，每输扶厦之忠[③]；死不忘君，犹积恋轩之意[④]。魂魄将离于形

① 此遗表上在建炎二年（1128）七月四日。至七月十二日，宗泽即卒。

② 许国，为国效命。

③ 输，倾尽。◎厦，房屋，喻指国家。

④ 恋轩，盼念赵构车驾回东京。轩，即轩驾，帝王车驾。

体，精忱愿达于冕旒[①]。中谢。伏念猥以朴忠[②]，受知渊圣[③]，擢自困踬羁穷之际[④]，付以寇虏往来之冲[⑤]。适遇陛下出总元戎[⑥]，察臣粗著劳效，坐筹密计[⑦]，俾臣得预属僚[⑧]。逮夫践祚之初[⑨]，首录孤危之迹[⑩]。寇攘未泯[⑪]，暂为淮甸之巡[⑫]；宗庙斯存[⑬]，委守留司之钥[⑭]。力小任重，志大心劳，誓殄羯胡[⑮]，再安王室。但知怀主，甘委命于鸿毛[⑯]；无复偷生，期裹尸于马革[⑰]。夙宵以继，寝食靡宁[⑱]。斯民获奠枕之安[⑲]，胡马无饮河之意[⑳]。事为纷至，黾勉惟多[㉑]。回视颓龄，已迫桑榆之晚景[㉒]；益坚素节，每期松柏之后凋。岂谓馀生，忽先朝露[㉓]，尚扶病以治事，敢爱己以顾私！阴阳之寇洊深[㉔]，药石之功莫效，少延残喘，庶毕愿言[㉕]。昨有招安到杨进等[㉖]，约其众多，无虑百万。昔尝为寇，颇聚众以

---

① 冕旒，古代礼冠中最珍贵的一种，天子之冕十二旒，后用冕旒指代皇帝。
② 猥，谦辞，辱。
③ 渊圣，指渊圣皇帝钦宗赵桓。
④ 困踬，困顿挫折。◎羁穷，漂泊穷困。
⑤ 冲，指冲要，在军事或交通上有重要作用的地方。
⑥ 出总元戎，指赵构任兵马大元帅。
⑦ 坐筹密计，在一起筹划密商大计。
⑧ 俾，使。
⑨ 逮，及。◎践祚，登帝位。
⑩ 录，登录，褒奖。
⑪ 攘，侵夺，侵略。
⑫ 淮甸之巡，指赵构巡幸维扬，其实是南逃。淮甸，指维扬。
⑬ 宗庙，原指古代帝王、诸侯祭祀祖宗的庙宇，后用以指代王室国家。此处宗庙即指宋朝的国家政权。
⑭ 委守留司之钥，指任命宗泽为东京留守。
⑮ 羯胡，指金人。
⑯ 鸿毛，喻生命轻如鸿毛。
⑰ 裹尸于马革，即马革裹尸，谓战死沙场。
⑱ 寝食靡宁，寝食不安。
⑲ 斯民，老百姓，人民。
⑳ 胡马饮河，指金兵人马渡河南侵。
㉑ 黾勉，勤勉努力。
㉒ 桑榆，日落时光照桑榆树端，比喻日暮、晚年。
㉓ 忽先朝露，即溘先朝露，生命比朝露消失得还快，比喻早死。
㉔ 阴阳之寇，古人以为人生病是浊气侵入体内，阴阳失调所致，故称阴阳之寇。◎洊（jiàn）深，一再侵入。
㉕ 愿言，殷切思念。
㉖ 杨进等，指杨进、王善、丁进、李贵等来归忠义之士。《宗忠简公集》卷七附《遗事》："王善兵号七十万，骑护万乘，冠濮州；杨进自号没角牛，兵三十馀万；并王大郎等诸头项人马百馀万众，所至侵掠。"

震师；今已革心，欲为国而戡难。足踵道路，云集都城，已涓洁而戒涂[①]，拟成功于指日。干戈未举，舟壑忽移[②]。神爽飞扬，长抱九泉之恨；功名卑劣，尚贻千古之羞。仰凭睿眷之深，必无生死之异。嘱臣之子[③]，记臣之言[④]，力请回銮，亟还京阙。上念社稷之重，下慰黎民之心。命将出师，大震雷霆之怒；救焚拯溺，出民水火之中。夙荷君恩，敢忘尸谏[⑤]？颙昂法座[⑥]，无由再望于清光；枯朽微生，从此永辞于扆扆[⑦]。臣下情无任云云[⑧]。

（原载清同治八年胡凤丹刻《金华丛书》本《宗忠简公集》卷二）

【导　读】

此遗表作于建炎二年（1128）七月四日。宗泽自被任命为东京留守、知开封府后，连上二十四疏请宋高宗赵构回銮东京，赵构贪生怕死，只顾南逃。宗泽在东京积极备战，招聚义军一百八十余万，到建炎二年六月，渡河北伐的时机已经成熟，不料遭到汪伯彦、黄潜善之流的阻挠。宗泽在极度忧愤中，疽发于背，七月十二日，三呼“过河”而卒。在这篇卒前所作遗表中，宗泽回顾了自己戎马抗金的一生，吐露了自己至死不渝的忠贞之心与抗金复国的壮志，再一次谏请赵构回銮东京，以救黎民于水火。全文写得大气贯注，忠愤激昂，感人至深。

乞回銮疏[⑨]

臣闻三代之得天下也[⑩]，得其民也；得其民有道，得其心也；得其心有道，所欲与之聚之，所恶勿施尔也。是则得民之道在察其心之所欲，与其心之所恶而已。此古所以有“天时不如地利，地利不如人和”之语[⑪]。求民之和，岂必

---

① 涓洁，清洁。◎戒涂，指出发，准备上路。谓做好了渡河北伐的准备。

② 舟壑忽移，《庄子·大宗师》云：“夫藏舟于壑，藏山于泽，谓之固矣。然而夜半有力者负之而走，昧者不知也。”后以“舟壑”“舟移”比喻事物变化，无可避免。

③ 臣之子，指宗颖。

④ 言，底本作“名”，据万历刻本、崇祯刻本改。

⑤ 尸谏，以死谏劝君。

⑥ 颙昂，肃敬轩昂。

⑦ 扆扆，画有斧纹的屏风。古代帝王背对斧扆南面而立，后因称帝王之位为扆扆，亦代指皇帝。

⑧ 下情，底本无，据万历刻本补。

⑨ 此为宗泽所上乞回銮疏第二疏，上在建炎元年（1127）七月下旬间。回銮，皇帝车驾回京都。

⑩ 三代，指夏、商、周。

⑪ “天时不如地利，地利不如人和”，出自《孟子·公孙丑下》。

家至户到，一一而求之哉？应天顺人，承天下之大顺，则民不期和而自和矣。臣蒙恩差知开封府，臣虽衰老无能，然久知开封染习，诸统制下，皆是招集恶少亡命无行者[①]。臣既领府事，更不敢徇身自顾[②]，但以正道沥诚感之，不旬浃间[③]，彼恶少辈咸知格心烁谋[④]，敛迹遁去。其闾巷间亦自然悛改，上下帖然，无复肆横。以是人人鼓舞，仰陛下之威，怀陛下之惠，拳拳慕恋[⑤]，不啻婴孺之爱父母，咸思发愤，敌其所忾。臣每闻王畿内外，日久嘉靖，熙熙皞皞[⑥]，将如我祖宗庆、祐、熙、丰时[⑦]。臣观人心念念徯望者[⑧]，惟愿陛下六龙之御[⑨]，警跸之声[⑩]，千乘万骑来归九重，以副万邦切切系恋之诚。取进止[⑪]。

（原载清同治八年胡凤丹刻《金华丛书》本《宗忠简公集》卷一）

【导　读】

这篇是宗泽所上乞回銮第二疏。乞回銮第一疏上在建炎元年（1127）七月十八日。此乞回銮第二疏上在建炎元年七月二十七日前后。宗泽在此疏中陈述了到开封府任后尽心尽职，大力整顿修缮开封府城，整肃治安，稳定民心。再次恳请赵构车驾回开封。作者提出了“得天下者，得其民也；得其民者，得其心也”的思想，期望赵构顺应天下民心，以抗金复国为重。言辞恳切，忠义之气溢于言表。

---

① “开封染习”以下三句，指开封府习俗败坏，统制官招集的人马多是无行恶少、亡命之徒。宗泽到开封府任后即大力加以整顿清理。

② 徇身，徇己，营私。

③ 旬浃，一旬，十天。浃，十日。

④ 格心，格正其心。◎烁谋，消除阴谋。

⑤ 拳拳，恳切忠谨的样子。

⑥ 熙熙皞皞，温熙和乐，清明太平。

⑦ 我，原作“向”，据《建炎以来系年要录》卷六、《历代名臣奏议》卷八五改。

⑧ 徯望，等待盼望。

⑨ 六龙之御，指皇帝车驾。

⑩ 警跸，帝王出入称警跸，左右侍卫护驾称为警，止行人清道路称为跸。

⑪ “取进止”三字底本无，据《建炎以来系年要录》卷六补。进止，进退举止，凡奏札或面对，最后言“取进止”，指所奏之事或进用，或退止，请皇帝处分。

奏乞回銮仍以六月进兵渡河疏[①]

臣闻《诗》于《小雅》载六月宣王北伐之事[②]，盖夷狄以弓矢马骑为先，而当六月歊蒸之时[③]，皆难于致用，故宣王乘时行师，终于薄伐玁狁[④]，以建中兴之功。

臣自留守京师，夙夜匪懈[⑤]，经画军旅。近据诸路探报，贼势穷促，可以进兵。臣欲乘此暑月，遣王彦等自滑州渡河[⑥]，取怀、卫、濬、相等处；遣王再兴等自郑州直护西京陵寝[⑦]；遣马扩等自大名取洺、赵、真定[⑧]；杨进、王善、丁进、李贵等诸头项[⑨]，各以所领兵分路并进。既过河，则山寨忠义之民相应者不啻百万[⑩]，契丹汉儿亦必同心歼殄金贼[⑪]。事才有绪，臣乞朝廷遣使，声言立契丹天祚之后[⑫]，讲寻旧好。且兴灭继绝[⑬]，是王政所先，以归天下心也。况使虏人骇闻，自相携贰邪[⑭]？仍乞遣知几辩博之士，西使夏[⑮]，东使高丽[⑯]，喻以祸福。两国素蒙我宋厚恩，必出助兵，同加扫荡。若然，则二圣有回銮之期[⑰]，两河可以安贴[⑱]，陛下中兴之功远过周宣之世矣[⑲]。

臣犬马之齿今年七十矣，勉竭疲驽[⑳]，区区愚忠，所见如此。臣愿陛下早

---

① 此疏上在建炎二年（1128）六月上旬，为宗泽最后一次上疏。

② 六月宣王北伐之事，见《诗经·小雅·六月》。

③ 歊（xiāo）蒸，炎热。

④ 薄伐，征伐，“薄”为语气助词。◎玁（xiǎn）狁（yǔn），西周时北方少数民族。

⑤ 夙夜匪懈，早夜不懈怠。

⑥ 王彦，为河北招抚都统制。

⑦ 王再兴，来归忠义之士。◎西京陵寝，即洛阳陵寝，宗泽在五月已奏乞保护西京陵寝。

⑧ 马扩，原作“马横”，据《建炎以来系年要录》卷十五改。马扩在三月自五马山来投宗泽，屯兵于大名。

⑨ 头项，头领，首领。杨进等忠义之士的介绍详见本书第134页注㉖。

⑩ 不啻，不止，何止。

⑪ 契丹汉儿，指契丹国中怀想汉土、归心大宋的汉人。

⑫ 契丹天祚，即辽天祚帝耶律延禧。

⑬ 兴灭继绝，兴亡继绝，把消亡灭绝的事业复兴继承起来。

⑭ 携贰，离心。携，离。贰，二心。

⑮ 夏，西夏，党项人所建国，后臣服于金朝。

⑯ 高丽，高丽王朝，是朝鲜古代国家之一，都城开京（今朝鲜开城）。

⑰ 二圣，指道君皇帝徽宗赵佶与渊圣皇帝钦宗赵桓，均被金人俘虏北去。

⑱ 两河，指河北、河东地区。

⑲ 周宣，指周宣王。

⑳ 疲驽，疲劳的老马。

降回銮之诏，以系天下之心。臣当躬冒矢石，为诸将先。若陛下听从臣言，容臣措画，则臣谓我宋中兴之业必可立致。若陛下不以臣言为可用，则愿赐骸骨①，放归田里，讴歌击壤②，以尽残年。频烦上渎天听，臣无任。取进止③。

（原载清同治八年胡凤丹刻《金华丛书》本《宗忠简公集》卷一）

【导　读】

本疏是宗泽二十四次乞上回銮疏的最后一疏。宗泽在建炎二年（1128）六月已做好了渡河北伐的充分准备，联结诸路山寨忠义兵民，决定六月起师。本疏陈述了宗泽在开封留都为渡河北伐所做的充分准备与制定的出师北伐的作战方略，要求朝廷出使联络西夏与高丽，共同抗金，再一次乞请赵构回銮东京。全文首先引宣王北伐之事，说明六月正是攻击金人的最好时机；其次叙述了自己对北伐的安排与信心；最后，表达了自己起师渡河北伐的坚韧不拔、毫不动摇的决心。此时的宗泽虽已是近七十岁的老人，但烈士暮年，壮心不已。"臣当躬冒矢石，为诸将先"表达了作者收复失地的热望和为国尽忠矢志不渝的情怀。但"疏入，黄潜善等忌泽成功，从中沮之。泽叹曰：吾志不得伸矣。因忧郁成疾。泽尹京二岁，修城池，治楼橹，不扰而办，屡出师以挫敌锋，其抗疏请上还京，凡二十馀上，言极切至。潜善与汪伯彦等虽嫉之深，竟不能易其任"（宋李心传《建炎以来系年要录》卷十五）。

贤乐堂记④

巴别乘治廨之北⑤，有地数亩，荒秽不治，其日久矣。自熙宁命倅以来⑥，凡更二十馀政，间有好事者足迹及之，往往掩鼻蹙额，唾之而去，其他则未尝过而问也。

宣和六年春，朝廷以仆承乏郡贰⑦，视事屡月，日有暇矣，因一访焉，为

---

① 赐骸骨，请求使骸骨归葬故土，回家安度晚年的意思。

② 讴歌击壤，击打土块为节拍唱歌，指归田隐居。相传尧时有老人击壤而歌曰："日出而作，日入而息。凿井而饮，耕田而食。帝力于我何有哉！"

③ "臣无任取进止"六字底本无，据《建炎以来系年要录》卷十五补。

④ 此记作于宣和六年（1124）夏，宗泽在巴州任通判时。

⑤ 别乘，即别驾，通判的别称。◎治廨，官署。

⑥ 熙宁命倅，指神宗熙宁中，巴州始设通判之官。倅，副职，即通判。

⑦ 承乏，承继空缺的职位，后作为任官的谦辞。◎贰，副手。宋代通判地位略次于州府长官，但握有连署州府公事和监察官吏的实权，号称监州。

之踌躇四顾[①]，怡然有得于心者[②]。噫！天下佳处，尝藏于众人不识之地[③]，而臭腐化为神奇。且物有是理，则兹境也，未必不待我而后显，又乌知仆之意不出于造化之所使耶[④]？于是斩荆棘，锄蓬茅，易败坏，泄污潦，因高而基之，就下而凿之。首构一堂，独擅群胜，四山回环，如列屏嶂，争雄竞秀，来人目中。岩花春盛，木叶秋落，于此可以鉴荣谢[⑤]；岫云朝出，林翮暮归[⑥]，于此可以喻出处[⑦]。非特是也，堂之东，浚为方池，植竹以环其岸，强名曰“竹溪”。临溪为小阁，目曰“思逸”。于是可以想见徂徕之侣[⑧]，依翠阴，俯清涟，放浪沉饮，高吟大笑于清圣浊贤之间[⑨]，脱然远迹于声利之场也。堂之西，洄为曲池，种桃以复其岛，强名曰“桃溪”。跨溪为小桥，目曰“访隐”。于是可以想见武陵桃源[⑩]，流水莹碧，落英泛红，渔舟之子，访昔隐人，夜半月明，魂清骨冷，洒然如出风尘之外也。堂居其中，众美并见，因榜之曰“贤乐”。

有客登堂而笑曰：“贤者之乐，固如是乎？”仆因莞尔应之曰[⑪]：“然。客固不知也。昔者恶木蔽天，不剪不伐，枭鸱捷鸣于其上；今则桃李成蹊，松柏如盖，春莺鸣，秋鹤唳矣。昔者蔓草据地，不芟不夷，蛇蚖蟠伏于其下[⑫]；今则兰杜夹径，芙蕖满塘，鸳鹭游，嘉鱼跃矣。方时序之良，景物之美，揖宾友而进之，游目堂上，纵步堂下，无复败人意者，赏心油然生矣。或举白痛饮[⑬]，或挥麈剧谈[⑭]，或射或弈[⑮]，或琴或啸，披襟清径，弄花香渚，终日与鱼鸟相

---

① 踌躇，流连徘徊。

② 怡然，《四库全书》本同；《永乐大典》卷七二三七有此篇，作“恍然”。

③ 尝，《四库全书》本同；《永乐大典》本无此字。

④ 乌，何。

⑤ 鉴荣谢，察识事物的盛衰兴亡。

⑥ 翮，鸟翅，代指鸟。

⑦ 喻出处，知道处世的进退行藏。

⑧ 徂徕之侣，指唐竹溪六逸。徂徕山，在山东泰安东南。《旧唐书》卷一五四《孔巢父传》：“孔巢父，冀州人，字弱翁……巢父早勤文史，少时与韩准、裴政、李白、张叔明、陶沔隐于徂来山，时号‘竹溪六逸’。”徂来山，即徂徕山。

⑨ 清圣浊贤，清酒和浊酒，泛指各种酒。《三国志·魏志·徐邈传》：“时科禁酒，而邈私饮至于沉醉，校事赵达问以曹事，邈曰：‘中圣人。’达白之太祖，太祖甚怒。渡辽将军鲜于辅进曰：‘平日醉客谓酒清者为圣人，浊者为贤人，邈性修慎，偶醉言耳。’竟坐得免刑。”此处指贤人饮酒之乐。

⑩ 武陵桃源，即桃花源。晋陶潜《桃花源记》记晋太元中武陵郡渔人入桃花源，故桃花源又称武陵源。

⑪ 莞尔，微笑的样子。

⑫ 蚖（wán），一种毒蛇。

⑬ 白，大白，酒杯。

⑭ 麈，麈尾，古人闲谈时执以驱虫、掸尘的一种工具。古人清谈时必执麈尾，相沿成习，为名流雅器，不谈时，亦常执在手。

⑮ 射，射覆，这里是指行酒令，用相连的字句隐物为谜，让人猜度。

乐，恍然无异濠梁之观[①]、海上之游也[②]。此其所乐，人之所同者也。若曰是地不过数十步[③]，山得无谢昆仑之高乎[④]？水得无谢云梦之大乎[⑤]？堂得不为大厦耽耽者羞乎[⑥]？则是不知一拳之石[⑦]，与泰山同体；一勺之水，与沧海同性。堂高数仞，榱题数尺[⑧]，亦古人得志者所不为[⑨]，而吾耳目所寄，方寸所寓[⑩]，自有至大者存，虽在环堵之间，旷兮曾无异乎广莫之野、无何有之乡也[⑪]。此之所乐[⑫]，己之所独者也。人之所同，其乐自外[⑬]；己外所独，其乐自内[⑭]。二境虽不同[⑮]，要之非贤者则不与知也。"

客改容谢曰："斯堂之名，真得之矣。余内外俱进矣，愿纪之以告予之俦[⑯]。"仆曰："诺！"于是乎书。

（原载清同治八年胡凤丹刻《金华丛书》本《宗忠简公集》卷三）

【导　读】

宣和六年（1124），宗泽起复任巴州通判。他在春天到达巴州，看到巴州廨舍破败，园地荒芜，立即整顿修理，建贤乐堂，造思逸阁，开竹溪，辟桃溪，建成一

---

① 恍然，《四库全书》本同；《永乐大典》本作"恍兮"。◎濠梁之观，指庄子与惠施两人在濠水桥梁之上游观水中鱼乐，见《庄子·秋水》。

② 海上之游，指海上之人与鸥鸟游乐，见《列子·黄帝第二》。

③ 数十步，《四库全书》本同；《永乐大典》本作"十数步"。

④ 山，《四库全书》本同；《永乐大典》本作"所见之山如此其卑"。◎谢，比不上，不如。◎昆仑，山名，神话传说中的神山，在西方。

⑤ 水，《四库全书》本同；《永乐大典》本作"所潴之水如此其小"。◎云梦，大泽名，在湖北一带。

⑥ 堂，《四库全书》本同；《永乐大典》本作"所构之堂如此之陋"。◎耽耽，深邃。

⑦ "则是"二字，底本及《四库全书》本无，兹据《永乐大典》本补。

⑧ 榱（cuī）题，屋檐的椽子头。

⑨ 古人，指孟子。《孟子·尽心下》："堂高数仞，榱题数尺，我得志，弗为也。"

⑩ 方寸，心。

⑪ 广莫之野、无何有之乡，指广大玄妙的境界。语本《庄子·逍遥游》："今子有大树，患其无用，何不树之于无何有之乡、广莫之野？"

⑫ 之，《四库全书》本同，《永乐大典》本作"其"。

⑬ 此二句，《四库全书》本同；《永乐大典》本作"人之所同者，则其乐自外"，其下又有"若梁惠王立于沼上，顾鸿雁糜（麋）鹿曰：'贤者亦乐此乎？'孟子告之以贤者而后乐此，不亦自外乎"等句，为底本所无。

⑭ 此二句，《四库全书》本同；《永乐大典》本作"己之所独者，其乐在内"，其下又有"若颜子箪食瓢饮，在陋巷，人不堪其忧，回也不改其乐，孔子称之曰'贤哉回也'，不亦自内乎"等句，为底本所无。

⑮ 二境虽不同，《四库全书》本同；《永乐大典》本作"二者虽曰不同"。

⑯ 俦，同类，友朋。

方秀美的小“桃花源”。本文记叙了建造贤乐堂小桃源的经过，论述快乐的两种境界，抉发贤人之乐的旨趣，指出贤乐就是贤人自我愉悦的情怀，“知者乐水，仁者乐山”，贤人乐水乐山，乐仁乐义，表现了贤人不以物喜、不以己悲的博大乐观的胸襟气度。文中还表达了园虽小，堂虽隘，然一石一水无非泰山、大海之一体的哲思。记文写得清新飘逸，寓意深厚。

此外，《永乐大典》卷七二三七著录有宗泽的《贤乐堂记》，与通行的宗泽文集中的《贤乐堂记》字句有异，兹著录于下，以供读者欣赏比较。

附　录

贤乐堂记（《永乐大典》本）

巴别乘治廨之北，有地数亩，荒秽不治，其日久矣。自熙宁命倅以来，凡更二十馀政。间有好事者足迹及之，往往掩鼻蹙额，唾之而去，其他则未尝过而问也。

宣和六年春，朝廷以仆承乏郡贰，视事屡月，日有暇矣，因一访焉，为之踌躇四顾，恍然有得于心者。噫！天下佳处藏于众人不识之地，而臭腐化为神奇。且物有是理，则兹境也，未必不待我而后显，又乌知仆之意不出于造化之所使耶？于是斩荆棘，锄蓬茅，易败坏，泄污潦，因高而基之，就下而凿之。首构一堂，独擅郡胜。四山回环，如列屏幛。争雄竞秀，来人目中。岩花春盛，木叶秋落，于此可以鉴荣谢；岫云朝飞，林翮暮归，于此可以喻出处。非特是也，堂之东，浚为方池，植竹以环其岸，强名曰“竹溪”。为小阁，目曰“思逸”。于是可以想见徂徕之侣，依翠阴，俯清涟，放浪沉饮，高吟大笑于清圣浊贤之间，脱然远迹于声利之场也。堂之西，洄为曲池，种桃以复其岛，强名曰“桃溪”。跨溪为小桥，目曰“访隐”。于是可以想见武陵桃源，流水莹碧，落英泛红。渔舟之子，访昔隐人，夜半月明，魂清骨冷，洒然如出风尘之外也。堂居其中，众美并见，因榜之曰“贤乐”。

有客登堂而笑曰：“贤者之乐固如是乎？”仆因莞尔应之曰：“然。客固不知也。昔者恶木蔽天，不剪不伐，枭鸱捷鸣于其上；今则桃李成蹊，松柏如盖，春莺鸣，秋鹤唳矣。昔者蔓草据地，不芟不夷，蛇虺蟠伏于其下；今则兰杜夹径，芙蕖满塘，鸳鹭游，嘉鱼跃矣。方时序之良，景物之美，揖宾友而

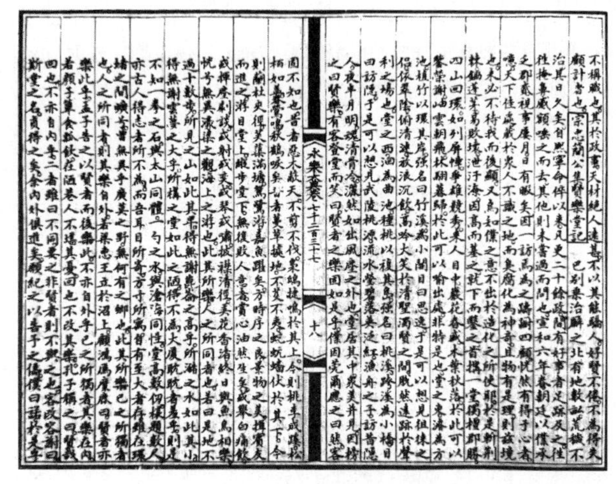

《永乐大典》本《贤乐堂记》

进之。游目堂上，纵步堂下，无复败人意者，赏心油然生矣。或举白痛饮，或挥麈剧谈，或射或奕（弈），或琴或啸，披襟清径，弄花香渚。终日与鱼鸟相乐，恍兮无异濠梁之观、海上之游也。此其所乐，人之所同者也。若曰是地不过十数步，所见之山如此其卑，得无谢昆仑之高乎？所潴之水如此其小，得无谢云梦之大乎？所构之堂如此之陋，得不为大厦耽耽者羞乎？则是不知一拳之石，与太山同体；一勺之水，与沧海同性。堂高数仞，榱题数尺，亦古人得志者所不为，而吾耳目所寄，方寸所寓，自有至大者存，虽在环堵之间，旷兮曾无异乎广莫之野、无何有之乡也。此其所乐，己之所独者也；人之所同者，则其乐自外。若梁惠王立于沼上，顾鸿雁麋（麋）鹿曰：'贤者亦乐此乎？'孟子告之以贤者而后乐此，不亦自外乎？己之所独者，其乐在内，若颜子箪食瓢饮，在陋巷，人不堪其忧，回也不改其乐，孔子称之曰'贤哉回也'，不亦自内乎？二者虽曰不同，要之非贤者则不与之也。"

客改容谢曰："斯堂之名，贞得之矣。余内外俱进矣，愿纪之以告予之俦。"仆曰："诺！"于是乎书。

（原载《永乐大典》卷七二三七）

感　时[①]有序

戎虏长趋[②]，京邑阽危[③]，此忠臣义士痛心疾首勤王报国之秋也。而宰臣迁家，郡守逾垣[④]，缙绅士大夫陆窜水奔[⑤]，使人主婴孤城以自守[⑥]，无一犯难者。事小定矣[⑦]，而上书献策之人，亦未有慨然以东者[⑧]。世道之衰，一至此乎！太息之馀，以诗自道。

卿士辱多垒[⑨]，　天王愤蒙尘。

---

① 此诗作于靖康元年（1126）八月。诗云"悟主期片言"，指靖康元年八月宗泽应诏赴京，奏对三策。故此诗应是宗泽由巴州赴京师途中有感而作。

② 戎虏，指金兵。

③ 阽（diàn）危，面临危险。此二句指金人渡河，侵犯京师。《宋史·钦宗本纪》："（靖康元年正月）壬申，金人渡河……癸酉……金人犯京师。"

④ 逾垣，翻越墙头。此句指郡守纷纷逃跑。《左传·僖公五年》："重耳曰：'君父之命不校。'乃徇曰：'校者吾雠也。'逾垣而走。"

⑤ 缙绅，古代仕者，垂绅插笏，故后称士大夫为缙绅。缙，同"搢"，意为插。绅，束腰的大带。

⑥ 人主，指君王。◎婴孤城，环绕孤城以固守。婴，环绕、羁绊。

⑦ 事小定，指金人议和，退师北去。《宋史·钦宗本纪》："（靖康元年二月）乙巳……金人遣韩光裔来告辞，遂退师，京师解严。"

⑧ 未有慨然以东者，指无东来勤王之兵。

⑨ 辱多垒，出自《礼记·曲礼上》："四郊多垒，此卿大夫之辱也。"谓京师四郊多军垒是公卿士大夫的耻辱。垒，军营墙壁或防守工事。

御戎要虓将[①]，　谋国须隽臣。
百战取封侯，　未必亡其身。
怀奸废忠义，　胡颜以为人[②]？
吁嗟世道衰，　大僇加缙绅[③]。
平居事奔竞[④]，　梁汴纷云屯[⑤]。
一旦国步艰，　四迸如星繁。
辅相已择栖[⑥]，　守令仍逾藩[⑦]。
冠盖陆西窜[⑧]，　舳舻水南奔[⑨]。
鄙夫用慨然[⑩]，　策马趋修门[⑪]
勤王羞尺柄[⑫]，　悟主期片言[⑬]。
时来徜云龙[⑭]，　峨冠拜临轩。
透迤上玉除[⑮]，　造膝伸元元[⑯]。
措世于泰宁[⑰]，　归来守丘樊[⑱]。

（原载清同治八年胡凤丹刻《金华丛书》本《宗忠简公集》卷五）

【导　读】

靖康元年（1126），御史中丞陈过庭举荐宗泽可任台谏。宗泽遂在八月应诏赴

---

① 虓（xiāo）将，猛将。虓，虎怒吼。
② 胡，何。
③ 僇，通“戮”。
④ 平居，平日，平素。◎奔竞，指追逐功名利禄。
⑤ 梁汴，指京师开封（汴梁）。◎纷，原作“分”，据万历刻本改。◎屯，聚集。
⑥ 择栖，另觅住处，指外逃。
⑦ 逾藩，翻越篱笆，指逃走。此二句即序文中“宰臣迁家，郡守逾垣”之意。
⑧ 冠盖，指达官贵人。
⑨ 舳舻，船头和船尾的并称，指船前后相接，喻其多。
⑩ 鄙夫，庸俗浅陋的人，是自谦辞。
⑪ 修门，原指楚国郢都的城门，后泛指京都城门。
⑫ 羞尺柄，羞于位卑官小。
⑬ 期片言，指入都奏言。
⑭ 徜，徜徉，有从容自由飞翔之意。
⑮ 透迤，从容不迫。◎玉除，宫殿玉阶。
⑯ 此句意谓面见皇上为民陈情。造膝，犹促膝，谓亲近。元元，平民。
⑰ 措世，治天下。◎泰宁，太平。
⑱ 丘樊，山林，指隐居。

阙奏事，时方金兵渡河侵犯京师开封，刚退师北去。宗泽在从巴州赴京师途中作此诗，吐露了对国事的忠愤忧虑之情。诗中痛斥了投降派的乞和误国，杀戮抗金忠义之士，贪生怕死逃跑；直言朝廷的任用非人，奸臣当道，国事日非；表达了自己抗论上奏、坚决抗金、解民倒悬的决心。宗泽到京师后，慷慨上奏三策，实践了他在诗中倾吐的豪情壮志。宗泽自此脱颖而出，在闰十一月被命充兵马副元帅。

谒华岳一首①

杨赐岳所挺②，　严武金天晶③。
二子为时出，　顾我非炳灵④。
维岳镇四方，　气秀天骨青。
巀嶭立千仞⑤，　力能产公卿。
降神咏崧高⑥，　谶纬仍反经⑦。
取象到执珪⑧，　谲怪如洞冥⑨。
平生笑穷奇⑩，　立语心自惊。
我质培娄耳⑪，　胸山固峥嵘⑫。
是中所包藏，　丹碧参瑰琼⑬。

---

① 此诗作于宣和六年（1124）春宗泽赴巴州通判任途经华岳时。

② 杨赐（？—185），字伯献，杨震之孙，东汉名臣。《后汉书》卷八四有传。◎挺，生。因杨赐为弘农华阴人，故称“岳所挺”。《后汉书·杨赐传》：“华岳所挺，九德纯备。”唐李贤注：“挺，生也。”

③ 严武（726—765），字季鹰，中书侍郎严挺之子，《旧唐书》卷一一七、《新唐书》卷一二六有传。◎金天，西天，华岳在西，西方配金，故西天称金天，华岳神称金天王。◎晶，明亮。因严武为华州人，故称“金天晶”。唐杜甫《八哀诗·赠左仆射郑国公严公武》：“郑公瑚琏器，华岳金天晶。”

④ 炳灵，英灵。炳，光明。此句自叹不是如杨赐、严武一样的英灵豪杰。

⑤ 巀（jié）嶭（niè），山高峻貌。

⑥ 降神，指华岳神。◎崧高，山大而高。《诗经》中有《崧高》篇。

⑦ 谶纬，谶学与纬学。谶学是诡为隐语，预卜吉凶；纬学对经学而言，纬学专以阴阳灾异说经。◎反，同“返”。此句谓由谶纬之学返归经学，谓华岳降神虽出谶纬之说，但也符合《诗经》中的《崧高》之意。

⑧ 执珪，春秋诸侯国爵位名。将珪赐给功臣，功臣持珪朝见，故称执珪。珪为长玉板，上面尖或圆，下面方，表示信符。此句谓珪取象于山形。

⑨ 洞冥，洞府，神仙幽冥居住之地。

⑩ 穷奇，凶恶之人。此处指朝中当道的奸臣。

⑪ 培娄，小土丘。

⑫ 胸山，指胸有丘壑，胸有志气如山。

⑬ 丹碧参瑰琼，喻赤诚之心。丹碧，丹心碧血。宋吕太古《道门通教必用集》卷二解坛颂：“道不贵珠玉，神惟在至诚。丹碧尽勤苦，恳款竭衷情。”元郑元佑《汝阳张御史死节歌》：“孤忠既足明丹心，三年犹须化碧血。”参，比并，并列。瑰琼，美玉。

平居蛰云雷， 飞雨溢四溟①。
此岂真有之， 落笔纷纵横②。
发我文物秘， 象渠膏泽倾③。
太华屹不摇， 我山身载行④。

（原载清同治八年胡凤丹刻《金华丛书》本《宗忠简公集》卷五）

【导 读】

宗泽在宣和元年（1119）遭谗被劾，夺职编置润州。至宣和六年才复用出任巴州通判。这首诗就是宗泽赴任巴州通判途经华山时所作。本诗歌颂了华岳的雄险秀奇，壁立万仞，巍然不动。同时以山喻人，表现自己胸有华岳，豪气如山，要以坚贞不屈的精神赴任，为国为民，“象渠膏泽倾”的决心。

过潼关⑤

一雨崤函底⑥， 风沙放我过。
岳神犹假借⑦， 官吏莫谁何⑧！
堑断思航渡⑨， 城坚戒石摩⑩。
一夫工墨守⑪， 宁怯万夫多⑫！

（原载清同治八年胡凤丹刻《金华丛书》本《宗忠简公集》卷五）

---

① 四溟，四海。

② 落笔纷纵横，落笔作诗时云雷飞雨纷纷而下。意谓自己平时胸藏豪气，如山蛰伏，但到出仕赴任时，胸中云雷飞雨般的豪气便会纵横贯注而发。

③ 渠，他，指华岳。

④ 我山身载行，谓胸有华岳，身体载之而行。

⑤ 此诗是宗泽于靖康元年（1126）八月赴京都开封奏事途经潼关时所作。潼关，位于今陕西省渭南市潼关县北。潼关险峻，是关中的东大门，历来为兵家必争之地。

⑥ 崤函，崤山与函谷，相当于今陕西省潼关县以东至河南省新安县一带，以形势险固闻名。

⑦ 岳神，指华山神。◎假借，假道，借道。

⑧ 谁何，盘诘查问。《史记·陈涉世家》：“良将劲弩，守要害之处；信臣精卒，陈利兵而谁何。”

⑨ 堑断，谓黄河南北不通。堑，天堑，指黄河。

⑩ 戒石摩，谓防城石墙摩天高。戒，防备，戒备。

⑪ 墨守，墨子善守城术，后世称牢固防守为墨守。

⑫ 宁怯万夫多，即“一夫当关，万夫莫开”之意，不以万夫之多而胆怯。

【导　读】

靖康元年（1126）八月，宗泽由巴州赴京都开封奏事，此诗就是宗泽途经潼关时所作。诗人目睹潼关险峻，崤函坚固，却山河破碎，黄河南北不通，北方沦陷，无限愤慨，希望有“工墨守”的英雄豪杰出来安定天下，抗击金兵侵略，收复中原失地，还我河山。

【延伸阅读】

宗泽文集，明以后的刻本基本都保存下来了。今各图书馆多有收藏。主要版本有：

《宋东京留守宗忠简公文集》五卷，明正德六年（1511）刻本；

《宋东京留守宗忠简公文集》六卷，明嘉靖三十年（1551）宗旦刻本；

《宗忠简公文集》二卷，明万历三十三年（1605）宗焕刻本；

《宋宗忠简公集》六卷、杂录一卷、始末征一卷，明崇祯十三年（1640）熊人霖刻本；

《宋宗忠简公集》八卷，清康熙三十年（1691）王廷曾刻本；

《宋东京留守宗忠简公全集》十二卷、首一卷、末一卷，清康熙四十五年（1706）宗文灿刻本；

《宋宗忠简公集》八卷，清乾隆二十六年（1761）赵弘信刻本；

《宗忠简集》八卷，清乾隆四十二年（1777）《文渊阁四库全书》写本；

《宗忠简公集》四卷，清道光二十八年（1848）泾县潘氏刻《乾坤正气集》本；

《宗忠简公集》八卷、首一卷，清咸丰元年（1851）义乌宗国亨、宗国梁刻本；

《宋宗忠简公集》七卷，清同治四年（1865）吴氏刻《半亩园丛书》本；

《宗忠简公集》七卷、附辨讹考异一卷，清同治八年（1869）胡凤丹刻《金华丛书》本；

《宋宗忠简公文集》四卷、补遗一卷、遗事二卷，清同治十二年（1873）述荆堂刻《西京清麓丛书续编》本；

《宋宗忠简公全集》八卷、首一卷、末一卷，清光绪九年（1883）大香阁木活字印本；

《宗忠简公全集》八卷、首一卷，清光绪二十四年（1898）黄卿夔刻本。

（浙江大学人文学院束景南教授撰稿）

宋·黄中辅

黄中辅（1111—1187），字槐卿，晚号细高居士，斋名“转拙”。黄氏世居婺，自中辅曾祖昉起家浦江。父琳，娶抗金名将宗泽堂妹，始徙义乌。中辅为“乌伤四君子”之二喻良能、喻良弼舅父，元代著名学者黄溍六世祖。中辅少尚气节，不为苟合。绍兴中，秦桧柄国，和议既成，使士大夫歌咏太平中兴之美。闻言其奸者，捕杀之，众咸缩颈，中辅独奋不顾身，作《满庭芳》，题于临安城太平楼酒店，有“快磨三尺，欲斩佞臣头”之句。晚年教授乡里。中辅能诗，喻良能《香山集》有《次槐卿舅咏梅二绝》《次韵槐卿舅诗寄石榴》。著有《类稿》十卷，元时已亡佚。生平见喻良能《细高居士黄公墓志铭》、慈波《〈洞门黄氏宗谱〉所存宋人黄中辅佚词及其墓志铭》（《文献》2012年第1期）。

念奴娇

炎精中否[①]，叹人材委靡，都无英物[②]。戎马长驱三犯阙[③]，谁作连城坚壁。楚汉吞并，曹刘割据[④]，白骨今如雪[⑤]。

书生钻破简编，说甚英杰[⑥]。天意眷我中兴，吾君神武，小曾孙周发[⑦]，海岳封疆俱效职[⑧]，狂虏何劳追灭[⑨]。翠羽南巡[⑩]，叩阍无路[⑪]，徒有冲冠发。孤忠耿耿[⑫]，剑锋冷浸秋月[⑬]。

（原载清乾隆刻本胡仔《苕溪渔隐丛话》前集卷五九）

---

① 炎精，指应火运而兴的王朝，宋代火德，故称炎精。◎中否（pǐ），运道衰落。否，闭塞不通之运。

② 英物，杰出的人物。

③ 戎马，胡马，代指金兵。◎阙，宫门、城门两侧的高台，借指宫廷，此处借指京城。

④ 曹刘，曹操与刘备。

⑤ “楚汉吞并”三句，明蒋一葵《尧山堂外纪》作“万国奔腾，两宫幽陷，此恨何时雪”。

⑥ “书生钻破简编”二句，《尧山堂外纪》作“草庐三顾，岂无高卧贤杰”。

⑦ 小，意动用法，以……为小。《尧山堂外纪》作“踵”。◎曾孙周发，周武王姬发，为古公亶父之曾孙。

⑧ 效职，尽职。《尧山堂外纪》作“效顺”。

⑨ 追灭，《尧山堂外纪》作“灰灭”。

⑩ 翠羽，用翠鸟羽毛装饰的旗帜，指皇帝的仪仗。

⑪ 叩阍，用《楚辞》典，谓欲见皇帝而不得。阍，宫门。

⑫ 耿耿，忧心貌，形容忠诚。

⑬ 剑锋，《尧山堂外纪》作“剑铓”。

【导　读】

此词见于宋胡仔《苕溪渔隐丛话》前集卷五九："《苕溪渔隐》曰：东坡大江东去赤壁词，语意高妙，真古今绝唱。近时有人和此词，题于邮亭壁间，不著其名，语虽粗豪，亦气概可喜。今谩笔之。词曰：炎精中否……剑锋冷浸秋月。"未言此词为何人所作。元黄溍作《记居士公乐府》，言此词及《满庭芳》皆为其六世祖黄中辅所作，并言："右居士公和《东坡百字令》，见苕溪胡仔所编《草堂诗馀》……溍以家集较之，不同者三十九字，家集盖近岁溍从族人访求编入，而苕溪则得于当时壁间所题，然亦间有舛误而不可通者，乃传刻之讹也，今悉以家集订定焉。"可知此词确为黄中辅所作。

此词上阕抒写金兵南侵，朝中"人材委靡"，无人抵抗，胡骑长驱直入京师，国破家亡，生灵涂炭。"楚汉吞并，曹刘割据，白骨今如雪"，古往今来，王朝兴亡，最终的结果总是百姓"白骨如雪"，表达了作者悲悯的情怀。下阕表面赞颂高宗赵构的中兴胜于周武王姬发，而实则讽刺其畏敌如虎，无心复国，仓皇出逃。"叩阍无路，徒有冲冠发。孤忠耿耿，剑锋冷浸秋月"，则表达了词人枉有忠心，而报国无门，空使杀敌之剑冷浸秋月的无奈与激愤。此词豪迈慷慨，直抒胸臆，正如胡仔所言"语虽粗豪，亦气概可喜"。

（浙江大学人文学院冯国栋教授撰稿）

满庭芳

沥血为词①，披肝作纸②，片言谁让千秋？快磨三尺③，欲斩佞臣头。自恨草茅无路④，望九重⑤、如在瀛洲⑥。兴长叹⑦，无言耿耿，空抱济时忧⑧。

---

① 沥血，刺破皮肤使滴血以书写。唐韩愈《归彭城》诗："刳肝以为纸，沥血以书辞。"
② 披肝，披露肝胆，比喻倾吐心里话，尽陈肺腑之言。
③ 三尺，指剑，剑长约三尺，故以"三尺"为剑的代称。
④ 草茅，草野，民间。
⑤ 九重，帝王所居，代指帝王。
⑥ 瀛洲，传说中的仙山，此处言可望而不可即。
⑦ 兴（xīng），起发，发出。
⑧ 济时，救世。

休休休！真可虑，才如李广，却不封侯①。奈伯郎斗酒，翻得凉州②。尽道边庭卧鼓③，谁知老了貔貅④。凭谁问⑤，边筹未建⑥，建恁太平楼⑦！

（原载万历《义乌县志》卷十三人物传“气节”）

【导　读】

南宋绍兴八年（1138）三月，宋高宗赵构以秦桧为相。不久，力主抗金的宰相赵鼎被罢，秦桧独揽相权。宋高宗与秦桧为了向金乞和投降，在南宋军民抗金斗争取得较大胜利时，收取韩世忠等抗金将领兵权，甚至以“莫须有”罪名杀害岳飞，并以向金割地赔款与金达成了“和议”。此《满庭芳》词，即作于绍兴秦桧当国、和议既成之时。此词上阕以近于激愤之语，抒写了佞臣当道、志士无路空抱济时之忧的孤愤情怀。“快磨三尺，欲斩佞臣头”，则表达了作者对以秦桧为代表的投降派奸邪小人的痛恨与决绝之情。下阕抨击了宋高宗、秦桧最高统治集团苟且偷安、粉饰太平，不思收复失地，“直把杭州作汴州”的可耻行径。“才如李广，却不封侯。奈伯郎斗酒，翻得凉州”，则表达有才智的爱国之士不得重用，奸佞小人反而如鱼得水的黑暗现实。词作语句伉爽，陈词慷慨，气势逼人，淋漓酣畅。

【延伸阅读】

黄中辅著有《类稿》十卷，元时已亡佚。其作品除以上二词作外，《洞门黄氏宗谱》尚收有文章三篇：《忠孝堂记》、《新吴桥记》及《重修县学记》（慈波《〈洞门黄氏宗谱〉所存宋人黄中辅佚词及其墓志铭》，《文献》2012年第1期）。

（浙江大学人文学院方建新教授、冯国栋教授撰稿）

---

① 李广（？—前119），陇西成纪（今甘肃省天水市秦安县）人，西汉时期的名将。◎封侯，封拜侯爵。《史记·李将军列传》：“人奴之生，得毋笞骂即足矣，安得封侯事乎？”唐王勃《滕王阁序》：“冯唐易老，李广难封。”唐王维《老将行》：“卫青不败由天幸，李广难封缘数奇。”

② “奈伯郎斗酒”二句，指孟佗（又作孟他，字伯郎，东汉末期扶风郡人）以贿赂宦官张让，得任凉州刺史。《后汉书·宦者列传·张让》引《三辅决录注》曰：“佗字伯郎，以蒲陶酒一斗遗让，让即拜佗为凉州刺史。”

③ 卧鼓，息鼓，常示无战争，或战事已息止。

④ 貔（pí）貅（xiū），传说中的猛兽，比喻勇猛的军队。

⑤ 凭，请求，烦劳。

⑥ 边筹，安边之策。

⑦ 恁，代词，什么，表反问。◎太平楼，酒肆名，在南宋都城临安城内，为南宋将领张俊所建。

宋·喻良能

喻良能像

喻良能（1120—1205），字叔奇，号香山，又号锦园。与何恪、陈炳及其弟良弼合称“乌伤四君子”。其父喻葆光，兄良倚、弟良弼皆有名于当时。宋高宗绍兴二十七年（1157），喻良能登进士第。初任广德县尉、鄱阳县丞。宋孝宗淳熙四年（1177），为诸王宫大小学教授，又为国子监主簿。后升任绍兴府通判。淳熙十二年，任国子博士；淳熙十四年，为太常丞、工部郎官。后请出知处州。宋光宗绍熙元年（1190），诏准归老。良能归老之后于香山筑室安居，建“亦好园”，园内有亦好亭、磬湖、钓矶等景。会友吟诗，觞咏自娱。

喻良能生活于南北宋之交，一生历徽、钦、高、孝、光、宁六朝，交游颇广，当时名士如王十朋、杨万里、陆游、何恪、张镃等人皆与之游。良能为人至孝，曾迎母于广德，并建戏彩堂奉之。又留心忠义，曾作《忠义传》。据宋陈思《两宋名贤小集》载，喻良能著有《诸经讲义》《香山集》《家帚编》《忠义传》等书。其中《诸经讲义》《家帚编》《忠义传》皆亡佚不存，现存主要作品为《香山集》。

《忠义传》序

忠义者，天下之大闲也①，亦天地劲正之气之所寓也。是气之在太虚间②，金得之，更百炼亦不变；松与竹得之，冒严霜、烈风、积雪而不少衰；人臣得之，蹈白刃，赴水火，历万死而不改其操。由此其故也，李白有言：“忠于其主，人之主皆欲其臣。”③然则不忠于主，亦人主之所不欲也。盖人主之意若曰：斯人也，既忠于彼，岂负于我哉？苟负于彼，必不忠于我矣。且比干④，

① 大闲，基本的行为准则。

② 太虚，指宇宙。

③ 文见李白《比干碑》。一说作者为李翰。

④ 比干，商纣王的叔父，官少师。因屡次劝谏纣王，被剖心而死。

违武王者也，武王封之，美其正也；太宰嚭[①]，成越王者也，越王诛之，恶其奸也。丁公不杀汉高[②]，恩孰甚焉，而报以大戮者，岂非以其背于楚乎？季布数窘高祖[③]，仇孰甚焉，而赦为郎中者，岂非以其义于羽乎？徐世勣不负李密之黎阳，太宗所以勤勤于托孤也[④]。邓晓闻李轨败而入贺，高祖所以废而不齿也[⑤]。章圣皇帝东巡[⑥]，过巡、远双庙[⑦]，徘徊叹息，嘉其尽节异代，著金石刻，以赞其忠。夫巡等尽节于有唐之时，而见褒于有宋之英主，盖忠则为人主之所贵，不忠则为人主之所贱。未有反复卖国，左右取容，而见好于人主者；亦未有尽忠为国，不为诡随，而见恶于人主者。此《忠义传》之所以作也。

传起自列国，终于五代，博采正史，旁及传记。为忠节系天下国家之所以安危，事之所以成败，可以裨名教，可以励风俗者乃在此选，不然不录也。上下千馀年间，所取者不过一百九十人而已。呜呼，可谓难得也矣！后之为人臣者可不慕哉！

（原载《文渊阁四库全书》本《敬乡录》卷十）

---

① 太宰嚭（pǐ），伯氏，名嚭，字子馀。初为楚人，后奔吴，以功任太宰，故称“太宰嚭”。因善逢迎，深得吴王夫差宠信。吴破越后，受越贿赂，许越媾和，并屡进谗言，谮杀伍子胥。吴亡后，又降越为臣，据说为越王勾践所杀。

② 丁公，即丁固，季布同母弟。丁固原为项羽部属，曾在彭城之战中放过刘邦。项羽兵败后降刘邦，刘邦认为丁固不忠于项羽，杀之。《史记·季布栾布列传》：“季布母弟丁公，为楚将。丁公为项羽逐窘高祖彭城西，短兵接，高祖急，顾丁公曰：‘两贤岂相厄哉！’于是丁公引兵而还，汉王遂解去。及项王灭，丁公谒见高祖。高祖以丁公徇军中，曰：‘丁公为项王臣不忠，使项王失天下者，乃丁公也。’遂斩丁公。”

③ 季布，楚人，曾效力于项羽，多次击败刘邦军队。项羽兵败后，被刘邦悬赏缉拿。后在夏侯婴说情下，刘邦赦免了季布，并拜为郎中。

④ 徐世勣（594—669），字懋功，曹州离狐（今山东菏泽）人，唐初名将。唐高祖李渊赐姓李，后避唐太宗李世民讳，改名为李勣，封英国公。武德二年（619），李密降唐，徐世勣以所属归唐，并归功于李密，为李渊赞赏为不忘旧恩。后屡被重用，贞观十七年（643），李治为太子，李世民封其为太子詹事，扶助李治。《旧唐书·李勣传》：“十七年，高宗为皇太子，转勣太子詹事。太宗谓曰：‘我儿新登储贰，卿旧长史，今以宫事相委，故有此授。’太宗又尝闲宴，顾勣曰：‘朕将属以幼孤，思之无越卿者。公往不遗于李密，今岂负于朕哉！’”

⑤ 李轨（？—619），字处则，凉州姑臧（今甘肃武威）人。李轨隋唐间于凉州割据称王，后兵败于唐。邓晓曾为李轨使者入唐，后被留长安。李轨后被杀。“时邓晓闻轨败，入贺帝。帝曰：‘而委质李轨，以使来，闻其亡，不少戚，乃蹈抃以悦我。不尽心于轨，能竭节于我乎？’遂废不齿。”

⑥ 章圣皇帝，宋真宗谥号。《新唐书·许远传》：“惟宋三叶章圣皇帝东巡，过其庙，留驾裴回，咨巡等雄挺，尽节异代，着金石刻，赞明厥忠。”

⑦ 巡、远，指张巡、许远。张巡（708—757），蒲州河东（今山西永济）人。许远（709—757），字令威，杭州盐官（今浙江海宁西南）人，唐代名臣许敬宗曾孙。安史之乱中，张巡与许远以数千兵守睢阳，坚守力战，城破被杀。

【导　读】

淳熙八年（1181），喻良能撰成《忠义传》并上进。书中所收人物起于战国王蠋，终于五代孙晟，共一百九十人，凡二十五卷。喻良能请求颁于武学，宋孝宗认为此书“忠臣义士，不顾一身，可以表厉风俗”。此文即《忠义传》之序言。文章认为，忠、义是做人最重要的品质。古来之忠臣义士如比干、季布、徐世勣、许远、张巡，都受到后代人君褒奖；而反复之人如伯嚭、丁固、邓晓则为人所不齿。因此，喻良能创作《忠义传》，旨在表彰历代忠义之士，并作为后人学习的榜样。

观田家宴集

村落秋气高，　凉飙泛林莽[①]。
田家刈获间[②]，　斗酒劳良苦。
瓮瓯间竹箸，　杀鸡仍具黍。
昏昏灯火照，　草草杯盘举。
初喧鹅雁声，　中静儿女语。
醉来或田歌，　散去亦社舞。
不信五侯家[③]，　软盘荐肥羜[④]。

（原载《文渊阁四库全书》本《香山集》卷一）

【导　读】

本诗描写了农家秋天收获后的情景。秋日天高气爽，习习凉风起于林间。秋后收获的农家，终于可以在繁忙的劳作之后宴集庆贺，慰劳辛苦了一年的自己。瓦盆竹筷，具黍杀鸡，别有田家风味。昏昏灯火之下，大家相互举杯庆贺，鹅鸣雁叫，儿女喧哗，热闹而素朴。酒醉之后，或歌或舞，本自天然，喧闹而和谐。

① 凉飙（biāo），凉风。
② 刈（yì），收割。
③ 五侯，泛指权贵豪门。
④ 软盘，指接待宴客，不设桌案，令妓手执以进。◎羜（zhù），出生五个月的小羊，泛指未长大的小羊。

雨 馀

雨馀平绿野， 耕种满东皋[1]。
处处鞭黄犊， 家家卖孟劳[2]。
[illegible]盘馈糠籺[3]， 瓦盌荐溪毛[4]。
所愿甘霖足， 梁间挂桔槔[5]。

（原载《文渊阁四库全书》本《香山集》卷六）

【导 读】

此诗描写了雨后农家的田园生活。新雨过后，草生木长，水边田野一片欣欣向荣的绿色。这时，正好是耕种时节，原野上到处有农人在驱犊耕田。天下太平，即使是珍贵的宝刀也无用武之地，所以“家家卖孟劳”。劳作结束，虽然是竹盘瓦碗，粗茶淡饭，吃起来也分外香甜。心中只希望老天能多降甘霖，风调雨顺。全诗淳厚朴素，颇可见出喻良能为人作诗之风格。

重 阳

一年秋节重阳浓， 园林上下皆清风。
远山百里削寒玉， 平湖十亩磨青铜[6]。
亦好茂树蓊西北[7]， 露枝霜叶纷青红。
枝头寂寂少啼鸟， 天外隐隐飞征鸿。

---

① 东皋，水边向阳高地，也泛指田园、原野。晋陶潜《归去来兮辞》：“登东皋以舒啸，临清流而赋诗。”

② 孟劳，宝刀名，这里泛指武器。《穀梁传・僖公元年》：“孟劳者，鲁之宝刀也。”

③ [illegible]盘，竹制的盘子。◎糠籺（hé），泛指粗劣的食物。糠，稻、麦、谷子的皮或壳。籺，米麦的粗屑。

④ 溪毛，溪边野菜。《左传・隐公三年》：“苟有明信，涧溪沼沚之毛……可荐于鬼神，可羞于王公。”

⑤ 桔槔（gāo），汲水的工具。

⑥ 平湖，即磬湖。喻良能退居之后筑亦好园，磬湖即园中之湖。宋杨万里《寄题喻叔奇国博郎中园亭二十六咏・磬湖》诗：“洞庭张乐起天风，玉磬吹来堕圃中。却被仙人镕作水，为君到底写秋空。”

⑦ 亦好，当为亦好园中的亦好亭。杨万里诗：“亦好园中亦好亭，两重好处两重贫。客来莫道无供给，抹月批风当八珍。”◎蓊（wěng），草木茂盛的样子。

弄月基蟠绿净中[①]，　东南况有小垂虹[②]。
潭清潦尽境更好，　水落石出摹难工。
爱山堂前花作丛[③]，　疏疏杨柳瘦毛同。
红蕉碧桂互掩映，　芦花蓼穟交蒙茸[④]。
新亭爽垲瞰空阔[⑤]，　凭栏一目连七峰。
烟霏雾霭扫欲尽，　但见突兀撑晴空。
携筇更登月山椒[⑥]，　嶙峋怪石高玲珑。
香炉近出陂陁侧[⑦]，　云黄复在南山东[⑧]。
水声激激来涧曲，　飕飕风响生樛松[⑨]。
菊英萸实篱可采[⑩]，　山肴野蔌盘能供。
作诗颇类台戏马[⑪]，　吹帽未减山名龙[⑫]。

---

① 弄月，指弄月亭，亦好园中小亭。杨万里诗："碧天如水水如天，月入湖中璧样圆。却被先生来弄碎，一团成百百成千。"

② 小垂虹，当指亦好园中的野桥，连接亦好亭与弄月亭。杨万里诗："亦好亭兼弄月亭，磬湖不许两通行。谁抛蝃蝀湖光尾，便有先生拄杖声。"

③ 爱山堂，亦好园中建筑。杨万里诗："诗人性癖爱看山，晓坐堂中夕懒还。只对月山无限好，月山外面八双鬟（正对十六峰）。"

④ 芦花，亦好园中有芦苇林。杨万里诗："春有儿孙夏有朋，月中寒影雨中声。腊晴销尽一园雪，为底林间雪不晴。"◎穟，通"穗"。◎蒙茸，草木葱茏的样子。

⑤ 爽垲（kǎi），高爽干燥。

⑥ 筇（qióng），竹杖。◎月山，为亦好园中小山。杨万里诗："昔人只解笑移山，未信移山不作难。一昨月山三里外，先生掇取近栏干。"◎山椒，山顶。《文选·月赋》："洞庭始波，木叶微脱；菊散芳于山椒，雁流哀于江濑。"唐李善注："山椒，山顶也。"

⑦ 香炉，指香炉峰。崇祯《义乌县志》卷三方舆考："香山，在县西二十五里，其地多枫香木，因名。上有香炉峰，前有龙井。"◎陂（pō）陁（tuó），原指云层参差峥嵘，这里代指云彩。

⑧ 云黄，指云黄山。崇祯《义乌县志》卷三方舆考："云黄山，在县南二十五里，一名松山，高一百四十丈，周三十里二百步。梁傅大士于此行道，黄云盘旋其上，状如车盖，故名。"

⑨ 樛（jiū）松，弯曲的松树。

⑩ 菊英，亦好园中有菊径。杨万里诗："身在京师梦在乡，黄花又是一番黄。平生不解渊明语，菊却犹存径却荒。"◎萸实，亦好园中有药畦。杨万里诗："雨馀想见药苗肥，薯蓣堪羹杞可齏。老贼何须投益智，先生只要买当归。"

⑪ 台戏马，指戏马台，在今江苏省徐州市，南朝时宋武帝刘裕曾于此台宴饮赋诗。

⑫ "吹帽"句，用孟嘉典故。《晋书·孟嘉传》："（嘉）后为征西桓温参军，温甚重之。九月九日，温燕龙山，寮佐毕集。时佐吏并着戎服，有风至，吹嘉帽堕落，嘉不之觉。温使左右勿言，欲观其举止。嘉良久如厕，温令取还之，命孙盛作文嘲嘉，着嘉坐处。嘉还见，即答之，其文甚美，四坐嗟叹。"后以"落帽龙山"为重九登高的典故。

良辰美景乐心赏，　　四者偶并今始逢[①]。
明朝不问蝶愁绝，　　更饮黄花琥珀醲[②]。

（原载《文渊阁四库全书》本《香山集》卷四）

【导　读】

宋光宗绍熙元年（1190），喻良能致仕，归老于义乌之香山，并于此地筑室安居，建亦好园。园内有磬湖、亦好亭、弄月亭、芦苇林、钓矶等景。良能觞咏其间，颇得归老之乐，此诗便是其归老生活的生动写照。其日正值重阳佳节，诗人于亦好园中放浪自娱。亦好园中秋意正浓，远处碧山如玉，近处平湖似镜，露枝霜叶，红蕉碧桂，芦花胜雪，烟霏雾霭，风生松间，水流涧曲。碧天辽阔，黄云飞渡，征鸿一声，衬托出浓浓的秋意。诗人由亦好亭穿野桥至水中的弄月亭，复由弄月亭缓步至爱山堂，一路秋景如画，山水相连。最后诗人携杖登上月山之顶，瞻望远眺，远处山绕云间，云出山中，水激风响，秋景无限。此时，诗人想到“采菊东篱下”的陶渊明、“遍插茱萸少一人”的王维，想到古人戏马台上作诗宴饮的欢乐，以及龙山落帽的不羁与洒脱。良辰、美景、赏心、乐事，古来难全而今始遭逢，对此美景、良辰，诗人畅饮菊花美酒，陶然已醉，不知今夕何夕。

【延伸阅读】

喻良能现存著作有《香山集》，主要版本有《四库全书》本、清乾隆翰林院钞本及《续金华丛书》本。又有冯国栋整理本（中华书局2019年版）。《香山集》是清修《四库全书》时从《永乐大典》中辑出的，共十六卷，包括喻良能的赋、辞、诗等作品。

（浙江大学人文学院冯国栋教授撰稿）

① 四者，即四美，指良辰、美景、赏心、乐事。典出南朝宋谢灵运《拟魏太子邺中集诗序》：“天下良辰、美景、赏心、乐事，四者难并。”

② 琥珀，指美酒。唐李贺《残丝曲》诗：“绿鬓年少金钗客，缥粉壶中沉琥珀。”◎醲（nóng），酒味浓厚、浓烈。唐许浑《春醉》：“酒醲花一树，何暇卓文君。”

宋·何恪

何恪（1127—1172）①，字茂恭，号南湖居士，义乌官塘人。何恪早年与其兄何恢共学，好古，喜藏书，博览群书且善于写作。绍兴三十年（1160），何恪登进士，初任永新县主簿，又迁徽州录事参军，未赴。何恪曾向南宋朝廷上《恢复二十策》并与诸位公卿激烈讨论，但朝廷终不用其策，遂辞官返乡，以打理庭院、奉养母亲为乐。

何恪活跃在南宋高宗、孝宗统治时期。政坛上，为官清正，不附秦桧之流，力主恢复中原。生活中，他孝敬父母，关爱兄弟，颇有美名。何恪还与著名理学家陈亮交好。陈亮还未显达时，何恪就十分钦佩陈亮的才学，并将其兄何恢之女嫁与陈亮。陈亮亦称何恪为文“山立玉峙，地负海涵”，为人“尚其懋哉，众不可盖”（陈亮《祭妻叔文》，《龙川集》卷二二），并将何恪与同乡的喻良能、陈炳、喻良弼共誉为“乌伤四君子”。

宜斋记②

子何子榜所居之斋曰“宜”③。有客睇而诘曰④：“宜谓何？将棂槛明旷宜

---

① 《南湖何氏宗谱》载何恪生于宋高宗建炎元年（1127）丁未十月十五日，卒于宋孝宗淳熙元年（1174）正月十七日。然而陈亮《龙川集》卷三十《刘夫人何氏墓志铭》载：“（何恪）壬辰之春，一日无疾而死。”“壬辰”之年即乾道八年，公元1172年。邓广铭先生在《陈龙川传》（生活·读书·新知三联书店2007年版）中也指出“何恪死于乾道八年”。陈亮为何恪同时代人且关系亲密，可信度较高，故此处采用陈亮记载。

② 此文《文渊阁四库全书》本、《续金华丛书》本（胡宗楙1924年刻本）《敬乡录》卷十、崇祯《义乌县志》卷二十杂述考“艺文”、康熙《义乌县志》卷十九“艺文志”、嘉庆《义乌县志》卷二十“艺文”皆收录，比较而言，《续金华丛书》本错误较少，《文渊阁四库全书》本及嘉庆志本次之，崇祯志、康熙志本则错误较多，故此取《续金华丛书》本为底本，以其余四本参校。

③ 子何子，姓何的先生。前一“子”系对老师的尊称，后一“子”系对人的美称。《公羊传·隐公十一年》：“子沈子曰：‘君弑，臣不讨贼，非臣也。’”东汉何休注：“沈子称子，冠氏上者，著其为师也。”《穀梁传·宣公十年》：“秋，天王使王季子来聘。其曰王季，王子也；其曰子，尊之也。”东晋范宁注：“子者，人之贵称。”

④ 睇（tī），察看。晋潘岳《杨荆州诔》：“多才丰艺，强记洽闻；目睇毫末，心筭无垠。”

展卷乎[①]？庭宇邃密宜远嚣乎[②]？可瑟可奕宜适意乎[③]？有图有刻宜寓目乎[④]？楮枕隐几[⑤]、眠坐适时宜寄傲而养恬乎[⑥]？”

仆笑而应曰：“凡子之所谓宜者，岂仆之所宜哉！仆每痛伯仲间[⑦]，两尽其宜，今昔所难。且以舜为兄[⑧]，固宜矣，而有象之弟[⑨]；以旦为弟[⑩]，固宜矣，而有鲜之兄[⑪]。虽圣贤犹不免于不幸，矧中下乎[⑫]！故若两龚之节[⑬]，二陆之文[⑭]，

---

① 棂槛，窗户。东汉张衡《西京赋》：“伏棂槛而俯听，闻雷霆之相激。”◎展卷，展开书卷或画卷，指读书。宋陆游《初寒在告有感》：“数棂留得西窗日，更取丹经展卷看。”

② 邃密，幽深。◎远嚣，远离喧哗、尘世。

③ 瑟，弹瑟。瑟似琴，长近三米，古有五十根弦，后为二十五根或十六根弦，平放演奏。文中用作动词。◎奕，通“弈”，下围棋。《论语·阳货》：“不有博奕者乎？为之犹贤乎已。”

④ 有图有刻，有画卷有刻本书。◎寓目，观看。

⑤ 楮（zhī）枕，支撑着枕头。楮，柱，支撑。◎隐（yìn）几，靠着几案，伏在几案上。隐，依凭。《孟子·公孙丑下》：“有欲为王留行者，坐而言，不应，隐几而卧。”

⑥ 寄傲，寄托旷放高傲的情怀。晋陆云《逸民赋》：“眄清霄以寄傲兮，溯凌风而颓叹。”◎养恬，培养恬静寡欲的思想，过恬静的生活。《庄子·缮性》：“古之治道者以恬养知，知生而无以知为也，谓之以知养恬。”

⑦ 伯仲，兄弟中年最长者为伯，其次为仲；亦代称兄弟。《诗经·小雅·何人斯》：“伯氏吹埙，仲氏吹篪。”汉郑玄笺：“伯仲，喻兄弟也。”

⑧ 舜（生卒年不详），姚姓，名重华，字都君，诸冯（今山东省诸城市）人，为上古时代方国联盟首领，五帝之一。

⑨ 象（生卒年不详），舜的异母弟，受封于有庳。象生性高傲狠毒，多次联合其父母寻机杀舜。象的谋杀计划暴露后，舜依旧孝顺不变。三人感动，不再陷害舜。事迹载于《史记·五帝本纪》。

⑩ 旦，指周公（生卒年不详），姬姓，名旦，是周文王姬昌第四子，周武王姬发的弟弟，曾两次辅佐周武王东伐纣王，并制作礼乐。因其采邑在周，爵为上公，故称周公。

⑪ 鲜，指管叔（？—前1039），姬姓，名鲜，周文王姬昌第三子，周武王姬发的同母弟，周初三监之一，受封于管国，故称管叔鲜。周成王继位后，管叔鲜、蔡叔度、霍叔处不满周公旦摄政，于是挟持商人后代武庚发动叛乱，史称“三监之乱”。周公平乱后，管叔鲜被杀。

⑫ 中下，中下等之人，相对于上等的圣贤而言。

⑬ 两龚，西汉龚胜和龚舍的合称。龚胜（前68—11），字君宾，彭城（今江苏徐州）人。龚胜为官正直，直言上谏，后因不受篡位者王莽的征召，绝食而死。龚舍（生卒年不详），字君倩，武原（今江苏徐州）人，西汉著名经学家。《汉书·两龚传》：“两龚皆楚人也，胜字君宾，舍字君倩。二人相友，并著名节，故世谓之楚两龚。”

⑭ 二陆，西晋陆机和陆云的合称。陆机（261—303），字士衡，吴郡吴县（今江苏苏州）人，西晋文学家、书法家，曾任平原内史，故世称“陆平原”，后死于“八王之乱”。《晋书·陆机传》称他“少有奇才，文章冠世”。陆云（262—303），字士龙，陆机的胞弟，文章与兄陆机齐名。

元季之名德[①]，与夫共被易衣[②]，推财争死之事[③]，虽简牍浩茫[④]，汗牛充栋[⑤]，所载可屈指数；而布粟不容[⑥]，豆萁相煎之诮[⑦]，无世无之，可谓难矣。吾家二兄弟，虽节未龚，文未陆，名德未陈，所幸父母俱存，义方时导[⑧]，日对古人黄卷中而尚友之[⑨]。吾兄所以待仆者，既友爱矣，而仆亦不敢不恭。此得孟轲氏三乐之一[⑩]。若今闾巷言同气者[⑪]，方其孩提嬉戏，肴核共咀[⑫]，不见斯须[⑬]，

---

① 元季，底本及崇祯志、康熙志、嘉庆志本皆误作“元仲”，兹据《文渊阁四库全书》本改正。元季指陈纪、陈谌兄弟。陈纪（129—199），字元方，陈谌（生卒年不详），字季方，颍川许县（今河南许昌）人，皆为陈寔之子。陈寔与陈纪、陈谌俱以至德称，并称“三君”。陈纪之子曾跟陈谌争论他父亲陈纪与叔叔陈谌品德的高下，问于陈寔，寔言：“元方难为兄，季方难为弟。”语出《世说新语·德行》，陈寔之言指兄弟二人难分高下。

② 共被，同被而寝。唐杜甫《与李十二白同寻范十隐居》诗：“醉眠秋共被，携手日同行。”清仇兆鳌注：“共被同行，所谓如弟兄也。汉姜肱兄弟同被而寝。晋祖逖、刘琨情好绸缪，共被同寝。”

③ 推财争死，推财与兄弟，争抵死罪。晋陶潜《庶人孝传》：“汝郁，陈郡人也。……年十五，著于乡里。父母终，思慕致毁，推财与兄弟，隐于草泽，君子以为难。”《后汉书·孔融传》：孔融与兄褒因收留犯人张俭被捕，“二人未知所坐，融曰：‘保纳舍藏者，融也，当坐之。’褒曰：‘彼来求我，非弟之过，请甘其罪。’吏问其母，母曰：‘家事任长，妾当其辜。’一门争死，郡县疑不能决，乃上谳之”。

④ 浩茫，广大无际貌，喻其繁多。北魏郦道元《水经注·浿水》：“鹭登高远望，睹巨海之浩茫，观原薮之殷阜。”

⑤ 汗牛充栋，谓书籍运输时可使牛马累得出汗，存放时可堆至屋顶。后用以形容著作或藏书极多。唐柳宗元《文通先生陆给事墓表》：“其为书，处则充栋宇，出则汗牛马。”

⑥ 布粟不容，因为一尺布、一斗粟而互不相容，比喻兄弟间因利害冲突而不和。语出《史记·淮南衡山列传》：“一尺布，尚可缝；一斗粟，尚可舂。兄弟二人不相容。”

⑦ 豆萁（qí）相煎，用豆的萁做燃料去煮豆，比喻兄弟相残。萁，豆秆。语出三国魏曹植《七步诗》：“煮豆持作羹，漉菽以为汁。萁在釜下燃，豆在釜中泣。本是同根生，相煎何太急！”

⑧ 义方，行事应该遵守的规矩和道理。《逸周书·官人》：“省其居处，观其义方。”义，《文渊阁四库全书》本及嘉庆志本同，崇祯志、康熙志本误作“必”。◎时导，适时加以引导。

⑨ 黄卷，书籍。古人写书用纸，以黄蘗汁染之防蠹，故称。唐刘肃《大唐新语·举贤》：“黄卷之中，圣贤备在。”◎尚友，上与古人为友。

⑩ 孟轲（约前372—前289），即孟子，邹国（今山东济宁邹城）人，战国时期著名哲学家、思想家、政治家、教育家，儒家代表人物之一，地位仅次于孔子，称“亚圣”。◎三乐，三种最快乐的事。语出《孟子·尽心上》：“君子有三乐，而王天下不与存焉。父母俱存，兄弟无故，一乐也。仰不愧于天，俯不怍于人，二乐也。得天下英才而教育之，三乐也。”

⑪ 闾巷，里巷，乡里，借指民间。◎同气，有血统关系的亲属，指兄弟姊妹。《后汉书·东平宪王苍传》：“凡匹夫一介，尚不忘箪食之惠，况臣居宰相之位，同气之亲哉！”

⑫ 肴核，肉类和果类食品。◎共，嘉庆志本同，《文渊阁四库全书》本作“分”，义亦通；崇祯志、康熙志本作“氏”，误。◎咀，含在嘴里细细玩味。南朝梁王元礼《昭明太子哀册文》：“含咀肴核，括囊流略。”

⑬ 斯须，须臾，片刻。崇祯志、康熙志、嘉庆志本皆脱“须”字。《礼记·祭义》：“礼乐不可斯须去身。”汉郑玄注：“斯须，犹须臾也。”

念或感啼，真若骨肉[①]，自然莫可间[②]。一旦爱夺，长舌猜忌不相能[③]；虽亲在堂，而鼎异餁[④]，橐私储[⑤]；所争才锥刀[⑥]，手足为仇敌，至有限阈不逾[⑦]，连甍不过[⑧]，纵斧相痡且不顾[⑨]，遇急难往往束手旁观[⑩]，甚者阴挤而窃幸焉[⑪]。呜呼！此殆不禽兽夷狄若也[⑫]。吾兄弟不移于习俗，如前数子致美之懿[⑬]，非曰等之，窃有意焉[⑭]。因取诗人宜兄弟之义[⑮]，名斋以自乐。”

客默然良久，曰：“斯名固宜矣。子之兄弟其践之[⑯]，无徒言[⑰]。”

客去，因援笔而志诸壁。绍兴己巳冬至日也[⑱]。

（原载《续金华丛书》本《敬乡录》卷十）

① 骨肉，《文渊阁四库全书》本作“肉骨”，义亦可通。

② 自然莫可间，天然不能离间。

③ 长舌，比喻好说闲话、搬弄是非。《诗经·大雅·瞻卬》：“妇有长舌，维厉之阶。”汉郑玄笺：“长舌，喻多言语。”◎相能，彼此亲善和睦。《左传·襄公二十一年》：“（范鞅）与栾盈为公族大夫而不相能。”

④ 鼎异餁，指分家各自起火做饭。

⑤ 橐，盛物的袋子。《文渊阁四库全书》本及崇祯志、康熙志、嘉庆志本皆作“槖（橐）”，义同。

⑥ 锥刀，崇祯志、康熙志、嘉庆志本皆作“刀锥”，义皆可通。“刀锥”或“锥刀”皆可比喻微末的小利。唐陈子昂《感遇》：“务光让天下，商贾竞刀锥。”《淮南子·本经训》：“昔者苍颉作书而天雨粟鬼夜哭。”汉高诱注：“诈伪萌生则去本趋末，弃耕作之业而务锥刀之利。”

⑦ 限阈，界限，门限。嘉定《镇江志》卷二“城池”：“虽未能增高浚深，壮金汤之势，然昭明限阈，使民有所底止，视昔固有间矣。”◎逾，崇祯志、康熙志、嘉庆志本皆作“面”。“逾”谓越过，“面”谓见面，似皆可通。《左传·僖公二十二年》：“君子曰：……妇人送迎不出门，见兄弟不逾阈。”晋杜预注：“阈，门限。”

⑧ 连甍不过，住房相连而互不来往。连甍，指房屋连绵成片。

⑨ 痡，指危害。《诗经·小雅·角弓》：“不令兄弟，交相为痡。”毛传：“痡，病也。”

⑩ 束手旁观，崇祯志、康熙志、嘉庆志本皆作“束手旁视”，义皆可通。

⑪ 阴挤，背地里陷害。挤，陷害。《庄子·人间世》：“故其君因其修而挤之，是好名者也。”◎焉，《文渊阁四库全书》本无。

⑫ 夷狄若，《文渊阁四库全书》本作“草木如”，当系编者避讳所改；崇祯志、康熙志、嘉庆志本皆作“彝狄若”。“彝狄”“夷狄”皆可泛指边远少数民族。

⑬ 懿，美德。

⑭ 窃有意焉，崇祯志、康熙志、嘉庆志本皆误作“切有意”三字。

⑮ 因，崇祯志、康熙志、嘉庆志本皆脱此字。

⑯ 践之，付诸行动。

⑰ 徒言，说空话。《隋书·恭帝纪》：“因循仍旧，非曰徒言，所存至公，无为让德。”

⑱ 冬至日，崇祯志、康熙志、嘉庆志本皆作“冬之日”。

【导　读】

本文讲述了作者将自居书斋命名为宜斋的原因，并借此阐发了自己眼中的兄弟相处之道。作者有感于兄弟相处“两尽其宜，今昔所难”，指出即使是如帝舜、周公这样的名君圣贤也难免兄弟反目之事，更何况普通人呢？当时社会中兄弟之间因蝇头小利而手足相残之事太过寻常，禽兽不如之人比比皆是。何恪深痛于此。他亦庆幸自己与兄弟之间能够和睦友爱。作者认为龚胜、龚舍兄弟的气节，陆机、陆云兄弟的文采，陈纪、陈谌兄弟的名德，固然都是难以达到的，但心向往之，因此把书斋取名为“宜”，并把文章写在墙壁上，希望与兄弟共勉。

【延伸阅读】

何恪曾著《南湖集》二十卷，后因家火，今皆不传。元代吴师道《敬乡录》卷十存有何恪遗文十二篇，即《送余端明序》《送喻叔奇丞鄱阳序》《跋黄槐卿题太平楼乐府》《西园记》《永新县修学记》《仰山庙记》《讷斋记》《隐斋记》《祭灶斋记》《宜斋记》《永新县主簿题名记》《孝子颜氏碑铭》。研究者认为其遗文重议论而轻记叙，风格冲淡平和，极见儒者风骨。①

（浙江师范大学硕士研究生项雨峥、浙江大学人文学院张涌泉教授撰稿）

① 郑斌《乌伤四君子研究》，阜阳师范学院2017年硕士学位论文。

宋·陈亮

陈亮像

陈亮（1143—1194），字同甫，号龙川，婺州永康（今属浙江）人，南宋著名思想家、文学家。生平力主抗金，反对和议，曾遭忌被诬入狱。绍熙四年（1193）状元及第，授签书建康府判官公事，未至而逝，年五十二。后追谥“文毅”。《宋史》有传。

在理学思想方面，他曾与朱熹展开著名的“王霸义利之辨”。在文学上，陈亮也取得了很高的成就，他的词风豪迈，与辛弃疾等人唱和，有《龙川文集》《龙川词》等著作传世。

义乌县减酒额记[①]

义乌尉赵君师日以书来曰[②]：“邑之课额[③]，惟酒为重，岁之二月至于八月，煮酒以四百石为率[④]，为缗钱八千六百有奇[⑤]；馀为清酒，犹四千八百缗。乾道初[⑥]，有宰驱八乡牙柜列之市肆[⑦]，商贾争来，榷酤倍入[⑧]，既贡其馀于郡[⑨]，又增岁额一百石。及市易者交病[⑩]，而官听其便，独酒额如故。逋负岁积[⑪]，以至于不可计，官不得脱，而吏就黥者相望[⑫]。淳熙十有二载[⑬]，今资政殿大学士李

① 酒额，酒税。

② 尉，县尉，位次县令，主管治安。◎赵君师日，即赵师日，南宋官吏，时任义乌县尉。

③ 课额，课税份额。当时的课税主要包括酒额、茶额、盐额等税目。

④ 率，标准。

⑤ 缗钱，用绳穿连成串的钱，指税额。

⑥ 乾道，南宋孝宗的年号，1165—1173年使用。

⑦ 宰，官吏。◎八乡，义乌旧有八乡：崇德乡、缙云乡、龙祈乡、永宁乡、智者乡、同义乡、双林乡、明义乡。◎牙柜，摊柜，代指商人。◎市肆，市场。

⑧ 榷酤，指酒额（酒税）。

⑨ 郡，指婺州。

⑩ 交，皆，俱。◎病，不满。

⑪ 逋负，拖欠赋税。

⑫ 吏就黥者，受到黥刑的官吏，泛指征收酒税不力而受罚的官吏。◎相望，道路相望，形容连接不断。

⑬ 淳熙十有二载，南宋孝宗淳熙十二年（1185）。

公之镇是邦也[①]，究心民隐[②]，诸邑之利病莫不毕达[③]。师日实具其始末以告。公恻然曰[④]：‘民何以堪乎！吾尝备数政地[⑤]，日接玉音[⑥]，未尝一日不在民也。使一县至此而若不闻，吾为负其上矣。’立命减煮酒额一百石，每石为减旧额一缗，清酒月减二百缗，又蠲其旧逋几万缗[⑦]。一邑自是获苏[⑧]，官逃其责而民安焉。酒额岁不亏一钱，而郡县交便之。公之盛德在民为甚深，邑民将立公生祠于星祠之东而朝暮奉事[⑨]。师日在邑僚之底而获于大惠[⑩]，不勒其事于石，乌保异时之额不增[⑪]？非所以相我公之惠于无穷也[⑫]。愿属笔于吾子[⑬]，以谂来者[⑭]。”

亮窃叹榷酤之兴，本以佐军旅之用，而其实则使民不得自便于酒[⑮]，犹未戾于古者禁民饮之义也[⑯]。其后设计巧取，而始专于利矣。今郡县之利括之殆尽[⑰]，能者无所用其力，惟酒为可措手，而一县之计实在焉[⑱]，又从而括之，则县不可为矣[⑲]。剥床及肤[⑳]，其忧岂不在民乎？今天子之于民，独公为深知之，而吾州最为受其赐。蠲诸邑之逋，吝公帑之出[㉑]，而一以与民，凡民苗米之不

① 资政殿大学士，宋代朝官外任时所带头衔的一种。◎李公，李彦颖（1119—1199），南宋湖州德清人，字秀叔，绍兴十八年（1148）进士，淳熙五年（1178）以资政殿学士知绍兴府。十二年，知婺州。后复知绍兴府。《宋史》有传。

② 民隐，民间疾苦。

③ 利病，利弊之事。

④ 恻然，哀怜貌。

⑤ 政地，处理政事之地，指朝廷。

⑥ 玉音，帝王的言语。

⑦ 蠲，免除。◎旧逋，旧欠，指长期拖欠的税额。

⑧ 苏，缓解，解除。

⑨ 生祠，为活着的人修建的祠堂。

⑩ 邑僚，县中同僚。

⑪ 异时，将来。

⑫ 相，辅助，帮助。◎无穷，永远。

⑬ 属笔，委托执笔。◎吾子，对他人的尊称，您。

⑭ 谂，劝告。

⑮ 自便，按自己的意思随意行动。

⑯ 戾，违反。

⑰ 括，搜求，搜刮。

⑱ 在焉，在于此。

⑲ 为，治理。

⑳ 剥床及肤，损害及于肌肤，形容深切的痛苦。语出《周易·剥》：“剥床以肤，切近灾也。”剥，六十四卦之一，指伤害。床，卧具。

㉑ 公帑，公款，国库。

及斗、帛不及尺、绵不及两者[①]，悉代输之[②]，仁声载路。是固所以宣天子之德意，而入民之骨髓也，宁酒而已乎！上方图任旧德[③]，与之共政，即日旋归[④]，吾州不得久私其惠矣！虽使世之名能文者[⑤]，不能执笔以尽公之美也。顾以属诸陆沈无所比数之人[⑥]，颠倒脱落，无以满邑民之愿，不将归其咎于君乎？师日曰："不然。吾二人皆将牵连托公以自见者也[⑦]。"亮又奚辞！

（据清同治刻本《龙川文集》卷十六收录，
参校康熙《义乌县志》卷七、嘉庆《义乌县志》卷五）

【导　读】

酒专卖和酒税是古代中央政府的重要收入来源之一。南宋王朝失去北部大量疆域，农业税收锐减，酒、盐等税成为财赋的主体。乾道年间，义乌酒业在地方官员的推动下十分繁荣，酒税也水涨船高，在一县经济中占据举足轻重的分量。然而当酒坊倒闭引起实际收入下降，酒税租额却未得到相应调整之时，民众税负严重增加，地方官吏面临着极大压力。淳熙十二年（1185），县尉赵师日上书知州李彦颖。李彦颖体恤民情，大幅减免酒税，得到了民众的拥护。著名学者陈亮应赵师日之请撰写了这篇记文。陈亮批判某些官吏"设计巧取"专于酒利，表彰李彦颖、赵师日为民请命。文章借作者与赵师日的对话展开，文笔生动，资料翔实，为我们了解古代义乌人民的经济生活提供了一个有趣的视角。

【延伸阅读】

陈亮的诗文集旧有《龙川文集》四十卷，明清皆有刻本，卷数多寡不一。邓广铭点校的《陈亮集》增订本（中华书局1987年版）搜集整理最为完备。陈亮词集的单行本，今有姜书阁《陈亮龙川词笺注》（人民出版社1980年版）和夏承焘、牟家宽《龙川词校笺》（上海古籍出版社1982年版），皆可参考。

（浙江大学人文学院贾海生教授、安徽大学文学院唐宸博士撰稿）

---

① 民苗，民众。
② 输，缴纳租赋。
③ 旧德，指德高望重的老臣。
④ 旋归，回归，指离任。
⑤ 名能文者，以擅长作文闻名的人。
⑥ 属，嘱咐。◎陆沈，陆地无水而沉，比喻隐居。此处代指作者自己。◎比数，相提并论。
⑦ 牵连，联系在一起。◎自见，自我表白内心情感。

宋·傅寅

傅寅（1148—1215），字同叔，南宋婺州义乌双林乡（今义乌市佛堂镇稔亭村一带）人，是一位极负时誉的学者、处士。因讲学于杏溪，人称“杏溪先生”。曾受吕祖俭之邀，在金华丽泽书院讲学。一生以课徒为业，从者前后上百人。晚年移居东阳泉村，以诗书自娱，终老于斯。

傅寅学问博杂，精通天文、地理、明堂、封建、井田、律历、兵制之学，师从经制学派的创始人说斋先生唐仲友，被唐氏目为益友。据《宋元学案·说斋学案》载，唐仲友入主东阳安田书院时，随行弟子百余人，而傅寅为“上座弟子”，在说斋门人中居于首位。

傅寅一生潜心学问，淡泊名利，绝意仕途，素有贤名。所结交者多一时之闻人，如吕祖俭、彭龟年、章颖、汪逵、黄度、黄灏等。吕祖俭在朝为官时，曾多次在朝臣前推崇傅寅的文章道德，赞其“读书精苦，有古国士之风”。傅寅事亲至孝，虽家境贫寒，父母过世，铭章哀诗必请名士撰写，以为亲荣。与兄弟子侄相处，均亲密无间，有君子之风，乡闾称美。

著作有《群书百考》十卷，这是一部内容遍及天文地理、典章制度的学术专著，惜大部分已经亡佚，仅存《禹贡集解》二卷；《春秋解》二卷，已佚；诗集十卷，今存二十一首。

安　居

环堵蓬蒿斋[①]，　萧萧仅容膝[②]。
百感不劳形[③]，　万善总交集[④]。
素志本无为[⑤]，　心安身自逸[⑥]。

---

① 环堵，四周环绕着每面一方丈的土墙。长、高各一丈为堵。形容狭小、简陋的居室。《淮南子·原道训》：“环堵之室，茨之以生茅，蓬户瓮牖，揉桑为枢。”汉高诱注：“堵长一丈、高一丈，故曰环堵，言其小也。”

② 容膝，极言书斋之小，仅容得下膝盖。语出晋陶潜《归去来兮辞》：“倚南窗以寄傲，审容膝之易安。”

③ 百感，种种感触。

④ 万善，诸多善念。

⑤ 素志，平素的志愿。

⑥ 逸，超脱。

云山四苍苍，　谷风来习习[①]。
慰我平生怀，　服之矢靡斁[②]。

（原载《义乌青岩傅氏宗谱》卷二）

【导　读】

此诗描写了作者在义乌老家的闲居生活。由于作者终身不仕，无俸禄以养家，又不善乃至不屑于经营生计，还经常接济族人，导致生活日益艰难。诗中描写陋室蓬窗，条件之艰苦可见一斑。然而就在这样的环境下，作者不仅安于清贫，还能不断发现生活中的真与善，并且甘之如饴。清贫并非幻象，但作者内心的光明、超脱，使物质生活的匮乏退到次要的位置。全诗用语朴拙，淡而有味，洋溢着一派乐天知命、自足自乐的隐士情调。

岁朝吟[③]

我年六十六，　百事都谙足。
惟有未读书，　每日须旋读[④]。
第一养吾心，　第二省他欲。
渴乃唤茶来，　饥则催饭熟。
酒好聊暖脾，　饭软却充腹。
行行方沼边，　且得避尘俗。
洒落数枝梅[⑤]，　萧条几竿竹[⑥]。
只此福难消，　何须更问卜[⑦]？

（原载《义乌青岩傅氏宗谱》卷二）

---

① 谷风，东风。《诗经·邶风·谷风》："习习谷风，以阴以雨。"《尔雅·释天》："东风谓之谷风。"

② 服之矢靡斁（yì），谓心安于此，不知厌倦。矢，通"誓"。靡，无。斁，厌倦。典出《诗经·周南·葛覃》："为絺为绤，服之无斁。"

③ 岁朝，阴历正月初一。傅寅门人朱倧《杏溪先生传》云："大愚先生（吕祖俭）得先生《岁朝吟》，叹咏不已，以书复先生曰：'雪寒自许，愈见高劲。'"今考吕祖俭殁于庆元四年（1198），而此诗作于嘉定六年（1213），相隔甚久，疑吕祖俭所赞之《岁朝吟》另有其诗。

④ 旋读，谓随意浏览。旋，漫然，随意。宋刘克庄《七十四吟》十首其一："旋读生书无记性，冥搜警句有贪心。"

⑤ 洒落，飘逸，雅致。宋司马光《和利州鲜于转运公居八咏·竹轩》："兹轩最洒落，历历种琅玕。"

⑥ 萧条，稀疏。

⑦ 问卜，选择住地。"卜"义同下一首"乃卜泉村居"之"卜"，谓卜居。

【导　读】

傅寅晚年以诗书自娱，讽咏不离口，感物述怀，操笔立就。其诗不加雕琢，闲远古淡，时人以为有陶渊明、邵康节之风。本诗堪称傅氏诗歌的代表作。诗中描述了宋宁宗嘉定六年（1213），作者移居东阳前，在义乌度过的最后一个春节（岁朝）。虽然时值佳节，作者仍像往常一样，读书，饮茶，吃饭，喝酒，散步，这些普通人眼中的生活琐事，在云水襟怀的作者看来，也许就是生活本身的乐趣和意义所在。寒梅和翠竹，这两种极具象征色彩的特殊意象，无形中提升了作品的格调，使全诗出于俗而不落于俗，并成为作者人格的自我写照。

忆草堂[①]

我年六十六，　乃卜泉村居。
而今跨二载，　悤悤岁已除[②]。
交情似不恶[③]，　风味亦有馀[④]。
但我薄衰晚[⑤]，　白发显头颅。
百事赖应酬[⑥]，　闭门唯读书。
古词几累百，　自弹还自吁[⑦]。
儿曹颇知敬，　酾酒温一壶。
饔人殽甚菲[⑧]，　但有银花鱼。
一醉亦足矣，　利名休区区[⑨]。

---

① 草堂，茅草盖的堂屋。旧时文人常以“草堂”名其所居，以示风雅。据诗意，此处草堂指杜甫的居所，借以代指杜甫。杜甫《狂夫》诗曰：“万里桥西一草堂，百花潭水即沧浪。”宋陆游《老学庵笔记》卷一云：“杜少陵（杜甫）在成都有两草堂，一在万里桥之西，一在浣花，皆见于诗中。”

② 悤悤，同“匆匆”，忙碌貌。宋苏轼《元修菜》诗：“是时青裙女，采撷何匆匆?”

③ 交情，指人际关系。傅寅人缘极佳，时任婺州知州孟猷见他生活困难，联合地方乡绅出资为他在泉村购置田宅，于此可见一斑。

④ 风味，指风度，趣味。宋惠洪《冷斋夜话》卷七：“渊明千载人，子瞻百世士。出处固不同，风味亦相似。”

⑤ 薄，迫近。

⑥ 赖，通“懒”。

⑦ 吁（xū），叹息，赞叹。

⑧ 饔（yōng）人，古官名，掌切割烹调。《左传·襄公二十八年》：“公膳，日双鸡。饔人窃更之以鹜。”这里指家里做饭的人。◎殽（yáo），通“肴”，泛指菜肴。◎菲（fěi），微薄，不多。

⑨ 区区，奔走忙碌的样子。元杨显之《临江驿潇湘秋夜雨》第三折：“一自做朝臣，区区受苦辛。”

布衾烘已煖[①]，　老妇不敢呼。
念我爱工部，　诗思深相孚[②]。
妙句入梦寐，　恍若闻笙竽。
翁游知几世[③]，　精爽命何如[④]。
九原如可作[⑤]，　试看骑蹇驴[⑥]。

（原载《义乌青岩傅氏宗谱》卷二）

【导　读】

本诗作于傅寅移居东阳泉村后的第三年（1215），也即他在世的最后一年新春，描写他晚年安闲恬静的诗酒生活。作者此时年老体衰，物质上也不宽裕，却非常享受这种看似百无聊赖却无拘无束、自由自在的生活，有书可读，有诗可咏，更有儿辈知敬、老妻知心，令他备感欣慰。后四联表现作者的吟诗之癖：借着酒劲，在烘暖的被衾中渐入梦乡，忽然灵光乍现，在半睡半醒之际觅得佳句，竟与诗圣杜甫的诗境若合符契，令他欣喜莫名，遐想联翩。作者与古人意会神交，忘我吟诗、如痴如醉的形象，跃然纸上。

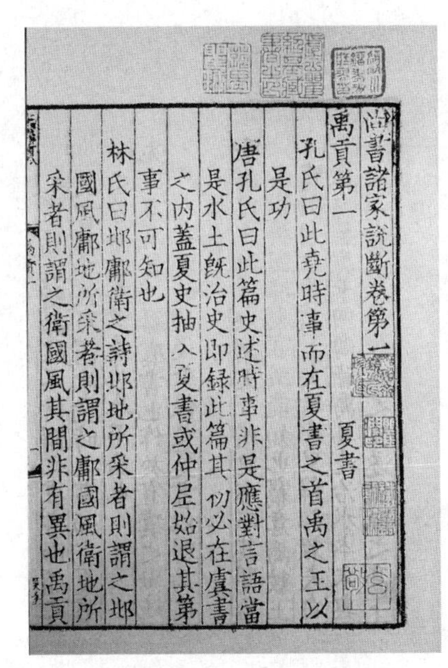
尚書諸家説斷卷第一
禹貢第一　夏書
孔氏曰此堯時事而在夏書之首禹之王以
是功
唐孔氏曰此篇史述時事非是應對言語當
是水土既治史即録此篇其初必在虞書
之内蓋夏史抽入夏書或仲尼始退其第
事不可知也
林氏曰邶鄘衛之詩邶地所采者則謂之邶
國風鄘地所采者則謂之鄘國風衛地所
采者則謂之衛國風其間非有異也禹貢

宋刻元修本《杏溪傅氏禹贡集解》
（中国国家图书馆藏）

【延伸阅读】

傅寅现存著作有《禹贡集解》，又称《禹贡图说》《禹贡说断》。此书被吕祖俭赞

① 煖（nuǎn），同“暖”。
② 孚（fú），符合，相应。
③ 翁，指杜甫。杜甫自号“少陵野老”，故此处称“翁”。
④ 精爽，精神，魂魄。
⑤ 九原，本来指春秋时晋国卿大夫的墓地，后来泛指墓地。九原可作，谓死者复生。典出《国语・晋语八》：“赵文子与叔向游于九原曰：‘死者若可作也，吾谁与归？’”
⑥ 蹇（jiǎn）驴，腿脚不灵便的驴子。蹇，跛脚。古人多以“骑蹇驴”刻画落魄文人或苦吟诗人的形象。宋苏轼《和子由渑池怀旧》：“往日崎岖还记否，路长人困蹇驴嘶。”此处用“骑蹇驴”形容杜甫苦吟的样子。

为“集先儒之大成”，是南宋《禹贡》学的代表作之一。此书有两卷本、四卷本两个系列。四卷本流传相对较广，主要版本有《四库全书》本、武英殿聚珍本、《墨海金壶》本（嘉庆本）、《守山阁丛书》本（道光本）、商务印书馆《丛书集成初编》本，以上均题为《禹贡说断》。二卷本主要有中国国家图书馆藏宋刻元修本、《通志堂经解》本、《金华丛书》本（同治本）、《金华文萃》本，以上均题为《禹贡集解》。

（杭州电子科技大学人文与法学院赵晓斌副教授撰稿）

宋·刘祖尹

刘祖尹，字怡堂，宋理宗时义乌人。祖父刘豪曾在宋仁宗天圣年间担任平昌州知州。其子刘仕龙（1196—1264）于宋理宗绍定二年（1229）被选为太学生员，淳祐元年（1241）中进士。嘉庆《义乌县志》卷十二仕林“封荫”：“刘祖尹，以子仕龙赠朝议大夫。”

题石壁精舍[①]

结庐投老瞯群峰[②]，　隐隐松杉曲径通。
剩种地边千纛竹[③]，　近营林下一巢风[④]。
欲眠静绝春来梦[⑤]，　趺坐闲看月坠空[⑥]。

---

① 精舍，读书隐居之所。《后汉书·党锢传·刘淑》：“淑少学明《五经》，遂隐居，立精舍讲授，诸生常数百人。”此“石壁精舍”当是刘氏晚年营建的山中别墅之属，元黄溍有《次韵题刘氏石壁精舍》，大约是黄溍参观乡前辈刘祖尹故居后和作，可参。或以之与上虞旧传为谢灵运读书处的“石壁精舍”牵合为一，不可从。

② 结庐，造房子。晋陶潜《饮酒》诗之五：“结庐在人境，而无车马喧。”◎投老，垂老，临老。◎瞯(jiàn)，《宋诗纪事》卷六九引作“瞰”。“瞯”为一般的视角（《集韵·裥韵》居苋切：“覸，视也。或从目。”），而“瞰”为俯视，推敲诗意，“瞯”应比“瞰”好。诗中所写曲径相通、松杉竹影掩映的石壁精舍（读书之所），不可能建在山顶，所以不能俯视群峰。

③ 剩，多，盛。◎地边，嘉庆《义乌县志》同，《宋诗纪事》及《全宋诗》卷三五四三载作“池边”。竹种在“地边”还是“池边”均有可能，而以后者为常见（如宋蔡襄《瞻礼开师真像》诗：“好在池边竹，犹存虚直心。”）。也许《宋诗纪事》的编者厉鹗觉得“池边竹”为宋人常语，故臆加更改；而《全宋诗》又暗袭《宋诗纪事》所改。不过《宋诗纪事》《全宋诗》依以为据的康熙、嘉庆《义乌县志》原本既皆作“地边”，而“地边”义又可通，则恐怕还是忠实于原文用“地边”为好。◎纛(dào)，古时军队或仪仗队的大旗。“千纛竹”是指无数竹子如同一面面旗帜猎猎飘动。

④ “近营”句，指在附近幽静之地营建了退隐之所。林下，指山林田野退隐之处。南朝梁慧皎《高僧传》卷五竺僧朗：“朗蔬食布衣，志耽人外……与隐士张忠为林下之契，每共游处。”南朝宋刘义庆《世说新语·贤媛》：“王夫人神情散朗，故有林下风气。”风，风操，风范。

⑤ 欲眠静绝，《宋诗纪事》作“攲眠尽绝”。从对偶方面说，“攲眠”与下句“趺坐”对得更工整一些，意义也较“欲眠”为优。但原诗既作“欲眠”，仍以尊重原文为好；更何况“静绝春来梦”的意境较“尽绝春来梦”好，“静绝春来梦”突出静谧的环境让人心如止水，春梦不生。

⑥ 趺（fū）坐，盘腿端坐。

检点吾生诸事了，　子孙更与雘其终[①]。

（原载康熙《义乌县志》卷二十艺文）

【导　读】

此诗系刘祖尹为其晚年营建的山间别墅所题。在山野峭壁之下，诗人在垂暮之年建造了一处庐舍，松杉掩映，曲径相通；地边种植了千竿翠竹，附近幽静之地营建了退隐之所。入夜万籁俱寂，春梦不生；清晨盘腿端坐，闲看月亮在西边落下。回望平生，心愿已了，后事就让子孙去处理吧。诗中展示的山间美景，诗人闲适自得的晚年生活，读后都让人向往。

【延伸阅读】

嘉庆《义乌县志》卷二二艺文"七言律诗"下亦载刘祖尹此诗，文字全同。但清厉鹗编《宋诗纪事》（清乾隆十一年厉氏樊榭山房刻本）卷六九所载刘氏此诗，文字却颇有不同："结庐投老瞰群峰，隐隐松杉曲径通。剩种池边千矗竹，近营林下一巢风。鼓眠尽绝春来梦，趺坐闲看月堕空。检点吾生婚嫁了，子孙无事恼衰翁。"诗末称该诗出自《义乌县志》。考义乌县志之修纂，始于北宋，历元明屡有续修，然多湮没不存。今传最早者为明万历二十四年（1596）知县周士英所修，稍后又有明崇祯十三年（1640）知县熊人霖所修，然这两个版本的《义乌县志》的艺文类皆未见此诗。这样看来，康熙《义乌县志》所载大概就是刘祖尹《题石壁精舍》诗收载之始，这也是此诗现存最早的传本了。《宋诗纪事》既称所载《题石壁精舍》出自《义乌县志》，其必出于康熙志无疑。至于其所载文字不同，当出于引者臆改，不可从。考元黄溍有《次韵题刘氏石壁精舍》诗，云：

佳城杳杳隔千峰，精舍寥寥一径通。
夜静寒泉犹映月，秋深老树不惊风。
旧题尚喜苔碑在，高卧无令蕙帐空。
我已倦游今白发，有山如此愿长终。[②]

黄氏为元代义乌人，曾受业于宋末元初的乡贤刘应龟，距离刘祖尹生活的时代

---

① 雘（wò），是一种彩色的上等颜料，古人或用以漆棺。"雘其终"指料理后事。《全宋诗》作"护其终"，误。

② 《金华黄先生文集》卷五，《四部丛刊》本，第19页。

不过百年。他博览群书，晚年退居田野七年，作有《义乌志》七卷，对义乌的历史遗迹、名人掌故了若指掌。此诗当是黄氏晚年游览乡贤刘祖尹的石壁精舍时所作，“旧题尚喜苔碑在”，说明他当时见到了已有苔痕的诗碑。既是次韵，韵脚应该与刘诗原作一致，即皆以“峰”“通”“风”“空”“终”为韵，所以黄溍所见刘祖尹原诗的尾联也一定是以“终”为韵脚的。“臜其终”接上句“诸事了”，意指平生心愿已了，有子孙处理后事。诗意前后相承，含蓄顺畅。所以康熙、嘉庆《义乌县志》所引当为刘诗原文；《宋诗纪事》尾联韵脚作“翁”，未见所本，当出于厉氏擅改，虽暗用了向长的典故①，但诗意浅露，不如原作。另外，今人编的《全宋诗》卷三五四三亦收载刘氏此诗，但标题误作“怡堂”，诗句亦多有妄改，不可被其所误。

（浙江大学人文学院张涌泉教授撰稿）

① 《后汉书·逸民列传》记载：“向长，字子平……建武中，男女嫁娶既毕，敕断家事勿相关，当如我死也。于是遂肆意，与同好北海禽庆俱游五岳名山，竟不知所终。”后世常用向长（也称向平，《高士传》作尚平）这一典故，如唐白居易《百日假满少傅官停自喜言怀》诗：“长告今朝满十旬，从兹萧洒便终身。老嫌手重抛牙笏，病喜头轻换角巾。疏傅不朝悬组绶，尚平无累毕婚姻。人言世事何时了，我是人间事了人。”

宋·徐侨

徐侨像（义乌市佛堂镇桥西村徐侨后人保存，傅健供图）

徐侨（1160—1237），字崇甫，号毅斋，义乌靖安里龙陂（今佛堂镇）人。其长兄徐侃、次兄徐倬均师从吕祖谦，而徐侨则于淳熙二年（1175），师从吕氏门人叶邦，为东莱先生再传弟子。淳熙十四年中进士，任上饶县主簿。次年，朱熹道过上饶，徐侨执以弟子之礼，由此始入朱子之门，终身师事之。朱熹称其明白刚直，命以“毅”名斋。开禧二年（1206），上书力陈与金人议和的危害，提出退敌之策，未被采纳。嘉定七年（1214），由严州推官考满，历任刑部、工部架阁文字，秘书省正字，校书郎，兼吴王、益王府教授，直宝谟阁。自请外知和州。抚恤百姓，精练军卒，做御敌准备。不久，金兵进犯，下属争请揭牌闭关，侨不为所动。僚属欲遣妻女渡江避难，则正色道：“不幸受困，当共死守！”金兵知和州有备，不敢侵犯。十年，改知安庆府。十一年，任提举江南东路常平茶盐事，命州县官开常平仓赈济流散淮民。次年因上书建议，触怒丞相史弥远，遭罢官。归里家居十余年，在赤岸建东岩书舍，致力于著书授徒，究研理学，陶然于天伦之乐与家园风光。其学兼吕、朱二子之说，以求真务实、真践实履为尚，融会贯通，继往开来，成为推动南宋义乌儒学和文化事业发展的重要人物。绍定六年（1233），朝廷收用老成，任侍讲兼国子祭酒、国史院编修、实录院检讨官，后以宝谟阁待制致仕。谥“文清”。著作有《读易记》《读诗纪咏》《杂说》，《文集》十卷，毁于火。今有《毅斋诗集别录》一卷传世。

丹溪吟[①]

丹溪群山俱有情，　颙昂环列如逢迎[②]。
东出双秀高冲天，　推先两峰当我前。

---

① 丹溪，属义乌江水系，为吴溪分支，环绕流经赤岸镇，而与吴溪交汇。

② 颙（yóng）昂，形容人物器宇轩昂，气度不凡，这里指山势高峻。唐独孤及《绛州闻喜县崇庆乡太平里裴稹年若干行状》：“公天姿英拔，德宇宏旷，颙昂公器，磊砢高节。”

二水南来却相顾[①]，　合流于西疑欲住。[②]
成此溪山一段清，　中有一园十亩平。
著我翛然数间屋[③]，　绕屋但栽竹与菊。
扶杖行舒景物娱，　开卷坐对圣贤读。
嗟余藐焉天地间[④]，　居然分得此清闲[⑤]。
毋馁浩然有以老[⑥]，　也应不负尔溪山。

（原载清光绪七年刻本《毅斋诗集别录》）

【导　读】

徐侨晚年，退居乡里，于南乡赤岸东岩盖平房和茅屋数间，起居之外，另辟屋舍以为东岩书舍，供弟子门人研习住宿。他于此授徒讲学，传承和弘扬理学。《丹溪吟》当作于这一时期。此诗书写了毅斋先生对故乡的热爱，体现了他心醉故乡山水，对赋闲乡里、授徒讲学生活的满足，以及随遇而安的心情。开头写丹溪周边群山环绕，双峰并秀，继而写丹、吴双溪蜿蜒而至，在此汇合。山水若有情意，齐聚于此，成就了这一方胜景。诗人在此山水清嘉之地，辟十亩园地，筑数间小屋，遍栽翠竹与秋菊。或扶杖漫步，陶醉于山水田园；或与学子诵读诗书，开卷有益，如对圣贤。宇宙绵邈，大地苍茫，念及吾生寄天地之间，如沧海之一粟，而能安然得此清闲福分，诗人满怀感慨与感恩，希望能以此终老，不负故乡好溪山。全诗由远及近，由大及小，由天地山川而及诗人自己，也颇可见出放浪天地、物我一如的精神趣味。

---

① 南来，底本作“北来”，据明正德六年（1511）徐兴刻本及清嘉庆阮元辑《宛委别藏》本改。◎相顾，相看，相呼应。

② 以上数句描绘了赤岸诸峰耸峙、二水并流的山水风光与壮丽图景。赤岸镇位于义乌市南部，属中低山丘陵区，南部地势较高，山岭连绵，层峦叠翠。其中如大寒尖，海拔925.6米，为义乌最高峰；双尖山峰，海拔779.5米。东南来者为丹溪，西南来者为吴溪，于此合流。

③ 翛（xiāo）然，潇洒超脱、无拘无束的样子。《庄子·大宗师》：“翛然而往、翛然而来而已矣。”

④ 嗟，感慨，叹息。◎藐焉，是指相对宇宙之大，个人显得短暂与渺小。与尾联“浩然”一语相应，写出了人处天地之间的渺小与伟大。句意当出于宋张载《西铭》：“乾称父，坤称母；予兹藐焉，乃混然中处。故天地之塞，吾其体；天地之帅，吾其性。民，吾同胞；物，吾与也。”

⑤ 居然，竟然，表示出乎意料。唐裴度《雪中讶诸公不相访》诗：“满空乱雪花相似，何事居然无赏心?”

⑥ “毋馁”句，语本《孟子·公孙丑上》：“我知言，我善养吾浩然之气。……其为气也，至大至刚，以直养而无害，则塞于天地之间。其为气也，配义与道；无是，馁也。是集义所生者，非义袭而取之也。行有不慊于心，则馁矣。”毋，不，不要。馁，气馁。浩然，盛大充沛的样子。

常自在歌[①]

因读白乐天《无可奈何歌》[②]

常自在，常自在，　莫受物触随变改[③]。
心常澄太虚[④]，　胸常涵沧海，
志常明秋霜，　气常融春霭。

常自在，常自在，　莫或欺心旋遮盖[⑤]。
此心常与天地通，　日月神明环内外[⑥]。
万物森森在吾下[⑦]，　我自小之自伤害[⑧]。

常自在，　常自在，
诗书乐处安精神，　道义合时行身世[⑨]。
贫何足嗟，　贱何足慨，
富何足淫，　贵何足泰[⑩]。
静惟饬身而无愧[⑪]，　动惟利心而尽爱。

常自在，常自在，　此外何求哉？

---

① 自在，指人身心不受外在因素影响而自适其适的状态。哲学上则指主体不因外物而自主自为的存在。佛家典籍常以自心觉悟而无挂碍为自在。

② 白居易《无可奈何歌》，全篇由对人生苦短的无可奈何的感喟发端，阐发委心顺运，乐天知命，与道逍遥之旨。

③ 物触，指由外在事物引起的刺激与触动。晋孙绰《三日兰亭诗序》："情因所习而迁移，物触所遇而兴感。"

④ "心常"句，指心境常如天空般明澈。澄，澄明。太虚，天空。

⑤ "莫或"句，指坦荡自在，不欺本心。

⑥ "日月"句，指天地日月运周身外，神明性灵融洽心中。

⑦ 万物森森，指身外万物欣欣向荣的世界。

⑧ "我自"句，是说君子心性本来广大，常与天地精神往来，不能自小心性，自我伤害。

⑨ "道义"句，指以是否符合道义作为进退出处之准则。《论语·泰伯》："子曰：'天下有道则见，无道则隐。'"

⑩ "贫何足嗟"以下四句，语本《孟子·滕文公下》："富贵不能淫，贫贱不能移，威武不能屈，此之谓大丈夫。"淫，奢靡无度。泰，骄傲放纵。

⑪ 饬（chì）身，警饬自己的立身行事。汉刘向《说苑·辨物》："既知天道，行躬以仁义，饬身以礼乐。"

有时诗一篇，　　有时酒一杯。
庭花野竹为宾友[①]，　清风明月相追陪。
陶吾真兮适吾性[②]，　常自在，常自在，何处有愁来？

（原载清光绪七年刻本《毅斋诗集别录》）

【导　读】

毅斋先生此首《常自在歌》写得亲切平易，显现了这位修身谨严的理学家的诗人心性。人生不自在事常有，更当常存自在之心。先生因上书触怒史弥远，被罢官归里十多年，著书授徒，究研理学之余，吟咏唱叹，而有《毅斋诗集别录》。此诗因读白乐天《无可奈何歌》而生共鸣感慨。“常自在”为三言句式，叠句五出十见，三复其言，回味无穷。开篇部分四句五言，指心境澄明如天朗气清，胸怀宽广如海纳百川，情志如秋霜般明澈高洁，气象似春阳般和煦温暖。后有四言句式，短促有力，言贫富无虑于心，贵贱无挂于怀。七言句式写出了心与天地自然和谐交融的心性境界。“有时诗一篇，有时酒一杯。庭花野竹为宾友，清风明月相追陪。”让人心醉神往。“日月神明环内外”一句，与德国哲人康德墓志铭的名言“灿烂星空在我头上，道德律令在我胸中”同一思致。无论是精神境界，还是句式声韵，这首《常自在歌》都很好地展现了哲人气象与诗人情怀。

【延伸阅读】

徐侨今存著作有《毅斋诗集别录》一卷，主要版本有明正德六年（1511）徐兴刻本（与《宋待制徐文清公家传》合一册）、清嘉庆阮元辑宛委别藏稿本（末附《家传》）；《徐文清公集》一卷，清光绪七年（1881）刻本（亦与《宋待制徐文清公家传》合一册）。朱元龙（1193—1252）撰《宋待制徐文清公家传》，为叙述徐侨行实思想，而从其所见传主著作与文献中辑录徐侨任地方官和在朝上疏进言、奏对君主的篇章文字，但多为节选。中华书局2019年出版的《徐侨集》（孙敏强校点），收集徐侨著作最全。

（浙江大学人文学院孙敏强教授撰稿）

① 宾友，宾客朋友。《晋书・郑袤传》：“魏武帝初封诸子为侯，精选宾友。”

② 陶真，陶冶本性。◎适性，称心合意。汉刘向《列仙传・安期先生》：“寥寥安期，虚质高清，乘光适性，保气延生。”

元·黄溍

黄溍像

黄溍（1277—1357），字晋卿，世称金华先生，婺州义乌人。少从南宋遗民方凤学。延祐二年（1315），中进士，授宁海县丞。泰定元年（1324），迁为两浙都转运盐铁使司石堰西场监运。泰定三年，擢诸暨州判官。至顺二年（1331），入为应奉翰林文字、同知制诰、兼国史院编修官，转承直郎、国子博士。至正元年（1341），出为江浙儒学提举。至正六年，以中顺大夫秘书少监致仕。至正七年，受命复出，除翰林直学士、知制诰、同修国史。至正八年，擢翰林侍讲学士。至正十年夏四月，辞官归里。至正十七年去世，谥"文献"。

黄溍与虞集、揭傒斯、柳贯齐名，号"儒林四杰"，又与柳贯并称"黄柳"。"其清风高节，如冰壶玉尺，纤尘弗污。然刚中少容，触物或弦急霆震，若未易涯涘。一旋踵间，煦如阳春。溍之学，博极天下之书，而约之于至精。剖析经史疑难，及古今因革、制度、名物之属，旁引曲证，多先儒所未发。文辞布置谨严，援据精切，俯仰雍容，不大声色。譬之澄湖不波，一碧万顷，鱼鳖蛟龙，潜伏不动，而渊然之光，自不可犯。"（《元史》黄溍本传）著有《日损斋稿》《义乌志》《笔记》等，今存元刊本《金华黄先生文集》四十三卷。

说水赠蒋春卿[①]

阳羡蒋君春卿嗣主安定教事于吴兴[②]，以秩满去。友生金华黄溍送之苕溪

---

① 蒋春卿，阳羡（今江苏宜兴）人，湖州归安安定书院院长。黄溍另有《次韵答蒋春卿》诗一首。

② 安定，即安定书院。光绪《归安县志》卷三载："安定书院，在县治西北济川界观德坊，今济川铺。宋熙宁五年，知州事孙觉建于州学右傍。淳祐六年，知州事蔡节改建于此。元至元二十三年，为广化寺僧所据；三十年，总管许师可徙于今所。"◎吴兴，湖州的古称。

之阳[①]，酌之水而与之言曰：君知水之为物乎？嵌岩礨空[②]，一掬之多；遗针投芥[③]，可指而取；非不泠然冰骨雪齿也[④]。无摇焉，无溷焉[⑤]，斯可耳。及其去而为湍为涧也，蓦山跨谷[⑥]，历百折而弗顾，不既壮欤？然而迫于风则惊，扼于石则怒矣。若夫酾为三江[⑦]，钟为七泽[⑧]，茫洋演溢[⑨]，涵烟霏而滔日星者，漫不知其几百里。泊乎其休，汩乎其不可留[⑩]。沉沉乎黄龙之所宫[⑪]，穹龟巨鱼之所家[⑫]。虾蛤生焉[⑬]，而不以为隘也[⑭]；来牛去马饮焉，而不以为耗也[⑮]；凫鸥出没焉，而不以为亵也[⑯]；蛲蚘投焉[⑰]，而不以为污且辱也；神妖物怪居焉游焉，而不以为异也。千沤万泡，交起互灭，滉滉尔[⑱]，浡潏尔[⑲]，泄之莫能害其蓄，挠之莫能乱其澄[⑳]。潜渊之珍，参错朗耀，而荒查丑石[㉑]、屑琐附丽之物，亦无所不容也。嗟乎！水一而已，其量之相远固如此[㉒]！非夫所处者异势耶？

---

① 苕溪之阳，苕溪北岸。苕溪，水名，在浙江北部，是太湖流域的重要支流，由于流域内沿河各地盛长芦苇，进入秋天，芦花飘散水上如飞雪，引人注目，当地居民称芦花为“苕”，故名苕溪。

② 嵌岩，山洞。◎礨空，蚁穴。一说小洞。《庄子·秋水》：“计四海之在天地之间也，不似礨空之在大泽乎？”

③ 芥，细微的事物。

④ 泠（líng）然，清凉貌。◎冰骨雪齿，喻水质洁白纯净。

⑤ 溷，污染。

⑥ 蓦，穿越，跨过。

⑦ 酾（shāi，又音 shī），分流。《汉书·沟洫志》：“乃酾二渠以引其河。”◎三江，古代各地众多水道的总称。

⑧ 钟，汇聚。◎七泽，相传古时楚有七处沼泽。后以“七泽”泛称楚地诸湖泊。

⑨ 演溢，漫延满溢。

⑩ 汩（yù）乎，迅疾貌。唐杜甫《晚晴》诗：“汩乎吾生何飘零，支离委绝同死灰。”

⑪ 黄龙，古代传说中的动物名。《吕氏春秋·知分》：“禹南省，方济乎江，黄龙负舟。”◎宫，居住，栖息。传说龙王的宫殿在大海之底。

⑫ 穹龟，大龟。

⑬ 虾蛤，虾和蛤。宋崔公度《珠赋》：“虫螺蟹若虾蛤，卉菱芡而荷华。”

⑭ 隘，狭窄，狭小。

⑮ 耗，不足。

⑯ 亵，轻慢。

⑰ 蛲（náo）蚘（huí），蛲虫和蛔虫，泛指人体寄生虫。蚘，同“蛔”。《关尹子·六匕》：“我之一身，内变蛲蛔，外烝虱蚤。”

⑱ 滉（wǎng）滉，水深广貌。

⑲ 浡（bó）潏（yù），水沸涌貌。

⑳ 澄，清澈。

㉑ 荒查（chá），荒野中的树根、枝杈之属。宋王禹偁《啄木歌》：“嘴长数寸劲如铁，丁丁乱凿干枯查。”“枯查”犹枯枝。

㉒ 固，原来。

今君之去山谷也久矣，接天潢[①]、度瀛海且有日[②]，盍亦拓七泽以为襟，舒三江以为带，而无以是冰雪者沾沾自憙哉[③]？虽然，水行天地间，其适也愈远[④]，则其趋也愈下。孔子盖称“智者乐水”，夫不激不流，非智者不足以与此。君非智者欤？持涓滴以相波澜，秖强颜耳[⑤]。

离歌既阕[⑥]，风帆遽张，因次第其语，书以识别[⑦]。

（原载元刊本《金华黄先生文集》卷三）

【导 读】

文章对两种形态的水做了描绘和比较。一种是“冰骨雪齿”之水，出自岩窦石罅，清澈纯净，但浅不容物，仅“一掬之多”“可指而取”。另一种则是“为湍为涧也，蓦山跨谷，历百折而弗顾”，最后“酾为三江，钟为七泽”，成为“茫洋演溢”“无所不容”之水。作者通过对比两种水，赞扬了后者奔流不息、百折不挠的精神，包容万物的宽广胸怀，以及愈远而能愈下的谦虚品格。作者以后一种水为期许，希望蒋春卿“拓七泽以为襟，舒三江以为带”，鹏程万里。文章想象丰富，哲理深刻，是一篇不可多得的赠序之文。

太极赋[⑧]

厥初冯翼以瞢闇兮[⑨]，维玄黄其孰分[⑩]？爰揭揭予中立兮[⑪]，配天地以为人。

---

① 天潢，天河。

② “接天潢”句，是说蒋春卿有机会大展宏图。瀛海，大海。有日，有期。

③ 憙，同“喜”，喜悦。

④ 适，往，去。

⑤ 秖，同“衹”，副词，只。◎强颜，厚颜，不知羞耻。

⑥ 阕，乐终。

⑦ 识别，留别。唐韩愈《送区册序》：“酒壶既倾，序以识别。”

⑧ 太极，古代哲学家称最原始的混沌之气为太极。谓太极运动而分化出阴阳，由阴阳而产生四时变化，继而出现各种自然现象，是宇宙万物之原。《周易·系辞上》：“易有太极，是生两仪，两仪生四象，四象生八卦。”唐孔颖达疏：“太极谓天地未分之前，元气混而为一，即是太初、太一也。”

⑨ 冯翼，混沌貌，空蒙貌。《楚辞·天问》：“冯翼惟象，何以识之。”《淮南子·天文训》：“天墬未形，冯冯翼翼。”◎瞢（méng）闇，谓昼夜未分，混沌不明的样子。《楚辞·天问》：“冥昭瞢闇，谁能极之？”宋朱熹集注：“瞢暗，言昼夜未分也。”

⑩ 玄黄，指天地的颜色。玄为天色，黄为地色。《周易·坤》：“夫玄黄者，天地之杂也，天玄而地黄。”

⑪ 揭揭，长貌，高貌。

曩既学而有志兮，纷遑遑其求索。曰道不可名兮[1]，孰无征而有获？繄皇羲之神圣兮[2]，感龙马之负图[3]。得妙契于俯仰兮[4]，何有画而无书？岂至道之玄远兮，非名言之可摹？懿尼丘之降神兮[5]，廓人文以宣朗[6]。揭日月于中天兮，启群昏之罔象[7]。指道妙于难名兮，曰以一而生两[8]。是谓太极兮，非虚无与惚恍[9]。高下以位兮，天尊地卑。燥湿以类兮，五行顺施。南乾北坤兮，西坎东离[10]。万物错综兮，殊巨细与妍蚩[11]。孰主张是兮，兹一本之所为。历两都而江左兮，胡乱说之纷霏[12]。岂清言之弗美兮，去道远而愈失？伟先哲之独诣兮，重指掌于无极[13]。揭座右以为图兮，开盲聋于千亿[14]。谓斯道之匪他兮，在夫人而曰诚。几善恶犹阴阳兮，兹吉凶之所生。嗟奇论之后出兮，穴墙垣为户牖[15]。析同异于一言兮，或曰无而曰有。莸终不可使熏兮[16]，垩终不可使黝[17]。道惟辨而愈明兮，贻话言于不朽。昔圣门之多贤兮，缤入室而升堂。端木氏之颖悟

---

① 不可名，语出《老子》第十四章："视之不见，名曰夷；听之不闻，名曰希；搏之不得，名曰微。此三者，不可致诘，故混而为一。其上不皦，其下不昧，绳绳兮不可名，复归于无物。"

② 繄（yī），语气助词。◎皇羲，指伏羲氏。◎神圣，形容崇高、尊贵，庄严而不可亵渎。

③ 龙马，古代传说中龙头马身的神兽。龙马出河图的典故可参《尚书·顾命》："天球，河图，在东序。"伪孔安国传："伏牺王天下，龙马出河。遂则其文，画八卦，谓之河图。"伏牺，即伏羲。北魏郦道元《水经注·河水一》："粤在伏羲，受龙马图于河，八卦是也。"

④ 妙契，神妙的契合。

⑤ 懿，赞美，称颂。◎尼丘，山名，在山东曲阜东南，连泗水、邹城界。相传孔子父叔梁纥、母颜氏祷于此而生孔子。故孔子名丘，字仲尼。

⑥ 宣朗，彰明，明朗。

⑦ 罔象，虚无。《文选·王褒〈洞箫赋〉》："薄索合沓，罔象相求。"唐李善注："罔象，虚无罔象然也。"

⑧ 一而生两，指太极生两仪（天地）。《周易·系辞上》："易有太极，是生两仪。"

⑨ 惚恍，混沌不分，隐约不清。

⑩ 南乾北坤、西坎东离，为先天八卦之方位。乾、坤、坎、离，为《周易》的卦名。

⑪ 妍蚩，美好和丑恶。

⑫ 纷霏，纷纷飞散。

⑬ 指掌，比喻事理浅显易明或对事情非常熟悉了解。

⑭ 盲聋，眼瞎耳聋。亦喻愚昧无知。◎千亿，极言其多。

⑮ 户牖，门窗。

⑯ 莸，臭草。◎熏，香草。《左传·僖公四年》："一熏一莸，十年尚犹有臭。"晋杜预注："熏，香草；莸，臭草。"

⑰ 垩（è），白色泥土。◎黝，黑色。《尔雅·释宫》："地谓之黝，墙谓之垩。"

兮[①]，仅有睹其文章[②]。虽亚圣之挺生兮[③]，犹叹其前后之无方[④]。畴敢索无声于窅默兮[⑤]，孰能求无形于微茫[⑥]？惟下学而上达兮[⑦]，炳圣谟之洋洋[⑧]。诸生之贸贸兮，方钩深而摘隐[⑨]。探赐也之所未闻兮[⑩]，夸神奇而捷敏。持空言如系影兮，曾不满夫一哂[⑪]。曰予未有知兮，何太极之敢言？秉思诚之遗训兮，矢颠沛而弗谖[⑫]。庶返观而有得兮，明万里之一原。申诵言以自诏兮，聊抒意于斯文。

（原载《金华丛书》本《黄文献公集》卷三）

【导 读】

元延祐元年（1314），元朝恢复科举考试。黄溍被地方的先达们强拉去参加省城的乡试。“时古赋以《太极》命题，场中作者，往往不脱陈言，独先生词致渊永，绰然有古风，特置前列。”（宋濂《故翰林侍讲学士中奉大夫知制诰同修国史同知经筵事金华黄先生行状》）这在当时是一个很大的新闻。

“太极”一词，最早出于《周易·系辞上》：“易有太极，是生两仪，两仪生四象，四象生八卦。”无论儒家和道家，都把“太极”看成是宇宙最初、天地未分之

---

① 端木，即端木赐，复姓端木，字子贡，以字行，春秋末年卫国（今河南省鹤壁市浚县）人。孔子的得意门生。子贡以言语闻名，利口巧辞，善于雄辩，《论语》中对其言行记录较多，《史记》对其评价颇高。

② 文章，指孔子传授的《诗经》《尚书》《仪礼》《乐经》等。典出《论语·公冶长》引子贡曰：“夫子之文章，可得而闻也。夫子之言性与天道，不可得而闻也。”

③ 亚圣，指孟子。元文宗时，封孟轲为邹国亚圣公。◎挺生，挺拔生长，谓杰出。

④ 无方，犹言不拘一格。典出《孟子·离娄下》：“汤执中，立贤无方。”

⑤ 畴，谁。◎窅（yǎo）默，深奥精微。唐李白《送岑征君归鸣皋山》诗：“探元入窅默，观化游无垠。”

⑥ 微，万历本作“缈”。

⑦ 下学，谓学习人情事理的基本常识。◎上达，谓上知天命。《论语·宪问》：“子曰：‘不怨天，不尤人，下学而上达，知我者，其天乎？’”宋邢昺疏：“下学而上达者，言已下学人事，上知天命。”

⑧ 圣谟，语出《尚书·伊训》：“圣谟洋洋，嘉言孔彰。”本谓圣人治天下的宏图大略。后亦为称颂帝王谋略之词。

⑨ 钩深，探索深奥的意义。◎摘隐，探求隐微奥秘的道理。

⑩ 赐，指端木赐。◎未闻，未听说。

⑪ 哂，笑，讥笑。《论语·先进》：“子路、曾皙、冉有、公西华侍坐。子曰：‘以吾一日长乎尔，毋吾以也。居则曰：‘不吾知也。’如或知尔，则何以哉？’子路率尔而对曰：‘千乘之国，摄乎大国之间，加之以师旅，因之以饥馑；由也为之，比及三年，可使有勇，且知方也。’夫子哂之。”

⑫ 颠沛，困顿挫折。《论语·里仁》：“君子无终食之间违仁，造次必于是，颠沛必于是。”◎谖，忘记。

前的形态。黄溍的这篇《太极赋》描绘了“太极”的形成、特点及“太极”学说的演变，最后以宋代理学家的“太极”观揭示了“太极”的实质，即在于一“诚”字。

览元次山《春陵行》有感近事追和其韵以寓鄙怀[①]

惟王始建官，　民命有所司。
奈何阅流莩[②]，　束手无一施。
属者秋夏交[③]，　上状殊酸悲。
赤日纷按行[④]，　人马同时疲。
连阡见标榜[⑤]，　不救饥与羸[⑥]。
仍闻恣鞭棰[⑦]，　惨忉伤肤皮[⑧]。
检核须再三，　供帐常恐迟[⑨]。
哀哀鬻儿女，　贸贸行安之[⑩]。
感兹欲无诉，　既往何由追。
尚惭噢咻恩[⑪]，　稍缓租税期。
云胡有仓卒，　征敛更相随。
但将充其数，　肯复计尔赀。
肉食不自鄙，　谓我非敢知。

---

① 元次山，即唐代诗人元结。元结（719—772），字次山，号漫叟、聱叟、漫郎等，原籍河南洛阳，后迁鲁山（今河南省鲁山县）。北魏拓跋（元）氏后裔。著有《唐元次山文集》。◎《春陵行》，五言古诗，元结的代表作之一，作于广德二年（764）道州（治所在今湖南省道县）刺史任上。春陵，汉县名，故址在今湖南省宁远县附近，唐时为道州辖地。诗作描述了百姓困苦不堪的处境和诗人催征赋税时的矛盾心理，反映了当时苦难的现实，表现了诗人对民众悲惨生活的深切的同情。◎鄙怀，谦称自己的心愿、心意。

② 流莩（piǎo），流浪而饿死的人。

③ 属者，近时，近来。

④ 按行，巡行，巡视。北魏郦道元《水经注·沁水》：“臣辄按行去堰五里以外，方石可得数万馀枚。”

⑤ 连阡，田埂相连，田地连片。◎标榜，写有告示的木牌。

⑥ 羸，瘦弱困惫。

⑦ 棰，棍棒。

⑧ 惨忉（dāo），惨痛。

⑨ 供帐，一作供张，指供宴饮之用的帷帐、用具、饮食等物。

⑩ 贸贸，茫无目的、不明方向的样子。

⑪ 噢咻，抚慰病痛。唐陆贽《奉天请罢琼林大盈二库状》：“疮痛呻吟之声，噢咻未息，忠勤战守之效，赏赉未行。”

栖栖甔石储[①]，　剥割无或遗。
言是邻壤凶，　藉此敷恩慈。
宁知是州人，　俟死它无为。
出语馀喘息，　行步须扶持。
犹令比乐土，　疾苦端谓谁。
俛首州县间，　逭责自其宜[②]。
况迫大府令，　联络飞符移[③]。
豺狼方在郊，　鹰隼宜用时。
区区狝狐兔[④]，　政尔何增亏。
吾贱不及议，　为君陈苦辞。

（原载元刊本《金华黄先生文集》卷一）

【导　读】

唐代诗人元结《舂陵行》描写的是老百姓在官吏严刑逼租下困苦不堪的艰难生活，寄寓了作者对人民的悲惨生活的深切同情。黄溍所处的元代中后期，虽然朝廷任用汉族知识分子进行了政治文化上的改革，理学上升为官学；但由于官府的压迫、吏治的腐败，整个社会离心的倾向越来越严重，反元斗争此起彼伏，老百姓生活在水深火热之中。黄溍的这首诗，描写的就是元代中后期老百姓的艰难生活，与元结的《舂陵行》有异曲同工之处。该诗再现了元朝的百姓在饥饿中依然被官吏鞭打、被逼交租、卖儿鬻女的惨状。“吾贱不及议，为君陈苦辞”，表达了作者要为民请命的决心。

---

① 甔（dān）石，少量的粮食。

② 逭（huàn）责，逃避责任。

③ 符移，官府征调敕命文书的统称。《续资治通鉴·宋太宗端拱二年》：“准（寇准）初知巴东、成安二县，其治一以恩信，每期会赋役，未尝出符移，惟具乡里姓名揭县门，而百姓争赴之，无稽违者。”

④ 狝（xiǎn），杀戮，捕杀。

宿云黄山作[①]

束发弄文史[②]，　挂席去瀛壖[③]。
解后乖良会[④]，　摈落迨兹年[⑤]。
息景念生理[⑥]，　洗心宾象筵[⑦]。
恭惟上皇代[⑧]，　异人秘灵诠[⑨]。
宗师既逾海[⑩]，　兹山亦栖贤。
金棺灭双树[⑪]，　宝箧缄红莲[⑫]。
仰窥摄诱功[⑬]，　信知愿力坚[⑭]。
内愧实菲薄[⑮]，　冥通未精专[⑯]。

---

① 云黄山，见康熙《义乌山志》："云黄山，县南二十五里，一名松山。高一百四十丈，周三十里二百步。梁傅大士于此行道，黄云盘旋，其上状如车盖，故名。有峭壁高百丈广三十五丈，下临画溪，五色相映。有穿身岩，因大士穿石壁而出名。有喂虎岩，因大士以斋馀饭喂虎名。《十道志》云：山多玄熊、赤豹，大士化之，后不复出。又有饭石，乃喂虎馀饭所化，青白而紫，又有七佛峰、行道塔、旋狮池诸迹。"

② 束发，古代男孩成童时束发为髻，因以代指成童之年。

③ 挂席，犹挂帆。◎瀛壖（ruán），海岸。

④ 解后，即"邂逅"，不期而遇。

⑤ 摈落，排斥弃绝。

⑥ 息景，即"息影"，谓归隐闲居。◎生理，养生之理或为人之道。

⑦ 洗心，洗涤心胸，比喻除去恶念或杂念。《周易·系辞上》："圣人以此洗心。"◎宾，通"摈"，摈弃。◎象筵，豪华的筵席。

⑧ 上皇，太古的帝皇。

⑨ 灵诠，玄妙之理。宋朱熹《借王嘉叟所藏赵祖文画孙兴公天台赋凝思幽岩朗咏长川一幅有契于心因作此诗》二首之一："洗心咏太素，泛景窥灵诠。栖身托岁暮，毕此岩中缘。"

⑩ 宗师既逾海，指菩提达摩来华之事。菩提达摩本为南印度人，属刹帝利种姓，通彻大乘佛法，南北朝时自印度航海来到广州，从这里北行至北魏，到处以禅法教人，为中国禅宗始祖。

⑪ 金棺，金饰之棺。传说佛灭后盛以金棺。北魏郦道元《水经注·河水一》："佛泥洹后，天人以新白緤裹佛，以香花供养，满七日，盛以金棺，送出王宫。"◎双树，娑罗双树，也称双林，为释迦牟尼入灭之处。

⑫ 宝箧，藏珍宝的小箱。◎缄，封藏。◎红莲，即红莲花，梵名优钵罗（utpala）的音译，指赤色的莲花。宝箧、红莲均为千手观音手中所持的法器。

⑬ 摄诱，控制诱惑。

⑭ 愿力，佛教语，誓愿的力量，多指善愿功德之力。

⑮ 菲薄，鄙陋，自谦之辞。

⑯ 冥通，感通神明。

褰裳碧峰雨[①]，　焚香石林烟。
彩翠何纷纠[②]，　苔涧窅洄沿[③]。
寻幽匪外适，　蕴真冀重宣[④]。
二边离有无[⑤]，　五浊空腥膻[⑥]。
岂伊俄顷用[⑦]，　庶谢平生缘。

（原载元刊本《金华黄先生文集》卷一）

【导　读】

黄溍是元代"儒林四杰"之一，儒学的修养极其深厚。但黄溍对佛教也颇有兴趣，平生方外的朋友也不少。

本诗叙写了他与云黄山佛寺的因缘。早年汲汲于功名，在沿海一带做官，失去了在家乡云黄山栖息参理的机会。晚年叶落归根，返璞归真，黄溍再次来到云黄山游玩，用诗歌抒写了他的方外之缘、山寺情结。

【延伸阅读】

黄溍的著述，现存有《金华黄先生文集》《黄文献公集》《重刊黄文献公文集》《黄文献集》等不同版本和卷数的诗文集及《日损斋笔记》。《金华黄先生文集》四十三卷有元刻本（配补）和民国刻本两种，前者有《四部丛刊初编》本、《续修四库全书》和《重修金华丛书》本，后者有《续修金华丛书》本。《黄文献公集》有二十三卷、十卷、八卷之分。二十三卷本为元刻本，藏中国国家图书馆，《重修金华丛书》据以影印；十卷本有《金华丛书》本；八卷本为清抄本，《重修金华丛书》据以影印。《重刊黄文献公文集》十卷本有明刻本、清刻本。明刻本又分明张俭辑刻本和明张维枢辑刻本两种；张俭辑刻本中国国家图书馆、北京大学图书馆等有藏，张维枢辑刻本辽宁图书馆有藏。《重修金华丛书》据清刻本影印。《黄文献集》有十卷本和十二卷本之分。十卷本有《四库全书》本；十二卷本为清刻本，

---

① 褰裳，撩起下裳。《诗经·郑风·褰裳》："子惠思我，褰裳涉溱。"

② 纷纠，纷扰。

③ 窅，幽静。◎洄沿，逆流而上与顺流而下。

④ 蕴真，蕴含真谛。◎重宣，佛教语，谓教主说法告一段落，以偈颂重复概括精义。

⑤ 二边，佛教语，谓事物相对的两个方面，如有和无、断和常等，固执于片面之见，均为妄想。

⑥ 五浊，五种恶浊行为。《太平广记》卷三引《汉武帝内传》："五浊之人，耽湎荣利，嗜味淫色。"◎腥膻，难闻的腥味，喻人间丑恶污浊的现象。

⑦ 俄顷，片刻，指时间极短。

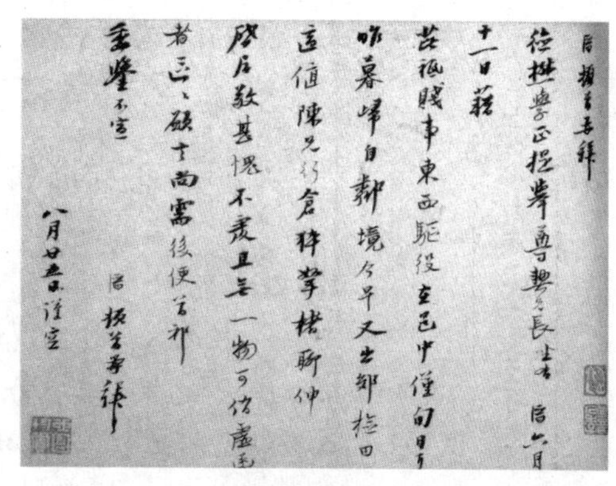
黄溍手札

《重修金华丛书》据以影印。黄溍诗文集的整理本有《全元文·黄溍文集》《全元诗·黄溍诗集》及王颋点校的《黄溍全集》。

《日损斋笔记》分辨经、辨史、杂辨三类，其中《辨经》六则，《辨史》十六则，《杂辨》十三则，共三十五则。明张俭辑刻《重刊黄文献公文集》十卷本将《日损斋笔记》附于第七卷末，后出的十卷本系统包括《四库全书》本《黄文献集》均一概依此，未做变动。除文集本外，《日损斋笔记》尚有丛书本，如《墨海金壶》本、《金华丛书》本、《守山阁丛书》本、《四库全书》本等。

（浙江大学人文学院徐永明教授撰稿）

元·朱震亨

格致餘論目録
飲食色欲箴序　金華 朱彦脩 撰
飲食箴
色欲箴
陽有餘陰不足論
治病必求其本論
濇脉論
養老論
慈幼論
夏月伏陰在内論
豆瘡陳氏方論

日本江户时代刻本《格致馀论》
（日本国立国会图书馆藏）

朱震亨（1282—1358）①，字彦脩，婺州义乌（今浙江义乌）人，因其出生地赤岸有溪名“丹溪”，学者遂尊之为“丹溪翁”，亦称“朱丹溪”。朱丹溪为元代著名医家，是中医“养阴学派”的倡导者，与金元时期刘河间“寒凉学派”、张子和“攻下学派”、李东垣“补土学派”齐名，被合称为“金元四大家”，享有盛誉。

朱丹溪一生学验俱丰，提出了“阳有馀阴不足论”“相火论”“气血痰郁四伤学说”和“湿热观”等学术思想和观点，著述甚多，由于年代久远，部分著作已散佚。现存主要著作凡八种，其中《本草衍义补遗》《局方发挥》《格致馀论》为他自撰，《金匮钩玄》《丹溪心法》《丹溪手镜》《脉因证治》《丹溪治法心要》为其传人所整理。朱丹溪传人甚多，最负盛名的有戴思恭、刘纯、虞抟、程充、方广等，他们继承和弘扬了丹溪学说，各有著述传世。

丹溪学说还远播海外，在明代，日本医者月湖、田代三喜等曾来我国攻研丹溪之学，将丹溪学说传至日本。日本医学界曾成立丹溪学社，专门研究丹溪学说。丹溪学说对日本汉医的形成和发展，起到了很大的促进作用。

修筑祭田记②

万物本乎天，人本乎祖，此追远报本之所由昉也③。自井田废而圭田之制

① 既往史料大多载朱震亨生于公元1281年。但据学者冯汉龙、方春阳氏考证，朱震亨生于元世祖至元十八年十一月二十八日，经换算已是公元1282年，故从之。

② 祭田，旧时族田中用于祭祀的土地。《红楼梦》第一一〇回：“再馀下的，置买几顷祭田。”

③ 追远，追怀先人。《论语·学而》：“慎终追远。”◎报本，受恩思报，不忘本源。唐刘禹锡《天论上》：“唯告虔报本，肆类授时之礼，曰天而已矣。”◎由昉，发端，起始。昉，曙光初现。明胡应麟《少室山房笔丛·经籍会通》：“诗赋一略，则集之名所由昉。”

不行[1]，贫者难于备物[2]，富者莫保后艰[3]。一本之中[4]，遂有未阅世而各祖其祖者矣，君子伤之。是以缘义起礼[5]，证古宜今，规己田以定制，无世禄而有世田[6]，俾子子孙孙引之弗替[7]。斯制也，即亲亲之仁义[8]，礼所从生也。

吾族宋祖东堂公置美田三十六亩，合为一区，以公诸族，使长厚者司其入[9]，以给宗庙岁祀之需。虑年无常丰，筑东溪石堰百尺许，循街凿沟[10]，逶迤一里[11]，周砌以石，导堰泉溉之。择精壮而勤者主修其缺坏，时其蓄泄[12]，名之曰“自家陂”“自家畎”，示以永非他人所能与也。

予尝历观大田沟堰间，其经画综理之周[13]，而吾祖之仁孝诚敬，宛然如见，每徘徊不能置[14]。讵意今者四月之交[15]，商羊舞虐[16]，山涨横流[17]，石堰坏而大田尽没于沙砾。致予族之子孙，莫不悲祖志之沦胥[18]，而孝享之中辍也[19]。予因抚之曰：“天灾流行，何国蔑有[20]？继志述事，务在我者耳。”于是储廪既，具器

① 井田，相传是古代的一种土地制度，以方九百亩为一里，划为九区，形如“井”字，故名。◎圭田，古代卿、大夫、士供祭祀用的田地。《礼记·王制》：“夫圭田无征。”

② 备物，备办各种器物。《周易·系辞上》：“备物致用，立成器以为天下利，莫大乎圣人。”唐孔颖达疏：“谓备天下之物，招致天下所用，建立成就天下之器以为天下之利。”

③ 后艰，犹后患。《诗经·大雅·凫鹥》：“公尸燕饮，无有后艰。”汉郑玄笺：“艰，难也。”

④ 一本，同一根本。《孟子·滕文公上》：“且天之生物也，使之一本。”

⑤ 缘义起礼，根据道义制定礼仪制度。缘，凭借，依据。

⑥ 世禄，古代有世禄之制，贵族世代享有爵禄。《尚书·毕命》：“世禄之家，鲜克由礼。”伪孔安国传：“世有禄位。”◎世田，世代相承而家族共有的田地，其收益用于支付祭祀等公共开支。

⑦ 引之弗替，传承而不废弃。《诗经·小雅·楚茨》：“子子孙孙，勿替引之。”毛传：“替，废也。”

⑧ 亲亲，亲其亲，爱自己的亲人。《诗经·小雅·伐木》序：“亲亲以睦友，友贤不弃，不遗故旧，则民德归厚矣。”唐孔颖达疏：“既能内亲其亲以使和睦，又能外友其贤而不弃，不遗忘久故之恩旧而燕乐之。”

⑨ 长厚，年长厚道。◎司，掌管，主持。

⑩ 循，顺着，沿着。

⑪ 逶迤，亦作“逶蛇”，曲折绵延貌。

⑫ 时，把握时机。◎蓄泄，蓄水与排放。

⑬ 经画，经营筹划。宋苏轼《答秦太虚书》：“度囊中尚可支一岁有馀，至时别作经画，水到渠成，不须预虑，以此胸中都无一事。”◎综理，管理。

⑭ 徘徊，流连，留恋。宋苏舜钦《沧浪亭记》：“予爱而徘徊，遂以钱四万得之，构亭北碕，号沧浪焉。”

⑮ 讵意，不料，哪知。

⑯ 商羊舞虐，指下大雨。商羊，传说中的鸟名。据说，大雨前，商羊常屈一足起舞。宋苏轼《次韵章传道喜雨》：“山中归时风色变，中路已觉商羊舞。”

⑰ 山涨，山洪。

⑱ 沦胥，泛指沦陷、沦丧。《晋书·凉武昭王李玄盛传》：“淳风杪莽以永丧，缙绅沦胥而覆溺。”

⑲ 孝享，指祭祀。《周易·萃》：“王假有庙，致孝享也。”

⑳ 蔑，无，没有。

用，纠工徒[①]，分任使[②]，举锸如云[③]，担蔂若市[④]，垦淤以亩计，筑堰以方计，浚沟以丈计，运石以工计，约工力四千一百有奇[⑤]。田也、堰也、沟也，逐次第而告成。是役也，始于孟秋丙午之辰，成于仲冬既望之夕[⑥]。虽众力输勤，程工若倍，而天时效顺，风雨无侵，一似有神灵之默相焉者。非吾祖德之深长，彼水湄河涘[⑦]，田卒污莱者不知凡几[⑧]；亦将荒烟蔓草，徒滋田赋之征求于后世已耳，乌睹其垦废若新，而告成之速如斯也耶？记其岁月，以示后而追远；报本之思，庶绍衣于百世云[⑨]。

（原载嘉庆《义乌县志》卷七祠祀“朱丹溪祠”条附）

【导 读】

祭田是旧时家族田地中用于祭祀的土地，也是一个家族的公共田产。此文是朱丹溪在整修祭田完工时所记。记文首先论述了祭田的起源和重要性，接着交代了朱家祭田的来历和对祖先的敬意；后来一场洪水，祭田全部没于沙砾；在朱丹溪的倡导和组织下，朱氏后人分工“任使”，“众力输勤”，祭田重新得到了整修。此文显示了朱氏广博的学识与飞扬的文采，让我们领略了丹溪翁精湛医术外的另一面，也让我们感受到了古人敬祖之诚，爱家之深。

（浙江师范大学硕士研究生项雨峥、浙江大学人文学院张涌泉教授撰稿）

---

① 纠，收聚，集结。《左传·僖公二十四年》：“召穆公思周德之不类，故纠合宗族于成周而作诗。”

② 任使，差遣，委用。《左传·昭公六年》：“犹求圣哲之上，明察之官，忠信之长，慈惠之师，民于是乎可任使也，而不生过乱。”

③ 举锸如云，挥起的铁锹如同一片云彩，极言其多。锸，或作“臿”，插地起土的工具，即锹。《汉书·沟洫志》：“举臿为云，决渠为雨。”唐颜师古注：“臿，锹也，所以开渠者也。”

④ 担蔂若市，肩挑土筐像市场一样，极言其多。蔂，土筐，盛土器。

⑤ 工力，工程所需的人力或人工。◎有奇，有余。《汉书·食货志下》：“而罢大小钱，改作货布，长二寸五分，广一寸，首长八分有奇。”唐颜师古注：“奇，音居宜反，谓有馀也。”

⑥ 既望，指农历每月十六日（每月十五日为望）。

⑦ 水湄河涘，水边河岸。湄、涘，均指水边、岸边。《诗经·秦风·蒹葭》：“所谓伊人，在水之湄。……所谓伊人，在水之涘。”

⑧ 卒，突然，后多作“猝”。◎污莱，指田地荒废。《诗经·小雅·十月之交》：“彻我墙屋，田卒污莱。”毛传：“下则污，高则莱。”

⑨ 庶，表示希望发生或出现某事，希冀。《诗经·桧风·素冠》：“庶见素冠兮。”毛传：“庶，幸也。”◎绍衣，谓承继旧闻善事，奉行先人之德化教言。语出《尚书·康诰》：“今民将在祗遹乃文考，绍闻衣德言。”

不治已病治未病

与其救疗于有疾之后，不若摄养于无疾之先。盖疾成而后药者，徒劳而已。是故已病而不治，所以为医家之法；未病而先治，所以明摄生之理。夫如是，则思患而预防之者[①]，何患之有哉？此圣人不治已病治未病之意也。

尝谓备土以防水也，苟不以闭塞其涓涓之流，则滔天之势不能遏；备水以防火也，若不以扑灭其荧荧之光[②]，则燎原之焰不能止。其水火既盛，尚不能止遏，况病之已成，岂能治欤[③]？故宜夜卧早起于发陈之春[④]，早起夜卧于蕃秀之夏[⑤]，以之缓形无怒而遂其志，以之食凉食寒而养其阳，圣人春夏治未病者如此。与鸡俱兴于容平之秋[⑥]，必待日光于闭藏之冬[⑦]，以之敛神匿志而私其意，以之食温食热而养其阴，圣人秋冬治未病者如此。

或曰：见肝之病，先实其脾脏之虚，则木邪不能传[⑧]；见右颊之赤，先泻其肺经之热，则金邪不能盛[⑨]。此乃治未病之法。今以顺四时调养神志，而为

---

① 患，疾病。

② 荧荧，小火。《六韬·守土》：“涓涓不塞，将为江河；荧荧不救，炎炎奈何？”

③ 欤，表反诘语气。

④ 发陈之春，指二十四节气自立春开始的三个月。发陈，谓利用春阳生发之机，退除冬蓄之故旧，略同于“吐故纳新”。《黄帝内经·四气调神大论篇第二》：“春三月，此谓发陈。天地俱生，万物以荣，夜卧早起，广步于庭，被发缓形，以使志生，生而勿杀，予而勿夺，赏而勿罚，此春气之应，养生之道也。”

⑤ 蕃秀之夏，指二十四节气自立夏开始的三个月。蕃秀，谓万物生长繁盛。《黄帝内经·四气调神大论篇第二》：“夏三月，此谓蕃秀。天地气交，万物华实，夜卧早起，无厌于日，使志无怒，使华英成秀，使气得泄，若所爱在外，此夏气之应，养长之道也。”唐王冰注：“阳自春生，至夏洪盛，物生以长，故蕃秀也。蕃，茂也，盛也；秀，华也，美也。”

⑥ 容平之秋，指二十四节气自立秋开始的三个月。容平，谓万物果实饱满，已然成熟。《黄帝内经·四气调神大论篇第二》：“秋三月，此谓容平。天气以急，地气以明，早卧早起，与鸡俱兴，使志安宁，以缓秋刑，收敛神气，使秋气平，无外其志，使肺气清，此秋气之应，养收之道也。”唐王冰注：“万物夏长，华实已成，容状至秋平而定也。”

⑦ 闭藏之冬，指二十四节气自立冬开始的三个月。闭藏，谓万物到了休养生息的时候。《黄帝内经·四气调神大论篇第二》：“冬三月，此谓闭藏。水冰地坼，无扰乎阳，早卧晚起，必待日光，使志若伏若匿，若有私意，若已有得，去寒就温，无泄皮肤，使气亟夺，此冬气之应，养藏之道也。”唐王冰注：“草木凋，蛰虫去，地户闭塞，阳气伏藏。”

⑧ “见肝之病”三句，指中医有五行相生相克的理论，肝属木，脾属土，肝病可以传脾，为木克土。此段文字秉承汉张仲景《金匮要略》“见肝之病，知肝传脾，当先实脾”之意，乃已病防变的“治未病”之法。

⑨ 金邪，指肺部的邪气。中医五行相生相克的理论，肺属金，心属火，肝属木，肾属水，脾属土。

治未病者，是何意邪[①]？盖保身长全者，所以为圣人之道；治病十全者，所以为上工术。不治已病治未病之说，著于《四气调神大论》[②]，厥有旨哉[③]。昔黄帝与天师难疑答问之书[④]，未曾不以摄养为先，始论乎天真[⑤]，次论乎调神；既以法于阴阳[⑥]，而继之以调于四气[⑦]；既曰食欲有节[⑧]，而又继之以起居有常；谆谆然以养生为急务者[⑨]，意欲治未然之病，无使至于已病难图也。厥后秦缓达乎此，见晋侯病在膏肓，语之曰不可为也[⑩]；扁鹊明乎此，视齐侯病至骨髓，断之曰不可救也[⑪]。噫！惜齐、晋之侯不知治未病之理。

（原载明成化刻本《丹溪心法》）

【导　读】

朱丹溪秉承《黄帝内经》"圣人不治已病治未病"的预防医学思想，在《丹溪心法》中，专列《不治已病治未病》篇予以发挥。他以备土以防水、备水以防火取类比象的方法，形象地说明了"治未病"的重要性。关于如何"治未病"，他也遵循《黄帝内经》的旨意，强调"摄生"是其核心内容。其"摄生"方法，涉及顺应四时、饮食起居、精神修养诸多方面。又根据张仲景《金匮要略》"见肝之病，知肝传脾，当先实脾"的名训，进一步阐发已病防变的"治未病"思想。同时，还引用古代名医秦缓、扁鹊治病的故事，讲述有病早治、慎防恶变的道理。此文虽是一

---

① 邪（yé），表疑问语气。

② 《四气调神大论》，《黄帝内经·素问》篇名。

③ 厥，其。◎旨，意图，宗旨。

④ 天师，古代称有道术者。《黄帝内经》系黄帝与岐伯等答问之书，这里的天师当指岐伯等。

⑤ 天真，古代医家谓人得以维持生命的真气、元气。

⑥ 阴阳，指天地、日月、昼夜之异。《礼记·祭义》："日出于东，月生于西，阴阳长短，终始相巡。"唐孔颖达疏："阴谓夜也，阳谓昼也。夏则阳长而阴短，冬则阳短而阴长，是阴阳长短。"

⑦ 四气，指春、夏、秋、冬四时的温、热、凉、寒之气。

⑧ 食欲，明弘治六年（1493）刻本作"食饮"。

⑨ 养生，成化本作"养身"，兹据明弘治六年刻本改。

⑩ 秦缓，春秋时秦国良医。◎膏肓，古代医学以心尖脂肪为膏，心脏与膈之间为肓。《左传·成公十年》："公（晋侯）疾病，求医于秦。秦伯使医缓为之。……医至，曰：'疾不可为也，在肓之上，膏之下，攻之不可，达之不及，药不至焉，不可为也。"后以"病在膏肓"称病之难治者。

⑪ 扁鹊，姓秦，名越人，春秋战国时杰出的医学家。《史记·扁鹊仓公列传》："扁鹊过齐，齐桓侯客之。入朝见曰：'君有疾在腠理，不治将深。'桓侯曰：'寡人无疾。'……扁鹊复见，望见桓侯而退走。桓侯使人问其故。扁鹊曰：'疾之居腠理也，汤熨之所及也；在血脉，针石之所及也；其在肠胃，酒醪之所及也；其在骨髓，虽司命无奈之何。今在骨髓，臣是以无请也。'后五日，桓侯体病，使人召扁鹊，扁鹊已逃去。桓侯遂死。"

篇医学文章，但其中阐发的防患于未然的思想却是具有广泛启发意义的。

（浙江省中医药研究院盛增秀研究员、浙江省立同德医院庄爱文副主任医师撰稿）

养老论

人生至六十、七十以后，精血俱耗，平居无事，已有热证[①]。何者？头昏目眵[②]，肌痒溺数，鼻涕牙落，涎多寐少，足弱耳聩[③]，健忘眩运[④]，肠燥面垢[⑤]，发脱眼花，久坐兀睡[⑥]，未风先寒，食则易饥，笑则有泪，但是老境，无不有此。

或曰：《局方》乌附丹剂[⑦]，多与老人为宜，岂非以其年老气弱下虚，理宜温补？今子皆以为热，乌附丹剂将不可施之老人耶？

余晓之曰：奚止乌附丹剂不可妄用，至于好酒腻肉、湿面油汁、烧炙煨炒、辛辣甜滑，皆在所忌。

或曰：子何愚之甚耶？甘旨养老[⑧]，经训具在。为子为妇，甘旨不及，孝道便亏，而吾子之言若是，其将有说以通之乎？愿闻其略。

予愀然应之曰[⑨]：正所谓道并行而不悖者[⑩]，请详言之。古者井田之法行[⑪]，乡闾之教兴[⑫]，人知礼让，比屋可封[⑬]，肉食不及幼壮，五十才方食肉。强壮恣

---

① 热证，症候名，是指感受热邪，或阳盛阴虚，人体的机能活动亢进所表现的症候。

② 眵（chī），眼里分泌的黏质，俗称“眼屎”。

③ 聩（kuì），耳聋。

④ 眩运，同“眩晕”，“运”“晕”古通用。

⑤ 面垢（gòu），指面部肮脏貌。垢，黏着在物体上的脏物。

⑥ 兀（wù）睡，昏睡。兀，昏沉貌。

⑦ 《局方》，中医古方书《太平惠民和剂局方》的简称。宋代太医局编。本书是宋代太医局所属药局的一种成药处方配本，流传较广，影响较大。

⑧ 甘旨，美味的食物。后多指奉养双亲的食物。《韩诗外传》卷五：“鼻欲嗅芬香，口欲嗜甘旨。”

⑨ 愀（qiǎo）然，容色改变貌。

⑩ 并行而不悖，同时进行或同时存在而不相冲突。《礼记·中庸》：“万物并育而不相害，道并行而不相悖。”不悖，不相冲突，没有抵触。

⑪ 井田之法，古代的一种土地制度。以方九百亩为一里，划为九区，形如“井”字，故名，其中间一区为公田，外八区为私田，八家均私百亩，同养公田，公事毕，然后治私事。

⑫ 乡闾，古以二十五家为闾，一万二千五百家为乡，乡闾有教。《南齐书·礼志上》：“使郡县有学，乡闾立教。”

⑬ 比屋可封，谓上古之世教化遍及四海，家家都有德行，堪受旌表。后用以泛称风俗淳美。

饕[①]，比及五十，疾已蜂起[②]，气耗血竭，筋柔骨痿[③]，肠胃壅阏[④]，涎沫充溢。而况人身之阴，难成易亏。六七十后，阴不足以配阳，孤阳几欲飞越，因天生胃气尚尔留连，又藉水谷之阴，故羁縻而定耳[⑤]。所陈前证，皆是血少。《内经》曰：肾恶燥。乌附丹剂，非燥而何？夫血少之人，若防风、半夏、苍术、香附，但是燥剂[⑥]，且不敢多，况乌附丹剂乎！

或者又曰：一部《局方》，悉是温热养阳，吾子之言，无乃谬妄乎？

予曰：《局方》用燥剂，为劫湿病也，湿得燥则豁然而收。《局方》用暖剂，为劫虚病也。补肾不如补脾，脾得温则易化而食味进，下虽暂虚，亦可少回。《内经》治法，亦许用劫，正是此意，盖为质厚而病浅者设，此亦儒者用权之意[⑦]。若以为经常之法，岂不大误。彼老年之人，质虽厚，此时亦近乎薄；病虽浅，其本亦易以拨[⑧]，而可以劫药取速效乎？若夫形肥者血少，形瘦者气实，间或有可用劫药者，设或失手[⑨]，何以取救？吾宁稍迟，计出万全，岂不美乎！乌附丹剂，其不可轻饵也明矣[⑩]。

至于饮食，尤当谨节。夫老人内虚脾弱，阴亏性急。内虚胃热，则易饥而思食；脾弱难化，则食已而再饱；阴虚难降，则气郁而成痰；至于视听言动，皆成废懒，百不如意，怒火易炽，虽有孝子顺孙，亦是动辄扼腕[⑪]，况未必孝顺乎！所以物性之热者，炭火制作者，气之香辣者，味之甘腻者，其不可食也明矣。虽然肠胃坚厚、福气深壮者，世俗观之，何妨奉养，纵口固快一时，积久必为灾害。由是观之，多不如少，少不如绝。爽口作疾[⑫]，厚味措毒，前哲格言，犹在人耳，可不慎欤！

或曰：如子之言，殆将绝而不与[⑬]，于汝安乎？

予曰：君子爱人以德，小人爱人以姑息，况施于所尊者哉？惟饮与食，将

---

① 饕（tāo），贪食。

② 蜂起，像群蜂飞舞，纷然并起。

③ 痿，萎缩或失去机能。

④ 壅阏（è），拥堵，阻塞。

⑤ 羁（jī）縻（mí），束缚，控制。

⑥ 但是，只要是，凡是。

⑦ 权，权宜，变通。

⑧ 拨，拨动，摇动。

⑨ 失手，意外失利，不符所愿。

⑩ 饵，服食。《后汉书·马援传》："初，援在交趾，常饵薏苡实。"

⑪ 扼腕，用一只手握住另一只手腕，表示生气、叹惜。

⑫ 爽口，清爽可口。《晋书·张载传》："耽爽口之馔，甘腊毒之味，服腐肠之药，御亡国之器，虽子大夫之所荣，顾亦吾人之所畏，余病未能也。"

⑬ 殆（dài），大概，恐怕。

以养生，不以致疾；若以所养，转为所害，恐非君子之所谓孝与敬也。然则，如之何则可？曰：好生恶死，好安恶病，人之常情。为子为孙，必先开之以义理，晓之以物性，旁譬曲喻，陈说利害，意诚辞确，一切以敬慎行之。又次以身先之，必将有所感悟，而无扞格之逆矣[①]。吾子所谓“绝而不与”，施于有病之时，尤是孝道。若无病之时，量酌可否？以时而进，某物不食，某物代之，又何伤于孝道乎？若夫平居闲话，素无开导诱掖之言[②]，及至饥肠已鸣，馋涎已动，饮食在前，馨香扑鼻，其可禁乎？《经》曰：以饮食忠养之[③]。“忠”之一字，恐与此意合，请勿易看过。

予事老母[④]，固有愧于古者。然母年逾七旬，素多痰饮[⑤]，至此不作，节养有道，自谓有术。只因大便燥结，时以新牛乳、猪脂和糜粥中进之，虽以暂时滑利，终是腻物积多。次年夏时，郁为粘痰，发为胁疮，连日作楚[⑥]，寐兴陨获[⑦]。为之子者，置身无地[⑧]。因此苦思而得“节养”之说，时进参、术等补胃补血之药，随天令加减，遂得大腑不燥，面色莹洁，虽觉瘦弱，终是无病，老境得安，职此之由也[⑨]。因成一方，用参、术为君，牛膝、芍药为臣，陈皮、茯苓为佐，春加川芎，夏加五味、黄芩、麦门冬，冬加当归身，倍生姜。一日或一帖，或二帖，听其小水才觉短少[⑩]，便进此药，小水之长如旧，即是却病捷法。

后到东阳，因闻老何安人性聪敏[⑪]，七十以后，稍觉不快，便却粥数日，单进人参汤数帖而止。后九十馀，无疾而卒。以其偶同，故笔之以求是正。

（原载元至正七年丁亥刻本《格致馀论》）

---

① 扞格，抵触，格格不入。

② 诱掖（yè），诱导鼓励。

③ 忠养，诚敬奉养。《礼记·内则》：“曾子曰：孝子之养老也，乐其心，不违其志，乐其耳目，安其寝处，以其饮食忠养之。”

④ 事，侍奉，服侍。

⑤ 痰饮，中医病症名，指体内过量水液不得输化，停留或渗注于某一部位而发生的疾病。汉张仲景《金匮要略·痰饮咳嗽病脉证并治》：“其人素盛今瘦，水走肠间，沥沥有声，谓之痰饮。”

⑥ 楚，痛苦，疼痛。

⑦ 陨获，丧失志气。《礼记·儒行》：“儒有不陨获于贫贱，不充诎于富贵，不慁君王，不累长上，不闵有司，故曰儒。”汉郑玄注：“陨获，困迫失志之貌也。”

⑧ 无地，形容惶恐、担忧。唐刘禹锡《谢分司东都表》：“伏奉今月十九日制书，授臣太子宾客，分司东都者，宠命自天，战越无地。”

⑨ 职，唯，只。表示主要由于某种原因。

⑩ 小水，小便也。

⑪ 安人，古代命妇的一种封号，宋徽宗时开始自朝奉郎以上至朝散大夫之妻封安人。

【导　读】

朱丹溪对养生保健十分重视，《养老论》是朱氏针对老人的体质特点，提出在用药、饮食等方面所应注意的问题。首先他认为老人“精血俱耗”，阴液亏虚，在用药上应尽量避免温燥之剂，不仅乌附丹剂非其所宜，即使防风、半夏、苍术、香附辛温之药，亦当审慎。至于老人饮食，尤当“谨节”，盖因年事已高，“内虚脾弱”，消化功能衰退，因此“物性之热者，炭火制作者，气之香辣者，味之甘腻者”，俱当慎食。文中还以自己侍奉老母的经历为例，佐证老人饮食节养的宜忌。

（浙江省中医药研究院盛增秀研究员、浙江省立同德医院庄爱文副主任医师撰稿）

慈幼论

人生十六岁以前，血气俱盛，如日方升，如月将圆，惟阴长不足，肠胃尚脆而窄，养之之道，不可不谨。

童子不衣裘帛，前哲格言，俱在人耳。裳，下体之服，帛温软甚于布也，裘皮衣温软甚于帛也。盖下体主阴，得寒凉则阴易长，得温暖则阴暗消，是以下体不与帛绢夹厚温暖之服，恐妨阴气，实为确论。

血气俱盛，食物易消，故食无时。然肠胃尚脆而窄，若稠粘干硬，酸咸甜辣，一切鱼肉、木果、湿面、烧炙、煨炒，但是发热难化之物，皆宜禁绝。只与干柿、熟菜、白粥，非惟无病，且不纵口，可以养德。此外生栗味咸，干柿性凉，可为养阴之助。然栗大补，柿大涩，俱为难化，亦宜少与。妇人无知，惟务姑息，畏其啼哭，无所不与，积成痼疾，虽悔何及。所以富贵骄养，有子多病，迨至成人，筋骨柔弱，有疾则不能忌口以自养，居丧则不能食素以尽礼，小节不谨，大义亦亏，可不慎欤！

至于乳子之母，尤宜谨节。饮食下咽，乳汁便通；情欲动中，乳脉便应；病气到乳，汁必凝滞。儿得此乳，疾病立至，不吐则泻，不疮则热；或为口糜，或为惊搐[①]；或为夜啼，或为腹痛。病之初来，其溺必甚少，便须询问，随证调治，母安亦安，可消患于未形也。夫饮食之择，犹是小可[②]，乳母禀受之厚薄，情性之缓急，骨相之坚脆，德行之善恶，儿能速肖[③]，尤为关系。

---

① 惊搐，受惊或高烧发热而抽搐。

② 小可，细小（之事）。

③ 肖，仿效。

或曰：可以已矣。曰：未也。古之胎教①，具在方册，愚不必赘。若夫胎孕致病，事起茫昧，人多玩忽，医所不知。儿之在胎，与母同体，得热则俱热，得寒则俱寒，病则俱病，安则俱安。母之饮食起居，尤当慎密。

东阳张进士次子，二岁，满头有疮，一日疮忽自平，遂患痰喘。予视之曰：此胎毒也②，慎勿与解利药③。众皆愕然。予又曰：乃母孕时所喜何物？张曰：辛辣热物，是其所喜。因口授一方，用人参、连翘、芎、连、生甘草、陈皮、芍药、木通，浓煎，沸汤入竹沥，与之，数日而安。或曰：何以知之？曰：见其精神昏倦，病受得深，决无外感，非胎毒而何？

予之次女，形瘦性急，体本有热，怀孕三月，适当夏暑，口渴思水，时发小热，遂教以四物汤加黄芩、陈皮、生甘草、木通，因懒于煎煮，数帖而止。其后此子二岁，疮痍遍身，忽一日其疮顿愈，数日遂成痎疟④。予曰：此胎毒也。疮若再作，病必自安。已而果然。若于孕时确守前方，何病之有？

又陈氏女，八岁时得痫病，遇阴雨则作，遇惊亦作，口出涎沫，声如羊鸣。予视之曰：此胎受惊也。其病深痼，调治半年，病亦可安。仍须淡味以佐药功，与烧丹元⑤，继以四物汤入黄连，随时令加减，半年而安。

（原载元至正七年丁亥刻本《格致馀论》）

【导 读】

优生优育，为历代医家所重视。朱丹溪根据小儿“阴长不足，肠胃尚脆而窄”的体质特点，提出“养之之道，不可不谨”。如衣着方面，认为“盖下体主阴，得寒凉则阴易长，得温暖则阴暗消，是以下体不与帛绢夹厚温暖之服，恐妨阴气”；饮食方面，因儿童“肠胃尚脆而窄”，“但是发热难化之物，皆宜禁绝”，“且不纵口”。俗语“要得小儿安，常带三分饥和寒”，此之谓也。

朱氏强调孕妇和乳母的饮食、情志对胎儿和幼儿会产生直接的影响，“儿之在胎，与母同体，得热则俱热，得寒则俱寒，病则俱病，安则俱安”；乳子之母，更

---

① 胎教，孕妇的视听言行对胎儿的感化影响。

② 胎毒，古人认为婴儿的有些病症，如胎黄等，与其母胎妊期间的热毒有关。

③ 解利药，指解表散邪药物。

④ 痎（jiē）疟，病名，即疟疾。

⑤ 烧丹元，古方名。元，同“丸”。据《济阳纲目》卷四六，其组方为虢（guó）丹、晋矾各一两，上用砖凿一窠，先安丹，次安矾，以炭五斤，煅令炭尽，取出研细，以不经水猪心为丸，如绿豆大，每服十丸至二十丸，橘皮汤送下。主治癫痫，无问阴阳冷热。本文中陈氏女患痫病用烧丹元，可能即是此方。然《济阳纲目》较《格致馀论》晚出，谅是古籍辗转传抄之故。

应注意谨节，举凡吐泻、疮疖、口糜、抽搐、夜啼、腹痛等病症，均关乎乳母的饮食起居。为了说明小儿疾病与其母的关系，文中还举了三个生动的案例予以佐证。

【延伸阅读】

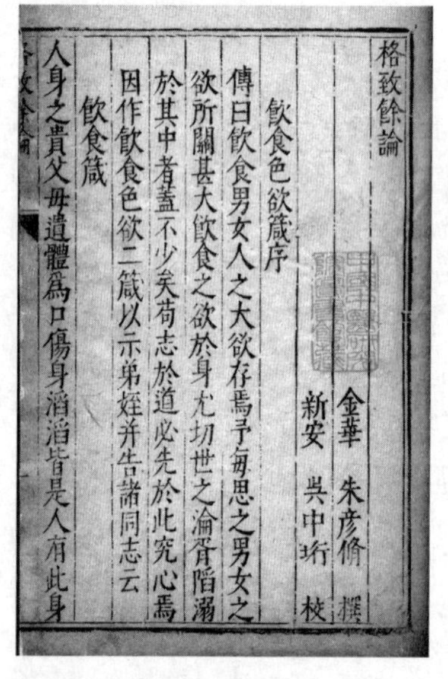

格致餘論

金華 朱彥脩 撰

新安 吳中珩 校

飲食色欲箴序

傳曰飲食男女人之大欲存焉予每思之男女之欲所關甚大飲食之欲於身尤切世之淪胥陷溺於其中者蓋不少矣苟志於道必先於此究心焉因作飲食色欲二箴以示弟姪并告諸同志云

飲食箴

人身之貴父母遺體爲口傷身滔滔皆是人有此身

明万历二十九年辛丑吴勉学校刻《古今医统正脉全书》本《格致馀论》（中国中医科学院图书馆藏）

《丹溪心法》系朱丹溪弟子门人整理其师学术成就之作。主要版本有明成化十八年辛丑（1482）刻本、明弘治六年癸丑（1493）刻本、明嘉靖三十三年甲寅（1554）养正书馆刻本、清道光五年乙酉（1825）静乐堂刻本等，浙江省中医药研究院藏清文奎堂刻本亦为良本。该书比较集中和全面地反映了朱氏的学术思想和治疗经验，是一部研究朱氏医学的重要著作。

《格致馀论》是朱丹溪代表作之一，主要版本有元至正七年丁亥（1347）刻本、明万历二十九年辛丑（1601）新安吴勉学校刻本、清光绪七年辛巳（1881）广州云林阁刻本、清文奎堂刻本以及《文渊阁四库全书》本等。该书共有论文四十二篇，着重阐述了“阳常有馀阴常不足”的理论，以及作者善用的滋阴降火、导痰引滞之法和养生保健的内容，所论多附治案予以佐证，涉及面较广，影响深远。

（浙江省中医药研究院盛增秀研究员、浙江省立同德医院庄爱文副主任医师撰稿）

元·金涓

金涓（1306—1382），字德源（源或作原），号青村，婺州义乌（今浙江义乌）人，元末明初知名学者和诗人。

元大德十年（1306）四月十九日，金涓出生于义乌县的绣湖之滨。金涓自幼聪慧，每日记诵数千言；稍长，学文于同县之黄溍。黄溍为有元一代的文章宗师。元至顺二年（1331），黄溍奉召以应奉翰林文字的身份到大都进入翰林院。之后，金涓投东阳许谦门下。许谦被认为是儒学道统在婺州（今浙江省金华市）的嫡传。金涓学业深得许谦赏识，被称为入室高弟。元至正十八年（1358）三月，朱元璋攻取建德，战火逼近婺州。金涓为避战乱，迁居蜀墅塘之青村，成为义乌青村金姓之祖。金涓自迁居青村以后，逍遥于十里康湖之滨，沉浸于诗情画意之中，吟山咏水，写下了许多脍炙人口的诗篇。

金涓淹贯经传，卓识过人，性情冲淡，淡泊功名。虽挚友交相荐举，但他推辞不就；郡县征辟，他亦坚拒辞谢。他幽居乡野，教授著书，传道授业，深为时人及后世敬仰。金涓后半生高卧烟霞，纵情于山水之间，以著述吟咏为乐。他一生笔耕不辍，著有《湖西集》和《青村集》两部诗文集，共四十卷。但皆散失，传世的只有后裔金江辑录的《青村遗稿》二卷。其诗文，宋濂赞曰："气雄而言腴，发为文章，尤雅健有奇气。"

金华上河东阁记[①]

余忆先师文献黄公致仕而归[②]，道次金华，宿于何氏之东阁，多出前贤墨迹以求志焉。既归，谓门弟子今翰林待制王君子充与涓曰[③]："余见昔贤翰墨多矣，如何氏家藏者，亦不易得，二生暇日，曷一往观览焉[④]？"方是时，子充年

① 上河，应即今东阳南上湖，为下文所称"宋枢密天泽公、太子宾客"何梦然故里。何梦然晚年在家乡建府第，今有太师府，为东阳著名古建筑之一。

② 文献黄公，即黄溍（1277—1357），字晋卿，一字文潜，婺州路义乌（今浙江义乌）人，元代著名史官、文学家、书法家、画家。一生著作颇丰，诗、词、文、赋及书法、绘画无所不精，与浦江的柳贯、临川的虞集、豫章的揭傒斯，并称为元代"儒林四杰"。死后朝廷追封他为"江夏郡公"，谥"文献"。金涓曾师事黄溍。

③ 王君子充，即王祎（1322—1374），字子充，号华川，义乌人，元末明初著名的文史学家，《元史》总裁之一。

④ 曷，何不。

壮气锐，慨然慕司马子长之远游[①]，余亦以事牵，弗遑及何氏之门观所谓前贤墨迹者。

数年后，子充返自幽燕[②]，天下用兵，人事参差，愿莫之遂。戊戌冬[③]，余避地蜀山[④]，适子充挈家亦至，距何氏居仅二十里，往往相与徘徊于荒林迂径，未尝不欲同往，因念何氏当此际，亦且厌嚣耽静[⑤]，入山欲深，纵往未必遇。继而大军至婺[⑥]，子充赴召行省[⑦]，余遂依蜀山筑墅[⑧]。杨子真氏以何氏舜传之命，征余为东阁记。因询及前贤墨迹，俱无恙，意愈怅怏，方以不能如先师之言为恨，由是益欲往观而读之。适其时，肩舆者有禁[⑨]，余既年老衰惫，不能就途。矧以秋清水冷朝涉不可[⑩]，虽以斯阁之瑰奇特绝，不得一登览而畅怀，所藏诸名公之真迹不得寄目而偿所愿焉。

今岁秋仲，舜传之季国政馆寓蜀山[⑪]，朝夕相与盘桓雅游之乐，亟欲记所为东阁者。余因曰："古人之记楼阁台榭，凡其所以形状风物、赋咏林峦、烟景之胜，亦必游目注望，旷然有会于心，使其气志清明，性灵闲逸，然后含毫濡墨，沨沨乎直追其意之所形[⑫]，翰乌坠层云[⑬]，游鱼出重渊，邈焉人莫窥其际也。今乃欲俾余凭空想像彷佛而为之记，如瞽者之于乐章[⑭]，虽能记诵，而终弗穷其旨趣之妙也，不已诬乎？"然以余交游之素，何氏属意之勤，亦窃喜记之而挂名于东阁之上，故不辞揣摹形似以庶几其大概焉。

呜呼！人之生也，富贵利禄不足以长世[⑮]，惟务修实德，读书明善，昭示

---

① 司马子长，即司马迁。此句是指王袆在元代末年曾在元大都居留了两年，在这两年时间里，广交文人学士，游历名胜古迹，见闻益博，才思更雄，名播大都。

② 幽燕，古称今河北及辽宁一带为幽燕。

③ 戊戌，元至正十八年（1358）。

④ 蜀山，地名，在今义乌市佛堂镇附近。

⑤ 厌嚣耽静，指不喜喧嚣，喜爱清静。

⑥ 婺，即婺州，今浙江省金华市。

⑦ 行省，元代除京师附近地区直隶于中央最高行政机关中书省外，又于河南、江浙、湖广、陕西、辽阳、甘肃、岭北、云南等处创设十一行中书省，作为普遍分设全国各地区的中央政务机构，简称十一行省，置丞相、平章等官以总揽该地区的政务。行省遂成为地方最高行政区划的名称。朱元璋攻取婺州之后，授王袆为中书分省掾史。

⑧ 墅，指田庐，村舍。

⑨ 肩舆，轿子。

⑩ 矧，况且。

⑪ 季，小儿子，兄弟姊妹中排行最小的。

⑫ 沨（fán）沨，象声词，形容乐声婉转悠扬。

⑬ 翰乌，指高飞的鸟。

⑭ 瞽者，指眼瞎的人，古代瞎子往往担任乐师。

⑮ 长世，历世久远，永存。

子孙，使之感慕激发，以无陨祖宗之令绪[①]，斯为可贵。何氏自宋枢密天泽公、太子宾客梦然公之后[②]，子孙蕃茂，遂为衣冠望宗[③]。吾想其全盛之时，为贤士大夫之归仰，故获蓄有名贤翰墨，贻传至今[④]。其种德深厚，亦大略可概见矣。弗替引之[⑤]，是在后人。

（原载清宣统元年修《崇儒金氏宗谱》）

【导 读】

东阳何氏发族始于何逵、何坦、何淡三兄弟，他们本是孤寒出身，却立志于读书为文，经过艰辛之路，获进士及第，读书明善成为何氏家训，最终形成南宋时期东阳“兄弟联芳”“父子进士”“父子四进士”“同胞三凤”“五凤齐飞”“一门十进士”的巍巍人文景观。这正如金涓所言，“长世”非富贵利禄所能，贵在“务修实德，读书明善”，这样才能传承祖先的家业。而金涓于自己未到之东阁、未见之墨迹能写得如此令人向往，其才情亦足可见。

自 述

疆埸正多故[⑥]，　山林成久留。
据鞍皆战马，　扣角且歌牛[⑦]。
清德交游冷[⑧]，　光明诗思浮[⑨]。

---

① 令绪，伟大的事业或业绩。

② 梦然公，即何梦然（1207—1267），字子是，浙江东阳南上湖人，南宋淳祐四年（1244）进士，官至知枢密院事兼参知政事，封东阳郡开国公，赠金紫光禄大夫、少傅、永国公等，是金华何氏发族的重要人物。

③ 衣冠，此代称缙绅、士大夫贵族。◎望宗，望族。

④ 贻，流传。

⑤ 弗替引之，不败落而发扬光大。替，废弃，败落。引，延续，弘扬。《诗经・小雅・楚茨》：“子子孙孙，勿替引之。”毛传：“替，废；引，长也。”

⑥ 疆埸（yì），疆土，国土。

⑦ “扣角”句，用的典故是：相传春秋时卫人宁戚家贫，在齐，饭牛车下，适遇桓公，因击牛角而歌。桓公闻而以为善，命后车载之归，任为上卿。见汉刘向《新序・杂事五》。后以“扣角”指求仕。

⑧ 清德，高洁的品德。

⑨ 光明，磊落，坦白。

从今脱尘浊[①]，　自可鄙公侯。

（原载《金华丛书》本《青村遗稿》）

【导　读】

金涓所生活的时代正是元末明初的社会动荡时期，“疆埸正多故”是其时代写照。为避战火，他隐居山村，以至“山林成久留”。但是他受儒家思想的影响而深藏于心的报国济世、建功立业之志，偶尔也会在不经意间泛起，所以想“据鞍”驰骋，想“扣角”佐君王。然而世道险恶，自己的“清德”换来的却是朋辈的冷落，还不如隐于村野，以诗自娱，教徒授业。从此以后，远离那污浊之世，自然可以视万户侯如粪土了。

山　庄

青村溪尽处[②]，　林密隐孤庄。
石老莓苔路，　门荒薜荔墙。
人行秋叶滑，　鹤立晚松凉。
治亩农归后，　蓑衣挂夕阳[③]。

（原载《金华丛书》本《青村遗稿》）

【导　读】

金涓为避元末战乱，隐居于义乌蜀墅塘之青村，他为什么会选择这个地方隐居呢？此诗给了我们答案。溪流尽头，密林中隐现着一个小院落。行人稀少，石子路布满了青苔；柴扉冷落，土墙上攀缘着薜荔。秋风起处，走在落叶上面得小心打滑；鹤立枝头，傍晚时分已感几分寒意。耕作归来，夕阳映照着蓑衣。溪流潺湲，竹深林密，松鹤为伴，远离尘嚣，这大概就是金涓心目中的世外桃源吧！

① 尘浊，犹言尘世。脱尘浊，指不再牵挂于功名。
② 青村，金涓避战乱隐居的地方叫青村，地在今义乌市赤岸镇蜀墅塘附近。
③ 蓑衣，用草或棕制成的、披在身上的防雨用具。

乱中自述四首（选三）

其二

幽居邻水竹， 避地独柴门。
白日琴书净， 春风燕雀喧。
看山凭矮屐， 适兴任芳樽①。
天地军麾满②， 诗成自朗吟。

其三

园林春已半， 茅屋日初长。
水动鱼儿出， 花飞燕子忙。
看云闲坐石， 把酒湿征裳。
落落当年恨③， 高歌竟欲狂。

其四

春梦犹为客， 题诗发兴清。
风帘茅店酒④， 晴日柳桥莺⑤。
亲老频归觐⑥， 时危未息兵。
况来招隐计⑦， 拟问鹿门行⑧。

（原载《金华丛书》本《青村遗稿》）

---

① 芳樽，精致的酒器。
② 军麾，军中指挥用的旗。此指战争。
③ 落落，形容孤高，与人难合。
④ 茅店，用茅草盖的旅舍。
⑤ 柳桥，柳荫下的桥。古代常折柳赠别，因以柳桥泛指送别之处。
⑥ 归觐，归谒父母。此句指回家探望父老乡亲。
⑦ 招隐，招人归隐。唐骆宾王《酬思玄上人林泉》诗："闻君招隐地，髣髴武陵春。"
⑧ 鹿门行，鹿门是鹿门山的简称，在今湖北省襄阳县。后汉庞德公携妻子登鹿门山，采药不返。后用以指隐士所居之地。

【导　读】

身处元末乱世，退隐田野山林便成了金涓不得已的选择。他隐居于蜀墅山村，与松竹为伍，与诗书为伴，与鱼燕为友，享受春风，纵情田野，坐看云飞起，把酒对青天，悠哉乐哉，似乎沉浸在一派宁静与安详中。但即便如此，诗人仍有感于壮志未酬，“把酒湿征裳”，“高歌竟欲狂”，心中充满了无奈与遗憾。

村　舍

几村桑柘远相连[①]，　村北村南小渡船。
茅屋有缘临水住，　闲身无事看山眠。
孤林欲暮鸦争树，　一雨及时人种田。
昨夜邻翁喜相报，　今年依旧是丰年。

（原载《金华丛书》本《青村遗稿》）

【导　读】

人们总喜欢背起行囊去远方寻找风景，其实，江南水乡何处不是亮丽的风景？江南的村舍大都桑柘环绕，依水而建，村边有潺潺流水，河水里总也不乏几条弯弯的小船。沿着弯弯的河道前行，可以看见一排排的小木屋。小木屋的主人们怡然生活，或临水捣衣，或推窗遥望青山。夜幕降临，鸟语蛙鸣都是天籁之音，如果再遇到天遂人愿年成好，山村的夜晚就会充满农家的欢乐之情。

绣湖重游

绣湖八月景堪题，　士女扁舟尾尾齐[②]。
白水青山图画里，　淡烟疏雨夕阳西。
芙蓉濯濯偏临岸[③]，　杨柳依依密护堤。

---

① 桑柘，桑树与柘树。
② 士女，此泛指青年男女。◎扁舟，指小船。
③ 芙蓉，荷花的别称。◎濯濯，明净貌。

满眼浪涛终古事[①]，　华川望断意都迷[②]。

（原载《金华丛书》本《青村遗稿》）

【导　读】

绣湖是义乌的一个重要湖泊，勤劳的义乌人在绣湖周边修筑防护堤坝，湖里培植了大量的荷花，夹岸种植了许多的杨柳，形成了所谓“绣湖八景”：驿楼晚照、烟寺晓钟、花岛红云、柳洲画舫、湖亭渔市、画桥系马、松梢落月、荷荡惊鸥。八月的绣湖，气候宜人，远山青翠，绿水荡漾，烟雨朦胧。士女们在湖中划船嬉戏，夕阳西下，晚霞将青山、士女倒映在湖水上，如海市蜃楼一般。诗人“白水青山图画里”，恰是绣湖美景的真实写照。

【延伸阅读】

金涓著有《湖西集》和《青村集》两部诗文集，共四十卷。但到明嘉靖年间，多已散佚。其六世孙金魁搜得遗稿及师友相关诗文各一卷，由金魁子金江梓印流传；清初顺治年间，其裔孙金光将嘉靖本再行梓印。目前金涓所存诗文皆源出嘉靖本或顺治本，共有四种：一是顾嗣立《元诗选》二集的节选本，收录金涓的大部分诗歌；二是《四库全书》的《青村遗稿》一卷本，收录金涓的诗文；三是《金华丛书》的《青村遗稿》二卷本，包括金涓诗文一卷和师友诗文一卷（《丛书集成初编》据此本收录）；四是南京图书馆所藏清抄本《青村遗稿》。中华书局2019年出版的《金涓集》（刘金荣点校、张涌泉审定），是金涓所存诗文最为完整的点校本。

（绍兴文理学院刘金荣副教授撰稿）

① 此句意谓绣湖经过整治（有岸有堤），已经不会像过去那样洪水泛滥。终古，往昔。

② 华川，本为水名，也为义乌旧称。唐武德四年（621）划乌伤一县别立稠州，后分置乌孝、华川二县；华川县即以华川水得名。武德七年废稠州，合乌孝、华川为一县，改名义乌。

明·傅藻

杜门书院

傅藻（1321—1392），字伯长，号国章。曾受业于黄溍门下，与宋濂、王祎、金涓同出师门。洪武五年（1372），傅藻蒙宋濂举荐，由本县儒学召对称旨，特授翰林编修。洪武七年，改应奉翰林文字、同知制诰、兼国史院编修官。洪武十年，拜两淮监察御史，奉敕“按狱凤阳等处，多所平服。时凤阳为诸贵戚之乡，号称难治，公一按之以法”（明胡让《监察御史傅国章归里养亲序》）。后又擢东宫文学。洪武十二年秋，恳请回家养母，蒙恩还乡，建杜门书院。洪武十七年复出，授武昌知府，激浊扬清，除贪黜奸，惩治贪官污吏，深受百姓爱戴。次年，因政绩显著，又擢河南廉访使。洪武二十三年，因体劳多病，以病乞归，恩准赐养。傅藻为官近二十年，心系社稷百姓，政绩斐然，以清正廉明闻名于世。

赠烂柯山先生荣归①

白发仙翁七十强，　　十年饱挹泮芹香②。

---

① 此诗原载浙江义乌《杜门傅氏重修宗谱》，编者注云：“廉使公游黄文献公门，诗学得其传授，惜身后遗著散佚，片羽仅存。兹敬录其洪武三年八月甲申日《赠烂柯山先生荣归》七律一章云。……盖此诗实送陈仲玉先生序文时所作。”烂柯山先生，即陈中立，字仲玉，号烂柯山人，义乌人，与傅藻曾同为义乌县学诸子师。洪武三年（1370），上命府县立博士弟子员，有旨以陈仲玉应诏，当时陈氏年已七十，故婉言辞之，诸学士遂赋诗以饯。傅藻作此诗赠之，又作序以冠群言之首。

② “十年”句，元末戊戌（1358）年间，陈仲玉因条上安民知人等十策，受到朱元璋嘉纳，被封任“本邑文学掾”（傅藻《送陈仲玉先生诗序》），至洪武三年辞任，凡十三年，故云。挹（yì），吸取。宋吴自牧《梦粱录·六月》：“恣眠柳影，饱挹荷香。”泮芹，指考中秀才。语出《诗经·鲁颂·泮水》：“思乐泮水，薄采其芹。”本指泮水中的芹菜，借指古代学宫中的秀才。

诗篇风雅多成帙， 棋局深机独坛场[1]。
大隐宁容尘俗近[2]， 归休不为石田荒[3]。
诸生未用嗟离别， 咫尺湖边是玉堂[4]。

（原载浙江义乌《杜门傅氏重修宗谱》）

【导 读】

此诗为傅藻赠友人陈仲玉荣归时所作。首联是作者对陈仲玉的概括描写，虽然年过七十，犹自鹤发童颜，多年身居教职，作育人才。在首联概括描写的基础上，颔联突出陈氏的两大爱好与才能，即写诗与弈棋。颈联转入荣归的描写，陈氏虽然荣归，但既非隐居山林，也非求田问舍，而是身居闹市，心处世外。由此，自然引出尾联，正因为烂柯山人并非隐居山林，所以不必嗟叹别离，因为他的居所就在不远的湖边。全诗写得平易直白，既表现了烂柯山人逍遥自在、超然脱俗的精神，也表现了作者冲淡透脱的人生旨趣。

征途漫咏

朝发毗陵浦[5]， 夕宿扬子湄[6]。

---

① 深机，犹秘诀。◎坛场，当作“擅场”，“坛（壇）”为“擅”字形误；擅场，谓技艺超群。唐杜甫《冬日洛城北谒玄元皇帝庙》诗：“画手看前辈，吴生远擅场。”傅藻《烂柯山人生传》（载《杜门傅氏重修宗谱》）：“尤好弈棋，至忘饥渴，因以烂柯山人自号。”

② 大隐，指身居朝市而志在玄远的人。晋王康琚《反招隐诗》：“小隐隐陵薮，大隐隐朝市。伯夷窜首阳，老聃伏柱史。”◎宁容，岂容，哪容。唐杜荀鹤《题所居村舍》诗：“家随兵尽屋空存，税额宁容减一分。”

③ 石田，指贫瘠的田地。宋秦观《次韵子由题蜀井》诗：“蜀冈精气滀多年，故有清泉发石田。”

④ 玉堂，可指神仙的居处或豪贵的宅第，诗中应是指陈仲玉的住处。《文选·左思〈吴都赋〉》：“玉堂对霤，石室相距。”晋刘逵注：“玉堂石室，仙人居也。”唐张柬之《东飞伯劳歌》：“窈窕玉堂褰翠幕，参差绣户悬珠箔。”

⑤ 毗陵，古地名，本春秋时吴季札封地延陵邑，后世多称今江苏常州一带为毗陵。◎浦，水边，河岸。

⑥ 扬子，“扬”字底本从木旁，古书扌旁、木旁多讹混，兹径录正。扬子，即扬子江，是长江从南京以下至入海口的下游河段的旧称，因扬子津及扬子县而得名，含括仪征市、扬州市一带。◎湄，岸边。与上句“浦”含义略同。

度江风气殊[①]，　遥成望中陂[②]。
男儿重勋业，　宁恋松菊期[③]。
吾羡谢安石[④]，　徐下东山陲[⑤]。
功高世不忌，　谈笑方围棋[⑥]。

（原载嘉庆《义乌县志》卷二二）

【导　读】

此诗描写了傅藻在外任官时，舟行途中的所见所感。洪武十年（1377），傅藻任两淮监察御史，“道途往还，以民情土俗著为诗二十馀章。一日召对华盖殿，以诗进呈。上喜，赐以和平章四首”（明胡让《监察御史傅国章归里养亲序》），此诗或许就是当时“道途往还”所作的诗作之一。作者早发毗陵，暮至扬子江，所经之地的风尚各异。征途的漫长并未消磨诗人建功立业的情怀。在他看来，真正的好男儿应心系社稷，为国效力，而非消极遁世，无所作为。随后，作者又用谢安隐居东山之典，希望自己能够像他那样，拿得起，放得下，不慕权位，急流勇退；面对世事变化从容镇定，举重若轻。全诗由征途之景写至家国之情，字里行间洋溢着功成不居的崇高风范和强烈的社会使命感，是诗人心中真情实感的坦诚流露。

---

① 度，同“渡”。◎风气，风尚习俗。◎殊，不同。战国楚宋玉《风赋》：“其所托者然，则风气殊焉。”

② 陂（bēi），水边，水岸。《国语·越语下》：“滨于东海之陂，鼋鼍鱼鳖之与处。”三国吴韦昭注：“陂，涯也。”“浦”“湄”“陂”都可以指水边、岸边，含义略同，但各地所称不一，往往有地域特色，这大约就是诗句所说的“风气殊”吧。

③ 宁（nìng），岂，难道。表示反诘或否定。◎松菊，形容隐者的居住环境。语出晋陶潜《归去来兮辞》：“三径就荒，松菊犹存。”

④ 谢安石，即谢安（320—385），字安石，祖籍陈郡阳夏（今河南太康），东晋政治家、军事家。

⑤ 东山，谢安早年曾辞官隐居会稽之东山（今浙江上虞），经朝廷屡次征聘方复出。《晋书·谢安传》记载：谢安少年既有名声，屡次征辟皆不就，隐居会稽东山，年逾四十复出为桓温司马，累迁中书、司徒等要职，晋室赖以转危为安。◎陲（chuí），边缘。唐王维《送别》诗：“君言不得意，归卧南山陲。”

⑥ “谈笑”句，用谢安典，形容关键时刻从容镇定。东晋孝武帝太元八年（383），前秦苻坚出兵伐晋，于淝水（现今安徽省寿县东南方）决战，东晋方面由征讨大都督谢安为统帅迎战，其侄谢玄为前锋都督，最终东晋以仅八万军大胜八十余万前秦军。《晋书·谢安传》：“玄等既破坚，有驿书至，安方对客围棋，看书既竟，便摄放床上，了无喜色，棋如故。客问之，徐答云：‘小儿辈遂已破贼。’既罢，还内，过户限，心喜甚，不觉屐齿之折，其矫情镇物如此。”

【延伸阅读】

傅藻随黄溍学习时，曾协助编写《义乌县志》；又与王祎、宋濂等同编《黄文献公集》，俱存。任东宫文学期间，奉懿文太子朱标命纂录《春秋本末》三十卷；另外自著有《纪行诗》《南华集》，俱已亡佚。个人作品现仅留存《送陈仲玉先生诗序》《送曹养志游国学归序》《烂柯山人生传》《连一胡居士赞》《水竹洞天亭记》等应酬文字及《征途漫咏》《赠烂柯山先生荣归》等诗若干首，见收于《义乌县志》、《杜门傅氏重修宗谱》（1918年贞则堂木活字本）等乡邦文献。此外，明李昌祺的笔记小说《剪灯馀话》卷三《琼奴传》记载了傅藻任监察御史时秉公办案、为民伸冤之事，兹附载于下，以供参考。

附　录

琼奴传[①]

琼奴，姓王氏，字润贞[②]，常山人。二岁而父殁。母童氏，携琼奴适富人沈必贵，沈无子，爱之过已生。年十四，雅善歌词[③]，兼通音律，言、德、工、容四者咸备，近远争求纳聘焉。时同里有徐从道、刘均玉者，请婚尤切。徐本华胄而清贫，刘实白屋而暴富。徐之子名苕郎，刘之子名汉老，皆仪容秀整，且与琼奴同年。必贵欲许刘，则鄙其阀阅之卑微；欲许徐，则虑其家道之穷迫，犹豫迟疑，莫之能定。

一日，谋于族人之有识者，彼为之画策曰："但求佳婿，勿论其他。"必贵曰："然则何以知其佳乎？"曰："易耳！子宜盛为酒食，特召二生，仍请前辈之善藻鉴者，使潜窥之，一则观器量之如何，二则试词翰之能否，择其善者而从焉，于选婿乎何有！"必贵深然之。

至二月花晨，开筵会客，凡乡里之号名胜者，咸集于庭。均玉、从道亦各携其子而至。汉老则人物整齐，雍容应对，降登揖让，未免矜持。苕郎则眉目清新，言

---

① 此文见载于明正德六年（1511）杨氏清江堂刻本（简称清江堂本）、民国六年（1917）诵芬室丛刊本（简称诵芬室本，据日本元和活字本翻刻，元和为日本年号之一，1615—1624年使用）《剪灯馀话》，另见于《全浙诗话》卷三九（清正觉楼丛刻本，简称《全浙诗话》本）、光绪《常州县志》卷六七（简称《常州县志》本）。比较而言，诵芬室本内容完整且错误较少，《常州县志》本次之，清江堂本虽时代较早但残缺甚多，《全浙诗话》本则错误较多，故此选用诵芬室本为底本，以其余三本参校。

② 贞，《全浙诗话》本及《常州县志》本同，清江堂本作"真"。下文"润贞"底本等三本同，清江堂本缺。"贞""真"形近易误，以本则故事的主题而言，疑以作"贞"为长。

③ 歌词，《全浙诗话》本及《常州县志》本同，清江堂本作"歌辞"，含义略同。

谈儒雅，衣冠朴素[①]，举止自如。席尊有耕云者[②]，沈之族长也，名知人，一见二生，已默识其优劣矣，乃飏言于众曰："宗侄必贵，有女及笄。徐、刘二公，欲求缔好，两门子弟，人物并佳，但未审姻缘果在谁耳。"必贵起对曰："此事尊长主之，则善矣。"耕云曰："古人有射屏、牵丝、设席等事，皆所以择婿也，吾则异于是。"因呼二生至前，指壁间所挂"惜花春起早""爱月夜眠迟""掬水月在手""弄花香满衣"四画曰："二郎少摅妙思，试为咏之，中目、夺衣，在此一举。"奈何汉老生居富室，懒事诗书，闻命，睢盱久之不就。茗郎从容染翰，顷刻而成。呈上，耕云啧啧称赏。其诗曰：

胭脂晓破香桃萼，露重荼蘼香雪落。媚紫浓遮刺绣窗，娇红斜映秋千索。辘轳惊梦急起来，梳云未暇临妆台。笑呼侍女秉明烛，先照海棠开未开。

右惜花春起早

香车半觯金钗卸，寂寂重门锁深夜。素魄初离碧海壖[③]，清光已透朱帘罅。徘徊不语倚阑干，参横斗落风露寒。小娃低语唤归寝，犹过蔷薇架后看。

右爱月夜眠迟

银塘水满蟾光吐，嫦娥夜夜冯夷府。荡漾明珠若可扪，分明兔颖如堪数。美人自挹濯春葱，忽讶冰轮在掌中。女伴临流笑相语，指尖擎出广寒宫。

右掬水月在手

铃声响处东风急，红紫丛边久凝立。素手攀条恐刺伤，金莲移步嫌苔湿。幽芳撷罢掩兰堂，馥郁馀香满绣房[④]。蜂蝶纷纷入窗户，飞来飞去绕罗裳。

右弄花香满衣

均玉见汉老一词莫措，大以为耻，父子竟不终席而逸矣。于是四座合词，皆以茗郎为好，而茗之婚议，亦自此而成。不出月馀，已择日过聘矣。既而必贵以爱婿

---

① 衣冠，底本作"衣服"，兹据清江堂本、《全浙诗话》本及《常州县志》本改。

② 席尊，底本及《全浙诗话》本皆作"席中"，兹据清江堂本改。

③ 海壖（ruán），也作"海堧"，海边地，泛指沿海地区。

④ 馀香，《全浙诗话》本及《常州县志》本均作"馀馨"，清江堂本残缺。

之故，欲其数相往还，遂招置馆中，读书进学。

偶童氏小恙，苕郎入问疾，而琼奴正侍母汤药，不虞苕之至也，回避不及，乃相见于母榻前。苕郎睁之，姿色绝世。出而私喜，封红笺一幅，使婢送与琼奴。拆之，空纸也。琼奴笑成一绝，以答苕曰：

茜色霞笺照面赪，玉郎何事太多情？风流不是无佳句，两字相思写不成？

苕郎持归，以夸于汉老。汉老正恨其夺己之配，以白均玉。均玉不咎子之无学，反切齿徐、沈，入骨恨之。即诬以事，俱不得白。徐阖室役辽阳，沈全家戍岭表。诀别之际，黯然销魂，观者莫不为之下泪。遂散去，南北不相闻。

已而必贵倾殂，家事零落。惟童氏母女在，萧然茅店，卖酒路傍。虽患难之中，琼奴无复昔时容态，而青年粹质，终异常人。有吴指挥者悦之，欲娶以为妾，童氏以许人辞。吴知其故，遣媒谓曰："徐郎辽海从戍，死生未卜，纵饶无恙，又安能至此而成姻乎？与其痴守空营，蹉跎岁月，盍不归我贵家，任汝母女受用，亦不虚度一生也。"琼奴坚然不肯。吴又使媒妪传言，且压以官府。童氏惧，与琼奴谋曰："一从苕去，五阅星霜，地角天涯，鱼沉雁杳，真所谓君处北海，寡人处南海，风马牛之不相及也。汝之身事，终恐荒唐。矧又父遽沦亡，他乡流落，权门侧目，欲强委禽，吾孤儿寡妇，其何术以拒之？"琼奴泣曰："徐门遭祸，本自儿身，脱别从人，背之不义。且人之异于禽兽者，以其有诚信也。弃旧好而结新欢，是忘诚信；苟忘诚信，殆犬彘之不若；儿有死而已，其肯为之乎？"因赋古训一阕，以自誓。其调寄《满庭芳》，云①：

彩凤分群，文鸳失侣，红云路隔天台。旧时院落，画栋积尘埃！谩有玉京离燕，向东风似诉悲哀！主人去，卷帘恩重，空屋亦归来。

泾阳憔悴女，不逢柳毅，书信难裁。叹金钗脱股，宝镜离台！万里辽阳郎去也，甚日重回？丁香树，含花到死，肯傍别人开！

是夜，自缢于房中，母觉而救解，良久方苏。吴指挥者闻之，怒，使麾下碎其酿器，逐去他居，欲折困之。时有老驿使杜君，亦常山人，必贵存日，相与善，怜童氏孤苦，假以驿廊一间而安焉。

一日，客有戎服者三四人，投驿中。杜君问所从来，其人曰："吾侪辽东某卫总小旗，差往海南取军，暂此假宿耳。"值童氏偶立帘下，中一少年，特醇谨②，

---

① "因赋"以下至此，《全浙诗话》本及《常州县志》本均作"因赋《满庭芳》一阕以自誓曰"，清江堂本残缺。

② 醇，《全浙诗话》本及《常州县志》本作"淳"，二字音同义通；清江堂本残缺。

不类武卒，数往还相视，而凄惨之色可掬。童氏心动，即出问之："尔谁耶?"对曰："茗姓徐，浙江常山人，幼时父尝聘同里沈必贵女，与茗为婚，未成亲，而两家缘事，沈责南海，茗戍辽东，不相闻者数载矣。适因入驿，见妈妈状貌，酷与茗外母相类，故不觉感怆，非有他也。"童氏复问："沈家今在何处？厥女何名?"曰："女名琼奴，字润贞，开亲时年方十四，以今计之，当十九矣。第忘其所寓州郡，难以寻觅耳。"童氏入语琼奴，琼奴曰："若然，天也。"明日，召使至室中，细问之，果茗郎也，今改名子兰矣，尚未娶。童氏大哭曰："吾即汝丈母，汝丈人已死，吾母女流落于此，出万死已得再生，不图今日再能相见。"遂白于杜君及茗之同伴，众口嗟叹，以为前缘。杜君乃率钱备礼，与茗毕姻。合卺之夕，喜不塞悲，琼奴诉其衷怀，不任凄断。因诵杜少陵《羌村》诗："夜阑更秉烛，相对如梦寐。"此句殆为今日设也。茗抚之谆切，曰："第毋伤感，且尽绸缪，姑候来年，挈尔同归辽东，则鱼水欢情，永永相保矣。"既而茗同伴有丁总旗者，忠厚人也，谓茗曰："君方燕尔，莫便抛离，勾军之行，不必渠往，我辈当分诣各府投文。君善抚室，且此相待，公事完日，相与归辽。"茗置酒饯别，诸人起程。

不料吴指挥者缉知，以逃军为名，捕茗于狱，杖杀之，藏尸于窑内。亟令媒恐童氏曰："彼已死矣，可绝念矣，吾将择日舁轿来迎汝女，若又不从，定加毒手。"媒求诺反命，琼奴使母诺之。媒去，语母曰[①]："儿不死，必为狂暴所辱，将俟夜引决矣!"母亦无如之何。

是晚，忽监察御史傅公到驿。琼奴仰天呼曰："吾夫之冤雪矣。"乃具状以告。傅公即抗章以闻。又两月，得请，就命鞫问，而求尸未得。政谳讯间，羊角风自厅前而起。公祝之曰："逝魄有知，导吾以往。"言讫，风即旋转，前引马首，径奔窑前，吹开炭灰，而尸见矣。公委官检验，伤痕宛然，吴遂伏辜。公命州官葬茗于郭外，琼奴哭送，自沉于冢侧池中，因命葬焉。公言诸朝，下礼部，旌其冢曰："贤义妇之墓"。童氏亦官给衣廪，优养终身焉。

（浙江大学人文学院硕士研究生沈秋之撰稿）

---

① 语，《全浙诗话》本及《常州县志》本同，清江堂本作"与"，义皆可通。

明·王袆[①]

王袆（1322—1374），字子充，号华川，是元末明初非常重要的一位人物。他与被誉为明朝“开国文臣之首”的宋濂齐名，两人是同门，都师事黄溍。元顺帝至正十八年（1358），朱元璋攻克金华，闻王袆之名，征至行在，授中书分省掾史。洪武二年（1369），明太祖诏修《元史》，王袆与宋濂同任总裁官。书成之后，王袆被擢升为翰林待制、同知制诰、兼国史院编修官。洪武五年，奉命出使云南劝降梁王，后不幸被害。建文中，谥“文节”。正统六年（1441），义乌县丞刘杰上书表彰王袆事迹，改谥“忠文”。

王袆印信

就中国历史过程的统一性与完整性来看，王袆的贡献更在于他以历史学家的身份，在以清晰的历史意识保存了元代历史的同时，又为中华文化传承的统一性做出了独特贡献。在元明迭代之际，王袆与宋濂等一批知识分子，成为中国文化传统承先启后的重要人物。王袆为人儒雅，崇尚气节，学问博洽，发为诗文，文字淳朴，气象沉郁，以文名冠于士林。其著作主要有《王忠文公文集》《大事记续编》等。

知学斋记

人不可以不学，而非所当学不可以为学。知所当学而学焉，斯可以言学矣。所当学者何？圣贤之道是也。圣贤远矣，而其典籍具在，其言可考，其道可求，勉焉以至也，知其学而学焉，虽未至于圣贤，盖亦圣贤之徒也。

---

① 袆（huī），史传文献中多讹作“袆（yī）”。宋濂写过一篇《送王子充字序》（见《宋濂全集·辑补》，浙江古籍出版社1999年版），有“子充其欲为古之道哉？夫袆之为物，古之蔽膝，所以被于裳衣之上，覆前者也”云云，则王氏之名，自当从衣旁作“袆”为正。此外，明方孝孺有为“王袆”父亲写的《常山教谕王府君行状》，云“府君春秋高，三子裕、袆、补皆业儒，而袆从黄文献公学，颉颃侪辈间，尤有名”（方孝孺《逊志斋集》卷二一），其兄其弟之名皆从衣旁，则王袆之名，亦必是从衣旁。又故宫博物院藏有王袆书法真迹（《义乌墨韵》中有印本），末题“金华王袆记”，并有篆书印章“王袆子充”，题名中的“衤”旁和印章中的篆书“衣”旁都非常清晰。古人写字刻字“礻”“衤”混用不分（通常是“衤”旁混同作“礻”），所以传世刻本中往往把“王袆”误写作“王祎”。

夫人莫不有是性也[①]，有是性则有是才[②]，尽其性而充其才者，圣贤之所以为学也。性者，万物之一原，非有我之得私也。尽性则理之在我者无不明，而视天下无一物之非我矣。子思曰：“唯天下至诚，为能尽其性；能尽其性，则能尽人之性；能尽人之性，则能尽物之性。”[③]夫谓之尽人尽物之性，则天下含智之人、肖翘之物[④]，举必待我以遂其生[⑤]、乐其所矣。所以然者，由我之尽性，而又有我之才有以应之也。是故家国天下之事众多，不易为也，而所以品节弥纶之者，非才则莫有以应之。周子曰：“才与诚合，则周天下之治也。”[⑥]盖尽诸己而及乎人物者，性之所以尽也；尽乎人物而本诸一己者，才之所以充也。性出于天，才出于气，而气亦天也。尽其性，充其才，则有以合乎天矣。合乎天而无间焉，则与天为一矣。而其至于是也，亦本于诚而已矣。是故尽性至命[⑦]，未有不本于孝弟也；穷神知化[⑧]，未有不由通于礼乐也。大至于位天地、育万物，而实不外乎屋漏之无愧[⑨]；妙极乎危微执中之奥[⑩]，而实不离乎匹夫匹妇之所知。自小学以底大成[⑪]，本末虽殊，而无二致。自一己以对天下，体用虽别[⑫]，而皆一理。所推者广，而所守者可谓简；所行者若近而易知，而所任者不可不谓远且重也。此圣贤之学，所以“为天地立心，为生民立命，为

---

① 是性，指人的本性。

② 才，能力。

③ 子思（约前483—约前402），姓孔，名伋，字子思。孔鲤之子，孔子之孙。通常认为《中庸》是他的作品。此处引文即出于《中庸》。

④ 肖翘，细小而能飞的生物，如蚊蝇之类。《庄子·胠箧》：“惴耎之虫，肖翘之物，莫不失其性。”“惴”又作“喘”。唐成玄英疏：“附地之徒曰喘耎，飞空之类曰肖翘，皆轻小物也。”

⑤ 举，皆，全部。◎遂其生，遂顺其本性而使其生命得以成就。

⑥ 周子，周敦颐（1017—1073），字茂叔，号濂溪，北宋思想家，是宋代理学的开山祖师，著有《通书》《太极图说》等。但引文不是出于周敦颐，而是出于程颢（1032—1085），字伯淳，当是王袆误记。《二程遗书》卷十载程颢曰：“才与诚一物，则周天下之治。”大意谓如果一个人的才能与他得自于天道的诚明之德相同一，那么就足以使天下得到普遍的治理了。

⑦ 尽性至命，语出《周易·说卦》：“穷理尽性以至于命。”大意谓若能穷尽万物之所以然的根本原理，就能穷尽万物的本然之性，于是就能进一步推原人之生命的吉凶寿夭。

⑧ 穷神知化，语出《周易·系辞下》：“穷神知化，德之盛也。”大意谓能够穷究天道变易无方的微妙，而通晓事物之所以变化的根源，乃是圣人的伟大德能。

⑨ 屋漏，古代屋室的西北隅设小帐，安藏神主，泛指人所不知的隐秘之地。《诗经·大雅·抑》：“相在尔室，尚不愧于屋漏，无曰不显，莫予云覯。”毛传：“西北隅谓之屋漏。”不愧屋漏，即指心地光明正大，不欺暗室。

⑩ 危微执中之奥，指古文《尚书·大禹谟》的所谓“十六字心传要诀”所体现的奥秘。

⑪ 小学，初等教育。◎底，至，到达。◎大成，学问完备。《礼记·学记》：“九年知类通达，强立而不反，谓之大成。”

⑫ 体用，中国古代哲学中的一对范畴。体，指事物的本来状态或本质；用，指事物以这一本质为根据的实际功能与作用。

往圣继绝学，为万世开太平”者也[①]。尧、舜、禹、汤、文、武之为君，皋陶、伊、傅、周、召之为臣[②]，孔子、颜、曾、思、孟之所以为教者，其不以此也欤？

呜呼！三代以还，圣贤之学，于是不明不行也久矣。当战国时，苏、张以纵横之学行[③]，管、商以功利之学显[④]，申、韩以刑名之学见[⑤]，杨、墨以异端

---

① “为天地立心”四句，出自宋张载《横渠语录》，影响巨大，被称作“横渠四句”。天地无心，以人为心，所谓“为天地立心”，根本要求是把人心在作为天道内在上的意义自觉地建立起来，这样才能使人事的实践上达于天道的高度。“为生民立命”，命的意思不是命运，而是生活、生命，民众的日常生活必须符合天道的固有秩序，因此国家管理的法则须与天道的法则保持一致，圣人之学的根本要义即是强调政治与德行的统一、生活与道德的统一，人民的生活只有在圣人之学的指导之下，才能在现实性上回归于大中至正。“为往圣继绝学”，宋人的“道统”观认为，尧、舜、禹、汤、文、武、周公、孔子、孟子之后，圣人之学的统绪就断绝了，北宋诸子是以圣人之学的继承者自居的。“为万世开太平”，圣人之学即是“道学”，是把天道的大中至正实现出来的根本原理。唯天地太和，故万物生生，无有穷已；唯圣人之学光大于天下，方可能使天下人民享有和谐安宁。“横渠四句”既简略而又深刻地概括了圣人之学的意义与价值，对后世影响极大。其中，“为天地立心”是讲圣人之学与天道的同一性，是哲学使命；“为生民立命”是讲圣人之学的政治使命；“为往圣继绝学”是讲圣人之学的学术使命；“为万世开太平”是讲圣人之学的前景或未来使命。

② 皋陶（yáo），舜的臣，主管司法。◎伊，指伊尹，又称伊挚，是商汤的大臣。◎傅，指傅说（yuè），是商王武丁的大臣，辅佐武丁实现对商朝的中兴。◎周，指周公，姓姬名旦，是周文王之子，周武王之弟，辅助武王灭商，制礼作乐，为西周制度确立根本规模，对后世政治有重大影响。◎召，指召公，姓姬名奭。辅助周武王灭商后，因他的采邑在召（今陕西岐山西南），所以称为召公或召伯。武王去世之后，其子成王姬诵继位，召公为太保；周成王去世后，康王姬钊继位。召公辅佐二王，达成西周“成康之治”，四十年刑措而弗用。以上这些人物，都是历史上著名的有道贤臣。

③ 苏，指苏秦（？—前284），字季子，东周洛阳人。◎张，指张仪（？—前309），魏国安邑（今山西万荣）人。苏秦、张仪是战国时期著名的“纵横家”。苏秦主张“合纵”，张仪主张“连横”。

④ 管，指管仲（？—前645），名夷吾，字仲，颍上人。管仲处在春秋前期，对齐国进行了一系列的改革，辅佐齐桓公成为春秋第一霸主，实际上开启了中国历史上的“霸政”。◎商，指商鞅（约前390—前338），卫国人，故又称卫鞅；公孙氏，故又称公孙鞅；因功被封于商，号称商君，又称商鞅。商鞅是战国时期著名的法家代表人物。他在秦国实施变法，对秦国的强大起到重要作用。管仲、商鞅在古籍中往往连称，传统上则被视为“功利主义”的代表。

⑤ 申，指申不害（约前385—前337），郑国人，《史记》说他深于“黄老之术”，是战国时期法家思想的重要代表人物之一。◎韩，指韩非（约前280—前233），新郑人。韩非是战国末的一位思想家，他是荀子的学生，却成为法家思想的集大成者，并构想了“中央集权”体制，为后来秦朝所实践，对中国历史影响久远。申不害、韩非都是法家人物，但在思想上对老子的“治术”有深刻继承，主张循名责实，赏罚分明，后人遂称之为“刑名之学”。《史记·老子韩非列传》说：“申子之学，本于黄老，而主刑名。”

之学名[①]。及汉有黄老清静之学[②]，有专门训诂之学[③]，有灾异之学[④]，有谶纬之学[⑤]。至晋有清虚之学[⑥]，至梁有佛氏之学[⑦]，至于隋、唐，又习为词章之学[⑧]。百家之所立，各奋其私说，一代之所尚，皆徇乎时好[⑨]，道术为天下裂[⑩]，至于

---

① 杨，指杨朱（生卒年有异议）。◎墨，指墨翟（生卒年不详）。杨朱学派与墨翟学派都是先秦时的“显学”，但遭到了孟子的严厉批判。孟子说：“圣王不作，诸侯放恣，处士横议，杨朱、墨翟之言盈天下。天下之言，不归杨则归墨。杨氏为我，是无君也；墨氏兼爱，是无父也。无父无君，是禽兽也。”他们的观点，显然都与儒家学派大相径庭，因此在儒家看来，他们就都是“异端之学”。

② 黄老清静之学，黄指黄帝，老指老子，被认为是道家的源头。汉代早期“黄老之学”兴盛，主张“无为而治”。《汉书·艺文志》说“道家者流”“清虚以自守，卑弱以自持”，以为只要凭借“清虚”就可以实现天下大治了，所以称之为“清静之学”。

③ 专门训诂之学，这里指汉代经学。汉武帝转变了“黄老之学”的时代风气，专崇儒学，设立“五经博士”，于是儒学大兴，对于儒家经典的注释成为新学风，这需要专门知识，也因此而形成了不同的“师法”“家法”，所以这里称之为“专门训诂之学”。

④ 灾异之学，灾指自然灾害，如洪水、地震之类；异指异常天象，如日食、月食之类。汉代学者基于“天人感应”的基本观点，认为灾异的发生是与政事的失误相联系的。以阴阳五行的推究为基本手段，阐释灾异与政事之间的“内在联系”，提出“谴告说”等，谓之“灾异之学”。

⑤ 谶（chèn）纬之学，谶是一种隐语、预言或图箓，人们认为它是关于某些事态未来发展之吉凶，或将要出现某种重大事件的征兆或预示；纬是在“天人感应”的基本观念主导下，儒生们编集起来的附会儒家经典的各种著作。有经则有纬，故六经皆有纬。这些纬书大多牵强附会，但体现了汉代尤其是两汉交替之际的思想界状况。《隋书·经籍志》说：“炀帝即位，乃发使四出，搜天下书籍与谶纬相涉者皆焚之，为吏所纠者至死。”

⑥ 清虚之学，这里主要是指魏晋玄学。玄学以《周易》《老子》《庄子》为义理讨论的主要对象。玄学对廓清谶纬之学的影响有积极作用。

⑦ 佛氏之学，指佛教。佛教从公元1世纪传入中原地区，很快就引起统治者与知识分子的关注，大量佛教经典被翻译成汉语，传播迅速。到了梁代，梁武帝（464—549，名萧衍，字叔达），笃信佛教，还曾多次“舍身为僧”。梁代佛教发达，如著名僧人慧皎（497—554，俗姓陈氏，会稽上虞人），撰写了中国历史上第一部《高僧传》；僧祐（445—518，俗姓俞氏，彭城下邳人），著《出三藏记集》《弘明集》等，都是佛教史上非常重要的著作。

⑧ 词章之学，这里主要是指唐代的诗歌辞赋之学。唐代诗歌最为繁荣，名家辈出，成为唐代文学典范。唐代科举还把“诗赋”列入考试科目。

⑨ 徇（xùn），顺从，依从。

⑩ 道术，学术。《庄子·天下》：“后世之学者，不幸不见天地之纯，古人之大体，道术将为天下裂。”

宋，盖千数百年，其间如荀卿[①]、扬雄[②]、董仲舒[③]、贾谊[④]、王通[⑤]、韩愈氏[⑥]、欧阳修氏[⑦]，庶几明圣贤之学矣，而其道不大显；诸葛亮[⑧]、陆贽[⑨]、范仲淹[⑩]、司马光[⑪]，盖欲行其学矣，而亦未能以有为也。惟春陵周子者出[⑫]，始有以上续

---

① 荀卿（约前313—前238），名况，战国时期赵国人。世称荀卿，“卿”是人们对他的尊称。汉代因避汉宣帝刘询之讳，称之为“孙卿”（“荀”“孙”古音相通）。后世称为荀子。荀况曾三度为齐国稷下学宫祭酒。后去齐至楚，楚国春申君任为兰陵令。晚年专事著述，终老兰陵。荀况是著名思想家，是先秦儒家的一位代表人物，但其思想与孟子不同，主张“性恶”。今传《荀子》三十二篇。

② 扬雄（前53—18），字子云，蜀郡成都人，西汉著名的辞赋家、思想家，有《太玄》《法言》等著作。

③ 董仲舒（前179—前104），广川（今河北省景县广川镇）人，西汉著名思想家、政治家。汉景帝时任博士，专治《春秋公羊传》，是今文经学大师。汉武帝元光元年（前134），武帝下诏征求治国方略，董仲舒上《举贤良对策》，提出了“天人感应”“大一统”等学说，并主张“诸不在六艺之科、孔子之术者，皆绝其道，勿使并进”，是后世所谓“罢黜百家，独尊儒术”的主要倡导者之一，对后世影响极大。著有《春秋繁露》。

④ 贾谊（前200—前168），洛阳人，西汉初年著名的思想家、文学家。他对秦朝的政治进行了深刻反思，写有《过秦论》等政论性作品。著有《新书》。

⑤ 王通（584—617），字仲淹，门人私谥“文中子”，绛州龙门（今山西河津）人。他是隋朝著名的思想家、教育家，主要作品有《中说》，也称《文中子》。他的思想对后代有重要影响，对南宋陈亮思想的影响尤其显著。

⑥ 韩愈（768—824），字退之，河南河阳（今河南孟州）人，唐代著名文学家、思想家。他倡导“古文运动”以振起六朝以来的纤弱文风，后人称之为“文起八代之衰”，尊他为“唐宋八大家”之首。在思想上，他明确主张反对佛教；在文化上，提倡回归孔孟之道，提出“道统”概念，对后代影响巨大。

⑦ 欧阳修（1007—1072），字永叔，吉州永丰（今属江西省吉安市）人，北宋政治家、文学家、史学家、思想家。他所倡导的文学改革运动及其政治实践，对北宋社会的政治及思想界状况都有重要影响。

⑧ 诸葛亮（181—234），字孔明，琅琊阳都（今属山东省临沂市）人，三国时期蜀国丞相，中国历史上杰出的政治家、军事家、文学家。诸葛亮治理蜀国，“科教严明，赏罚必信，无恶不惩，无善不显。至于吏不容奸，人怀自厉，道不拾遗，强不侵弱。风化肃然也”。他自己则一生清廉，曾说“若臣死之日，不使内有馀帛，外有赢财”，“及卒，如其所言”。（《三国志·蜀志·诸葛亮传》）诸葛亮治理蜀国的成效，充分体现了儒家的治国理想，他清正廉明的为人，“鞠躬尽瘁，死而后已”的精神，则合乎儒家的理想人格。在中国历史上，诸葛亮是普遍受到敬仰的人物。

⑨ 陆贽（754—805），字敬舆，苏州嘉兴（今属浙江）人。唐朝著名的政治家、文学家。他的奏议文理密察，指陈时弊，持论中正，深为后世所赞扬。著有《陆宣公翰苑集》。

⑩ 范仲淹（989—1052），字希文，苏州吴县（今江苏苏州）人。北宋重要的政治家、思想家、文学家。他的“先天下之忧而忧，后天下之乐而乐”的思想，尤其为后世所称道。有《范文正公文集》。

⑪ 司马光（1019—1086），字君实，号迂叟，陕州夏县（今山西省夏县）涑水乡人，人称“涑水先生”。北宋著名的政治家、史学家、文学家。他编纂了我国第一部编年体通史《资治通鉴》，对后世影响巨大。

⑫ 春陵周子，指周敦颐（1017—1073），字茂叔，春陵（属今湖南省道县）人，世称“濂溪先生”。他是北宋理学的“开山祖师”，对宋代以后的中国思想界影响巨大而深远。著有《太极图说》《通书》等。

千载不传之统；河南两程子承之[①]，而后二帝三王以来传心之妙、经世之规，焕然复明于世；关西张子因之[②]，崇执礼之教，考三代以示方来[③]，推一乡以达天下，皆可谓卓哉圣贤之学者矣。迨考亭朱子[④]，又集其大成而折衷之。广汉张子[⑤]、东莱吕子[⑥]，皆同心僇力[⑦]，以闲先圣之道[⑧]。而当其时，江西有易简之学[⑨]，

---

① 两程子，指程氏兄弟，“大程子”程颢、“小程子”程颐，洛阳（今属河南）人。程颢（1032—1085），字伯淳，世称“明道先生”；程颐（1033—1107），字正叔，世称“伊川先生”。两程子皆学于周敦颐，开创“洛学”，为宋代理学奠定了基本的概念体系及其学说的思想旨趣，在中国思想史上占有崇高地位。后人将其著作合编为《二程集》。

② 关西张子，指张载（1020—1077），字子厚，凤翔郿县（今陕西省眉县）横渠镇人，世称“横渠先生”。张载之学博厚高明，是宋代理学中极为重要的一派，世称“关学”。著有《横渠易说》《正蒙》《经学理窟》等，后人编为《张子全书》。

③ 三代，指夏、商、周。传统认为夏、商、周三代是圣人王道政治获得体现的理想时代。

④ 迨（dài），等到。◎考亭朱子，指朱熹（1130—1200），字元晦，又字仲晦，号晦庵，晚称晦翁，谥“文”，世称朱文公。祖籍徽州府婺源县（今江西婺源），出生于南剑州尤溪县（今属福建省），晚年居于考亭（地在福建建阳西南）。宋代著名理学家。朱熹思想主要继承二程，尤其是“小程子”程颐，是北宋以来理学思想的集大成者。后世称这一派为“程朱学派”，亦称“程朱理学”。朱熹的著作很多，他的《四书章句集注》以及后人以他和弟子问答的语录汇编而成的《朱子语类》，对后世影响尤其巨大而深远。

⑤ 广汉张子，指张栻（1133—1180），字敬夫，又字钦夫，号南轩，南宋汉州（古广汉郡）绵竹（今属四川省）人。张栻当时与朱熹、吕祖谦齐名，号称“东南三贤”。曾主管岳麓书院。为“湖湘学派”代表人物。

⑥ 东莱吕子，指吕祖谦（1137—1181），字伯恭，婺州（今浙江金华）人，世称“东莱先生”，史籍为了将他与其伯祖吕本中相区别，也称他为“小东莱先生”。吕祖谦是南宋重要的思想家之一，是“浙东学派”的集大成者。他与朱熹合编《近思录》，对理学思想的发展做出重要贡献。为调和朱熹与陆九渊之间的思想矛盾，他于淳熙二年（1175）在江西铅山鹅湖寺主持了著名的“鹅湖之会”。他非常博学，在思想上兼取朱熹理学与陆九渊心学，坚持把“道”的追寻推进于社会历史的研究，这一点对永康陈亮有显著影响。王袆在思想上对吕祖谦极为景仰，曾与宋濂一道倡导重振吕氏之学。吕祖谦著作甚多，重要的有《东莱文集》《东莱别集》《左氏博议》《历代制度详说》等。

⑦ 僇（lù）力，合力、勉力。僇，通“勠”。

⑧ 闲，捍卫、保卫。

⑨ 易简之学，指陆九渊心学。陆九渊（1139—1193），字子静，抚州金溪（今属江西省）人，因曾主持象山书院，世称“象山先生”。陆九渊是南宋重要的思想家之一。他的学说称为“心学”，与朱熹思想不合，曾有激烈的思想交锋，也因此而有历史上的“朱陆之辩”问题。陆九渊称朱熹学说太过“支离”，而称自己的学说则是简易直截。陆氏的思想方法为明代王阳明所进一步发展，所以人们往往将陆、王连称，称他们的学说为“陆王心学”。

永嘉有经济之学[①]，永康有事功之学[②]，虽其为说不能尽同，而要为不诡于道者，岂不皆可谓圣贤之学矣乎！《易》曰："智周乎万物，而道济乎天下，故不过。"[③]此圣贤之学所以为盛也[④]。智足以知一偏，而不足以尽万物之理；道足以为一方，而不足以适天下之用。此百家之所立，一代之所尚，其学所以不足贵也。人莫不有耳目肺肠也，而莫不诱于高远、蔽于浅陋。天之与我可以为圣贤者[⑤]，不能以自信也。有能知性之具于己者不可不尽，才之尽乎人者不可不充，笃信实践，而本之以诚焉，虽未至于圣贤，独不可谓圣贤之学者欤[⑥]？

吾友天台徐君大章[⑦]，非其学不学，而慨然有志于圣贤之道者也，故名其所居之室曰"知学"。嗟乎！君子之于学，岂徒知之而已乎？知之则必能好之，好之则必将至之以不止，勉焉以求其至，可也。吾故推本圣贤之学，与大章商略之[⑧]。大章亦尚有以教我，而同底于成哉！

（原载明嘉靖元年张齐刻本《王忠文公文集》卷八）

---

① 经济之学，这里的"经济"，是经世以济天下的意思，与今天所讲的"经济"意义不同。这里是指"永嘉学派"而言。南宋时永嘉有薛季宣（1134—1173，字士隆，也作士龙，号艮斋）、陈傅良（1137—1203，字君举，号止斋）、叶适（1150—1223，字正则，号水心）等人，他们的学说都关注社会现实，重视民生利益，提倡经世致用，反对空谈道德，倡导制度研究，称为"永嘉学派"。

② 事功之学，指永康陈亮的学说。陈亮（1143—1194），原名汝能，仰慕诸葛亮之为人，更名亮，字同甫，号龙川先生。陈亮的学问以史学为主，气魄宏大，自谓有"推倒一世之智勇，开拓万古之心胸"，与朱熹思想不合，而有著名的"三代汉唐之辩"（也称"王霸之辩"）。陈亮与吕祖谦不论在生活上还是在思想上都十分密切。他的学说被朱熹诋为"功利""在利欲胶漆盘中"，也颇遭时人及后人的误解。

③ 语出《周易·系辞上》。周，普遍。济，裨益。大意是说：智慧能够普遍地通达于天下万物，并且所行之道能够普遍地给天下人民带来利益，那就不会有大的偏差或过失。

④ 盛，崇高。

⑤ 天之与我可以为圣贤者，是指人的本性、本心。与，给予，赋予。孟子认为，人的本性是善的，这一本善的性是来自天的，所以是"天之所与我者"，是天所赋予我的；他又说"人皆可以为尧舜"，都能够成为圣人，尽量体现出人的本善之性就是圣人，所以本性是天所赋予我并且能使我成为圣贤的东西。

⑥ 独，岂，难道。

⑦ 徐君大章，指徐一夔（1296—1370），字大章，天台人。与王祎为友。明洪武二年（1369），徐一夔应朝廷之召，参与《礼书》修纂。此年书成，被荐担任杭州府儒学教授。后徙居嘉兴春波门外白苎里。徐一夔是元明之间的著名文学家，著有《始丰稿》。《明史》本传未载其生卒年。据朱彝尊《明诗综》卷八载，徐一夔卒于洪武庚戌（即洪武三年，1370）夏五月，年七十五，则其生年当在元成宗元贞二年（1296）。

⑧ 商略，犹言商量、讨论。

【导 读】

王祎的这篇文章，是因他的朋友徐一夔把自己的居室命名为“知学斋”而写的“记”。“记”是古代的一种文章体裁。在这篇“记”中，王祎阐发何谓“圣贤之学”，如何学为圣贤的观点，论证了只有“圣贤之学”才是学者之所当学的，而真正的“学”在于“尽其性而充其才”，变化气质，并付诸实践。文章通篇蕴含着“圣人之学”的研究与“圣人之道”的实践相互统一的观点。文章回顾了中国学术的发展，肯定了周敦颐、张载、“二程”、朱子发挥三代之学的功绩。从学术史的角度来看，王祎在文章中所提出的“性”与“才”、“学”与“行”相互统一的观点，是有重要价值的。在某种意义上，他对此后王阳明所提出的“知行合一”学说起到了理论前导的作用。

（浙江大学人文学院董平教授撰稿）

青岩山居记

青岩去义乌县南十里，其山由东阳两岘峰西来三十里，至于龙门，势益穹窿[①]；由龙门而西，又二十里，是为青岩。至是山支为二：南支则重峦叠嶂，北支则崇岭峻峤[②]，皆迤逦西行[③]。方二支之分也，有山从中出，峰阜圆粹，累累若联珠[④]，曰齐山，而其势遂卑。南北两山，势相环护，左昂右伏，当其前，如龙虎，齐山俨然而中居。齐山之阳，坦为平壤，广袤可一里[⑤]，民居庐杂处其间者，皆傅氏。其外绕以双涧，涧源出于二支之所分，夹齐山而出，至是乃合而为一。行二三里，与群水汇为大陂[⑥]，曰新塘。而塘适当西山昂伏之会[⑦]。塘外复有一小山，岿然特起，若遏水之冲者。大抵双涧之外，两山之间，陵谷幽邃，川原夷旷[⑧]，而草树甚繁茂，雅宜为隐者之居。初，傅氏有以才学显闻，仕为侯官主簿，曰光龙者，与予祖母为同产。故傅氏，予外家也。

---

① 穹（qióng）窿（lóng），通常指中央隆起、四周下垂的样子，像头顶的天一样。这里指山体高大巍峨的样子。古籍中也写作“穹隆”。

② 峻峤（qiáo），山势高耸。

③ 迤（yǐ）逦（lǐ），连绵曲折的样子。

④ 累累，连续不断。

⑤ 广袤（mào），从东到西的长度称为“广”，从南到北的长度称为“袤”。

⑥ 陂，池塘，湖泊。

⑦ 会，交接之处。

⑧ 夷旷，平坦开阔。

至正乙未之春[①]，予始至焉。爱其双涧内属，两山外拱，清淑之气，若有所钟，乃即傅氏居旁，度平壤之中，买隙地数亩，结屋居之。为屋仅三数楹间，屋外植以竹木，右偏别为小轩，庋书其内[②]。读书之馀，出缘涧而行。南涧水稍深，昌蒲生石上，与异草青翠相错，绝可爱。北涧石浅[③]，稍雨，水激石面，声潺湲辄不休。有老梅数株，偃蹇横岸侧[④]。由双涧所合，直两山之间，而西望金华芙蓉峰，近在目睫，可揽也。予于是居而乐之，若将终身焉。

或谓予曰：仕与隐，其趋不同也。古之君子，未尝不欲仕，特恶不由其道耳。吾子学先王之道，且将为世用，胡为而遽言隐耶？予告之曰：仕、隐二趣，吾无固必也[⑤]。十年以来，吾南走越，北走燕，而惟利禄之是干[⑥]，其劳心苦思，殆亦甚矣[⑦]，是岂志于隐者乎？今天下用兵，南北离乱，吾之所学，非世所宜用，其将何求以为仕？藉使世终不吾用[⑧]，吾其可以枉道而徇人[⑨]？则吾终老于斯，益研穷六艺百家而考求圣贤之故[⑩]，然后托诸言语，著成一家之书，藏之名山，以俟后世，何不可哉！君子之行止，视时之可否，以为道之诎伸[⑪]。是故得其时则行，守穷山密林而长往不返者，非也；不得其时则止，汲汲于干世取宠，勇功智名之徒尚入而不知出者，亦非也。一山之隈，一水之涯，特吾寄意于斯焉耳。吾之行止，安敢固必乎哉？

或者无以诘，因疏其言，揭诸壁间，为《青岩山居记》。

（原载明嘉靖元年张齐刻本《王忠文公文集》卷八）

【导　读】

青岩山是王祎隐居读书之所。这篇《青岩山居记》，记述了作者之所以隐居于青岩山的缘由。文章写景层次分明，用词简练，读来让人如身临其境；文辞清新，笔意含情，蕴含着对故乡山水的深深眷恋。第二段写南北两涧的差异与特点，状物

---

① 至正，是元顺帝的年号，1341—1368年使用。至正乙未是至正十五年，即1355年。

② 庋（guǐ），放置，收藏。

③ 石浅，《金华丛书》本作“水浅”，但“石浅”应该不错，是指石头较多较大，露出水面。

④ 偃（yǎn）蹇（jiǎn），这里是形容梅枝横斜曲折的样子。

⑤ 固必，固执坚持，一定要如此。《论语·子罕》：“毋意，毋必，毋固，毋我。”

⑥ 干，营求。

⑦ 殆，几乎，差不多。

⑧ 藉使，假使，即使。

⑨ 枉道而徇人，违背正道，曲从他人。

⑩ 六艺，指儒家六经，《易》《书》《诗》《礼》《乐》《春秋》。◎百家，指诸子之学。

⑪ 诎（qū）伸，犹言屈伸。

如在目前；同时，寓情于景，足可见出作者的情性与襟抱。第三段则转叙述为议论，阐明隐居与出仕的关系，文意立即见其高远，不仅升华了文章的立意，而且体现出了作者追求人格独立的精神及其磊落洒脱的坦白襟怀。

（浙江大学人文学院董平教授撰稿）

王氏凤林亭记[①]

凤林亭，吾王氏之所作也。凤林，乡名，在义乌之南鄙[②]。故老相传[③]，尝有凤凰至，因以名其乡。今来山之阳[④]，复有小山，岿然起于平壤之间[⑤]，即其地也。王氏之先，太原人。唐末五季之际[⑥]，有讳彦超为节度使者[⑦]，自会稽来居焉[⑧]，是为始迁之祖。厥后子孙日蕃以衍[⑨]，至宋皇祐五年，固登进士第[⑩]，仕为恩阳令。义乌有进士，实自恩阳始[⑪]。而祎之十世祖宣奉公悦、九世祖正议公永年[⑫]。逮七世祖中散公宁、朝请公寅，复自凤林迁居县东之沙溪[⑬]。其分适

① 凤林，即今义乌市朱店村。

② 鄙，边邑，边境。《公羊传·庄公十九年》："冬，齐人、宋人、陈人伐我西鄙。"汉何休注："鄙者，边垂之辞。"

③ 故老，年高而见识多的人。晋陶潜《咏二疏》："促席延故老，挥觞道平素。"

④ 来山，即今莱山，在义乌市朱店村西。◎阳，山的南面。《玉篇·阜部》："阳，山南水北也。"

⑤ 岿（kuī）然，高大独立貌。《庄子·天下》："人皆取实，己独取虚，无藏也故有馀，岿然而有馀。"唐成玄英疏："岿然，独立之谓也。"◎平壤，平地。

⑥ 五季，即后梁、后唐、后晋、后汉、后周五代。

⑦ 彦超，指王彦超（914—986），字德升，大名府临清县（今河北临西）人。五代至北宋初年著名将领，曾任永兴节度使、凤翔节度使、越州节度使，宋太祖时赠邠国公，徙居会稽，后又从会稽徙居义乌凤林。◎节度使，唐代前后官名，一道或数州军政长官。

⑧ 会（kuài）稽，中国古代郡名，位于长江下游江南一带，后为绍兴的别称。

⑨ 厥，代词，相当于"其"。《尔雅·释言》："厥，其也。"◎蕃，茂盛，繁多。◎衍，繁衍，扩展。

⑩ 固，指王固，原名冋，生卒年不详，婺州义乌（今浙江义乌）人。早年受业于名儒胡瑗，宋皇祐五年（1053）进士，曾任宋利州路巴州恩阳县令。

⑪ 恩阳，恩阳令的简称，即指王固。此处以官名代人名。

⑫ 永年，指王永年，生卒年不详，婺州义乌（今浙江义乌）人。宋代进士，封文安县开国男，赠正议大夫。

⑬ 沙溪，即今义乌市江东街道沙溪村。

他邑而显者[①]，在金华则尚书庄敏公师心[②]、丞相文定公淮[③]，在浦江则太常忠思公万[④]，皆同出于凤林。而凤林王氏之盛，号称衣冠家[⑤]，著闻东南矣[⑥]。

若吾族之世居凤林者，虽不表显以自见[⑦]，而能以诗、礼相传袭[⑧]，守其家业而不陨[⑨]。宋之季年[⑩]，尝即山之麓作亭焉[⑪]，以为宗族岁时之所会聚[⑫]，即所谓凤林亭也。岁久而亭废。今族子德生又因故址而重作之，遵先志也。

呜呼！王氏之居凤林，凤林之有王氏，四百馀年于兹矣。林姿谷态[⑬]，蔼然如昔[⑭]，曾不与时而变迁。凡吾族人，远近亲疏，固有间也[⑮]；而追念厥始，千百人之身同出于一人之身，初曷有亲疏远近之间哉！登斯亭者，观夫水之有源、木之有本，尊祖敬宗之念、孝弟之心[⑯]，其必油然而生矣。且吾祖宗奕世载德[⑰]，厥维深厚[⑱]，故其泽延于今[⑲]，愈久而愈绵[⑳]，所谓德之厚者其流光也[㉑]。

---

① 适，往，至。《尔雅·释诂上》："适，往也。"宋邢昺疏："谓造于彼也。"

② 庄敏公师心，指王师心（1097—1169），字与道，号适翁，婺州金华（今浙江金华）人。曾任福州长溪知县、太府寺丞、工部侍郎等职，以左朝奉大夫致仕，著有《易说》。

③ 文定公淮，指王淮（1126—1189），字季海，婺州金华（今浙江金华）人，南宋名相。王淮曾力荐朱熹、吕祖谦、辛弃疾、陆游、李焘等贤士，宋孝宗称其"不党无私，刚直不阿"。

④ 忠思公万，指王万，生卒年不详，字处一，婺州浦江（今浙江浦江）人，南宋著名学者、官员。王万少有大志，究心当世急务，尤精于边防要害。著有《时习篇》，另有奏札及论天下国事书共十卷。

⑤ 衣冠家，指仕宦世家。衣冠，代称缙绅、士大夫。唐李白《登金陵凤凰台》："吴宫花草埋幽径，晋代衣冠成古丘。"

⑥ 著闻，著名，闻名。

⑦ 表显，表彰显扬。汉班固《白虎通·考黜》："卷龙之衣服，表显其德。"◎自见（xiàn），自我表现，显露自己。汉司马迁《报任少卿书》："垂空文以自见。"

⑧ 诗、礼，指《诗经》和"三礼"，泛指儒家经典。《庄子·外物》："儒以《诗》《礼》发冢。"◎传袭，传授承袭。《后汉书·鲜卑传》："自檀石槐后，诸大人遂世相传袭。"

⑨ 陨，坠落，此处指家道衰落。

⑩ 季年，末年。

⑪ 麓，山脚。清段玉裁《说文解字注·林部》："麓，盖凡山足皆得称麓。"

⑫ 岁时，每年一定的季节或时间。《周礼·地官·州长》："若以岁时祭祀州社，则属其民而读法。"◎会聚，聚会，汇合。《公羊传·庄公四年》："古者诸侯必有会聚之事，相朝聘之道。"

⑬ 林姿谷态，树林、山谷的风貌。

⑭ 蔼然，盛貌。元辛文房《唐才子传·孟宾于》："声誉蔼然，留寓久之。"

⑮ 间，间隔，差别。

⑯ 孝弟（tì），孝顺父母，敬爱兄长。弟，后作"悌"。《论语·学而》："其为人也孝弟，而好犯上者鲜矣。"宋朱熹集注："善事父母为孝，善事兄长为弟。"

⑰ 奕世，累世，代代。◎载德，犹积德。《国语·周语上》："奕世载德，不忝前人。"

⑱ 维，维系，联结。《周礼·夏官·大司马》："建牧立监，以维邦国。"汉郑玄注："维，犹连结也。"

⑲ 泽，恩泽，恩惠。《尚书·多士》："殷王亦罔敢失帝，罔不配天其泽。"

⑳ 绵，连绵不断。

㉑ 流光，谓福泽流传至后世。《穀梁传·僖公十五年》："德厚者流光，德薄者流卑。"

我后之人，缵承遗休[①]，继迓先祉[②]，有引而弗替[③]，必将图无愧于前人[④]。或以功业而名世[⑤]，或以文章而华国[⑥]，出为邦家之瑞[⑦]，而羽仪于天朝[⑧]，岂非所当自致者乎！

虽然，岂惟吾族人，凡乡之人之至于斯，见夫原之深而流之长也[⑨]，本之茂而末之昌也[⑩]，歆艳之意不能自已[⑪]，其不奋起作兴[⑫]，思致于光显而求俪美于吾王氏乎[⑬]？

《诗》曰："凤皇于飞，翙翙其羽，亦集爰止。蔼蔼王多吉士，维君子使，媚于天子。"[⑭]此袆所望于吾族人与吾乡人者也。书诸石，以为记，用以告来者云。

（原载明嘉靖元年张齐刻本《王忠文公文集》卷八）

---

① 缵承，继承。《周书·明帝纪》："今朕缵承大业，处万乘之上。"◎遗休，犹遗泽。宋欧阳修《英宗遗制》："朕蒙先帝之遗休，荷高穹之眷命，获主大器，于兹五年。"

② 继迓（yà），继承，迎接。迓，迎接。《尔雅·释诂下》："迓，迎也。"◎先祉，指先人的福泽。《尔雅·释诂下》："祉，福也。"

③ 引，延长，延续。◎替，废弃，衰微。《诗经·小雅·楚茨》："子子孙孙，勿替引之。"毛传："替，废；引，长也。"

④ 图，考虑，谋划。

⑤ 名世，名显于世。《孟子·公孙丑下》："五百年必有王者兴，其间必有名世者。"宋朱熹集注："名世，谓其人德业闻望，可名于一世者。"

⑥ 华国，光耀国家。晋陆云《张二侯颂》："文敏足以华国，威略足以振众。"

⑦ 邦家，国家。《诗经·小雅·南山有台》："乐只君子，邦家之基。"◎瑞，祥瑞，此处引申为对国家有用的人才。

⑧ 羽仪，辅翼，辅佐。唐张九龄《故开府仪同三司行尚书左丞相燕国公赠太师张公墓志铭》："翰飞戾天，羽仪清朝。"◎天朝，朝廷的尊称。晋袁宏《后汉纪·桓帝纪下》："天朝政事一更其手，权倾天下。"

⑨ 原，后作"源"，本源。

⑩ 末，树枝，与前文"本"字相对而言。光荣的先祖是树之根本，而后代子孙为树的枝梢。前句的"原"与"流"也是相对而言，先祖是河流之源，后人是流水。◎昌，兴盛，昌盛。

⑪ 歆（xīn）艳，歆羡，羡慕。宋李纲《论福建海寇札子》："小民歆艳，皆有仿效之意。"

⑫ 作兴，振兴，奋起。

⑬ 光显，荣显，光荣显达。三国魏曹操《报荀彧》："况君密谋安众，光显于孤者以百数乎！"◎俪，偕，比并。《楚辞·九辩》："四时递来而卒岁兮，阴阳不可与俪偕。"

⑭ 这几句诗出自《诗经·大雅·卷阿》。凤皇，同"凤凰"（"凰"为后起字，涉前字类化增旁）。翙（huì）翙，羽声。爰，代词，这里。蔼蔼，盛多貌。吉士，犹贤人。媚，爱，喜爱。王氏引此诗句以激励后人，希望他们成为对国家有用的人。

【导 读】

本文系王袆为同族王德生重修王氏凤林亭所作，大抵可以分为三个部分。第一部分，作者简要介绍了凤林王氏的历史及家族迁徙分布情况。第二部分，介绍了凤林亭的创建和重修，希望王氏后人及乡人能以凤林亭的重修为契机，发扬光大祖先的德泽，团结一心，努力成就功名，上有功于国家，下无愧于先人，使凤林王氏的福泽绵延于后世。第三部分，作者以《诗经》“蔼蔼王多吉士”为期许，书碑刻石，寄望于后来者。

本文语言精练，逻辑清晰，文章的三个部分紧密相扣且层层递进，以凤林亭为媒介，上述先祖之美德，下论后辈之重任，是一篇劝学佳作。

（浙江师范大学硕士研究生项雨峥、浙江大学人文学院张涌泉教授撰稿）

六经论

六经[①]，圣人之用也[②]。圣人之为道，不徒有诸己而已也，固将推而见诸用，以辅相乎天地之宜[③]，财成乎民物之性[④]，而弥纶维持乎世故[⑤]，所谓为天地立极[⑥]，为生民立命，为万世开太平者也[⑦]。是故《易》者，圣人原阴阳之动静，推造化之变通，以为卜筮之具，其用在乎使人趋吉而避凶。《书》者，圣人序唐虞以来帝王政事、号令之因革[⑧]，以为设施之具[⑨]，其用在乎使人图治而

---

① 六经，即《易》《书》《诗》《礼》《乐》《春秋》，是儒家的基本经典。

② 用，功能，作用。

③ 辅相，辅助，参赞。语出《周易·泰》：“《象》曰：天地交，泰。后以财成天地之道，辅相天地之宜，以左右民。”

④ 财，通“裁”。◎性，指人、物的本性。

⑤ 弥纶，统摄，笼盖，包含。《周易·系辞上》：“《易》与天地准，故能弥纶天地之道。”

⑥ 极，极则，根本原则，最高准则。“极”的本义是栋梁，居于房屋的正中最高处，引申为“最高准则”之义。《尚书·洪范》：“惟皇作极。”宋朱熹《晦庵集》卷七二《皇极辨》：“极者，至极之义，标准之名。”

⑦ 北宋张载说：“为天地立心，为生民立命，为往圣继绝学，为万世开太平。”（《文渊阁四库全书》本《张子全书》卷十四。这几句话有不同版本。如中华书局1978年校点本《张载集·张子语录中》作：“为天地立志，为生民立道，为去圣继绝学，为万世开太平。”流传最广的是四库本的四句，也称为“横渠四句”。）张载提出这四句话，为“道学”或“理学”确立了基本目的，对后世影响极大。元王恽《秋涧先生大全文集》卷六一《故卓行刘先生墓表》：“乃以所得成就学者，立言传后，著三为书数万言，其说为天地立极，为生民立本，为圣贤立法。”

⑧ 唐虞，唐尧与虞舜的并称，亦指尧与舜的时代，古人以为太平盛世。◎因革，因袭与变革。

⑨ 设施，措置，筹划。这里主要指政治制度。

立政。《诗》者，圣人采王朝列国风雅之正变[1]，本其性情之所发，以为讽刺之具，其用在乎使人惩恶而劝善。《礼》极乎天地、朝廷、宗庙以及人之大伦，其威仪等杀[2]，秩然有序，圣人定之，以为品节之具[3]，其用在乎明幽显、辨上下。《乐》以达天地之和，以饰化万物，其声音情文，翕然以合，圣人协之，以为和乐之具，其用在乎象功德、格神人[4]。《春秋》之义，尊王抑霸[5]，内夏外夷[6]，诛乱贼[7]，绝僭窃[8]，圣人直书其事，志善恶，列是非，以为赏罚之具，其用在乎"正义不谋利，明道不计功"[9]。由是论之，则六经者，圣人致治之要术、经世之大法[10]，措诸实用，为国家天下者所不可一日以或废也。

孔子尝曰："我欲托诸空言，不如载诸行事之深切著明也。"[11]后世学者，因以谓圣人未尝见诸其行事，而惟六经是作，顾遂以空言视六经[12]；而训诂讲

---

① 风雅，《诗经》有风、雅、颂。风是国风，有十五国风，盖以民歌为主。雅有《小雅》《大雅》。颂有《周颂》《鲁颂》《商颂》。◎正变，指"正风""正雅"与"变风""变雅"。《毛诗序》说："《周南》《召南》，正始之道，王化之基。"是"风"之始，谓之"正风"，其他各国之"风"，谓之"变风"。"雅者，正也，言王政之所由废兴也。政有小大，故有小雅焉，有大雅焉。"通常认为，《小雅》自《鹿鸣》至《菁菁者莪》为"正小雅"，《大雅》自《文王》至《凫鹥》为"正大雅"。《大雅》自《民劳》，《小雅》自《六月》之后，皆谓之"变雅"。《毛诗序》说："至于王道衰，礼义废，政教失，国异政，家殊俗，而变风、变雅作矣。"宋朱熹《诗集传》说："雅者，正也，正乐之歌也。其篇本有大小之殊，而先儒说又各有正变之别。以今考之，正小雅，燕飨之乐也；正大雅，朝会之乐，受厘陈戒之辞也。故或欢欣和说以尽群下之情，或恭敬齐庄以发先王之德，辞气不同，音节亦异，多周公制作时所定也。及其变也，则事未必同，而各以其声附之。其次序时世，则有不可考者矣。"

② 等杀（shài），等差。礼根据不同等级之"名分"而有不同"威仪"。

③ 品节，品是等级，节是节制，按照不同的等级、层次而对其加以节制。

④ 格神人，协调神与人的关系。格，匡正。

⑤ 尊王抑霸，尊崇"王道"而贬抑"霸道"。所谓王、霸，是指中国古代两种不同的政治理念。王道讲究以德服人，是德治；霸道则是以力服人，是某种意义上的"强权"。儒家认为，尧、舜、三代是王道之治，春秋以降是霸道横行。《孟子·公孙丑上》："以力假仁者霸，霸必有大国。以德行仁者王，王不待大。""以力服人者，非心服也，力不赡也；以德服人者，中心悦而诚服也。"

⑥ 内夏外夷，夏指诸夏，是炎黄后代，即"中国"；夷指夷狄，也就是没有接受"中国"文化的区域。夷、夏主要是从文化角度来说的。"尊王攘夷""内诸夏而外夷狄"，是《春秋》大义。

⑦ 乱贼，乱臣贼子。《孟子·滕文公》："孔子成《春秋》而乱臣贼子惧。"

⑧ 僭（jiàn）窃，超越礼义法度，冒用在上者的名分、职权行事，挟势擅威，谓之僭。窃，这里是指窃取国家权力。

⑨ 此二句本之于董仲舒。《汉书·董仲舒传》："夫仁人者，正其谊不谋其利，明其道不计其功。"谊，同"义"。

⑩ 致治，达成天下大治，使国家在政治上安定清平。◎经世，治理国家。

⑪ 这两句话不见于《论语》等儒家经典，最早由汉代司马迁所引用，见《史记·太史公自序》。原文作："我欲载之空言，不如见之于行事之深切著明也。"深切著明，深刻而明显。

⑫ 顾，反而。

说之徒，又从以浮辞曲辩淆乱之[①]，其弊至于今几二千年[②]，于是圣人致治经世之用微矣！

呜呼！圣人之用，载于六经，如日月之明、四时之信[③]，万世无少替也[④]。天地之所以位[⑤]，万物之所以育[⑥]，世故之所以久长而不坏者[⑦]，繄孰使之然也[⑧]？或曰：六经，圣人之心学也。《易》有先天后天之卦[⑨]，乃圣人之心画；《书》有危微精一之训[⑩]，乃圣人之心法；《诗》者心之所发，而《礼》由心制、《乐》由心生者也，《春秋》又史外传心之典也。又曰：说天莫辨乎《易》[⑪]，由吾心即太极也[⑫]；说事莫辨乎《书》，由吾心政之府也[⑬]；说志莫辨乎《诗》，由吾心统性情也[⑭]；说理莫辨乎《春秋》，由吾心分善恶也；说体莫辨乎《礼》，由吾心有天序也[⑮]；道民莫过乎乐[⑯]，由吾心备人和也。心中之理无不具，故六经之言无不该也[⑰]。然则以圣人之心言六经者，经其内；以圣人之用言六经，

---

① 从，跟着，因而。

② 几，几乎，差不多。

③ 信，诚实，守信。春、夏、秋、冬四时，时节到了，总是会来，天地万物也都各随其季节而改变样子，是诚实守信的，所以说“四时之信”。

④ 替，变化，变更。这里是说，载于六经的圣人之道是永恒的，具有恒久价值的，虽千万年也不会有少许改变。

⑤ 位，安其位，处于其应在的位置。

⑥ “天地”二句，语本《中庸》：“致中和，天地位焉，万物育焉。”

⑦ 世故，世事。

⑧ 繄（yī），是。

⑨ 先天后天之卦，指先天八卦、后天八卦。先天八卦也称伏羲八卦，其卦序是：乾、兑、离、震、巽、坎、艮、坤。后天八卦也称文王八卦，以震卦为起始点（正东），按顺时针方向，依次为巽（东南）、离（正南）、坤（西南）、兑（正西）、乾（西北）、坎（正北）、艮（东北）。

⑩ 危微精一，语本古文《尚书·大禹谟》：“人心惟危，道心惟微，惟精惟一，允执厥中。”此十六字在宋明理学中受到特别的重视，被称为圣人“传心要诀”或“十六字心传”。

⑪ 辨，明白，清楚。

⑫ 太极，《周易·系辞上》：“易有太极，是生两仪。两仪生四象，四象生八卦，八卦定吉凶，吉凶生大业。”通常的解释，“两仪”是指天地或阴阳，“太极”则是指天地未剖、阴阳未分之前的原始混沌状态。在宋明理学家的解释中，“太极”往往被理解为“道”。

⑬ 府，聚集之处。《汉书·司马迁传》：“修身者，智之府也。”唐颜师古注：“府者，所聚之处也。”这里是说，“吾心”是政令的渊薮。

⑭ 心统性情，是北宋张载所提出的观点。统是统摄之意；性是人的本性，一定是善的；情是喜怒哀乐爱恶欲七情，不一定都是善的。人的本性与情感都统摄于一心，所以说“心统性情”。

⑮ 儒家强调礼之所以必要，是因为礼合乎人的现实生存的本有秩序。《尚书·皋陶谟》说“天叙有典”“天秩有礼”，就是强调礼原是人的天然固有之秩序，《礼记·礼运》也说“礼者，天地之序也”。

⑯ 道（dǎo），引导。

⑰ 该，包容，囊括。

则经其外矣。心者其本，而用者其末矣。舍内而言外，弃本而取末，果可以论六经乎？曰：非然也。心固内也，而经则不可以内外分，内外一体也，而尤不可以本末论。圣人之道，蕴诸心而不及于用者，有之矣，未有措诸用而不本于心者也。况乎六经为书，本末兼该，体用毕备，吾即圣人之用以言之，则圣人之道为易明，而圣人之心为已见。本体之全，固在是矣。若夫徒言乎心而不及于用者，有体无用之学，佛老氏之所为道也[①]，岂所以言圣人之经哉！

（原载明嘉靖元年张齐刻本《王忠文公文集》卷四）

【导　读】

六经是儒家的经典，以儒家为典范的中国传统文化的历史传承，主要是通过对六经的研习及其观点的诠释来体现的。在这篇《六经论》中，王祎提出了他关于六经的核心观点："六经，圣人之用也。"也就是说，六经充分体现了圣人"弥纶天地"、维系天下人民的日常生活于秩序之中的功能与作用，是实现"致治"的大经大法，不能改变。接着，作者笔锋一转：可是现在的人们却把六经视为"空言"，专门从事文字训诂工作，完全忽略了六经所载的"圣人之用"。这一转折，体现了王祎对于时代学风的批判，他接着讲六经是不能视之为"空言"的，从而进一步把六经与"吾心"联系到一起来阐明六经之所以不能为"空言"的理由，而特别强调心体是本末该贯、体用一源、内外统一的。王祎关于六经的观点十分重要。从学术史的角度来说，几乎可以说王祎"预示"了明代心学的发展方向，同时又对"有体无用"之学提出了"预警"，体现了他深刻的学术洞察力。

（浙江大学人文学院董平教授撰稿）

杂说二首

蜈蚣与鸡不相类也，而其仇最甚。鸡见蜈蚣，必殄而噬之[②]。人被蜈蚣螫者，涂以鸡涎，痛随愈。然鸡死，蜈蚣辄入其腹，啮之不置[③]。蚊与鳖不同群

① 佛老氏，指佛教、道教。

② 殄（tiǎn），灭。◎噬（shì），吞食。

③ 啮（niè），咬。◎不置，不停。

也，而其怨尤深。鳖被蚊嘬无不毙[1]。而人欲辟蚊者[2]，粉鳖甲骨爇之[3]，蚊闻其臭[4]，率皆避去；即不避，无能生存者。夫蠢蠢之物[5]，有知而无识者也。蜈蚣见殄于鸡，鸡虽死矣，必复其仇于既死。鳖见毙于蚊，蚊固生也，犹报其怨，使不能生。物性之烈有如此。

鸣呼！人有识矣，操害人之心而不顾人之仇怨于己，亦何其不善自恕也哉！

猬之为物，毛善刺人，能跳入虎耳，虎或噬之，猬皮顽，不能死，则穴虎腹以出。而其性恶鹊，见鹊便自仰腹受啄。乌贼之为物，无有皮介[6]，每暴于水上，状若已死，人取之易甚。而其性好乌，乌有下啄，则卷而食之。

鸣呼！猬与乌贼，其形相异也，其好恶不相侔也。猬狞然而可畏，乌贼块然而可狎。狞然可畏者，宜能害鹊，而反受害于鹊；块然可狎者，宜不可害乌，而卒致害于乌。此其理诚有不可解者。然则人固有狞然而恶人者其可畏，块然而好人者其可狎耶？

（原载明嘉靖元年张齐刻本《王忠文公文集》卷十八）

【导　读】

这两篇短文，就文体说，是寓言。第一篇写蜈蚣与鸡、蚊与鳖虽然不属于同类，但相互之间却善于报仇，即使不能报仇于生前，也必复仇于死后。末尾作者文笔一转："人有识矣，操害人之心而不顾人之仇怨于己，亦何其不善自恕也哉！"有知无识的动物尚且善于"复仇"，人是有知有识的，如果日常行事存了"害人之心"，岂能保证日后不被他人报复呢？所以王祎说此类人是"不善自恕"者。孟子说："爱人者人恒爱之，敬人者人恒敬之。"王祎实际上是借小动物相互"报怨"之事，来倡导人们应以敬爱之心处世，而不能存"害人之心"。

第二篇讲刺猬看上去是狰狞可畏的，却能被看似无害的鹊所害；乌贼看上去是柔软的，也无坚牙利爪，却能残害天上飞的乌鸦。看上去狰狞可畏的未必可畏，看上去柔软无害的未必无害，所以平常处事，不能存侥幸之心，不能见可畏的就退

---

① 嘬（chuài），叮咬。

② 辟（bì），驱除。

③ 粉，动词，碾作粉。◎爇（ruò），焚烧。

④ 臭（xiù），气味。

⑤ 蠢蠢之物，指上面提到的蜈蚣、鳖之类的东西。蠢蠢，蠕动、爬行的样子。

⑥ 介，甲。

避，见无害的就玩狎，而必须使自己的行为归于中正。从动物现象中得到关于立身处世的领悟，则是两篇寓言的共同特点。

（浙江大学人文学院董平教授撰稿）

瞻乌伤

瞻望乌伤，吾故乡兮；千里阻隔，路茫茫兮。若昔嬴秦①，礼义亡兮；彝伦攸斁②，渎纲常兮。有颜氏子，乌其名兮；诗书靡习③，一黎甿兮④。独孝之能尽，至行昭彰兮；呼号躃踊⑤，执亲之丧兮。乃卜宅兆⑥，以埋以葬兮；躬负厥土，用反壤兮⑦。一念之至，格穹苍兮⑧；毕逋者乌⑨，纷回翔兮。衔土而助，成高冈兮；厥吻流血，集哀声兮。悲风满林，日色黄兮；维行之至⑩，名乃长兮。邑以是名，曰乌伤兮；千载之下，我生是邦兮。耳目所及，亦云详兮；胡行之悖⑪，不能彼同兮？岂性之蔽，学弗充兮？恭惟百行，孝为宗兮。曾是之弗致⑫，不愧尔躬兮？兴言及此，痛割肺肠兮！

陟彼岵矣⑬，日月以望兮；白云天末，渺飞扬兮。《蓼莪》之思⑭，顷刻能忘

---

① 嬴秦，指秦始皇。秦始皇姓嬴氏，名政。

② 斁（dù），败坏。《尚书·洪范》："帝乃震怒，不畀洪范九畴，彝伦攸斁。"彝伦是大经大法，常道常理。鲧治洪水，乱陈五行，破坏常道，所以败亡。这里是说秦始皇以苛政治天下，败坏常道，亵渎纲常。

③ 靡习，没有学习。靡，没有。

④ 黎甿（méng），犹言黎民，指农夫。

⑤ 躃踊，犹言捶胸顿足，指哀痛异常。

⑥ 宅兆，墓地。《孝经·丧亲》："卜其宅兆而安措之。"唐玄宗注："宅，墓穴也；兆，茔域也。"

⑦ 反壤，指堆土成坟，植树以为标志。《礼记·檀弓上》："反壤树之。"

⑧ 格，这里是感通、感动之意。◎穹苍，天。

⑨ 毕逋，鸟尾摆动貌。梁吴均《城上乌》诗："呜呜城上乌，翩翩尾毕逋。"

⑩ 行，德行。

⑪ 胡，何，为什么。◎悖（bèi），违背，混乱。

⑫ 是之弗致，不能做到这一点。致，达到。

⑬ 陟（zhì），从低处向高处走，犹言攀登。◎岵（hù），无草木的山。《诗经·魏风·陟岵》："陟彼岵兮，瞻望父兮。"毛传："山无草木曰岵。"一说山有草木曰岵。

⑭ 《蓼（lù）莪》，《诗经·小雅》篇名。诗中有言"哀哀父母，生我劬劳""哀哀父母，生我劳瘁""父兮生我，母兮鞠我，拊我畜我，长我育我，顾我复我，出入腹我。欲报之德，昊天罔极"，表达了子女对父母养育之德的强烈孝思，所以"《蓼莪》之思"，就是指对父母养育之恩的思念。

兮？维是哀衷，远莫将兮。己不得自由，中心曷明兮[①]？靖言思之[②]，不如无生兮！

（原载明嘉靖元年张齐刻本《王忠文公文集》卷二十）

【导 读】

这篇《瞻乌伤》，是王祎仿照屈原“骚体”而作的《九诵》中的一篇，作于元至正二十三年（1363）前后。元末大乱，王祎从至正十年以后，为躲避战乱，四处流离，故乡之思、父母之念，无时不切于心。这份对故乡的眷恋、对父母的思念，在这篇诗歌中体现得淋漓尽致。诗歌叙述了乌伤地名的由来，由颜乌的孝行、乌鸟的义行，讲到只有崇高的道德行为，才能使人令名垂于永远，又体现了王祎即使在乱离奔走之际，仍以德行自我激励的独立人格与高尚情操。

（浙江大学人文学院董平教授撰稿）

长安杂诗[③]

人生百年中，　穷通无定迹[④]。
譬如风前花，　荣谢亦顷刻[⑤]。
当时牧牛竖[⑥]，　尊贵谁与敌。
憔悴种瓜翁[⑦]，　乃是封侯客。
丈夫苟得时[⑧]，　粪土成珙璧[⑨]。

---

① 曷，何不。这里是说：我对自己不得自由的情况，心中岂能不明白呢！

② 靖言，安静地。言，助词。此句意为安静下来仔细思量此事。《诗经·卫风·氓》：“静言思之，躬自悼矣。”靖，同“静”。

③ 王祎《长安杂诗》共有十首，这里选录了最后一首。后来部分方志文献（如康熙《义乌县志》、雍正《义乌县志》等）误将此诗归于宋人刘仕龙名下，题为《知廉州条上边事落职主管台州崇道观赋感》，清厉鹗编选《宋诗纪事》时因仍其误，皆不确。明嘉靖刻本《王忠文公文集》卷二中即收录此诗，刊刻时代很早，较为可信；且此诗与《长安杂诗》前九首主题一贯，气韵相近；又此诗内容与刘诗题目不能吻合。故似当定为王祎诗。

④ 穷通，困厄与显达。

⑤ 荣谢，茂盛与凋零。

⑥ 牧牛竖，指刘盆子，先在山中牧牛，后来赤眉军兴，抽签举刘盆子为皇帝。

⑦ 憔悴，形容枯槁瘦弱的样子。◎种瓜翁，指秦东陵侯召平，秦亡后召平成为平民百姓，在青门外种瓜为生。

⑧ 得时，遇合机缘，行时走运。

⑨ 珙璧，同“拱璧”，很大的玉璧，用以比拟珍奇之物。

一朝恩宠衰，　　黄金失颜色。
古今谅皆然[1]，　　我今何叹息？

（原载明嘉靖元年张齐刻本《王忠文公文集》卷二）

【导　读】

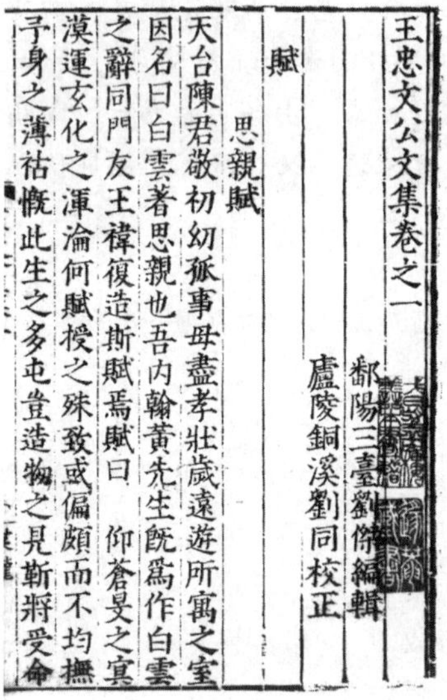
王忠文公文集卷之一
鄱陽三臺劉傑編輯
廬陵銅溪劉同校正
賦
思親賦
天台陳君敬初幼孤事母盡孝壯歲遠遊所寓之室
因名曰白雲著思親也吾内翰黄先生既爲作白雲
之辭同門友王禕復造斯賦焉賦曰 仰蒼旻之寘
漢運玄化之渾淪何賦授之殊致或偏頗而不均撫
予身之薄祜慨此生之多屯豈造物之見靳將受命

嘉靖元年金华府同知张齐重刻《王忠文公文集》（中国国家图书馆藏）

洪武四年（1371）前后，王祎奉命出使吐蕃，未至而诏还，路经长安时写下了组诗《长安杂诗》，共计十首，这是终篇。前九篇中，诗人浓墨重彩地描绘了昔日古都的繁华热闹，摹写出一幅幅波澜壮阔的历史画卷：一代代统治者勃然而兴，忽焉而没，其丰功伟业当时看来何等盛大，却终究禁不住时间的磨洗；唯有有德者，才能超脱出断壁残垣，禁受住时间的冲刷，在历史上留下一点痕迹。在这终篇的诗中，诗人感叹人生穷通无定，花朵芳华易逝，这乃自然之理，自古皆如此，何必有过多感慨？王祎不仅是才华横溢的诗人，更是能四方专对、不辱使命的政治家，故而能看穿表面的荣辱兴衰，看到历史的真面目。

（浙江大学人文学院博士研究生刘丹撰稿）

【延伸阅读】

王祎现存著作主要有《王忠文公文集》二十四卷，最早由义乌县丞刘杰于明正统六年（1441）刊刻，嘉靖元年（1522）金华府同知张齐重刻（实完成于嘉靖三年）。又有康熙三十年（1691）王廷曾刻二十五卷本，以及《文渊阁四库全书》本、《金华丛书》本等。除文集外，王祎又有《大事记续编》七十七卷、《逐鹿记》一卷，以及《重修革象新书》二卷等。

（浙江大学人文学院董平教授撰稿）

---

① 谅，推想。

明・方孝孺

方孝孺（1357—1402），字希直，一字希古，号逊志，人称“正学先生”，宁海（今属浙江宁波）人，明代名臣、文学家。少从宋濂学，得太祖朱元璋礼遇。惠帝即位后深受器重，历任翰林侍讲、侍讲学士、文学博士。“靖难之役”时燕王朱棣入京，命他起草登基诏书，抗命被杀，灭族。《明史》有传。

方孝孺被太子少师姚广孝誉为“天下读书种子”，诗文醇深雄迈，有《逊志斋集》传世。

方孝孺像

集义斋记

金华刘君刚[①]，其字为养浩[②]，既学于太史公[③]，复名其斋曰“集义”[④]。以余得缀同门之后[⑤]，曰“愿有闻也”。

呜呼！养浩不犹古之道乎！古之君子，加之卿相而不喜[⑥]，予之万钟而不骄[⑦]，临之患难而不怵[⑧]，困之贫贱而不忧者，其志刚，其气充也。人之有是气也，犹地之有水然。地孰无水也，而或梗之[⑨]、或湮之淤之使其不得行[⑩]，塞其

---

① 刘君刚，即刘刚（生卒年不详），字养浩，义乌人，博学能文，游学京师，师从宋濂，曾作《明铙歌鼓吹曲》，时人以“古作者之风”誉之，将他视作柳宗元、姜夔一类的人物。与方孝孺同学，孝孺《逊志斋集》中存有多篇来往诗文。康熙《义乌县志》卷十四有传。

② 养浩，谓培养君子本有的浩然正气。《孟子・公孙丑上》：“我善养吾浩然之气。”

③ 太史公，指宋濂（1310—1381），字景濂，号潜溪，别号玄真子，祖籍潜溪（今义乌），元末明初著名政治家、学者、文学家，因曾担任翰林院学士兼修国史，主修《元史》，人称“太史公”。《明史》有传。

④ 集义，犹积善，谓行事合乎道义。《孟子・公孙丑上》：“其为气也……是集义所生者，非义袭而取之也。”

⑤ 同门，同师受业的同学。方孝孺和刘刚皆为宋濂弟子，故称同门。

⑥ 卿相，执政的大臣，这里指显赫的官位。

⑦ 万钟，优厚的俸禄。钟，古量器名。

⑧ 怵，害怕。

⑨ 梗，阻碍。

⑩ 湮，淤塞。

源使其无所出，则不足以为水矣。浚其源欲其深[①]，防其畔勿使其涣[②]，节而疏之，顺其性而导之，虽届天下而达于海可也[③]。君子之养气[④]，非能兼取于人也[⑤]，能自充之而已。充之之道无他，能循乎理而已矣[⑥]。俯仰于天地而无愧[⑦]，质于鬼神而无疑[⑧]，征于圣贤之道而与之符[⑨]。而况于斯世乎[⑩]？世之所取吾不取也[⑪]，世之所予吾不予也，世之所以为轻重荣辱者，吾未必以为轻重荣辱也。吾知有道存焉耳，吾何慊彼哉[⑫]？故夫卿相之加，万钟之赐，得以行吾道，世之幸也，吾何喜而骄之有？患难之临，贫贱之困，不得以行吾道，世之不幸也，吾何怵而忧之有？此集义气充之说[⑬]，而古君子之为学也[⑭]。

今之人则不然[⑮]。得釜庾之禄[⑯]，则以夸于众[⑰]；有一命之爵[⑱]，则喜而以为荣；患难临之，则戚戚不能生[⑲]；贫贱困之，则怨天而尤人[⑳]。若是者非他，气不充而义不明也。不明乎义，是非利害蔽其方寸之心[㉑]，闻叱咤之声则汗出而颜变赪[㉒]，虽不欲畏于人，得乎？比之于古之君子，其能无怍乎[㉓]？然其始非有

---

① 浚，疏通。

② 畔，本义为田界，这里指水流的堤岸。◎涣，流散，指水流漫溢。

③ 届，至，到。

④ 养气，参见本书第231页注②。

⑤ 兼取，并吞，兼并。

⑥ 理，这里指儒家的义理、天理。

⑦ 俯仰，俯察仰观。

⑧ 质，对质，询问。◎鬼神，泛指天地之间的神灵、精气。

⑨ 征，验证。◎圣贤之道，指圣贤的道德、学说。

⑩ 斯世，当世，今世。

⑪ 世之所取，指世人追求的功名利禄。

⑫ 吾何慊（qiǎn）彼哉，我对此有什么遗憾呢？慊，不满足，遗憾。《孟子·公孙丑下》："彼以其富，我以吾仁；彼以其爵，我以吾义。吾何慊乎哉？"

⑬ 气充，即养气。

⑭ 古君子之为学，古代君子治学修身。《论语·宪问》："古之学者为己，今之学者为人。"

⑮ 不然，不是这样。

⑯ 釜庾之禄，较低的官职，犹言一官半职。釜庾，釜和庾，皆古量器名，容量都不大，引申为数量不大。禄，官员的俸禄。

⑰ 夸，自大，炫耀。

⑱ 一命之爵，较低的官爵，泛指低微的官职。古时官爵从一命到九命，最低为一命。

⑲ 戚戚，忧惧貌。

⑳ 怨天尤人，怨恨命运，责怪别人。尤，责备，怪罪。语本《论语·宪问》："子曰：不怨天，不尤人，下学而上达，知我者其天乎？"

㉑ 蔽，遮蔽。◎方寸之心，内心。心处胸中方寸间，故称。

㉒ 叱咤之声，发怒吆喝的声音。◎赪，红色。

㉓ 怍，惭愧。

异也，自致之尔。有志乎学者，而可不自审欤[①]！

养浩之为学有年矣[②]，其于君子之道必有闻矣，且又博学而能文辞。占气之充否者[③]，文辞莫近焉[④]。养浩日处乎斯斋，而思其名若字[⑤]，又占之于文辞而日验之，则不出户而得之矣。虽予之言，亦何足为养浩轻重哉[⑥]！

（据明刻本《逊志斋集》卷十六收录，参校康熙《义乌县志》卷十四）

【导 读】

“集义”“养气”之说始于孟子。《孟子·公孙丑上》：“我善养吾浩然之气……其为气也，至大至刚，以直养而无害，则塞于天地之间。其为气也，配义与道；无是，馁也。是集义所生者，非义袭而取之也。”他认为，君子养气之道在集义，将义与道联系起来。“道”是自然之理，而顺从自然之理行事便是“义”。养气必须有志于问道求学。上述思想对中国古代哲学、文学都产生了深远的影响。抗元名臣文天祥《正气歌》即曰：“天地有正气，杂然赋流形……时穷节乃见，一一垂丹青……是气所磅礴，凛烈万古存。当其贯日月，生死安足论。”刘刚推崇孟子之学，以“集义”名斋，并请同门方孝孺撰写了这篇记文。文章着力阐发了君子之所以不为富贵所淫，不为贫贱所移，不为威武所屈，是因为志刚而气充，能集义养气，故能内心充实而不为外境所移夺。方孝孺笔端那股循环往复的浩然正气，一直支持着他尽忠辅主，最后在“靖难之役”中慷慨赴死，英烈长存。

【延伸阅读】

方孝孺的诗文，生前曾编为《逊志斋集》，但未刊刻。建文四年（1402），孝儒遇难后著作遭禁。永乐年间，私藏其著作属死罪，致使其学术著作《宋史要言》《文统》《周易枝辞》《周礼考次目录》等皆散佚。幸有门人冒死抄录藏匿其诗文，改题为《侯城集》。后世刻本多以《逊志斋集》为题，有天顺蜀本、成化邑本、正德郡本、嘉靖后郡本及万历、崇祯、康熙、同治等续刻，大体可分为四

---

① 审，审视，仔细观察。
② 有年，已有多年。
③ 占，察看。
④ 文辞莫近焉，没有比通过文章言谈来判断（气是否充盈）更贴切的了。
⑤ 若，或。
⑥ 轻重，轻或重，谓能左右其事，彼以为轻则轻，彼以为重则重。

十卷本和二十四卷本两个系统。徐光大先生以嘉靖后郡本为底本，广泛比勘其他各本，整理点校为《方孝孺集》（浙江古籍出版社2013年版），这是目前最为完备的版本。

（浙江大学人文学院贾海生教授、安徽大学文学院唐宸博士撰稿）

明·王绅

王绅（1360—1400），字仲缙，号继志斋，义乌人，是明洪武早期的名臣王祎第二子，曾受业于明代“开国第一文臣”、文坛领袖宋濂。王绅长而博学，迅速成为当时文坛首屈一指的学者和文人，是宋濂所器重的弟子。洪武二十五年（1392），王绅入蜀，在当地府学任职，教授学子。建文帝即位后，王绅被召为国子博士，赶赴京师奉诏命纂修《太祖实录》。他曾向建文帝献《大明铙歌鼓吹曲》十二章并得到嘉奖。

作为明初的著名文人，王绅的创作生涯由洪武年间一直延续至建文二年（1400）。在王绅、王稌、王汶祖孙三代中，他存世作品最多，在明代文坛的地位和影响力也最大，最为后世所推重。《明史·艺文志》记载：“王绅《继志斋集》三十卷，久佚。”（今《文渊阁四库全书》本标题十二卷，而实际仅存九卷）清代四库馆臣《四库全书总目提要》赞其成就：“其为名父之子，又师承有自，其文演迤丰蔚，不失家法；诗亦有陶韦风致，无元季纤秾之习。在洪武、建文之间，尚可卓然成家。”

王处士传[①]

处士名员，字叔和，姓王氏，婺之义乌人，居县西之曲江[②]。处士为人谦抑而诚谨[③]，和易而乐善[④]。姿表修嶷[⑤]，气岸畅达[⑥]，长髯戟立[⑦]，而仪度极详雅[⑧]。

---

① 处士，本指有才德而隐居不仕的人，后亦泛指未做过官的士人。

② 曲江，地名，义乌江湾（今属义乌市稠江街道）旧名，当地有香溪蜿蜒川流其间，故名。当地流传有“曲水一泓可饮可灌，江村数处相连相亲”的联语，还存有“曲江王氏宗祠”。

③ 谦抑，谦逊。◎诚谨，忠诚谨慎。

④ 和易，态度温和，容易接近。

⑤ 姿表，姿态仪容。◎修嶷，修长而高俊。

⑥ 气岸，气概，意气。

⑦ 髯，两腮的胡子。◎戟立，舒展，张开。

⑧ 仪度，仪容风度。◎详雅，安详温雅。

素饶于赀[①]。元末之乱，荐罹兵燹[②]，家若悬磬[③]，且岁屡凶[④]。处士勤俭，率其下以树艺懋迁为务[⑤]。数年之间，悉复其旧。尝积谷至数千斛[⑥]，遇饥岁，发贷闾里[⑦]。至次年，复歉[⑧]，乃取券焚之[⑨]，略无德色[⑩]。族属或以急告者[⑪]，必量力以周之。乡邻子或以贫而任佣者[⑫]，视之不啻子姓[⑬]，且抚教之以自立之道。及长，尽纵之去[⑭]，有依违不忍舍者[⑮]，有成家育子而不去者。人有抱直来贸物[⑯]，平易之馀[⑰]，其人误倍其直而去[⑱]，处士不之觉，俄而计曰："直本若干，而多取之，必其误也。"遂退还其人。后有过其家者，其人问曰："尔非王长者里人乎？"复道前事，啧啧不置口[⑲]。

邑人徐甲[⑳]，恃侠数侵其家[㉑]。处士赞其父伯成翁诉于官[㉒]，甲为服罪。及

---

① 赀，通"资"，钱财。

② 荐罹，迭遭。◎兵燹（xiǎn），因战乱造成的焚烧破坏等灾害。

③ 悬磬，悬挂着的磬，形容空无所有。《国语·鲁语上》："室如悬磬，野无青草，何恃而不恐？"三国吴韦昭注："悬磬，言鲁府藏空虚但有榱梁如悬磬也。"

④ 凶，灾荒，收成不好。《孟子·梁惠王上》："河内凶，则移其民于河东，移其粟于河内；河东凶，亦然。"

⑤ 树艺，种植，栽培。《孟子·滕文公上》："后稷教民稼穑，树艺五谷。"◎懋迁，贸易。语出《尚书·益稷》："懋迁有无化居。"

⑥ 斛（hú），旧量器，方形，口小，底大，容量本为十斗，后改为五斗。

⑦ 闾（lǘ）里，乡里。

⑧ 歉，年岁歉收，收成不好。与"丰"相对。《宋史·黄廉传》："是使民遇丰年而思歉岁也。"

⑨ 券，契约，凭证。古代刻木为券，各拿一半，相合为信。

⑩ 略，丝毫，一点儿。◎德色，自以为对人有恩而表现出来的神色。

⑪ 或，无定代词，有的人。◎告，求助。

⑫ 任佣，担任佣工。

⑬ 不啻，不异于。◎子姓，子辈，子女。

⑭ 纵，放任，不拘束。◎去，离开。

⑮ 依违，依顺，依恋。

⑯ 抱直，拿着相抵或相当的东西。◎贸物，即以物易物，古代商品交换的一种形式。

⑰ 平易，平等交换。

⑱ 倍，加倍。

⑲ 啧啧不置口，赞不绝口。啧啧，称赞，赞叹。不置，不停止。

⑳ 甲，代词，指代不欲明言的人名，犹言某人。

㉑ 侠，豪侠。◎数（shuò），屡次，多次。◎侵，侵占，夺取。《左传·桓公二年》："哀侯侵陉庭之田。"

㉒ 赞，帮助，辅佐。◎诉，上诉，控告。

甲作耗[1]，焚荡民庐[2]，罔间玉石[3]，必尽屠刘乃止[4]。将迨其里[5]，处士曰："彼狐鼠之众[6]，非有号令之明、器械之利，是可以计却也[7]。"适有桴竹而过者[8]，乃召里人百馀，各持竹一竿，立于江浒[9]。甲众遥见之，以为矛戟之列，且知其有备也，却行不敢前，一境赖之以安。及甲败就逮[10]，遂挟仇辞[11]，连伯成[12]，法当死。临刑，处士哀号走诉于上官[13]，且述其致诬之由[14]。上官壮之[15]，且伟其智行[16]，卒反其狱[17]。

平居[18]，尤善教子，凡一事一言，必以孝恭勤恪为励[19]。尝辟馆[20]，招致师儒[21]，以训诸子[22]。来游者，束脩或不给[23]，即与给之，且曰："士无穷达[24]，当存心于仁爱。夫医之为道，不其然乎[25]？"因命仲子习医[26]。平居，笃于伦品[27]，

---

① 作耗，作乱，叛乱。

② 焚荡，焚毁烧光。◎民庐，民居。

③ 罔间，不顾，无视。间，选择。

④ 屠刘，犹屠杀。明宋濂《鲍氏慈孝堂铭》："至元丙子，郡将李世达军叛，群寇相挺而起，肆其屠刘。歙民相惊，皆风雨散去。"

⑤ 迨，及，等到。

⑥ 狐鼠，城狐社鼠，喻小人、坏人。南朝宋沈约《奏弹王源》："虽埋轮之志，无屈权右，而狐鼠微物，亦蠹大猷。"

⑦ 是，代词，此，指这些人。◎却，退却，使退。

⑧ 适，恰逢，恰巧。◎桴竹，用筏子运毛竹。

⑨ 江浒，江边。

⑩ 就，受，被。

⑪ 仇，仇恨，敌视。◎辞，做供词。

⑫ 连，牵连。

⑬ 走诉，奔走控告。

⑭ 致诬，招致诬陷。

⑮ 壮，赞许。

⑯ 伟，推崇。

⑰ 卒，最终，最后。◎反，平反。◎狱，罪案，官司。

⑱ 平居，平日，平素。

⑲ 孝恭勤恪，孝敬、恭顺、勤勉、谨慎。◎励，劝勉，鼓励。

⑳ 尝，曾经。◎辟馆，办学堂。

㉑ 师儒，儒者，经师。

㉒ 训，教诲，教导。

㉓ 束脩，古代入学敬师的礼物。《论语·述而》："子曰：'自行束脩以上，吾未尝无诲焉。'"宋邢昺疏："束脩，礼之薄者。"◎给（jǐ），丰足，充足。

㉔ 穷达，困顿与显达。

㉕ 然，这样。

㉖ 仲子，次子。

㉗ 伦品，伦常辈分。

宗族长幼，驩如也[①]。虽三尺之童来候谒[②]，亦为之尽礼[③]。见有以刁讦为务者[④]，蹙额吐舌[⑤]，避之如蛇虺[⑥]。

夫何[⑦]，为人诬诉于官[⑧]，符下逮捕[⑨]。处士慷慨叹曰："吾平生无愧于心，死何憾焉？"乡里莫不扼腕抚髀以恚怜之[⑩]。彼人亦祝酒悔谢曰[⑪]："吾之害处士，终身之害也。"后虽白其事而归[⑫]，竟以病终于道。闻者皆悲之。

处士生五子，昌、聪、兴，同死于事；而缮以善医名；暹亦恂恂有雅行云[⑬]。

赞曰：世之饬行而矜名[⑭]、徇己以忌物者[⑮]，居草莽[⑯]，则谓力不足以及物[⑰]；暨沾一命[⑱]，犹诿之非职分之所当为[⑲]；至于长民[⑳]、辅世[㉑]，而政绩亦无闻者，众矣！今考处士，虽处畎亩[㉒]，而能孜孜于为善，可谓一乡之善士矣。设使之仕有禄位，岂直汩汩而已哉[㉓]？以是，知夫有志于仁爱者，固不较其功

---

① 驩如，快乐的样子。驩，通"欢"。

② 候谒，拜见。

③ 尽礼，尽到礼数。

④ 刁讦，恶意攻击别人的短处，揭发别人的隐私。

⑤ 蹙额，皱眉头，表示不以为然的神态。◎吐舌，吐出舌头，表示不屑的神态。

⑥ 蛇虺（huǐ），泛指蛇类。

⑦ 夫何，当作"无何"，不久。

⑧ 诬诉，诬告。

⑨ 符，盖有官府印信的下行公文的一种。

⑩ 扼腕抚髀，喻惋惜、愤慨。扼腕，用一只手握住另一只手的手腕。抚髀，用手拍大腿。

⑪ 祝酒，敬酒表示祝愿。◎悔谢，悔过谢罪。

⑫ 白，洗雪。

⑬ 恂恂，温顺恭谨的样子。◎雅行，行为雅正。

⑭ 饬行，端正行为规范。◎矜名，追求声誉。

⑮ 徇己，营私。◎忌物，嫉妒人。

⑯ 居草莽，在野，做普通百姓。

⑰ 及物，谓恩及万物。唐李翱《与淮南节度使书》："翱自十五已后，即有志于仁义，见孔子之论高弟，未尝不以及物为首。"

⑱ 沾一命，受命（做一小官）。沾，受赏。

⑲ 诿，推诿。

⑳ 长民，为民之长，泛指地方长官。《孟子·公孙丑下》："朝廷莫如爵，乡党莫如齿，辅世长民莫如德。"

㉑ 辅世，辅佐世人，指任朝廷大臣。

㉒ 畎亩，田野，民间。

㉓ 汩（gǔ）汩，沉没，沦落。《新唐书·萧嵩传》："始，娶会稽贺晦女，僚婿陆象先，宰相子，时为洛阳尉，已有名，士争往交，而嵩汩汩未仕，人不之异。"

烈之多寡[1]、禄位之崇卑也。《书》曰："旌别淑慝[2]。"又曰："不臧厥臧[3]，民罔攸劝[4]。"呜呼！若处士者，其所当旌者耶[5]？其所当臧者耶？

（原载《续金华丛书》本《继志斋集》卷下）

【导　读】

本文记载义乌隐士王叔和的事迹，主要从王氏的德行、勇气和教子三方面来记述。德行方面，王氏为人谦逊谨慎，平易近人，勤俭有度，持家有方，主动周济贫苦百姓，买卖公平，诚信为本。王氏敢于面对邪恶势力，对于豪侠徐某的威胁，毫不畏惧，调度有力，应对有方，最终将邪恶势力绳之以法，全境因而得以保全。在儿女的教育方面，王氏也十分注重德行。他勉励诸子应养成孝敬、恭顺、勤勉、谨慎的品德，常存仁爱之心。不难看出，王氏虽然没有出仕，但无论其品行、魄力，还是教育子女方面，都足以成为一乡之贤士。文中有一些细节写得生动形象，比如"虽三尺之童来候谒，亦为之尽礼"，王叔和的诚朴谦逊可见一斑。

诘睡魔文

继志生备员太学[6]，日事铅椠[7]，或据公座而抡第六馆之文[8]，或退私室而考索百家之典。篇帙未终，昼漏未转[9]。怠心乘之，昏气冉冉。百体苶然[10]，两睫莫展。于是时也，良、平失智[11]，贲、育失气[12]。震雷轰于前而不觉，崩崖坠

---

① 固，原本，本来。

② 旌别淑慝（tè），区别善恶。旌别，识别，区别。淑慝，善与恶。语出《尚书·毕命》："旌别淑慝，表厥宅里。"

③ 不臧（zāng）厥臧，不善用那些贤能的人。前一"臧"，动词，以为善。后一"臧"，名词，善的人或事。厥，那些。

④ 民罔攸劝，老百姓无所劝勉。罔，无，没有。攸，所。劝，奖勉，鼓励。

⑤ 旌，旌表，表彰。

⑥ 太学，古代设于京城传授儒家经典的最高学府。

⑦ 铅椠，古人书写文字的工具，此指写作、校勘等工作。铅，铅粉笔。椠，木板片。

⑧ 抡，选择，挑选。◎六馆，国子监之别称。唐制，国子监领国子学、太学、四门、律学、书学、算学，统称六馆。宋元以后，渐加合并，以至仅存国子一学，但后世仍以六馆指国子监。

⑨ 漏，漏壶，古代计时的工具。

⑩ 苶（nié）然，疲惫貌。

⑪ 良、平，张良、陈平，刘邦的谋臣，足智多谋。

⑫ 贲（bēn）、育，孟贲、夏育，战国时勇士。

于后而不悸。化白昼而为黑甜[①]，去文苑而游华胥[②]。日居月诸[③]，无术可祛。

一旦，有客告曰："是睡魔之为祟也。"生曰："彼睡魔者，其状何如？其居何所？其心何好？其行何似？吾将扣其实而廉其情[④]，庶将豫为之御也。"客曰："彼睡魔者，无形无声，非鬼非人；惕焉无有[⑤]，忽焉而存[⑥]；或往或来，如风如雨。或见中宵，或出当午。精爽者疲，昏怠者锢[⑦]。沉沉冥冥，乃中其度[⑧]。潜窥密伺，瞯我索居[⑨]，暗刺阴投[⑩]，孰与为徒？"生曰："唯命之矣。"

于是瀹茗盈瓯[⑪]，爇香成炷，正襟危坐，屏息思虑[⑫]，召睡魔而诘之曰："世有制精炼形，木石与居[⑬]，窃弄化机[⑭]，远宗虚无者；亦有冥思默计，妨贤病国，食不及餐，寝不安席者；亦有当昼而伏，中夜迺兴[⑮]，穿穴逾垣[⑯]，强弱相陵者。汝不彼侮，专予是乘。余虽昏昧，幸已析人之圭[⑰]，儋人之爵[⑱]，名厕儒流[⑲]，位忝国博[⑳]，职辅邦教，身闲礼乐[㉑]，方将刓精竭思[㉒]，搜史穷经，黼黻

---

① 黑甜，酣睡。宋苏轼《发广州》诗："三杯软饱后，一枕黑甜馀。"自注："俗谓睡为黑甜。"

② 华胥，指理想的安乐和平之境，或作梦境的代称。《列子·黄帝》："（黄帝）昼寝，而梦游于华胥氏之国。"

③ 日居月诸，本指日月，居、诸为语气助词。后用以指岁月流逝。《诗经·邶风·日月》："日居月诸，照临下土。"毛传："日乎月乎，照临之也。"

④ 扣，探问。宋叶适《送蔡子寿》诗："吾尝扣其微，事诣理亦畅。"◎廉，考察，查访。《汉书·高帝纪下》："且廉问，有不如吾诏者，以重论之。"唐颜师古注："廉，察也。"

⑤ 惕，畏惧。《国语·周语下》："夫见乱而不惕，所残必多。"三国吴韦昭注："惕，惕然恐惧也。"

⑥ 忽，轻视。

⑦ 锢，通"痼"，顽疾，此指生病无精打采的样子。

⑧ 中其度，合乎（睡魔为祟的）标准。《礼记·王制》："用器不中度，不粥于市。"

⑨ 瞯（jiàn），窥视，偷看。◎索居，孤独地散处一方。

⑩ 暗刺阴投，暗中伺机攻击。

⑪ 瀹（yuè）茗，煮茶。

⑫ 屏息，犹屏气。形容集中注意力。

⑬ 木石，比喻无知觉、无感情之物。汉司马迁《报任少卿书》："身非木石，独与法吏为伍，深幽囹圄之中，谁可告诉者？"

⑭ 化机，变化的枢机。唐吴筠《步虚词》之十："二气播万有，化机无停轮。"

⑮ 迺，同"乃"，于是。◎兴，起身。

⑯ 穿穴逾垣，指行偷窥之事。

⑰ 析人之圭，指做官。古代帝王按爵位高低分颁玉圭。《汉书·司马相如传下》："故有剖符之封，析圭而爵。"

⑱ 儋（dàn）人之爵，亦指做官。儋，同"担"，负荷。《文选·扬雄〈解嘲〉》："析人之珪，儋人之爵，怀人之符，分人之禄。"唐李善注："《说文》曰：儋，荷也。"

⑲ 厕，通"侧"，旁边，引申为次列。◎儒流，儒士之辈。

⑳ 国博，国子监博士。王绅曾任国子监博士。

㉑ 闲，通"娴"，熟习。

㉒ 刓（wán）精，费神。刓，磨损，挖去。

皇猷[①]，上答圣明。汝反销我锐志，铄我至情。是何见善不与[②]，见美不成[③]？我出尽言[④]，汝曷自惩[⑤]？否则吁于上帝[⑥]，具故以天刑也[⑦]。”言毕，四顾而视，杳无所见。

有顷，神思稍倦，头目亦眩，曲肱隐几[⑧]，若闻所辨。曰：“噫嘻！子之言足达意而不能穷理，智足责人而不能求己。昔者成汤丕显[⑨]，昧爽乃兴[⑩]；姬公思治[⑪]，待旦而行；文王翼翼[⑫]，孔子申申[⑬]。是四圣者，其谁敢凭[⑭]？彼宰予昼寝，见讥圣言[⑮]。边韶便便[⑯]，懒学嗜眠。去圣效愚，气惰志先[⑰]。乘隙而入，予何咎焉？”

生闻之，衋然而悟[⑱]，喟然而叹，悬髻于梁[⑲]，加锥于骭[⑳]，振衣瞠眉[㉑]，睡

---

① 黼（fǔ）黻（fú），泛指礼服上所绣的华美花纹。此谓辅佐。◎皇猷（yóu），帝王的谋略或教化。

② 与，称赞，鼓励。

③ 成，成全。《论语・颜渊》：“子曰：‘君子成人之美，不成人之恶。小人反是。’”

④ 尽言，直言。《国语・周语下》：“唯善人能受尽言，齐其有乎？”

⑤ 曷，何时。

⑥ 吁（yù），呼告。◎上帝，天帝。

⑦ 具故，备述缘由。◎天刑，天降的刑罚。

⑧ 曲肱，谓弯着胳膊当枕头。《论语・述而》：“饭疏食饮水，曲肱而枕之，乐在其中矣。”◎隐几，伏在几案上。

⑨ 成汤，商开国之君。◎丕显，英明。

⑩ 昧爽，破晓，黎明。◎兴，起床。

⑪ 姬公，指周公姬旦，西周初期政治家，文王子，武王弟，成王叔，辅武王灭商，武王崩，成王幼，周公摄政，天下臻于大治。

⑫ 文王，周文王姬昌，周朝奠基者。◎翼翼，恭敬谨慎貌。

⑬ 申申，安舒貌。《论语・述而》：“子之燕居，申申如也。”

⑭ 凭，依附，附着，指睡魔缠扰。

⑮ “彼宰予”二句，典出《论语・公冶长》：“宰予昼寝。子曰：‘朽木不可雕也，粪土之墙不可圬也！于予与何诛？’”宰予，字子我，春秋末年鲁国人，孔子弟子。见讥圣言，受到圣人的嘲讽。

⑯ 边韶，字孝先，陈留郡浚仪县（今河南省开封市）人，东汉学者，以写文章著名。◎便（pián）便，形容肥胖。晋司马彪《续汉书》：“边韶，字孝先，以文学知名，教授数百人。韶口辩，曾昼假卧，弟子嘲之曰：‘边孝先，腹便便。懒读书，但欲眠。’韶潜闻之，应时对曰：‘边为姓，先为字。腹便便，五经笥。但欲眠，思经事。寐与周公通梦，坐与孔子同意。师而可嘲，出何典记？’”

⑰ 气惰志先，在立志之前精神先已懈怠。

⑱ 衋（xì）然，悲伤痛惜貌。《尚书・酒诰》：“民罔不衋伤心。”伪孔安国传：“民无不衋然痛伤其心。”

⑲ 悬髻于梁，典出《太平御览》卷三六三人事部引《汉书》：“孙敬字文宝，好学，晨夕不休。及至眠睡疲寝，以绳系头，悬屋梁。后为当世大儒。”后因以“悬梁”指苦学。

⑳ 加锥于骭（gàn），指读书欲睡时以锥刺小腿。骭，小腿。典出《战国策・秦策一》：“（苏秦）读书欲睡，引锥自刺其股，血流至足。”后因以“锥股”指苦学，“加锥于骭”犹“锥股”。

㉑ 振衣，抖衣去尘，整衣。《楚辞・渔父》：“新沐者必弹冠，新浴者必振衣。”东汉王逸注后一句：“去尘秽也。”◎瞠（chēng）眉，瞪眼。

魔欻散[①]。

（原载《续金华丛书》本《继志斋集》卷下）

【导　读】

《诘睡魔文》为一游戏文字，文章以主客问答的形式，展开“继志生”与“睡魔”之间的讨论。继志生白天昏昏欲睡，怠于工作，无精打采。听闻客人之语，知是被睡魔困扰，继志生询问其状貌、居所及爱好等，以早做防御之策；然客答以睡魔来无影去无踪，似乎对它没有什么办法。继志生认为唯有命它远去，于是作此《诘睡魔文》。文中引经据典，谴责睡魔不分是非黑白，只欺负善良忠良之人，而不利于“我”为圣皇辅佐教化，这不是乐善成人之举，“我”将请求老天处置睡魔。睡魔为自己辩解，以为继志生不能穷尽万物之理，反求诸己，并举上古四圣为例说明外力最终要靠内力起作用。于是继志生幡然醒悟，刻苦自励，重振精神，睡魔迅速逃散。文章寓庄于谐，以诙谐幽默的形式，表达了事情成败要多从内部、多从自己找原因的道理。

题南山读书处卷

帻峰之山高插天[②]，　扶舆磅礴溟海堧[③]。
钟灵擅秀青卓玉，　上拄日月褰云烟[④]。
若人结庐在山麓[⑤]，　炯炯虚明夜生屋[⑥]。
生来不喜弄绮纨[⑦]，　架插邺侯书万轴[⑧]。

---

① 欻（xū），忽然，突然。

② 帻峰，像帽子一样的山峰。

③ 扶舆，亦作“扶于”“扶与”，犹“扶摇”，盘旋升腾貌。◎海堧（ruán），亦作“海壖”，海边地，泛指沿海地区。

④ 褰，撩起，拨开。唐温庭筠《菩萨蛮》词之五：“玉钩褰翠幕，妆浅旧眉薄。”

⑤ 若人，此人。《论语·宪问》：“君子哉若人！尚德哉若人！”

⑥ 虚明，空明，清澈明亮。晋陶潜《辛丑岁七月赴假还江陵夜行涂口》诗：“凉风起将夕，夜景湛虚明。”

⑦ 绮纨，华丽的丝织品。亦指绮纨所制之衣。

⑧ 邺侯，即李泌（722—789），字长源，唐中期著名政治家，历唐玄宗、肃宗、代宗、德宗四朝，博涉经史，精通老庄，不喜权贵，世称“李邺侯”。富有藏书。唐韩愈《送诸葛觉往随州读书》诗：“邺侯家多书，插架三万轴。一一悬牙签，新若手未触。”◎轴（zhóu），量词，古代用于以轴装成的书卷。

青灯夜雨声伊吾[①]，　鸡窗晓雪清光敷[②]。
神交太古隘流俗[③]，　尚友颜孟游唐虞[④]。
美人自昔多意气[⑤]，　折得蟾宫一枝桂[⑥]。
共夸平步上皇州[⑦]，　回首故山渺何处？
渺何处，在天台[⑧]，　天台之境如蓬莱[⑨]。
三年驰驱走南北，　吁嗟旧隐生苍苔。

（原载《文渊阁四库全书》本《继志斋集》卷三）

【导　读】

此作是诗人为家乡南山读书台题写的。南山的帻峰高耸插天，山势盘旋升腾，其气势盛大无边，一直延伸到沿海。天地造化得此钟灵秀丽之山，上接日月，拨开云烟，恍若仙境。此人在山麓结庐而居，读书不倦至深夜，青灯夜雨，夜以继日，寒暑不断，神交上古贤士，鄙视流俗，与饱学仁人为友，不慕荣华富贵，其藏书堪比邺侯李泌。抱负远大，一朝蟾宫折桂，平步青云。回望故山渺渺，南山所在恍如仙境。不禁感慨三年时光飞逝，南来北往，曾经隐居读书处已生苍苔，颇有时节不居之叹。

---

① 伊吾，象声词，读书声。

② 鸡窗，书斋。《艺文类聚》卷九一引南朝宋刘义庆《幽明录》："晋兖州刺史沛国宋处宗尝买得一长鸣鸡，爱养甚至，恒笼着窗间。鸡遂作人语，与处宗谈论，极有言智，终日不辍。处宗因此言巧大进。"后以"鸡窗"指书斋。◎晓雪，此用晋孙康"照雪读书"的典故。唐韩鄂《岁华纪丽》卷四雪"照书"条："孙康家贫，常照雪读书。"后用为勤学苦读之典。

③ 太古，远古。

④ 颜孟，颜渊与孟子。颜渊（前521—前490），名回，字子渊，春秋末年鲁国人，孔子最得意的门生，好学礼乐。贫居陋巷，箪食瓢饮，而不改其乐。孟子（约前372—前289），名轲，字子舆，战国时期邹国人，儒家学派的代表人物，与孔子并称"孔孟"。◎唐虞，唐尧与虞舜的并称，亦指尧与舜的时代，古人以为太平盛世。

⑤ 美人，品德美好的人。《诗经·邶风·简兮》："云谁之思，西方美人。"汉郑玄笺："思周室之贤者。"宋王安石《答韩求仁书》："颜子具圣人之体而微，所谓美人也。"◎意气，志向与气概。南朝宋袁淑《效曹子建〈白马篇〉》："意气深自负，肯事郡邑权？"

⑥ 蟾宫，月宫，古代传说月宫中有蟾蜍，故称。科举时代人们用"折桂"指考取进士。因古代传说蟾宫中有桂树，古人遂将两事牵合在一起，用"蟾宫折桂"指科举应试得中。宋张齐贤《洛阳搢绅旧闻记·陶副车求荐见忌》："好去蟾宫是归路，明年应折桂枝香。"

⑦ 平步，平常之举步，喻轻易。唐白居易《浔阳岁晚寄八郎中庾三十三员外》诗："虚怀事僚友，平步取公卿。"◎皇州，帝都，京城。南朝宋鲍照《侍宴覆舟山》诗之二："繁霜飞玉闼，爱景丽皇州。"

⑧ 天台，神话仙境。元白朴《墙头马上》第二折："又不是瀛州方丈接蓬莱，远上天台。"

⑨ 蓬莱，蓬莱山，神话传说中的仙山，与方丈、瀛洲并称海上三仙山。泛指仙境。

题李白小像

一自骑鲸去不回[①]，　风流千古数雄才。
至今采石江头月[②]，　犹共长庚烛九垓[③]。

（原载《文渊阁四库全书》本《继志斋集》卷四）

【导　读】

此作是诗人题写李白小像之诗，赞美李白雄才千古，其潇洒风姿至今仍让人怀念向往。李白一生好入名山游，鄙视权贵，爱好自由，其足迹几乎遍布中国的名山秀水。他晚年留恋皖南山水，民间还流传着他登采石矶赏月，醉酒捞月，忽然一头巨鲸从江底飞起，载他升天的故事，此即“跳江捉月，骑鲸升天”。此诗前两句写李白骑鲸升天的传说，赞叹他是古今少有的雄才；后两句写如今采石矶江头犹有明月照九天，表达了对李白由衷的怀念和敬仰之情。

【延伸阅读】

关于王绅祖孙三人文集的版本，《明史·艺文志》记载：“王绅《继志斋集》三十卷，久佚。”今《文渊阁四库全书》本标题十二卷，而实际仅存九卷。后有清抄本即据此四库本抄写。明代张维枢刻《王忠文集》附有《继志斋集》二卷、王稌《牘斋集》一卷、王汶《齐山稿》一卷。近代金华胡宗楙刻《续金华丛书》，收明王绅《继志斋集》上下卷、王稌《牘斋稿》一卷、王汶《齐山稿》一卷。

（浙江大学人文学院林家骊教授撰稿）

---

① 骑鲸，鲸，鲸鱼。传说李白于采石矶醉酒跳入长江捞月，忽有巨鲸飞起，载李白升天。

② 采石，即采石矶，又名牛渚矶，在今安徽省马鞍山市西南，有李白衣冠冢。

③ 长庚，或称太白、启明，即黄昏时出现在西方天空的金星。此处双关，亦指诗人李太白，极言其地位之高。◎九垓，亦作“九阂”“九陔”，指九重天。

明·王稌

王稌（1383—1441），字叔丰，号青岩聩樵，王绅长子。少有志行，一心问学，天性至孝。据明人张芹《备遗录》载，稌父王绅痛其父王祎之殁，食不兼味，王稌见之，遵父之志，子孙相传，数十年相袭。王稌幼随王绅入蜀，后王绅奉调京师，他也随之入京。建文二年（1400），王绅去世，王稌扶其灵柩返回故里，服丧三年。王稌曾经受业于方孝孺。作为门人，他曾私下收集方孝孺的遗文，并结集为《侯城集》，为方孝孺之文秘藏百年后得以流传于世做出贡献。王稌有感于仕途无常，称病避居故里不仕，在青岩山下结庐读书，从事著述教学活动。终年五十九岁。他逝世后，门人私谥为“孝庄先生”。

会同塘隐者傅士明[①]

红尘扰扰驰名客[②]， 羡杀同塘处士闲[③]。
华发无心趋紫陌[④]， 白云有意恋青山[⑤]。
忘年忝接三槐后[⑥]， 隐德宜归四皓间[⑦]。
深愧别来情契阔[⑧]， 今朝谈笑破愁颜[⑨]。

（原载《续金华丛书》本《聩斋稿》）

---

① 同塘，源于“塘讯”，明清时所设的关卡，为驻防及传递军情而设，通常是十里设一塘。

② 红尘，佛教、道教等称人世为红尘。◎扰扰，纷乱、繁乱的样子。◎驰名，追逐声名。驰，追逐。

③ 羡杀，很羡慕。羡，羡慕。杀，通“煞”，用在动词后，表示程度深。

④ 华发，头发花白，指年老。◎紫陌，指京师郊野的道路。汉王粲《羽猎赋》：“济漳浦而横阵，倚紫陌而并征。”

⑤ 白云，喻归隐。晋左思《招隐诗》其一：“白云停阴冈，丹葩曜阳林。”

⑥ 忘年，不拘年龄、行辈，以德才相敬慕。《初学记》卷十八引晋张隐《文士传》：“祢衡有逸才，少与孔融交。时衡未满二十，而融已五十，敬衡才秀，忘年殷勤。”◎忝，谦辞，表示辱没他人，自己有愧。◎三槐，宋王佑尝手植三槐于庭，曰：“吾子孙必有为三公者。”后其子旦果入相，天下谓之三槐王氏。见宋邵伯温《闻见前录》卷八。世因以“三槐”为王氏之代称。

⑦ 隐德，施德于人而不为人所知。《晋书·王湛传》：“初有隐德，人莫能知，兄弟宗族皆以为痴，其父昶独异焉。”◎四皓，指秦末隐居商山的东园公、甪里先生（甪，一作角）、绮里季、夏黄公。四人须眉皆白，故称“商山四皓”。高祖召，不应。后高祖欲废太子，吕后用张良计，迎四皓，使辅太子，高祖以太子羽翼已成，乃消除改立太子之意。事见《史记·留侯世家》《汉书·张良传》。

⑧ 契阔，怀念。《历代名画记》卷六引南朝宋宗炳《画山水序》：“余眷恋庐衡，契阔荆巫，不知老之将至。”

⑨ 愁颜，即愁容。

【导 读】

本诗为诗人会见忘年之交同塘隐士傅士明后而发的感慨。傅氏不愿出仕，淡泊名利，忘情山水之间，对于热衷仕途、追求名声的人来说，虽然可能并不认同其处世哲学，但对于那种闲适优雅的心态也是十分羡慕而心向往之的。作者与傅氏乃忘年之交，敬仰傅氏的德行，珍惜两人之间的友情。诗中善用典故，“紫陌”“白云”“三槐”“四皓”等词语都是用典，熟悉这些典故才能更好地理解诗意。

题苏李泣别图①

奉使匈奴十九年②，　牧羝守节啮征毡③。
归来画像麒麟阁④，　双鬓从教雪满颠⑤。
二子同朝受汉恩⑥，　将军底事独忘君⑦。
只因一念胸中错⑧，　空泣河梁不忍分⑨。

（原载《续金华丛书》本《晭斋稿》）

---

① 苏李，指苏武与李陵。苏武（前140—前60），字子卿，杜陵（今陕西西安）人，汉武帝时任中郎将，奉命持节出使匈奴，被扣留，居匈奴十九年持节不屈。李陵（？—前74），字少卿，陇西成纪（今甘肃静宁）人，汉武帝时奉命出征匈奴，率五千步兵与八万匈奴兵战于浚稽山，最后因寡不敌众兵败投降。

② 奉使，奉命出使。

③ 牧羝，语出苏武牧羊的典故。苏武出使匈奴，单于胁迫他投降，苏武不屈服。后来他被流放到“北海上无人处，使牧羝，羝乳乃得归”。羝（公羊）自然不会产乳，以此来断绝他回汉的希望。苏武在匈奴坚持了十九年，“及还，须发尽白”。◎守节，坚守节操。◎啮，咬，啃。◎毡，羊毛或其他动物毛加工而成的像厚呢子或毯子似的材料，可用作铺垫及制作御寒物品。

④ 麒麟阁，汉代阁名，在未央宫中。汉宣帝时曾画霍光、苏武等十一功臣像于阁上，以表扬其功绩。后多以“麒麟阁”表示卓越功勋和最高的荣誉。

⑤ 从教，听任，任凭。宋韦骧《菩萨蛮》词：“白发不须量，从教千丈长。”◎雪，比喻白发。◎颠，头顶，头。

⑥ 二子同朝，指苏武、李陵同侍汉朝。

⑦ 底事，何事。唐刘肃《大唐新语·酷忍》：“天子富有四海，立皇后有何不可，关汝诸人底事，而生异议！”

⑧ 胸中错，指李陵因一念之差投降匈奴。

⑨ 河梁，旧题汉李陵《与苏武》诗之三：“携手上河梁，游子暮何之？……行人难久留，各言长相思。”后因以“河梁”借指送别之地。

【导　读】

本诗为诗人看过苏武、李陵泣别图之后而引发的感慨。对于苏武牧羊，坚持民族气节的事迹，自古以来文人都是赞许肯定的，本诗作者显然也是如此，这一点从“画像麒麟阁”中可见。而对于李陵投降匈奴事件，历代文人看法不一，理解同情者有之，批判否定者有之甚或更多，作者显然属于后者，从“独忘君”“胸中错”等词，可见作者认为李陵的悲剧在于他自身。

【延伸阅读】

王稌一生大部分时间都隐居不仕，以著述为业。据文献记载，其著作包括《青岩类稿》（又名《青岩稿》）十卷、《国朝文纂》、《金华贤达传》、《续文章正宗》等多种，堪称宏富。不过上述著作现今大都已经亡佚了，目前能见到的仅有《王聩斋诗集》（或题《王聩斋诗稿》）一卷，乃明人张维枢所选，附于王祎的文集之后，仅存诗二十余首。

（浙江大学人文学院林家骊教授撰稿）

明·王汶

王汶（1433—1489），字允达，王稌之子。明宪宗成化十四年（1478）进士及第。王稌去世时，王汶尚年少，但他一心继承家学，读书极为勤勉，虽然家贫，但安贫守道，怡然自乐，不坠家风。李东阳在《中书舍人王允达像赞》中说："朴不外饰，俭无苟取。其藉也可立，其据也可久。是无愧乎文献之乡，忠贤之后。观其日不重肉，戒能世守。此虽细事，亦今之所仅有也。"对其评价甚高。弘治元年（1488），因兵部主事娄性、都御史虞瑶的举荐，王汶与翰林检讨陈献章一同被召赴京。王汶不愿再度出仕，于是力辞不就。后经好友侍讲学士谢铎和国子监祭酒章懋的劝说，王汶于弘治二年出发赴京。但到达淮水，他偶然染病，一路加重，在距离京师五十里处病逝。因其所居之地名为"齐山"，后人称他为"齐山先生"。

山　家

岩谷非朝市，　生涯别一天[①]。
编茅遮破屋，　剖竹接清泉。
晓蕨和云采[②]，　春茶带雨煎。
山中无历日，　客到问流年[③]。

（原载《续金华丛书》本《齐山稿》）

【导　读】

诗人在这首诗中描绘了一幅世外山谷生活的图景，他来到僻静的山谷中，与喧嚣的闹市完全不同，这山谷中有不一样的生活。山谷里的人用茅草遮盖破旧的房屋以居住，把竹子剖开当作容器来盛装清冷的泉水以饮用。清晨，他们在白云之下摘采蕨菜，摘采的春茶还带着雨水就烹煮了。在这山中过着如此清静自然、没有世事烦扰的生活，山民们早已不知道外面是什么朝代了，有客人来的时候，便问问这些年外面发生的事情。此诗整体上类似于陶渊明笔下的"桃花源"，特别是最后两

---

① 生涯，生活。
② 蕨，多年生草本植物。《齐民要术·蕨》："蕨，山菜也。周秦曰蕨，齐鲁曰虌。"
③ 流年，流逝的岁月。

句，颇有“不知有汉，无论魏晋”之感。

过七里滩[1]

七里江滩曲抱村[2]，几番过此暗销魂。
山回船首如无路，水落沙头似有痕。
林鸟催人清晓闹，野猿摘果冷泉吞。
解衣欲买今朝醉，载酒无人日已昏。

（原载《续金华丛书》本《齐山稿》）

【导 读】

富春江七里滩风景优美，南朝文学家吴均有“奇山异水，天下独绝”之誉。七里滩曲抱村庄，诗人王汶虽已来过多次，仍惊叹于此地景色的奇丽。舟行七里滩，往往以为前方无路，而每次小船转过之后都别有一番天地。江水退去的时候，露出泥沙，留下了江水来去的痕迹。江滩的两岸有林鸟鸣叫，显得山林里更加幽静；山林里有野猿摘果子、饮泉水，充满野趣。唐代贺知章金龟换酒，李贺解衣贳酒，十分狂放，诗人也想解衣换酒，一醉方休。然而直至黄昏，诗人还是独自一人，空载美酒却无人相酌。

【延伸阅读】

据明人过庭训的记载，王汶本著有《齐山文集》若干卷，现在已经亡佚。如今能见到的仅有《齐山稿》一卷，是明人张维枢所选，附于王祎的文集之后，仅存奏疏一篇、诗数十首。

（浙江大学人文学院林家骊教授撰稿）

---

① 七里滩，即今富春江七里扬帆景区所在地，风景优美，为国家级风景名胜区。

② 抱，环绕。

明·虞抟

虞抟（1438—1517），字天民，自号花溪恒德老人，义乌花溪（今廿三里镇华溪村）人，明代中期著名医学家。与元代丹溪朱震亨、近代黄溪陈无咎合称义乌医家“三溪”。其祖、父皆工医术。抟幼年习儒，博览群书，能诗善文。因母病研习家学，肆力于《黄帝内经》《难经》《伤寒杂病论》诸医典，兼读历代名医之书，尤推重朱丹溪之说，指出丹溪之书多“发前人所未发，补前人所未备”。其医初法丹溪，复“参以诸贤所著，而互合为一”。力学多年，悬壶于世，治病应手奏效，名震于时。著有《医学正传》八卷、《苍生司命》八卷，刊刻于世。还著有《方脉发蒙》六卷、《医案正宗》八卷，未见流传。

《医学正传》序

夫医之为道，民命死生所系，其责不为不重。藉或不经儒术[①]，业擅偏门[②]，懵然不知，正道不反，几于操刃以杀人乎！粤自神农尝百药[③]，制《本草》[④]，轩岐著《素问》[⑤]，越人作《难经》[⑥]，皆所以发明天地、人身、阴阳、五行之理，卓为万世医家祖，不可尚矣。厥后名医代作[⑦]，蹑圣门而探玄微

① 藉或，假使，如果。

② 偏门，旁门左道，喻非中正之道。

③ 粤，助词，用于句首，表示审慎的语气。◎神农，我国古代传说中的人物，相传他教人从事农业生产，又亲尝百草，发明医药。

④ 《本草》，又称《神农本草经》，为现存最早的中药学著作，相传起源于神农氏。

⑤ 轩岐，黄帝轩辕氏与其臣岐伯的并称，他们被视作中国医药的始祖。◎《素问》，《黄帝内经》的一部分，相传为黄帝所作。

⑥ 《难经》，又名《黄帝八十一难经》，古代中医学著作之一，传说为战国时期秦越人（扁鹊）所作。

⑦ 厥，其。

者[①]，未易悉举。又若汉张仲景[②]，唐孙思邈[③]，金之刘守真[④]、张子和[⑤]、李东垣辈[⑥]，诸贤继作，皆有著述，而神巧之运用，有非常人所可及也。其所以辨内外，异攻补[⑦]，而互相发明者，一皆祖述《素》《难》而引伸触类之耳[⑧]。其授受相承，悉自正学中来也[⑨]。

吾邑丹溪朱彦修先生[⑩]，初游许文懿公之门[⑪]，得考亭之馀绪[⑫]。爰自母病，刻志于医，求师于武林罗太无[⑬]，而得刘、张、李三家之秘，故其学有源委，术造精微。所著《格致馀论》《局方发挥》等编，皆所以折衷前哲，尤足以救偏门之弊，伟然百世之宗师也。东阳卢和氏类集丹溪之书，为《纂要》[⑭]，俾医者出入卷舒之便[⑮]，其用心亦勤矣。以愚观之，犹未足以尽丹溪之馀绪。然丹溪之书，不过发前人所未发，补前人所未备耳，若不参以诸贤所著，而互合

① 蹑（niè），追随，效法。◎玄微，深远微妙的义理。

② 张仲景（约150—约219），名机，字仲景，南阳郡（今河南南阳）人，东汉末年著名医学家，著有《伤寒杂病论》。

③ 孙思邈（581—682），京兆华原（今陕西省铜川市耀州区）人，唐代医药学家、道士，著有《千金要方》。

④ 刘守真（约1120—1200），指刘完素，字守真，自号通玄处士，河间（今河北河间）人，故又称刘河间，金代著名医学家，金元四大家之一。

⑤ 张子和（约1156—1228），指张从正，字子和，号戴人，睢（suī）州考城（今河南民权西南）人，金代著名医学家，金元四大家之一。

⑥ 李东垣（1180—1251），指李杲，字明之，晚年自号东垣老人，真定（今河北正定）人，张元素的弟子，金代著名医学家，金元四大家之一。

⑦ 攻补，中医术语，攻逐病邪与补益正气。

⑧ 祖述，阐述。

⑨ 正学，合乎正道的学说。

⑩ 邑（yì），旧时县的别称，此指义乌。◎朱彦脩（1282—1358），指朱震亨，字彦脩，又称丹溪，婺州义乌（今浙江义乌）人，元代著名医学家。其事迹详见本书“元・朱震亨”简介。

⑪ 许文懿公，指许谦（1269—1337），字益之，自号白云山人，卒谥“文懿”，东阳（今属浙江金华）人，元代著名理学家。

⑫ 考亭，地名，今福建省建阳市考亭村，南宋理学家、教育家朱熹晚年主讲考亭书院，文中代指朱熹创立的考亭学派。◎馀绪，余业，遗产。《颜氏家训・勉学》：“或因家世馀绪，得一阶半级，便自为足。”

⑬ 武林，杭州之旧称，以武林山得名。◎罗太无（约1243—1327），即罗知悌，字子敬（一说字敬夫），号太无，世称太无先生，钱塘（今浙江杭州）人，宋末元初医学家。罗氏上承刘完素、张从正、李东垣三家之学，下启丹溪学派之先河，著有《心印绀珠》《罗太无口授三法》，然前者业已亡佚，后者仅以抄本形式流传于世。

⑭ 《纂要》，即《丹溪先生医书纂要》，简称《丹溪纂要》，或名《医书纂要》，明卢和编注，始刊于1484年。卢氏根据世传题名朱震亨撰写的各种医著，予以删正裁取，编成此书。全书收载以内科杂病为主，兼及外感、外伤、妇人、小儿等病证共七十八门，论述简要，方治详备，并附医案。

⑮ 卷舒，卷起与展开。

为一，岂医道之大成哉？

愚承祖父之家学，私淑丹溪之遗风[①]，其于《素》《难》，靡不苦志钻研[②]，然义理玄微，若坐丰蔀[③]，迨阅历四纪于兹[④]，始知蹊径[⑤]。今年七旬有八矣，桑榆景迫[⑥]，精力日衰，每憾世医多蹈偏门，而民命之夭于医者不少矣。是以不揣荒拙[⑦]，锐意编集，以成全书，一皆根据乎《素》《难》，综横乎诸说[⑧]，旁通己意，而不凿以孟浪之空言[⑨]，总不离乎正学范围之中，非敢自以为是，而附会以误人也，目之曰《医学正传》[⑩]，将使后学知所适从，而不蹈偏门以杀人，盖亦端本澄源之意耳[⑪]。高明之士，幸毋诮焉[⑫]。

时正德乙亥正月之望[⑬]，花溪恒德老人虞抟序。

（原载明万历五年丁丑金陵三山街书肆松亭吴江重刊本《医学正传》卷端）

【导　读】

明正德十年（1515），虞抟撰成《医学正传》，乃综合性医书，共八卷，为其晚年力作，具有重要的学术价值，此文即《医学正传》之序言。文中介绍其毕生所学，承家学，私淑丹溪，宗《素问》《难经》，尊张仲景、孙思邈等历代名医，博采众家之长。虞氏认为“医之为道，民命死生所系，其责不为不重”，反对偏门异端邪说，主张医以《素问》《难经》为本，因此在其“桑榆景迫，精力日衰”之七十八岁时仍苦志钻研，终成此书，起名《医学正传》，乃端本澄源之意，对后世有深

---

① 私淑，指没有得到某人的亲身教授，而又敬仰他的学问并尊之为师、受其影响。

② 靡（mǐ），无。

③ 丰蔀（bù），指遮蔽光明的事物。

④ 四纪，古时以十二年为一纪。

⑤ 蹊径，门径，路子。

⑥ 桑榆景迫，喻垂老之年。桑榆，桑树与榆树，日落时光照桑榆树端，因以指日暮。景，日光。《太平御览》卷三天部“日上”引《淮南子》：“日西垂，景在树端，谓之桑榆。”

⑦ 揣（chuǎi），估量，忖度。

⑧ 综横，当读作“纵（zòng）横”，纵向和横向，错综。

⑨ 凿，穿凿附会。《孟子·离娄下》：“所恶于智者，为其凿也。”◎孟浪，疏阔不实。《庄子·齐物论》：“夫子以为孟浪之言，而我以为妙道之行也。”

⑩ 目，称，名。

⑪ 端本澄源，犹正本清源。宋罗大经《鹤林玉露》卷二“诸侯藩镇”条：“春秋之时，天王之使交驰于列国，而列国之君，如京师者绝少。夫子谨而书之，固以正列国之罪，而端本澄源之意，其致责于天王者尤深矣。”

⑫ 诮（qiào），嘲笑，讥刺。

⑬ 望，农历每月十五日。

远影响。

【延伸阅读】

《医学正传》是虞抟的代表作，盛行海内，主要版本有明嘉靖刻本、明万历五年丁丑（1577）金陵三山街书肆松亭吴江刻本、明万历六年戊寅（1578）刻本、明万历间刊本、日本元和八年（1622）平乐四刊本、上海会文堂石印本等。此书前列"医学或问"五十一条，系虞氏对医学上的一些问题进行辨析，以申明前人"言不尽意之义"。次分述临床各科常见病证，以证分门，每门先论证，次脉法，次方治。所述诸证，总论则以《黄帝内经》要旨为提纲，证治以朱丹溪学术经验为本。脉法采摭《脉经》，伤寒、内伤、小儿病分别宗法张仲景、李杲和钱乙。虞氏广泛参考诸家学说，结合家传和个人学术经验予以论述，并录刘完素、张从正、李杲三家之方附列于后，另附家传方、个人验方、名医验案等内容。《医学正传》是一部对于中医理论研究与临床实践均具有指导意义的著作。

（浙江省中医药研究院盛增秀主任中医师、浙江省立同德医院庄爱文副主任医师撰稿）

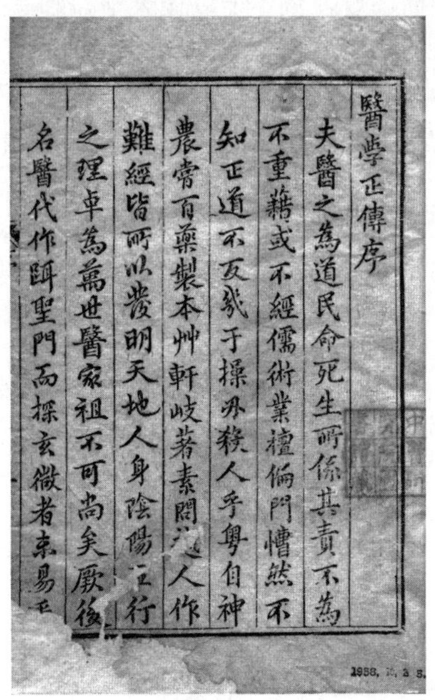

醫學正傳序

夫醫之為道民命死生所係其責不為不重藉或不經儒術業擅偏門懵然不知正道不反戕于操戈殺人乎粤自神農嘗百藥製本艸軒岐著素問越人作難經皆所以發明天地人身陰陽五行之理卓為萬世醫家祖不可尚矣厥後名醫代作踵聖門而探玄微者東易王

明万历刻本《医学正传》
（中国中医科学院图书馆藏）

明·李东阳

李东阳像

李东阳（1447—1516），字宾之，号西涯，祖籍湖广茶陵（今属湖南），明代内阁首辅、文学家。八岁以神童入顺天府学，天顺八年（1464）举进士，累官至吏部尚书、华盖殿大学士，加少傅，再加少师。卒谥“文正”。《明史》有传。

李东阳是明代馆阁文学领袖，成化、弘治年间形成了以他为首的“茶陵诗派”。著有《怀麓堂集》。

《青岩诗集》序

夫世之有文献[①]，大者关天下[②]，次者关一乡，而小者关一家，其政行风教可考而知也[③]。故国有史册，乡有传记，家有谱乘[④]，又往往见诸制作著述之间[⑤]。史传及谱[⑥]，挈纲而举要，势不能以概天下，独其人之所自述作，则凡志操功业之详[⑦]，皆得备见而无所遗焉。然以天下之大，古今先后之邈且久，则其详者势亦不得以尽存，必辞畅理达[⑧]，然后可以自见乎世[⑨]。故古之君子有立德、立功、立言[⑩]。言虽细[⑪]，亦世之所不能废也。说者又谓[⑫]，必为之先则其

① 文献，泛指古代的图书资料，也分指有关典章制度的文字资料和多闻熟悉掌故的人。《论语·八佾》：“夏礼吾能言之，杞不足征也；殷礼吾能言之，宋不足征也。文献不足故也。”宋朱熹集注：“文，典籍也；献，贤也。”

② 关，关联，涉及。

③ 风教，风俗教化。

④ 谱乘，谱牒家乘，即族谱、家谱之类。

⑤ 制作著述，指个人的著作。

⑥ 史传及谱，指前面所说的史册、传记、谱乘。

⑦ 志操，志向节操。

⑧ 辞畅理达，文辞通畅，文理通达。

⑨ 自见，表露自己。

⑩ 立德、立功、立言，即“三不朽”。《左传·襄公二十四年》：“太上有立德，其次有立功，其次有立言。虽久不废，此之谓不朽。”

⑪ 细，细小琐碎。

⑫ 说者，议论者。

美彰[1]，必为之后则其盛传[2]，故所谓文与献皆继世者之责[3]。及其至也，则虽门生故吏[4]，不得以佞其官长[5]；乡党之子弟[6]，不得以谀其先达[7]；而况子之于父，孙之于祖哉！故文献者可以观世矣[8]。

予于青岩王先生之诗[9]，窃有感焉。先生待制忠文公之孙[10]，博士公讳绅之子[11]。博士尝从宋太史游[12]，与方逊志为友[13]。先生为逊志所教，见许以女[14]。暨其难之及也[15]，实尝周旋其间[16]。文皇帝念忠文死国[17]，宥先生于逮系[18]，且欲用之，而先生以疾归。所编有《皇朝文纂》《金华贤达传》《续真西山文章正宗》，而所著诗尤多。君子谓国朝文献金华为盛[19]，王氏于金华为尤盛[20]。盖忠文之文

---

① 必为之先则其美彰，一定有先贤在前铺垫，他的美名才能彰显出来。唐韩愈《与于襄阳书》："士之能享大名、显当世者，莫不有先达之士、负天下之望者为之前焉。"

② 必为之后则其盛传，一定有俊杰在后弘扬，他的美名才能盛传不衰。唐韩愈《与于襄阳书》："士之能垂休光、照后世者，亦莫不有后进之士、负天下之望者为之后焉。"

③ 继世，继承先世。

④ 门生故吏，指学生和部属。

⑤ 佞，谄媚，这里指用文章吹捧。◎官长，长官、师长，与上文"门生故吏"相对。

⑥ 乡党，乡里。

⑦ 先达，先贤，这里指乡贤前辈。

⑧ 观世，观察世事。唐王维《登辨觉寺》诗："软草承趺坐，长松响梵声。空居法云外，观世得无生。"

⑨ 青岩王先生，王稌（1383—1441），字叔丰，号青岩聩樵，义乌人，王袆之孙，王绅之子，师从方孝孺。孝孺遇难后冒死收殓其遗骸，从此不求仕进。门人私谥"孝庄"。《明史》有传。

⑩ 待制忠文公，王袆（1322—1374），字子充，号华川，义乌人，元末隐居青岩山，明初仕至翰林待制、同知制诰、兼国史院编修官，奉诏出使云南招降元梁王时遇害，后追谥"忠文"，建祠祭祀；善诗文，师从柳贯、黄溍，与宋濂并称"浙东二儒"。《明史》有传。

⑪ 博士公讳绅，王绅（1360—1400），字仲缙，义乌人，王袆之子。王袆遇难时，他仅十多岁，由兄长抚养成人，事母至孝，曾受业于宋濂，颇受器重；建文年间，任国子博士，参修《太祖实录》，与方孝孺交好；卒于官。

⑫ 宋太史，指宋濂（1310—1381），字景濂，号潜溪，别号玄真子，祖籍潜溪（今属义乌），元末明初著名政治家、学者、文学家，因曾担任翰林院学士兼修国史，主修《元史》，人称"太史公"。《明史》有传。

⑬ 方逊志，指方孝孺（1357—1402），字希直，一字希古，号逊志，人称"正学先生"，宁海（今属浙江宁波）人，明代名臣、文学家，少从宋濂学，历任翰林侍讲、侍讲学士、文学博士，"靖难之役"时燕王朱棣入京，命他起草登基诏书，抗命被杀，灭族。《明史》有传。

⑭ 见许以女，答应将女儿嫁（给他）。

⑮ 难之及，指方孝孺遇难。

⑯ 周旋其间，指冒死收殓方孝孺的遗骸。

⑰ 文皇帝，指明成祖朱棣（永乐帝），朱棣谥号"启天弘道高明肇运圣武神功纯仁至孝文皇帝"。

⑱ 逮系，拘囚，逮捕。

⑲ 国朝，指明朝。

⑳ 王氏，指义乌王氏。

章节操，关天下休明之治[①]；而继志闳业如博士公者[②]，非适为乡里之望也[③]。若先生孝义清白，不失世守[④]，而所为诗又和雅冲泊[⑤]，粹然不戾乎正[⑥]，亦岂独一家之范而止哉[⑦]？然则虽其诗亦不可以不传也。

先生之子中书舍人汶[⑧]，辑其诗数千篇。郑义门诸老间为选订[⑨]。中书君在南雍[⑩]，又属今太史吴君厚博择其尤粹者[⑪]，此集是也。中书君既谢病归[⑫]，将锓梓以传[⑬]。予慕王氏文献之盛，又信中书之贤，非诬其亲者也[⑭]，故序而归之。

先生讳稌，字叔丰，别号青岩聩樵。曰“孝庄”者，门人私谥也[⑮]。

（据清《四库全书》本《怀麓堂集》卷二六收录，参校嘉庆《义乌县志》卷二一）

【导　读】

义乌王氏是金华著名文献世家，王祎、王绅、王稌、王汶祖孙四代皆以文章气节名世，且与当时文坛核心人物关系密切：王祎师从柳贯、黄溍，与宋濂并称“浙东二儒”；王绅师从宋濂，与方孝孺交好；王稌师从方孝孺；王汶则与状元吴宽交游，而这篇《〈青岩诗集〉序》则出自明代中期馆阁文坛领袖李东阳之手。

李东阳在文中称赞“国朝文献金华为盛，王氏于金华为尤盛”，从“文献者可以观世”这一高度，对王氏祖孙的文章价值给予高度肯定。至于王稌《青岩诗集》所收诗篇，则给出“和雅冲泊，粹然不戾乎正”的评价，符合当时馆阁文学的审美趣味。

---

① 休明之治，清明的政治。

② 闳业，广大事业。

③ 适，仅仅。

④ 世守，指传承家世传统。

⑤ 和雅，温和典雅。◎冲泊，虚静淡泊。

⑥ 粹然，纯正貌。◎不戾乎正，不违背雅正。

⑦ 而止，而已。

⑧ 中书舍人汶，王汶（1433—1489），字允达，成化十四年（1478）进士，授中书舍人，因病辞归，弘治初年有诏起用，未抵京而卒。

⑨ 郑义门诸老，指浦江郑氏的几位长者。浦江郑氏世代号为义门。

⑩ 南雍，南京国子监。

⑪ 太史吴君厚博，吴宽（1435—1504），字厚博，号匏庵，长洲（今江苏苏州）人，成化八年（1472）状元，授修撰，参修《宪宗实录》，人称“吴太史”，累官礼部尚书，卒谥“文定”。《明史》有传。

⑫ 谢病归，因病辞官。

⑬ 锓梓，刻版印刷，即出版。

⑭ 诬，言语不实，这里指过度美饰。

⑮ 私谥，古时人去世后由亲属或门人私下给予的谥号。

【延伸阅读】

李东阳的诗文集以致仕（退休）为界，分为《怀麓堂稿》和《怀麓堂续稿》两种。《怀麓堂稿》包括《前稿》（居官翰林作品，有《诗稿》二十卷、《文稿》二十卷）、《后稿》（入阁之后作品，有《诗后稿》十卷、《文后稿》三十卷）和“杂记”七种。初刻于正德十一年（1516）至十三年（徽州刻本），存世极少，今存残本数种；重刻于康熙十九年（1680）至二十年（茶陵刻本），篇章错漏、文字删节极多，且将“杂记”误题为《续稿》。乾隆年间修《四库全书》，以康熙刻本为底本，将其误作全本。随后清代多次重刻《怀麓堂全集》，均源自康熙刻本，并非全本。今人整理本有周寅宾点校《李东阳集》（岳麓书社1984年版）。《怀麓堂续稿》二十一卷，刻于正德十二年（苏州刻本），今存残本若干。今人整理本有钱振民点校《李东阳续集》（岳麓书社1997年版）。若要完整了解李东阳的诗文，须将周寅宾、钱振民二书合观。

（浙江大学人文学院贾海生教授、安徽大学文学院唐宸博士撰稿）

明·李鹤鸣

李鹤鸣（1485—1557），字九皋，号潜崖，义乌人。早孤，受学于伯兄鹤年。正德十二年（1517）中进士，曾任太常寺博士、吏科给事中、兵科给事中、金坛县丞、大理寺右丞兼兵科右给事中。文章浑博纯雅、词意高古，著有《双杉亭草》，已佚。

汪侯德政碑讳道昆[①]

县大夫歙南明汪侯[②]，爰自莅政[③]，甫及三载[④]，威惠并隆，民用大和[⑤]。行当报成[⑥]，天曹俄拜新命[⑦]，选属司徒[⑧]。简书孔严[⑨]，遄行靡留[⑩]。阖境士民[⑪]，遽失怙恃[⑫]，无长少智愚[⑬]，莫不皇皇奔走[⑭]，罔知攸措[⑮]。感激赍咨[⑯]，万口一辞。颂曰：

① 汪侯，即汪道昆（1526—1593），字伯玉，徽州歙县（今属安徽省黄山市）人，明代著名戏曲家、抗倭将领。他于嘉靖二十六年（1547）中进士，二十七年至三十年任义乌知县，有善政。《明史》有传。

② 县大夫，县令。◎歙南，歙县西溪南的简称，汪道昆是歙县西溪南（今属安徽省黄山市徽州区）人。◎明汪侯，对汪道昆县令的尊称。明侯，对地方长官的尊称。

③ 莅政，到任执政。

④ 甫，刚刚。

⑤ 用，连词，因而，因此。《晋书·庾亮传》："朝政多门，用生国祸。"◎大和，非常和谐。

⑥ 行（xíng）当，将要。◎报成，报功，指三年任满，即将升迁。

⑦ 天曹，指负责官员选拔考核的吏部。

⑧ 司徒，官职名，周代六卿之一，后来用作户部尚书的别称。当时汪道昆由义乌知县升为户部江西司主事，是户部尚书的下属，故说"选属司徒"。

⑨ 简书，文书，指朝廷命汪道昆赴京任职的文书。◎孔严，非常紧急。严，紧急。

⑩ 遄行，速行。◎靡留，不得逗留。古代官员赴任均有时间期限，不得逾期。

⑪ 阖境，全境，指全县。

⑫ 怙恃，依靠。

⑬ 无长少智愚，不论年长还是年少、智者还是愚人。

⑭ 皇皇，同"惶惶"，忧惧不安貌。

⑮ 罔知攸措，不知所措。罔，不。攸，所。

⑯ 赍咨，叹息。《周易·萃》："赍咨涕洟，无咎。"三国魏王弼注："赍咨，嗟叹之辞也。"

侯之未来[①]，染习因循[②]，蠹弊纠纷[③]，病我多门[④]。侯之既来，绪寻本始，疏栉振洗[⑤]，我病良已：经纪赋税[⑥]，杜绝侵渔[⑦]；辨白抑枉，刁滑破除[⑧]；窜斥起灭[⑨]，铲讼根株[⑩]；发摘剧盗[⑪]，贼窃屏息[⑫]；豪右警缩[⑬]，柔顺封植[⑭]；惩艾媮惰[⑮]，痛断博塞[⑯]；尊崇学堂，修饬涂塈[⑰]；造就青衿[⑱]，奖拔隽异[⑲]；敬礼黄发[⑳]，童稚风励[㉑]；约己律下，坚确不移[㉒]。巨细昭昧[㉓]，鲜有漏遗[㉔]。纲挈目张[㉕]，条理整齐。群心一虑，易听改观[㉖]。

优游坦夷[㉗]，忘我阻艰[㉘]。人乐其生，酒肉过从[㉙]。天日开明[㉚]，景象冲融[㉛]。

---

① 未来，尚未到来（到任）。

② 染习，熏染而成的风气。嘉庆《义乌县志》作“染疾”，误。

③ 蠹弊，弊病，弊政。◎纠纷，纷乱，形容弊政很多。

④ 多门，多方，各个方面。

⑤ 疏栉，疏通清理。

⑥ 经纪，条理，规范。

⑦ 侵渔，侵夺渔利，指侵吞牟取私利。

⑧ 刁滑，狡猾，指奸刁枉法之徒。

⑨ 窜斥，贬斥。◎起灭，玩弄手段、捏造是非（的人）。

⑩ 铲，铲除，平息。◎根株，比喻事物的根基，指诉讼背后的矛盾。

⑪ 发摘，举发，举报。◎剧盗，大盗。

⑫ 贼窃，窃贼。◎屏息，屏住呼吸，这里指收敛。

⑬ 豪右，豪门大族。◎警缩，畏惧收敛。

⑭ 柔顺，指奉公守法的人。◎封植，扶植，培养。

⑮ 惩艾，惩罚。◎媮惰，苟且怠惰（的人）。

⑯ 博塞，即六博、格五等博戏，代指世俗过度的游戏娱乐。

⑰ 修饬，整修，指整修学堂。◎涂塈，涂饰修缮，指修缮学堂。

⑱ 青衿，学子的服装，代指读书人。衿，崇祯《义乌县志》作“矜”，据嘉庆《义乌县志》改。

⑲ 隽异，优秀的人才。

⑳ 黄发，指老人。

㉑ 风励，劝勉。

㉒ 坚确，坚定。

㉓ 巨细昭昧，大小明暗。

㉔ 鲜有，罕有，少有。

㉕ 纲挈目张，把总绳一提起来，全部网眼就都张开，比喻抓住事物的关键，带动其他环节。纲，渔网的总绳。挈，提起。

㉖ 易听改观，改变舆论。

㉗ 优游坦夷，（形容百姓的生活）悠闲自得而坦率平易。

㉘ 阻艰，险阻艰难。

㉙ 过从，互相往来。

㉚ 天日，天和太阳，比喻光明。

㉛ 冲融，冲和，恬适。

回视畴昔[①]，恣纵奸慝[②]。祸福杂揉，上下蒙幂[③]。恍若隔世，惟民之德。侯今我去，嗣侯者谁？愿侯之同[④]，天其我违。杜母召父[⑤]，奚古则然[⑥]？泽衍无疆，侯作之先。[⑦]侯不可留，德则在人[⑧]。曷载侯绩[⑨]，划于贞石[⑩]。宁我私侯[⑪]？繄德之思[⑫]。后不有谖[⑬]，其征我辞[⑭]。

（据崇祯《义乌县志》卷九收录，参校嘉庆《义乌县志》卷九）

【导　读】

汪道昆是明代著名戏曲家、抗倭将领。他早年中进士后初授官职即是义乌知县。据史料记载，嘉靖二十七年（1548）他到任义乌时，“甫弱冠，英特警敏，风力过人。绪寻本始，梳栉宿弊，振洗颓风”，希望能有一番作为。三年后，他因政绩优异升职。临别之时，全县百姓“遮道泣留，不忍别”。当时，乡贤李鹤鸣应义乌士人之请，撰写了这篇《汪侯德政碑》以示纪念。《汪侯德政碑》由散文的“序”和韵文的“颂”两部分组成。在序中，作者交代了写德政碑的原因；而在颂中，作者赞颂了汪道昆在治安、教育、教化等方面的业绩，表达了义乌百姓对汪道昆的感念之情。汪道昆后来以文章名闻天下，但一直对婺州义乌念念不忘。他的《太函集》“在婺属草，盖寡然生平未尝忘婺也”。

---

① 回视畴昔，回看从前（指汪道昆就任之前）。

② 恣纵，放任。◎奸慝，奸恶之徒。

③ 蒙幂，（互相）蒙蔽。

④ 愿侯之同，希望和县令在一处（指百姓不忍分别）。

⑤ 杜母召父，指东汉杜诗和西汉召信臣，他们都曾为河南南阳太守，且皆有善政，使人民得以休养生息，安居乐业。《后汉书·杜诗传》：“（建武）七年，迁南阳太守。性节俭而政治清平，以诛暴立威，善于计略，省爱民役。造作水排，铸为农器，用力少，见功多，百姓便之。又修治陂池，广拓土田，郡内比室殷足。时人方于召信臣，故南阳为之语曰：‘前有召父，后有杜母。’”后因以为颂扬地方官政绩的套语。

⑥ 奚古则然，为什么古代才这样呢？奚，疑问词，为何，为什么。则，副词，犹乃、才。

⑦ “杜母召父”以下四句嘉庆《义乌县志》脱漏。

⑧ 德则在人，指德政长留人心。德则，道德风范。

⑨ 曷，何不，有劝告之意。

⑩ 划，当读作“镵（chán）”，雕刻。◎贞石，坚石，碑石的美称。

⑪ 宁我私侯，难道是我在偏爱、歌颂汪县令吗？私，偏爱。

⑫ 繄德之思，其实是在追思德政。

⑬ 谖，遗忘。

⑭ 征，验证。

【延伸阅读】

清代陈田所编《明诗纪事》选李鹤鸣诗三首，称他“诗颇绮丽，亦能作清俊语”。鹤鸣有《山居》诗曰：“石壁日初上，春山风乍晴。偶随黄犊出，闲傍绿溪行。幽鸟淡无语，落花如有声。回看飞瀑下，树杪白云生。”即属清俊之作。

义乌博物馆傅健先生在《走近文博》一书中提到某陶姓藏家收藏的一件《明大理寺丞李鹤鸣诰命》绫锦卷轴，长约146厘米，宽约30厘米，落款嘉靖十八年（1539）正月二十二日，是皇帝封李鹤鸣为奉政大夫、鹤鸣妻鲍氏为宜人的圣旨诰命原物。历经近五百年岁月，殊为珍贵。

（浙江大学人文学院贾海生教授、安徽大学文学院唐宸博士撰稿）

明·吴百朋

吴百朋（1519—1578），原名伯朋，字惟锡，号尧山，义乌大元（本名“大玄”，清康熙后因避讳改为“大元”）村人。嘉靖二十六年（1547）登进士。初任江西永丰知县，后选授山西道监察御史，先后巡按淮扬、湖广等地。嘉靖四十年升大理寺右寺丞，历左寺丞，次年升大理寺右少卿。嘉靖四十二年五月升都察院右佥都御史巡抚郧阳，六月改抚南赣、汀、漳等地。嘉靖四十四年升都察院右副都御史。隆庆元年（1567），调任大理寺卿，四月升兵部右侍郎兼都察院右佥都御史。隆庆二年迁南京兵部右侍郎，次年转刑部右侍郎，以丁忧去职。隆庆六年补兵部右侍郎。是年冬十月至万历元年（1573）五月，奉命阅视宣府、大同、山西三镇。万历三年六月，起南京都察院右佥都御史。万历五年，升刑部尚书，在任一年，病卒。

吴百朋仕宦凡三十二年，在职期间能率部抵御倭寇，平定内乱，巩固边防，是一位军事名将。任巡抚南赣都御史五年间，吴百朋先后督调官兵平定各处“匪盗”，又联合总兵官俞大猷等调集水陆官兵击败潮州海盗吴平。任职兵部右侍郎期间，奏请春夏罢兵，以利耕作。阅视三镇时，考核边臣，整肃吏治，铁面无私；又进献边图，朝廷得以详细掌握北方边境实况。凡此种种，为明代社会的稳定和发展做出了很大的贡献。

吴百朋著有《南赣督抚奏议》《大玄吴氏宗谱》《阅视三镇奏议》和诗文集等。其中《大玄吴氏宗谱》和诗文集已佚，《阅视三镇奏议》仅存卷二，现存主要作品为《南赣督抚奏议》，亦缺一卷。

题阳明先生与晋溪公手书后[①]

昔者周宣王命尹吉甫帅师伐猃狁[②]，遂有肤公之奏[③]，说者谓张仲实左右之[④]。唐讨淮蔡[⑤]，用裴晋公之谋[⑥]，断在用兵，故李愬诸将卒赖以成功[⑦]。自古豪杰建大事功于天下，未有不见知执政、取信人主而能克济者。

予尝评本朝人物，以阳明先生为第一。考其事功之炳赫，则轫发自赣始[⑧]。

---

① 阳明先生，即王守仁。王守仁（1472—1529），字伯安，浙江余姚人。尝筑室绍兴会稽山阳明洞中，学者称阳明先生。弘治十二年（1499）进士，授刑部主事，补兵部主事。正德元年（1506）因忤逆宦官刘瑾，谪贵州龙场驿丞。正德十一年擢都察院右佥都御史巡抚南赣。十六年因擒贼平乱有功，升南京兵部尚书，不赴。封新建伯。嘉靖六年（1527），以原官兼左都御史，总督两广兼巡抚，平定思州、田州、大藤峡等地区。卒谥“文成”。守仁主张以心为本体，提倡“致良知”，主张“格物致知，自求于心”，提出“求理于吾心”的知行合一、知行并进说。◎晋溪公，指王琼。王琼（1459—1532），字德华，号晋溪，山西太原人。明中期名臣。成化二十年（1484）进士，官至吏部尚书。今上海图书馆藏有《阳明先生与晋溪书》十五通（手迹），应就是吴百朋所见的“手书”。今人编的《王阳明全集》卷二七有《与王晋溪司马》书十五篇。

② 尹吉甫（前852—前775），周宣王时重臣，姓兮，名甲，字吉甫（“甫”亦作“父”），也称兮伯吉父，尹为官名。◎猃（xiǎn）狁（yǔn），我国古代北方少数民族，也作玁狁。周宣王时，北方猃狁侵扰，危及周王室。周宣王五年（前823），尹吉甫奉命出征猃狁，率军反攻，取得大胜。《诗经·小雅·六月》及他的遗物《兮甲盘》都记述有此事。

③ 肤公，大功。公，通“功”。◎奏，奏功天子。语出《诗经·小雅·六月》：“薄伐玁狁，以奏肤公。”

④ 张仲，周宣王时贤臣，与尹吉甫共同辅佐周宣王中兴。《诗经·小雅·六月》：“侯谁在矣，张仲孝友。”汉郑玄笺：“张仲，吉甫之友。其性善孝友。”

⑤ 唐讨淮蔡，指唐宪宗元和九年（814）至元和十二年平定淮西之乱的战争。元和九年六月，淮西节度使吴少阳卒，其子吴元济不奉朝命，派兵四出焚掠。唐宪宗在武元衡和裴度的支持下，发兵进讨。战事拖延三年，毫无进展。元和十二年七月，宪宗命宰相裴度为彰义军节度使，兼淮西宣慰处置使，督师淮西。十月，唐将李愬雪夜袭蔡州，俘获吴元济，淮西平定。

⑥ 裴晋公，即裴度。裴度（765—839），字中立，河东闻喜（今属山西）人。贞元初擢进士第。宪宗时拜相，因平定淮西之乱有功，封为晋国公，世称裴晋公。当时诸军进战数败，朝臣争请罢兵，裴度力请讨伐，合帝意。《旧唐书·裴度传》云：“自讨淮西，王师屡败。论者以杀伤滋甚，转输不逮，拟议密疏，纷纭交进。度以腹心之疾，不时去之，终为大患，不然，两河之盗，亦将视此为高下。遂坚请讨伐，上深委信，故听之不疑。”

⑦ 李愬（773—821），字元直，洮州临潭（今属甘肃）人。西平郡王李晟第八子。有谋略，善骑射。宪宗元和十一年（816），为唐随邓节度使。十二年冬十月，率师雪夜入蔡州，生擒吴元济，淮西平，封凉国公。

⑧ 轫发，犹发轫。《楚辞·离骚》：“朝发轫于苍梧兮，夕余至乎县圃。”◎自赣始，指王守仁巡抚南赣时，破横水、桶冈、浰头等处的匪盗，平定南昌宁王朱宸濠之乱。

当是时，政出阉尹[①]，动辄龃龉，不知先生何所作用。[②]惟其所建置[③]，无不如意。间尝疑之。以吾同年友王敬甫氏[④]，以予承乏于赣[⑤]，当知先臣遗事，乃以其所与晋溪王公手柬若干篇见寄。然后知先生之才，王公实知之；先生之功，王公实主之。[⑥]惟大臣以任人为急，故抚臣以任事为心，内外相信，答应如响[⑦]，其致一也。朋不肖[⑧]，生先生之乡，幸立圣明之朝，固已殊异往昔。今大司马虞坡杨公亦为王公乡人[⑨]，其知人善任使与王公同，故虽驽钝如朋，亦得展布四体[⑩]，以效其尺寸之劳。使先生生今之世，又当何如哉？此予所为感叹而不已也。

---

① 阉（yān）尹，管领太监的官。

② 以上数句指正德年间平定宁王朱宸濠叛军事。正德十四年（1519）六月，宁王朱宸濠起兵反叛，七月攻至安庆。王守仁会齐各地军兵，举兵勤王，攻破南昌。朱宸濠返兵自救，两军相遇，战于黄家渡、八字脑、樵舍、吴城，朱宸濠被俘于鄱阳湖上。八月，捷报传至，正德皇帝乃自称威武大将军，率师亲征。提督军务太监张忠、安边伯许泰提议将朱宸濠放回鄱阳湖，让武宗“擒获”，以满足皇帝的虚荣心。王守仁没有这样做，他将朱宸濠交付当时尚属正直的太监张永，然后返回南昌。《明史·王守仁传》云：“当是时，谗邪构煽，祸变叵测，微守仁，东南事几殆。”

③ 其所建置，指王守仁在赣平乱平叛的种种设施处置，包括保甲法。《明史·王守仁传》：“乃更兵制：二十五人为伍，伍有小甲；二伍为队，队有总甲；四队为哨，哨有长，协哨二佐之；二哨为营，营有官，参谋二佐之；三营为阵，阵有偏将；二阵为军，军有副将。皆临事委，不命于朝；副将以下，得递相罚治。”

④ 王敬甫氏，指吴百朋同年进士王尚礼。王尚礼，字敬甫，陕西渭南人，嘉靖二十六年（1547）进士。

⑤ 承乏，任职的谦辞。语出《左传·成公二年》：“敢告不敏，摄官承乏。”此时吴百朋任都察院右佥都御史巡抚南赣。

⑥ 此数句指王琼知人善任，对王守仁有知遇之恩。王守仁任南京鸿胪寺卿时，时任兵部尚书的王琼虽与王守仁素昧平生，但“素奇守仁才”，将其拔擢为都察院右佥都御史，巡抚南赣。在南赣，王守仁又“疏言权轻，无以令将士，请给旗牌，提督军务，得便宜从事。尚书王琼奏从其请”（《明史·王守仁传》）。《王阳明全集·外集三·上晋溪司马》云：“仁人君子爱物之诚，与人之厚，虽在木石，亦当感动激发，而况于人乎！无能报谢，铭诸心腑而已。”

⑦ 答应如响，答话有如回声，比喻对答敏捷流利，反应极快。《庄子·天下》：“其动若水，其静若镜，其应若响。”又作“应答如响”“应对如响”“如响而应”。

⑧ 不肖，谦辞，无才。唐韩愈《上考功崔虞部书》：“愈不肖，行能诚无可取。”

⑨ 大司马虞坡杨公，指兵部尚书杨博。杨博（1509—1574），字惟约，号虞坡，山西蒲州（今运城永济）人，嘉靖八年（1529）进士，明朝名臣，官至吏部尚书，卒谥“襄毅”。杨博曾三任兵部尚书，嘉靖三十四年，吴百朋巡按凤阳，上疏勘明原任巡抚侍郎郑晓等征倭军功，兵部尚书杨博覆疏根据功过进行赏罚；嘉靖四十五年，吴百朋巡抚南赣，上疏请讨三巢并飞报捷音，兵部尚书杨博又覆疏允准，并下令赏赐吴百朋等人。

⑩ 展布四体，施展才能、抱负。明孙承宗《答袁节寰登抚》：“沈将军强为公家出，便可展布四体，仰酬国恩，无借人言。”

敬甫原本不佳①，于是命赣州二守赵时齐重刻之②，附于《阳明全集》之后。噫，王公一代名臣，先生千载真儒，亦何借此表白乎？顾前辈手泽不可泯没无传③，又以俾后之当事中外者或能读此有感④，以相与有成云尔⑤。

（原载清王崇炳编《金华文略》卷十）

【导　读】

王守仁不仅是一代大儒，而且在统军作战方面也很有干才。明代中期，江西、福建、湖广一带都有动乱发生，社会不稳定，当地民众苦不堪言。正德十一年（1516）八月，兵部尚书王琼慧眼识人，拔擢南京鸿胪寺卿王守仁为都察院右佥都御史巡抚南赣，又奏请给王守仁便宜行事的权力。王守仁迅速平息了当地的动乱，社会秩序得以稳定。正德十四年六月，素有野心的宁王朱宸濠屠杀朝廷官员，以南昌为据点，起兵叛乱，兵锋直指南京。王守仁出奇计，率军攻克南昌。宁王闻讯，调兵回援，途中被王守仁所部击溃，宁王被擒，叛乱得以平息。嘉靖四十二年（1563）六月，吴百朋巡抚南赣，他非常熟悉前任王守仁的事迹。他认为，王守仁之所以能出奇策、建功业，是因为王琼的知人善任；而自己之所以能施展抱负，也是因为兵部尚书杨博的知人善任。他在《南赣督抚奏议》卷六中说："今下历之强百倍桶冈、浰头，而臣之学术方规不及守仁万分之一。……伏愿陛下专付臣以讨贼之任，不效则治臣之罪，以彰败军之罚。"上文吴百朋说"自古豪杰建大事功于天下，未有不见知执政、取信人主而能克济者"，实为有感而发。因此他将王守仁写给王琼的手柬附刻在《阳明全集》之后，以示对这种"大臣"与"抚臣""内外相信""答应如响"的政治局面的向往。

① 不佳，不好，指王阳明先生与王敬甫书信的品相或字迹不太清晰。

② 赣州二守赵时齐，即时任赣州府同知的赵时齐。赵时齐，浙江兰溪人，嘉靖三十五年（1556）进士，后升任福建按察司佥事。

③ 手泽，指先人或前辈的遗墨或遗物。语出《礼记·玉藻》："父没而不能读父之书，手泽存焉尔。"

④ 中外，朝廷内外，中央和地方。南朝宋刘义庆《世说新语·言语》："孔融被收，中外惶怖。"

⑤ 相与有成，互相支持而有所成就。明袁宏道《荆州修复北城碑记》："公实心任事，念念皆经国长计，郡邑大政，无不毕举。一时良二千石及丞以下，皆卓卓有民誉，故能相与有成。"

移镇信丰擒诸酋捷至

山城曾弭文成节[①]，　我亦双旌指谷川[②]。
日月新开豺虎道[③]，　风霆直扫棘箐烟[④]。
峤阴死战轻三伏[⑤]，　闾左生全可百年[⑥]。
白发渐生金革里[⑦]，　归田无计负先贤。

（原载道光《大元吴氏宗谱》卷三四）

【导　读】

嘉靖四十五年（1566）六月，吴百朋以都察院右副都御史巡抚南赣，由江西赣州移镇信丰，督师一举攻破龙南县下历的农民起义军队伍。生擒首领赖清规等的捷报传来，吴百朋喜不自胜，作诗一首。当年王守仁曾巡抚南赣，在江西建功立业；如今吴百朋移驻信丰，亲自督军，指挥作战，军队昼夜兼程，披荆斩棘，打通关塞。是年夏六月，冒暑兴师，将士们都奋勇战敌，连战连捷，最后大获全胜。经此一役，地方稳定、百姓获安，而诗人忽觉自己戎马倥偬，白发渐生，而归田无计，有负先圣功成身退之意。全诗洋溢着平定动乱、安定百姓的豪情，最后又流露出年

---

① 山城，此指江西南赣地方。◎文成，王守仁谥号。◎弭节，按节，停车，途中暂时驻留。语出《楚辞·离骚》："吾令羲和弭节兮，望崦嵫而勿迫。"

② 双旌，本指唐代节度领刺史者的仪仗，泛指高官之仪仗。◎谷川，与上句"山城"相对，当指溪谷河川地带。《公羊传·僖公三年》"无障谷"汉何休注："无障断川谷。"此指江西下历农民起义军领袖赖清规所据之地险要难攻。据《南赣督抚奏议》卷六，赖清规率亲信五六百人奔据广东龙川县铜鼓嶂（即桐子嶂），此地"峭壁万丈，高险难攀，即暑月须着夹衣，乃先朝南越王尉佗及侬智高等据险故穴。赖清规恃此天险强援，故横肆无忌"。

③ 豺虎道，豺虎出没之道。"豺虎"亦喻指凶狠残暴的寇盗。汉王粲《七哀诗》："西京乱无象，豺虎方遘患。"

④ 风霆，狂风和暴雷，比喻威势。◎棘箐（qìng），荆棘竹木丛生地带，喻为匪盗盘踞之所。"棘箐烟"喻指贼氛。《大清一统志》卷二五三赣州府长宁县官溪山下云："在长宁县北三十里，棘箐丛深，昔为盗薮。"

⑤ 峤阴，庾岭北侧，庾岭古或称东峤山，腹地在江西赣州境内。◎三伏，吴百朋率兵于六月初二日兴师，至七月十五日收兵，正是在三伏天。

⑥ 闾左，居住于闾巷左侧的人们，借指平民百姓。语出《史记·陈涉世家》："发闾左，適戍渔阳九百人。"

⑦ 金革，指军械和军装，借指战争。《礼记·曾子问》："子夏问曰：'三年之丧卒哭，金革之事无辟也者，礼与？'"

华消逝、归乡无计的无奈。

丁卯除夕①

五年此地探梅信②，　回首同游人渐归。
出入两朝惭退食③，　支离多口觉前非④。
寒消后夜惊残漏⑤，　老去何时返旧扉。
坐听军城飘晓角⑥，　岭云朔雁总依稀⑦。

（原载道光《大元吴氏宗谱》卷三四）

【导　读】

这首诗是吴百朋以都察院右佥都御史、副都御史巡抚南赣五年后的除夕所写。吴百朋从嘉靖四十二年（1563）六月巡抚南赣，至隆庆元年丁卯（1567）已有五年了。回首同僚、朋友，很多人已归老故乡。而自己出仕嘉靖、隆庆两朝，从不敢言退休。任上事情纷繁杂乱，自己勇于直言，有些也许说得未必对。除夕的后半夜残寒渐消，天色将明，自己老来什么时候才能返回故乡呢？坐在赣州城里，听见报晓的号角声响起，又隐约看见高山上云天中从北地南飞的大雁，不禁顿生思乡归隐之情。吴百朋巡抚南赣期间，以剿除匪盗、保卫一方安宁为己任，戎马倥偬中，不知不觉已年近五十，故生思归之志。

【延伸阅读】

吴百朋现存主要著作是《南赣督抚奏议》七卷，隆庆元年（1567）刻本。仅宁波天一阁博物馆存两本，均有残缺：一本仅存卷四；一本缺卷二，中间还有缺页。

---

① 丁卯，隆庆元年（1567）。

② 梅信，梅花开放所报春天将到的信息。亦暗指信函。宋贺铸《江夏寓兴》诗："朋从正相远，梅信为谁开？"

③ 出入两朝，指吴百朋仕嘉靖、隆庆两朝。◎退食，语出《诗经·召南·羔羊》："退食自公，委蛇委蛇。"本指减膳以示节约。此处意为退休、归隐。

④ 支离，烦琐杂乱。◎多口，多言，不该说而说。语出《孟子·尽心下》："无伤也，士憎兹多口。"

⑤ 残漏，将尽的漏壶滴水声。指天将明。古时以漏壶滴水计时，故云。唐戎昱《桂州腊夜》诗："晓角分残漏，孤灯落碎花。"

⑥ 晓角，报晓的号角声。唐沈佺期《关山月》："将军听晓角，战马欲南归。"

⑦ 朔雁，北地南飞之雁。

《南赣督抚奏议》是嘉靖四十二年十月至隆庆元年八月吴百朋任巡抚南赣都御史时先后所上的奏疏，共七十一道。中华书局2015年出版的《吴百朋集》校点本（柯亚莉校点），所收吴氏诗文最为齐全。

（燕山大学出版社柯亚莉博士撰稿）

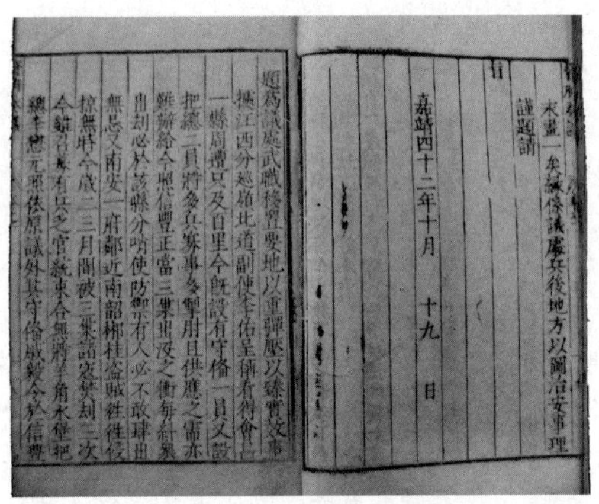

議處兵後地方以圖治安事理
謹題請
旨
嘉靖四十二年十月　十九　日

明隆庆元年刻本《南赣督抚奏议》
（宁波天一阁博物馆藏）

明・吴之器

吴之器（1595—1680），字赐如，号神岳，义乌大元村人。曾祖百朋，嘉靖二十六年（1547）进士，历任永丰知县、山西道监察御史、大理寺右少卿、兵部右侍郎、刑部右侍郎、刑部尚书等职。祖大缵，事母至孝，有“江南贤良第一”之名。父存中，少有才名，亦受时人敬重。少侍父学文，十一岁就童子试，十八岁考诸生，后补曾祖恩荫，入南京国子监深造。然其科举之路并不顺利，崇祯十五年（1642）中举，被任命为兵科给事中。不及赴任，北京城已破，明朝旋即覆亡。

吴之器的一生由明入清，虽然遭逢家国变故，但为人坦荡，有长者之风。性好读书，又喜交游，曾与斯一绪、徐应亨、龚士骧、章有成等人交好，发起组织了八咏楼社。明亡后隐居不仕，潜心治学，专心著述，代表作有《婺书》《婺书别录》《明月斋稿》等。

金台篇[①]

极北千年王气明[②]，　万里周行砥矢平[③]。
回合诸陵当座落，　逶迤易水接天横[④]。
参差宫阙浮云里[⑤]，　平台朱邸飞翚起[⑥]。
弱柳阴垂阁道青[⑦]，　贞松色借缭垣紫[⑧]。

---

① 金台，即黄金台，故址在今河北省易县东南北易水南，相传战国燕昭王筑此台，置千金于台上，延请天下贤士，故名。

② 王气，象征帝王运数的祥瑞之气。

③ 周行，大路。《诗经・小雅・大东》：“佻佻公子，行彼周行。”宋朱熹集传：“周行，大路也。”◎砥（dǐ）矢（shǐ），指道路平坦。语出《诗经・小雅・大东》：“周道如砥，其直如矢。”唐孔颖达疏：“周之贡赋之道，其均如砥石然；周之赏罚之制，其直如箭矢然。”

④ 逶（wēi）迤（yí），形容河流曲折绵延。◎易水，河北西部河流，源出于河北省易县，入南拒马河。

⑤ 参（cēn）差（cī），高低不平的样子。

⑥ 朱邸，汉诸侯王宅第，以朱红漆门，故称朱邸。◎翚（huī），五彩山鸡。

⑦ 弱柳，柳树。柳条柔弱，故称。◎阁道，复道，建于空中可供往来的回廊。

⑧ 缭（liáo）垣（yuán），围墙。

洗妆楼上临西内[1]，　　万岁山头见东市[2]。
晓看花发玉河春[3]，　　宵愁花落银沟水。
花开花落度芳年，　　城北城南倍可怜。
处处毬场俱筑镜[4]，　　家家马埒总铺钱[5]。
乍联宝骑平明去[6]，　　为掷金丸日暮还[7]。
日暮平明节序流[8]，　　上元寒食递消愁[9]。
压阑红药先梅发[10]，　　覆阁朱樱带雪收。
陌上幂篱遮浅黛[11]，　　帘间鹦鹉学轻讴[12]。
行云梦觉羞开幔[13]，　　堕马妆成懒下楼[14]。
百伎半陈河已曙[15]，　　千灯乍放月常留。
月留河曙不知归，　　高梁桥畔草菲菲。
千区宝刹凌霄汉[16]，　　十里名园壮帝畿[17]。
绕栋华幢呈法锦[18]，　　夹堤深柳出云旂[19]。

---

① 洗妆楼，即今北京北海公园的琼华岛，相传为辽后洗妆台故址。◎西内，皇宫西部。

② 万岁山，即北京景山，明永乐年间堆筑的人造山。◎东市，汉代在长安东市处决死囚犯。后以“东市”泛指刑场。

③ 玉河，即北京市宛平县之玉泉。

④ 毬（qiú）场，古代进行击毬游戏的场地。

⑤ 马埒（liè），指射场的驰道，两边有界限，使马不致跑出道外。埒，矮墙。这里用了西晋王济用钱修筑马埒的典故。《世说新语·汰侈》：“王武子被责，移第北邙下。于时人多地贵，济好马射，买地作埒，编钱匝地竟埒。时人号曰‘金沟’。”

⑥ 平明，天刚亮。

⑦ 金丸，金制的弹丸。《西京杂记》卷四：“韩嫣好弹，常以金为丸，所失者日有十馀。长安为之语曰：‘苦饥寒，逐金丸。’京师儿童每闻嫣出弹，辄随之，望丸之所落，辄拾焉。”

⑧ 节序，节令的顺序。

⑨ 上元，上元节。俗以农历正月十五日为上元节，也叫元宵节。◎寒食，寒食节，一般在清明节前一二日。

⑩ 红药，芍药别名。

⑪ 幂篱，一种遮盖头部的纱巾，通常以黑色纱罗做成，将一块布缝成筒状，上面以一块圆布盖顶，戴时上面覆盖头顶，下面垂于背部，在脸部开一椭圆形的孔，只露出面部。◎浅黛，用黛螺淡画的眉。

⑫ 讴（ōu），歌唱。

⑬ 行云梦，喻指男女欢合。

⑭ 堕马妆，即堕马髻。

⑮ 百伎（jì），各种伎艺。

⑯ 宝刹（chà），佛寺的塔。

⑰ 帝畿（jī），即京畿，指京都或京都及其附近地区。

⑱ 幢（chuáng），经幢，指刻着佛名或经咒的石柱子。

⑲ 旂（qí），古代的一种旗帜。

亭捧御书黄幔护，　池栽禁树紫丝围[①]。
别有花宫院院开，　五都文物聚昭回[②]。
犀自辟尘俱作导[③]，　玉能生暖亦成罍[④]。
轻衫珠缀空滇沼[⑤]，　宝髻花斜尽越台[⑥]。
明珰队队呼卢集[⑦]，　绣扇层层蹋鞠回[⑧]。
呼卢蹋鞠泥人骄，　挥手如云覆手消。
甲第废来还买宅[⑨]，　艳姝退后更藏娇[⑩]。
不愁春老鸳鸯渚[⑪]，　那畏秋深乌鹊桥[⑫]。
春秋来去俄今古，　燕梁华鹤那堪数[⑬]。
金谷含悲闭绿苔[⑭]，　铜山铸恨埋黄土[⑮]。

---

① 禁树，禁苑中的树木。禁苑，指帝王宫殿，语出司马迁《史记·秦始皇本纪》："二世常居禁中。"
② 昭回，星辰光耀回转。《诗经·大雅·云汉》："倬彼云汉，昭回于天。"
③ 辟尘，即辟尘犀，古代传说中的海兽。
④ 玉能生暖，化自唐李商隐《锦瑟》"蓝田日暖玉生烟"句。◎罍（léi），古代一种酒器，多用青铜或陶制成，口小，腹深，有圈足和盖。
⑤ 滇沼，指西汉武帝修筑的昆明池。
⑥ 越台，指春秋时越王勾践登眺之所。
⑦ 明珰（dāng），泛指珠玉。◎呼卢，古代一种赌博游戏。共有五子，五子全黑的叫"卢"，得头彩。掷子时，高声喊叫，希望得全黑，所以叫"呼卢"。
⑧ 蹋鞠，即蹴鞠。我国古代的一种足球运动。
⑨ 甲第，旧时豪门贵族的宅第。
⑩ 艳姝，美女。战国楚宋玉《登徒子好色赋》："此郊之姝，华色含光。"◎藏娇，典出《汉武故事》："年四岁，立为胶东王。数岁，长公主嫖抱置膝上，问曰：'儿欲得妇不？'……指其女问曰：'阿娇好不？'于是乃笑对曰：'好！若得阿娇作妇，当作金屋贮之也。'"胶东王，指汉武帝刘彻。后以纳妾别居为"藏娇"。
⑪ 此句化用宋张元幹《谒金门·鸳鸯渚》词意："鸳鸯渚，春涨一江花雨。别岸数声初过橹。晚风生碧树，艇子相呼相语。载取暮愁归去。寒食烟村芳草路，愁来无着处。"
⑫ 乌鹊桥，即鹊桥。神话传说，旧历七月初七之夜，乌鹊填天河成桥，以渡牛郎、织女相会。后以喻指男女相会或相会处。唐刘商《送女子》诗："青娥宛宛聚为裳，乌鹊桥成别恨长。"
⑬ 燕梁，筑巢屋梁上的燕子。宋晏殊《燕归梁》："双燕归飞绕画堂，似留恋虹梁。"
⑭ 金谷，即金谷园，晋石崇所筑，建筑豪华奢侈。
⑮ 铜山，蕴藏、出产铜矿的山。《史记·佞幸列传》："（文帝）于是赐邓通蜀严道铜山，得自铸钱，'邓氏钱'布天下。"

一骑夷门几破秦[①]，　十日平原谁覆楚[②]。
秦云楚雨定何如，　城郭沧桑有是非。
西园剑佩星犹聚[③]，　北邙松柏露还晞[④]。
露晞朔色黯河梁[⑤]，　酒入燕市兴何长[⑥]。
欲赋凌云羞未遇[⑦]，　金台南望郁苍苍。

（原载浙江图书馆藏明末刻本《明月槎稿》）

【导　读】

黄金台，又称幽州台、蓟北楼。战国时期燕昭王于易水之畔修筑黄金台，以招揽天下之士，从此黄金台便成为君主求贤的象征。同时，幽州也是古代北方通往中原的重要门户，足以扼天下形势，登临于此难免会在时空的交错中涌起无数的豪情。因此，千百年来，吟咏黄金台之作不计其数，其中以陈子昂《登幽州台歌》流传最广。

此诗是吴之器登览黄金台所作。吴之器八岁便熟读《史记》，对历史上的英雄事迹了如指掌，故此诗的一大特点便是用典。吴之器以“金台”为题，将古今典故熔于一炉，其思绪也随之穿梭——战国时期的幽州，便是明朝之北京城。尽管千年如走马，沧海变桑田，北京依旧繁华。作者想起昭王图谋的霸业、荆轲筹划的壮

① 夷门，战国时魏都城的东门。此句用战国魏国公子信陵君礼贤下士的典故。《史记·魏公子列传》：“魏有隐士曰侯嬴，年七十，家贫，为大梁夷门监者。公子闻之，往请，欲厚遗之。不肯受，曰：‘臣修身洁行数十年，终不以监门困故而受公子财。’公子于是乃置酒大会宾客。坐定，公子从车骑，虚左，自迎夷门侯生。”后来信陵君用侯嬴计，窃符救赵，击退秦军。

② 平原，指战国时赵国的平原君赵胜，因贤能而闻名，门下食客至数千人。十日平原，指朋友暂住欢宴。《史记·范雎蔡泽列传》：“寡人闻君之高义，愿与君为布衣之友，君幸过寡人，寡人愿与君为十日饮。”◎覆楚，使楚国灭亡。《史记·伍子胥列传》：“始伍员与申包胥为交，员之亡也，谓包胥曰：我必覆楚。包胥曰：我必存之。”

③ 此句指皇家园林中达官贵人的聚合如同行星一般转瞬即逝。西园，汉上林苑的别名。《资治通鉴·汉灵帝光和四年》：“帝着商贾服，从之饮宴为乐。又于西园弄狗，着进贤冠，带绶。”剑佩，指佩剑和垂佩的达官贵人。

④ 北邙，又名北邙山，位于洛阳北侧，东汉、魏、晋的王侯公卿多葬于此。

⑤ 河梁，桥梁，多指送别之地。旧题汉李陵《与苏武》诗之三：“携手上河梁，游子暮何之？……行人难久留，各言长相思。”

⑥ 燕市，指战国时燕国国都的集市。此处用荆轲与高渐离的典故。《史记·刺客列传》：“荆轲嗜酒，日与狗屠及高渐离饮于燕市。”

⑦ 赋凌云，用司马相如《大人赋》的典故，汉武帝评价其“飘飘有凌云之气”。◎未遇，未得到赏识和重用。

举，心头也涌起一腔热血，他在字里行间中流露出对古时英雄的追慕；一句“羞未遇”，也道出了作者积极向上，希望洒血疆场、为国效力的宏愿。

丙子之冬，赵循卿见过[①]，为语奉使辽西时事。天霜雁至，北风萧萧，兹逢初度[②]，辄此引赠，用祝壮图，并以为寿

魁梧雅信帷中书[③]，　义激羞他世上名。
子夜较书停虎观[④]，　丁年学剑出龙城[⑤]。
花红御陌楼箫细[⑥]，　草白榆关汉节明[⑦]。
谩向江湖淹岁月[⑧]，　忧时急为请长缨[⑨]。

（据上海古籍出版社2015年影印《吴之器佚作六种·玄畅楼大社稿》收录）

【导　读】

此诗写于崇祯九年（1636）冬天，好友赵循卿前来拜访，并以自己即将奉使辽西之事相告，又恰逢友人之生日，于是吴之器写下此诗，一为送别，二为勉励，三为祝寿。

明朝末年，辽东的女真势力逐渐崛起，造成明朝沉重的边防压力和财政负担。

---

① 见过，谦辞，犹来访。

② 初度，原指初生的时候，后称生日为初度。

③ 帷中书，用董仲舒典故。《汉书·董仲舒传》：“董仲舒，广川人也。少治《春秋》，孝景时为博士。下帷讲诵，弟子传以久次相授业，或莫见其面。盖三年不窥园，其精如此。”

④ 较书，同“校书”，“较”“校”古通用。◎虎观，白虎观的简称，为汉宫中讲论经学之所，后泛指宫廷中讲学处。南朝梁刘勰《文心雕龙·时序》：“及明章迭耀，崇爱儒术，肄礼璧堂，讲文虎观。”

⑤ 丁年，男子成丁之年，亦泛指壮年。《文选·李陵〈答苏武书〉》：“（足下）丁年奉使，皓首而归。”唐李善注：“丁年，谓丁壮之年也。”◎学剑，学习武艺。《史记·项羽本纪》：“学书不成，去，学剑。”◎龙城，西汉时期匈奴腹地一城，匈奴祭天、大会诸部处。唐王昌龄《出塞》：“秦时明月汉时关，万里长征人未还。但使龙城飞将在，不教胡马度阴山。”

⑥ 御陌，御街，宫前小路。唐刘禹锡《杨柳枝》：“御陌青门拂地垂，千条金缕万条丝。如今绾作同心结，将赠行人知不知。”

⑦ 榆关，泛指北方边塞。◎汉节，汉天子所授予的符节。《史记·吴王濞列传》：“臣非敢求有所将，愿得王一汉节，必有以报王。”

⑧ 谩（màn），莫，不要。唐范摅《云溪友议》卷六：“文章谩道能吞凤，杯酒何曾解吃鱼。”

⑨ 长缨，指捕缚敌人的长绳。《汉书·终军传》：“军自请：‘愿受长缨，必羁南越王而致之阙下。’”

东北已经成为明王朝的腹心之患。赵循卿此去意义非凡，因此即便路途遥远、气候恶劣，吴之器也不免对友人谆谆劝勉，希望他去前线能不忘使命，求得功名。“谩向江湖淹岁月，忧时急为请长缨”一联，更是借“引赠”之名抒发自己的心境——希望能在国家危难之时投笔从戎，而非于江湖之中蹉跎岁月。

止庵殉节赋浩然吟

一决何惭简竹青[①]，浩然霜色上秋冥。
倥偬许国无虚语[②]，慷慨酬恩有独醒[③]。
河岳生来原间气[④]，乾坤异后识英灵。
自怜我辈皆巾帼[⑤]，不用为公涕泪零。

漠漠衰荷隐废池，城阴孤旐不胜悲[⑥]。
田横岛畔空多士[⑦]，勾践台边只一麾[⑧]。
东鲁《春秋》存日录[⑨]，西陵风雨暗云旗[⑩]。

---

① 决，通“诀”，辞别，生死告别。明末清兵入关后，南明朝廷的兵部尚书张国维宁死不降，穿戴衣冠向母诀别，从容赋《绝命书》三章，又写“忠孝不能两全，身为大臣，谊在必死”，掷笔于地，付遗书与次子，投园池而死，年五十又二。◎简竹青，指史书。古时在竹简上记事，先以火烤青竹，使水分如汗渗出，便于书写，并免虫蛀。

② 倥偬，事情纷繁迫促。

③ 独醒，独自清醒。喻不入流俗。《楚辞·渔父》：“屈原曰：‘举世皆浊我独清，众人皆醉我独醒，是以见放！’”

④ 间气，英雄人物上应星象而生的特殊之气。《太平御览》卷三六○引《春秋演孔图》：“正气为帝，间气为臣，宫商为姓，秀气为人。”

⑤ 巾帼（guó），古代妇女的头巾和发饰，借指女中豪杰。

⑥ 旐（zhào），魂幡。

⑦ 田横（？一前202），齐国贵族，秦朝末年反秦自立，汉高祖刘邦统一天下后，田横不肯称臣于汉，率五百门客逃往海岛，后自杀。

⑧ 勾践（约前520一前465），越王允常之子，春秋末年越国国君，曾被吴王夫差打败。南朝梁任昉《述异记》卷上：“吴既灭越，栖勾践于会稽之上，地方千里。勾践得范蠡之谋，乃示民以耕桑，延四方之士，作台于外而馆贤士。今会稽山有越王台。”◎一麾，一面旗帜。

⑨ 东鲁，春秋鲁国，代指孔子。

⑩ 西陵，陵墓名，南朝齐钱塘名妓苏小小的墓。唐李贺《苏小小墓》诗：“西陵下，风吹雨。”◎云旗，画有熊虎图案的大旗，文中用作明王朝的象征。《史记·司马相如列传》：“拖蜺旌，靡云旗。”唐张守节正义：“画熊虎于旌，似云气也。”

滴残絮酒肠还断[①]，　　　却愧当年鲍叔知[②]。

（原载清咸丰刻本《张忠敏公遗集》附录卷四）

【导　读】

这两首诗是吴之器为悼念南明朝廷的兵部尚书张国维（字止庵）而作。自明朝灭亡后，弘光、鲁王等南明政权先后建立。南明政权曾授予吴之器官职，但“未几罢”，吴之器从此便隐遁山林，不问世事。尽管如此，当张国维以身殉国的消息传来后，吴之器还是写下了这两首诗。在他看来，张国维慷慨赴国难，接续的正是天地间的浩然正气，可与赵宋宰相文天祥并载史册。但同时，作者也在自惭与自嘲，自己为了逃避清廷文字狱的迫害，而不得不小心谨慎，如同妇人一般“忍辱偷生”。此诗巧妙用典，在与历史人物的对比中，将作者自己内心的苦闷与彷徨展现得淋漓尽致。

【延伸阅读】

吴之器大部分著作已经散佚，现存有《婺书》《北都纪游》《雪廊近稿》《大樽》《溪南》《经锄》《尊拙》《听雪》《白醉》《古今宫意》《闺意》《春问三赋》等十余种。其中以《婺书》最为著名。

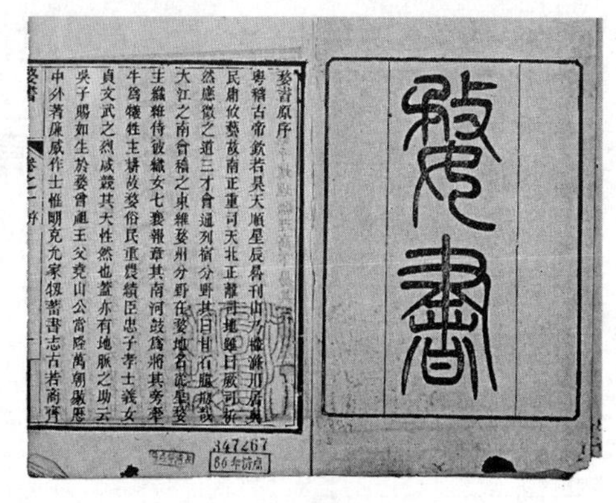

《婺书》

《婺书》八卷，述记金华名人事略，是研究历代金华人物的重要资料。其书共十二部分，分别为名臣传第一、节义传第二、儒林传第三、孝友传第四、文苑传第五、逸民传第六、仙释传第七、方技传第八、游寓传第九、循绩传第十、附传第十一、家传第十二。晋江吴载鳌序称其“传本肇末，结构严谨，观其部署诸贤，及成公文毅诸封事，岂惟文字之蔚跂，抑亦兴衰之炯鉴”。有明月斋刻本。

（浙江大学人文学院陈叶、博士研究生赵江红撰稿）

---

① 絮酒，谓祭奠用酒。唐杨炯《为薛令祭刘少监文》：“苍烟漫兮紫苔深，陈絮酒兮涕沾襟。”

② 鲍叔，即鲍叔牙，春秋时齐国大夫，以知人善任闻名于世，向齐桓公举荐自己的挚友管仲，终成齐桓公霸业。他与管仲的交情为历代史家所称颂，有成语“管鲍之交”。

明·傅岩

傅岩（1600/1602—1646），字野倩，号辛楣，婺州义乌人，少孤而贫，由义乌流寓省城钱塘（今浙江杭州），遂入籍定居。“及长，好读书，作诗赋、古文辞，皆镌理刻肌，风澜特妙。”明天启四年（1624）中举人，崇祯七年（1634）中进士，任徽州府歙县知县。知歙五年间，傅岩锐意祛奸，重手革弊，兢兢业业，夙夜忧劳，终使歙县风气为之一新，同僚誉之为“徽郡第一循良”“江南第一循良”，明思宗于崇祯十一年敕命褒奖。大约于崇祯十二年五月之后离任，“迁户部广东司主事，调仪制”，不久可能因“与上官不合”回到杭州。南明弘光元年（1645），鲁王监国，起用傅岩为江西道御史，随大学士、婺安伯朱大典固守金华。次年六月，城破，与其次子龄发、三子龄熙同时遇难。乾隆四十一年（1776）追谥“节愍”，入忠义祠。傅岩著述据记载有《乘槛草》《花巢纪事》《黄山录》《南山重修六通寺记》《甲戌纪事》《十愿斋花巢传诗》《花巢诗稿》《花巢轶稿》，均不存。今仅见《元人二十诸天画像赞》一卷、《歙纪》十卷及诗数首。

忠清庙[①]

入城山势海天雄，　高出楼台俯大东。
日色晓平螺髻外[②]，　人家春沸凤箫中。
越臣有策怜酬剑[③]，　楚客无心恨得弓[④]。

---

① 忠清庙，在杭州吴山，祀伍子胥。明田汝成《西湖游览志》卷十二：“忠清庙，以祀吴行人伍员者。员字子胥，楚人夫奢之子，平王以谗杀奢，子胥奔吴，说吴王阖闾伐楚以报父仇，吴遂以伯。入越，栖越王勾践于会稽。越使行成，子胥谏，不听，卒赦越。顷之，吴伐齐，越率其众而朝吴。子胥谏曰：是豢吴也，不如早从事焉。又不听，赐之属镂以死，浮尸江中。吴人怜之，立祠江上，因命曰胥山庙。唐景福二年，封广惠侯。宋大中祥符间，赐额曰忠清，封英烈王。绍兴三十年，改忠壮。嘉熙间，海潮大溢，弥望七八十里，溃为洪流，京兆赵与懽祷于神，水患顿息，乃奏建英卫阁于庙中。元末毁，国初重建，正统十四年重修。每岁以九月二十日致祭。”

② 螺髻，比喻西湖周围群山。唐韩愈《送桂州严大夫》：“江作青罗带，山如碧玉篸。”宋辛弃疾《水龙吟》：“遥岑远目，献愁供恨，玉簪螺髻。”

③ 越臣，谓越国大夫文种，与范蠡同助越王勾践灭吴王夫差，后勾践信谗赐剑，令其自尽。

④ 得弓，用典，《公孙龙子》：“龙闻楚王张繁弱之弓，载忘归之矢，以射蛟兕于云梦之圃，而丧其弓。左右请求之，王曰：止。楚王遗弓，楚人得之，又何求乎？”

两地霸图俱寂寞[①]，　独馀波浪激西风。

（原载嘉庆《义乌县志》卷三二）

【导　读】

忠清庙位于杭州吴山，祭祀的是春秋吴国的大夫伍子胥。诗为登临吴山忠清庙的怀古之作。吴山之上，南瞰钱塘江潮，故以"海天雄""俯大东"形容之；北倚西湖繁盛、都市富庶，故以"螺髻""春沸凤箫"形容之。"越臣"两句可作史论读，正题本是伍子胥，却以越国大夫文种的命运来反衬。伍子胥谏吴王夫差，意见不被采纳，反被赐剑而死，而立下赫赫功勋的文种最终也逃不脱被赐死的结局。再反用"楚人遗弓，楚人得之"的典故，谓败固难逃一死，胜亦如之。这样就逼出尾联的感慨，吴越争霸纷然，亦不过是历史长河中的一朵浪花，终归寂寞而已。这种感慨略同于刘禹锡《西塞山怀古》"今逢四海为家日，故垒萧萧芦荻秋"、辛弃疾《永遇乐》"舞榭歌台，风流总被雨打风吹去"之意。这首诗精彩处在第三联的思路，尾联倒显得平常了点。

【延伸阅读】

傅岩现存著作有《元人二十诸天画像赞》一卷、《歙纪》十卷。《元人二十诸天画像赞》（清咸丰二年管庭芬抄本，现藏上海图书馆）保存了傅岩在元人王永绥所画杭州护国寺《元代二十诸天画像》图轴上的题赞。《歙纪》是傅岩担任歙县知县期间所作的诗文、公牍及有关官员对其考荐评语的汇录，反映了明季政治、军事、法律及民风民情在县级层面的真实情状，是研究明史和徽州社会史的重要史料。中华书局2019年出版的《傅岩文集》校点本（陈春秀、颜春峰校点），收录傅氏诗文最齐全，除了《元人二十诸天画像赞》《歙纪》，还有诗十五首，附录三种生平资料，校点亦较精良。

（杭州师范大学人文学院樊葵副教授撰稿）

---

① 两地，谓吴国与越国。◎霸图，称霸的雄图。唐陈子昂《蓟丘览古赠卢居士藏用》诗："霸图怅已矣，驱马复归来。"

清·倪仁吉

倪仁吉（1607—1686），字心惠，浙江浦江人。其父倪尚忠曾任江西吉安府同知。仁吉早慧，七岁即能诵《女诫》诸书，十二三岁能作诗，兼善书画。十七岁嫁义乌吴之艺，之艺曾祖吴百朋官至刑部尚书。二十岁时吴之艺病故，临终嘱以奉母抚孤。仁吉誓不再嫁，孝奉婆婆龚氏甚谨，并抚育三个侄儿。年六十七，朝廷下旨给银建坊，表彰其“节孝全贞”。

倪仁吉寡居五十余年，以诗文书画刺绣自遣。其诗作有《凝香阁诗》一卷、《宫意图诗》附画一卷、《四时山居杂咏》一卷，康熙年间合刻为《凝香阁诗稿》。书法学王献之，擅长小楷、行书；绘画受文徵明影响，传世画作有《仕女图》（今藏浙江省博物馆）、《梅鹊图轴》、《花鸟图轴》（今藏义乌博物馆）等。倪仁吉还工于刺绣，传世绣品有《春富贵图》（今藏义乌博物馆）、《植树图》（今藏中国国家博物馆）、《傅大士像》（今藏日本京都国家博物馆）。

清倪仁吉《牡丹图》
（义乌博物馆藏）

清倪仁吉《设色梅鹊图》
（义乌博物馆藏）

弹　琴

梨花小院午风轻，　漫理冰丝入太清[①]。
一片枯桐心未死[②]，　至今犹发断肠声。

（原载清嘉庆丙子仰止堂重刻本《凝香阁诗稿》）

【导　读】

这首七言绝句记录了作者的日常生活与心绪。梨花开放的时节，安静的午后，作者随意拨弄琴弦，打发时光。但清冷幽咽的琴声，勾起了她对自己身世的感触，对逝去亲人的怀念，倍觉伤感。前两句客观描写，后两句感物抒情，笔触委婉细腻，情感含蓄深挚。

山居杂咏[③]（选一）

照影双飞燕，　新来补旧居。
芹塘泥最淤，　慎莫堕琴书。

（原载清嘉庆丙子仰止堂重刻本《凝香阁诗稿》）

【导　读】

此诗写春天景象。天气晴好，双燕翩翩飞舞，啄来春泥，补葺旧巢。作者担心泥水玷污琴书，因此殷殷提醒双燕。双燕齐飞，象征着夫妻和睦相爱；修补旧巢，呈现了家的温暖。此景此情，对于国破家残的作者来说，是强烈的刺激。但作者却欲说还休，将注意力转移到琴和书上。全诗含蓄蕴藉，寄托遥深。

---

① 冰丝，指琴弦。唐人《湘妃诗》："碧杜红蘅缥缈香，冰丝弹月弄清凉。"◎太清，天空。唐孟浩然《望洞庭湖赠张丞相》："八月湖水平，涵虚混太清。"

② 枯桐，指琴身，古琴多用桐木斫成。

③ 《山居杂咏》共一百四十四首五言绝句，写于清顺治十五年（1658）。据作者自序，明末清初之际，为避战乱，倪仁吉回到老家浦江倪大村（与兰溪交界），与家中女眷经常盘桓山中，赏景消遣。这一组诗就是追忆当年的山居生活。

宫意图诗[①]（选一）

一写古桧藤络，下有石床瑶琴，一丽人抚之，树根盘曲，一鬟坐听之。红楼翠幕，出于修竹梅枝之中，疏花数点，妆缀小春时耳。[②]

调入苍梧斑竹枝[③]，　潇湘渺渺水云思[④]。
听来记得华清夜[⑤]，　疏雨银缸独坐时[⑥]。

（原载清嘉庆丙子仰止堂重刻本《凝香阁诗稿》）

【导　读】

这首诗描写宫女的寂寥。湘妃故事是古代诗文中常用的典故，用来指代爱情悲剧。《红楼梦》中林黛玉在大观园中居住的院子名为“潇湘馆”，就是暗喻其悲剧命运。此诗前两句写弹琴，琴曲的意境关合湘妃故事。后两句写听琴，音乐的凄清让听曲的宫女联想到自己受冷落的孤独境遇。作为题画诗，既要与画面相关，又要写出画外之意。倪仁吉紧扣宫女的心态，体贴入微而又想象丰富，可谓得题画诗之旨。

【延伸阅读】

倪仁吉是清初著名女诗人，雍正年间的《义乌县志》《浙江通志》中有她的小传。王士祯《池北偶谈》载：“女郎倪仁吉，义乌人，善写山水，尤工篇什。予尝见其《宫意图诗》，其一云：调入苍梧斑竹枝，潇湘渺渺水云思。听来记得华清

---

① 《宫意图诗》组诗三十七首，创作于清顺治十七年（1660）。作者原绘有《宫意图》一套，这一组诗是为每一图配的题咏，图画今已不传。其题材主要为汉唐宫廷故事，继承了唐人“宫词”“闺怨”诗的传统，对女性的精神世界有精微刻画。

② 这段文字是对画面的描述。

③ 苍梧，苍梧山，又名九嶷山，在湖南宁远境内。《史记·五帝本纪》：“（舜）南巡狩，崩于苍梧之野，葬于江南九嶷。”◎斑竹，传说是因湘夫人洒泪竹竿而成斑。晋张华《博物志·史补》：“尧之二女，舜之二妃，曰湘夫人，舜崩，二妃啼，以涕挥竹，竹尽斑。”

④ 潇湘，泛指湖南地区。

⑤ 华清，华清宫。唐李吉甫《元和郡县志》卷一关内道京兆府长安县：“华清宫在骊山上。开元十一年初，置温泉宫。天宝六年，改为华清宫。又造长生殿及集灵台，以祀神。”

⑥ 疏雨，此处用唐孟浩然“微云淡河汉，疏雨滴梧桐”句意。◎银缸，银白色的灯盏、灯台。

夜，疏雨银缸独坐时。先考功兄曾得其全集。倪手种方竹数十竿，甚爱惜，莱阳董樵处士游婺郡，倪高其人，斫一枝赠之。”朱彝尊《明诗综》、康熙《御选四朝诗》、沈德潜《清诗别裁集》等，都选录了倪仁吉的诗作。《凝香阁诗稿》有嘉庆丙子（1816）仰止堂重刻本，分别藏于上海图书馆和义乌图书馆。

（浙江大学人文学院楼含松教授撰稿）

清·朱之锡

朱之锡（1624—1666）[①]，字孟九，号梅麓，别称朱太史，义乌陇头朱村人，清初治河名臣。顺治三年（1646）进士及第，之后在京为官；顺治十四年始被任命为河道总督，驻守济宁，从此开始近十年的治水生涯。朱之锡治理黄河、淮河、运河等河流及各地大小水情皆有奇效，全活民众无数；为官清廉，为朝廷节约河帑四十六万两；又集其奏疏条陈为《河防疏略》，是治理河道的宝贵资料。康熙五年（1666）二月，朱之锡因病卒于河道总督任上，年仅四十多岁。死后敕封“助顺永宁侯”，建庙春秋致祭。老百姓感念他的清廉与事功，尊奉他为河神“朱大王”。

两河利害甚钜疏[②]

题为两河利害甚钜、修防物力维艰，谨就见行事例，酌议增损，以襄重计、以裨实政事。[③]

窃照黄河建瓴万里[④]，及入河南以下，土壤既松，群流奔汇，泛溢之害[⑤]，无代无之。元以前，河犹从北入海，其间议塞议防，官穷于智计[⑥]，民困于征徭者，载在史册，难以缕数。迨至前明[⑦]，用河资运[⑧]，夫有岁编，银有额设[⑨]，戒毖之法，非不周也。乃二百馀年之间，被大害、兴大役者犹至五十馀见。当

① 据李之芳所作《梅麓朱公墓志铭》，朱之锡实生于明天启癸亥十二月初七，天启癸亥合公元1623年，但该年农历十二月初七日实已进入公元1624年。

② 此文亦见于康熙《金华府志》卷二九艺文志及嘉庆《义乌县志》（以下简称嘉庆志）卷十八艺文志，后者所收略有删节。《金华府志》本标题下题署：“兵部尚书兼都察院右副都御史总督河道臣朱之锡”。嘉庆志本标题下原注：“时为兵部尚书兼都察院右副都御史总督河道朱之锡”。

③ 此题及下“窃照”二字，《金华府志》本同，嘉庆志本无。

④ 建瓴，本谓倾倒瓶中之水，形容居高临下、难以阻挡的形势，这里形容黄河流速极快。

⑤ 泛溢，泛滥。

⑥ 智计，智谋。

⑦ 前明，明朝。

⑧ 资运，补给。

⑨ 额设，定员的设置。

时所称治水能臣，如徐有贞塞张秋[1]，役夫五万八千；刘大夏塞荆隆口[2]，用军民夫十二万馀；潘季驯先后行河[3]，役夫俱至八九万；甚至曾如春、曹时聘蒙墙之役[4]，连年役夫俱以三十万计[5]。所请帑金[6]，亦复不资[7]。河之悍激湍流[8]，未易以人力胜，盖其性然也。[9]我朝因明之旧，数百万京储，仰给东南[10]。黄河自荥泽以至山阳，南北两岸垂四千里，苟蚁穴不戒，漕且中断，则凡所以筹河者，岂能与前明有异?

臣自蒙恩受事，稽之故籍，问之水滨[11]，前明经营遗迹，数十年来，废弛已甚。如太行遥堤政[12]，宋任伯雨所谓宽立堤防、约拦水势者[13]。治河要策，无以出此，而竟以工钜帑诎议寝[14]。至于运河[15]，自通惠至董口[16]，清口至江[17]，共计二千馀里，防淤防浅，旧时规制，仅存十五。以臣职掌论之，何事不宜修复？然今者司农告匮[18]，民力凋敝，无论举赢未易[19]，即斤斤岁修常例[20]，河帑

---

① 徐有贞（1407—1472），字元玉，又字元武，晚号天全翁，南直隶吴县（今江苏苏州）人，明朝中期内阁首辅，曾在张秋（在今山东阳谷）治理黄河。

② 刘大夏（1436—1516），字时雍，号东山，湖广华容（今属湖南）人，明代名臣、诗人，曾在荆隆口（在今河南封丘境内）封堵河堤决口。

③ 潘季驯（1521—1595），字时良，号印川，湖州府乌程县（今属浙江湖州）人，明中期官员、水利学家。◎行河，巡行黄河河道。

④ 曾如春（1538—1603），字仁祥，号景默，江西临川（今属抚州）人，明朝官员。◎曹时聘（1548—1609），河北获鹿（今属石家庄市）人，明朝官员。◎蒙墙，在今河南商丘。

⑤ 连年，《金华府志》本同，嘉庆志本不太清晰，似作“递年”。

⑥ 帑（tǎng）金，钱币，这里指朝廷拨发的经费。

⑦ 不资，不可计数之意。资，《金华府志》本同，嘉庆志本作“赀”，“赀”为“资”的古通用字。

⑧ 悍激，犹湍急。《金华府志》本作“悍急”，义同。唐韩愈《送区册序》：“江流悍急，横波之石廉利侔剑戟，舟上下失势，破碎沦溺者往往有之。”元刘诜《感旧行》：“陂滩悍激落青浪，草树蒙翳号悲蝉。”

⑨ “河之悍激”以下三句，嘉庆志本无。

⑩ 仰给，依赖。

⑪ 问，考察。

⑫ 太行遥堤，指河南长垣大车集至延津魏丘集的黄河堤防，因堤坝走向与晋冀之地的太行山脉遥相呼应，故称。遥堤，指筑在缕堤以外，距河岸较远处用以防范特大洪水的堤。◎政，举措。

⑬ 任伯雨（约1047—1119），字德翁，眉州眉山（今属四川眉山）人，宋代官员，因建言、治水闻名。

⑭ 工钜帑诎（qū），工程巨大，经费不足。◎寝，停止。

⑮ 运河，即京杭大运河。

⑯ 通惠，指运河北京至通州段。◎董口，在江苏宿迁。

⑰ 清口，在江苏淮安。◎江，指长江。

⑱ 司农，古代负责教民稼穑的农官。◎告匮，诉说用度缺乏，这里指农业凋敝、税收缺乏。

⑲ 举赢，强作奢侈之事。举，举措。赢，通“嬴”，余，过度。《史记·韩世家》：“往年秦拔宜阳，今年旱，昭侯不以此时恤民之急，而顾益奢，此谓时绌举嬴。”

⑳ 斤斤，拘谨，着意。

缺额，渐苦捉襟。臣早夜焦思，实有不能一刻即宁者。为今之计，亦惟是内酌盈虚，外权缓急，随时补苴[①]，期不失为治标之策而已。

除应有急修工程，俟司道勘报、容臣酌议具题外，今据见行事例，有宜稍加损益，以裨河政万分一者[②]，共得十事：一曰陈明河南夫役，一曰酌议淮工夫役，一曰查议通惠河工，一曰特议建设柳园，一曰严剔河工弊端，一曰厘核旷尽银两，一曰慎重河工职守，一曰申明河官专责，一曰申明激劝大典，一曰酌议拨补夫食，各为一疏，仰请睿鉴。如果臣言可采，伏乞敕部议覆行，臣遵奉施行。至各疏内事关条议，不无字多逾格，统祈鉴宥。[③]

（原载清刻本《河防疏略》卷三，《续修四库全书》四九三册影印本）

【导　读】

黄河是中华民族的母亲河，养育了千千万万中华儿女。但河水泛滥成灾，也给两岸百姓带来深重灾难。据历史记载，在过去的两千五百余年中，黄河泛滥成灾1500多次，大改道26次。运河是古代物资流通的生命线，直接关系国家安危。古代生产力不发达，治理河道除了需要巨大的人力、物力、财力之外，更需要专业的人才。朱之锡是清初治河名臣，其治河才干由这封奏疏可见一斑——奏疏中首先详细总结检讨了历代先贤治河的经验，并在此基础上提出“十事”，包括合理使用民力、整肃治河队伍、建立奖惩机制、做好财政工作等诸多方面，都能切中要害，直指弊端。朱之锡又说“河之悍激湍流，未易以人力胜”，明言治河工作只是“治标之策”，对那个时代生产力之有限有清醒认识，更是超越时代的真知灼见。朱之锡在任期间为朝廷节约治河经费数十万两白银，足见其真才实学，绝非空谈。虽天不假年，四十多岁时便卒于河道任上，没来得及完全施展其才能，但奏疏中留下来的宝贵经验，却足以供后世治河者借鉴。

① 补苴（jū），补缀，缝补，这里指弥补缺陷。

② 万分一者，《金华府志》本作“万一者”，嘉庆志本作“万分之一者”，含义相同。

③ “仰请睿鉴”以下至文末，《金华府志》本同；嘉庆志本“睿鉴”后仅“施行”二字，“如果臣言可采”一段无。底本文末另有“顺治十六年正月初八日题，二月初六日奉旨：工部知道”云云，当属事后补记。

运闸运船宜整理疏[①]

国家转漕东南[②]，运河一线，悉仍明旧。则凡所以利涉者[③]，自不得不一循旧章，修明而谨守之也[④]。顺治十三年以前，河道多故，粮运率迟[⑤]。自十四年迄今，仰赖朝廷洪福，幸渐免冻阻之患矣。第有一二规制，或自明季相沿，或有日久弛废，尚须急为讲求者。臣谨征考故籍，为我皇上敬陈之。

一曰闸座[⑥]。运河台庄以南，临清以北，原无闸座节宣[⑦]。每遇旱干，尤易浅阁者[⑧]，姑且勿论。其台庄以北，临清以南，将及千里之内，惟恃山东诸泉之水，从石罅泥穴中[⑨]，尺疏寸导[⑩]，会流于南旺河渠，分济南北。而南旺南距台庄[⑪]，高一百二十尺；北距临清，高九十尺。其间或数十里置一闸，或数里置一闸，必上启下闭，互相灌输，方可浮运。春夏之交，雨泽愆期[⑫]，源枯流细，更必倍费守候，以渐积水，然后盈槽[⑬]。否则建瓴之势，一泻无馀，舟胶而不可行也[⑭]。查会典载款[⑮]，凡运粮及解送官物[⑯]，并官员、军民、商贾等船到闸，务积水至六七板[⑰]，方许开放。若公差内外官员人等，乘坐马、快船[⑱]，

① 《河防疏略》及《朱之锡文集》都没有收录该文，今据《皇朝经世文编》所载整理。◎运闸，即运河上的船闸，河流落差过大、不利于行船的地方需要修建闸门，分段拦水，以便通行。

② 转漕，转运粮饷，古时陆运称“转”，水运称“漕”。

③ 利涉，方便航运。《周易》中常见“利涉大川”一类的表述，后人以“利涉”泛指顺利渡河一类的活动。

④ 修明，阐释说明。

⑤ 率，皆。

⑥ 闸座，运河上的闸门。

⑦ 节宣，指拦蓄或排放河水。节，节制。宣，宣泄。

⑧ 浅阁，指船舶因水浅而无法航行，现在一般写作“搁浅”。

⑨ 石罅，石头的缝隙。

⑩ 尺疏寸导，逐尺逐寸清理水道使之畅通，极言工程之艰难。

⑪ 距，高距，位于高处。

⑫ 愆期，误期，失期，这里指春夏之交少雨。

⑬ 盈槽，满槽。槽，两个船闸之间的河道。

⑭ 胶，本谓“粘住”，这里指舟船搁浅。《庄子·逍遥游》：“覆杯水于坳堂之上，则芥为之舟，置杯焉则胶，水浅而舟大也。”

⑮ 会典，记载当时官署职掌制度的书。◎载款，谓会典所载的条款。

⑯ 解送，押送。

⑰ 板，指墙垣高度。本指板筑用的夹板，一夹板的高度为一板，具体尺寸历代不一。《公羊传·定公十二年》：“雉者何？五板而堵，五堵而雉，百雉而城。”汉何休注：“八尺曰板。”

⑱ 坐马，供骑坐的马匹。◎快船，行驶速度较快的船。

或站船[①]，紧急公务，就于所在驿分[②]，给与马驴过去，不许违例开闸。进贡紧要，不在此例。又载：凡闸惟进鲜船只[③]，随到随开，其馀务待积水。若豪强擅开，走泄水利；及闸开，不依帮次争进者[④]，听闸官挐送究问参治[⑤]。而且附搭黄马快船有禁[⑥]，贡新船只夹带有禁，令甲森严[⑦]，历历可考。顺治十三年，工部《题覆巡漕臣侯于唐申严闸座》一疏，内开“闸座启闭，原关粮运，务照旧例。首先粮艘、次及官商等因，亦经奉依议饬行之旨”[⑧]。奈迩来官差船只[⑨]，但顾一己速行之私，罔念朝廷京储之重。每到闸口，辄听船役喝令启板。稍有违拗，则捶楚继之[⑩]。积水既泄，闸内粮船不免浅阁。即使泄而复蓄，亦不免稽延[⑪]。甚有随带货船，须水浮送，则上闸应闭而不听闭，下闸当开而不容开。年来争竞之端，实由于此。如是而欲责粮运之速行无滞，是何异于却步而求其前也？除臣屡示禁饬[⑫]、并将抢闸缘由，题请议饬外，仰恳特赐严旨申饬[⑬]，容臣衙门仍照旧例，刊刻红牌通行，竖立各闸。除紧急兵船暂应让行外，其馀官差船只，一体遵守。应参奏者，据实指参。庶人心知警，而漕法不废，此所宜讲者一也。

一曰船式。重运自过淮后[⑭]，经由黄运两河，抵通交纳[⑮]。黄河逆水溜急[⑯]，运河源流细微，必须船米轻便，然后可衔尾速挽[⑰]。是以漕船名曰浅船。各省漕粮，共计四百万石，各卫所浅船，旧额共计一万二千馀只。查会典所开“浅船头稍底栈，俱有定式，龙口梁阔不过一丈，深不过四尺内”[⑱]。如粮船过淮

① 站船，指在航程有驿站递次接待的官船。
② 驿分，驿站。
③ 进鲜，谓各地官员贵族向皇帝进献水果鱼虾等时鲜物品。
④ 帮次，班次，次序。
⑤ 究问参治，审询查问、参奏审理。
⑥ 附搭，搭乘。◎黄马快船，黄船、马船、快船的合称，明清以之作为官营的航运工具，常负责运输贡品，免征关税，商人常搭载以求避税。
⑦ 令甲，第一道诏令，法令的第一篇，后用为法令的通称。
⑧ 内开，公文用语，援引来文时用之。
⑨ 迩来，近来。
⑩ 捶楚，杖击鞭打。
⑪ 稽延，延迟，拖延。
⑫ 禁饬，管束，整顿。
⑬ 申饬，重申，饬令。
⑭ 重运，这里指载重量大的粮船。
⑮ 抵通交纳，抵达通州交付。
⑯ 溜急，湍急，水流急速。
⑰ 衔尾速挽，指将船首尾相接，然后命纤夫拉船，古代在逆水或者水流缓慢的地方常以纤夫拉船。
⑱ 开，开列。

验烙之时，查有船只不如式者，该管官员，不分军职，有司一体参奏。又将江北南京等积年损坏缺船，行督粮道，照依湖广、江西二省船式，就于瓜、仪设厂打造。约载正耗米可五百石[①]。务要底平舱阔，入水不深。又漕运议单一款[②]，漕司及各该巡抚等官，备查各总下漕船若干，原缺若干，补造若干，现少若干，严督各粮储道催行该厂补造足额，不许仍前雇觅民船[③]，及将损坏者补数派搭本帮，以致船重难行。如不足额，照例参奏。即治河书内，亦有“闸河运船，载正米不得过四百石、入水深不得过六捺。六捺者，三尺也。故船力胜米力，水力胜船力。若不务足船，而徒搭运以省船，河力安能浮运？而漕大困矣。归罪无源之河，何益哉”等语，此皆先年已试之法，有可考据者也。迩来惟江南、山东、河南，船式米数，不异往制。江西、湖广、浙江漕船，梁头阔至一丈六七尺，深至七八尺不等。空船入水，已四五捺。且又船数不足，往往倍载票粮[④]，入水多至十捺以外。如式粮船，经过黄运两河，不难相连而进。而一遇重船，在黄河则合帮人夫，逐船倒纤，始得过溜；在运河则守板蓄水，集船起剥[⑤]，倍费时日。一程间断，积而数程，相距必远。在后船只，固被阻压；即前船之在下闸者，缘上闸候水，封闭过时，无水下注，亦不得不停桡以待。两河之水势犹昨，而今昔之船米迥殊。虽沿河各官，俱凛遵功令，百计催趱[⑥]，亦岂能别有异术，使之飞渡哉？除臣已会同总漕臣檄行各省粮道，备查各省漕船因何打造不如浅式，又因何缺船倍载不行补造，某卫某所额船若干、现缺若干、今应作何补造，议妥通详，以凭覆夺外，但比年以来，重运回空[⑦]，较之十三年以前，为期虽早；而该省船只，屡以体式过重，阻碍全漕。江西一省，尤多违例。若不从长酌议，诚恐将来必致贻误。合无请敕该部查议，饬行各省粮道，遵照旧例，渐次补造，以备挽运。庶旧制可复，而全漕无阻。此所宜讲者二也。

河漕事宜，虽不止此，而此二者，实运事迟速之大关键也。至于言新运者，每责成于回空之早，然又必自受兑开帮[⑧]，以至过淮，一一如期，然后抵通上仓，无所不早。查会典开载，重运抵通完粮，屡经酌议，初则九月为期，嗣始移于六月。即据最后一条，大约自淮以北，仍有三月水程，而其间必先于

---

① 正耗，明清在漕粮正税外向民户征收漕运损耗的一种附加税。

② 议单，协议订立的契据。

③ 雇觅，花钱寻找，雇用。

④ 票粮，钱粮。

⑤ 起剥，驳运，在岸和大船之间用小船转运客货。

⑥ 催趱，清代漕运，沿途地方官皆有督同催运责任，谓之趱重催空，省称催趱。

⑦ 回空，指船只回程的时候空载。

⑧ 受兑，收兑，谓接受漕粮。◎开帮，漕船起程出发。

冬兑冬开。二月过淮之限，预为严切者。此可以见由先及后，迟早相因之故矣。况回空各船，苟不至冻阻，岁前自亦不难到次，是又在该省之受兑开帮，力图振作，无致后时耳。

（原载清道光刻本《皇朝经世文编》卷四七户政二二“漕运中”）

【导　读】

该文原载《皇朝经世文编》，署为贺长龄辑，实则出自清代著名思想家魏源的编纂。在当时内忧外患的困局下，魏源以“经世致用”为依据，选录了大量清代中前期官员的文章。朱之锡为官立足实际，勇于任事，其一生行事，正是对“经世致用”的最佳注脚。漕运大事，直接关系国计民生，其重要性不言而喻。此文直面漕运困局，强调船闸要统一化管理，船只要标准化生产。所提的几项意见都切实可行，堪称当时漕运工作的“金科玉律”。我们所处的时代去古已远，朱之锡所提的这些原则依旧极富参考价值。所惜《河防疏略》及《朱之锡文集》都没有收录这篇文章，实为憾事。这里从《皇朝经世文编》辑录，庶几能弥补这个遗憾。

清康熙七年寒香馆刻本《河防疏略》

（《续修四库全书》四九三册影印）

【延伸阅读】

朱之锡去世后，友人辑录他任河道总督九年中的奏疏共百余件，合为《河防疏略》一书。其中奏疏多涉及水文水利，如两河（黄河、运河）利害、河道关系、黄淮关系、运河治理、河堤修建、水患管理等；此外还旁涉其他与治河相关的大小事宜，如河防管理、民夫征调、河银发放、催督粮运、官员任免等。内容皆切近实用，不尚空谈，是清代治河的重要参考资料。今存清康熙间寒香馆刻本，《续修四库全书》《丛书集成》等有影印。朱中梁编有《朱之锡文集》（中国文史出版社2001年版），可以参看。

（浙江大学人文学院博士研究生刘丹撰稿）

清·楼俨

楼俨（1669—1745），字敬思，一字俨若，号西浦，又号竹乡寓人。祖居义乌齐山（今义乌市苏溪镇齐山楼村）。楼家故为金华世族，明末清初时家业中落，迁居江南松江府娄县之修竹乡（今属上海市）。康熙四十六年（1707），帝巡幸松江行宫观织，楼俨绘图填词恭进，擢为"钦取第一"。四十八年，入京修《词谱》，注唐诗，纂《方舆路程》。修书期满，授广西桂林府灵川县知县。五十六年，楼俨请兵平定壮族起义军，记录军功两次，获"有用书生"匾额。五十八年，升为广州府理瑶同知。六十年，任顺德县知县。雍正元年（1723），以理瑶分府署始兴县事；二年，任广州司马部运；四年，升授广州府知府；五年，觐见雍正皇帝。不久，特授为广东惠潮道按察使司副使。六年，署理广东按察使司按察使，次年补授江西按察使司按察使。十年解任，调京以京堂补用，直至告归。

楼俨精于词学，曾入京都任词谱馆分纂，参与编撰《钦定词谱》四十卷。其所著仅存《蓑笠轩仅存稿》，诗、词、词论并收，题材广泛。其中《洗砚斋集》皆词论，辨律极精，发前人所未发，为词学所宗者。

自义乌至兰溪二首

买得东江放溜船①，　低篷三尺坐还眠。
四山不断红黄叶②，　肠断离人又一天。

溪上经过已六年③，　每思山市旧风烟④。
剪刀声里霜华碎⑤，　正是人间采橘天。

（原载清《梅溪楼氏宗谱·总宪公过家集》）

---

① 东江，又名乌伤溪、义乌溪、东阳江，现名义乌江。自东阳入，经义乌，入金华，与武义江汇，至兰溪，注入兰江。◎放溜，任船顺流自行。

② 四山，不详。南宋金华人王埜《四山叙咏》自叙云："四山者，何山、桥山、墅城山、屏山。"

③ 溪上，当指兰溪。

④ 山市，当指兰溪山区集市。◎风烟，风光，情景。

⑤ 霜华，即霜花，霜。

【导　读】

雍正二年（1724），五十六岁的楼俨任广州司马部运，离开岭南北上，次年抵达北京。在北京稍作逗留，于四月南还，回义乌展祠省墓，所过名胜各有吟咏，于九月下旬在兰江舟次书《过家集》。省墓毕，返回广州。这两首诗选自《过家集》，表达了他常年漂泊在异乡的飘零落寞之苦及思乡之情。楼俨此行纵贯神州南北，一景一物，所思所感，皆成诗词，缀合成集，名曰“北帆”。

金盏子

乍还我郡[①]，半乐池亭，早桂已开。追去申江[②]，一路幽香不断，如坐熏炉间也。未几，渡钱塘，过绍兴，一粉墙小院桂花颇盛，而双环昼闭，空切徘徊。抵义乌，惟烈文叔斋头晚桂，一树犹未摇落，徙倚久之[③]，因作此解。不知我官阁几株[④]，其花又何如也？

一阵香来，怪丝丝微雨，故人东阁。招隐最关心[⑤]，偏东去吟帆，小桥初泊。一枝拜月亭中，正中秋簾幕[⑥]。西泠渡[⑦]、谁教晚风斜日，断肠零萼[⑧]。

东郭[⑨]。那墙角。空寂寂、双扉欠剥啄[⑩]。飘然绣湖屐齿[⑪]，书斋又、吟魂唤起如昨。摘蕊故徘徊，恐西风摇落。频回首、官舍月影微黄，好景依约[⑫]。

（原载清光绪二十六年刻本《蓑笠轩仅存稿·北帆集附词》）

---

① 我郡，此处应指江苏。

② 申江，即上海。

③ 徙（xǐ）倚（yǐ），徘徊，流连不去。

④ 官阁，词中作“官舍”，应指楼俨任职的广州司马部运官署。

⑤ 招隐，征召隐居的人出仕。

⑥ 簾幕，又作“帘幕”，遮蔽门窗用的大块帷幕。

⑦ 西泠（líng），西湖上有桥名西泠。

⑧ 萼（è），花萼。

⑨ 东郭，东边的外城。词中大概是指作者祖籍义乌齐山。

⑩ 扉，门扇。◎剥啄，形容轻轻敲打门户的声音。此二句指烈文叔家访客稀少。

⑪ 屐（jī）齿，木屐底下凸出像齿的部分。此句指自己在绣湖边留下了踪迹。

⑫ 依约，隐约。

【导　读】

楼俨于雍正三年（1725）四月从北京南还，题中“乍还我郡”应该是说刚刚返回到江浙沪一带。即将入秋，早桂已开，于是一路追寻桂香，终于抵达义乌，在烈文叔的屋舍旁赏得晚桂。继而想起自己在广州官阁的桂花，大概也正是在盛开之时，隐含作者急于回到任所处理公务的心情。

【延伸阅读】

楼俨曾辨析有宋以下词家原委，以四声二十八调为经，以词之有宫调者为纬，并以无宫调者依世代先后附于其下，著成《群雅集》一书，但因卷帙繁重，未能付梓。传世的著作《蓑笠轩仅存稿》，有两种版本：一为清雍正年间刻本，一为清光绪二十六年（1900）刻本。《蓑笠轩仅存稿》之词集《叩拙集》及《北帆集附词》，词作风格大略在苏、辛之间，自然清丽。所著《洗砚斋集》则皆词论，他对清代词学研究，特别是有关声律问题的深入研究，发挥了一定的推动作用。

（加拿大麦克马斯特大学博士研究生陈瑞峰撰稿）

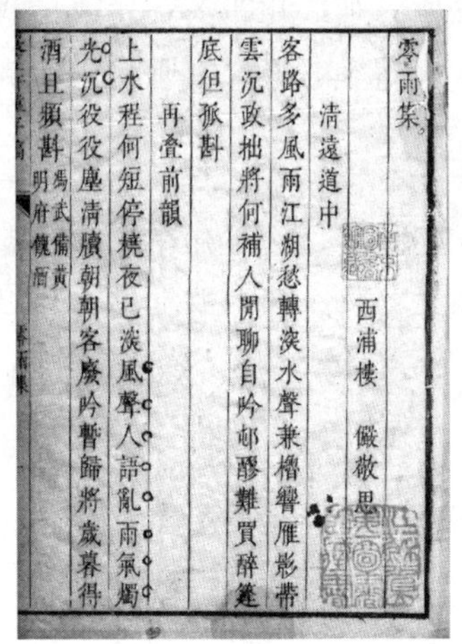

零雨集
西浦樓　儼敬思
清遠道中
客路多風雨江潮愁轉深水聲兼櫓響雁影帶
雲沉政拙將何補人閒聊自吟郫醪難買醉籬
底但孤斟
再疊前韻
上水程何短停橈夜已深風聲人語亂雨氣燭
光沉役役塵清牘朝朝客廢吟暫歸將歲暮得
酒且頻斟馮武備黄明府饋酒

清雍正年间刻本《蓑笠轩仅存稿·零雨集》
（南京图书馆藏）

清·陈德调

陈德调（1769—?），字鼎梅，号燮堂，义乌人。经历和成就详见本书第二编“山川风流”之《乌伤先达四首》诗后延伸阅读。

张孝子歌

孝子名泰，号静斋，杭州府学生①。父名森，号立斋，余父执也②。嘉庆丙子③，杭城大火，势渐及张里④，男妇走避，惟静斋随父居守。斯须⑤，势逾逼，父谓静斋曰：“吾足疾，不能移。汝梯垣⑥，冀可免，无与我俱烬也。”静斋泣曰：“父在，将安之乎⑦？”语未竟，烟焰横飞，火势暴入，急扶父退避斗室中。四面环灼，穿窗射隙皆火光，孝子引盂水沃却之⑧。自午及酉⑨，旁厦一空，惟斗室三间无恙。时七月二十四日也。余三弟德诣寓于张，备述其异，作孝子歌，以俟采风者。

父谓儿，儿速走，勿苦和我守。
我今欲脱势已难，儿即多一死，于我亦何有？
况儿前去有老母，眼中出血盼已久⑩。
勿徘徊，儿速走。

儿闻言，心惨凄，父在儿安之？
儿身百骸受之父，父倘被不测，儿忍独生为？

---

① 府学，府一级设立的官学。清代杭州府学在今杭州市劳动路孔庙。
② 父执，父亲的朋友。唐杜甫《赠卫八处士》诗：“怡然敬父执，问我来何方。”
③ 嘉庆丙子，嘉庆二十一年，公元1816年。
④ 张里，谓张氏所居之里巷。
⑤ 斯须，片刻，短时间。
⑥ 梯垣，谓架梯越墙。
⑦ 安之，去哪儿。
⑧ 沃，浇。《论衡·偶然》：“使火燃，以水沃之。”
⑨ 午，午时，即十一时至十三时。◎酉，酉时，即十七时至十九时。
⑩ 眼中出血，谓泣泪成血。金董解元《西厢记诸宫调》卷六：“君不见满川红叶，尽是离人眼中血。”

况儿料父必不危，平生素行神明知①。
儿寸步，不敢离。

不敢离，事已急，仓遽入斗室。
四围环灼如火城，九死或一生，惟听命所适。
平明周视遍瓦砾，斗室三间峭孑立②。
惊既定，感而泣。

全躯命，兼伦纪③，善报俱收矣。
堪叹世人多忍心，夫不顾其妻，兄不顾其弟。
櫌锄德色尚难忘④，何况关系在生死。
我倾心，张孝子。

（原载民国二十二年印本《存悔堂诗草》）

【导 读】

古代有所谓《二十四孝图》，多取材于西汉刘向的《孝子传》，都是历史上宣扬孝道的故事，离奇的多，可信的少。这首《张孝子歌》写的却是作者身边熟人的一件事，一场大火中，所有的房子都化为灰烬，只有张氏父子的这三间小房独存。事件应该真实无虚，而诗中的对话，当然只是作者的设想，最后一段的感叹，才是诗歌命意所在。至于这一奇闻究竟是张氏父子的父慈子孝感动了上天，还是偶然的结果，自然也是不可问的。作为读者来说，反而觉得前三段的对话颇为真切生动，而最后的议论，难免有些头巾气了。

（杭州师范大学人文学院樊蓊副教授撰稿）

① 素行，平素之品行。

② 孑立，本指孤立无依，此谓三室独存。

③ 伦纪，伦常纲纪。

④ 櫌锄德色，把农具借给其父而表现出来的自以为有恩的神色。櫌锄，泛指农具。《汉书·贾谊传》："故秦人家富子壮则出分，家贫子壮则出赘。借父櫌鉏，虑有德色。"唐颜师古注："言以櫌及鉏借与其父，而容色自矜为恩德也。"鉏，同"锄"。

清·陈熙晋

陈熙晋（1791—1851），原名津，字析木，号西桥，义乌城区湖清门人。清嘉庆二十四年（1819）应贡生试，举为优贡。次年考充镶黄旗教习。道光五年（1825），以教习出任贵州省龙里县知县，不久调任普定县知县。十二年，迁仁怀同知。为官清正，执法严谨。二十二年，调任湖北省宜昌知府，六年间清理积案1700余件。二十九年，楚地大水，灾民逃聚宜昌，熙晋尽力抚绥，并报请以工代赈修葺城垣，灾民免遭饥馑。三十年，母丧，辞官归里，次年病逝。人称“西桥太守”，有政声，学识渊博，著述宏富，堪称一代鸿儒。著作有《春秋规过考信》《春秋述义拾遗》《古文孝经述义疏证》《帝王世纪》《贵州风土记》《征帆集》《骆临海集笺注》《仁怀厅志》等。

旅　中

秋气多萧瑟，　人生岂系匏[①]。
却缘书味恋[②]，　偏觉旅情抛。
地旷足虫响[③]，　林疏拳鸟巢。
一规江上月[④]，　又看挂藤梢。

（原载《重修金华丛书三编》影印清咸丰元年刻本《征帆集》卷一）

【导　读】

这首诗描写了作者在旅途中的感受。秋天萧瑟的气氛中，作者感叹人生悲苦，难道要像匏瓜一样被弃置？因为对读书的喜爱，虽然身在旅途，却也无寂寞之感。旷野上，蝉鸣不止。疏林里，鸟巢零落。江上的月亮正圆，又挂在了古藤的枝头。

---

① 系匏（páo），匏瓜味苦，所以系置不食，比喻隐居未仕或弃置闲散。语出《论语·阳货》：“吾岂匏瓜也哉，焉能系而不食？”唐孙逖《和左卫武仓曹卫中对雨创韵赠右卫李骑曹》：“道合宜连茹，时清岂系匏？”

② 却缘，只是因为。

③ 虫响，指蝉声。

④ 一规，一个圆形或圆弧形。

江上步月

白沙胜雪接鸥汀[1]，　烟淡岚光万点青。
月浸楼台三面水，　山衔灯火一江星。
恰从北岸看南岸，　何处长亭更短亭。
残夜巴歌歌未歇，　天涯孤客不堪听。

（原载《重修金华丛书三编》影印清咸丰元年刻本《征帆集》卷一）

【导　读】

这首诗描绘了重庆一带夜晚江上的美景，触发了作者的思乡之情。江畔的沙滩比雪还白，和鸥鸟栖息的小洲相接。云烟淡淡，山间雾气经月光照射而发出点点青光。月亮照射着楼台倒映在江中，山上灯火明亮，远远地看，像是满江的星星。从北岸向南岸望去，长亭连着短亭，不知道哪里才是回家的路。夜深了，凄凉的巴中山歌未曾停歇，触发孤身在外的诗人的乡思，实在不忍卒听。全诗借景抒怀，将所见与乡思结合起来。首联充分运用光与色的组合，白色的沙滩、点点的青光、蒙蒙的雾气，烘托出一种朦胧的气象。颔联聚焦于三面环水的楼台与山上的点点灯火。颈联改变视角，从北向南望去，长亭短亭自然引出离愁别绪。尾联更用残夜凄清的巴歌，衬托诗人羁旅的无聊与浓浓的乡思。

泊观音洲[2]

楚水江湖合[3]，　斜阳住客船。
野连云梦阔[4]，　天入洞庭圆。
官拙偏多事，　春归也可怜[5]。

① 鸥（ōu）汀（tīng），鸥鸟栖息的小洲。
② 观音洲，在今湖南省岳阳市附近的长江边上。
③ 楚水，泛指古楚地的江河湖泽。◎江湖，指长江和洞庭湖。洞庭湖是长江中游最重要的调蓄湖泊，于岳阳城陵矶汇入长江。
④ 野，江汉平原。◎云梦，云梦泽，江汉平原上的古代湖泊群的总称。
⑤ 可怜，可惜。

寄书翻惹恨[①]，　身事一潸然[②]。

（原载《重修金华丛书三编》影印清咸丰元年刻本《征帆集》卷三）

【导　读】

这首诗展示了诗人在泊船上看到的景象，并由此引发了思乡之情与身世之感。楚地的江河湖泽，在长江和洞庭湖交汇处汇聚；夕阳西下，余晖照进客船。江汉平原连接着云梦之泽，视野开阔；长天与洞庭湖在远处相合，融为一体。诗人拙于为官，偏偏政务繁忙，难得出来散心，可惜春色已尽。想给家里写信，反而惹人伤感，联想到自己坎坷的经历，不禁泪流满面。全诗前四句写景，后四句抒怀。由于前四句所写之景气象阔达，后面虽表达思乡之情与身世之感，但并无消极的意味。

自纳溪入大江经掇旗山下三滩[③]

纳溪城上峰峦走，　纳溪城下波涛吼。
十万山色横扫空，　扁舟晓出纳溪口。
纳溪一百九十滩，　滩滩相接鸣潺湲[④]。
却忆黔中十年住[⑤]，　跬步荦确人枯干[⑥]。
目力到此乃一纵，　大江万里生长澜。
壮哉岷峨远旁礴，　浩浩荡入胸怀宽。
江神欲我饱邱壑[⑦]，　波心忽化山岝崿[⑧]。
巨石怒排江倒流，　天风吹雨空际落。
是时七月涨未平，　一舟簸扬脆於箨[⑨]。

---

① 寄书，传递书信。

② 身事，经历和遭遇。◎潸（shān）然，形容流泪。

③ 纳溪，位于四川南缘，长江与永宁河交汇处，因三国时期“纳贡出此溪”而得名；又名“云溪”，有“海纳百川”之意。◎大江，在纳溪县（今四川省泸州市纳溪区）城北，自江安县流入界，又东南出泸州城南。◎掇旗山，位于纳溪县东四里，相传诸葛武侯掇旗于此，来告诫南蛮。又有掇旗滩，在县东二里江滨，相传也因为诸葛武侯得名。

④ 潺（chán）湲（yuán），流水声。

⑤ 黔（qián），贵州省的别称。

⑥ 跬（kuǐ）步，迈步。◎荦（luò）确，怪石嶙峋、崎岖不平貌。

⑦ 邱壑（hè），山陵和溪谷。邱，同“丘”。清代避孔丘讳，规定“丘”改避作“邱”。

⑧ 岝（zuò）崿（è），山势高峻貌。

⑨ 箨（tuò），竹笋上一片一片的皮。

篙师邪许千声呼[①]，　众橹急摇渺住着。
撇流已过三重滩，　青山点点浸寥廓。
楼阁微茫云树深，　秋烟一抹江阳郭。

（原载《重修金华丛书三编》影印清咸丰元年刻本《征帆集》卷一）

【导　读】

这首诗描绘了作者在从纳溪入大江下三滩过程中所经历的雄奇景象：纳溪城上，层峦叠嶂；纳溪城下，波涛怒吼。山色何其瑰丽，与波涛的壮观相比，也被一扫而空。清晨，诗人搭乘一叶扁舟，从纳溪口出发。纳溪一百九十滩，一滩接着一滩，奔流不息。回想起在贵州的十年，仕途艰辛，人似乎也干枯了。而一进入大江，视野为之一变：长江万里，浩浩荡荡；远处的岷山和峨眉山，雄壮磅礴。置身其间，心胸也变得宽广无比。或许是江水之神想让诗人饱览丘壑，波浪中忽然化出高山峻岭。江水拍击巨石，发出怒号，又倒流回江中。天际间，风吹雨落。时值七月，江水还在上涨，在江中颠簸漂荡的小舟，似乎比笋壳还要脆弱。船工们喊着号子声，快速划动船橹，稳稳地驾驭着小舟。顺流而下，已经过了三重滩，远处的点点青山，仿佛沉浸在寥廓的江面中。楼阁依稀可见，树木高耸入云，深不可见。一抹秋日云烟，笼罩着江北城郭。

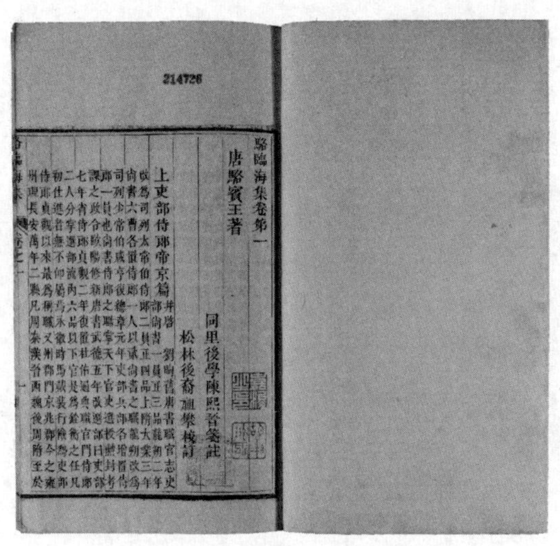

清咸丰三年松林宗祠刻本《骆临海集笺注》
（浙江大学图书馆藏）

【延伸阅读】

以上四首诗均选自陈熙晋《征帆集》。云南、贵州作为出产铜、铅的大省，一直有向中央政府供奉铜、铅以供铸币之需的惯例。道光十四年（1834），任职贵州

① 篙（gāo）师，撑船的熟手。◎邪（yé）许（hǔ），劳动时众人一齐用力所发出的呼声，即号子声。一人领呼称为号头，众人应和称为打号。

的陈熙晋奉命押运运铅船出黔赴京，途经四川、湖北、江西、安徽、江苏、山东、河北、天津，最终到达北京，行程万里之遥。陈熙晋把自己途中所见所感，形诸诗篇，结而为集，名曰《征帆集》，凡四卷，据旅途之先后编次，其中卷一在黔巴间，卷二在巴东，卷三在荆楚间。有清咸丰元年（1851）刻本，黄灵庚主编《重修金华丛书三编》影印收录。

（浙江师范大学人文学院硕士研究生张春晖、浙江大学人文学院张涌泉教授撰稿）

清·朱凤毛

朱凤毛（1829—1900），字济美，号竹卿[①]，又号莲香居士，晚清著名学者朱一新之父，浙江义乌朱店人。据其孙朱萃祥所撰《行述》，朱凤毛自幼聪慧，十九岁中秀才。咸丰十一年（1861），太平天国李世贤所部攻克金华，进抵义乌。朱凤毛遂毁其家产，捐其家资，领导义乌民团抵抗太平军。同治十一年（1872）考取府学拔贡，十三年授校官。光绪元年（1875）授修职郎，十年任寿昌县学教谕。光绪十五年任工部主事，至十八年三月以病老辞归。任学官十余年间，嗜学育人，训勉后生，不以冷官做牢骚，为人旷达，受同事者及生徒称道。朱凤毛一生手不释卷，笔耕不辍，其诗文集主要有：《虚白山房诗集》四卷，《虚白山房诗续集》一卷，《虚白山房骈体文》二卷，《一帘花影楼试帖律赋》二卷，诗歌三百七十多首，辞赋约六十篇。

避寇山中筑茅舍落成即事

亦爱家居好，　　风尘奈未安[②]。
不嫌藤峡峭，　　权置草堂宽。
壁削岩千尺，　　峰回路百盘。
泥封函谷斗[③]，　　栈迫剑门巑[④]。
因树遮为屋，　　依松缚作阑。
拓基牢叠石，　　接笕巧承湍[⑤]。

---

① 1929年重修《山盘朱氏宗谱》卷三三《绅衿录》与《清代朱卷集成》影印同治癸酉科朱卷，皆谓朱凤毛“字济美，号竹卿”，而朱凤毛孙朱萃祥所撰《行述》（见《虚白山房骈体文》）则谓朱凤毛“字竹卿，号济美”，今从《清代朱卷集成》。

② 风尘，指战乱、戎事。《后汉书·班固传》：“设后北虏稍强，能为风尘，方复求为交通，将何所及？”

③ 此句与下句皆指茅舍周边山势险要。泥封，用泥丸封堵要道。函谷，古代关名，古关为战国时秦国所置，在今河南省灵宝市境，因其路在谷中，深险如函，故名；汉元鼎三年（前114）移至今河南省新安县境，去故关三百里。“泥封函谷”典出《后汉书·隗嚣传》：“元（王元）请以一丸泥为大王东封函谷关，此万世一时也。”斗，陡峭。

④ 栈，栈道。◎剑门，指位于四川广元剑阁北五十里的剑门山，为古蜀道上的要隘。剑门山，分大剑山和小剑山。三国蜀丞相诸葛亮率军伐魏，路经大剑山，曾令军士凿山岩，架飞梁，搭栈道。◎巑（cuán），形容山峦高峻。

⑤ 笕，连接起来引水用的长竹管。

瓦代茅偏省，　墙围土易完。
奇杉窥槛外，　飞瀑泻檐端。
邻舍蜂房簇[①]，　村墟鼠穴攒。
一家移草草[②]，　八口聚团团[③]。
水急夜逾响，　山深秋早寒。
雨围丛篆黑[④]，　霜压老枫丹。
稳任迷藏促[⑤]，　高凭劫火看[⑥]。
逋逃容薮僻[⑦]，　安乐得窝难。
聊定苍黄局[⑧]，　谁探赤白丸[⑨]。
胜如岩穴处，　露宿更风餐。

（原载清光绪十五年刻本《虚白山房诗集》卷二，又见《义乌兵事纪略》）

【导　读】

清咸丰三年（1853），太平军攻克南京，朝廷命各省组织民团抵抗，当时民团皆乌合之众，遇事则散。咸丰十一年五月，太平军李世贤所部攻克金华，进抵义乌，兵乱四起，一时出现“仓皇行李各奔波，挈女呼儿逐队过”的景象[⑩]。朱凤毛心系百姓疾苦，曾为夜中逃难的百姓送上燃烛。为避兵乱，朱凤毛在南山构筑茅屋，安排一家老小避居其中，长子朱一新一边在山中侍奉母亲，一边勤奋读书。此诗即记当时之事。

---

① 蜂房，比喻周围房屋密集众多。
② 草草，匆忙仓促。宋梅尧臣《令狐秘丞守彭州》：“前时草草别，渺漫二十年。”
③ 团团，许多人聚集在一起。
④ 丛篆，茂密的小竹林。
⑤ 促，各本同，疑当作“捉”。
⑥ 劫火，指战火。
⑦ 逋逃，指逃亡，流亡。◎薮僻，幽薮僻静。
⑧ 苍黄，即仓皇。“苍黄局”形容瞻前顾后的窘迫局面。
⑨ 赤白丸，红色和白色的弹丸。典出《汉书·尹赏传》：“长安中奸猾浸多，闾里少年群辈杀吏，受赇报仇，相与探丸为弹，得赤丸者斫武吏，得黑丸者斫文吏，白者主治丧。”“探丸”指抓阄行刺。
⑩ 引文见《虚白山房诗集》卷二《辛酉六月纪事》，光绪十五年（1889）刻本。

哭一新[①]

三十年来未断肠[②]，　徐生私计得徜徉[③]。
不图庾信伤心泪[④]，　翻到颓龄洒万行[⑤]。

回忆高堂弃养辰[⑥]，　重闱犹憾欠遐龄[⑦]。
汝今又少十年算，　蒲柳竟先秋早零[⑧]。先君殁时年五十九[⑨]，先祖八十尚在堂。

四十九年如一梦，　电光石火忽轮回[⑩]。
无端离合悲欢事，　万感纷纶触绪来。

邻儿苦读舌难调，　隔座偏能背诵饶。
惹得先生为狂喜，　逢人夸说阿龙超[⑪]。

儿时课读一青灯[⑫]，　俪句难工夏楚增[⑬]。

---

① 此诗以中国国家图书馆藏朱凤毛曾孙朱叙芬抄本《虚白山房诗续集》所载为底本收录，另以朱一新《拙盦丛稿·佩弦斋杂存》附录本（以下简称刻本）参校。诗题下小字原注："触绪悲来，不能自已，成绝句五十首"。其下另有"事见《节略》及《挽联》者不再注"句，但已圈去。

② 断肠，形容极度悲痛。宋苏轼《次韵回文》之二："红笺短写空深恨，锦句新翻欲断肠。"

③ 徜徉，安闲自得貌。唐韩愈《送李愿归盘谷序》："膏吾车兮秣吾马，从子于盘兮，终吾生以徜徉。"

④ 庾信（513—581），字子山，南阳新野（今河南新野）人，南北朝时期著名文学家。◎伤心泪，指庾信作《伤心赋》，记叙侯景之乱中其家所遭受的种种不幸，其二子一女死于战乱，其后一女一孙亦殁。赋文虽伤弱子，亦悲家国沦丧。

⑤ 颓龄，衰老、垂暮之年。

⑥ 高堂，对父母的敬称。◎弃养，父母逝世的婉辞。谓父母死亡，子女不得奉养。

⑦ 重闱，旧指父母或祖父母，此处指祖父母。◎遐龄，高龄，长寿。

⑧ "蒲柳"句，喻未老先衰。《世说新语·言语》："蒲柳之姿，望秋而落；松柏之质，经霜弥茂。"

⑨ 先君，已故的父亲。刻本作"先君子"，义同。

⑩ 电光石火，比喻事物稍纵即逝、转头成空。

⑪ 阿龙，晋代丞相王导的小名。《世说新语·企羡》："王丞相拜司空，桓廷尉作两髻、葛裙、策杖，路边窥之，叹曰：'人言阿龙超，阿龙故自超。'"文中代指少年朱一新。◎超，卓越，出众。

⑫ 课读，接受教育，学习知识。

⑬ 夏楚，亦作"榎楚"，即苦荼和荆条，古代用以制作笞打的刑具，也用作教学体罚用具。《礼记·学记》："夏楚二物，收其威也。"◎增，刻本作"曾"，指曾被体罚，义亦通。

自悔少年殊卞急[①]，　耘瓜何事类狂曾[②]。八岁夜读毕，令对七言，句必极工乃已，时得警句，否则朴责[③]。

小少荒山弟妹俱，　往来侍母备薪储。
最难一卷随身读，　避寇三年未废书。

每逢文战集英流[④]，　杂遝鱼龙出一头[⑤]。
讲院斜阳琐闱月[⑥]，　此中曾占十分秋。己巳肄业，诂经精舍徐寿蘅学使出经史、词章数十题[⑦]，儿初到省城，与诸名士声气未通，篝灯起草，卷厚寸许，学使取超等第六，评为"一日千里，必可大成"[⑧]。秋课裒然举首。庚午，与次儿怀新同肄业精舍，遂同领乡荐[⑨]。

长安索米本来难[⑩]，　三载青毡未破颜[⑪]。
归路迢迢关塞隔，　梦魂飞不到家山[⑫]。辛未下第，留京至癸酉，皆课徒自给[⑬]。

---

① 卞急，急躁。《左传・定公三年》："庄公卞急而好洁。"晋杜预注："卞，躁疾也。"

② 耘瓜，为瓜地松土锄草。此句用"曾子耘瓜"之典。《孔子家语・六本》："曾子耘瓜，误斩其根。曾皙怒，建大杖以击其背，曾子仆地而不知人久之。"

③ 否则，刻本作"否辄"，义长。◎朴责，同"扑责"，仗击责罚。

④ 文战，指科举考试。◎英流，指才智杰出的人物。

⑤ 杂遝鱼龙，鱼龙混杂。杂遝，同"杂沓"，纷杂繁多貌。

⑥ 讲院，指儒学书院。◎闱，礼部的门。宋王禹偁《谪居感事》诗："礼闱冠多士，御试拜丹墀。"

⑦ 诂经精舍，清嘉庆年间浙江学政阮元（后升任浙江巡抚）于西湖孤山上创建的书院。

⑧ 以上几句，大意是说：同治七年（1868），朱一新先后就读于金华丽正书院、杭州诂经精舍，次年从诂经精舍肄业。同治八年六月，学使徐寿蘅出了经、史、词章数十道题，连当时颇有名气的生员都感到为难。唯有朱一新独自答卷，写成的卷纸厚达一寸。徐寿蘅大为赞赏，评为"一日千里，必可大成"。"可"字底本误作"了"，兹据刻本改。

⑨ 领乡荐，指乡试中举。同治九年庚午（1870），朱一新、朱怀新兄弟二人乡试同榜中举。

⑩ 长安索米，指在朝中求取俸禄。用东方朔典故。《汉书・东方朔传》："朱儒长三尺馀，奉一囊粟，钱二百四十。臣朔长九尺馀，亦奉一囊粟，钱二百四十。朱儒饱欲死，臣朔饥欲死。臣言可用，幸异其礼；不可用，罢之，无令但索长安米也。"

⑪ 青毡，本指青色毛毯及其制品，此指清寒贫困的生活。◎破颜，露出笑容。

⑫ 家山，指故乡。

⑬ 课徒自给，靠带学生谋生。同治十年辛未（1871），朱一新朝考落第，留京至同治十二年癸酉等待下次考试。

我方橐笔试金华[①]，　汝儤薇厅掌白麻[②]。
七十二沽秋水碧[③]，　一轮海舶共还家。甲戌下第，纳资为内阁中书舍人，余适廷试入都，仲秋共乘轮舶旋里[④]。

出门惘惘各西东[⑤]，　游子征衣密密缝。
对我临行无别语，　五花先博紫泥封[⑥]。乙亥春，余赴常山，儿入都供职[⑦]。

镜里芙蓉晓日开，　红绫宴罢赋归来[⑧]。
可怜半世为乔梓[⑨]，　此是还乡第二回。光绪二年丙子，恩榜进士馆选[⑩]。

病中最恨海难填，　两度医谁奏十全[⑪]。

---

① 橐（tuó）笔，同“橐笔”，插笔于橐，泛指文士的笔墨耕耘。“橐”为“橐”的俗字，盛物的袋子。古代书史小吏，插笔于橐，侍立于帝王大臣左右，以备随时记事，称作“持橐簪笔”，简称“橐笔”。语出《汉书·赵充国传》：“印家将军以为安世本持橐簪笔事孝武帝数十年。”

② 儤，指古代官吏连日值班。◎薇厅，指“薇垣”，又作“微垣”，明清时期指中书省等中枢机构。◎白麻，即白麻纸，唐代由翰林学士起草的诏书都用白麻纸。此指朱一新任职内阁。

③ 七十二沽，借指天津。沽，古水名，河北境内的白河支流相传有七十二沽，其在天津者有二十一沽，故称。

④ “甲戌”四句，同治十三年甲戌（1874），朱一新落第，纳资为内阁中书舍人；朱凤毛当年三月入都参加廷试，仲秋，父子二人一起乘船回乡。

⑤ 惘惘，伤感，失意。唐韩愈《送殷员外序》：“出门惘惘，有离别可怜之色。”

⑥ “五花”句，喻指仕途得意。五花，即五花马，骏马。唐人喜将骏马鬃毛修剪成瓣以为饰，分成五瓣者，称五花马。紫泥封，又作“紫泥书”，指皇帝诏书，古人封缄书函多用封泥封住绳端打结处，盖上印章称“泥封”，皇帝诏书用紫泥。

⑦ “乙亥”三句，光绪元年乙亥（1875），朱凤毛赴常山任教谕，子朱一新进京供职。

⑧ 红绫宴，唐代进士及第后，举行宴会，皇帝御赐以红绫裹的“红绫饼”，以示祝贺和鼓励，故称。

⑨ 乔梓，指父子。乔、梓皆树木名，儒家以为父权不可侵犯，似乔；儿子应卑躬屈节，似梓。

⑩ 恩榜进士，即恩科中举。恩科是于常规科举考试之外因皇家开恩而增加的考试。按常规，科举考试每三年举行一次，清代恩科一般在皇家遇到喜庆之事时，特别加开一次考试。光绪二年（1876）的科举考试便是因光绪皇帝登基而开。◎馆选，指被选任馆职。光绪二年，朱一新中进士，殿试二甲，朝考一等，任翰林院庶吉士，授编修。

⑪ 十全，谓治病十治十愈。《周礼·天官·医师》：“岁终，则稽其医事，以制其食，十全为上，十失一次之。”汉郑玄注：“全，犹愈也。”

不是同怀殚智力[①]，　玉楼早赴十年前[②]。己卯秋，得疾发狂，日夜喧聒[③]，大致不出“民穷财尽，为洋人所欺”诸语，怀新在都设法伴归。壬午夏，复患湿疾，几殆，亦怀新延医久治始愈[④]。

舆图中外晰纤毫[⑤]，　夕桀重差校算劳[⑥]。
心血当年空耗尽，　何曾一日试铅刀[⑦]。

史馆回翔又几秋[⑧]，　董南齐辔岂能俦[⑨]。
只缘不负乡先正[⑩]，　文苑儒林各一流[⑪]。修史时，撰金华张丹邨作楠观察、义乌陈西桥熙晋太守二传。

星驿初乘使者车[⑫]，　楚材敢道尽披沙[⑬]。
不名一艺差堪慰，　朴学词章总国华[⑭]。乙酉为湖北副主试，以经史、词章、算术取士，多卓卓者。

---

① 同怀，谓同胞兄弟姐妹。此处指朱一新弟朱怀新。

② 玉楼早赴，典故出自唐李商隐《李贺小传》：“长吉（李贺字）将死时，忽昼见一绯衣人，驾赤虬，持一版，书若太古篆，或霹雳石文者，云当召长吉。长吉了不能读，欻下榻叩头，言阿㜷老且病，贺不愿去。绯衣人笑曰：‘帝成白玉楼，立召君为记。天上差乐，不苦也。’长吉独泣，边人尽见之，少之，长吉气绝。”后因称文人早死为“赴召玉楼”。

③ 喧聒，谓闹声刺耳。光绪五年己卯（1879）重阳日，朱一新偕友人游北京西山，淋雨后受寒发病。

④ “壬午夏”四句，光绪八年壬午（1882），朱一新患上湿疾，几乎不治，朱怀新为其求医问药，许久方才康复。

⑤ 舆图，地图。朱一新有《京师坊巷志稿》《东三省内外蒙古地图考证》等史地著作。

⑥ 夕桀、重差，都是以勾股为基础的测量方法，夕桀是借圆形来测量，重差则是测量太阳高、远的方法。

⑦ 铅刀，铅制的刀，谓刀不锋利。试铅刀，比喻虽然才疏学浅但仍愿意尝试。用“铅刀一割”典，语出《后汉书·班超传》：“昔魏绛列国大夫，尚能和辑诸戎，况臣奉大汉之威，而无铅刀一割之用乎？”

⑧ 史馆，官修史书的官署名。

⑨ 董南，指晋国的董狐、齐国的南史，都以直书不隐著称，后常作为良史的代称。“晋之董狐，书法不隐”“齐之南史，直书崔弑”，其故事分别载于《左传·宣公二年》和《左传·襄公二十五年》。《宋书·志序》：“班左并驰，董南齐辔。”◎俦，匹敌，相比。

⑩ 先正，前代的贤臣，泛指前代的贤人。朱一新在国史馆修史期间，撰写了乡贤张作楠、陈熙晋传。

⑪ 文苑，旧史中多立文苑传，记载文士的言行。◎儒林，指儒家学者之群，泛指儒生、读书人。《史记》有《儒林列传》。

⑫ “星驿”句，指光绪十一年（1885）朱一新任湖北乡试副考官。星驿，帝王的使者。

⑬ 楚材，楚地的人才。这里偏指湖北的人才。

⑭ 朴学，指清代学者继承汉儒学风而治经的考据训诂之学。◎国华，国家的杰出人才。

关心时事首频搔，　　誓斩长鲸息海涛[①]。
三疏纵难酬宿愿，　　已闻天语得荣褎[②]。典试复命[③]，蒙召见，询及前此疏中事。垂帘以来[④]，典试回京者鲜得召对，都人以为异数。

玉宇琼楼一曲歌，　　高寒正虑月中多。
圣明自是怜忠爱，　　记向词臣问老坡[⑤]。降官后[⑥]，上语侍臣，有朱某语自不差之谕，故引坡公事[⑦]。

郎署宁容偃蹇身[⑧]，　　扁舟南下味鲈莼[⑨]。
难忘补报涓埃日[⑩]，　　廊庙江湖岂异人[⑪]。

眷念庭闱奉旨甘[⑫]，　　半年家食敢迟耽。

---

① 长鲸，大鲸，喻巨寇。唐刘知几《史通·叙事》："论逆臣则呼为问鼎，称巨寇则目以长鲸。"

② 荣褎，荣显褒扬。褎，同"褒"。

③ 典试，主持考试之事。

④ 垂帘，谓女后辅幼主临朝听政。此处指光绪初年，慈禧、慈安两宫垂帘听政事。湖北乡试结束后，慈禧破例召见朱一新。

⑤ 老坡，指宋苏轼，苏轼别号东坡居士，故称。

⑥ 降官，指朱一新被降职。光绪十二年（1886）八月，慈禧派醇亲王奕譞到天津巡阅北洋海军，又派太监李莲英随行。八月十四日，朱一新上《预防宦寺流弊疏》："今夏巡阅海军之役，闻有太监李莲英者随至天津，道路哗传，士庶骇愕。意深宫或别有不得已之苦衷，匪外廷所能喻。然宗藩至戚，阅军大典，而令刑馀之辈，厕乎其间，将何以诘戎兵而崇礼制?"慈禧阅后震怒，诘问"疏言苦衷何指"。朱一新上《明白回奏疏》，进一步揭露李莲英恃宠而骄、妄自尊大的罪过。慈禧将朱一新降职为六部主事候补。因直言受责，朱一新便以母亲患病为由请准回乡，被时人誉为"真御史"。前一首诗"关心时事首频搔，誓斩长鲸息海涛。三疏纵难酬宿愿，已闻天语得荣褎"，便是对朱一新这一时期为官生涯的概括。

⑦ 引坡公事，事见宋何薳《春渚纪闻》卷六《裕陵睠贤士》："公（苏轼）自黄移汝州，谢表既上，裕陵览之，顾谓侍臣曰：'苏轼真奇才。'时有憾公者，复前奏曰：'观轼表中，犹有怨望之语。'裕陵愕然曰：'何谓也?'对曰：'其言"兄弟并列于贤科"，与"惊魂未定，梦游缧绁之中"之语。盖言轼、辙皆前应直言极谏之诏，今乃以诗词被谴，诚非其罪也。'裕陵徐谓之曰：'朕已灼知苏轼衷心，实无他肠也。'于是语塞云。"

⑧ 郎署，侍郎、郎中之类官员的公署。◎偃蹇，骄傲。《左传·哀公六年》："彼皆偃蹇，将弃子之命。"晋杜预注："偃蹇，骄敖。"

⑨ 鲈莼，鲈鱼与莼菜。莼鲈之思，指代思念故乡之意。

⑩ 补报，报答。◎涓埃，细流与微尘，比喻微小。《周书·萧撝传》："臣披款归朝，十有六载，恩深海岳，报浅涓埃。"

⑪ 廊庙，殿下屋和太庙，指朝廷。◎江湖，指民间。

⑫ 庭闱，内舍，多指父母居住处。《文选·束晰〈补亡〉诗》："眷恋庭闱，心不遑安。"唐李善注："庭闱，亲之所居。"

为偿知己三秋约，　　一棹西风到岭南。张香涛制府函聘主讲两粤端溪书院[1]。

我生诗癖兼文癖，　　敝帚千金愧篆雕[2]。
不分灾梨三两卷[3]，　　一时传过海天遥。在端溪刻余诗文集[4]，江阴金淮生同转采入《粟香四笔》[5]，番禺梁节堪太史刻入《端溪丛书》[6]。

频年广雅与端溪[7]，　　到处南针为指迷[8]。
岂有朝宗兼众派[9]，　　虚名已遍粤东西。己丑移主广雅书院，讲求经史理文之学，院规整肃[10]。

榜花贡树各题名[11]，　　两省龙头未老成[12]。
争说鲁公衣钵好[13]，　　公然门下放门生。湖北所取士周小璞编修

① 张香涛，即张之洞（1837—1909），字孝达，号香涛，晚清名臣，清代洋务派代表人物。◎端溪书院，广东四大书院之一，明万历元年（1573）由佥事李材在肇庆府学宫西侧的鼓铸局旧址创办，重视延聘名师讲学，全谢山、刘彬华、朱一新等先后担任讲席。朱一新被降为主事后，光绪十三年（1887）八月，应时任两广总督张之洞之邀，赴广东，主讲端溪书院两年。

② 篆雕，指辞章，文彩。

③ 灾梨，旧时印刷所用雕版多用梨树、枣树制成，“灾梨”谓刻印无用的书，灾及作版的梨木，常用作刻印书籍时的谦辞。

④ 此句指光绪十五年（1889），朱一新、朱怀新编校父亲朱凤毛《虚白山房诗集》四卷，刻入《端溪丛书》。

⑤ 金淮生，即金武祥（1841—1924），清末藏书家、诗人，原名则仁，字淮生，号粟香，江苏江阴人，著有《粟香随笔》一笔至五笔共四十卷。

⑥ 梁节堪，即梁鼎芬（1859—1919），晚清学者、藏书家，广东番禺人，光绪六年（1880）进士，授编修。历任知府、按察使、布政使，曾因弹劾李鸿章，名震朝野。后应张之洞聘，主讲广东广雅书院、端溪书院和江苏钟山书院。

⑦ 广雅，指广雅书院，中国近代著名书院之一，在广州城西北，光绪十三年由两广总督张之洞创办。

⑧ 南针，即指南针。

⑨ 朝宗，比喻小水流注大水。《尚书·夏书·禹贡》：“江、汉朝宗于海。”伪孔安国传：“二水经此州而入海，有似于朝，百川以海为宗。宗，尊也。”◎派，水的支流。

⑩ “己丑”三句，指光绪十五年，朱一新任广雅书院掌教，后将平日讲学的重要内容，辑成《无邪堂答问》五卷。

⑪ 榜花，文中应是指探花，古代科举的第三名（第一名为状元，第二名为榜眼）。◎贡树，应指贡生选拔名列前茅者，模仿“榜花”造的词。

⑫ 龙头，状元的别称。

⑬ 鲁公，指颜真卿，颜氏被封为鲁郡开国公，故称颜鲁公。

辛卯典试粤东[①]，揭晓后，率榜下士肄业书院者十八人进谒[②]。是科广西肄业亦中六人。两省解元及两省优贡生正副十人皆院中肄业生。壬辰恩科、甲午正科，广西两解元皆肄业院中也。

廿五年中五度归，　织乌未满一年飞[③]。
人家聚散知多少，　谁似吾儿见面稀。

苦劝羊城去写忧[④]，　兰溪相待为停舟。
早知此别成终古，　悔不同行作粤游。

精力销磨暗自伤，　壮怀虚愿问谁偿[⑤]。
只因家国无穷感，　风雨凄其话对床[⑥]。

为我菟裘小筑工[⑦]，　半筹赤仄半雕栊[⑧]。
岂知两载空辛苦，　华屋山丘一瞬中[⑨]。余建约经堂[⑩]，儿节省

① 周小璞，应指周树模（1860—1925），湖北天门人，字少朴，光绪十五年进士，官至黑龙江巡抚，兼任中俄勘界大臣，谈判订立《中俄满洲里界约》。

② 以上几句指光绪十七年（1891），朱一新此前在湖北乡试时录取的周树模，此时已是翰林院编修，奉命典试广东，揭榜后，发现新科举人中，有十八人出自广雅书院肄业生。周树模不忘师恩，亲自率领广雅书院出身的新科举人拜谒朱一新。

③ 织乌，借指太阳。乌，太阳的代称，因太阳每日东升西落，如织梭之往来，故称。

④ 羊城，广州的别名，相传古代有五仙人乘五色羊执六穗秬而至此地，故称。◎写忧，发抒排解忧闷。

⑤ 虚愿，不切实际的愿望。

⑥ 凄其，寒凉貌。《诗经·邶风·绿衣》："絺兮绤兮，凄其以风。"

⑦ 菟裘，在今山东省泗水县，泛指告老退隐的居处。《左传·隐公十一年》："羽父请杀桓公，以求大宰。公曰：'为其少故也，吾将授之矣。'使营菟裘，吾将老焉。"◎小筑，指规模小而比较雅致的住宅，多筑于幽静之处。唐杜甫《畏人》诗："畏人成小筑，褊性合幽栖。"

⑧ 赤仄，也作"赤侧"，古代一种外边为赤铜的钱币，汉武帝时始铸，后来泛指钱币。◎雕栊，雕花的窗棂。

⑨ 华屋山丘，壮观的建筑化为土丘，比喻盛衰在顷刻之间。语出三国魏曹植《箜篌引》："生存华屋处，零落归山丘。"华屋，华美的房屋。

⑩ 约经堂，即朱一新故居，在义乌朱店。光绪二十年（1894）六月，朱一新题词朱凤毛所建之"约经堂"曰："辛勤以有此庐，但愿子孙能世守；民物若环一室，未知怀抱向谁开。"又云："此九世祖亦政堂旧址也。咸丰季年，大人以重值得之，遂移居焉。岁久墙柱倚侧，遇大风雨，岌岌动摇。两大人极思更建。岁戊子，余主讲端溪，次年移主广雅，节缩修羊以成两大人之志。庀材鸠工，两年始就。复一年而甫获安居，盖成事若斯之难也，后人其念之哉。""修羊"即"束修羊"的简称，用作束修（也作束脩）的羊，泛指束修。明李贽《初潭集·兄弟上》："穷则开门授徒，计束修羊，独善其身。"

修金寄充资费，门窗之属皆来自粤东。堂成不及见矣，痛哉！

鸭炉鸲砚间鸡彝[①]，　小小轩窗位置宜。
为问新巢今已定，　衔泥秋燕又何之？

空烦好友为招呼，　路近堪迎二老俱[②]。
天遣此生艰一面，　不教移席主芜湖。甲午夏，应袁爽秋观察芜湖中江书院之聘[③]，欲于次年迎养院中。

自挽联成便返真[④]，　洒然来去了前因[⑤]。
传闻身死头还热，　知是生天是转轮[⑥]？六月二十四日偶感微疾，七月初二忽语怀新云："顷集'撒手白云堆里去，回头四十九年非'二语以自挽，汝谓何如？"怀新谓："神智湛然，何至如是！"酉刻溘然逝矣。亥刻遍身皆冷，头仍热。

白云亲舍眼常穿[⑦]，　沧海藩封心久悬[⑧]。
自憾君亲都未报，　何能瞑目赴重泉[⑨]。弥留时犹以高丽为京师屏蔽，必不可弃。迎养终成虚愿，为言殓时双目未瞑。

撒手尘缘已六如[⑩]，　聊凭归梦告妻孥[⑪]。

---

① 鸭炉，古代熏炉名。形制多作鸭状，故名。◎鸲（qú）砚，鸲形的砚台。鸲，鸟类，体小，尾巴长，嘴短而尖。◎鸡彝，刻画有鸡形图饰的酒樽。古代祭器之一。《周礼·春官·司尊彝》："春祠夏禴，祼用鸡彝、鸟彝，皆有舟。"清孙诒让正义："鸡彝、鸟彝，谓刻而画之为鸡、凤皇之形。"

② 二老，指父母。

③ 袁爽秋，即袁昶（1846—1900），字爽秋，浙江桐庐人，清末大臣、学者，光绪二年（1876）进士，官至太常寺卿；曾任皖南道尹，慕贤聘请"江南大儒"伍宗沂为芜湖中江书院山长，书院名震江南。

④ 返真，道家认为人死后归于自然，故以"返真"婉称死。

⑤ 前因，佛教语，谓事皆种因于前世，故称。

⑥ 转轮，指转世。

⑦ 白云亲舍，白云底下亲人的住处，喻指思念亲人。《旧唐书·狄仁杰传》："其亲在河阳别业，仁杰赴并州，登太行山，南望见白云孤飞，谓左右曰：'吾亲所居，在此云下。'瞻望伫立久之，云移乃行。"

⑧ 藩封，古称分封的属国，文中指高丽。

⑨ 重泉，犹九泉，指死者所归。南朝江淹《效潘岳〈悼亡〉》："美人归重泉，凄怆无终毕。"

⑩ 六如，也称六喻，佛教指梦、幻、泡、影、露、电，喻世事之空幻无常。后秦鸠摩罗什译《金刚经》："一切有为法，如梦、幻、泡、影，如露亦如电，应作如是观。"

⑪ 妻孥，亦作"妻帑"，指妻子和儿女。《诗经·小雅·常棣》："宜尔家室，乐尔妻帑。"毛传："帑，子也。"

夜台尚有乌私愿[①]，　怕我悲伤梦转无。萃祥赴省试初到[②]，梦其父云："今科题'父在观其志'二句[③]，汝不能作，亦不必作。"其母亦梦告别。

前年有弟下燕台[④]，　似为鸰原急难来[⑤]。
才免生离偏死别，　罡风一起便分开[⑥]。

门徒奠送各汍澜[⑦]，　梦想何曾到盖棺。
见说哭声齐震耳，　满城惊看白衣冠[⑧]。粤俗凡祖父母、父母外，丧不衣白。出殡日，门生白衣冠送者几三百人，哭不绝声。见者群诧为异事。

灵前风雨助萧骚[⑨]，　疑有神明念故交。
莫叹山河成觌面[⑩]，　蓉城或去代人庖[⑪]。学使徐花农来吊[⑫]，风雨大作，登车雨遂霁[⑬]。挽联有"身后犹能致风雨"之句，跋云"忆按试所到，凡展谒古名臣祠，必有风雨"，故云然。

---

① 夜台，坟墓，亦指阴间。南朝梁沈约《伤美人赋》："曾未申其巧笑，忽沦躯于夜台。"◎乌私，指赡养父母的心意。晋李密《陈情表》："臣密今年四十有四，祖母刘今年九十有六，是臣尽节于陛下之日长，报养刘之日短也，乌鸟私情，愿乞终养。"后因以"乌私"为孝养父母之意。

② 萃祥，即朱萃祥，朱一新子。

③ 父在观其志，语出《论语·学而》："父在，观其志；父没，观其行；三年无改于父之道；可谓孝矣。"

④ 燕台，指战国时燕昭王所筑的黄金台，故址在今河北省易县东南，相传燕昭王筑台以招纳天下贤士，亦指冀北一带。

⑤ 鸰（líng）原急难，谓兄弟友爱。典出《诗经·小雅·常棣》："脊令在原，兄弟急难。"汉郑玄笺："水鸟，而今在原，失其常处，则飞则鸣，求其类，天性也。犹兄弟之于急难。""脊令"为鸟名，也写作"鹡鸰"。

⑥ 罡风，恶风。清李渔《意中缘·拒妁》："曾经回首顾前身，是个惯惹罡风的造孽人。"

⑦ 汍澜，泪疾流貌。

⑧ 白衣冠，旧时丧吊用的冠服。

⑨ 萧骚，形容风吹树木的声音萧条而凄凉。唐齐己《小松》诗："后夜萧骚动，空阶蟋蟀听。"

⑩ 觌（dí）面，当面，迎面。

⑪ 蓉城，即"芙蓉城"，传说中的仙境。宋欧阳修《六一诗话》："曼卿卒后，其故人有见之者云，恍惚如梦中，言我今为鬼仙也，所主芙蓉城。"◎代庖，代替厨人，比喻代人行事或代理他人职务。

⑫ 徐花农，即徐琪（1849—1918），字玉可、花农，号俞楼，浙江杭州人，光绪六年（1880）进士，官至兵部侍郎；工诗文、善书画，著有《粤东葺胜记》。

⑬ 霁（jì），雨雪停止，天放晴。

已闻噩耗遍寰区[①]，　吉语还来近日书。
只为秋冬无恶谶[②]，　几番疑实复疑虚。怀新以事起仓卒，虑得信余等或有意外变，姑以“绝而复苏，仅右手风痹，不能作字”为言，故十一月始得凶耗。

忽传远讯怕开封，　泪眼模糊看未终。
一字一惊肠一断，　更无一语已痴聋。

骇绝亲邻杂遝来，　共言往事为衔哀[③]。
人人欲唁从何唁，　翻自吞声屑涕回[④]。

百日才招万里魂，　魂兮知否返山村。
衰翁无福空多寿，　阿妳从朝哭到昏[⑤]。

许多心事待商量，　曾语归途早束装。
今日繐帏垂泪对[⑥]，　白头同受一炉香。

半生愁与郁为缘，　苦累斯人不永年[⑦]。
除却同根连理树[⑧]，　伊谁能补镜中天？

无数家书手迹留，　如听絮语话从头。
尘函满箧人何在[⑨]？　不待开缄泪迸流。

① 寰区，天下，人世间。《后汉书·逸民传序》：“自致寰区之外，异夫饰智巧以逐浮利者乎！”

② 谶（chèn），指将要应验的预言、预兆。

③ 衔哀，心怀哀痛。三国魏嵇康《养生论》：“曾子衔哀，七日不饥。”

④ 吞声，无声地悲泣。唐杜甫《哀江头》诗：“少陵野老吞声哭，春日潜行曲江曲。”◎屑涕，谓涕泪纷纷下落。《楚辞·九叹·远逝》：“肠纷纭以缭转兮，涕渐渐其若屑。”汉王逸注：“涕泣交流，若硙屑之下，无绝时也。”

⑤ 阿妳（nǎi），指朱一新的祖母。清翟灏《通俗编·称谓》：“《说文》‘爾’本作‘尒’，故‘嬭’亦变体为‘妳’。今吴俗称祖母曰‘阿妳’……盖凡妇人尊老者，概有‘阿妳’之称，今亦然也。”

⑥ 繐帏，亦作“繐帷”，繐帐，设于灵柩前的帷幕。南朝齐谢朓《铜雀台妓》诗：“繐帏飘井干，樽酒若平生。”

⑦ 永年，长寿。《尚书·毕命》：“资富能训，惟以永年。”

⑧ 连理，原指不同根的草木、枝干连生在一起。

⑨ 尘函，沾染灰尘的信件。积满灰尘，盖因时间之长。

新镌手著未盈箱[①]，　翻撷频添泪数行[②]。
怕听无聊相慰藉，　享年虽短享名长。

曾修家乘手亲编[③]，　类例精详体制严。
尚为志书修未得，　有人深惜郭文廉[④]。《义乌县志》未修。

我爱香山汝长公[⑤]，　取资虽异本源同。
如今只有栾城在[⑥]，　翘首天南盼断鸿[⑦]。余于诗喜香山，儿喜坡公，均取其辞达。然坡晚年推重香山，谓忠爱之意溢于言表，又未尝不同也。

道韫王郎合共居[⑧]，　相逢免寄大雷书[⑨]。
九原若问余消息[⑩]，　为道衰颓百不如。余长女卒数年，婿亦以七月卒。

长念东瀛挞伐师[⑪]，　弥留犹憾捷音迟。
他时寰海清如镜，　合报泉台一展眉。时高丽尚未定。

终身孺慕不求名[⑫]，　至性无他只一诚[⑬]。
恨我缘悭留不得[⑭]，　此生已矣祝他生。

---

① 镌，雕凿、雕刻，指雕版印刷。

② 翻撷（xié），翻检。

③ 家乘（shèng），家谱，家史。乘，春秋时晋国的史书，后通称一般的史书。

④ 郭文廉，刻本作“郭又廉”，未知孰是，待考。

⑤ 香山，指唐白居易，号香山居士。◎长公，指宋苏轼，为苏洵长子，当时尊之为“长公”。

⑥ 栾城，原指宋苏轼弟苏辙，字子由，著有《栾城集》。此处借指朱一新弟朱怀新。

⑦ 断鸿，失群的孤雁。唐李峤《送光禄刘主簿之洛》诗：“背枥嘶班马，分洲叫断鸿。”

⑧ 道韫王郎，指东晋女诗人谢道韫和王羲之次子王凝之夫妇。

⑨ 大雷书，南朝宋鲍照有《登大雷岸与妹书》，是他从建康赴江州途经大雷（在今安徽省望江县）时写给其妹鲍令晖的信，后世用作旅途致书家人的典故。

⑩ 九原，九泉，黄泉。

⑪ 东瀛，日本别称。光绪二十年（1894），日本侵略朝鲜，后爆发中日甲午战争。

⑫ 孺慕，对父母的孝敬。

⑬ 至性，天赋卓绝的品性，天性。

⑭ 缘悭（qiān），缺少缘分。

长眠萧寺一棺孤[①]，风雪残冬已满途。
闻道广州天气暖，轻寒曾入殡宫无[②]？

佳城何处卜牛眠[③]，归骨乡关动隔年[④]。
安得同茔长聚首[⑤]，一家离恨补生前。

懒撚吟髭已数秋[⑥]，悲来下笔不能休。
西河过后东门达，更有何人解遣愁？

（原载朱叙芬抄本《虚白山房诗续集》，又见《拙盦丛稿·佩弦斋杂存》附录）

【导 读】

光绪二十年（1894）七月二日，名扬海内的朱一新殁于广州广雅书院，年仅四十九岁。一新赴粤时，曾邀父亲朱凤毛同去羊城，父恋故土，未能成行。不料一新微恙致病竟与世长辞。朱凤毛至十一月始得噩耗，“早知此别成终古，悔不同行作粤游”，白发人送黑发人，恸哭流涕，悲不能已，作《哭一新》绝句五十首，感父子、家庭旧事，其情极哀。此组诗追忆一新幼时读书用功刻苦，“邻儿苦读舌难调，隔座偏能背诵饶”，深得先生喜爱；即使避寇山中，仍手不释卷，“最难一卷随身读，避寇三年未废书”；其后为官，刚正耿介，直言上疏，“关心时事首频搔，誓斩长鲸息海涛”；弥留之际仍心系家国大事，“长念东瀛挞伐师，弥留犹憾捷音迟”；热心修志，然终未了愿，“曾修家乘手亲编，类例精详体制严”；执教于端溪、广雅书院，诱掖开导不遗余力，“频年广雅与端溪，到处南针为指迷”，以至出殡时门生衣白相送，“见说哭声齐震耳，满城惊看白衣冠”。诗文后半部分更是抒发了朱凤毛痛失爱子的悲恸，“一字一惊肠一断，更无一语已痴聋”，“衰翁无福空多寿，阿奻

① 萧寺，佛寺。唐李肇《唐国史补》记载，梁武帝时修造寺庙，命萧子云飞白大书“萧”字，后因称佛寺为萧寺。

② 无，副词，用于句末，表示疑问。唐白居易《问刘十九》诗：“晚来天欲雪，能饮一杯无？”

③ 佳城，喻指墓地。《文选·沈约〈冬节后至丞相第诣世子车中作〉》：“谁当九原上，郁郁望佳城。”唐李周翰注：“佳城，墓之茔域也。”◎牛眠，牛眠之处，为适宜于墓葬的宝地。典出《晋书·周访传》：“初，陶侃微时，丁艰，将葬，家中忽失牛而不知所在。遇一老父，谓曰：‘前岗见一牛眠山污中，其地若葬，位极人臣矣。’”

④ 归骨，指归葬。《左传·成公三年》：“以君之灵，累臣得归骨于晋。”◎乡关，故乡。◎又底本无此句以下二首，今据刻本补。

⑤ 茔，坟墓，坟地。

⑥ 吟髭（zī），诗人的胡须。

从朝哭到昏”；述父子未尽之情，“许多心事待商量，曾语归途早束装”，“无数家书手迹留，如听絮语话从头”。字字悲痛，感人至深。全诗情深而切，偶不为律调所缚。

【延伸阅读】

朱凤毛现存主要著作有《虚白山房诗集》四卷、《虚白山房诗续集》一卷、《虚白山房骈体文》二卷、《一帘花影楼试帖律赋》二卷。其中，《虚白山房诗集》有清咸丰七年（1857）、光绪十五年（1889）、光绪二十五年（1899）《端溪丛书》本。义乌图书馆所藏咸丰七年刻本内有大量批校，极有可能是朱凤毛本人的手迹，弥足珍贵。中华书局2019年出版的张磊等整理的《朱凤毛集》所收作品最为全备，方便阅读。

（浙江师范大学人文学院张磊副教授撰稿）

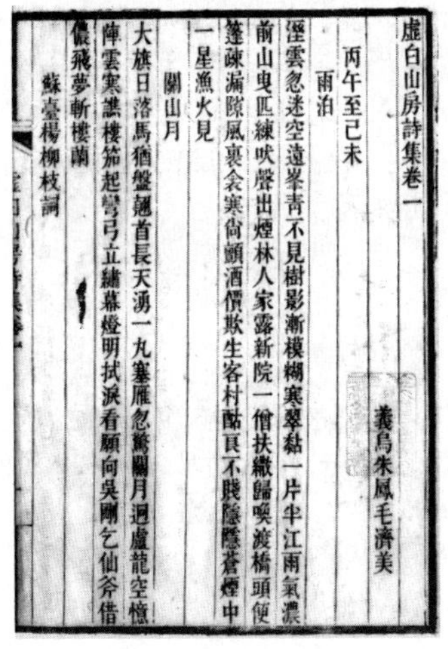

虛白山房詩集卷一

義烏朱鳳毛濟美

丙午至己未

雨泊

溼雲忽迷空遠峯青不見樹影漸模糊寒翠黏一片半江雨氣濃前山曳匹練吠聲出煙林人家露新院一僧扶鐵歸喚渡橋頭便篷疏漏隙風裹衾寒尙顚酒價欺生客村酤亘不賤隱隱蒼煙中一星漁火見

關山月

大旗日落馬猶盤鷁首長天湧一丸塞雁忽驚關月迴盧龍空憶陣雲寒譙樓笳起彎弓立繡幕燈明拭淚看願向吳剛乞仙斧借儂飛夢斬樓蘭

蘇臺楊柳枝詞

清光绪十五年刻本
《虚白山房诗集》卷首

清·朱一新

朱一新（1846—1894），字蓉生，又字鼎甫，号质盦，别号拙盦，别署绿芸吟馆、佩弦斋，浙江省金华府义乌县毛店镇朱店村人。曾就读于金华丽正书院、杭州诂经精舍。光绪二年（1876）进士，选翰林院庶吉士，散馆授编修。十一年充湖北乡试副考官，转陕西道监察御史。十二年因上疏言海军用人不当、参劾内侍李莲英事，忤旨降职，旋告归。后应两广总督张之洞聘，先后任广东肇庆端溪书院主讲、广州广雅书院山长。光绪二十年卒，年仅四十九岁。生平著述有《无邪堂答问》五卷、《奏疏》一卷、《诗古文辞杂著》八卷、《京师坊巷志稿》四卷、《汉书管见》四卷等，由其弟怀新于光绪二十二年汇刻为《拙盦丛稿》。另有《广雅书院藏书目录》《德庆州志》《东三省内外蒙古地图考证》等。平生为官正义刚直，爱国忧民，直言遭贬。致意执教，著述颇丰，对经学尤有研究，为清末著名学者、汉宋调和学派代表人物之一。上海人民出版社2017年出版了今人编录的《朱一新全集》。

范香溪先生从祀议[①]

昔素王没而微言绝，七十子丧而大义乖[②]。支离蔓澶[③]，非圣无法者[④]，横流泛滥而不可遏。一二好学深思之士，阐道德，明仁义，求合乎圣贤觉世牖民之旨[⑤]，其言或苦駮而不纯[⑥]，然犹良师益友，讨论切磋，乃矄然有以自见于

---

① 香溪先生，指范浚（1102—1150），字茂名（一作茂明），宋婺州兰溪（今浙江兰溪）香溪镇人，绍兴中，举贤良方正。以秦桧当政，辞不赴。闭门讲学，笃志研求，学者称“香溪先生”。遗著有《香溪集》二十二卷。◎从祀，指在宗庙祭祀活动中除主要祭祀对象之外，常设的次一级祭祀对象。如孔庙主祭孔子，孔门弟子及贤人配享从祀。《新唐书·礼乐志五》：“永徽中，复以周公为先圣，孔子为先师，颜回、左丘明以降皆从祀。”

② 素王，指孔子。◎七十子，指孔门七十二贤。◎乖，背离、违背之义。语本《汉书·艺文志》：“昔仲尼没而微言绝，七十子丧而大义乖。”汉刘歆《移书让太常博士书》：“及夫子殁而微言绝，七十子卒而大义乖。”

③ 支离，分离散乱。◎蔓澶（chán），犹“漫澶”“澶漫”，放纵，泛滥。

④ 非，非议，诽谤。

⑤ 觉世牖民，启发、诱导世人觉醒。

⑥ 駮，通“驳”，杂乱，不纯。

世[①]。若夫承坠绪之后[②]，穷六经之源[③]，博学笃志[④]，以求一是，而又前无所挽，后无所推[⑤]，辟榛芜，诏来哲[⑥]，孟子所谓“守先王之道，以待后学”[⑦]，意在斯乎？

婺州，理学之区也[⑧]。自东莱吕公而后[⑨]，何、王、金、许薪传勿替[⑩]。迄于今，莘莘俎豆[⑪]，辉映两庑[⑫]，而其先肩守待之责者[⑬]，则香溪范先生也。先生为学，原本经术[⑭]，穷理致知[⑮]。凡诸子百家之书，历代国史治乱存亡之迹，靡不贯穿洽孰[⑯]，辨论精覈[⑰]。而大旨归诸存心[⑱]，以为心常存则常觉，常觉则

---

① 皭（jiǎo）然，光明貌。

② 坠绪，指行将绝灭的学说，文中指孔子之学。

③ 六经，指《易》《书》《诗》《礼》《乐》《春秋》六部儒家经典。

④ 博学笃志，广泛学习，而且能坚守自己的志向。语本《论语·子张》：“博学而笃志，切问而近思，仁在其中矣。”

⑤ 挽、推，扶持之义。语出《左传·襄公十四年》：“卫君必入，夫二子者，或挽之，或推之。”

⑥ “辟榛芜”二句，比喻开辟荒芜之地，以教诲后世智慧卓越的人。

⑦ 语见《孟子·滕文公下》，指恪守先王之道，以待后学之人。

⑧ 理学之区，婺州（今浙江金华）是“婺学”的发源地，“婺学”又称“金华学派”，系南宋中期由吕祖谦开创的一个儒家学派，它是南宋“浙东学派”重要的一支，在理学发展史上占有重要地位。“婺学”倡导经世致用，在当时相当有影响，与朱熹的“理学”、陆九渊的“心学”齐名并鼎足相抗。

⑨ 东莱吕公，即吕祖谦（1137—1181），字伯恭，世称“东莱先生”，婺州人，南宋著名理学家、史学家、文学家。与朱熹、张栻齐名，并称“东南三贤”。淳熙八年（1181）卒，宋宁宗时追谥“成”，嘉熙二年（1238）改谥“忠亮”。著有《东莱集》《历代制度详说》《东莱博议》等。

⑩ 何、王、金、许，指南宋至元朝时，“金华学派”的“北山四先生”何基、王柏、金履祥和许谦。何基（1188—1268），字子恭，号北山，南宋婺州金华人，学者称“北山先生”。王柏（1197—1274），字会之，南宋婺州金华人，从何基学。金履祥（1232—1303），字吉父，婺州兰溪人，宋、元之际的学者，从王柏、何基学，被尊称为“仁山先生”。许谦（1269—1337），字益之，号白云山人，元婺州东阳人，师承金履祥。此四人是南宋至元金华的四位理学大家，学术上有递相传授关系，明末清初黄宗羲《宋元学案》卷八二专列“北山四先生学案”，称之为“金华学派”，后人又称为“北山四先生学派”。◎薪传，指学术世代相传。◎替，废除。

⑪ 莘（shēn）莘，众多貌。◎俎豆，俎和豆，古代祭祀、宴飨时盛食物用的两种礼器，亦泛指各种礼器。

⑫ 两庑，祠庙的东西两廊，文中特指文庙中先儒从祀所在的地方。

⑬ 肩，肩负。◎守待，守先待后，承前启后。

⑭ 经术，即经学。

⑮ 穷理致知，指穷究事物的原委、道理，以达到完善的理解。

⑯ 洽孰，博通审悉。洽，广博。孰，同“熟”，精审。《后汉书·郑玄传》：“至于经传洽孰，称为纯儒，齐鲁间宗之。”

⑰ 精覈，犹“精核”，详细精到。

⑱ 大旨归诸存心，指范浚“存心为治学之始”的理学思想，以为“学者必先存心，心存则本正，本正而后可以言学”。其详可参见《香溪集》卷十七《存心斋记》。

理明；理明则知非，知非则知耻；知耻则知悔，知悔则自新之功进[①]，而自欺之蔽除。故为舜、蹠两图[②]，以辨圣、狂之界；为《耻》《悔》两说[③]，以明“耻”为入道之端，“悔”为寡过之本。筑“慎独”“进学”两斋[④]，而为之记[⑤]，以去夫揜著之私[⑥]，而博求夫天地民物之理[⑦]。常谓：学者，觉也，心且不存，何觉之有？[⑧]于是为《心》与《口耳》两箴[⑨]。朱子取《心箴》以注《孟子》[⑩]。明嘉靖初，与“程子四箴”并布学宫[⑪]。

然则先生之学，盖纯乎纯者矣。昔闵子辞费宰[⑫]，《鲁论》美之[⑬]；郑康成经明行修[⑭]，却何进[⑮]、董卓之辟召[⑯]，我世宗宪皇帝特复其从祀[⑰]。先生在绍兴

---

① 自新，自己改正错误，并有新得。唐杨炯《岳州刺史前长史宏农杨諲赞》：“学以自新，政惟柔克。”

② 为舜、蹠两图，指范浚所作《舜蹠图》，见《香溪集》卷一。舜、蹠，虞舜和盗跖的并称，泛指圣人和恶人。蹠，同“跖”。

③ 为《耻》《悔》两说，《香溪集》卷六有《耻说》《悔说》两篇。

④ 慎独，指在独处中谨慎不苟。

⑤ 为之记，《香溪集》卷五有《进学斋铭》，卷十六有《慎独斋记》。

⑥ 揜著，指掩盖自己的坏处而显示自己的好处。揜，遮蔽，掩盖。著，明示，夸耀。语出《礼记·大学》：“小人闲居为不善，无所不至，见君子而后厌然，揜其不善而著其善。”

⑦ 民物，人物，万物。汉蔡邕《陈太丘碑》：“神化著于民物，形表图于丹青。”

⑧ 说见《存心斋记》。

⑨ 《口耳》，当为《耳目》之误，指《心箴》与《耳目箴》，并见《香溪集》卷五。《心箴》强调“君子存诚，克念克敬”，而《耳目箴》则强调唯“德性是尊”。

⑩ 这里指《心箴》被朱子采录入其《孟子集注》一事。

⑪ “程子四箴”，宋代大儒程颐所撰视、听、言、动四箴。

⑫ 闵子，即闵子骞，名损，字子骞，春秋时期鲁国人，为孔门七十二贤之一。◎辞，推辞，谢绝。◎费宰，费邑长官。《论语·雍也》：“季氏使闵子骞为费宰，闵子骞曰：‘善为我辞焉！如有复我者，则吾必在汶上矣。’”

⑬ 《鲁论》，即《鲁论语》，与《齐论语》《古论语》并为《论语》的汉代传本。《汉书·艺文志》对三者均有著录。

⑭ 郑康成，即郑玄（127—200），字康成，东汉末年人，为汉代经学的集大成者。著有《三礼注》《毛诗传笺》等。◎经明行修，指通晓经学，品行良善。修，善。

⑮ 何进（？—189），字遂高，南阳宛（今河南南阳）人，东汉灵帝时外戚，官至大将军。曾从袁绍之言，博征智谋之士为己所用。

⑯ 董卓（？—192），字仲颖，陇西临洮（今甘肃省岷县）人，生于颍川。东汉末年献帝时军阀、权臣，官至太师，封郿侯。◎辟召，征召。汉朝时采取“征辟制”招募人才：朝廷聘召人才称为征召，公卿或州郡征调人才称为辟召。

⑰ 世宗宪皇帝，指清雍正帝。

间，尝举贤良方正矣[①]，卒以秦桧当国[②]，辞不起[③]。盖出处大节[④]，有合于隐见之宜者[⑤]。后人顾以其书多论时务议之[⑥]。夫圣门四科[⑦]，不废政事。先生当宋南渡后[⑧]，痛深创钜[⑨]，务讲经济之实学[⑩]，以救其弊。故《书曹参传后》则隐戒荆公之变法[⑪]；《补翟方进传》则深愧靖康之事仇[⑫]。《形势》《应天》《远图》《实惠》等策[⑬]，亦凿凿明整[⑭]，深切当世之务[⑮]。先生《香溪集》二十二卷，四库著录。识者或以此为疑，则未知诸葛忠武[⑯]、陆忠宣诸公皆以事功从祀[⑰]。矧先生

① 贤良方正，即“贤良方正能直言极谏科”，属科举制度中的贤良忠直类，源于汉代的贤良方正，盛于唐代，而为宋代所沿用。

② 秦桧（1090—1155），字会之，生于黄州，籍贯江宁（今江苏南京），南宋初年宰相、奸臣，主和派代表人物。

③ 不起，不出任官职。此指范浚于绍兴二年（1132）举贤良方正，因不愿与秦桧合流，坚辞不受。

④ 出处（chǔ），出仕及退隐。处，居家不仕，隐居。

⑤ 隐见，隐退或出仕。◎宜，适宜之举。

⑥ 时务，时事政治，当世大事。唐范摅《云溪友议》卷下：“元秀才既到京，屡陈时务，深符上旨。”◎议，非议，讪谤。

⑦ 圣门四科，指德行、言语、政事、文学，见《论语・先进》。《后汉书・郑玄传》：“仲尼之门，考以四科。”

⑧ 南渡，犹南迁。两宋交替之际，康王赵构为了躲避北边女真人的侵略，渡长江迁于临安建都。

⑨ 痛深创钜，遭受巨大创伤，痛苦至极。钜，同“巨”，大。

⑩ 经济，指经世济民之学。◎实学，切实有用的学问。

⑪ 荆公，即王安石（1021—1086），字介甫，晚年号半山，封荆国公，世称王荆公，北宋著名政治家、文学家。熙宁二年（1069），王安石任参知政事，次年拜相，在任上推出一系列变法的主张，进行大规模的改革运动。

⑫ 《补翟方进传》，即《汉忠臣翟义传》，见《香溪集》卷二十。翟方进（前53—前7），字子威，汝南郡上蔡县（今河南省上蔡县）人，中国西汉后期的著名政治人物，汉成帝永始二年（前15）擢御史大夫，不久继薛宣为相。翟义（？—7）为翟方进之子，先后任南阳都尉、弘农太守、河内太守、东郡太守等，颇有政绩。汉平帝死后，外戚王莽摄政。翟义起兵讨伐王莽，移檄郡国，聚众十万。后被王莽击败，被杀，夷灭三族。◎靖康，北宋钦宗年号（1126—1127年使用），靖康二年四月，金军攻破东京（今开封），俘虏了宋徽宗、宋钦宗父子及大量赵氏皇族、后宫妃嫔与贵卿、朝臣等三千余人，押解北上，史称靖康之耻。◎事仇，指侍奉于仇敌。

⑬ 《形势》《应天》《远图》《实惠》等策，见《香溪集》卷十一至卷十五，系范浚于秦桧被劾落职后，以济时用为目的创作的《进策》二十五篇。

⑭ 凿凿明整，详明有系统。

⑮ 切，契合。

⑯ 诸葛忠武，即诸葛亮（181—234），字孔明，号卧龙，三国时期蜀国丞相，后为刘禅追封为忠武侯。

⑰ 陆忠宣，即陆贽（754—805），字敬舆，唐代宗、德宗时期官拜宰相。后追赠兵部尚书，谥号为“宣”。◎事功，功绩。

学行纯懿[1]，其论又实可见诸施行哉！且祭必先河而后海[2]。先生之卒也，以绍兴十九年[3]，是时吕成公生十二年[4]，张宣公生十七年[5]，而朱子亦始以十八年举于乡[6]，正学犹未显著[7]，婺又僻处一隅，士知性命之旨者盖尟[8]。先生俨然特立[9]，以穷理为要，以存心为本，与二程、朱子之言若合符节[10]，并使东莱、北山诸先生有所据依[11]，踵武而起[12]，其为力甚艰，而功甚钜。

今婺州五先生皆已从祀[13]，独于守先待后之贤者遗之，不几饮水而忘其源乎[14]？若先生者，诚合从祀无疑。谨议。[15]

（原载清光绪二十二年顺德龙氏葆真堂刻《拙盦丛稿》本《佩弦斋文存》卷上）

【导　读】

本文为清同治八年（1869）朱一新二十四岁时上督学徐先生之书，议香溪先生从祀一事。作者认为香溪先生"学行纯懿"，直宗孔孟"遗经"，"讲经济之实学"，"深切当世之务"，"以穷理为要，以存心为本，与二程、朱子之言若合符节，并使东莱、北山诸先生有所据依，踵武而起，其为力甚艰，而功甚钜"，对"婺学"乃至

① 矧（shěn），况且。◎纯懿，高尚美好。

② 语本《礼记·学记》："三王之祭川也，皆先河而后海。"指事情的起源与发展。

③ 据《兰溪香溪范氏宗谱》及光绪《兰溪县志》等史料记载，范浚卒于绍兴二十年（1150），是年吕祖谦生十三年，张栻生十七年，与朱文略有异同。

④ 吕成公，即吕祖谦，曾谥"成"，故称。

⑤ 张宣公，即张栻（1133—1180），字敬夫，号南轩，学者称"南轩先生"，谥"宣"，后世又称张宣公，南宋初期学者、教育家。

⑥ 举于乡，指朱熹十八岁时中建州乡贡。

⑦ 正学，合乎正道的学说。文中指宋明理学。

⑧ 性命，本指万物的天赋和禀受，宋明以来理学家专意研究性命之学，因以指理学。◎尟（xiǎn），同"鲜"，少。

⑨ 俨然，特立、出众貌。

⑩ 若合符节，比喻两者完全吻合。符节，古代符信之一种，以金玉竹木等制成，上刻文字，分为两半，使用时以两半相合为验。

⑪ 北山诸先生，即上文所提到的宋元时期"金华学派"的"北山四先生"何基、王柏、金履祥和许谦。

⑫ 踵武，指按照前人的脚步前进，引申为继承前人事业。武，足迹。

⑬ 五先生，即上文所举吕、何、王、金、许五位先生。

⑭ 几，近乎，几乎。

⑮ 文末有朱一新弟弟朱怀新附注："此与下篇（引者按：指《章枫山先生从祀议》）皆已巳上督学徐先生，时年二十四。"

“浙学”的影响十分深远，并受到后世理学家的推崇。作者从“婺学”的薪传次第及范浚本人的学术贡献和著述等方面入手，认为其后继起的东莱、北山诸先生皆已从祀，而遗漏“守先待后”的香溪先生属于“饮水而忘其源”，所以理应也“从祀”。

史有三长赋①（以“史有三长，世罕兼之”为韵②）

大哉史之为体也，笔削维严③，动言胥纪④。协大法于龙门⑤，辑遗闻于麟止⑥。依经训以立言，非陋儒所敢拟⑦。乃断代以为书⑧，有孟坚之媲美⑨。蔚宗挹其馀波⑩，承祚摭其遗旨⑪。典午以还⑫，词华日靡。求其是非，不谬于圣

---

① 三长，指史才、史学、史识三长。“史有三长论”是唐代史学理论家刘知几提出的观点。刘知几（661—721），字子玄，彭城（今江苏徐州）人，撰有《史通》。《旧唐书·刘子玄传》：“史才须有三长，世无其人，故史才少也。三长，谓才也，学也，识也。”◎赋，此处指律赋，律赋在对仗、音律、押韵方面都有规定，并严格限制立意。

② “史有三长”二句，语见《新唐书·刘子玄传》：“史有三长，才、学、识，世罕兼之，故史者少。”本篇律赋依次以此八字为韵脚。如首段中的韵字“纪”“止”“拟”“美”“旨”“靡”“子”“俚”“矣”“史”，皆归入平水韵上声四纸韵。

③ 笔削，指对史书的删改订正。《史记·孔子世家》：“至于为《春秋》，笔则笔，削则削，子夏之徒不能赞一辞。”

④ 动言，周代史官有左史、右史之分；左史记行，右史记言，见《礼记·玉藻》；一曰左史记言，右史记事，见《汉书·艺文志》。唐宋于门下省设置起居郎，中书省设置起居舍人，分别为左、右史，分别主记事与记言。◎胥纪，都记录。胥，皆。纪，记录。

⑤ 龙门，司马迁出生地，故后世以“龙门”代指司马迁。

⑥ 麟止，元狩元年（前122）汉武帝至雍获白麟，司马迁作《史记》于此处止笔。后以“麟止”指绝笔。《史记·太史公自序》：“于是卒述陶唐以来，至于麟止。”南朝宋裴骃集解引张晏曰：“武帝获麟，迁以为述事之端。上纪黄帝，下至麟止，犹《春秋》止于获麟也。”

⑦ 陋儒，学识浅陋的儒生。

⑧ 断代，按朝代划分段落。以朝代为断限的史书创始于东汉班固所著的《汉书》。二十四史中除《史记》外，其余二十三史都属此体，其中《南史》、《北史》、新旧《五代史》包举数朝，亦仍属断代史范围。

⑨ 孟坚，即东汉史学家班固（32—92），其字孟坚。博学能文，续父所著《史记后传》未竟之业，潜心二十余年，至章帝建初中修成《汉书》。此句意为后世纷纷效仿班固，《汉书》是断代史发轫之作。

⑩ 蔚宗，即南朝宋史学家范晔（398—445），其字蔚宗。少好学，善文章，删取诸家著《后汉书》。◎挹，盛取。◎馀波，指司马迁、班固等存留下来的影响。

⑪ 承祚，即西晋陈寿（233—297），其字承祚。于太康元年（280）完成《三国志》，与《史记》《汉书》《后汉书》并称“前四史”。◎摭，搜集。

⑫ 典午，“司马”的隐语，晋帝姓司马，后因以“典午”指晋朝。明胡应麟《少室山房笔丛·史书占毕四》：“当涂为魏，典午为晋，世率知之，而意义出处，或未明了。……典，司也；午，马也。”

人[①]，博物可称为君子[②]。微而显亦婉而章[③]，辨不华而质不俚[④]。盖戛戛乎其难之[⑤]，率卑卑无足道矣[⑥]。孰与辨三科九旨[⑦]，窥大义于《春秋》；谁能读五典三坟[⑧]，轶通才于左史[⑨]。

日者[⑩]，郑尚书问于刘知几曰[⑪]：二体既分，六家斯剖[⑫]，石渠著作之林[⑬]，金镄典章之薮[⑭]。文士虽多，史才难取。四十九篇之通论[⑮]，岂云掎摭前人[⑯]；百二十国之宝书[⑰]，终待弥缝鲁叟[⑱]。安见年经月纬[⑲]，辨体裁于旁上斜行[⑳]；何

---

① 班固认为司马迁判断是非对错方面存在问题，故谓其"是非颇谬于圣人"。此反其意而用之。

② 语本《左传·昭公元年》："晋侯闻子产之言，曰：'博物君子也。'"意为君子指博学多识的人。

③ 语本《左传·成公十四年》："《春秋》之称，微而显，志而晦，婉而成章。"意为《春秋》的记述词细密而意思显明，记载史实而含蓄深远，婉转而顺理成章。

④ 语出班固《汉书·司马迁传》："辨而不华，质而不俚，其文直，其事核，不虚美，不隐恶。"俚，俚俗、粗俗。意为叙事清晰而不浮华，质朴又不粗俗。

⑤ 语本唐韩愈《答李翊书》："当其取于心而注于手也，惟陈言之务去，戛戛乎其难哉。"戛戛，艰难貌，形容困难费力。

⑥ 卑卑无足道矣，指卑微藐小，不值一提。

⑦ 三科九旨，即三段中寓九种旨意。出自《公羊传·隐公元年》唐徐彦疏。

⑧ 五典三坟，泛指古代书籍。《左传·昭公十二年》："是能读三坟、五典、八索、九丘。"晋杜预注："皆古书名。"

⑨ 轶，超越。◎左史，史官名。详见本书第319页注④。

⑩ 日者，往日，从前。

⑪ 指礼部尚书郑惟忠向刘知几问史之事，事见《旧唐书·刘子玄传》。

⑫ 二体、六家，刘知几在《史通》设《六家》篇、《二体》篇，对于史籍的源流、类别以及史体的发展做了论述。"六家"包括《尚书》家、《春秋》家、《左传》家、《国语》家、《史记》家、《汉书》家。"二体"则是关于史体的分类，有左氏及《汉书》二家。

⑬ 石渠，即石渠阁，西汉皇室藏书之处，在长安未央宫殿北。

⑭ 金镄，铜制的柜。古时用以收藏文献或文物，借指藏书。

⑮ 四十九篇之通论，指《史通》一书。内篇有三十九篇，外篇有十三篇，合计五十二篇。其中，属内篇的《体统》《纰缪》《弛张》三篇，大约在北宋时已亡佚，今存四十九篇。

⑯ 掎摭，指摘。

⑰ 宝书，指周代的官修史书。《公羊传经传解诂·隐公第一》唐徐彦疏："昔孔子受端门之命，制《春秋》之义，使子夏等十四人求周史记，得百二十国宝书……周史而言宝书者，宝者保也，以其可世世传保以为戒，故云宝书。"

⑱ 弥缝，缝合，补救。◎鲁叟，指孔子。此二句指孔子据百二十国宝书修订《春秋》，纠正弥合其中与史实不合之处。

⑲ 年经月纬，指《史记》中的年表，以年为经、以每月大事为纬的排列方式。

⑳ 旁上斜行，指《史记》中的《三代世表》《十二诸侯年表》等以表格形式排列的系表。

由殚见洽闻[①]，阐疑义于郭公夏有[②]。

知几乃综其要而对曰：史家之制，冗沓奚堪[③]，必逸才之旷代，毋卑靡而自甘[④]。游名山大川，以荡其气；极纵横上下，以骋其谈[⑤]。其次则朝章明习[⑥]，学海沉酣[⑦]，受天官于唐氏[⑧]，问礼制于老聃[⑨]。函雅故而通古今[⑩]，择言必粹；采《世本》而删《国语》[⑪]，抱策穷探。至于褒讥所及，卓识斯参，断限严而义无旁溢[⑫]，劝惩著而例可深谙[⑬]。故载笔有南狐[⑭]，未许赞辞之一；即立言如班马[⑮]，亦希不朽之三[⑯]。

然而此三长者，偏端易具[⑰]，全体难详，或晋乘楚箴之莫识[⑱]，或衮褒钺贬之无常[⑲]。或言不雅驯，荐绅弗道[⑳]；或事多简略，论世未遑[㉑]。或学俭于才[㉒]，

---

① 殚见洽闻，指见多识广。见《史通·内篇·采撰第十五》："向使专凭鲁策，独询孔氏，何以能殚见洽闻，若斯之博也？"

② 郭公夏有，《春秋》一书中，"郭公"下未记事，"夏五"后缺"月"字。代指文字脱漏。

③ 冗沓，繁复拖沓。◎奚堪，讵堪。

④ 卑靡，谓格调低下柔弱。◎自甘，心甘情愿。

⑤ 骋，施展，发挥。此二句即本《史通·内篇·采撰第十五》："自古探穴藏山之士，怀铅握椠之客，何尝不征求异说，采摭群言，然后能成一家，传诸不朽。"

⑥ 朝章，指朝制典章。《后汉书·胡广传》："性温柔谨素，常逊言恭色。达练事体，明解朝章。"

⑦ 沉酣，沉迷、醉心。

⑧ 天官，天文，天象。◎唐氏，唐都，西汉天文学家。《史记·太史公自序》："太史公学天官于唐都。"

⑨ 老聃，即老子，姓李名耳，字聃。传说孔子曾问礼于老子，事见《史记·老子韩非列传》。

⑩ 雅故，雅正的训释。语本《汉书·叙传下》："函雅故，通古今，正文字，惟学林。"

⑪ 《世本》，先秦时期史官纂修的史书，记载从黄帝到春秋时期帝王、诸侯、卿大夫的世系、氏姓、都邑、制作、谥法等。

⑫ 断限，划定年代界限。

⑬ 劝惩，奖惩。◎著，明显。

⑭ 南狐，春秋时期齐史官南史、晋史官董狐的合称，皆以直笔不讳著称。

⑮ 班马，指班固与司马迁。

⑯ 不朽，不磨灭，永存。《左传·襄公二十四年》："大上有立德，其次有立功，其次有立言，虽久不废，此之谓不朽。"

⑰ 偏端，指三长（才、学、识）的某一方面。

⑱ 晋乘，先秦时期晋国的史书称"乘"，后世则称之为"晋乘""晋史乘"，也称"晋文春秋"。后世还泛称史书为"史乘"。◎楚箴，即楚杌，春秋时期楚国的史书。此作"箴"者，当为律赋格律需要而易。

⑲ 衮、钺，指褒、贬。古代赐衮衣以示嘉奖，给斧钺以示惩罚，故有此义。

⑳ 雅驯，典雅纯正，文雅不俗。◎荐绅，搢绅，古代高级官吏的装束，文中指服儒服的读书人。语本《史记·五帝本纪》："学者多称五帝，尚矣。然《尚书》独载尧以来；而百家言黄帝，其文不雅驯，荐绅先生难言之。"此即用其意。

㉑ 未遑，未及，来不及。

㉒ 俭，薄弱，少寡。此指史学不及史才。

有纪传而无表志[①]；或才浮于识[②]，删实事而取词章。徒令叙述浮夸，载鄙言于王劭[③]；谁复罔罗散失，参巨笔于子长[④]。

今试以此三者评核诸家，裁量众制[⑤]，无论受金求米之志荒[⑥]，马斗鳖桥之词赘[⑦]；魏收秽史之言诬[⑧]，少孙补史之文弊[⑨]。即迁、固之良才，为千秋所莫逮[⑩]，宜兼备夫众长，弗稍乖夫史例[⑪]。何以五行有志，引经传而沿讹[⑫]；货殖成书，羞贱贫而崇势[⑬]。项羽而厕诸本纪，义已参差[⑭]；人表而汎及古今[⑮]，漫

---

① 有纪传而无表志，指西晋初陈寿撰《三国志》，有纪传而无表志，内容失之过简。

② 浮，虚浮。

③ 载鄙言于王劭，《史通·内篇·叙事第二十二》中有“中原迹秽，王文由其屡鄙”之语，谓王劭《齐志》多记当时鄙言。

④ 子长，即司马迁，字子长。

⑤ 众制，各种文体，文中指各种史书。南朝梁萧统《〈文选〉序》：“碑碣志状，众制锋起，源流间出。”

⑥ 受金求米之志荒，见明李维桢《史通评》：“故谤书传于后世，受金沸于群言，参夷之刑，求米之诮，亦或不免。”认为他们非不英华秀发，然皆通蔽相妨，訾誉各半，因此《史记》被称为谤书，班固、陈寿有受金求米之讥，范晔则以谋反罪被杀。

⑦ 马斗鳖桥之词赘，语本《史通·内篇·断限第十二》：“若夷狄本系种落所兴，北貊起自淳维，南蛮出于盘瓠，高句丽以鳖桥获济，吐谷浑因马斗徙居。诸如此说，求之历代，何书不有？而作之者，曾不知前撰已著，而后修宜辍，遂乃百世相传，一字无改。”因借言修史之人赘述不休，言语拉杂。

⑧ 魏收（506—572），字伯起，南北朝时期史学家，撰成《魏书》一百三十篇，但由于存在曲笔讳饰的缺点，曾被称为“秽史”。

⑨ 少孙，即西汉后期史学家褚少孙。据《汉书》的记载，《史记》在流传过程中散失了十篇，仅存目录。褚少孙做了补充、修葺的工作。

⑩ 莫逮，莫及，赶不上。

⑪ 乖，乖背，违背。

⑫ “何以”二句，见《史通·外篇·汉书五行志错误第十》：“班氏著志，牴牾者多。在于《五行》，芜累尤甚。今辄条其错缪，定为四科：一曰引书失宜，二曰叙事乖理，三曰释灾多滥，四曰古学不精。”

⑬ “货殖”二句，见《史通·外篇·杂说上第七》：“至于《货殖》为传，独以子贡居先。掩恶扬善，既忘此义。”

⑭ “项羽”二句，语本《史通·内篇·本纪第四》：“项羽僭盗而死，未得成君，求之于古，则齐无知、卫州吁之类也。安得讳其名字，呼之曰王者乎？”厕，置于。

⑮ 人表，《汉书》中《古今人表》的省称。《史通·内篇·表历第七》：“异哉，班氏之《人表》也，区别九品，网罗千载，论世则异时，语姓则他族。”

无裁制。纵属词比事[①]，未至失诬失野之讥[②]；而微显阐幽[③]，已殊所见所闻之世。

何况魏晋以来，沈、萧所纂[④]，志释老者索于虚[⑤]，书符瑞者邻于诞[⑥]。《世说》《语林》之事，多所取材[⑦]；岛夷索虏之名[⑧]，徒矜偏袒[⑨]。列传而滥存世系[⑩]，固学识之难言；纪事而俪以骈词[⑪]，亦才华之已短。徒事编年系月，奚贵其然；若论大义微言，吾见亦罕。则欲权衡至当，予夺从严；义丰词约，文省事添；必将以壁经为根柢[⑫]，以鲁史为针砭[⑬]。大书特书[⑭]，是是非非之毕显；

---

① 属词比事，原指连缀文辞，排比事实，记载历史，此泛称作文纪事。见《礼记·经解》："属辞比事，《春秋》教也。"

② 失诬失野，即失于诬、失于野。

③ 微显阐幽，指显现微妙之处，阐明幽深之理。语出《周易·系辞下》："夫《易》彰往而察来，而微显阐幽。"

④ 沈、萧，指梁史学家沈约和萧子显，分别撰有《宋书》和《南齐书》。

⑤ 释老，指佛教和道教。北齐魏收《魏书》有《释老志》。

⑥ 符瑞，祥瑞，祥兆。梁沈约《宋书》首创《符瑞志》。

⑦ "《世说》"二句，是指魏晋之后，多以《世说》《语林》等虚无怪诞之事入史，为刘氏所讥。见《史通·内篇·采撰第十五》："晋世杂书，谅非一族，若《语林》《世说》《幽明录》《搜神记》之徒，其所载或恢谐小辩，或神鬼怪物，其事非圣，扬雄所不观；其言乱神，宣尼所不语。"

⑧ 岛夷，古指我国东部近海一带及海岛上的居民。◎索虏，有发辫的北方少数民族。南北朝时南北双方各以正统自居，互相诋毁，北朝称南朝为岛夷，南朝称北朝为索虏。《北史·序传》："大师少有著述之志，常以宋、齐、梁、陈、魏、齐、周、隋南北分隔，南书谓北为'索虏'，北书指南为'岛夷'。"《魏书》有《岛夷传》，《宋书》有《索虏传》。

⑨ 徒矜偏袒，南北朝时期，各国皆有国史，而笔有偏袒，为刘氏所讥。《史通·内篇·断限第十二》："江左既承正朔，斥彼魏胡，故氐羌有录，索虏成传。魏本出于杂种，窃亦自号真君。"

⑩ 列传而滥存世系，语本《史通·内篇·列传第六》："自班、马以来，获书于国史者多矣。其间则有生无令闻，死无异迹，用使游谈者靡征其事，讲习者罕记其名，而虚班史传，妄占篇目。若斯人者，可胜纪哉！"指当时史家为少德寡名之辈妄列篇目的风气。

⑪ 纪事而俪以骈词，语本《史通·内篇·叙事第二十二》："自兹已降，史道陵夷，作者芜音累句，云蒸泉涌。其为文也，大抵编字不只，捶句皆双，修短取均，奇偶相配。故应以一言蔽之者，辄足为二言；应以三句成文者，必分为四句。弥漫重沓，不知所裁。"谓时人叙事多用骈体，失行文古简之气。

⑫ 壁经，汉代发现于孔子宅壁中的藏书，被认为是战国时的写本，至秦始皇焚书坑儒时，孔子八世孙孔鲋藏入壁中的。

⑬ 鲁史，指《春秋》。◎针砭，用砭石制成的石针，喻治病良方。

⑭ 大书特书，对大事郑重地予以记述。

知我罪我[1]，善善恶恶而何嫌。究三传以定指归[2]，《公》《穀》之心传勿替[3]；采三史以为《世纪》[4]，荀袁之学业能兼[5]。

要之《史通》所举，圭臬在兹[6]，语或伤于峭直[7]，意可奉为师资。视刘勰《文心》而更邃[8]，与吴缜《纠缪》而同垂[9]。乃疑古之篇[10]，已多纰缪；惑经之作[11]，更肆诋諆[12]。将信道之未笃，与所言而背驰。曷若圣朝酉藏广采[13]，乙览勤披[14]，不须鉴续《长编》，侈博闻于李氏[15]；岂独注传《三国》，搜异事于松之[16]。

（原载清光绪二十二年顺德龙氏葆真堂刻《拙盦丛稿》本《佩弦斋律赋存》）

【导 读】

本文是以刘知几《史通》“史有三长”说为主题的一篇律赋，作者依据《旧唐书》中记载礼部尚书郑惟忠向刘氏问史之事，将刘知几的史学观念做了概括，并对

---

① 知我罪我，出自《孟子·滕文公下》：“《春秋》，天子之事也。是故孔子曰：‘知我者，其惟《春秋》乎！罪我者，其惟《春秋》乎！’”意为孔子修订《春秋》，知道后世评价定然褒贬不一。

② 三传，指解释《春秋》的三传，即《左传》《公羊传》与《穀梁传》。◎指归，即主旨、意向。

③ 替，废。

④ 三史，魏晋南北朝以《史记》《汉书》《东观汉记》为三史。

⑤ 荀袁，指荀悦和袁宏。荀悦，字仲豫，东汉史学家。奉汉献帝命以《左传》体裁为班固《汉书》作《汉纪》。袁宏，字彦伯，小字虎，时称袁虎，东晋史学家。因为不满当时已出的几种《后汉书》，继荀悦编著《汉纪》后编著了《后汉纪》。

⑥ 圭臬，古时测日影、正四时和测量土地的器具，喻指准则、法度。

⑦ 峭直，指语言严峻刚直。

⑧ 《文心》，南朝梁文学理论家刘勰所著的《文心雕龙》。

⑨ 《纠缪》，北宋史学家吴缜所著的《新唐书纠谬》。

⑩ 疑古之篇，指《史通·外篇·疑古第三》。

⑪ 惑经之作，指《史通·外篇·惑经第四》。

⑫ 诋諆，毁谤污蔑。

⑬ 酉藏，古荆州小酉山的藏书，此指世所稀见的珍藏秘籍。

⑭ 乙览，语出唐苏鹗《杜阳杂编》卷中：“文宗皇帝……谓左右曰：‘若不甲夜视事，乙夜观书，何以为人君耶？’”后称皇帝阅览文书为“乙览”。

⑮ 李氏，指南宋史学家李焘（1115—1184），字仁甫，一字子真，号巽（xùn）岩，眉州丹棱（今四川省眉山市丹棱县）人，著有《续资治通鉴长编》。

⑯ 松之，即南朝宋史学家裴松之（372—451），字世期，为《三国志》作注。◎又题以“世罕兼之”为韵，则赋文当止于“搜异事于松之”句。上海人民出版社《朱一新全集》下衍“威宣八表。千艘漕转，早看多稼之云连；百辟嵩呼，欣际搏桑之日晓”，误连下文《聚米为山赋》末句。中间漏收《汉文帝却千里马赋》及《聚米为山赋》。今据葆真堂版《佩弦斋律赋存》正。

史学发展的流脉、前人修史的得失做了总结。全文以赋体写成，旁征博引，对仗端严，展现了“义丰词约，文省事添”之妙。

政在顺民心赋（以“百姓为心，万邦维庆”为韵①）

将欲德洽黔黎②，恩周苍赤③，蔀屋胪欢④，芸生沛泽⑤，则必己溺己饥⑥，尔田尔宅⑦。民为邦本⑧，保四海而能充⑨；政如农工⑩，廑一夫之不获⑪。齐其政不易其俗⑫，惠畴而德可宣三⑬；得其心斯得其民⑭，稽古而官维建百⑮。

---

① “百姓”二句，语见宋范仲淹《政在顺民心赋》。本篇律赋依次以此八字为韵脚。如首段中的韵字“泽”“宅”“获”“百”，皆归入平水韵入声十一陌韵。余段可同理类推。

② 洽，遍布。◎黔黎，黔首黎民，此指百姓。

③ 周，遍及，遍布。◎苍赤，苍头与赤子，指老人与孩童，泛指百姓。

④ 蔀（bù）屋胪欢，贫贱人家都洋溢着喜悦。蔀屋，草席盖顶之屋，代指贫贱人家。蔀，搭棚的席子。胪，胪陈。欢，欢悦。

⑤ 芸生沛泽，普通百姓都沐浴着恩泽。芸生，“芸芸众生”之略，泛指一切普通人。清龚自珍《对策》：“皇上轸念芸生，至诚恻怛，躬行仁孝，为天下先，三代岂难复乎?”沛，充盈。

⑥ 己溺己饥，将人民的疾苦归结于自身。溺，溺水。语本《孟子·离娄下》：“禹思天下有溺者，由己溺之也；稷思天下有饥者，由己饥之也，是以如是其急也。”

⑦ 尔田尔宅，治理你自己的田亩，安居于你自己的宅院，喻指百姓安居乐业。语本《尚书·多方》：“今尔尚宅尔宅，畋尔田，尔曷不惠王熙天之命?”

⑧ 民为邦本，指百姓为国家的根本。语出《尚书·五子之歌》：“皇祖有训：民可近，不可下。民惟邦本，本固邦宁。”

⑨ 保四海而能充，安定天下并能开拓充实。语本《孟子·公孙丑上》：“若火之始然，泉之始达，苟能充之，足以保四海。”

⑩ 政如农工，为政要像农民种地一样上心。语本《左传·襄公二十五年》：“政如农功，日夜思之，思其始而成其终，朝夕而行之。行无越思，如农之有畔，其过鲜矣。”

⑪ 廑一夫之不获，忧虑、挂念还有一个老百姓生活上没有得到妥善安置。语出《尚书·说命下》：“一夫不获，则曰：‘时予之辜。’”廑，同“勤”，忧虑，挂念。清顾炎武《天下郡国利病书·福建四·兵防》：“廑沿海之隐虑。”

⑫ 齐其政不易其俗，指管理不同地域的百姓，要整顿统一他们的政令，但不要去改变他们各自的风俗习惯。语出《礼记·王制》：“修其教不易其俗，齐其政不易其宜。”齐，整齐，整顿统一。

⑬ 惠，敬辞。◎畴，谁。《尚书·舜典》：“咨！四岳！有能奋庸熙帝之载，使宅百揆，亮采惠畴?”◎德可宣三，每天可宣明三种品德。宣，宣明，发扬。《尚书·皋陶谟》皋陶曰：“都，亦行有九德……宽而栗、柔而立、愿而恭、乱而敬、扰而毅、直而温、简而廉、刚而塞、强而义，彰厥有常，吉哉！日宣三德，夙夜浚明有家。日严祇敬六德，亮采有邦。”

⑭ 得其心斯得其民，获得民心才能得到老百姓的拥护。语本《孟子·离娄上》孟子曰：“得天下有道，得其民，斯得天下矣；得其民有道，得其心，斯得民矣。”

⑮ 稽古而官维建百，语本《尚书·周官》：“唐虞稽古，建官惟百。”稽古，考察古事。官，官职。建，设置。

昔管夷吾之论政也[①]，谓夫遹骏蜚声[②]，调鸿布令[③]，欲立人而欲达人[④]，尽己性以尽物性[⑤]。君仁斯莫不仁[⑥]，帅正孰敢不正[⑦]。安民则惠[⑧]，畴咨于四岳九官[⑨]；为政在人[⑩]，遍德于群黎百姓[⑪]。

然而民情可见[⑫]，民志易离[⑬]，象魏之悬徒尔[⑭]，驩虞之术终卑[⑮]。奚以遂养欲给求之愿[⑯]？奚以泯祁寒暑雨之咨[⑰]？漫云横目蚩蚩[⑱]，不知不识[⑲]；须念小心

---

① 管夷吾，即管仲，名夷吾，字仲，谥敬，春秋时期政治家。

② 遹（yù）骏蜚声，长久扬名。遹，语助词。骏，长，大。蜚，通“飞”。语本《诗经·大雅·文王有声》：“文王有声，遹骏有声。”

③ 调鸿布令，借鸿雁传播美名。鸿，大雁。《汉书·苏武传》载有大雁传书之事。唐杜牧《偶题》诗之二：“信已凭鸿去，归唯与燕期。”布令，颁布政令，传布美名。

④ 欲立人而欲达人，想帮助别人立身，帮助别人发展。语本《论语·雍也》：“己欲立而立人，己欲达而达人。”而，并且。

⑤ 尽己性以尽物性，充分发挥自己的本性和万物的本性。语出《礼记·中庸》：“唯天下至诚，为能尽其性；能尽其性，则能尽人之性；能尽人之性，则能尽物之性。”

⑥ 君仁斯莫不仁，君王有仁爱之心，则百姓就没有不仁爱的。语出《孟子·离娄上》：“君仁莫不仁，君义莫不义，君正莫不正。一正君而国定矣。”

⑦ 帅正孰敢不正，将帅言行端正，那么谁还敢不端正？语出《论语·颜渊》：“政者，正也。子帅以正，孰敢不正？”《论语》原文的“帅”是动词，意为带头；文中则用作名词，指将帅，与上句“君”字相对。

⑧ 安民则惠，能让百姓安居乐业便是仁惠。语出《尚书·皋陶谟》：“安民则惠，黎民怀之。”

⑨ 畴咨，访问，访求。◎四岳，四方诸侯之长。◎九官，舜时设置的司空、司徒等九个官位。

⑩ 为政在人，为政的根本在于选贤任能。语出《礼记·中庸》：“为政在人，取人以身，修身以道，修道以仁。”

⑪ 遍德于群黎百姓，使德行普及上下各个阶层。群黎，普通民众。百姓，百官族姓，代指贵族阶级。语出《诗经·小雅·天保》：“群黎百姓，遍为尔德。”

⑫ 民情，民众的生活、生产、风尚、习俗等情况。

⑬ 民志，民心。

⑭ 象魏，古代天子、诸侯宫门外的一对高建筑，亦叫“阙”或“观”，为悬示教令的地方。◎徒，枉然。

⑮ 驩虞，亦作“驩娱”，欢乐。驩，通“欢”。《孟子·尽心上》：“霸者之民驩虞如也，王者之民皞皞如也。”

⑯ 奚以，如何，凭什么。◎遂，顺应，满足。◎养欲给（jǐ）求，满足欲望和需求。养，恣纵，听任。给，供应。语本《荀子·礼论》：“人生而有欲，欲而不得，则不能无求……故制礼义以分之，以养人之欲，给人之求。”

⑰ 泯，消除。◎祁寒，严寒。祁，大。◎暑雨，夏日暴雨。◎咨，抱怨。语见《尚书·君牙》：“夏暑雨，小民惟曰怨咨；冬祁寒，小民亦惟曰怨咨。”

⑱ 横目，指百姓。◎蚩蚩，敦厚无知貌。

⑲ 不知不识，指没有多少知识。

翼翼[①]，汝听汝为[②]。

盖惟其顺民心也，痌瘝独切[③]，胞与咸钦[④]，好恶不违恒性[⑤]，弛张亦具真忱[⑥]。非作而致其情[⑦]，絜矩平而民协[⑧]；若行其所无事[⑨]，衢尊设而民斟[⑩]。思天下之人，不被其泽；俾万姓咸曰[⑪]，一哉王心[⑫]。

且夫大造无私[⑬]，群生同愿，视听系乎舆情[⑭]，降鉴昭乎众论[⑮]。四时顺序而民事无违[⑯]，七政顺行而民情用劝[⑰]。天之所助者顺[⑱]，庶咸五而登三[⑲]；国所

---

① 翼翼，恭敬谨慎貌。《诗经・大雅・大明》："惟此文王，小心翼翼。"汉郑玄笺："小心翼翼，恭慎貌。"

② 汝听汝为，希望臣子倾听与辅佐。《尚书・益稷》载舜帝与大禹论为臣之礼，认为大臣的职责有五：予欲左右有民，汝翼；予欲宣力四方，汝为；予欲观古人之象，汝明；予欲闻六律五声八音，汝听；予违，汝弼。此句举出其中的"汝听""汝为"来阐明人臣之理。

③ 痌（tōng）瘝（guān）独切，指把人民的疾苦放在心上。痌瘝，或作"恫瘝"，病痛，疾苦。切，急切，急迫。《尚书・康诰》："呜呼，小子封，恫瘝乃身，敬哉。"伪孔安国传："恫，痛；瘝，病。治民务除恶政，当如痛病在汝身欲去之，敬行我言！"

④ 胞与，"民胞物与"之略，泛爱一切人与物。与，亲近。语本北宋张载《西铭》："民吾同胞，物吾与也。"

⑤ 恒性，常性，本性。

⑥ 弛张，比喻处事的松紧、退进、宽严等。弛，放松弓弦。张，拉紧弓弦。◎真忱，真诚，真心。

⑦ 非作而致其情，不是造作而是表达真情。作，造作。语出《礼记・礼器》："是故君子之于礼也，非作而致其情也。"

⑧ 絜矩，指法度、规范。絜，度量。矩，画方形的用具。

⑨ 若行其所无事，指在紧急关头镇定不慌乱。行，行动。语见《孟子・离娄下》："禹之行水也，行其所无事也。"

⑩ 衢尊设而民斟，在通衢大道设酒，行人自饮，喻仁政。典出《淮南子・缪称训》："圣人之道，犹中衢而致尊邪：过者斟酌，多少不同，各得其所宜。"衢尊，设酒于大道。斟，斟酒。

⑪ 俾，使。◎万姓，万民。

⑫ 一哉王心，君主之心始终如一。语见《尚书・咸有一德》："俾万姓咸曰：'大哉王言。'又曰：'一哉王心。'"

⑬ 大造，天地，大自然。

⑭ 舆情，群情，民情。

⑮ 降鉴，犹俯察。

⑯ 四时，指一年四季的农时。《淮南子・本经训》："四时者，春生夏长，秋收冬藏。"◎顺序，顺理而有序，和谐而不紊乱。◎民事，即农事。

⑰ 七政，古天文术语，指日、月和金、木、水、火、土五星。◎用，连词，相当于"因而""于是"。◎劝，鼓励。

⑱ 天之所助者顺，天所帮助的对象是那些顺从天道的人。语出《周易・系辞上》："天之所助者，顺也；人之所助者，信也。"

⑲ 庶，副词，表示希望，但愿。汉许冲《〈说文解字〉后序》："庶有达者，理而董之。"清段玉裁注："庶，冀也。"◎咸五而登三，谓帝德广被，同于五帝而超于三王。《汉书・司马相如传下》载《封禅文》："方将增泰山之封，加梁父之事，鸣和鸾，扬乐颂，上咸五下登三。"唐颜师古注："咸，皆也，言汉德与五帝皆盛，而登于三王之上也。"

与立惟民[①]，愿屡丰而绥万[②]。

圣王知其然也，情通呼吁，俗重敦庞[③]，苛必戒夫猛虎[④]，户不扰夫惊尨[⑤]。用敷锡厥庶民[⑥]，驭马倍惩夫朽索[⑦]；惠而不知为政[⑧]，济人何若夫徒杠[⑨]。得我心之所同然[⑩]，不敢侮鳏寡[⑪]；举斯心而加诸彼[⑫]，以御于家邦[⑬]。

所由星芸化洽[⑭]，风草声驰[⑮]，慰就日瞻云之望[⑯]，惬箕风毕雨之思[⑰]。欲心安而理得，宜顺事而恕施。先天下之忧而忧[⑱]，财成者大公无我[⑲]；因斯民之利

---

① 国所与立惟民，只有老百姓是立国之本。

② 屡丰而绥万，屡见丰年，与天下各国和谐相处。语本《诗经·周颂·桓》："绥万邦，屡丰年。"绥，和。万邦，指天下各诸侯国。

③ 敦庞，敦厚朴实。

④ 苛必戒夫猛虎，语本《礼记·檀弓下》："夫子曰：'小子识之：苛政猛于虎也。'"苛，苛政，繁重的赋税。戒，鉴戒。

⑤ 尨（máng），狗。《诗经·召南·野有死麕》："有女如玉，舒而脱脱兮，无感我帨兮，无使尨也吠。"毛传："尨，狗也。非礼相陵则狗吠。"

⑥ 用敷锡厥庶民，用以施予百姓。语见《尚书·洪范》："敛时五福，用敷锡厥庶民。"用，以。敷锡，施予。锡，通"赐"。

⑦ 驭马倍惩夫朽索，用腐烂的绳索驾驭马特别值得警惕。惩，鉴戒。语出《尚书·五子之歌》："予临兆民，懔乎若朽索之驭六马。"

⑧ 惠而不知为政，仁惠但不懂治理政事的方法。

⑨ 济人何若夫徒杠，一个一个帮助人过河比不上修一座走人的独木小桥。济，渡水。徒杠，可供徒步行走的独木小桥。◎"惠而"二句，语出《孟子·离娄下》："子产听郑国之政，以其乘舆济人于溱、洧。孟子曰：'惠而不知为政。岁十一月，徒杠成；十二月，舆梁成，民未病涉也。君子平其政，行辟人可也，焉得人人而济之？故为政者，每人而悦之，日亦不足矣。'"

⑩ 得我心之所同然，明白大家内心同样认可的东西。语出《孟子·告子上》："心之所同然者，何也？谓理也，义也。圣人先得我心之所同然耳。"然，认可，肯定。

⑪ 不敢侮鳏寡，不敢忽视老弱孤苦者。鳏寡，老而无妻为鳏，老而无夫为寡。《尚书·无逸》："能保惠于庶民，不敢侮鳏寡。"

⑫ 举斯心而加诸彼，将自己的心推及他人。《孟子·梁惠王上》："《诗》云：刑于寡妻，至于兄弟，以御于家邦。言举斯心加诸彼而已。"

⑬ 以御于家邦，以此治理国家。《诗经·大雅·思齐》："刑于寡妻，至于兄弟，以御于家邦。"

⑭ 化洽，教化普沾。

⑮ 声驰，谓声誉远播。

⑯ 就日瞻云，比喻得近天子。唐骆宾王《夏日游德州赠高四诗序》："固仰长安而就日，赴帝乡以望云。"

⑰ 箕风毕雨，本喻百姓各有所好，后多指为政者体恤民情。箕、毕均为星名。《尚书·洪范》："庶民惟星，星有好风，星有好雨。"伪孔安国传："箕星好风，毕星好雨。"

⑱ 先天下之忧而忧，在天下人忧愁之前先忧愁，体现了一种忧国忧民的情怀。宋范仲淹《岳阳楼记》："先天下之忧而忧，后天下之乐而乐。"

⑲ 财成，即裁成，裁度以成之。财，通"裁"。《周易·泰》："天地交，泰。后以财成天地之道。辅相天地之宜，以左右民。"唐孔颖达疏："后，君也。于此之时，君当翦财成就天地之道。"

而利[①]，劢相者吉士其惟[②]。

皇上政察玑衡[③]，心悬轩镜[④]，视民如伤[⑤]，临民以敬[⑥]。人歌骏惠之隆[⑦]，士乐驺虞之盛[⑧]。犹复安益求安，圣不自圣[⑨]。总五声而听政[⑩]，其志大同；膺百福而宜民[⑪]，咸中有庆[⑫]。

（原载清光绪二十二年顺德龙氏葆真堂刻《拙盦丛稿》本《佩弦斋律赋存》）

【导　读】

北宋著名政治家、文学家范仲淹写过一篇《政在顺民心赋》，强调治国为政者的首要任务是富以养民，来申论皇帝为政要“顺应民心”的道理。本文从范赋中脱胎，并将“百姓为心，万邦维庆”作为赋文的主旨。文章从起首便说明了为政者若

---

① 因斯民之利而利，顺应百姓去做对他们有利的事。语本《论语·尧曰》：“因民之所利而利之，斯不亦惠而不费乎?”

② 劢（mài）相者吉士其惟，勉力辅佐国家的唯有良士。劢，努力，勉力。相，辅佐。吉士，良士。语见《尚书·立政》：“其惟吉士，用劢相我国家。”唐孔颖达疏：“其惟任用善士，使勉力治我国家。”

③ 政察玑衡，通过观察天象来判断政治的好坏。玑、衡，古代观测天象的仪器。《尚书·舜典》：“在璇玑玉衡，以齐七政。”唐孔颖达疏：“玑衡者，玑为转运，衡为横箫，运玑使动于下，以衡望之。是王者正天文之器。汉世以来谓之浑天仪者是也。……七政，其政有七，于玑衡察之，必在天者。”

④ 心悬轩镜，指喻皇上心如明镜，洞明正邪。轩镜，即轩辕镜，镜名，古人谓用之可以辟邪。唐李商隐《为濮阳公陈许谢上表》：“奉违轩镜，几落尧蓂。”

⑤ 视民如伤，把百姓当作有伤病的人一样照顾，形容在位者关心民众疾苦。《左传·哀公元年》：“臣闻国之兴也，视民如伤，是其福也。”

⑥ 临民以敬，恭敬严肃地面对百姓，指对人民对权力心存敬畏。临，面对。语出《论语·雍也》：“居敬而行简，以临其民。”

⑦ 骏惠，大恩惠。晋陆云《祖考颂》：“骏惠雨施，景润云行，洋洋玄化，功济其民。”

⑧ 驺虞，古乐曲名。汉蔡邕《五灵颂》：“敛威扬德，恺悌之风。圣德极盛，驺虞乃彰。”

⑨ 圣不自圣，圣人不自以为圣人。唐韦表微《池州夫子庙麟台》：“孔不自圣，麟不自祥。吁嗟麟兮，天何所亡。”

⑩ 总五声而听政，指夏禹治国，广开言路，采用广泛听取民意的理政方法。五声，五音，指钟、鼓、磬、铎、鞀五种乐器。事见《淮南子·氾论训》：“禹之时，以五音听治，悬钟鼓磬铎，置鞀，以待四方之士，为号曰：‘教寡人以道者击鼓，谕寡人以义者击钟，告寡人以事者振铎，语寡人以忧者击磬，有狱讼者摇鞀。’”

⑪ 膺，承受。◎宜民，使民众安定。语出《诗经·大雅·假乐》：“假乐君子，显显令德。宜民宜人，受禄于天。”

⑫ 咸中有庆，都公正适当，有福庆。咸，皆。中，合适，恰当。庆，善，福泽。《尚书·吕刑》：“哲人惟刑，无疆之辞，属于五极，咸中有庆。”

欲德洽四海，必须将养民作为立邦之本，再从先代圣贤政论入手，剥茧抽丝，层层深入，清晰地展现了朱一新的政治理想。

【延伸阅读】

朱一新一生著述颇丰，因弹劾李莲英而降职辞官后，他先后任教于肇庆端溪书院、广州广雅书院。潜心治学著述，培养了大批优秀的知识分子。朱一新与诸生之间的答问集《无邪堂答问》，是其任广雅书院山长时整理出版的。朱一新生前自定《佩弦斋文存》三卷、《佩弦斋诗存》一卷、《佩弦斋骈文存》一卷，其余著作皆为后人所整理。他的大部分作品收录在《拙盦丛稿》，这是朱氏去世后，于光绪二十二年（1896）由他的亲友及门生整理刊行的。朱氏的遗书有《无邪堂答问》五卷、《奏疏》一卷、《诗古文辞杂著》八卷、《京师坊巷志稿》四卷、《汉书管见》四卷、《德庆州志》十五卷等。除《拙盦丛稿》外，后世学者也辑有同治九年（1870）浙江乡试朱卷、朱一新与康有为书信中的往来论辩等著作，可以作为朱氏治学的补充文献。

（复旦大学中文系博士研究生王博、复旦大学中文系傅杰教授撰稿）

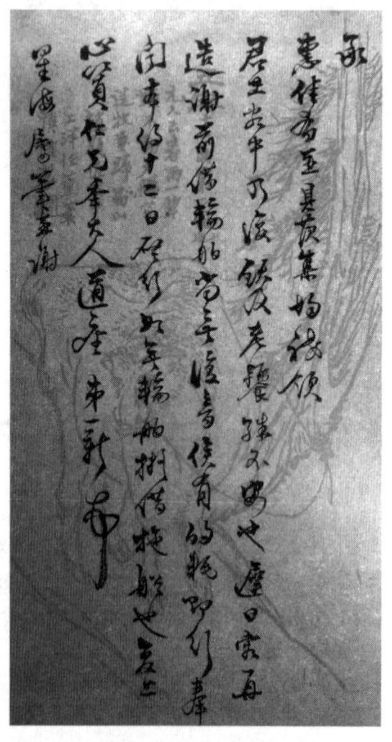

朱一新遗墨（浙江图书馆藏）

民国·黄侗

黄侗（1873—1939），字晓城，号无知氏，浙江义乌人。同盟会会员。历任浙江省议会议员、浙江省统税局局长、浙江省会警察局秘书。1922年金华大水，任华洋义赈会委员，调查灾情，办理救灾事宜甚勤。

斗　牛[①]

丹邨子曰[②]：金华、义乌向有斗牛之戏，故老相传。二邑犬牙相错处[③]，土刚民悍[④]，往往多事。陶得二[⑤]、许都之乱[⑥]，有揭竿从之者。及康亲王来平寇[⑦]，时军中有异人，悯其横遭屠僇[⑧]，谕土人曰[⑨]："坤为土，亦为牛[⑩]，牛斗则悍气泄矣。"土人试之，百余年来无梗化者[⑪]。乾隆丙午丁未间，金华令彭载

① 本条附于《义乌兵事纪略》"乾隆五十九年"一条之后，标题原作"附张丹邨书斗牛一则"。

② 丹邨子，指张作楠（1772—1850），字让之、丹邨，浙江金华潘村乡（今曹宅镇）龙山村人。家贫，由嫂变卖细软助其赴考，于清嘉庆十三年（1808）中进士。先后任处州府教授、江苏桃源知县、徐州知府等职。精算学，贯通中西，所著书十余种，汇刻成《翠微山房丛书》行于世。

③ 犬牙相错，谓地界相接如犬牙交错。

④ 土刚，土硬。◎悍，凶狠，蛮横。

⑤ 陶得二（？—1450），又名陶德义，丽水县宣慈乡陶村（今属武义）人。明正统十三年（1448），与同乡陈鉴胡鼓动宣慈乡银场矿工起事。十四年初，陈鉴胡称王，国号太平，建元泰定。其活动范围涉及今丽水、金华地区，时间达一年多。其间，景泰元年（1450）春陶得二曾降明，不久又叛。是年夏被捕，死。

⑥ 许都（？—1644），东阳县洪塘许宅人。诸生。年轻时就读于嘉兴，有匡时济世之志。明崇祯十六年（1643）冬，被人告密谋反，即以白布裹头为号起事，因号"白头军"，响应者达十万之众，于是称帅，立年号永昌。先克东阳县城，继下义乌、诸暨、浦江、永康、武义、汤溪、兰溪等县。旋遭明军合力围剿，次年春兵败降明，被害。

⑦ 康亲王，名爱新觉罗·杰书（1645—1697），清太祖爱新觉罗·努尔哈赤曾孙，康熙帝堂兄。清廷撤三藩，康熙十二年（1673），爆发三藩之乱。盘踞福建的耿精忠兵分三路攻江西、浙江金华和衢州等地。为此，康熙帝命杰书赴浙中平耿精忠叛军。

⑧ 屠僇，杀戮，杀害。

⑨ 土人，本地人。

⑩ "坤为土"二句，语本《周易·说卦》："乾为马，坤为牛。"唐孔颖达疏："乾象天，天行健，故为马也；坤为牛，坤象地，任重而顺，故为牛也。"

⑪ 梗化，谓顽固不服从教化。元虞集《刷马歌》："岭南烽火乱者谁，何事至今犹梗化。"

赓始禁之。未十年，而何世来之难作[①]，时彭尚未去金华也，土人自是益神其说，村社斗牛，寖成俗矣[②]！

然吾闻彭虽禁斗牛，而游手或带刀横行市中[③]，则不之禁。既而啸聚成群，抉人目[④]，折人股[⑤]，躏人禾稼，又不之禁。此即日聚群牛而斗之，能销其悍气乎？又闻自禁斗牛，隶役以牛为奇货[⑥]，见野有牯牛[⑦]，辄牵之去。彭不察，藉以充赏。民有牯牛，既不敢耕，复不敢卖，不得已杀之，则又科以私宰之罚[⑧]。此虽士不刚、民不悍，能保其不变乎？然则谓斗牛不当禁，及谓一禁斗牛，即化行俗美，一切吏治民生俱不必问者，皆一偏之论也。

呜呼！令诚贤，则地方应革之事，岂无重于斗牛者，亦岂无急于斗牛者？次第行之，颂声作矣。民谁不愿各保身家，而敢逞而思乱哉？

（原载黄侗著《义乌兵事纪略》民国二十一年印本）

【导　读】

本文考述了金华、义乌地区农村斗牛风俗的由来，并对是否禁斗牛风俗表达了作者自己的看法。明末清初，金华、义乌地区，发生了多起矿工与农民暴动、骚乱事件。康熙年间，三藩作乱，耿精忠叛军曾攻至金华地区，百姓死伤惨重。于是，有人提出斗牛可泄民悍气，免除战乱，始有斗牛之举。乾隆时，金华县令彭载赓曾禁止斗牛，但不久又发生何世来之难。于是，百姓对斗牛能去除战乱深信不疑，村社斗牛渐成风俗。作者认为，维护地方安宁，不在于禁止斗牛习俗，而在于地方官吏治民生，次第行之。

---

① 何世来，又作何世雷。《清史稿》卷三三九《觉罗伍拉纳传》：“（乾隆）五十九年，义乌民何世来，宣平民王元、楼德新等为乱，立邪教。伍拉纳率按察使钱受椿赴金华。浙江巡抚吉庆已捕诛世来、德新，伍拉纳覆谳诸胁从，复诛鲍茂山、吴阿成等，还福建至浦城，捕得元，诛之。”

② 寖，通“寖”，逐渐。

③ 游手，闲荡不务正业的人。宋陶穀《清异录·百虫门》“青林乐”条：“唐世京城游手夏月采蝉货之，唱曰：‘只卖青林乐。’”

④ 抉（jué），挖，挑出。

⑤ 折人股，打折其股骨。

⑥ 隶役，仆役，仆人。

⑦ 牯牛，公牛。

⑧ 科，判罚。

【延伸阅读】

黄侗勤于笔耕，著有《义乌兵事纪略》。他还主编刻印了《义乌先哲遗书》，包括陈元颖《栗园诗草》、陈德调《存悔堂诗草》《我疑录》、楼杏春《粲花馆诗钞》《粲花馆词钞》、黄卿夔《石古斋诗文杂存》等。《义乌兵事纪略》一书，博采史志谱录、笔记杂谈而成，自宋方腊起义始，讫于太平天国之变，记录了义乌史上主要的战争事件。其中“太平天国”部分引用了大量珍贵的史料，较为客观地描写了太平军带来的灾难，同时也没有讳言清政府的腐败无能，是非常重要的史料汇编。黄侗工诗词，该书卷首有黄侗的题词《满江红》：

谁寇谁王，论成败，不论功业。休藉口，西周伐纣，南巢放桀。草泽英雄随处起，侯门仁义临时窃。四千年，尧舜不重来，空追忆。

伟人出，小民劫，风云变，鬼神泣。痛山河破碎，乾坤改色。一袭黄袍才到手，万家白骨先成雪。问何人，洒泪纪兴亡，尼山笔？

这种跨古越今的开阔气象贯彻《义乌兵事纪略》一书始终，是作者历史观的最佳注脚。

（浙江大学人文学院方建新教授撰稿）

陈望道

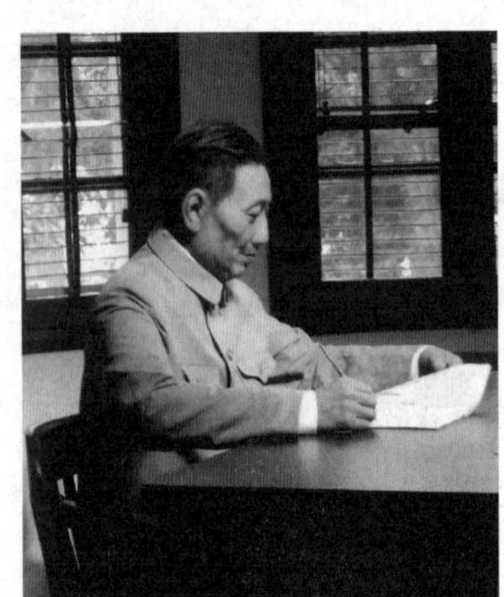

陈望道像

陈望道（1891—1977），浙江义乌人，著名学者、教育家。1919年自日本留学归国，任教于浙江省立第一师范学校，同时投身新文化运动。1920年翻译出版了《共产党宣言》第一个完整的中文本，1921年参与中国共产党的创立，为中国共产党的早期活动家。1920年起，历任复旦大学、上海大学、安徽大学、广西大学等校教授。1952年起，任复旦大学校长。1955年被选为中国科学院哲学社会科学部学部常务委员。一生从事文化教育和学术研究达六十年，涉猎社会科学的多个领域，在哲学、法学、政治学、伦理学、因明学、美学、文艺学、新闻学等方面多有成就；他学术视野的基点和重心在中国语文的研究方面，为语文改革、语法学和修辞学等学科做出了开创性的贡献。论著合编成《陈望道全集》（浙江大学出版社2011年出版）。

文章底美质①

文章底美质，我们可以将他大别为三。第一要人家看了就明白，第二要人家看了会感动，第三要人家看着有兴趣。第一是关于知识的，所以有人把他叫作“知识的美质”；第二是关于感情的，所以有人把他叫作“感情的美质”；第三是关于人底嗜好的，所以有人把他叫作“审美的美质”。知识的美质就是“明晰”，感情的美质就是“遒劲”，审美的美质就是“流利”。

一　明晰（clearness）

要文章明晰，必须具备下列两个条件：

① 本文系作者在上海女子体育师范学校所做的演讲。本文写于20世纪20年代，当时文章中用于修饰语后的有“的”“底”“地”以及其他一些词语，与现在不全同，为尊重原作，收录时未改动。本书所选近现代作品均按底本文字录入，有特殊情况的加注。

第一是周到；

第二是显豁。

所谓周到，就是文章上显出的意思同作者心里的意思毫没有大小轻重的差别。譬如说，“俄国冬天很冷”，这话果然很显豁，但“俄国究竟冷到怎样”还是不明白，所以总觉得还有些不周到。明晰周到地说起来，似乎该说“俄国冬天很冷，流了泪就成了冰条，喷了气就成为浓雾”。所以要文章周到，必须注意下列几件事：

（一）要有限制或说明的字眼——譬如前面这句“俄国冬天很冷”，我们所以有冷到怎样的疑问，就因为“冷”字没有限制说明的缘故。加了“流了泪就成了冰条，喷了气就成为浓雾”，将冷字限定，便不再有什么疑问了。又如说“父亲有病，请你回来”，这句话也很有疑问，所谓“有病”，到底是要死的病呢，还是轻微的病？所谓“回来”，到底还是抛了一切回去呢，还是凑有空闲的时候回去？这也就因为没有限制说明的缘故。所以要除去种种疑问，换句话说，就是完成明晰的美质，在必须时，须得周到地加上限制或说明的字眼。

（二）用类似的说话来对照——譬如说“古文难能而不可贵”，又如说“他敬伊，却不爱伊”。因为说到难能，很容易想到可贵；说到敬伊，很容易疑为爱伊。这样用类似语对照说明出来，就很周到，也就不致于暧昧不明了。

（三）少用宽泛语——譬如说“我想编出一本文法书”，这“想”字就太泛。所谓“想”究竟是决定的呢，还是打算筹备？倘是决定的，我们就不妨说“我决定编出一本文法书”，不用那“想”一类的宽泛语，听的人就格外容易明白了。

所谓显豁，就是平易毫不费解。要文章平易，必须注意下列几件事：

（一）一样的事物用一样的名词——譬如说“章太炎”，就全体用“章太炎”，不要又说什么“章余杭”等等。

（二）应该避去前名（ante-cedent）不明的代词——譬如说“他从北京到南京去，在那里买了许多土产”。“那里”两字底前名，究竟还是“北京”呢，还是“南京”，就暧昧不明，不如设法避去。

（三）将意义接近的词句放在接近的地位上——就是语词同主词、宾词、补词，或修饰词同被修饰词，最好放在接近底地位。譬如说“某人十年前在美国某学校毕业，回国后就在某学校教书，学生都很信仰他，但他自己还以为经验不够，要到各地视察教育情形，今天来到上海，住在振华旅馆”，这样主词“某人”同语词“来到上海，住在振华旅馆”，就隔离太远了。我们不如说“某人今天来到上海，住在振华旅馆……”

（四）避去有种种解说的词句和结构——譬如“合作和工业底将来”，这就是“斗鸡眼的结构”（squinting construction），我们不容易明白他到底是说“合作和工业”两种东西底将来，还是将合作一种东西同将来的工业相提并论。

二 遒劲（force）

文章明晰了，看的人固然不致误解，但人家看了毫无感动或厌倦睡去，也是不行的。所以，我们有了明晰的美质，还须进一步，发挥雄健动人的势力，祛尽平弱枯槁的病状。要文章遒劲须从下列两面用力：

第一从思想方面；

第二从词句方面。

思想方面必须深刻与新颖。所谓深刻，就是作者确有所感而且深厚，并不是表面涂饰。表面涂饰的文章，如同替人家做的哀词、请人家做的寿序，多不能感动别人心情、使人歌哭，便是因为思想不深刻的缘故。所谓新颖，就是自己讲自己底话，并不一意模仿古人；文章不将古人底死格式完全推翻，是决不能感动别人、使人精神焕发的。什么“求木之长者”，什么“世风日下”，全是废话，毫无意义！能够感动我们毫厘的情感吗？

词句方面又必须注意下列几项：

（一）注意字面——用字约有下列几项，应该注意：

（A）少用奇词——一切险怪的字，最好避去不用。

（B）多用专词（special term）——就所谓“具体的写法”，如胡适君在《星期评论》谈《新诗》所举的李义山诗“历览前贤国与家，成由勤俭败由奢”，便太抽象，不很有感动我们的力量。

（C）多用譬喻——如明喻、暗喻之类。

（二）注意字数——凡是有力的文字，一定很简洁，很短峭。譬如现在有许多新译的书，一般人读了都易厌倦，便是不注意字数的结果。

（三）注意排列——我们读书最注意的地方，在一本书大约是头几句同末几句及特别处所底几句；在一篇（诸君读过《论语》，“学而时习之”想必是记得的）也必是如此；在一句也必是头几个字或末几个字。所以凡是紧要的词句必须摆在这些地方才有力量，这是应该注意的一种方法。

又须注意用对句，将紧要的词句，用对句表出。如“人死留名，豹死留皮”，就很有感动旧脑筋的力量。

此外，还须注意层次：最好由小入大，由浅入深，层层激进，步步入深。

三　流利（ease）

文章能够做得明晰，又能够做得遒劲[1]，文章底目的总算可以达到了。但要使人不厌百回读，却还须注意最末的一件事，就是流利。

文章怎样做才会流利，本来不是简单几句话能够说明。但我觉得诸君不妨从下列两方面用力：

第一是自然的语气（movement）；

第二是谐和的声调（rhythm）。

所谓自然的语气，就是语句像水流就低一般，毫没有艰涩的一种模样。初学的人要做到这一步，最简便的方法，就是将意义相近的字安排在第一句末脚和第二句起首，就是将相近的意义安排在相近的地方。譬如说“昨天早晨我接到一册《小说月报》第三号，那时我才从床上起来。一手就翻到《狂人日记》”。内中“接到”同“翻到”是自然相连的事情，我们最好将他接连安排起来。这种接连安排的方法，很能够帮助我们流畅，也是名文自然必有的手段，请诸君于读名文时，时时留意。

所谓谐和的声调，就是文章读起来很顺口，轻重缓急又同意义很相调和。这不是简单所能说明，诸君要修养这一层，只有将名文时时朗读，带便参究他底音节，后来自然会懂到、做到。

凡事都是说着容易做着难，文章也是如此。诸君不看见吹“国利民福”的堆满十八省，祸国害民的却也十八省堆满吗？诸君知道这一层，诸君定能容忍我这短于文章的人讲论文章底美质！

（原载《民国日报》1921年3月28日）

【导　读】

本文创作于近一个世纪以前，紧接着“五四”新文化运动之后。本文以不很长的篇幅，站在白话文的立场上，以通俗易懂的形式，较为周密地探讨了“文章的美质”，也就是文章成为美文的根本要素。在作者看来，可以从三个层面上说：首先，内容上要周到、显豁；其次，要能以情动人，做到深刻新颖、明晰生动；最后，在审美上做到语气顺畅、声韵谐美。本文虽历经了近一个世纪，但于作文意蕴的深深顾念，于作文形神的独到思考，仍值得体味。

---

① 遒劲，原文作“流利”，兹据上下文意径改。

游戏在教育上的价值

儿童的生活，是游戏的生活；儿童的世界，是游戏的世界。他们除掉睡觉以外，没有一刻不在游戏中过活。或是飞竹蜻蜓，或是弄小石子，或是斗草，或是捉虫，或是吹纸屑，或是装老虎，虽有大人们压制他，不许他那样弄，但不到几分钟，他依然故态复萌了，这是什么缘故呢？

倡导势力过剩说的说是："人类和高等动物，因为壮健而且闲暇，所以要游戏。"这一派可以以德国的息尔罗、英国的斯宾塞做代表。

倡导疲劳说的说是："一、儿童底心的物的energy如有过剩时[①]，自然要游戏。二、物的energy底过剩，如由娱乐而发散时，心的energy便得回复其疲劳。"这一派可以以德国底格子麦次及拉查鲁斯做代表。

倡导能力练习说的说是："游戏是由于本能而起的；本能是由于游戏而发达的；将来底生活不可没有预备练习，所以游戏实本于能力的预备练习之要求而起的。"这一派可以以美国底格鲁斯（Pnof Gnoos）做代表。

倡导反复说的大约说是："儿童在游戏中的生活，是将古代民族底生活，重新复演一次。譬如儿童捉迷藏时，蹑足潜行，东躲西避，是由于野蛮时代的人有逃避毒蛇猛兽的事情。儿童好攀木为戏，捕捉鹊鸟，是复演渔猎时代的生活状况。"这一派的学说，可以以何尔博士（Dr. Hall）做代表（以上摘述《中华教育界》十卷九号余家菊君的《游戏教育》[②]，和《时事新报》上姜丹书君的《玩具和教育》[③]，读者可参看）。

——各家的学说，各有各的理由，但可以赅括地说：人类当幼年时代，因为有天赋的活动性和好奇心，不得不游戏。不是游戏，不能发展儿童活动的本能；并且因为能力过剩的缘故，反要做出不道德的事情来。

但在我国老学究看来，游戏是一件万恶的泉源，以为"儿童既好游戏，别的功课都不上心了，那能希望有进步呢？所以要希望他上进，除非禁止游戏不可。况且不道德的事情，如骂人打架，大半从游戏中得来"。他们抱定这样见解，所以儿童跑也不许跑，跳也不许跳，笑也不许笑，成日坐在教室里面，对着书本，做个书呆子的样子。这种老古董式的教育，不配我们研究，我们且搁

① energy，义为能量。

② 余家菊（1898—1976），字景陶，湖北黄陂人，近现代中国著名教育家和社会活动家，有《国家主义的教育》等多部著作。

③ 姜丹书（1885—1962），字敬庐，江苏溧阳人，曾在多所学校执教美术等课，有《美术史》等论著和画作传世。

置不说。还有那些口唱新教育的教育家，平日也研究过新教育，也曾听见过利用儿童本能的学说，但一上讲堂，仍旧教儿童做书本上的工夫，明知故犯蹈旧教育之弊。这种戕贼儿童天性的教师，我不能不说他的良心太坏了！教师最大的任务，就是发展儿童的本能；游戏是儿童本能的冲动，是施教育的最好机会，教师而不晓得利用这机会，去发展儿童的本能，只晓得一味压制，那末，儿童本能的冲动，不得不转向坏的方面发泄出来，弄成种种罪恶。所以也可以说这种罪恶，是由不良的教师强迫他们做出来的。原来儿童有很强的本能，到了一定的时期，这种本能一定要发泄出来。教育者指导儿童种种游戏，使儿童的本能从正当方面发泄出来，那末，不但要减少不道德的行为，并且还得到许多实益，这才算是很智慧的教育者。

我们既然知道儿童游戏，是教育的最好机会，那末，我们应该任儿童自由游戏，一些不去过问吗？是又不然，儿童所喜欢的游戏，不是一定都是好的，也许有摹仿社会上不道德的事情，做游戏的材料。这时候教师应该纠正他，利导他向好的一方面，万不可抱放任主义。总之：寓游戏于教育的当中，寓教育于游戏的里面，无论什么时候，什么地方，都是教育，也都是游戏。照这说来，不但游戏场是儿童游戏的地方，即教室里面，也是儿童游戏的地方；不但教室里面是施教育的地方，即游戏场中也是施教育的地方；游戏即是教育，教育即是游戏——这才是新教育，动的教育，活泼泼地教育。布里顿（Briton）说："作业内所含有游戏的分量，就是那种作业底价值的分量；游戏内所含有的作业的分量，就是那种游戏底价值的分量。"能够明白这个意思，新教育的意义，思过半了！

大凡一种知识，由自己有很好的兴味去求得的，深印在脑子里面，永久不会磨灭。由人家象漏斗式注入的，不多时候，就会忘得干干净净。这可证诸我们自己而知道的。所以唤起兴味，是施教育的必要条件。但要唤起兴味，不是板着脸孔重声呵叱所办得到的；必定要适合他们的心理和本能。要达到这个地步，游戏自然是最好的方法。游戏能唤起永久的兴味多方的兴味，这时候教师利用儿童的本能，适如其分的施教育，那就有事半功倍的效果。彼身当学校教师，不晓得从游戏中去施教育，眼睁睁地失掉教育的机会，却还要说："这般小孩子真坏，不守学校规则，叫我从那里去教育他！"最有价值的游戏，在他们看来，却变成万恶的制造所。这般教师，不是造福于儿童的"幸福使者"；是戕贼儿童天性的"魔鬼"。

游戏要适合儿童的心理和本能，许多儿童未必喜欢做同样游戏。甲儿喜戏弄泥老虎，乙儿未必也喜戏弄泥老虎；乙儿喜戏弄竹马[①]，甲儿未必也喜欢弄竹马。因为各个儿童有各个儿童的个性，自有他独立的意义与价值，我们若不顾各个儿

① 前面三句中的"喜戏"，底本如此，据上下文，似当作"喜欢"。

童的需要，不免浪费了儿童的时间，缺损了儿童的生活——即生命（本周作人先生话，读者请参看八卷四号《新青年》周作人先生《儿童的文学》）。年纪稍大的儿童和年纪小一点的儿童，心理更不相同，游戏的种类，当然也自不同。女孩子喜欢弄皮团，做菜饭，尤其和男孩子不同。教师可就儿童个性去利导游戏，不要凭自己的主观去强制儿童，因为教师自己所喜欢的游戏，也许是儿童不喜欢。

从上面看来，已可知道游戏的一般价值了！不过还是笼统的说法，不能十分明了，现在再分开来说：

一 游戏可以养成健全的体格

小孩子的时候，体育比智育重要百倍，智育异日还可求得，体育却一刻不可缓。美国大学教授朋汉氏（Dr. Burnharn）说："功课可缓授，而身体的发育，却一刻不可缓。"照这样看来，发展小孩子的体育，可见得重要了。我想游戏实在是发展小孩子体育的最好方法，各个孩子做他喜欢做的游戏，跳也凭他跳，跑也凭他跑，只要不妨碍身心的发育，没有不道德的行为，切不要加以干涉！就是弄错了，也只可加以指导，鼓励他下次不要弄错，那末，儿童因游戏而活动身体，血液流行的速度加增，体温加高，仿之于植物，好象到充分的日光和相当的培壅，自然会蓬蓬勃勃发长起来。

二 游戏可以养成活泼的精神

成人做一件固定的机械生活，也不免有兴起索然精神殆疲的样子，小孩子尤其不容讲了！游戏的时候，情境变化无穷，可以引起儿童多方的兴味。儿童身处其中，必要身手活泼，所以很有益于感官的训练。比方砂纸可以练习触觉；舞旗可以练习视觉；敲鼓可以练习听觉；拍球可以练习筋觉；玩积木可以增进想象力……游戏对于精神上的价值，非常伟大，我们要训练儿童的精神，除游戏外，实在没有再比他好的方法。研究低能问题的，以为低能是一种心力发展受了阻碍的状态，使他不能正当的统御自己，或是不能和同伴竞争，以达到独立活动的地位。所以我们救济低能儿，应该指导他种种游戏，多给以活动的机会，以发展他的心力。

游戏的价值，不止上面所说的两种。还有可以因游戏而养成公共生活的习惯，尊重对方面人格的美德[①]，要在做教师的能利用之而已！杜威批评中国的教育说："中国人偏重被动的道德，将来须趋重主动的道德才好。被动的道德是什么呢？就是守分，安命，知足，安贫，朴实，坚忍等。主动的道德是什么呢？就是创造，发明，活动等。这种主动的道德，要在学校里游戏中培养出来。"（在徐州讲演）余家菊君在他的《游戏教育》里说："国内讲德育的人素来偏于静的教

---

① 对方面，似当作"对方"。

训，而不知道从儿童的自然活动上去加以陶冶；素来偏重存心养性，而不知道行为与心习的关系。须知静的道德，是主知的道德，知识只能做我们的参谋，而不能做我们的统帅。”看上面的话，关于游戏的价值，可谓已阐发详尽。我们此后只须研究游戏和教育的联络方法，不必再在这个问题上有所疑义了。

教育界诸君呀！要研究新教育，要做个儿童的幸福使者，莫忘下面两句话：

“寓游戏于教育之中，寓教育于游戏之中。”

（原载《时事新报》1921年6月6日副刊《学灯》，署名春华）

【导　读】

儿童的教育是人类有了文化之后就一直存在的行为，但因为文化形态等的差异，不同的社会常有不同的方法甚至理论。作为教育家，早在20世纪初，陈望道就关注了这个问题，而且结合其他国家更为现代的理论和经验，提出了较为现代的更符合儿童生理、心理等特点的游戏教育说，并从多个角度做了说明和论证：无论是知识，还是孩子的生活习惯、人格等的培养，都不应该诉诸简单被动的知识或理论灌输，而应该在充分认知孩子天性的前提下，有引导性地在游戏中进行教育，寓教育于游戏。这一观点，现在看上去似乎并不深奥，但即便到了一个世纪后的今天，仍然有很大的实践意义，促使我们思考。这一思考，不仅对家长来说有益，对幼儿园以及小学等阶段的教师来说，也同样很有意义。

【延伸阅读】

陈望道毕生致力于教育事业和学术研究，涉猎极为广泛，著述极为宏富。除开见诸报纸杂志的杂文时评外，还陆续翻译了《共产党宣言》《马克斯底唯物史观》《社会意识学大纲》等国外共产主义经典文献和学术著作，撰写了《作文法讲义》《因明学概略》《开明国文讲义》《修辞学发凡》等作品，对马克思主义在中国的传播厥功至伟，在哲学、法学、政治学、伦理学、因明学、美学、文艺学、新闻学等方面也多有成就。陈望道著作多次再版，颇为畅销，浙江大学出版社2011年出版了《陈望道全集》，收录较为详备。

陈望道译《共产党宣言》封面

（浙江大学人文学院池昌海教授撰稿）

冯雪峰

冯雪峰像

冯雪峰（1903—1976），浙江义乌赤岸神坛人。原名冯福春，笔名画室、洛扬、成文英、何丹仁、O.V.、吕克玉等。我国现代著名诗人、作家、文艺理论家、翻译家、鲁迅研究家、编辑出版家。冯雪峰一生著述丰厚，人生经历跌宕起伏，不仅在文学界、史学界举足轻重，在出版界也建树斐然。

从革命文学论争时期至中国左翼作家联盟（简称“左联”）成立前后，冯雪峰倾注全力译介马克思主义文艺理论和苏联文艺状况，为在中国建立无产阶级革命文学及其理论寻求借鉴和依据。1927年6月，他加入中国共产党。1928年5月，针对当时创造社、太阳社对待鲁迅和“五四”文学传统的错误态度，发表了第一篇文学论文《革命与智识阶级》，初次表现了他的理论活动的历史感和现实感。同年12月，开始与鲁迅交往，成为鲁迅的学生和战友。1929年底起，参加“左联”的筹备工作。从1930年至1933年底，是左翼文化战线的重要领导人之一。先后担任了“左联”党团书记、中国左翼文化界总同盟（简称“文总”）负责人、中共上海中央局文化工作委员会书记、中共江苏省委宣传部部长等职。这一时期，他主编或参与编辑了《萌芽月刊》（后名《新地月刊》）、《巴尔底山》、《前哨》（后名《文学导报》）、《十字街头》、《文化月报》、《世界文化》（第2期）等“左联”及“文总”的机关刊物，并继续主编《科学的艺术论丛书》，参加了与各种资产阶级、小资产阶级文学团体的论战，特别是经他组织的“左联”与“自由人”“第三种人”的论争，促进了马克思主义文艺理论在中国的传播与发展。此外，在国际法西斯和国民党白色恐怖的双重压力下，冯雪峰负责筹备、宋庆龄主持的“远东反战会议”于1933年9月30日在上海成功举办，会议通过了《反对帝国主义战争反法西斯蒂的决议及宣言》《反对白色恐怖的决议》等一系列决议，正式成立了远东反战同盟中国分会，选举宋庆龄为中国分会主席。这次会议极大地鼓舞了中国人民抗击日本帝国主义侵略中国的决心，提高了中国共产党在国际上的地位。

自1933年12月起，冯雪峰先后在中央苏区瑞金、红军长征途中和陕北革命根据地任中央党校教务长、副校长，中华苏维埃共和国临时中央政府执行委员会候补委员，红九军团地方工作组副组长，红一方面军干部团上级干部队政治教员，红军大学、陕北党校高级班政治教员等职。1936年2月参加东征，任地方工作委员会委员和地方工作组组长。同年4月，以中共中央特派员身份到上海向各界传达瓦窑堡会议精神，恢复地下党组织，团结各界民主人士，致力于抗日民族统一战线等工作，同时兼管文艺工作。为平息“国防文学”和“民族革命战争的大众文学”两个口号的论争，冯雪峰为病中的鲁迅代笔草拟并经鲁迅增补修改发表了《答托洛斯基派的信》《论现在我们的文学运动》《答徐懋庸并关于抗日统一战线问题》，并撰写《对于文学运动几个问题的意见》，起草《文艺界同人为团结御侮与言论自由宣言》——该宣言的发表标志着两个口号论争的基本结束和文化界抗日民族统一战线的初步形成。鲁迅逝世后，代表中共中央主持了鲁迅的治丧活动。

1937年9月至12月，在上海鲁迅故居整理鲁迅遗著，为编辑出版《鲁迅全集》做准备，先后发表了《完成宣战的准备》、《鲁迅先生计划而未完成的著作》、《关于鲁迅》（后曾改题为《一种误会》、《鲁迅与民族统一战线》）等文章，并在鲁迅逝世周年纪念会上做题为《鲁迅与中国民族及文学上的鲁迅主义》的演讲。1937年底回故乡创作反映红军长征的小说《卢代之死》，1940年11月基本完成初稿，后因形势恶化或毁或失。1941年2月，被国民党反动派逮捕，囚于江西上饶集中营。在囹圄中，他发动难友斗争，帮助他们越狱，并作诗明志以遥寄对党和战友的思念。其中保留下来的诗篇后来结集为《真实之歌》。1942年11月，在党的营救下出狱。1943年6月到重庆，参加中华全国文艺界抗敌协会（简称“文协”），从事统战工作和文化工作。这一时期，接管主编了“文协”机关刊物《抗战文艺》，并继续写杂文与论文，出版杂文集《乡风与市风》《有进无退》和重要理论专著《论民主革命的文艺运动》。1946年2月到上海后，直至全国解放前夕，仍以个人身份从事统战和文化工作。其间指导和支持《文萃》周刊、《文汇报·笔会》等的编辑出版；在国统区为革命作家丁玲编辑文集；向解放区输送革命文学的稿件；为识与不识的进步作家看文稿、写序、联系出版，以至帮他们解决生活困难等等；在个人创作方面，除杂文和文艺理论创作之外，倾力于创作寓言和有关鲁迅的回忆与研究。

中华人民共和国成立后，历任华东军政委员会委员，上海市人民政府委员，上海市文学工作者协会主席，鲁迅著作编刊社社长兼总编辑，第一届全国人民代表大会代表、政协全国委员会委员，中国文学艺术界联合会常务委员，中国作家协会第一任党组书记、副主席，《文艺报》主编等职。这一时期的主要成就是在编辑出版方面。1951年3月到北京，出任人民文学出版社第一任社长兼总编辑，制定了“古今中外，提高为主”的出版方针，主持出版了大批古今中外的文学名著，为新中国文学出版事业开拓了崭新的局面。个人文学活动方面，继续文艺评论与杂文的写作，并创作电影文学剧本《上饶集中营》，以及鲁迅研究著作《鲁迅和他少年时候的朋友》《回忆鲁迅》《论〈野草〉》《鲁迅的文学道路》等。

自1954年起，在政治上迭受挫折，因《〈红楼梦〉研究》问题受到批判，被解除《文艺报》主编职务；1957年被定为“右派骨干分子”，继而被开除党籍，被迫终止公开的文学活动。1969年赴湖北咸宁“五七”干校劳动。1972年秋季返京后参与《鲁迅日记》的校订工作，辅导各地中青年鲁迅研究者。1976年1月31日逝世。1979年4月，中共中央为他的错案作出改正决定，恢复了他的党籍和政治名誉。

关于鲁迅在文学上的地位[①]

——一九三六年七月给捷克译者写的几句话

鲁迅本来是学医的，这在中国差不多大家都知道。在辛亥革命（一九一一年）的远前，他亲身参加那时的民族革命运动，于是他就和文学接近起来。他那时抱着极热烈的民族思想。他想利用文学的利器来唤醒民众，以促成民族的革命。那时他并没有创作，但他筹划办杂志，翻译欧洲有反抗精神的作品，作论文赞美拜伦、普式庚[②]、彼得菲诸诗人的反抗思想[③]。他那时抱有一种极远见的见解，以为民众所以愚昧昏聩，是他们的个性被埋没了的缘故。所以要中国民族真真得解放，就要解放中国民众的思想，解放他们的个性，打破数千年来的传统的道义，使他们有反抗的战斗的精神。他以为在解放个性，煽起民众的反抗精神上，文学是一种最有用的利器。因此，他当时舍医而就文学，因为他相信医治中国人的病态的精神，比医治虚弱的中国人的肉体，更为紧要。他的这个解放民众个性的见解，远超过中国当时的思想家和革命领袖的思想。

当然这是在鲁迅从事文学创作的很远以前的事。但鲁迅这种开始接近文学的态度，就决定了他作为一个作家的态度：战斗的社会写实主义者。

鲁迅既以一个民族的、社会的革命者的资格去接近文学，因此，在辛亥革命（这革命的成功只是表面的）以后，革命运动开始更深入，更有意识的发展着的时候，他自己的思想也更成熟，更发展，他就作为一个思想革命者，文学革命者，参加了那时的革命运动，在这中间他开始了创作。思想革命，在当时是社会革命运动的别名。那内容是反抗吃人的封建宗法社会的思想的压迫束缚，提倡科学与民主主义的思想，在政治上的意义是反抗封建军阀与帝国主义的统治。这个思想革命，造成了有名的“五四”运动（一九一九年）和震动全世界的一九二五—一九二七年的大革命。文学革命是当时思想革命的主要的一翼，那内容是反对贵族文学，提倡平民文学，反对死的埋没个性的文学，提倡活的有个性的文学，反对文言文，提倡白话文。鲁迅是当时思想革命与文学革

---

① 本篇最初发表于1937年3月25日《工作与学习丛刊》之二《原野》，署名武定河。

② 普式庚，现通译为普希金（1799—1837），俄国诗人，代表作有诗体小说《叶甫盖尼·奥涅金》等。

③ 彼得菲，现通译为裴多菲（1823—1849），匈牙利诗人，代表诗歌有《自由与爱情》《民族之歌》《使徒》等。

命中的健将，《新青年》的同人与出色的撰稿者。他为着要反对吃人的礼教，为着想揭发中国国民的病症的所在，他写了很多的简短的论文，也于无意中写了《狂人日记》《阿Q正传》等小说。他为了要打倒文言文，证明白话文优于文言文，他就有意的继续着写他的小说和散文。当时，而且现在，因了他，中国封建宗法社会的思想道德的可怕，得以昭著地显示于人；因了他，白话文和新文学，得以确立和胜利；因了他，中国有万千的青年，投身于反帝反封建的中国革命的实际战斗中。所有这些——鲁迅最初对文学的认识，他从事文学工作的当时的社会环境，他利用文学为他的战斗的工具的态度，就决定了他在文学上的地位：彻底的为人生，为社会的艺术派，一个伟大的革命写实主义者。

在中国，鲁迅作为一个艺术家是伟大的存在，在现在，中国还没有一个作家能在艺术的地位上及得到他。但作为一个思想家及社会批评家的地位，在中国，在鲁迅自己，都比艺术家的地位伟大得多。这是鲁迅的特点，也说明了现在中国社会的特点。现在中国社会，是这样的社会！鲁迅的巨大的艺术天才，显然担得起世界上最著名最伟大的那些长篇巨制之作者；但社会和时代使他的艺术天才取另一形态的发展，所以他除了五本的创作（小说、散文诗）以外，没有更多的创作，而以十余本的杂感评论和散文代替了十余卷的长篇巨制。但他的十余本杂感集，对于中国社会与文化，比十余卷的长篇巨制也许更有价值，实际上是更为大众所重视。这就是在现在中国，鲁迅作为一个伟大的革命写实主义作家的特点。他的杂感，将不仅在中国文学史和文苑里为独特的奇花，也为世界文学中少有的宝贵的奇花。

补助地说明中国现在文学者的特点——鲁迅的特点的，是对于欧洲新思想的介绍，俄国与被压迫民族的前进的文学作品的翻译及介绍。鲁迅翻译的外国作品有近三十种。同时经鲁迅培养与提拔的青年作家，也为数很多。

总之，鲁迅成为文学上的这样的一个写实主义者的社会根源，是中国社会和现在的时代。在文学思想上，他受欧洲，特别是俄国的近代写实主义的影响，如果戈理、契诃夫、科罗连珂[①]、安得烈夫诸人的作品等[②]。但中国旧有的好的文学及丰富的中国历史演变的教训，也深刻地影响着鲁迅的文学与思想。他的文学事业，有着明显的深刻的中国特色，特别是他的散文的形式与气质。其次，在文学者的人格与人事关系的一点上，鲁迅是和中国文学史上的壮烈不朽的屈原、陶潜、杜甫等，连成一个精神上的系统。这些大诗人，都是有着伟大的人格和深刻的社会热情的人，鲁迅在思想上当然是新的，不同的，但作为一个中国文学者，在对于社会的热情，及其不屈不挠的精神，显示了中国民族

---

① 科罗连珂，现通译为柯罗连科（1853—1921），俄国作家，代表作有中篇小说《盲音乐家》等。

② 安得烈夫，现通译为安德烈耶夫（1871—1919），俄国作家，代表作有小说《红笑》等。

与文化的可尊敬的一方面，鲁迅是相承了他们的一脉的……

一九三六年七月二十日

附　记

一九三六年七月半左右的一天，我适在先生家，先生接到在日本的捷克的一个文学者的信，请求为他所译的《鲁迅短篇小说集》捷克译本写一篇序，并请先生自己推荐一篇论他在文学上的地位的论文作参考。先生看完了，对我说道："序，我写一点是容易的。推荐一篇论文，怎么办呢？"当时，两人想了许多时候，还是决定叫我即在几天之内依题随便写几句，和先生的序一并寄去算了。因为先生觉得论他的文章也不可谓不多，但要一个看汉文仍然很困难的捷克人来看那许多文字，再从那许多中找出他所要知道的那一点——鲁迅在文学上的地位——是太使他为难了。当时，也想到何凝的论文[①]，但先生以为那太长，又专论他的杂感的，捷克人看了会一点也不接头。当时，我对于这个题目也不大了解，先生说："大概是问我在文学上属于哪一种主义罢。"我第二天就以《关于鲁迅在文学上的地位》的题目写了二千字光景，就是这一点东西，全凭了自己的印象写的，没有分析到作品。先生自己看过一遍，并且改了几个错字，涂了一两句，就叫景宋先生誊抄了一遍寄出了。所以这并非一篇成文的文字。先生所涂去的是讲到他受俄国文学者影响的地方，将我原稿上的托尔斯泰和高尔基两个名字涂去了，他说："他们对我的影响是很小的，倒是安得烈夫有些影响。"又一处，是关于讲到他的艺术天才的地方。关于在后面说他在中国文学史上和屈原、杜甫等的精神上的传统的一点，他当时笑着说："未免过誉了，——对外国人这样说说不要紧，因为外国人根本不知道屈原、杜甫是谁，但如果我们的文豪们一听到，我又要挨骂几年了。"然而我觉得：谁能够否认鲁迅比屈原、杜甫更伟大！而先生自己也没有将这一点涂去。至于在谈话间，我提到现在中国文学在批评上和工作上亦应求出和中国文学史的联系，先生也是很同意的。同时先生也同意对于他的杂感散文在思想意义之外又是很高的而且独创的艺术作品的评价，并且还慨叹的说："作这种评价的还只有何凝一个人！同时，看出我攻击章士钊和陈源一类人，是将他们作为社会上的一种典型的一点来的，也还只有何凝一个人！我实在不大佩服一些所谓前进的批评家，他们是眼睛不看社会的，始终没有觉悟，以为终是鲁迅爱骂人，我在战场上和人斗，他们就在背后冷笑，还甚至放冷箭……"于是，将先生的杂感散文，看成为先生的独创，即在西欧文学上亦少见，并且它和中国的散文有着很深刻的渊源，先生亦认为是对的，

---

① 指瞿秋白的《〈鲁迅杂感选集〉序言》，最初发表时署名何凝。

并且以为还没有人说出这一点来。但我们当时也只是如此谈谈而已，而先生并不怎样注意他在艺术上的地位，却常注意他的战术和力量的效果。

竟不料这一点原稿还偶然夹在先生的一本遗书中而留下来，月前景宋先生又居然寄还了我。展开来一看，在蓝墨水写的原稿上的先生修改的几个墨笔的字迹，还鲜明的在着！我由心跳而至颓然了。先生去世，于今已将五月了，我还未写过一个字；现在誊抄了一遍，一字不改的发表，算作一个纪念，有暇时我想将这意见另作一文。

一九三七年三月四日记于上海

（原载《冯雪峰全集》第3卷，人民文学出版社2016年版）

【导　读】

本文曾收录于冯雪峰论文集《过来的时代》。在这篇论文中，冯雪峰介绍了鲁迅舍医而就文学的缘由：“因为他相信医治中国人的病态的精神，比医治虚弱的中国人的肉体，更为紧要。”鲁迅作为“战斗的社会写实主义者”，他的文学实践起到了以文学革命促思想革命的作用。除了是“彻底的为人生，为社会的艺术派，一个伟大的革命写实主义者”，冯雪峰还将鲁迅定位为思想家及社会批评家。文章的最后还论述了鲁迅文学思想的来源，即近代写实主义与中国传统文化。本文的“附记”属珍贵的文学史料，不但交代了论文写作的背景，还记录了鲁迅对原文所做的修改、原稿的复得，以及批评与文学史关系等内容。

《过来的时代》书影
新知书店1946年初版，1948年再版

1946年鲁迅逝世十周年时
冯雪峰在上海鲁迅墓地演讲

《乡风与市风》序

涸辙之鲋，相濡以沫，相煦以湿，……

——庄子①

我编好去年所写的杂文成一个小集子的时候，这一句话又被我记了起来了，这或可证明它为我所爱，但最主要的怕还是因为和我的一个已经死了的朋友有关系。这已经是前年十一月间的事了，我拖着病的身体，从F省到浙南，想每日走三四十里，奔向到已经沦陷了将近一年的家乡，去寻觅我打听不到消息的妻子和小孩，但将近家乡的接境处，情况却非常混乱，路也不通，我只得折了回来，在丽水住下了。于是感到了无法可想似的忧愁，每日睡在床上，仿佛病也厉害起来似的。但住在邻近，而且每日过来谈天的一个朋友，金瑞本先生，却在那收复后不久的丽水，几乎以一人之力在恢复一个报纸。而且他是患着真真沉重的多年的肺结核的，又很穷，报馆也无钱，人手更不多；报出版后，他就非一个人兼做四五个人的事不可。至少因为他是总编辑，有时一大张报非由他一人编辑不成。这样，病自然是更厉害起来了，而他的矛盾也就分明地显露了出来，时常在谈话的时候，一边咳嗽着，红着颊，喘着气，流露着种种深积着的牢骚，而一边却计划着即刻恢复副刊，训练编辑人材，在沦陷区建立通信网，等等，想使他的报成为能够反映东南沦陷区和非沦陷区的社会生活和社会动向的报纸。一边明明知道言论之路怎样的狭窄，而对于一往直下的时势，言论之效又是怎样的微小，但一边却偏与当时当地的披靡的风气奋斗，与走私、投机、囤积等奋斗不用说了，还与公然的贪污腐化奋斗，与做旧戏抽赌捐至数月之久的现象奋斗，与对下属逼奸不成即假以罪名将她置于监狱或送上峰礼物至于十多担的县长们奋斗，而同时是欲将社会的真相、人民的疾苦和民众的真实的战斗宣布了出来。但这些却是最煞风景的事，不但听到了各方面来的威胁的风声，而且同人中也有以为这样认真是犯不着的论调；他于是一方面将威胁的风声之类看作他的工作有了效果而得意着，一方面又沉重地感到黑暗势力的雄厚及和他同样认真的帮手的缺乏。这后一种的感情对他非常有害，他常常表露颓丧了，而最坏的是在这种时候他分明地意识到自己病的沉重了。有

① 涸辙之鲋，典故出自《庄子·外物》："周昨来，有中道而呼者。周顾视车辙中，有鲋鱼焉。"而"相濡以沫"二句，语出《庄子·大宗师》："泉涸，鱼相与处于陆，相呴以湿，相濡以沫，不如相忘于江湖。"

一天，他睡下了，那时由他自己兼编的副刊，便要我代看一些来稿，并每天凑写一篇短评式的东西，即以谈话时我曾引用过的庄子的这一句话为理由，还说这是能够使两人的病都会很快好起来的。果然，我只代他看了近十天的稿，写了十余篇短评，他立即送来了一个条子，说已经起床，而且副刊已经请到了专人，可以不再劳我了。……

就是这一点事情，我记了起来的。

但我现在记了起来，且在此记下这一段事，第一是我想借此再回忆一下这一个死于自己工作里的朋友。我在去年三月间离开丽水，到不远的小顺去住了一个多月，在一个多月中间就接到了他三四封信，依然是一边壮勇，一边凄苦；壮勇的是报告我写了什么社论，终于将什么不可侵犯的人物也触犯了他一下之类；凄苦的是寂寞，说不但缺少帮手，而且人生的什么幸福都被剥夺去的时候，至少也应该有一个可以谈谈天的朋友，但连这一个也没有。有一次我接到别人一封信，说很多人以为东南所有各报是他编的这一报最强，我马上将这话写信报告给他了，他回信说，这消息对于他是很有用，因为周围对他是取敌视的态度，而这证明心血总还不是完全的白费。但在五月初我在动身来渝的前两天，特别跑回丽水去告别的时候，他却已经卧下，报纸每夜的清样都须送到他的床上来看了。我到渝后曾接到过几封信，他的病，中间曾经好过几个月，能够像平日一样地劳作，但十月间重又卧倒，还曾来了一信，说现在倒可以清闲地静睡，想想许多问题。可是大概我的回信他都没有收到，就于今年元旦后数日忽然接到那报馆里打给我的电报，报告他于十二月三十一日逝世了。但我至今没有一点表示，也不能对他的家属有所帮助，除了我自己一个人感到有痛痒之关的一点回忆。

第二，于是，我想记下几年来常感到的一点感想。上面所引的庄子的文句，那接下去是说："不若相忘于江湖。"庄子的本意原是在这里，但我一向不喜欢这一种态度，以为离那逍哉遥哉的时候还早得很，何况这所说的江湖更是超现实的，他是在叫我们脱离现世。但我又想，我们固然不要那超现实的江湖，以及在那里去相忘，而我们却有现实的战斗的江湖，甚至汪洋大海的，真实的战斗者就须在那里去相忘，而且也只有这样，我们的精神才能旺发和广阔。庄子的超现实主义的话，我们用到现实的战斗的精神上去，正可以使我们除去许多的鄙细与吝啬。可是，路程实在是艰难曲折，而现实的工作和战斗也实在是繁重和残酷，不独是在一场大水之后曾有很多会留在干涸的地方，即在同队行进的时候也仍要有彼此失顾的事；因此，除了忽然逍遥到庄子的江湖里去了之外，留下的这些人们便不能不个别地更艰苦地挣扎，不能不时时感到如在涸辙之上，而相濡相煦之事这才能够成立，而且是可贵了。但是，这虽有些可怜相，却仍是战斗，而且是非有不可的战斗；这在个人方面是即使涸死了也应该看作分内之事的，但在有关系的战友便不可不理解，尤其在现在这样的时候。其实，这样地散落于各地在战斗着的人们真不知有多少，而历史的一小部分是由他们在推移着的。因此，我以为相忘于战斗的江湖固然应该是战斗者的本色，但相濡相煦，尤其在困难的时候，也是不可排弃的。自然，对于个人，在中国古哲的言语中，我是更爱如陶潜的

精卫衔微木，
将以填沧海。

之类的诗句。这是即使一个人，做着极微小的事，也如在转移着乾坤似的气概。

第三，也借此说明这一点点杂文就是这样地开始写的，那时确想帮他一点忙，除了已写出即在那里发表的十余篇外，当时还定了很多的题目，预备他缺稿时即可以应急，但一则投稿的人尚多，二则他完全爱惜我，以为我应该将时间用到睡觉和散步上，可以使我的身体早日恢复。我现在想起来实在很惭愧，到重庆后所写的二十余篇的短文，有一半以上是那时所定的题目，但懒惰和别的原因，不但没有写别的什么，连那预定的题目都还有很多没有写，也没有做文字以外的什么事。不但惭愧，并且也遮不住我的荒芜；现在就只是怀念起金瑞本先生，写下了这几句话。

一九四四年四月一日

（原载《冯雪峰全集》第3卷，人民文学出版社2016年版）

【导　读】

冯雪峰在杂文集《乡风与市风》的这篇序言中表达了对故友的深切怀念之情。金瑞本先生壮勇与凄苦的办报经历，在引言“涸辙之鲋，相濡以沫，相煦以湿”的观照下，充满了温暖与挚爱，读来令人感动。但在作者看来，真正的友情除了“相濡以沫”，还应包括在“现实的战斗的江湖”中一起战斗。哪怕现实的工作再艰难曲折、繁重残酷，战斗者仍要保持“精卫填海”式的孤勇。只有如此，方可推动历史的进步。这也从一个侧面，体现了冯雪峰的人生观与艺术观。

《乡风与市风》书影
作家书屋1944年版

一种糟蹋——“尝”①

在我故乡的方言里，有一个字，用在某几种社会现象上面，是非常恰当而有特色的。——它念做sia，和柴字的我故乡的方音相同。

例如一头已经很会叫会跑，却还未曾教它耕田，或者开始教它耕田却还不懂得辛苦和疲劳的小牛，牧童放它在一片很美茂的青草地上吃草，它是决不会好好的一路的吃过去的；可是它却很高兴，只想随意地这儿箝几口，那儿箝几口，还时时昂起头来叫几声，这边那边的跳跃着，——这样，只一忽儿工夫，整片草地都给它箝过，跑遍了。就是这样的非常别致的一种吃，然而这使牧童很不高兴，他往往是要用鞭子去抽它几下，还会瞪着眼睛教训它道：“你鬼的，不好好的吃，只东sia几口，西sia几口，好好的一片草地，都给你sia光了!”这样的吃，他们称之为sia；但这样的吃，不过只把好好的草地糟蹋了罢了，于是，这样的糟蹋也叫做sia。

其二，人们也就用这一个sia，去说富家少爷的吃菜和苍蝇的吮吸食物。我曾在一个巨商的厨房里，听到过一个老厨师就用这样的口吻私底下批评他东家的小老板：“他肚子一天给闲食装满了，哪里还吃得下饭，不过sia sia东西罢了。”这里是叠用。他告诉我，那少爷总将十多碗菜都翻拨过，散乱了一桌子，顶多却只吃一口半口，后来把筷子往桌子上一扔，表示他吃好了饭了。同时我也看见，每当苍蝇纷纷地扑到他刚做好的菜上来时，他便用扇子去赶，一边嘴里也骂道：“刚刚好，你就来sia了么?”这个“你”是指苍蝇。

第三，任何村庄都有年轻的姑娘，但也似乎任何村庄都有豪家子弟或豪家子弟式的青年，他们以接二连三地诱惑村中的姑娘为竞赛，谁诱惑得多谁就是才子、英雄。然而农民们却明白地以这种行为为sia，为糟蹋；例如说，“那恶棍sia了多少姑娘呀”，是人们嘴边常有的话。而对于这类姑娘加以非议的时候，也就说：“她是早已被人sia过了。”或甚至说：“她被多少人sia过了呀。”

第四，对于某种工作，只由于好奇和游戏而加以不认真的尝试，但那结果却增加了旁人或后继的认真工作者的困难和麻烦，则这一种尝试也被称为sia。例如一个不会做农事的绅士，有时也有雅兴要去理理菜畦之类，可是不但理不

① 本篇最初发表于1944年5月10日《文风杂志》第1卷第4、5期合刊，原题为《一种的糟蹋——“尝”》。在这一期上作者以《偶谈偶记》为总题发表了《一种的糟蹋——“尝”》《善良的单纯》《尊敬，畏惧，敌意》《论乡下女人的哭》《“锁骨”》《爱情》《地狱和天堂》共七篇杂文。收录于《乡风与市风》时改为现题。

好，而且由于他穿鞋袜的脚的践踏，反而将泥土踏得结块了，于是他家的长工之类就不仅不感激他的帮忙和赞颂他的“劳动神圣”，甚至要私底下叫苦，说被他sia得更使他（长工）费手脚了。和这差不多意思而进一层的，是如某种事业的计划，或某种谁都可以做的公共的事情，有人为利或为名而抢先做了，但事实上是只抢而已，并没有怎样做，结果是给别的真的要做的人以障碍，或甚至因此别人无法再做，因而便没有人来做了，——这样的抢而不做也叫sia。这是更有拦扰和阻碍的意思了。……

这些都是典型的现象，而这个字用在这些上面，就将那全部的意义，社会的效果，和有特色的形象，都说得非常显明和完全了。只可惜我一向不知道它怎样写和从什么字转音与转义来的。

但我今天忽然觉得它大概就是尝试或尝味道的“尝”字，有人写做“嚐”。这在我故乡方音念做siea，声音也颇相近。我并且确信它就是这个“尝”，在以上所举的实例上完全是这一种意思。

这确实是“尝”，确实是“尝”的精神罢。因为即如苍蝇的吮吸，在苍蝇确实是在“尝”，在吃；而它的沾污食物也当然是“尝”，即被我故乡人读蛮了而成为sia的“尝”!

但这种“尝”，它的主要的作用和别致的性格都是糟蹋。这所以显得分明和别致，所以显得它是糟蹋而在当事者却并不以为是糟蹋，于是，又当然占了便宜，还是因为有相反的对照，有并不是“尝”而在认真的吃和做的人在的缘故。在认真的吃和做的人，又当然因其认真而吃了苦，但也就更看清了那是糟蹋。例如上举例中，长工的称他主人的理菜畦之类为“尝”，真的事业家和热心公益事情者称抢而不做者为“尝”，他们吃的苦头和那种无可奈何的心情都不过使他们更懂得工作与事业的重量罢了。于是也更明白了那种“尝”是怎么一回事，结果自然将糟蹋的意义作为那种“尝”的主要特征了。我以为像上举例中，牧童所以用鞭子抽小牛而教训了它，主要的还是他知道小牛的那样的“尝”是决吃不饱的缘故，他爱惜草地不过为了草可以喂牛；而在又吃不饱又糟蹋了草地的时候，那便觉得加倍可惜了。同时，牧童所以懂得这道理和有这种心情，自然又以老牛的吃草为对照，因为劳作辛苦的老牛是认真的吃，一口一口的从头吃过去，可吃的草都吃进去，吃得饱而不糟蹋草。

在现在，这种“尝”，在男女关系上是不用说了。英雄们在接连地“尝”，于是在接连地毁坏过去。我们还常常看见这样的现象，在社会的各种工作上，在各种新行的事业上，在文化的战线甚至非常艰辛的工作上，都不乏这样的“尝”的英雄们。自然，到处的飞一飞，什么都“尝”一“尝”，当然有他们的自由和权利，也不乏像那小牛一般的可爱的状态，即知道了不是味道而退却，觉得了苦头而罢手，也自然可以的。但他们哪里曾经有过认真地做的心？他们哪里想到过要用力，要负责？他们哪里要吃、要做？于是，一“尝”就是一种糟蹋，甚至是一种扰乱，一种阻碍，——因为他们既然飞来了，就自然占了一席地，分得了一岗位，可是不仅担任不了战线，反而使人碍手碍脚得不得行进；而他们“尝”了一“尝”飞走了，留下来的又是踏得结块了的泥土，使人还必须多费几锄，或甚至糟蹋得简直叫人不能再收拾。

这就是“尝”，或者说“尝”的主义。对于这种精神和情景，我们常苦于没有提精扼要的用语去概括地说明，但现在这确是很确当的了。

但也不应再“尝”，也不必再“尝”了罢，却是需要吃，从头就吃，专一的吃！认真地做，自然，不糟蹋什么。

（原载《冯雪峰全集》第3卷，人民文学出版社2016年版）

【导　读】

本文曾收录于冯雪峰杂文集《乡风与市风》。朱自清在书评中认为：“‘乡风’是农民和下层社会妇女的生活的表现，‘市风’是大都会知识者生活的表现。”[①]作者从“乡风”，即故乡方言中“尝”（sia）的几种用法，引申到“市风”，即“在社会的各种工作上，在各种新行的事业上，在文化的战线甚至非常艰辛的工作上”存在糟蹋、扰乱、阻碍的现象，对之提出了批评。作者认为，这些“尝”的行为虽有其“合法性”，有的甚至不乏“可爱”之处，但应尽力避免。做事专一、认真，方能不糟蹋什么。文章既富于乡韵，又体现了杂文针砭时弊的特点。

尊敬，畏惧，敌意[②]

在我的曾祖母的时代，大概在农村还是一种淳厚的时代，——这是我的一种感觉，或者是我的一种假定，因为我生出的时候已经是我祖母在家当权的时代了。但我所以这样感觉，第一就因为当我七八岁时，我已经知道我的曾祖母早已将家庭里女人所能支配的一切权柄都交给了祖母，那时曾祖母大约六十多

---

① 参见朱自清《历史在战斗中——评冯雪峰〈乡风与市风〉》。该文最初发表于1945年9月《中学生》复刊后第91期，原题为《历史在战斗中——评雪峰著〈乡风与市风〉》。后改为现题，收录于《语文零拾》，名山书局1948年4月出版。引文参考的是《朱自清全集》第3卷，江苏教育出版社1988年8月出版。

② 本篇最初发表于1944年5月10日《文风杂志》第1卷第4、5期合刊。曾收录于1948年出版的《雪峰文集》，篇末署：一九四三年十一月。

岁，她自己就甘心地做一个纯粹的家庭劳动者，而以和善的态度指导我的祖母和我母亲。我的祖母却一直到七十余岁死时都并未将家内的治权交给我母亲，而且一直到死都和我母亲是死对头。其次最使我记得清楚的，是我祖母常以秤两不足的谷米交付修补锅子的铜匠或挑到门口来的小贩之类，因而引起纷争的时候，曾祖母总是责备祖母的，虽然全家人，除了我祖父外，都并不以秤两不足之类的事为恶德。……

我祖父就曾以他母亲的家教教过我："种着东西的田地里不可去践踏，小树苗不可砍拔，不可糟蹋人家的瓜果，……不可拿不干净的碗子倒茶给过路人吃，不可欺侮乞丐，……"祖父还曾经讲故事似地讲过他少时曾跟别的小孩子们一道对一个乞丐做了恶作剧的事，挨了曾祖母的一顿鞭子的。

是的，我的曾祖母们是以尊敬之心对待一切过路的人们，一切手工艺人和小贩，一切赶不到市镇去投客店的临时借宿的人们的。而对于乞丐是我们自己在吃什么，就给予一点什么，并且称呼为"客人"，禁止对面叫他们为"讨饭的"。然而在我曾祖母还在的时候，就已经出了这样一件事：一个好像是县城里的官吏之类的人，带了一名警察，于黄昏时经过，说是走不得了，就进村庄来，碰巧走到我家里，说明要借宿一晚，我的祖父和全家人便都很恭敬地招待了。当初那官吏是还拿出钱来，说付饭宿费的，但我的祖父却坚决不收，说一同吃便饭，是不破费什么的，还以很亲切和尊敬的心和他攀谈。于是，那官吏，大抵看了这情形，将对他的尊敬误以为是对他的畏惧罢，忽然记起自己是上等人，立即改变态度，不仅鄙弃地不理我祖父，而且喝斥我们小孩子，还叫那警察传命令叫杀一个鸡给他吃。……这实在是"咄咄怪事"！于是引起了我祖父和全家人的惊异和反感。这当然和经济能力有关，因为一个鸡在一个农家是非同小可的，但他当初尊敬地招待他，是出于他一向对人的真心的。畏惧，那时候大抵还不很感到罢，因为那时在我们家乡还算是太平世界，但对于这样的贵客却自然是疏隔了。虽然鸡并没有杀，也未蒙受其他的大损失，可是一直到后来，我的曾祖母还说："这种人是不知好歹的。"可见这并非畏惧，而她的精神上却受了损伤了。

自然，这一件小小的事情决没有那么大的影响，能使淳厚之风和对人的尊敬之心便因此而丧失无余了。这非有更大的根本的原因不可。何况我的曾祖母是一贯作风到死的，我祖父到现在也还是旧习气。但"乡风"确实是从此以后就大改了，例如偷贼及处理偷贼的情形，——我祖父说，在他年轻时，偷贼当然也有，但没有后来这样多，那时倘在黑夜发觉了偷贼，赶他走，看东西没有损失就算了，并不远追，更不伤他，偷贼也不反过来伤人；倘被偷了，则捉贼为的追赃，气愤时打他一顿，可决不许打他到重伤。但后来，贼也多，也厉害，打也常常有打死或至于终身残废的了。我的祖父虽然坚持他的旧习气，可是我记得有一次，我父亲将一种介在粳谷和糯谷之间的专做年糕用的，形似糯谷的谷子，充在糯谷里卖给做酒的人了，因为糯谷比较贵。我祖父知道了，便大骂我父亲道："我从祖宗几代以来的金字招牌，都给你敲碎了。"我的父亲回骂道："你的金字招牌还是摔到毛厕里去罢！——你不想一想，现在不是连官盐都掺水了么?"回骂得我祖父哑口无言。的确，官卖的盐店的盐，以前是从来不掺水，而且秤两是没有不足的，那招牌的硬就和那店官的官架同样具有对老百姓的威力。但后来也不然了。……而我的祖母和我母亲们，对于过路人，沿门做活的铜铁匠，及小贩们，早已没有曾祖母似的那样厚情，即如对乞丐也不是每个都布施了。对于形似上等人或吏卒兵士们，则一般地敬而远之地回避，开始有些畏惧，而且也确实畏惧了。但由于一件我亲见的事情的证明，那畏惧却是从实际利害的计算出发的，并非已经真的内心地畏惧这类人们。——有一个骑马的"大老官"（老百姓对于威风的上等人而又不很佩服的称呼），在我们村旁休息，他却纵马在小麦地上吃麦苗，时当春初，一下儿工夫一大片青绿可爱的麦苗吃光了。那是我的堂祖父家的小麦，一被发觉，我堂祖父就领了全家人去赶那马了，用棍子打得那马到处的乱跑，而那"大老官"则拿起马鞭来乱打赶马的人们，人们也还手了几下，还将那马鞭也缴了过来。倘若那"大老官"不自知"敌众我寡"，中途和软下来，表示抱歉，恐怕会闹出人命案子的罢。但出人意料的，不但那"大老官"说了好话之后，我堂祖父们就马上和他亲善，还了他马鞭，客客气气地让他骑马走了，也并未要他赔偿小麦的损失；而且过了三天，有四个警察来到我村庄，说来提三日之前拦路辱打粮局里官员的凶犯的。这自然使我堂祖父和村人都惊吓了，虽然立即请托绅士去说情，人未被捉去，但却拿出了四十元大洋才算了结那案子。四十元大洋，在二十多年前，可是一笔大款子，因为那时一百斤老秤的谷子只能换得一元多的银洋，这在一个农家是恐怕一辈子都很难补偿的。从此确然是怕事了，处处谨慎；但怕的是在于这样巨大的损失，而对于"大老官"们的威权似乎并未佩服或甘服，因为我常听我堂祖父及村人们说："那种东西谁怕他！不过多么不合算呵。"

我想，要使"下等人"内心的地畏惧上等人，大抵是需很长的时间罢，而且真正的这样的畏惧，也恐怕不会有的。否则，历史上还会有奴隶们也会造反的事实么？何况大人们要使小民畏惧的这种要求，大抵总是和大人们的空虚与软弱开始被发觉的时候同时地发生的。然而在小民们，这却已经开始分明的敌意了。这样的事实便无须再举。而且也确实到了"人心险恶""男盗女娼"，连淳厚的农村也"不堪收拾"的时代了。可是，即在这样的时候，我也依然听见我的祖父说："不会长久这样下去的，看样子，世界是总要变一变的。"每当夏夜在广场上乘凉，这样说了，便默默地去看天上的星。我记得这也是十七八年以前的事了。

（原载《冯雪峰全集》第3卷，人民文学出版社2016年版）

《雪峰文集》书影
上海春明书店1948年版

【导　读】

这是一篇富有意味的纪实散文，作者通过“尊敬”“畏惧”“敌意”三个关键词，用朴素的文字记录了家风与乡风的时代“变迁”：曾祖母辈大多秉持以尊敬之心待人，因而其时乡风淳厚、人际关系和谐；而随着世风日下，后辈也开始回避、畏惧所谓上等人，甚至对他们产生了敌意。由此告知我们，真正的畏惧，恐怕是不会有的。

“灵魂”[①]

“灵魂”或“良心”，是人们常常用的名词，那含义实在模糊得很；却也有它一定的人生关系的一种朦胧的概念。其次，如“正义”和“正义感”，以至如“真理”和“真理的追求”等等的概念，也都不但已经有它们的客观的、社会的一定的含义，而且也还随带着人的主观的情感、意志和实行的毅力。我想，这些名词本身就很模糊和抽象，恐怕是由于人对于社会大抵都从自己的主观的感觉和直观出发，而同时又相信有客观的真理存在着的缘故。这些名词所以被常用，并且赋有着巨大的力量，无疑是因为客观的真理还没有被人们完全科学地认识，人们就在这认识的过程上表现着情感的和心灵的苦闷；而且只有实践的、社会生活的过程，才是认识的过程，则这些名词的朦胧之处，也恰正表现着人们对于真理的憧憬及其实践的意志和力量；但同时也表示着个人和社会的矛盾及人们趋向真理的力量的被限制和软弱了。但是，在我们时代，这些名词中的“真理”这一语，因为有科学这一可靠的东西为依据的缘故，已经是有鲜明的客观的一定标准，已经可以明白地判断的东西；于是“正义”或“正义感”也便获得了时代的一定的历史内容，而且还是活的东西，是广大的社会力，它给了人们巨大的战斗力。因此，对于人们，尤其是智识分子，他们倘若需要“灵魂”，他们便能够有真实的美丽的灵魂，因为智识分子首先是要和科

① 本篇最初发表于1944年1月10日《文风杂志》第1卷第2期，署名画室，是杂文《谈片》的第二部分，后加标题《“灵魂”》收录于《乡风与市风》。

学的客观的真理接触的。

谈到智识分子，我们当然都明白，他们是指那主要地以他们的“智识”而获得社会的地位的人们而说的，但他们又是很复杂的，尤其在我们现在的中国。照理说来，智识分子除了以“智识”为他们的社会的资本外，便再没有其他的凭依。但实际上，他们却都是和别的阶层有关系，并且也以那关系为他们的社会的凭依。这就是智识分子所以复杂，并且常在变化着的原因，也就是他们和真理之间的矛盾的所在。可是，虽然如此，“智识”总还是他们立身的主要的工具和资本。一般地，他们靠着出卖智识和技能吃饭，同时也多多少少地要以真理为安身立命之地；同时，对于他们各自所凭依的社会层既必须要以他们的智识去服务，而他们所凭依的社会层也不能不对他们寻求真理的一事给以限制或鼓励。于是，在这种时际就分明地可以看见复杂的矛盾的交互关系，首先各社会层是处在矛盾的相互关系里的，同时智识的客观的真理性和社会层的主观需要，又常处在矛盾的关系中。这种矛盾和关系，就使求智识者和求真理者有独立地客观地奔赴那最客观的真理的可能和勇气；同时真理也正在显示着它的客观的光辉及其历史的绝对性。因此，说一个人有否“灵魂”，大抵是说他的精神生活是否接触到这种光辉及这种历史，这样说来是具有绝对的真理的罢。

我想，说到智识分子，所谓“没有灵魂的人”，所谓毫无生气，毫无真理追求欲的人，一方面是跟他所属的社会的萎靡而枯缩，一方面是他个人缺乏力量和勇气。而真理和正义所在的社会，则那社会中的人的真理追求力和那社会的发展力恰正相一致，文化上的生气和个人的追求力及创造欲便特别地旺盛。但个人对于科学和历史的真理，特别显出了认识上的勇敢和坚持上的坚毅的，则莫如在新旧社会和文化的过渡时代。因为这种时代，真理固然已经属于正在新生的社会势力和新的文化，但要发见和坚持真理，则非脱离旧社会的利害和成见并且与之对抗不可；所以，以个人而论，这种人就显示为超利害的真理的战士，成为战斗的真理本身之化身了。因此，这类人的“灵魂”，倘若我们也照这种模糊的说法，那便当然显得那样美，那样有威力了。

这正是不足为奇的——在我们时代最普遍的是两类智识分子，即所谓“灵魂腐烂”的一类，和为真理而奋斗的一类。不用说，一个真的智识者的世界不能不是他所找到的真理和将实现这真理的社会；就是说，他是和进步的发展的人民在一起。而他也当然要说——也只能说他所相信的话，要做——也只能做他所相信的事。

（原载《冯雪峰全集》第3卷，人民文学出版社2016年版）

【导 读】

本文以理性思辨的笔触，探讨了“灵魂”与智识分子的话题。冯雪峰认为，智识分子与别的阶层的“关系”使得这个群体具有复杂性，同时也造成了他们与真理之间的矛盾。当时社会有“两类智识分子”，是否追求真理，并为之奋斗构成了二者之间最明显的区别。一个真正的智识分子，须和“进步的发展的人民在一起”，必须相信真理、直面真理。从这个意义上，“灵魂”可谓是智识分子精神思想的“硬核”。

回 音①

一只狗对着一座巍巍乎的大石山，叫了几声，大石山发出了回音，同狗的叫声一样。狗骄傲地说：

“这座石山虽然伟大，但他的声音也不过如此。要不是他原来就是徒负虚名的人物，那就是我已经和他差不多了。”

狗的自负的话，却被天上的一个霹雳听见，霹雳轰隆一声呵斥说：“你说什么？”大石山也轰隆一声应和着：“你说什么？”狗吓得嗫嚅地说：“我没有说什么。”一面回头就跑。

事实上多大，人们承认他多大。

（原载《冯雪峰全集》第2卷，人民文学出版社2016年版）

【导 读】

这是一则生活哲理寓言。作品从“回音”这一自然现象受到启发，将狗、石山、霹雳置于连环场景中；采用对比手法，戏剧性地展现狗在不同情境中的迥异表现，构思奇巧。寥寥数语，便让自负者们外强中干、见风使舵的虚伪面目跃然纸上，使其丑态毕露。作品融合了寓言的幽默性和寄寓性，令人忍俊不禁的同时却又发人深思，具有强烈的社会针对性。

① 本篇最初发表于1949年6月作家书屋出版的《雪峰寓言三百篇（上卷）》，现采用1956年2月作家出版社出版的《寓言》中作者最后修订版。

三个打碎了瓦器的人[①]

有三个人，各推着一车瓦器，例如茶瓶呀，汤罐呀，瓦锅呀之类，一同去爬过一条山岭。

那条山岭，又高又陡，全都是羊肠鸟道，一面是高不可攀的岩壁，一面是深不可测的沟壑，的的确确是非常地险恶。显然因为这种困难的条件，他们中的一个，刚刚上了一段岭，就把一车瓦器打碎了，一个完整的也不剩。

第二个人是比较地运气一点，他刚好推到了半岭，碰了一下岩石，这才也把一车瓦器打翻了，但同样没有剩下一个好的。

第三个人是推到了岭头，叫了一声："喔呀，终于到了！"同时喘了一口气，把手也松了一下，不料就此翻了车，全部瓦器都倒在地下了，仔细看看也没有留下一个不破的。

这样，不可讳言，三个人都把瓦器打碎了，但他们倒也都不悲哀，相互微笑着点点头，立刻都想到，姑且比较一下得失罢。三个人一起坐在岭头，这样谈起来了：

"说到爬岭的本领，自然是我顶差，但我省下了顶多的力气呀，这是我的便宜！"第一个人说。

"我没有话说，因为我恰好花了一半的力气，却也爬上了一半岭，我没有吃亏什么！"第二个人说。

"可是只有我是爬完了岭的，这是我的光荣！"第三个人说。

最后他们共同达到了一个结论，说："我们各人都有不同的优点，虽然打碎了瓦器是一模一样的。"说后就都快快乐乐地推着空车回去了。

（原载《冯雪峰全集》第2卷，人民文学出版社2016年版）

【导　读】

本则寓言截取日常生活一角，呈现一场阿Q式的闹剧。三个推瓦器的人在上山途中先后摔碎了瓦器，却不思反省，反而归纳出各自的"优点"以自我宽解，最后"快快乐乐地推着空车回去了"。作品以漫画式的笔法，凸显了三人回避问题、自我吹嘘，以满足虚荣心的可笑行径，抨击了沉迷精神胜利法的自欺者。在幽默之

① 本篇最初发表于1948年7月10日《人世间》月刊复刊第11、12期合刊，然后收录于1949年6月作家书屋出版的《雪峰寓言三百篇（上卷）》，现采用1956年2月作家出版社出版的《寓言》中作者最后修订版。

余，对三人人性中的虚伪和丑陋进行了辛辣讽刺。

朝 霞[①]

据说很古时候，海中住着一个鲛人；她每天在太阳远没有出来之前，就爬上一个海岛上去，坐在岩头上，等太阳上来。但是，她的姊姊却总嫌她去的太早，这是很浪费时间的，每次都从海里伸上头来，远远地呵斥她的妹妹说："喂，我的懒丫头，时光可惜呀，不可以乘太阳还没有出来之前找点事情做做的么！总是把两手空着……"

这个鲛人，于是就把远远近近的云呀雾呀都扒拢来，在岛上勤勤快快地织起布来，好像她在家里织着的一样。不久，太阳醒来了，先叫他的光芒跑到海面上来看看；那光芒穿过了鲛人织着的云纱，这样就变成了五色缤纷的绚烂的彩霞。

当一个人用工作去迎接光明，光明很快就会来照耀着他。

（原载《冯雪峰全集》第2卷，人民文学出版社2016年版）

【导 读】

这则寓言化用"鲛人"传说，作者畅想鲛人编织五彩云纱的故事，赞美劳动人民的勤劳朴实，极富浪漫色彩。作品充满了蓬勃的生机，充分展现了力的美；激励人们切莫虚度时光，要用劳动去创造和迎接美好的未来。

蛇和兔[②]

蛇为了尊重兔的居住自由，定了一条法律，亲自跑去向兔颁布说：

"听着：今后我如果不先敲门得到你的允许，就径自冲进你的住宅的话，你有权向我控告！"

蛇这样做是确实很有诚意的。

---

① 本篇最初发表于1949年6月作家书屋出版的《雪峰寓言三百篇（上卷）》，现采用1956年2月作家出版社出版的《寓言》中作者最后修订版。

② 本篇最初收录于《今寓言》时题为《蛇和它的法律》。后发表于1948年2月1日《社会评论》第60期，署名公室。收录于《雪峰寓言三百篇（上卷）》时改题为《猫和兔》，收录于《雪峰寓言》时改为现题。现采用《寓言》中作者最后修订版。

蛇所担心的却是兔的态度。蛇觉得，一向以来兔的法律观念都很薄弱，而兔一时怕也改正不过来对蛇不信任的心理。蛇就决意先去试一试。

蛇故意不先敲门，疾捷冲了进去，咬死了一个小兔子，然后跑了出来，坐在兔屋门外等兔来控告。

很久很久，总是不见兔出来控告，蛇的愤怒就一刻大似一刻，重新跑进兔屋，捕住兔子，发着雷霆说：

"你怎的不守法?"

"叫我对谁守法和守怎样的法，先生?"

"你敢不来控告?"

"刚才做强盗的是您，现在做法官的也是您，那末，先生，又叫我捉哪一个强盗向哪一个法官去控告?"

"嘶嘶嘶!"蛇再也抑制不住肝火，就一口吃了兔。

蛇吃了兔以后，还向公众宣布说："我这回杀兔，和以往不同，是于法有据，而且已经完成了从逮捕到审讯的全部法律手续了。"

（原载《冯雪峰全集》第2卷，人民文学出版社2016年版）

【导　读】

冯雪峰的寓言集中创作于1947—1948年间。在此之前，冯雪峰主要以杂文和随感发表对时局的见解；"反动政权下言论极端不自由"是其转向寓言创作的主要原因。这则寓言具有强烈的时代性、战斗性和讽刺性，矛头直指国民党统治时期的强权政治和"吃人"法制。作品通过拟人化的手法，批判了集立法权、执法权于一身，假借法律之名欺压百姓的反动官僚，彻底揭露其虚伪无耻、残忍狡诈的本质；揭示了普通百姓在黑暗现实中的悲惨命运。作者由此表达了对反动当局的痛恨和对百姓的同情，并暗示后者在长期压迫后的觉醒，折射出对理想社会的执着追求和对光明前途的迫切呼唤。

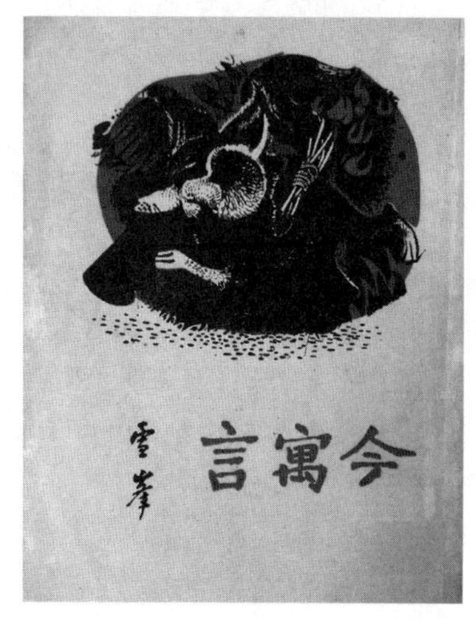

《今寓言》书影，作家书屋1947年版
封面版画《狐狸的号筒》为黄永玉所画

落　花[①]

片片的落花，尽随着流水流去。

流水呀！
你好好地流罢。
你流到我家底门前时，
请给几片我底妈；——
戴在伊底头上，
于是伊底白头发可以遮了一些了。
请给几片我底姊；——
贴在伊底两耳旁，
也许伊照镜时可以开个青春的笑呵。
还请你给几片那人儿，——
那人儿你认识么？
伊底脸上是时常有泪的。

杭州，1922，3，10

（原载《冯雪峰全集》第1卷，人民文学出版社2016年版）

【导　读】

本诗为冯雪峰“湖畔”抒情诗的代表作之一。片片落花，尽付流水。诗人见此情景，思及母亲、姐妹和情人。本诗采用古典诗歌意象，以稚气天真的视角表达真挚的亲情和爱情，纯朴自然、清新温婉。白发的母亲、含泪的情人使诗歌的明朗风格中萦绕着些许愁绪，含蓄隽永，韵味无穷。正如朱自清所言：“冯雪峰氏明快多了，笑中可也有泪。”

① 本诗最初收录于诗集《湖畔》，1922年4月由湖畔诗社出版，曾发表于1922年5月《诗》第1卷第3号，后曾收录于朱自清编《中国新文学大系·诗集》，1935年10月由上海良友图书印刷公司出版。

有水下山来[①]

有水下山来，
　　道经你家田里；
它必留下浮来的红叶，
　　然后它流去。

有人下山来，
　　道经你们家里；
他必赠送你一把山花，
　　然后他归去。

（原载《冯雪峰全集》第1卷，人民文学出版社2016年版）

【导　读】

流水有情，寄寓相思。本诗借鉴传统民歌手法，以“流水”和“红叶”起兴，描绘了山上青年对山下姑娘的纯真爱恋。红叶之热烈、流水之清浅，营造出清新澄明的意境，天趣盎然。含情的人儿携花而至却又悄然归去，欲语还休间的含蓄，流露出青春期爱情特有的敏感与真挚，格外动人。

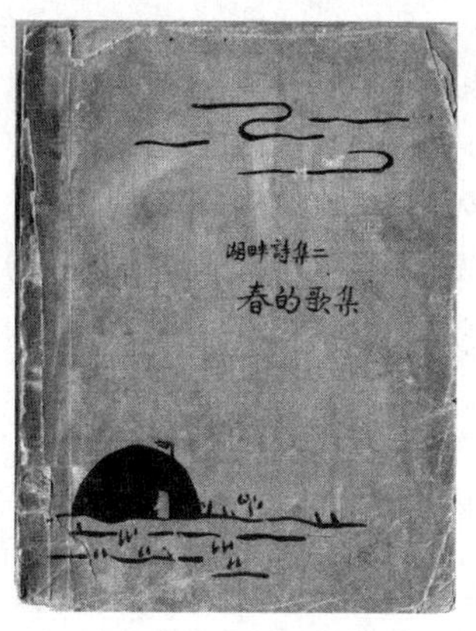

《春的歌集》书影
湖畔诗社1923年版

① 本诗是冯雪峰1922—1923年间创作的诗歌，收录于诗集《春的歌集》，1923年12月由湖畔诗社出版。

灵山歌[①]

我们望得见灵山，
它是一座奇异的山。
崎岖，陡削，一连串的高峰排矗在一起，
它顶上就像巨兽的嶙峋的脊骨；
而脚下，小山围护着，又如铁铸的城郭。
前面，田野跟着河流驰跑，
后面紧贴着神秘的蔚蓝的天壁
　　永叫人猜不透。……
这地方的人指给我说："灵山，一个钟秀之地，
一个伟大的战场！……
伟大的先驱者，曾聚了大军，
扯起大义的血旗，
灵山，始终是胜利的标记。"
他们说："长期的转战，长期的胜利，
　长期的不屈！
灵山，所以萃聚着一切大地之精的秀气。"
灵山，终年终月在吐着逼人心肺的秀气，
而我们朝夕呼吸着那秀气！

我们望得见灵山，
一座不屈的山！
它显得多么伟美，——
崎岖，峥嵘，一连串的高峰直矗到天际，
有时它蒙罩在梦一般的云里，

---

① 1941年2月26日，冯雪峰在浙江义乌神坛村家中被国民党特务逮捕，后关押于上饶集中营，在狱中写下了此诗。诗人后来自注云："灵山在江西玉山与上饶县境，自玉山连绵至上饶北部，有九十余里；原是有名的山，其雄伟挺拔之美，令人神往。又因这地带即为1928年后工农民主革命军方志敏部的战区，而灵山常为其退守及生养之地，遂更有名，且为当地人民所隐秘地爱慕。后至1934—1935年，方军转战于闽、浙、赣、皖四省边界，终被击溃，方被执，后被杀死，而其最后部队的一部分据说即被歼于此山。于是，又增加种种传说，这山和方志敏之名更为当地人民所崇敬。抗战后，第三战区集中营，即在其南。我们朝夕举首以望，遥遥相对，而难友中即有属于方军旧部的当地的农民战士。"

它自己也显得和云一样的奇伟。……
这地方的人又指给我说："就在这灵山，
伟大的战斗者，重聚了大军，
坚执大义的血旗，——
披靡着东南整个的地区，……
然而就在这山，最后的转战，最后的败退，
　　最后的不屈！"
他们说："这山，一个不幸之地，
就在这里，他们流尽了血，
这山，不幸而成为一个伟大的圣迹，
　　一切继起者的灵地！……"
灵山，伟大的不屈者的美姿！——
它的光圈何止数千里！

我们望得见灵山，
哦，怎样奇异的山！……
从这山，我懂得了历史的悲剧的不可免，
从这山，我懂得了我们为什么奔赴那悲剧
　而毫无惧色，而永不退屈！
从这山，我懂得了我们生来就为世界的理
　想的实现；
我懂得了一切山川的秀丽的由来，
为什么它总有一种神奇的秀气在隐现。
从这山，我看见了我们这一代人的真实的
　灵魂：
　　他永远被人类自己的伟大不屈的力所
　　　旋动，
　　他永远渴血似地渴求着这力的奇异的
　　　美。……

我们望得见灵山，
一座多么诱人的山！——
假如在早上，因了朝霭，它和朝霭一样的
　妩媚和淡远，
而黄昏，夕阳射着它的背，它又显得加倍

的孤危和青翠。
假如是晴天，太阳照得明亮，它见得一无
所有，
而晚上，你在星光下朦胧看去，
又仿佛有千兵万马在驰驱。……
一座不屈的山！
我们这代人的姿影。
一个悲哀和一个圣迹，
然而一个号召和一个标记！

（原载《冯雪峰全集》第1卷，人民文学出版社2016年版）

【导 读】

《灵山歌》原名《云山歌》，最早被收录于1943年出版的诗集《真实之歌》。抗战胜利后，诗题改为今名，并编入同名诗集《灵山歌》，1946年9月由上海作家书屋出版。作者在诗集卷首序中说："这是我曾以《真实之歌》的名字，在重庆出版过的三十多首入狱时所作的小诗中选存的几首诗……但在初版时，这类作品要在重庆检查通过就须隐瞒它的来历；而为现代中国史上的圣迹的名胜——灵山，则更不能直书其名及其神圣的血迹，致使我不能不将它讳改为中国地理上无从查考的'云山'，还加以伪装的注解了。"

诗人在上饶集中营狱中，灵山与囚室遥遥相对，"其雄伟挺拔之美，令人神往。相传为太平军久驻之地，而其残部亦在这里最后被歼"（《真实之歌·云山歌》作者题注）。后来土地革命时期，方志敏曾领导工农红军在灵山战斗，1935年不幸被捕，英勇就义。所以本诗是诗人为怀念"已经牺牲了的和还活着的难友们"所作，表达"对于不屈的英烈的哀念和敬慕"（诗集《灵山歌》序）。在诗人心目中，灵山是一座奇异的山，它的崎岖，它的奇伟，它的秀气，它的妩媚，原本就非同寻常，而今更因为先驱们的血而永垂青史。"就在这山，最后的转战，最后的败退，最后的不屈！……就在这里，他们流尽了血，这山，不幸而成为一个伟大的圣迹，一切继起者的灵地！"这是对方志敏及其领导的革命队伍的礼赞。但诗歌并未止步于对革命先驱

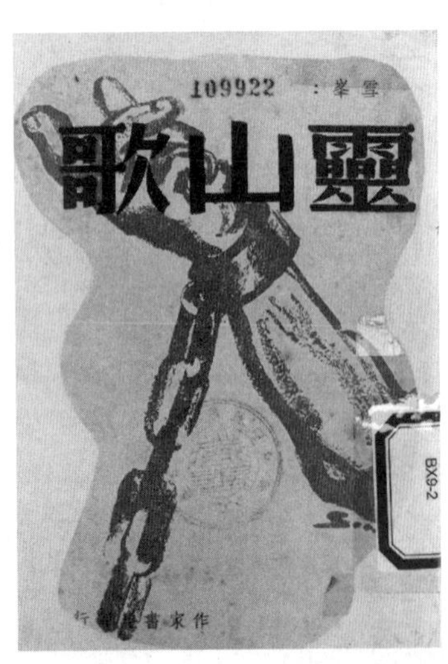

《灵山歌》书影，作家书屋1946年版

不屈精神的歌颂和缅怀，而将思绪延伸至历史深处，咏叹更为深广的悲剧意识和历史使命感。“从这山，我懂得了历史的悲剧的不可免，从这山，我懂得了我们为什么奔赴那悲剧而毫无惧色，而永不退屈！从这山，我懂得了我们生来就为世界的理想的实现。”这是烈士的鲜血给继起者的启示和呼唤。“从这山，我看见了我们这一代人的真实的灵魂：他永远被人类自己的伟大不屈的力所旋动，他永远渴血似地渴求着这力的奇异的美。”这是诗人政治理想与人文情怀的集中呈示。诗人将自然之美升华为理想之美、灵魂之美，达到了抒情主体“物我合一”的境界。

【延伸阅读】

冯雪峰是中国革命文艺事业的先驱，他在文学上的成就是多方面的。他的文学生涯从诗开始，早期作为“湖畔”诗人，他以一个涉世未深的青年的真切感受，歌咏爱情、母爱、自然和人间的不幸，表现了“五四”时期青年一代挣脱封建枷锁的精神面貌。这些诗感情纯朴而具天真稚气，风格清新明快，形式上完全摆脱了旧诗的影响。他是自由体白话新诗的开拓者之一，而且在他的诗中，渗透着农民的思想和情愫，这在当时的诗坛上是不可多得的。20世纪40年代的《真实之歌》，反映了作者作为革命者和诗人同样走向成熟。他往往站在时代的高峰，以透视历史和现实的目力捕捉诗的形象。这些形象凝结着无产阶级革命战士的高尚情操，感情浓烈，意境深邃，显示出阔大的气度和沉雄的风姿。《雪的歌》《灵山歌》等长篇抒情诗是其代表作。

冯雪峰还是中国现代寓言的开拓者，是写作寓言用力最勤、收获最多的一位现代作家。他扩大了寓言这一传统体裁的功能与作用：既有诗的意境与形象，又有杂文的犀利与深刻；既鞭挞腐朽、黑暗的反动势力，又讴歌光明，总结无产阶级斗争的经验；既针砭时弊，又深含哲理，意味深长。

冯雪峰作为文艺理论家，主要成就是对革命现实主义理论的建树。他的革命现实主义理论，是在继承马克思主义文艺理论经典作家遗产，继承以鲁迅为代表的“五四”文学革命传统，总结左翼文学运动经验的基础上形成的。它以20世纪30年代首次发表的恩格斯论现实主义的信和苏联社会主义现实主义理论，以及毛泽东的《实践论》《矛盾论》为主要理论依据，结合中国的现实情况，着重强调：文艺应该忠实地反映人民变革现实的生活，生活既包括物质生活，也包括精神生活，特别是集中社会矛盾和历史趋势的斗争生活；作家反映生活的过程，是“生活的历史的实践”过程，是主观与客观辩证统一的过程，他为此提出了“主观力”与“人民力”这一对相互渗透、相互转化的概念，认为作家在创作的全过程中，应从人民变革现实的意志和行动中汲取人民的力量，加强自己的主观力量，以参与人民变革现实的斗争；艺术创造不仅需要从生活的反映中追求客观真理，而且更需要对社会、历史实践的关心、热情和意志，以及艺术本身的志趣和造诣，艺术“只有在客观真理、主观实践和艺术创造达到高度的统一的时候才能获得生命”（《论形象》）。由此，他对艺术与生活、文艺与政治、主观与客观、世界观与创作方法、作家与人民等一系列问题提出了较为辩证的看法。另外，他认为现实主义是作家对待现实的一种态度，是符合生活客观规律的艺术地反映生活的普遍原则。它是一个历史的发展的概念，革命现实主义是以往现实主义在历史新时期的发展，因此他在强调革命现实主义的同时，并不排斥一切具有现实主义倾向的资产阶级、小资产阶级的文学派别。冯雪峰的革命现实主义理论，反映了无产阶级在新民主主义革命时期对文艺的要求，它是在不断地与资产阶级文艺思潮的斗争中，在克服自身的教条主义和宗派主义偏颇和错误的斗争中发展和丰富起来的。

冯雪峰革命现实主义的理论活动也是与他的鲁迅研究分不开的。他的鲁迅研究的成果，主要表现在最早而又较全面地论证了鲁迅作为伟大文学家、思想家和革命家的崇高地位。早在1933年，他就充分认识到鲁迅作为中国现代文学开拓者和奠基者的地位，特别强调了鲁迅文学的战斗传统，认为“中国现代的战斗的文学的路，现实主义的创作的路”是“鲁迅先驱地英勇地所开辟的”（《〈子夜〉与革命的现实主义的文学》）；1936年，他又首次提出：“鲁迅作为一个艺术家是伟大的存在……但作为一个思想家及社会批评家的地位，在中国，在鲁迅自己，都比艺术家的地位伟大得多。”这样的观点贯穿在他以后的全部研究活动中。他坚持和捍卫鲁迅的战斗方向，论证鲁迅与民族、人民、革命血肉相联的关系。对于鲁迅的重要作品《阿Q正传》和《野草》，鲁迅同俄国文学传统之间的关系，都有过深刻研究和论述。另外，他以鲁迅晚年战斗生活和光辉业绩见证人的身份所写的《回忆鲁迅》及其他有关回忆鲁迅的文章，也是极好的第一手资料，而且由于侧重叙述了一些富有政治意义的重大事件，又大量记叙了鲁迅思想感情及其发展变化的直接材料，更为研究者所重视。

冯雪峰的主要著作有：诗集《湖畔》（与潘漠华、应修人、汪静之合著，1922），《春的歌集》（与潘漠华、应修人合著，1923），《真实之歌》（1943），《灵山歌》（1946），《雪峰的诗》（1979）。杂文集《乡风与市风》（1944），《有进无退》（1945），《跨的日子》（1946）。寓言集《今寓言》（1947），《雪峰寓言三百篇（上卷）》（1949），《雪峰寓言》（1952），《寓言》（1956），《雪峰寓言（续编）》（1981）。电影文学剧本《上饶集中营》（1951）。论文集《鲁迅论及其他》（1940），《过来的时代》（1946），《论民主革命的文艺运动》（1946），《论〈保卫延安〉》（1956）。鲁迅研究著作《鲁迅和他少年时候的朋友》（1951），《回忆鲁迅》（1952），《论〈野草〉》（1956），《鲁迅的文学道路》（1980）。文集有《雪峰文集》（1948），《论文集（第一卷）》（1952），《冯雪峰论文集》3卷本（1981），《雪峰文集》4卷本（1981—1985），《冯雪峰选集》2卷本（2003），《冯雪峰全集》12卷本（2016）。

其中，人民文学出版社2016年6月出版的《冯雪峰全集》，收录作者自1921年至1976年间的诗歌、小说、散文、剧本、寓言、杂文等文学创作，文艺理论及文艺批评著作，文学研究及回忆录，书信，日记，外调材料，运动材料和翻译作品等，共12卷，540多万字，是其一生著述的总集。

（作者简介及延伸阅读部分由浙江大学人文学院吴秀明教授、学者方馨未撰稿，其余部分由浙江大学人文学院吴秀明教授撰稿）

吴　晗

吴晗（1909—1969），原名吴春晗，字辰伯，笔名梧轩、酉生等，浙江义乌吴店苦竹塘人，我国著名历史学家、社会活动家，现代明史研究的主要开拓者之一。1943年加入中国民主同盟（以下简称民盟），1957年加入中国共产党。曾任云南大学、西南联合大学、清华大学教授。1949年后曾任清华大学校务委员会副主任、历史系主任、文学院院长，北京市副市长、北京市政协副主席，民盟中央副主席等职，兼任中国科学院历史研究所学术委员，中国科学院哲学社会科学部学部委员等职。

自1930年起，吴晗在胡适的指导和帮助下开始研究历史。1931年初，写成《胡应麟年谱》，从此专攻明史，发表明史相关论著四十余篇，在学界引起了巨大的反响。《胡惟庸党案考》《〈金瓶梅〉的著作时代及其社会背景》《明代的军兵》《历史上的国民身份证：传·过所·路引》《晚明仕宦阶级的生活》《明初的学校》《朱元璋传》等论著基本上可代表吴晗在1949年前的史学成就。

1959年9月，吴晗发表《论海瑞》《海瑞骂皇帝》等文章，提倡敢讲真话的精神，并在1960年写成新编历史剧《海瑞罢官》。之后，吴晗和邓拓、廖沫沙用“吴南星”笔名，在《前线》杂志发表杂文《三家村札记》专栏，以歌颂正义光明、匡正时弊为宗旨。1965年11月，《文汇报》发表《评新编历史剧〈海瑞罢官〉》，指责吴晗的《海瑞罢官》是反党反社会主义的“一株毒草”，是在“为彭德怀翻案”。1966年5月10日，《解放日报》《文汇报》发表《评“三家村”——〈燕山夜话〉〈三家村札记〉的反动本质》，从此揭开了“文革”的序幕。“文革”期间，吴晗遭到迫害，1969年10月11日死于狱中。“文革”结束后，其冤案才得以平反昭雪。1984年，清华大学在校内近春园遗址建造吴晗纪念亭，邓小平同志亲笔题写“晗亭”，晗亭北侧有吴晗雕像。

谈骨气[①]

我们中国人是有骨气的。

战国时代的孟子[②]，有几句很好的话：“富贵不能淫，贫贱不能移，威武不

① 本文原载《中国青年报》1961年3月4日，后收录于《春天集》《吴晗杂文选》《吴晗文集》《吴晗全集》等。

② 孟子，即孟轲（约前372—前289），邹国（今山东济宁邹城）人，战国时期著名哲学家、思想家、政治家、教育家，儒家代表人物之一，地位仅次于孔子，称“亚圣”。

能屈，此之谓大丈夫。”[①]意思是说，高官厚禄收买不了，贫穷困苦折磨不了，强暴武力威胁不了，这就是所谓大丈夫。大丈夫的这种种行为，表现出了英雄气概，我们今天就叫做有骨气。

我国经过了奴隶社会、封建社会的漫长时期，每个时代都有很多这样有骨气的人，我们就是这些有骨气的人的子孙，我们是有着优良革命传统的民族。

当然，社会不同，阶级不同，骨气的具体含义也不同。这一点必须认识清楚。但是，就坚定不移地为当时的进步事业服务这一原则来说，我们祖先的许多有骨气的动人事迹，还有它积极的教育意义，是值得我们学习的。

南宋末年，首都临安被元军攻入，丞相文天祥组织武装力量坚决抵抗[②]，失败被俘后，元朝劝他投降，他写了一首诗，其中有两句是：“人生自古谁无死，留取丹心照汗青。”[③]意思是人总是要死的，就看怎样死法，是屈辱而死呢，还是为民族利益而死？他选取了后者，要把这片忠心记录在历史上。文天祥被拘囚在北京一个阴湿的地牢里，受尽了折磨，元朝多次派人劝他，只要投降，便可以做大官，但他坚决拒绝，终于在公元1283年被杀害了。

孟子说的几句话，在文天祥身上都表现出来了。他写的有名的《正气歌》，歌颂了古代有骨气的人的英雄气概，并且以自己的生命来抗拒压迫，号召人民继续起来反抗。

另一个故事是古代有一个穷人，饿得快死了，有人丢给他一碗饭，说：“嗟，来食!”（喂，来吃!）饿人拒绝了“嗟来”的施舍，不吃这碗饭，后来就饿死了。不食嗟来之食这个故事很有名，传说了千百年，也是有积极意义的。那人摆着一副慈善家的面孔，吆喝一声“喂，来吃!”这个味道是不好受的。吃了这碗饭，第二步怎样呢？显然，他不会白白施舍，吃他的饭就要替他办事。那位穷人是有骨气的：看你那副脸孔、那个神气，宁可饿死，也不吃你

---

① 以上几句语出《孟子·滕文公下》，孟子认为真正的大丈夫应以天下的仁、礼、义为原则，不因富贵而迷乱思想，不因贫困而改变操守，不因对方的威权而向其屈服。

② 文天祥（1236—1283），初名云孙，字宋瑞，又字履善，号浮休道人、文山，江西吉州庐陵（今江西吉安）人，南宋晚期著名政治家、文学家。宋德祐二年（1276），临安城破，宋室南逃，文天祥先后在江西、福建、广东等地组织抗元活动。宋祥兴元年（1278），文天祥战败被捕却誓不降元。元至元十九年十二月初九（1283年1月9日），在忽必烈亲自劝降无果后，文天祥被杀于元大都（今北京）。

③ 这两句诗引自文天祥《过零丁洋》，元至元十六年（1279），被元军所俘的文天祥途经零丁洋，面对国破家亡的事实和一望无际的大海，在悲痛中写下了这一首慷慨激昂的爱国之诗。零丁洋，即伶仃洋，今广东省珠江口外。

的饭。[①]

不食嗟来之食，表现了中国人民的骨气。

还有个例子。民主战士闻一多是在1946年7月15日被国民党枪杀的[②]。在这之前，朋友们得到要暗杀他的消息，劝告他暂时隐蔽，他毫不在乎，照常工作，而且更加努力。明知敌人要杀他，在被害前几分钟还大声疾呼，痛斥国民党特务，指出他们的日子不会很长久了，人民民主一定得到胜利。毛主席在《别了，司徒雷登》[③]一文中指出："许多曾经是自由主义者或民主个人主义者的人们，在美国帝国主义者及其走狗国民党反动派面前站起来了。闻一多拍案而起，横眉怒对国民党的手枪，宁可倒下去，不愿屈服。"高度赞扬他表现了我们民族的英雄气概。

孟子的这些话，虽然是在两千多年以前说的，但直到现在，还有它积极的意义。当然我们无产阶级有自己的英雄气概，有自己的骨气，这就是绝不向任何困难低头，压不扁，折不弯，顶得住，吓不倒，为了社会主义、共产主义建设的胜利，我们一定能够克服任何困难，奋勇前进。

（据人民教育出版社2001年版初中《语文》教材九年级下册收录，有改动）

【导 读】

1961年春，在经历了"三年困难时期"的天灾人祸之后，党中央和毛泽东同志开始纠正工作中的"左"倾错误，并决定对国民经济实行"调整、巩固、充实、提高"八字方针。在这一转折点上，亟须发扬中华民族的英雄气概，不畏艰苦、同心同德地克服困难，把社会主义事业推向前进。正是在这一历史背景下，吴晗写下了这一篇唤起全国各族、各界人民革命热情的《谈骨气》。

---

① 此处引用的不食"嗟来之食"的典故，出自《礼记·檀弓下》："齐大饥。黔敖为食于路，以待饿者而食之。有饿者，蒙袂辑屦，贸贸然来。黔敖左奉食，右执饮，曰：'嗟！来食！'扬其目而视之，曰：'予唯不食嗟来之食以至于斯也！'从而谢焉，终不食而死。曾子闻之，曰：'微与！其嗟也，可去；其谢也，可食。'"后世多将"嗟来之食"引申为侮辱性的施舍，不接受"嗟来之食"是有骨气的表现。

② 闻一多（1899—1946），本名闻家骅，字友三，湖北黄冈人，中国现代伟大的爱国主义者、坚定的民主战士、新月派代表诗人和学者。1946年7月15日，闻一多在李公朴追悼大会上慷慨激昂地发表了《最后一次演讲》，痛斥国民党特务。同日，闻一多在返家途中惨遭刺杀。

③ 这一篇文章是毛泽东主席在1949年8月18日发表的，其主要目的是抨击美国的"白皮书"和美国政府支持的国民党发动内战的政策。司徒雷登（John Leighton Stuart，1876—1962），美国人，生于中国杭州，传教士、外交官、教育家，1919年起任燕京大学校长、校务长，1946年任美国驻华大使，1949年8月离开中国。

全文围绕“我们中国人是有骨气的”展开。文章首先引用孟子“富贵不能淫，贫贱不能移，威武不能屈”的论述，解释了什么是骨气。紧接着，作者举出了三个例子，分别是不食嗟来之食的齐国人、宁死不屈的文天祥、至死抗争的闻一多。这三个人物的故事都与论点密切相关。从时间维度上来看，它们分别取自春秋战国时代、宋末元初、新民主主义革命时期，涵盖了中国社会历史发展的多个时期，说明了我们中国人历来是有骨气的。从社会阶层来看，不食嗟来之食的齐国人代表了平民阶层，文天祥代表着士大夫、官僚阶层，闻一多代表知识分子阶层，这又说明了各阶层中国人无论贫富贵贱都是有骨气的。

本文不仅是一篇语言精练、结构紧密、用例巧妙的议论文典范，而且在增强人们克服困难的信心、提高人们爱国主义情操方面发挥了积极作用。

（浙江师范大学硕士研究生项雨峥、浙江大学人文学院张涌泉教授撰稿）

论贪污[①]

古语说：“无敌国外患者国恒亡。”[②]这是历代相传的名言，颠扑不破的真理。其实，征之于过去的史实，这句话还可引伸为：“内政修明而有敌国外患者国必不亡！”“内政不修而无敌国外患者国恒亡。”

内政不修的涵义极广，举实例说明之，如政出多门，机构庞冗，横征暴敛，法令滋彰，宠佞用事，民困无告，货币紊乱，盗贼横行，水旱为灾等等都是，而最普遍最传统的一个现象是贪污。这现象是“一以贯之”，上述种种实例都和她有母子关系；也可以说贪污是因，这些实例是果。有了这些现象才会有敌国外患，反之，如政治修明，则虽有敌国外患也不足为患。

贪污这一现象，假如我们肯细心翻读过去每一朝代的历史，不禁令人很痛心的发现“无代无之”，竟是与史实同寿！我们这时代，不应该再讳疾忌医了，更不应该蒙在鼓里自欺欺人了。翻翻陈账，看看历代覆亡之原[③]，再针对现状，

① 本文原载《云南日报》1943年11月14日；后收录于《历史的镜子》，生活书店（北平版）1946年版；《投枪集》，作家出版社1959年版；《吴晗文集》第三卷，北京出版社1988年版；《吴晗全集》第七卷，中国人民大学出版社2009年版。

② 此句语出《孟子·告子下》：“入则无法家拂士，出则无敌国外患者，国恒亡，然后知生于忧患而死于安乐也。”意思是一个国家如果在内没有坚守法度的大臣和足以辅佐君王的贤士，在外没有实力相当的邻国和来自外国的祸患，就常常会有覆灭的危险。

③ 覆亡，底本作“复亡”，下文“明太祖有惩于元代的覆败”，其中的“覆败”底本作“复败”，兹皆据《历史的镜子》本径改。

求出对症的药石，也许可以对抗建大业有些小补[①]。

一部二十四史充满了贪污的故事，我们只能拣最脍炙人口的大人物举几个例，开一笔账，“豺狼当道，安问狐狸”！下僚小吏，姑且放开不谈。

过去历史上皇帝是国家元首，皇帝的宫廷财政和国家财政向来分开，但是有时候皇帝胡乱浪费，公私不分，以国产为私产，恣意挥霍，闹得民穷财尽，这种情形，史不绝书。最奇的是皇帝也有贪污的，用不正当的方法收受贿赂，例如汉灵帝和明神宗[②]。汉灵帝为侯时常苦贫，及即位后，每叹桓帝不能兴大家业，曾无私钱，故卖官聚钱，以为私藏。光和元年（公元一七八）初开西邸卖官，定价二千石二千万，四百石四百万，公千万，郎五百万。富者先入钱，贫者到官然后倍输。崔烈入钱五百万拜司徒[③]，拜日天子临轩，百僚毕会。灵帝忽然懊悔，和左右说，这官卖得上当，那时只要稍为掯勒一下[④]，他会出一千万的。大将如段颎、张温虽然有功，也还是用钱买，才能作三公。又收天下之珍货，每郡国贡献，先输内廷，名为导引费。又税天下田亩十钱修宫室，内外官迁除都先到西园讲价钱[⑤]，大郡至二三千万，付了钱才能上任；关内侯值钱五百万。他把国库的金钱缯帛取归内府，造万金堂贮之，藏不下的寄存在小

① 抗建大业，抗日战争和建设国家的事业。本文最初发表时正值抗日战争关键时期。

② 汉灵帝，刘宏（约157—189），汉章帝刘炟的玄孙，168—189年在位，宦官专政，党锢之祸复起。汉灵帝统治期间，巧立名目搜刮钱财，甚至卖官鬻爵以用于自己享乐。在位晚期，爆发了黄巾起义。◎明神宗，朱翊钧（1563—1620），1572—1620年在位，年号万历，是明朝在位时间最长的皇帝。执政初期，内阁首辅张居正主持政务，实行了一系列改革措施，社会经济有很大的发展，开创了“万历中兴”的局面。执政后期荒于政事，党争长期持续，强征矿税，朝政日益腐败，使明朝逐渐走向衰亡。

③ 崔烈（？—192），字威考，历任太守、九卿（廷尉）等职。中平二年（185），汉灵帝刘宏卖官鬻爵，三公（司徒、司空、太尉）标价一千万钱，时任廷尉的崔烈通过汉灵帝刘宏的傅母程夫人，只花费五百万钱就买来司徒一职。《后汉书·崔骃传》附崔烈：“烈有重名于北州，历位郡守、九卿。灵帝时，开鸿都门榜卖官爵，公卿州郡下至黄绶各有差。其富者则先入钱，贫者到官而后倍输，或因常侍、阿保别自通达。是时段颎、樊陵、张温等虽有功勤名誉，然皆先输货财而后登公位。烈时因傅母入钱五百万，得为司徒。及拜日，天子临轩，百僚毕会。帝顾谓亲倖者曰：悔不小靳，可至千万。……烈于是声誉衰减。久之不自安，从容问其子钧曰：吾居三公，于议者何如？钧曰：大人少有英称，历位卿守，论者不谓不当为三公；而今登其位，天下失望。烈曰：何为然也？钧曰：论者嫌其铜臭。烈怒，举杖击之。”

④ 掯勒，勒索，刁难。茅盾《子夜》十七：“要是我们找不到旁的主顾，那时候再去和老赵接洽呢，就要受他的掯勒，不去和他接洽呢，他会当真对我们来一个经济封锁，那不是更糟了么？”

⑤ 内外官，在朝廷任职的官员称内官，在地方任职的官员称外官。◎迁除，谓官职之升迁除授。

黄门常侍家。黄巾起义[①]，卒亡汉社[②]。

无独有偶，一千四百年后的明神宗也是爱钱胜过爱民的皇帝。他要增殖私产，到处派太监榷税采矿，大珰小监[③]，纵横绎骚[④]，吸髓饮血，以供进奉。有的称奉密旨搜金宝，募人告密；有的发掘历代陵寝，豪夺民产，所至肆虐，民不聊生。大小臣工上疏谏止的一概不理，税监有所纠劾的却朝上夕报[⑤]，立得重谴。结果，内库虽然金银山积，民间却被逼得到处发生农民起义，所遣税监高淮激变于辽东，梁永激变于陕西，陈奉激变于江夏，李奉激变于新会，孙隆激变于苏州，杨荣激变于云南，刘成激变于常镇，潘相激变于江西，闹得瓦解土崩，民流政散；甚至遣使到菲律宾采金，引起误会，侨民被杀的至二万五千人。国库被挪用空乏，到了外患和农民起义外内交逼，无可应付时，朝臣请发内库存金，却靳靳不肯[⑥]，再三催讨，才勉强发出一点敷衍面子。他死后，不过二十多年，明朝就亡国了。

皇后贪污亡国的，著名的例子有五代唐庄宗的刘后[⑦]。史书说刘后出身寒微，既贵，专务蓄财，薪蔬果茹[⑧]，都贩鬻充私房。到了作皇后时，四方贡献，分作两份，一上天子，一上中宫。又广收货赂，营私乱政，宫中宝货山积。皇后的教令和皇帝的制敕并行，藩镇奉之如一[⑨]。邺都变起后，仓储不足，军士有流言，政府请发内库金帛给军，庄宗要答应，她却说自有天命，

① 黄巾起义，《历史的镜子》本作“黄巾乱起”，下文“民间却被逼得到处发生农民起义”“到了外患和农民起义外内交逼”，《历史的镜子》本分别作“民间却被逼叛乱四起”“到了外患内乱迭起”，把“内乱”改称“农民起义”，带有一定的时代色彩。黄巾起义，东汉晚期的农民战争，始于汉灵帝光和七年（184），当时朝廷腐败，宦官外戚争斗不止，边疆战事不断，国势日趋疲弱，又因全国大旱，颗粒不收而赋税不减，走投无路的贫苦农民在巨鹿人张角的号令下，纷纷揭竿而起，他们头扎黄巾，高喊“苍天已死，黄天当立，岁在甲子，天下大吉”的口号，向官僚地主发动了猛烈攻击。起义虽最终以失败而告终，但对东汉朝廷的统治产生了巨大的冲击，并最终导致三国鼎立局面的形成。

② 社，本指土地神，引申指社稷、国家。

③ 大珰小监，大大小小的宦官。珰，汉代宦官充武职者的冠饰，后即作为宦官的代称。

④ 绎骚，骚动，扰动。

⑤ 税监，即矿监税使，是明万历年间奉命监督开矿和征收商税的钦差专使。下面提到的高淮、梁永、陈奉、李奉、孙隆、潘相等大多为宦官，都曾任矿监税使，横征暴敛，激起各地变乱。◎报，判罚。

⑥ 靳靳，吝啬貌。晋葛洪《抱朴子·祛惑》：“彼所知素狭，源短流促，倒装与人，则靳靳不舍；分损以授，则浅薄无奇。”

⑦ 五代唐庄宗，李存勖（xù）（885—926），代北沙陀人，生于晋阳（今山西太原），后唐开国皇帝。同光元年（923）四月在魏州称帝，定国号为唐，史称后唐，并于同年十二月灭后梁，尽取河南、山东等地，定都于洛阳。在位期间沉湎于声色，纵容皇后干政，横征暴敛，又吝惜钱财，以致百姓困苦、藩镇怨愤、士卒离心。同光四年四月死于兴教门之变。

⑧ 薪蔬果茹，《资治通鉴·后唐纪》相应内容作“薪苏果茹”，义长。薪苏，薪柴、柴火。

⑨ 如，底本误作“加”，兹据《历史的镜子》本径改。

不必理会。大臣再三申论，她拿出妆具和三个银盆，又叫三个皇子出去，说：人家说宫中蓄积多，不知都已赏赐完了，止留下这些，请连皇子卖了给军士吧。[①]到庄宗被弑后，她却打叠珍宝驼在马鞍上，首先逃命。余下带不走的都被乱军所得。

大臣贪污乱国的更是指不胜屈，著例如唐代的杨国忠[②]、元载[③]，宋代的秦桧[④]、贾似道[⑤]，明代的严嵩[⑥]，清代的和珅[⑦]。史书记元载抄家时，单胡椒一项就有八百斛，钟乳五百两。严嵩的家产可支全国军饷数年，抄家时有黄金三万余两，白金二百余万两，其他珍宝不可胜数，隐没未抄的不可数计。和珅的家产可以供给全国经费二十年，只要半数就能够付清庚子赔款了。

太监得皇帝信任的，财产的数目也多得惊人。例如明代的王振[⑧]，抄家时有金银六十余库，玉盘百，珊瑚高六七尺者二十余株。刘瑾擅权不过六七年[⑨]，抄家时有大玉带八十束，黄金二百五十万两，银五千万余两，其他珍宝

---

① 有关刘后贪吝的史实，见《资治通鉴·后唐纪》。《资治通鉴·后唐纪二》载同光二年："皇后生于寒微，既贵，专务蓄财。其在魏州，至于薪苏果茹皆贩鬻之。及为后，四方贡献皆分为二，一上天子，一上中宫。以是宝货山积，惟用写佛经、施尼师而已。"又《后唐纪三》："是岁大饥，多流亡，租赋不充，道路涂潦，漕辇艰涩，东都仓廪空竭，无以给军士。……军士乏食，有雇妻鬻子者，老弱采蔬于野，百十为群，往往馁死，流言怨嗟，而帝游畋不息。……租庸使以仓储不足，颇朘刻军粮，军士流言益甚。宰相惧，帅百官上表言：'今租庸已竭，内库有馀，诸军室家不能相保，傥不赈救，惧有离心。俟过凶年，其财复集。'上即欲从之，刘后曰：'吾夫妇君临万国，虽藉武功，亦由天命。命既在天，人如我何！'宰相又于便殿论之，后属耳于屏风后，须臾，出妆具及三银盆、皇幼子三人于外曰：'人言宫中蓄积多，四方贡献随以给赐，所馀止此耳，请鬻以赡军！'宰相惶惧而退。"

② 杨国忠（？—756），本名钊，蒲州永乐（今山西永济）人，东汉太尉杨震之后，杨贵妃族兄。早年落魄，在杨玉环得宠后飞黄腾达，直至升任宰相，封卫国公。他任相期间，专权误国，败坏朝纲，他与安禄山的矛盾最终导致了安史之乱。

③ 元载（？—777），字公辅，凤翔岐山（今属陕西）人，唐朝中期宰相。为相期间独揽朝政，排除异己，专权跋扈，专营私产，大兴土木，逐渐引起唐代宗的厌恶，大历十二年（777）全家坐罪赐死。

④ 秦桧（1090—1155），字会之，江宁（今江苏南京）人，南宋初年宰相，奉行割地、称臣、纳贡的议和政策；同时结纳私党，斥逐异己，屡兴大狱，是中国历史上有名的奸臣之一。

⑤ 贾似道（1213—1275），字师宪，号悦生，台州天台（今属浙江）人，南宋末年权相。

⑥ 严嵩（1480—1567），字惟中，一字介溪，江西分宜人，明朝有名的权臣，专国政二十余年，《明史》将其列为明代六大奸臣之一，称其"惟一意媚上，窃权罔利"。

⑦ 和珅（1750—1799），钮祜禄氏，字致斋，满洲正红旗人，清朝中期权臣、商人。任职期间，植党营私，招权纳贿。

⑧ 王振（？—1449），山西蔚州（今河北蔚县）人，掌司礼监，明英宗即位后，勾结内外官僚，擅作威福，为明朝第一代专权太监。

⑨ 刘瑾（1451—1510），陕西兴平人，明朝宦官。本姓谈，幼时被太监刘顺收养，改姓刘。以进献飞禽走兽来博取明武宗的欢心，官拜司礼监掌印太监。

无算。

一般官僚的贪污情形，以元朝末年作例。当时上下交征，问人讨钱，各有名目，所属始参曰拜见钱，无事白要曰撒花钱，逢节曰追节钱，生辰曰生日钱，管事而索曰常例钱，送迎曰人情钱，勾追曰赍发钱，论诉曰公事钱。觅得钱多曰得手，除得州美曰好地，补得职近曰好窠。遇事要钱，成为风气，种下了亡国的祸根。

武人的贪污在历史上也不能例外，有个著名的故事说，五代时有一个大军官被召入朝，百姓喜欢极了，说是从今拔去眼中钉了，不料这人在朝廷打点化了大钱，又回旧任，下马后即刻征收“拔钉钱”[①]。又有一个大军官也被召入朝，年老的百姓都摸摸胡子，会心微笑，这人回任后，也向百姓要“摸胡子钱”。

上下几千年，细读历史，政简刑清，官吏廉洁，生民乐业的时代简直是黄钟大吕之音[②]，少得可怜。史家遇见这样稀觏的时代，往往一唱三叹，低徊景仰而不能自已。

历朝的政治家用尽了心计，想法子肃清贪污，树立廉洁的吏治，不外两种办法。第一种是厚禄，他们以为官吏之所以不顾廉耻，倒行逆施，主要原因是禄不足以养廉，如国家所给俸禄足够生活，则一般中人之资，受过教育的应该知道自爱。如再违法受赃，便是自暴自弃，可以重法绳之。第二种是严刑，国家制定法令，犯法的立置刑章，和全国共弃之。前者例如宋，后者例如明初。

宋代官俸最厚，京朝官有月俸，有春冬服（绫、绢、绵），有禄粟[③]，有职钱[④]，有元随傔人衣粮[⑤]、傔人餐钱。此外又有茶酒厨料之给，薪蒿炭盐诸物之给[⑥]，饲马刍粟之给，米面羊口之给。外官则别有公用钱，有职田[⑦]。小官无职田者别有茶汤钱。给赐优裕，入仕的人都可得到生活的保障，不必顾念身家，一心一意替国家作事。一面严刑重法，凡犯赃的官吏都杀无赦，太

① “拔钉钱”，五代赵在礼复职后对百姓称其去职为“拔钉”的报复性措施。《新五代史·杂传八·赵在礼》：“在礼在宋州，人尤苦之；已而罢去，宋人喜而相谓曰：‘眼中拔钉，岂不乐哉！’既而复受诏居职，乃籍管内，口率钱一千，自号‘拔钉钱’。”

② 黄钟大吕之音，难得听到的高端音乐。黄钟，我国古代音韵十二律中六种阳律的第一律。大吕，六种阴律的第四律。后遂以“黄钟大吕”形容音乐或言辞庄严、正大、高妙。

③ 禄粟，亦称“禄米”，用作俸给的粟米。因古代俸给常以粟米计称。

④ 职钱，官吏在职时所得的俸钱。

⑤ 傔人，随身的差役。

⑥ 薪蒿，柴草。《史记·货殖列传》：“通邑大都，酤一岁千酿……薪稾千车，船长千丈。”

⑦ 职田，即职分田，古代按品级授予官吏作俸禄的公田。职分田于解任时移交后任，不得买卖。

祖时代执法最严，中外官犯赃的一定弃市。明代和宋代恰好相反，明太祖有惩于元代的覆败，用重刑治乱国，凡贪官污吏，重则处死，轻也充军或罚作苦工，甚至立剥皮之刑，一时中外官吏无不重足屏息，奉公畏法。仁宣两代继以宽仁之治[①]，一张一弛，倒也建设了几十年的清明政治。正统以后[②]，情形便大不相同了。原因是明代官俸本来不厚，洪武年代还可全支，后来便采用折色的办法[③]，以俸米折钞，又以布折俸米，朝官每月实得米不过一二石，外官厚者不过三石，薄的一石二石，其余都折钞布，钞价贬值到原值千分之二三，折算实收，一个正七品的知县不过得钱一二百文。仰无以事父母，俯无以蓄妻子，除了贪污，更无别的法子可想。这情形政府当局未尝不了解，却始终因循敷衍，不从根本解决，上下相蒙，贪污成为社会风气，时事也就不可问了。

从上述两个例子看来，宋代厚禄，明初严刑，暂时都有相当效果，却都不能维持久远。原因是这两个办法只能治标，对贪污的根本原因不能发生作用。治本的唯一办法，应该从整个历史和社会组织去理解。

一直到今天为止，我们的政治，我们的社会组织，我们的文化都是以家族为本位的。在农村里聚族而居，父子兄弟共同劳作，在社会上工商也世承其业，治国平天下的道理也从修身齐家出发。孝友睦姻是公认的美德，几代同居的大家族更可以夸耀乡党。作官三辈爷，不但诰封父母[④]，荫及妻子，连亲戚乡党也鸡犬同升。平居父诏其子，兄诏其弟以作官发财，亲朋也以此相勉，社会也以此相钦羡，“个人”在这环境下不复存在。一旦青云得路，父族妻族儿女姻戚和故旧乡里都一拥而来，禄薄固不能支给，即禄厚又何尝能够全部应付。更何况上官要承迎，要人要敷衍，送往迎来，在在需钱！如不贪污非饿死冻死不可！固然过去也有清官，清到儿女啼饥号寒，死后连棺材也买不起的，也有作官一辈子，告休后连住屋也没有一间的。可是这类人并不多，一部正史的循吏传也不过寥寥几十人而已[⑤]。而且打开天窗说亮话，这些人之所以能够作清官，也只是用礼法勉强约束自己。有一个故事说某一清官对人说，钱多自然我也喜欢，只是名节可畏。正是

---

① 仁宣两代，指明仁宗（1424—1425年在位）、明宣宗（1425—1435年在位）两朝。明永乐帝驾崩后，他的儿子朱高炽、孙子朱瞻基先后即位，是为明仁宗、明宣宗，他们采取的宽松治国和息兵养民等一系列政策，使得国家出现盛世的局面，史称“仁宣之治”，又称“仁宣盛世”。

② 正统，明英宗朱祁镇年号，1436—1449年使用。

③ 折色，俸禄折发钱钞。清孙承泽《天府广记·宝源局》：“正德七年，令职官折色俸给，十分为率，一分折钱，九分关银。”

④ 诰封，明清对五品以上官员及其先代和妻室以皇帝的诰命授予封典。

⑤ 循吏，守法循理的官吏。

一个好例。

根据这个理解，贪污的根绝，治本的办法应该是把“人”从家族的桎梏下解放出来。个人生活独立，每一个人都为工作而生存，不工作者不得食，人与人之间无倚赖心，从家族本位的社会组织改变为个人本位的社会组织，从依赖家长生活消费性的社会组织，改变为人人工作自食其力的生产性的社会组织，自然上层的政治思想文化也都随而改变。“人”能够独立存在以后，工作的收入足够生活，法律的制裁使他不愿犯禁，厚禄严刑，交互为用，社会上有公开的舆论指导监督，政府中有有力的监察机关举劾纠弹，“衣食足而后知荣辱”，贪污的肃清当然可操左券[①]。

（选自《投枪集》，作家出版社1959年版；
又收录于生活书店［北平版］1946年《历史的镜子》，酌据参校）

【导 读】

贪污，是中国历史上一个死结，自古皆有，不死不休。吴晗从制度、贪污群体等角度对中国历史上的贪污现象做了描述。从制度上讲，贪污来自内政不修；从群体上讲，几乎所有级别的政府机构人员都有贪污的现象，上至皇帝、皇后，下至大臣、宦官、一般的官吏、军官（武人），无一例外，皇帝们甚至公开买卖官爵，派遣宦官到处搜刮，而官吏们则带着乡亲朋友一起贪污，无恶不作，全国上下乌烟瘴气，不亡国而不止。历代对贪污的防治，不管采取高薪养廉的措施，还是用酷刑惩罚贪官污吏，皆成效甚微，究其原因还是封建专制制度和家族社会造成的，制度不改，贪污不止。故吴晗提出，要改变自古以来的贪污痼疾，必须让人脱离家族的桎梏，从家族本位的社会组织改变为个人本位的社会组织，人人自食其力，同时采取厚禄严刑交互为用的措施，建立有效的舆论监督与监察纠弹等机制。

① 左券，古代契约分为左右两片，左片称左券，由债权人收执，用为索偿的凭证。可操左券，比喻事情成功有把握。

记第八大队[①]

——还乡散记之一——

一

第八大队的全名是□□军区三五支队第八大队[②]。

第八大队的根据地是我的家乡，义乌西乡；活动区域包括义乌、浦江、东阳、金华一带，开创的两个领导人物是我青年时代的朋友。在队里工作的多少文职人员，不是我的父执兄弟侄辈，也是同族乡党。更多的战斗人员说起来很少不是熟人。

在国军西撤[③]，把列祖列宗所付遗的神圣土地，听凭敌人蹂躏以后，这一支人民自己武装起来的力量，几年来不屈不挠和敌人作殊死斗，保卫了家乡，发扬了义乌人民的传统精神——明代戚继光所组织指挥的歼倭军，正是由义乌子弟三千人所组成——光大了中华民族的正气。然而，等到我们惨胜，敌人惨败之后，国军回来了，乘机收复。三五支队退到苏北，第八大队主要人员也随之撤移，局面就整个变了。这十个月以来，这一支人民的武力被加上另一种徽号——“奸匪”。甚至过去他们所养的鱼也叫作“奸匪鱼”，狗也是“奸匪狗”了。没有撤退，来不及撤退的被强迫自首。不肯自首的被逮捕，拘囚。撤退者的家属，本人跑了，就向他的家属算账；经常过着被胁迫，被勒索，被恫吓，不能忍受的生活。

匹夫无罪，抗日其罪。照某种人的逻辑，中国人只有共产党才抗日，也只有共产党才真正抗日。共产党被钦定为“奸党”，参加共产党的自然是“奸匪”了。第八大队不幸，它的任务和光荣的历史性的成就，恰恰只有一项——抗

---

① 本文原载《上海周报》第45期，1946年7月13日出版；后收录于《史事与人物》，生活书店1948年版；《投枪集》，作家出版社1959年版；《吴晗文集》第三卷，北京出版社1988年版；《吴晗全集》第七卷，中国人民大学出版社2009年版。

② □□军区，应是“第三战区”。◎三五支队，新四军浙东游击纵队的简称。1942年8月，经中共华中局批准，在四明山成立“第三战区三北游击纵队”，后又改称“浙东游击纵队”，下辖第三支队、第五支队、金萧支队等部，因第三支队、第五支队实力最强，所以浙东游击纵队简称“三五支队”。◎第八大队是在浙东游击纵队的指导下成立的，初称“金东义西抗日自卫大队”。根据当时的形势，部队采取“灰色隐蔽”的办法，通过内部人士获取了“中国国民革命军陆军第八十八军别动第一支队第八大队”的番号，简称“第八大队”。因实际隶属浙东游击纵队金萧支队指挥，所以也称“浙东游击纵队金萧支队第八大队”。

③ 国军，当时由国民党领导的国民革命军。

日，于是成为“奸匪”了。

在明白了第八大队之所以为“奸匪”的由来以后，不禁恍然大悟，原来若干月以前报纸上连篇累牍发表一长串胜利勋章和什么什么章的获得者，连太太们也有一大批的道理来。也明白了为什么那么多的伪军将领加官进爵的道理来。也明白了为什么硬向饥民灾民搜括出最后一粒米，来供养那千万脑满肠肥的日俘的道理来！

到底是孔夫子说得不错：“吾道一以贯之。”又道：“举一可以反三矣。”

二

十三年了，一生能有几个十三年！

在我离别家乡的十三年中，多少儿童成了人，多少青年走入中年，也有多少中年人成为鬓发皤然的老者。

时代的磨炼使这些人坚定起来，使这些人成熟起来，也驱使这些人走上战斗的道路。因为他们全明白，只有战斗，用自己的力量，用自己的血来保卫自己，才是唯一的一条生路。

义乌于民国三十一年四月初八日沦陷。

地方政府不见了，照例国民党作官的人的脚是特别快的，有好处他先来接收，发胜利财、接收财。有危险呢？他先溜，国军自然不会例外，也撤退了。

敌人在到处建筑碉堡，征集民夫。

义乌人民不甘于被奴役，在四月二十日这一天，毁了敌人几个碉堡，杀敌十数人，这是义乌人民抗敌的第一个信号。

跟着壮烈的一幕展开了。

五月初二日敌人来扫荡了，浩浩荡荡，全副近代化配备的精锐队伍数百人，道经西乡一个市镇，吴店。

保卫家乡！吴店（南平镇）和附近各村庄人民不约而同，肩着锄头、草钯、扁担、大刀、鸟枪，搭配着少数地主的自卫武器，一下集合了两三千人，拦在路上就打。虽然敌我武器的时代差别有几百年，可是一来出敌人意外，二来敌人地理不熟，三来人民的人数超过敌人十倍，敌人被挨了迎头一棒，只好退却了。被缴下七支枪，这是义乌人民第一次抗日的胜利品。

第二天，敌人明白过来了，老羞成怒，集合队伍来报复，烧了九个村子。村名是横大路、破溪头、上柳家、上姜、畈田蒋、西周、石狮塘、傅村、下溪。

敌人的拿手好戏，三光政策，抢光、杀光、烧光。这一把火烧得多少人无家可归；可是，这一把火也把这区里区外人民的抗敌意志烧得更坚强，更镇定了。谁都明白，有敌无我，有我无敌，敌我不两立的道理。也更明白，光凭勇气，光凭斗志是不能给敌人以无情的打击的。要坚持下去，要做得更好，还得有组织，有计划，要有指挥人员，也要有更多部门的工作人员。

于是不久以后，第八大队成立了。

第八大队成立于民国三十一年八月，南平镇之战以后。

义乌民间是有不少枪械的，由于过去若干年来的政局不安定，大约是民国二十年左右吧，由于苛捐杂税民穷财尽，把穷人逼成土匪，西乡闹土匪闹得很凶。少数几个人，搞上一两支枪便可以打家劫舍。地方政府不大敢惹，有钱的地主们便都想法自办枪械，弄一些左轮、木壳枪，来防身防家，把农民组织起来，个个村庄都建造栅门（阡门），封锁村子要口。一有事，一打锣，便全村出动，而且邻村也闻声援助。这样一来，土匪不敢来了，地主们也由此有了武装力量。另一面，地方上也出来一些“勇士”，成立了保卫团，专门搜捕土匪，逮的逮，杀的杀。这些人的领袖是一个裁缝，由于剿匪有功，也由裁缝一跃而为保卫团长，而为绅士，而为警察局长了。

西乡，义乌和金华交界的地方，有几个较大的村子，中间隔着一条水。水西有傅村、畈田蒋、杨家，水东有吴店（南平镇），相隔都只有三五里路。这几个村子的地主们都有好好歹歹几杆枪。

南平镇之战后，这几个村子吃了敌人的亏，为了集结力量，抗拒敌人进袭，觉得非有经常的联系和组织不可，于是就产生了第八大队。

如上所说，第八大队一开头是开明地主和人民自动组织起来的抗日自卫武装。

队长选出杨家人杨德鉴①。

德鉴的父亲是杨家村的首富，也是西区数一数二的大地主。年年放债，把增加的息金都投资到土地上。这老人吝惜钱财甚于生命，陌生的人看见他决梦想不到这人会有钱，而且有很多钱。他吝惜到不让儿子读大学，每个儿子读完

① 杨德鉴（1903—1953），金华傅村乡杨家村人，在家乡小学毕业后考入杭州蚕桑学校，1926年辍学回家，继承父业。经营“同泰仁”酒酱作坊和“人和丰”南北货商店，同时在店内附设义务看病的诊所，为贫苦的病人施医施药，分文不收，店铺生意十分兴隆，故资财雄厚，名闻金东。常与义乌共产党员吴璋等人往来，接受进步思想。后被举为傅村乡乡长。1939年下半年，共产党开展了“二五”减租斗争，杨德鉴带头执行，并积极支持党的政策。1942年金华沦陷，孝顺区敌伪组织派人去傅村乡拉拢组织维持会，被杨德鉴断然拒绝。同年7月，中共义乌县委决定成立金东义西抗日自卫大队，为有利于团结各方人士共同抗日，请杨德鉴出任大队长。原乡公所枪支全部转入大队，杨德鉴自动交出家藏自卫枪支和部分家产，帮助抗日与救济贫苦群众。任大队长期间，曾率队消灭刘文扬匪部近三百人；收编傅延寿集团枪支和部分人员。在反敌伪军“九路大扫荡”中，战绩卓著。1943年夏，离开大队，回乡经商。土地改革时，遵守法令，主动移交财产。抗美援朝中，积极捐献。平时自己发挥医术专长，义务为群众治病。1951—1952年参加金华县第一、二届各界人民代表会议，当选为第二届常务委员会副主席。

中学，就叫回来替他养孙子，收田租，管家务。

德鉴受的当然是中学教育，为人精明而又忠厚，比父亲慷慨些，喜欢朋友。朋友中有几个是共产党员，在日常接触中，他受了影响，懂得了点抗日救国的道理。在乡下，读过书而又有钱，自然成为绅士，大事小事都得有份，跑腿说废话看作是有面子。

他喜欢看报，可是不大读书，也许是没有工夫吧。对于列宁、孙中山，他当然知道名字，可是我相信他决不曾读马列主义的任何著作，也许也没有读过三民主义[①]。因为有饭吃，不想作官，也作不了官。在中国，除了吃官饭党饭以外的人，是用不着考党义，因之也用不着读三民主义的。

成立不久以后，新四军派了共产党员来[②]，帮德鉴指挥。[③]

这样，第八大队就在共产党的领导下，推动、组织、展开活动了[④]。

它的全名是□□军区三五支队第八大队。在表面上[⑤]，在同年十一月经流亡在邻县的县政府核准，成立义西联防队，第八大队属之。这样，民间的抗日自卫组织又一变而为政府承认的合法的武装团体了。

到三十二年十一月，义西联防队解散，第八大队改称为第三自卫大队，杨德鉴辞职，大队长职务由季洪业继任[⑥]。

---

① “也”字底本无，据《上海周报》及《史事与人物》本补。

② “新四军”句，《上海周报》及《史事与人物》本作“钱南军派了一位高级参议吴山民来”。钱南军，中国国民革命军陆军第八十八军的番号。吴山民（1902—1977），原名琅椿，字念萱，义乌上溪里美山人，抗战时曾任义乌县县长，受共产党影响，积极组织抗日救亡运动，曾任第八大队“咨议”的职务。新中国成立后曾任浙江省高级人民法院院长、浙江省政协副主席等。

③ 此下《上海周报》及《史事与人物》本另有以下一段：“吴山民是西乡里便山人，受过大学教育。就他的经历说，曾经当过二陈的秘书，当过义乌县县长，必定是国民党员。他在外面作过事，而且在前几年作过本地父母官，有学问，有政治经验，抗战起后又参加过军队，地方声望极高。据说，他当县长当得不错，结果是撤职。撤职的原因，据说在受训时和教官顶了起来，用思想问题的帽子撤了差。”

④ “第八大队就在”以下至此，《上海周报》及《史事与人物》本作“第八大队就在一个开明地主和一个国民党员之下开展活动了”。

⑤ “它的全名”以下至此，《上海周报》及《史事与人物》本仅作“而且”二字。

⑥ 季洪业，即季鸿业（1912—1999），义乌夏演鲤鱼山村人，陈望道女婿。1942年5月义乌沦陷后，协助吴山民建立义西乡镇联防办事处，并任警卫股股长，后任第八大队队副；1943年8月，第八大队改为义乌县抗日自卫总队第三大队后曾任大队长。1948年12月，中共金萧工委在金义浦兰边区成立路北县政府，季鸿业出任县长，同月加入中国共产党。后曾任兰溪县县长、浦江县副县长、金华专区法院副院长、浙江省高级人民法院秘书及金华师范学校教研组组长等职。

季洪业不久也辞职，队长由李一群继任[①]。一直到民国三十四年八月二十二日撤退为止。

第八大队的历史生命前后恰好是三年。

人数最多时连公职人员在内，大概有一千人左右。

组织分中队四，特务队一。

第八大队撤退以后，由国军组宣抚团，办理自首工作，进驻的国军是二十一师和三十二师。

代替第八大队的是从未参加抗战的义南联防办事处南区自卫大队[②]，推进到西区来，任务是肃清“奸匪”。

这小小一角落三年零十个月的变化，也就象征着整个中国十年来的变化。

三

第八大队成立以后，在共产党的领导下，对敌的经济封锁，武装战斗，一步步有计划地展开，立刻得到人民衷诚的拥护。

形势是非常险恶的，敌人驻兵在义亭（浙赣铁路的一个小站，离南平镇十里路），在佛堂（离南平镇二十里），在县城（离南平镇四十里）。义亭被叫作阴阳界，过去是敌区，过来则是游击区。

第八大队成立了很多小组，任务是阻止任何人以物资资敌。经常在界头巡逻，阻止商贩走私，在不得已时，劝导不生效时，当然只好用武力强制执行。这对敌人是一个打击。可是在第八大队撤退以后这十个月来，也为此引起无穷尽的纠纷。过去被阻止走私的商贩，纷纷出来告密，报复当年的仇恨。

武装战斗的次数和成果是无法统计的，只能举出典型的几次作个例子。

（一）长背之役　时间是三十一年十一月，地点是长背，离南平镇八里的一个小村。这一天敌人派宣抚班到长背来宣传皇军恩意，圣战目的，有一队日兵保护，还附有迫击炮。正在村祠中说得天花乱坠，人民睡意朦胧的时候，第八大队来包围了。伤敌队长，杀敌数人。宣抚班就此落荒而走。

（二）西皇塘之役　三十二年八九月间，敌人到西皇塘来抢粮食家畜，第八大队得报，埋伏在西皇塘附近的田儿头地方，来一个突击。敌人十五人全军

---

① 李一群（1917—1947），嵊县太平乡石碑村人。1938年8月，进新四军教导队学习。1939年3月，加入中国共产党。1942年任淞沪游击队第五支队参谋。1943年5月，任第八大队副大队长，不久被任命为大队长。1947年1月，李一群在鲁南战役中壮烈牺牲。

② 底本及《史事与人物》本于“义南联防办事处”后施句号，《吴晗文集》第三卷、《吴晗全集》第七卷断句同；《上海周报》作逗号。作者原意应是指义南联防办事处下属的“南区自卫大队”取代第八大队承担了西区的防卫巡逻任务，故按今人的习惯以“义南联防办事处南区自卫大队”连读。

覆灭，里面有一个分队长。

（三）黄宅市之役　黄宅市是邻县浦江的一个大市集。这次是出击了，毁了敌人的碉堡，俘敌八十余人，内中除伪军外，有一部分是日本人。

（四）苦山之役　三十二年十月十五日，敌人为了消灭游击区，展筑公路，把上溪到义亭的路筑通以后，就把游击区和外面隔绝了。而且这条路一头通金华，一头通义乌县城，是一条军运动脉，也是经济动脉。这一天第八大队出动了，用武力阻止敌人修筑，在苦山发生了遭遇战（苦山离南平镇三里）。此后敌人日夜兴修，第八大队也日夜破坏，这条路终于不能修成。

（五）南平镇之役　时间在三十三年四月十七日，地点又是南平镇。这一天敌人三十四人，由一个队长率领到南平镇巡逻，平时敌人是有点害怕这地方的，这一天忽然胆子大了一点，早上来，到下午还不走。恰巧第八大队在附近乡村开会，得报立刻整队包围，发生激战，战果是敌队长阵亡了，余下的人只逃出九个，其他全被歼灭。据参加这战役的战士说，要不是傍晚时忽然下大雨，要不是天黑了，这九个也漏不了网。

第二天敌人来报复了，报复的方法是放火。十八，十九，二十连烧了三天，市廛精华，化为焦土。事后估计，被烧的房子约一千间左右。

经过这一仗，虽然南平镇人民物质上的损失是难于估计的，可是在另一面，一直到敌人投降为止，敌人不敢再到南平镇一步。

（六）曹宅之役　曹宅是邻县金华的一个大市集，三十四年四月间，第八大队得报出击，歼敌四十余人。

四

虽然我在家只住了四天，可是我和各阶层的人们谈过话，包括身亲各战役的战斗员，自首的公职人员，第八大队以外的地主、中农、贫农和保甲长等等。教育程度一部份是中学程度，一部份是受过小学教育的，更多的是不识字的农民。内中当然包括我的母亲，她是吃过和第八大队并行的农会的苦头的，她被他们叫做“顽固分子”。

然而，不管他们的教育程度，文化水准，职业区分，家产多少和社会地位，我得到一个一致的答案，第八大队好到他们从未见到过听到过的程度。

就纪律说，我在上文说过，第八大队人数最多时有一千人左右，这样大的一个武装队伍，就西区人民说，似乎不觉得它的存在。平时分散在各村各家，谁也不觉得。一作战一行动，立刻以整齐的行列出现。

我家的房子在村子中是最大最好的一所，有一个时期曾经驻过第八大队百多人。母亲告诉我，他们很客气，从不乱动用我们的东西。

附近一带，在第八大队存在的时候，没有土匪，更没有强盗，不用说小偷了。田里的农作物，园里的果树，从不曾短少过一把一颗。

在第八大队活动的三年中，从也不曾和伪组织发生过一丝一毫关系，假如有，那是在作战的时期用刺刀和步枪见面。

就战斗精神说，我愿意引用一个壮年的贫农的话。他不识字，可是有胆子，有力气。他上过阵，也杀过日本人，会放步枪和木壳枪——这是他们最好的武器了。他也见过另一个军队的战斗情况。

他比较了两种战争，一种武器不好而士气旺盛，战斗力强；一种武器精良而士气不振，战斗力弱。最后下一个结论说，就他的经验，后一种军队和他的政府，光就这点说来，是绝对不会有前途的。

我问他为什么能有勇气上阵、放枪，而且敢于杀敌人。他说：一点也不奇怪，这仗是为我们自己打的，而且，更重要的是我们自己要打。我不去打，敌人就打来，杀我的父母妻子，抢我仅有的米麦，而且还要烧我的破房子。试问，谁愿意自己或自己的父母妻子被屠杀、被污辱呢？谁肯甘心情愿让敌人把粮食抢走，房子烧光，挨饿挨冻，流离失所呢？一上阵，想起了这些，不由得不勇气百倍，和敌人拼个你死我活。

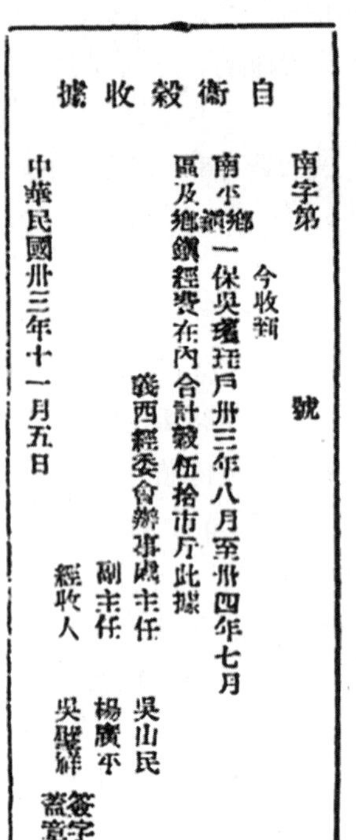
自衛穀收據

南字第　　號

今收到

南平鄉第一保吳瑸珏戶卅三年八月至卅四年七月

區及鄉鎮經費在內合計穀伍拾市斤此據

義西經委會辦事處主任　吳山民

副主任　楊廣平

經收人　吳璧祥　簽字蓋章

中華民國卅三年十一月五日

收据

一句话，为什么士气旺盛，因为每一个战斗员明白他为何而战。这样也就明白上边的另一个问题了，为什么第八大队能有这样好的纪律？因为第八大队是由人民产生，属于人民自己，为人民服务，生活在人民之中，是共产党领导的抗日军队，而并不是象另一种“军人第一”，高高在人民之上的军队。

最后一个问题是这军队的给养从何而来？

第八大队的给养由自卫谷供给，办法是照各家负担能力每月负担多少谷子，此外别无所取。因为他们没有饷金制度，也没有服装费，除了吃饭以外，是用不着其他开销的。下面附着一张我家保存的收据：

吴瑸珏是先父户名，吴璧祥是我的堂兄，这时在当保长。

一年五十市斤的自卫谷经费，较之这十个月来乡公所每月三十市斤的什么经费来说，是轻微到万分的。而且，据我母亲说，的确很轻，别家比我家还要少。

不止如此，第八大队还协助流亡的县府，替他收粮，作流亡经费呢！

五

坚苦抗战了三年，生活在血泊中，在敌人扫荡的威胁中，得不到地方政府的支持，得不到中央政府的指示或援助，更谈不上什么国际援助之类了。

然而，这些可敬的人们，在大风雨飘摇中，屹立不动，以坚贞肯定，毫不犹豫的决心，不但在消极的抗拒敌人，而且还积极的主动的去打击敌人。

是他们继承了戚继光将军麾下义乌勇士的光荣。

是他们为国家为民族保存了这小块干净地。

是他们起来保卫了自己，保卫了人民，保卫了主权。

是他们发扬了中华民族的正气，替可歌可泣的抗战史插入光辉的一段。

然而，从去年八月二十二日以后，这支人民的武力被视为“奸军”了，这些可敬的人们被叫做“奸匪”了。

多少人在逃亡，在流离。

多少人在魂梦不安，在等待别人告密。

多少人在拘囚中，在酷刑虐待中。

十天前，正当我回到这第八大队出生地的时候，县长警察局长正在率领军警清乡，肃清“奸匪”，强化治安，并且还有密告箱的设置。

德鉴避居金华，有人告他是“奸匪”，在被勒索四十万元以后，案子仍未了结。①

这是抗日战士的下场，第八大队撤退后的尾声。

然而，人民的眼睛是雪亮的。

抗日有罪，呜呼！

原注：1946年7月7日为纪念卢沟桥抗战而写。

（选自《投枪集》，作家出版社1959年版；原载《上海周报》1946年7月13日第45期，后收录于生活书店1948年版《史事与人物》，兹据以参校）

---

① 此下《上海周报》及《史事与人物》本另有以下一段：“山民逃亡在外，他家原也素封，仅够吃用。家里住宅几次被敌人放火烧光。但是，如今已经是三餐为难了。留在家的太太妹妹和儿女经常被警察和自卫团访问，并恫吓要逮捕她们，正在走头无路，出不来，也活不下去。”

【导 读】

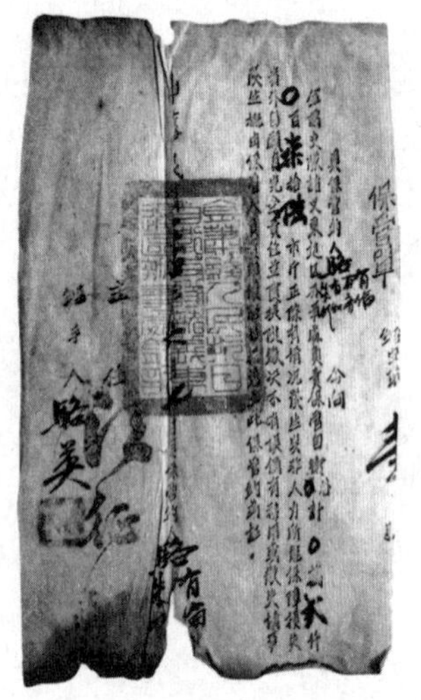
诸义东根据地自卫谷保管单
（摘自《义乌旧票据》）

1946年6月26日，吴晗回到了阔别十三年的故乡义乌吴店苦竹塘。吴晗在家乡逗留了四天，有感而发，写下了《记第八大队》等随笔杂感。第八大队原先是由开明地主和人民自发组织起来的抗日抗匪队伍，成立于1942年，领头人是杨村最大的地主之子杨德鉴，他接受过中国共产党的思想洗礼，队伍成立不久，新四军便派人帮助杨德鉴指挥和建设队伍。以后，在共产党的领导下，第八大队得到了人民衷心的拥护。最盛时，队伍发展到一千人左右，成为义乌地区最主要的抗日队伍。

第八大队“由人民产生，属于人民自己，为人民服务，生活在人民之中”，是真正的人民队伍；部队自给自足，仅向当地人民征收少量的饭食钱，其队员平时耕地生产，遇到敌人侵犯便组织起来英勇抵抗，由于队员们很清楚自己保家卫国的责任，故战斗力非常强，也得到了人民衷心的拥护。在1942年至1945年这三年间，第八大队继承了义乌抗倭的历史传统，组织了长背之役、西皇塘之役、黄宅市之役、苦山之役、南平镇之役等战役，这些战役皆取得胜利，杀敌众多，阻止了敌人的侵犯，保卫了义乌。但是面对这样一支英勇的人民抗日队伍，国民党不仅不支持，战后还将其污蔑为“奸匪”，要清剿，这不是黑白颠倒，与人民为敌吗?!

【延伸阅读】

吴晗早年师从胡适，并在其指引下专攻明史，是现代明史研究的奠基者和开拓者之一。他在史学方面的论著主要有：《胡惟庸党案考》《明成祖生母考》《胡应麟年谱》《朱元璋传》《读史札记》《江苏藏书家小史》《十六世纪前期之中国与南洋》《由僧钵到皇权》《明太祖》《明史简述》《朝鲜〈李朝实录〉中之中国史料》《江浙藏书家史略》等。杂文类主要有：《历史的镜子》《史事与人物》《灯下集》《春天集》《投枪集》《学习集》《三家村札记》等。主编通俗历史知识著作有：《中国历史小丛书》《外国历史小丛书》。

“文革”结束后，吴晗得以平反昭雪，吴晗的遗著也纷纷汇编出版，其中代表性的有两种：一种是北京出版社1988年出版的《吴晗文集》四卷本，为选编；另一种为中国人民大学出版社2009年出版的《吴晗全集》十卷本，收录吴晗的全部论著，共四百多万字，分为十卷，其中自第一卷至第六卷为“历史卷”，自第七卷至第九卷为“杂文卷”，第十卷收录了吴晗的诗歌、书信、剧作、工作报告、翻译作品等。其中民国年间的论著，《吴晗文集》多据1949年后作者本人修订过的文本收录，《吴晗全集》则往往据原发刊物或民国年间出版的文集收录。客观而言，后者较为忠实于历史原貌；前者则颇多修饰，打上了20世纪50至60年代的时代烙印。比如《论贪污》一文，原载《云南日报》1943年11月14日，后收录于生活书店1946年出版的《历史的镜子》和作家出版社1959年出版的《投枪集》。原发报纸及《历史的镜子》本与《投枪集》本文句颇有不同，如前者“黄巾乱起”“民间却被逼叛乱四起”“到了外患内乱迭起”，后者作“黄巾起义”“民间却被逼得到处发生农民起义”“到了外患和农民起义外内交逼”，诸如此类的修改，有鲜明的时代色彩。又如《记第八大队》一文，原载《上海周报》1946年7月13日第45期，后收录于生活书店1948年出版的《史事与人物》和作家出版社1959年出版的《投枪集》。原发刊物及《史事与人物》本与《投枪集》本文句颇有不同，如前者“义乌于民国三十一年四月初八日沦陷。地方政府不见了，照例作官的人的脚是特别快的，有好处他先来接收，发胜利财、接收财。有危险呢？他先溜”，后者于“作官的人”前加“国民党”三字。又如前者“第八大队成立以后，对敌的经济封锁，武装战斗，一步步有计划地展开，立刻得到全体人民衷诚的合作”，后者作“第八大队成立以后，在共产党的领导下，对敌的经济封锁，武装战斗，一步步有计划地展开，立刻得到人民衷诚的拥护”。很显然，后者政治色彩更浓，爱憎更分明。但除此以外，后来的修订本更多的是对原本文句标点的润饰甚至是疏误的修订。如《论贪污》早期本子“皇后的教和皇帝的制敕并行，藩镇奉之如一”，前句“教”字单行不伦，《吴晗全集》照录；《投枪集》所载修订本作“教令”，句意便明白无误了。又如，早期本子“贪污成为正常风气”，《吴晗全集》本同，“贪污”而称“正常风气”，总让人感到不妥；后来的修订本作“贪污成为社会风气”，便怡然理顺了。再如，《记第八大队》早期本子“来供养那些万脑满肠肥的日俘”，《吴晗全集》本同，“那些万”文词不顺；后来的修订本作“来供养那千万脑满肠肥的日俘”，“千万”意指成千上万，文义顺适。还有，早期本子“这些人的领袖是一个裁缝工人”，《吴晗全集》本同；后来的修订本作“这些人的领袖是一个裁缝”，删去多余的“工人”二字，自然更为简洁。类似的例子很多，在此不一一列举。所以我们不能因为后来的修订本多了一点政治色彩便弃而不用。《吴晗全集》以早期的《历史的镜子》《史事与人物》

吴晗故居

为据，不但沿袭了原本的许多疏失，而且还增添了一些新的错误（如《记第八大队》“山民逃亡在外，他家原也素封，尽够吃用”句，其中的“尽”字早期本子原文作繁体字“儘”，意为任意、随便，“尽够吃用”谓其家富有，吃用无忧；《吴晗全集》录“儘”作“仅”，文意反转，大谬），让人遗憾。而《吴晗文集》选用后出的《投枪集》为据，显然是正确的。可惜此本排版错误很多，亦不可依以为据。所以我们的选文亦以《投枪集》为底本，重新加以校录整理。

（除文末已署名者外，其余各篇由浙江师范大学人文学院胡铁球教授撰稿，浙江大学人文学院张涌泉教授审定）

王西彦

王西彦像

王西彦（1914—1999），小名馀庆，学名思善，中国现代作家。1914年10月出生于浙江省义乌县青塘下村。1930年在义乌初中毕业后到杭州民众教育实验学校就读。小说处女作《残梦》发表于南京《橄榄月刊》1931年7月15日第15期。1933年在北平的中国大学国学系求学时组织了“绿洲文艺社”。抗战初期赴武汉参加战地服务团，到鲁南、苏北做民运工作。武汉沦陷后，到湖南观察日报社和塘田讲学院从事编辑与教学工作。1940年到福建永安主编《现代文学》月刊。1941年在《现代文艺》第3卷第6期上发表了成名作《鱼鬼》，署名施稔。1942年后，先后担任桂林师范学院、湖南大学、武汉大学、浙江大学等校教授。1949年后，参加了土改运动。1953年任上海《文艺月报》编委。代表作有短篇小说《鱼鬼》《眷恋土地的人》《老太婆伯伯》，散文《蛟和龙》《义父》《黄杨木》，长篇小说《古屋》《寻梦者》《春回地暖》等。

鱼　鬼

一

现在，我是回到家乡来了，回到自己的生息之所来了。不消说，我原是熟悉这里的一切的，甚至一草一木都足以揭开回忆的帷帘。我曾经离开过，但现在我又回来了，我应该不是一个陌生的闯入者。我岂不是呼吸这里的泥土气息长大吗？岂不是曾经给这里草茎上的晨露沾湿过自己的脚踝吗？岂不是采摘过这里的花朵，痴望过这里的流云，捕捉过这里河水中的鱼虾，倾听过这里柳荫中的蝉鸣吗？我是好像一个故人似地走进这乡间来的，我期待着一声欢愉的呼唤，一个热烈的拥抱。可是，过度的奢望，却往往只能换来空漠的失望。我现在的情形恰正是如此。当我发现自己的幻想都不过是一种自我欺骗，什么都和意料不同时，开始我感到惊讶，随后便只有悲伤的份儿了。这里的山水草木，一一如旧，可是由于长期的天灾人祸的磨折，生活在这里的人们，却变得更为忧郁，更为阴沉，对我也格外陌生了。其中的一部分，不管他们脸上皱纹的加多，须发的变色，背部的更加伛偻，我依然熟悉他们，喊得出他们的名字，和他们打着招呼，可是彼此之间变得隔膜，变得疏远了；显然地，他们心灵的改变，比他们的外形更甚。在他们之中，直到现在，和保留在我记忆里的互相对照，变化得最少，或者说，几乎没有变化的，只有一个神秘而固执的人，因为他在我最初的记忆里就是一个难解的谜，现在，他依然茁壮地活着，而且依然是一个谜样的人。

一提起这神秘的谜样的人，我的脑子里立刻浮现起一个固执的影子。我不知道他确实的名字，从最初的记忆里，我就知道他是一个“鱼鬼”，也只知道他是一个“鱼鬼”。由狭窄的额角、低压的发脚、浓黑的眉毛和厚实的嘴唇所构成的一张固执的脸孔，这便是他，那个作为孩子们畏惧的对象的鱼鬼。他永远是沉默的。厚厚的嘴唇好像两片岩石，紧闭不动；一双仿佛从不转动的眼睛，总是凝视着地，好像在找寻什么失物，又好像在猜测大地永恒的秘密。他的身体非常壮健，阔肩粗臂，背有些驼，走路时踏着重实的步子，却低俯着头，反剪起两手，永远保持着这同一的姿势。他的身体，他的面貌，他的举止和言语，一切都是固执的化身。

为什么这样一个人会被叫做“鱼鬼”呢？在你的脑子里，一定有过这样的疑问。不错，从小我们就这样叫他的，全村的人大家也都这样叫他。这名字包含着几分神秘和歧视，它取消了对于一个人所应有的那份尊敬，好像他并不属于人类的社会，他不是一个人，而是一个鬼，一个真正的鱼鬼。不过，所谓鱼鬼，并不是说他为鱼类所转化，是鱼类的鬼魂或精灵——正相反，他倒是它们可怕的敌人，在捕捉鱼类时，他那固执的性格，使得它们无从逃避最后的厄运。

对于一个出身乡里间，一直对乡里间的一人一物保持着浓厚的兴趣，如像你那样的人，不消说，也一定熟悉乡里间一切生活习惯的。也许我上面一提到捕捉鱼类的事，你就会神往于那种赤身裸体，在夏日的阳光下，欢呼惊叹的景象的罢。请打开你回忆之门，展现在你眼前的，将是一个蒲杨夹岸、树荫交接的池塘，在紧急噪聒的水车声中，塘水一寸一寸地低落了，塘塍边描绘出明显的年轮一般的纹圈，水草层次分明地贴服在污泥里[①]，离水最早的地方，在午后猛烈的太阳下，已经开始起着细小的龟裂。水逐渐浅了，更浅了，面积也逐渐缩小了。捉鱼的伙伴一个一个地先后来到了，大家携带着网罟和鱼篓[②]，坐在柳荫下，指点着纹圈的增添。有人催促车水的：“勤脚呵！”于是，你听到一

① 贴服，同“贴伏”，黏附。
② 罟（gǔ），捕鱼的网。

声唿哨[1]，八条或是十条酱色出毛的腿，飞一般地轮转起来了。岸上的人，个个都把自己期待的眼睛，投向开始变黄变浑的水；不错，还不到时候，塘底还没有分潭，鱼儿也还没有闪尾。可是，什么人全身赤裸地跳下去了？也不作声，也不招呼一声伙伴便跳下去了？唉唉，你自然知道，那如果不是照例来得最早、去得最迟的鱼鬼，还会有旁人？你看他这时在已经离水的污泥里摸索着，用手捏和脚踩，继续着他的搜寻，固执地搜遍每一根水草和每一块塘泥。他不知道厌倦，也不知道失望。午后毒烈的太阳，一直晒在他赤裸的身上；作为干旱的预兆的麻蝇，钉在他淋着汗珠的背上[2]；吊在腰间的大鱼篓，一撞一簸地在他脚下投着一个奇幻的影子。对着这样的形象，你将会觉得好笑不是？但是一会儿，一声兀突，一条粗肥的乌鲤给擒住了，他若无其事地把它塞进鱼篓；一会儿，又是一声兀突，一条长滑的鳗鱼给擒住了，他依然若无其事地把它塞进鱼篓……

岸上的人发出低微的佩羡之声了。毕竟是鱼鬼，你瞧他有着多么惊人的耐性！最初离水的污泥是一片贫瘠之地，鱼群这时都挤到塘底那小天地里去了，留在逐渐枯竭的污泥里的，只有刁怪的乌鲤和鳗鱼，它们预先潜伏着逃避灾难。但是何尝逃避得了？鱼鬼的十个手指好像一副竹签，刁怪被固执赛输了，最先逃避灾难的却最先给塞进了鱼篓。

终于，水发浑了，鱼儿开始闪尾了。人们这才一哄儿拥将下去。他们用各种各样的工具，捕捉各种各样的鱼，甚至最细小的米虾也无从漏网。最后，提着鱼篓或是用柳条串着鱼鳃，大家猎取着自己的希望和满足，浑身泥污地上岸来了；在那好像群鸭过后的水田一般的塘底里，却还留着一个人，那便是鱼鬼。他仿佛是不知满足的。他的鱼篓比谁都大，也比谁都满；但他全不理会，默默地继续搜寻着人家摸索过不知多少遍的污泥，凝神一志于自己的工作。西斜的太阳，给他拖下一个寂寞而固执的影子。

黄昏后，按照一般习惯，人们在门外乘风纳凉，看见在浓重的暮霭中，从田野间走来一个人。最先发现的，便喊将起来：

"看，鱼鬼回来啦！"

"鱼鬼背着大鱼篓回来啦……"

小孩们最初是惊奇地张望着，随后便恐怖地逃进家门去了。

以为这样就结束了这一天的捕鱼了吗？但是，等你吃了晚餐，再出来看望罢，十四十五月亮上得早，你可以看见在朦胧的月光下，一个矮矬的影子从田野间慢慢远去。

---

① 唿（hū）哨（shào），同"呼哨"，撮口发声，作为信号。

② 钉，叮，蚊子等昆虫螫刺。茅盾《霜叶红似二月花》十一："忽然一只牛虻在他后颈上钉了一口。"

那是什么人？去干什么事？别吃惊，那便是鱼鬼，他又带着空鱼篓到那干涸的池塘里去了。他懂得刁乌鲤和怪鳗鱼的性子：人走了，水静了，它们漏了网，这时以为灾难已过，又钻出污泥来自由呼吸了。但可怜，它们依然逃不掉那最后的厄运——鱼鬼那一双固执的手。

这就是鱼鬼，那神秘而固执的人。你会厌嫌我冗长乏味的叙述吗？可是，在给你报告这些日子乡里间的见闻以前，你看我却先给你重抄了一遍童年的记忆。

二

上次给你叙述过的那鱼鬼，今天又在门前看见他了。不知道是什么缘故，这些年来他依然故我，至少在我的眼睛里，他几乎没有多大改变。他依然微驼着背，低俯着头，反剪着两手，踏着重实的步子，在我门前经过。和前几次一样，他并没有看见我（他走路的时候向来不东看西顾），所以我也不敢断定，假使他看见了我了，是不是也还认得我。

不过，认不认得我有什么相干？反正他是孤独而沉默的，从来就不喜欢和别人多嘴，仿佛他自有一个天地，永远守着自己的神秘。在乡里间，关于鱼鬼的故事是很多的，人们在他身上驰骋着自己的智慧，发着种种不负责任和不合人情的联想与推论。但我不必把这些都琐琐碎碎地告诉你，因为这些对于鱼鬼原就全无损害，他既不希求别人的了解，也不希求别人的友谊和尊敬，独自走着生活的路。你曾经看见过一株矗立在悬崖绝壁之上，在凄风苦雨中独自生长，而且百无聊赖地抵抗着自然压力的孤松吗？远道的旅人或许会对它的存在发出惊叹，感觉到生命的不可思议；可是这种惊叹和它无关，它完全不需要这些多余的烦扰。鱼鬼就是这样的一株孤松。人们从来不去关心他的喜乐和悲哀。“鱼鬼也有喜乐和悲哀吗？”这仿佛是一件难以设想的事情。

写到这里，我听到窗外有一个农妇在那里反复哼唱两句儿歌，这儿歌是作为哄骗孩子们用的，在我的童年时代已经编造出来，直到现在，它还在流行，此刻我又听见它了：

——快莫哭呀乖乖，
再哭鱼鬼来！

这两句儿歌重新唤起我童年时代的印象，好像一个琴师精妙的指甲拨动到最有力的一根琴弦。我和鱼鬼曾经有过种种的遭遇，它在我的记忆里打下难忘的结。现在，我把它们一一给你复述出来。我说的自然是悠远的童年时代的故事。

八月间，枣子红熟了。采摘那红艳欲滴的小小果实，是孩子们最欢喜的事。没有别的什么能比采摘果实更使孩子们感到兴奋的了，正如农民们对于大熟的收获一样。我和邻家一个小伙伴一起，在枣林里用紧张满足的心情忙碌一阵之后，便拿敲打枝梢的枣子的长竿充当杠杖，一前一后地抬着一满篮红得可爱的果实，从村后枣林里出来。你可以想见那一刻充满喜悦的心。我们嘴里哼着咏唱枣子的山歌，刚刚穿出枣丛，迎面就碰见了鱼鬼。我们都是听惯母亲们哄骗孩子们的那儿歌的，这时我们所遭遇的是怎样的意外。不消说，两人都惊慌不迭地站住了，紧紧地瞪着眼。我们虽有两人，实是孤立无援。我们仿佛站立在万分危险的边缘，从记忆里涌起种种可怕的意念，一步一步地往后退缩。他来了，鱼鬼来了，背微微驼，头低俯着，手反剪着。我们情绪紧张地注视着他，肩上的竹竿瑟瑟发颤。“他自会走过去的。”我们想，因为鱼鬼向来不愿和别人多事。但是，怎么？那双仿佛从不转动的眼睛，那双总是固执地凝视着大地，好像在找觅什么失物，又好像在猜寻什么秘密的眼睛怎么转动起来了？它们是在向我们转动的吗？那可怕的鱼鬼是在向我们显露可怕的笑脸吗？他那永远是反剪着的手是在向我们打着招呼的吗？而且，他那岩石一般的嘴是为了我们而裂开的吗？……

是的，他呀呀唔唔地说话了，他向我们走来了，招着手露出笑脸走来了，走得更近了，鱼鬼来了。这是什么一回事？是一个噩梦吗？突然地，后面的小伙伴叫嚷了一声，我们几乎同时抛下竹竿和篮子，让辛苦采得的心爱的果实撒满一地，回转身跑了。在这样的时候，在这样一发千钧的关头，你自然可以想像得到一个小孩子所能采取的步骤。我们惊魂动魄地号叫着，好像在恶梦中逃避妖魔，一次一次地跌倒了，一次一次地重新爬起，不顾痛楚，我们奔跑着。当时，在我们单纯的意念里，只要落后一步，便会给可怕的鱼鬼所擒获；而一给鱼鬼擒获，便会丧失掉性命。小小的稚弱的心灵，如何容受得下过分的惊吓？回到家里，便都发了大烧，一如常言所说的，灵魂吓出体了。我们的母亲持着灯笼，爬上扶梯，在屋前屋后给孩子们唤呼那走失了的灵魂，把一切恶毒的咒诅都抛给那可咒诅的鱼鬼。

你会窃笑不是？我在说着如何可笑的故事！可能你会追问鱼鬼到底有没有在后面追赶，或者，他是不是木然若丧地感到难堪的绝望？谁知道？谁能知道？鱼鬼的哀乐，我们一向不去关心，因为鱼鬼并不是人，并不属于我们这人的社会。鱼鬼的哀乐简直是不可想像的事。

但是，我还要向你述说第二个故事，抄写第二次童年的记忆。

还是八月间，收获完了，山查红了[1]，是秋天晴朗的日子。我们在山野间

---

① 山查，同“山楂”。

放牛。一提到放牛，在你心里不会倏地复活起全部的童年生活吗？你一定知道，不，你一定记得，八月间可不是放牛的好季节，因为地气开始收干了，青草失去固有的泽润，牛群只有散在山前山后啃那粗老草根的份儿了。不过，我们牧童却有自己的娱乐。我们在各处采摘红艳艳的山查果，用斗笠装着，准备带回家去，央求妈妈和姐姐用红丝线穿扎起来，围在颈项上做荣誉的饰物。八月里，牧童们的歌曲也是最多的，我们歌唱着丰盛的收获，歌唱着中秋的明月，歌唱着“山查满地红”，歌唱着“枣子两头尖”和“桂花千里香”……可是，鱼鬼来了。他来得如此突然，如此不适时宜。我们正在展览各自的山查果，把辛勤的所得，安排在一席平坦的草地上，比赛着哪一个的多，哪一个的红和大，哪一个的妈妈和姐姐最会穿扎山查的项圈。就在这时候，那可怕的鱼鬼来了。他是从山背后转过来的，要不然，便是从半天上降落下来的，我们全没有注意到他，他却一下子出现在我们的眼前了。

“嘻嘻，好多的山查……”

一抬眼，什么，是他，是鱼鬼！他从哪里来的？什么时候来的？他对我们笑着。那原是仿佛从不转动的眼睛，这时却发出异样的光辉；狭窄可笑的额角，仿佛也变得开朗豁敞得多了。而且，最使孩子们惊异的，他的颈项上竟然也挂着一串红艳艳的山查果。只匆匆地瞥了一眼，我们便一哄散了。自然，在那一刻，我们都好像失脚跌进了一个险恶的深渊，我们都曾发出一声惊呼，立刻一群被饿鹰所扑击的鸡雏一般地奔了开去，而且，胆小的竟然哭喊起来了，快腿的不要山查也不要牛，直跑回家去了。在山野间，我们习惯于风雨蛇虫，我们并不惧怕什么；这一下可是一个不意的大惊吓，它简直使我们承受不住。不过，我们中间也有站在灾祸圈外回头窃看究竟的，我便是这些大胆的孩子们的一个，因为我丢失了斗笠和短衫，不甘心就此跑掉。

“瞧他怎么办？”我们便在距离鱼鬼百来步远近的地方站住了。不消说，这是一种可怕的冒险，每一颗心都在胸口里剧烈地跳撞着，我们是仗着得自山野间的野性和勇敢才敢这样做的。

他怎么办？他站在那里，鱼鬼站在那里，站在我们陈列着的山查果旁边。我们看得一清二楚，起始他呀呀唔唔地说着什么话，并且向我们招着手。那魔鬼在和我们说话，在和我们招手吗？于是，我们又退后了几步，打量着逃跑的去路。没有谁答理他，谁敢冒险答理一个魔鬼的诱惑？只是警戒地站在远处向他望着。他又呀呀唔唔地说了一阵，招一阵手，怪模怪样地裂开嘴笑着。自然，我们都没有真正看见过魔鬼的笑容，但在那一刻，在我们小孩子的眼睛里，那是一种魔鬼的笑容，好像一些神话故事所传说的，它们惯会使用这种笑容来招骗孩子。我们的心跳撞得更加剧烈了，有的便畏缩地移动着脚步。当发现自己的努力尽归徒然时，那鱼鬼，他左右环顾着，似乎在找觅什么失物或猜测什么秘密。他没有再作什么动作，可也没有离开，只是站在那里，固执地站在那里，眼睛注视着狼藉满地的山查果。他不再走动了吗？他在那地方生了根吗？不，过了许久之后，他这才摆一摆手，又呀呀唔唔地说着含糊不清的话，回身走下山坡，夕阳给他拖着一个孤寂的影子。

你以为上面的情形过于残酷吗？但是，我还应该把我的记忆叙述完全。当鱼鬼走下山坡时，我们清清楚楚地看到他从自己颈上取下那串山查果，他把它掷在山坡下面。他为什么要把它掷掉？你自然知道，那时候我们还在童年，还不能了解人生的痛苦，不能了解人世间的悲哀，我们无心去计较那样的事。而当大家结队赶牛从山坡下经过时，我们中间的一个，更用一种不屑的神情，把那串不洁的山查果拨入路旁的小涧。

三

前两次我给你重抄记忆中鱼鬼的故事，你一定会迫切地想要知道我对他的新印象。……但是，我觉得还应该先来说一说关于鱼鬼的家。

鱼鬼也有家吗？是的，他也有一个家，有一个老娘和一个作石匠的哥哥，住在两间几乎就要倒坍的茅屋里。在我的童年时代，它已经歪斜得使人耽心会教一阵风雨吹倒了；但一如我们这社会的若干风习，虽然早就糜烂朽腐了，却还可以苟延残喘到一个长长的时间。这一次，我看到鱼鬼的茅屋依然存在着，自然是和以前同样地歪斜不堪，仿佛耐不住一阵风雨。屋子位置在村子的下首，是一个完全孤独的存在，低矮而且黑暗，很少人去注意和光顾。不消说，那是一个寂寞可怜的家庭，是村子里的化外人[①]。

当我回到家乡的第一天，我从那茅屋前面经过，最先投给我以惊奇的，便是鱼鬼那个寂寞可怜的家，那两间奇迹一般存在着的茅屋。怎么？它还无恙吗？我吃惊自问，同时不禁踟蹰起来了，我特地在它前面逗留了一会，我的脑子里迅速地掠过鱼鬼那固执的面影。记忆真是一座神秘的贮藏，它一经给你打开，便一切历历如在目前。在那一刻，倏忽间几乎汹涌出童年时代的全部印象，比以前两次给你叙述的还要详尽些。可是，当时并没有看见鱼鬼，只听见屋子里一种叮叮的有规律的锤击声，“那是他不幸的哥哥，”我立刻告诉自己说，“他可还守着那份可怜的职业呢。”

那么，现在我就来给你说一说关于鱼鬼的一家，关于他的哥哥和他的老娘罢。

他作石匠的哥哥是一个跛子。据说，在年轻的时候，他是邻近几个村子里最出色的石匠，他的手艺可以和县城里最好的石匠相匹比；然而命运无情，在

---

① 化外，指政令教化所达不到的地方。

一次搬移一个巨大的石具时，不小心腿给碾碎了，而且，虽然曾加诊治，也还是全然无效地变成残废了。但他依然守着自己那份贫薄的职业，没有受到损害的双手，依然可以擎持锤子和凿子，生活的道路依然没有因残废而中断。由于职业的要求，他的背也是微驼的；更由于吸了太多的石屑，患着喘咳的毛病。（你看见过几个不患喘咳症的石匠？）他继续着他的职业。很自然的结果，不同于兄弟的健壮，这石匠却是瘦弱的，脸色苍白，皮包着骨，胳膊上布满着高高隆起的筋络，好像缠着青藤的枯疲的松枝。在我的童年时代，每天黄昏，人们都可以看到他坐在自己屋前的一具石凳上（这具石凳现在仍然存在），带着沉思的神色，伛偻着身子，一只蟾蜍似地吸咽、吐痰和叹息。

鱼鬼的娘，是一个矮矬得可笑的老婆婆，干瘦而猥怯，好像一只畏惧阳光的鼷鼠[①]。没有人知道她的确实年龄，但她实在是老了。暗淡的生活和过度的劳苦，在她缺乏血色的脸上，刻划着蛛网一般的皱纹；而且把她原是弱小的身躯，压得更加伛偻了，褴褛的衣服穿在她身上，好像披在枯死的树丫上。人们很少看见她走出屋子，她把自己的生命消磨在那洞窟一般的屋子里，仿佛屋子里埋藏着无穷的秘密，她就生活在秘密之中。她有一双永远是红肿的泪眼，鼻子小而尖削，头是半秃的，稀少的白发上老是蒙封着尘埃。和她儿子一样，她也是乡里间的怪异人物之一，人们在她身上编造着各种各样的故事——不消说，这些故事大都和她儿子鱼鬼有关。比方说，按照乡里间一般的办法，她把儿子捕捉的鱼烘晒成鱼干，赶集的日子叫作石匠的儿子一跛一跛地挑往城里去兜售，却很少卖给同村子的有钱人。这样的事情，根据她从同村人所受的待遇看来，不是极自然的吗？然而大家都说了，老太婆在月夜里把鱼干铺在晒竹席上，自己却跪着烧香祭告鱼们的灵魂，然后挑一担砂子倒在村前池塘里，那些砂子便都重新变成鱼，各自收了已经丧失躯壳的灵魂，这就是为什么鱼鬼能有那样多捉不完的鱼；又因为鱼是砂子变的，吃了的人要短阳寿，这是为什么那老太婆不敢把鱼干卖给同村人……

听着这样的故事，或许你又会哑然失笑不是？可是，它在乡里间却是真实的，完完全全是真实的。尤其是我们孩子们，我们躲避鱼鬼，也躲避那老太婆。不过，我们所以躲避她，仅只因为她在我们眼睛里是一个不祥物。大人们时常拿这样的话来恫吓小孩子：“不要和鱼鬼婆婆打照面，小心给摄走了魂灵！”因此，我们便成群结队地追逐在她后面，对她唱着这样的歌：

——鱼鬼婆婆，
鬼计多，

---

①鼷（xī）鼠，小家鼠。

晒了鱼干
闯了祸！

对鱼鬼，我们是恐惧；对鱼鬼婆婆，我们却还有憎恶。伙伴中间有一个个子矮矬、不肯成长的，我们就说："你是给鱼鬼婆婆摸了头了。"如果有谁生点什么小毛病，罪恶也全归给那可怜的老太婆，说："一定是和鱼鬼婆婆照了面了。"入夜后，人们便不敢从她那两间破茅屋面前经过，怕会看见鱼鬼婆婆在月光下面铺晒那神秘的鱼干。

鱼鬼是我们恐怖的对象，而那干瘦的老太婆则是厄运的化身。

写了上面的一段，原是可以把鱼鬼一家的故事结束了的。可是，今天我又听到关于鱼鬼婆婆的新事迹了，她已经在去年一个寒夜里死掉了。据说，那死也是神秘的，并且曾经招引起各种各样的猜测。在乡里间，由于季节的限制，一过秋分，池塘和溪涧里戽水捉鱼的事情便少了[①]，但鱼鬼依然每天带着漠然的神情，背着沉重的鱼篓，走过黄昏后的田野。即使是在深水潭里，一般做母亲的谆谆告戒孩子们不要到岸边去割草放牛的地方，他也独自在岸脚下的水草丛和树根边，用他固执的手，摸索着每一个泥窾[②]，每一枝水草，这样一直继续到严冬的来到，然后母子三人便像冬眠的虫类似地蛰伏在黑暗的屋子里……一个下雪天的早晨，人们突然看见那两兄弟抬着一捆破旧的草席上山去了，那里面裹的便是鱼鬼婆婆的尸体。

于是，立刻生出新闻，说是有人看到前一天晚上，老太婆跪在雪地里，她那银白的长发披散在瘦削的两肩，她的面前依然铺着晒鱼干的竹席，而且铺的竹席格外长，晒的鱼干也格外多。人们下着种种断语和解释，证明那是罪孽盈满的结果，千百万的鱼类索去她的魂灵，遭了天罚了。但这样的推测还是不够，在乡里间，新闻是会繁殖的。过了几天，又孳生出新的新闻，说是每天晚上，鱼鬼都跪到母亲的坟前去小声啼哭，一直到鸡叫明了才回屋去。为什么他要这样做？——人们的解释更多，也更离奇，由种种不同的解释所产生的一致的预言，则是造了更大的罪孽的鱼鬼，他将来一定会有比鱼鬼婆婆更可怕的结局。

同样的，那两间寂寞的屋子也变得更加恐怖，更加神秘，好像那是将使全村受难的灾祸的渊薮。因此，有人主张把那对古怪的兄弟驱逐出村去，因为他们母子三人的来历原就不清楚；也有人主张半夜里放一把火，把那两间可怕的

---

① 戽（hù），汲。

② 泥窾（kuǎn），泥洞。

屋子烧掉了完事。但说归说，有谁敢做这样大胆的事情？敢冒这样的危险？因为大家都相信，鱼鬼是一个妖魔，惹了他将会招引来不可思议的灾祸。

四

今天，我和那个奇怪而固执的鱼鬼谈过一次话了。我们是在不意之中打了照面，谈起话来的。从村前溪岸上回村子里来，我走在一条窄狭的挤满“田塍豆”的茎叶的田塍上。突然地，一个人从稻田里钻了出来——他便是鱼鬼。

他只穿一件短裤，他的胳膊和大腿都沾满了泥污，湿淋着泥水。显然地，他是在田沟里戽水摸鱼的。他自然也没有料到会在这个地方遇到我。最初一刻，他怔了怔，瞪着那双仿佛永远不会转动的眼睛。但立刻，他的眼珠转动起来了，嘴唇也翕张起来了，一个铁石人说出话来了。

“你……你回来啦?”我清晰地听见从他那两片岩石一般的嘴唇里吐出这样的询问。

“是的，你可还认得我?”

“认得，”他睐着眼睛，声音有些嘶涩，“认得……你是在外面跑千山万水的……才回来。”

“刚才你在捉鱼吗?”我看着他那双沾满泥污的手。

没有回答，他笑着，裂开岩石一般的嘴唇。这是一个小孩子似的笑，一种纯真无邪的笑，一种非常善意的笑。但是和他那张低额扁鼻的脸孔相陪衬，那模样是奇怪的，近于可怕的，仿佛是一个巨大的猩猩。

我们的谈话就此停止。自然，这是一场很可笑的谈话，不过，它已经给了我极大的满足了。在那一刻，我觉得自己有着比结识一个最可尊敬的友人更加喜悦。鱼鬼，他也从我这种态度上获得喜悦了，他的额角开朗了，眼睛生出光辉了，整个脸孔在霎时间变成柔和可亲了。他笑着，仿佛一个人在深山荒野之中，突然在自己面前出现一个同类的伙伴，他满足地扬了扬满沾泥污的双手，重新跨下稻田，钻进稻丛里去了。

我怀着同样满足的心，一径回村来。到达村边时，我看见一群小孩子在村口迎接着我，他们脸上显露出惊奇迷惑的表情，这时和我打个照面，便一哄逃散了，正像童年时代我们的逃避鱼鬼。

我自然明白他们惊奇的缘由，但我还是叫住了其中一个年纪较大的，问道:“你们逃什么?”

那孩子忸怩地站住，看了一眼他的同伴们，嗫嚅地回答道：

“怕鱼鬼……”

“他不是在田里戽水捉鱼吗?”

“你和鱼鬼说了话，我们也怕你。”

听着这样的回答，我不禁哑然失笑了。我满心激奋地回家。正在门廊里，一个婶婶辈的女人，一个乡里间出名的菩萨心肠的老婆婆，她把我拦住了，拉长一张原就长长的脸孔，神色严厉地警告我道：

“你和鱼鬼说了话？你这个人！你怎么可以和他去说话呀！你不知道他……”

于是，她告诉我下面的故事。

有一天，鱼鬼正从田间回村，和人们常见的那样，赤臂露腿，浑身泥污，背微驼地背着个大鱼篓。不用说，他是捕鱼回来的。正好是向晚时分，田野间开始被昏暗的暮色所蒙罩。照例在这样的时候，这村子里的第一位大人物，村民们实际的统治者，曾经在北伐后数年间当过县议员，被大家一直尊称为“议员五爷”的，一个有着一双金鱼眼和一张鳗鱼嘴的巨绅，他出来巡视自己的田地了。你一定也非常熟悉这样的人物，在我们乡里间，他们到处受着乡民的尊敬，而且，几乎无例外地是态度傲慢的。这位“议员五爷”在乡里间的权威，从我童年时代起，直到现在，似乎一直没有衰落。为了掩饰眼睛的缺点（因为据相书上说，一双金鱼眼和一份大财产是不相称的），他永远在自己的鼻梁上架着一副墨晶眼镜；同时，为了增加仪表的不凡，在出门时总喜欢舞着一根粗大的黑漆手杖。这时候，他就是用戴眼镜舞手杖的姿势从田间走了出来。在一条狭窄的小径上，他和鱼鬼打了照面。这原是很平常的。并且，这位“议员五爷”的习惯，在田间遇见村民向他表示尊敬时，不过从鼻子里轻轻哼出一点声音就算了的。鱼鬼当然不懂得尊敬别人，也不让路，于是“议员五爷”忽然想起要和他开点小玩笑了。当他们贴近身子时，“议员五爷”用手杖拦住他的去路，正想开口说一句刻毒的俏皮话时，一个莽撞的拳头猛地伸向他那尊贵的额角，把架在鼻梁上的墨晶眼镜打得粉碎，还伤到了眼睛，立刻冒出血来了。

这自然是一件惊人的故事。它在乡里间引起了很大的惊讶。鱼鬼用拳头打了“议员五爷”尊贵的额角，使这样一个可尊敬的巨绅的眼睛受伤出血——这难道是可以相信的吗？可是，有什么办法呢？事情就是那么发生了，鱼鬼莽撞的拳头的的确确染上了“议员五爷”额角上尊贵的鲜血。

“唉，说起来，也总是冤气不散呀！”

这个婶婶辈的老婆婆摇头叹息着，随即，又告诉了我关于鱼鬼一家和“议员五爷”所结下的难解的冤气的来历。

原来鱼鬼一家，是在前清宣统年间从外县逃荒过来的，那时鱼鬼还没有出世。鱼鬼的爷是一个身强力壮的人，还是一个扶犁操耙的能手，他被“议员五爷”的父亲收留下来当长工，一家三口（鱼鬼的哥哥刚会走路）便住在“议员五爷”家的半间牛栏屋里。“议员五爷”当时自然还年轻得很，家主还是他的父亲。“议员五爷”的父亲是一个有名的“善士”，收留下鱼鬼他爷一家，便是为了“行善修福”的目的。因为是逃荒的难民，又带着老婆儿子，名义上虽说是雇用的长工，工钱不消说是没有的。这样，一做便是七八年。和鱼鬼一样，鱼鬼的爷是一个闷声不响的人，只知道埋头做活，从不愿和别人多打交道；就是脾气有些古怪，受不得气，是常言所说的那种“倔性子”。一年冬天，已经是年边了，鱼鬼刚刚出世，东家的一头大水牯犯了鼓胀病[①]，死掉了；因为这时鱼鬼的哥哥已有十岁上下，负责侍候这条大水牯，东家便归罪给那可怜的孩子，扬言要把他投到深水塘里去偿牛命。也许东家说的只是一句威胁的话，可是，即使是贫穷流落，一个做爷的人哪能不疼爱自己的儿子呢？何况那条水牯的患鼓胀病而死，分明是和可怜的孩子毫不相干的事！在向东家抗议的时候，那一向闷声不响的人，一开口就吐了一句不敬的粗话，并且表示宁可当叫化讨“百家饭”去，也不愿再当这个倒霉长工了——这自然是大大地触犯了东家的，那“善士”存心给他一顿教训，便把他捆绑起来，用竹条抽打，又剥得浑身赤裸，关在一间磨房里受冻。忍不住这样的气，正如乡里间所说的，血糊了心，那个闷声不响的人，便半夜里掀开磨房的板门，那么赤身裸体的，跳在结着冰冻的深水塘里了，直到第二天早晨才被发现。这样一来，那“善士”便把鱼鬼他娘母子三人赶了出来。因为过分的悲伤，也因为实在无路可走了，做娘的人便硬起心肠，把刚出世的鱼鬼丢在村后义冢地里，盼望有人能拾了他去。满了一昼夜后，做娘的去看望究竟，不料婴儿并没有被人拾去，却依然执拗地活着，不肯断掉那一口气……这件事情，轰动了整个村子，都认为这“命硬”的婴儿，刚一出世就克死了作爷的人，自己却又冻饿不死，不用说是一个怪物。而当他长大成人之后，性格竟比作爷的人更“倔”，也比爷更闷声不响，因此，便有人说，他已经被义冢地里的妖魔换去了灵魂了，是妖魔的化身。被东家赶出门来后，做娘的当了几年讨“百家饭”的叫化婆，好好歹歹总算把两个儿子拉扯大了，于是继“善士”的父亲成为村子里的大财主的“议员五爷”，重新照顾到这母子三人，作娘的便成为“议员五爷”家的仆人（直到她老弱不能做活），兄弟两人也便成为“议员五爷”几亩硗瘠的“大水田”的佃户[②]……

“唉，你说，这样的冤气怎么能散呢?”婶婶辈的善心婆婆重复地叹息道。

关于她所说的鱼鬼一家和“议员五爷”家这一段往事，我自然是早在童年时代就知道的；但经她这么一重述，并且用来解释鱼鬼这种对付像“议员五爷”那样了不起的人物的莽撞不敬的举动，竟使我对鱼鬼生出偏爱来了。但自然，在演出这样惊人的故事以后，可怜的鱼鬼少不掉要受到可怕的惩罚——不过，关于这一点，我没有再向那婶婶辈的善心婆婆作过多的询问。

---

① 水牯（gǔ），公水牛。牯，阉割过的公牛，多泛指牛。

② 硗（qiāo）瘠，土质硬，不肥沃。◎水田，围有田埂，用以蓄水种稻的耕地。

五

关于鱼鬼，上一次说到我已经和他交谈过一次话；现在，我要告诉你，我已经拜访过他的家了。

是一个阴天，早晨的时候，两个小孩子给我讲述鱼鬼婆婆的故事，讲述那悲哀的老太婆的坟墓。他们是两个牧童，长年和耕牛作伴，生活在山野间，熟悉一切山野间的故事。当他们讲到鱼鬼婆婆的时候，在他们的态度里充满着自信，认为自己所讲的完全是真实不移的事情。他们的表情，使我重新生活到童年里去了，重新体味到童年时代对鱼鬼和鱼鬼婆婆的感情。要复述他们的语言是很难的。他们讲到鱼鬼婆婆的坟墓就在那两间神秘的茅屋的后面，那里原是一块废弃了的义冢地，由于年代久远，古旧的坟墓几乎全数陵夷了，成为一片草木阴森的荒地，传说着各种各样可怕的故事，人们很少走近它。不过，鱼鬼婆婆的坟墓却是非常显眼的。“鱼鬼婆婆的坟上一片黄，”一个说，“长年不长草，一百年一千年也不会长了。”

“说是要等到鱼鬼死了就会长哩。”另一个认真地纠正他。

“为什么呢?”我插嘴问道。

“为什么，”最先说话的那一个白了我一眼，仿佛怪我连这样一点粗浅的道理也想不通似的，“鱼鬼的鱼没有人给晒了呀，她就晚上爬出坟墓来给儿子晒鱼，鸡叫明以前仍旧爬回去。”

“有一次误过了时辰，鸡叫明了，爬不回去了，便睡在茅屋里，鱼鬼守着她，一天不出屋，坟墓的土是翻开的。”一个补充说。

“你们都去看了吗?”

“哪里敢去看！以前我们就不敢到那义冢地里去的，有了鱼鬼婆婆，越发不敢去啦。”

说着这样的话，两个人同时显出一副非常恐惧的表情。

听取了孩子们的故事，我立即起意要去看看那成为祸祟的坟墓了。傍晚时分，我向村下首那废弃了的义冢地走去。那废弃了的义冢地，在我的童年时代，就是一块禁地，一个恐怖的对象；而现在，我是正踯躅在一些乱草荒蔓之中了。萱叶和黎莓子绊缠着鞋帮，刺藤的长臂撕扯着裤筒，我惴惴地行走。为了开拓路径，随手折了一根粗大的野桑的枝丫，扑打着漫天漫地的野草。终于，一个小小的可怜的坟墓在我面前出现了，我心头一颤，好像在全无防备的时候突然看见一滩血泊，或者是赤脚踩到一条死蛇。但我马上镇静住自己。“这就是了。”我对自己说道，便在坟墓边站住，仔仔细细地端详着它。

“这是鱼鬼婆婆的坟墓，她就睡在这里面。”我又这样对自己说了一遍，仿佛唯恐自己不敢置信似的。

但是，这也算是坟墓吗？这不过是一个浅浅的土堆，还没有普通坟墓一半大。“一坯黄土”，可说是它最适当的形容词。土是一种近于红色的堇块[①]，很松，几乎载不起一个人的脚步。整个坟墓，好像是由一位生性吝啬的人所砌造的，他不肯在它上面多放一撮泥土，而且处处显出被雨水冲坍了的形迹，以致草类也不便于寄生，在这丛蔓之中，它完全是一个可怜的寒伧的存在。我不忍再站在那里，便沿着墓前一条从野草丛里艰辛践踏出来的并不显明的小径走出义冢地来了。

正当这时，我碰见了鱼鬼。他正在义冢旁边从荒地开垦出来的一条带子一般的耕地上锄掘什么。我仿佛第一次才知道这个谜一样的人，即使被叫做“鱼鬼”，实际上却依然是一个勤劳的农民，便蓦地感到更其可亲近了（这种感情你是应该能了解的）。他俯着微偻的身子，熟练地舞动着手里的锄头，最初似乎并没有发现从义冢地里出来的人，虽说我一路挥着野桑的枝梗。

“你……锄什么呀？”我问道。

好像一个专心一志于自己的玩物的孩子，受到突然的一击，他骇然地回过头来。一看见是我，是一个曾经对他表示过好意的人，他和善地猩猩一般地裂开嘴笑了，却没有立刻答话。

我又把刚才的问话重复了一遍，其实我是已经看出耕地上的作物了的。

“棉花。”他简短地回答。

“也种稻吗？”

“地里种不得……田里才种得……”

“有田吗？”

“田？有……那里，”他指着村子前面，“溪边，是大水田哩，‘五爷’家的。”

在我们这乡里间，“大水田”是指的溪岸旁边易为洪水淹没的混合砂泥的硗土，耕种它的，自然是一些没有土地，但仍须依赖土地为生的人们。现在正当稻禾旺茂、将临收获的时期，村前展开着一片丰裕的金黄色。鱼鬼停住锄，用一个小孩子似的凝注的神情眺望着，仿佛要从那广袤的稻禾的大海里找寻出自己的作物来，一壁喃喃道[②]：

“今年的收成……真是再好也没有哩。”

“还种粟吗？”

“粟？有……那里。”他指着另一条从荒地开垦出来的耕地。

“多高的粟秧！”我不禁发出赞羡的声音了。这可怜的几乎被摒弃的人，他

---

① 堇块，黏土。

② 一壁，一边。

占有着人们所不屑占取的零星硗瘠的土地，但是，你看他用一个真正的农民的固执和热忱，把它们耕种得这样好。看着那又高又茂的粟秧，我简直迷惘起来了。

“到我屋里去……坐坐。”他忽然笑着这样说道。

自然，我去了。我跟在他后面，走向相距不远的那两间褴褛的茅屋，怀着满腔激动的情绪。

到达屋前时，鱼鬼放下锄头，显出一副非常忸怩的神色，回过头来笑着。他是在羞惭于自己的家屋的简陋，觉得愧对难得的客人吗？他似乎要和我说什么话，在他脸上，始终浮现着一种小孩子似的神情，一种好像秋日晴空一般纯一的心地的表现。我们一跨进门去，屋子里面叮叮的锤子声随即停息，同时，我的眼睛也立刻给一阵昏暗蒙封住了。天呵，难道这也算是屋子吗？不，这实在只是一个有顶盖的洞穴，一个比野兽的洞穴好不了多少的洞穴。里面一片黑暗，如果不是从稻秆的顶盖和泥墙相接的罅隙间漏下一线稀薄的光[①]，你简直无法举步。就借着这一线线可怜的微光，我隐约地看到一座土灶，一些零乱不整的桌凳之类的用具。同时，从发散出一种混合着潮湿的霉气和石灰气的奇怪的气息的一个角隅里，随着几声干咳，我看到一个伛偻的蟾蜍似的身子，慢慢地站将起来了。

“请坐……嘿嘿。”

我发现在自己的身后已经被安放着一条凳子，而那蟾蜍一般的身子也一跛一跛地跨过几块白白的东西走近来了。我自然知道他就是鱼鬼的哥哥，一个残废的石匠。并且，我的眼睛也开始分辨出那些白白的东西，实际上便是几块大小不一的青石，是几个尚未完工的小臼和磉子[②]。

“难得，真难得……嘿嘿。”

立刻，我在听到一阵粗大的喘息的声音同时，看见一张干瘦的脸孔了。我的眼睛开始习惯于黑暗了，可是一股难堪的青柴的烟熏发出来了，鱼鬼正在动手煮水准备款待客人。

“几时千山万水回来的呀？”作石匠的开始用一个主人的身份和我交谈，声音好像是从一个空洞破碎的瓦坛里发出来的，嘶涩而且带着喑哑。

“回来很久了，一个多月了哩。”

“万事都好呀？”

“都好，……耽搁你的生活了[③]。”我指着那些青石。

① 罅（xià）隙，裂缝，缝隙。

② 磉（sǎng）子，柱子底下的石礅。

③ 生活，活儿，工作。

“你这真是，嘿嘿，哪里好说这种话呢？你这真是，嘿嘿，难得得很的呀。”

他从身后拿出一根短短的旱烟管，伛偻着身子，一跛一跛地走到土灶上去取火，还轻声和作弟弟的说了几句什么话。回来时看见我受着慢慢浓烈起来的烟熏的窘迫，便提议坐到门边去，一壁递给我一把脱了线的麦秆扇。

“手艺买卖还好吗？”我问。

坐在我对面一段代替矮脚凳的树根上，他摇摇头，然后轻咳着，低沉地所答非所问地说道：

“我是常言说的好，秋天的茄瓜半节烂，不怕你见笑，要不是弟弟的那双手，嘿嘿，那真是，不饿死也饿死啦。”

于是，慨叹来了，间隔着呼出的烟、短促的咳嗽和深长的叹息，他断断续续地诉说着自己艰辛暗淡的日子。他说到由于自己身体不好，病痛过多，石匠活实在无法胜任了，拿锄扶犁的事，自然更没有自己的份。生活的担子，实际都放在弟弟一人身上。弟弟可真是一个难得的好弟弟，一年三百六十天，每天都闷着声儿干活。没有田地的人，可困难呵！溪边两丘大水田，是“议员五爷”强压着他们兄弟两人租种的，每年的收成，还不够交纳田租……这个不幸的石匠诉说着，一次又一次地被咳嗽打断。我看着他那一张苍白、干瘪，全无一点血气也全无一点激动，好像一具正待埋葬的死尸一般的脸孔，他那一张黄髭丛簇的一个老太婆似的嘴巴，以及铺蒙着一层薄薄的石粉的荒草一般的头发，听着他那可怕的嘶哑的声音，几乎不能自制地颤栗起来了，我急切地把自己的眼光投向门外那丰饶的原野。

不知道在什么时候，在旁边的地上，已经摆着一碗赭色的茶；而鱼鬼也已经默默地站在他哥哥石匠的身后了，脸上露出一副戆戆的笑容。

“弟弟，你端个凳子来坐坐罢。”石匠亲切地招呼道。

作弟弟的不言语，也不坐，只是微笑着。

“弟弟真是好弟弟，”石匠继续说话，“农忙的时候作地，闲空的时候捉鱼，一回家便说：‘哥哥，你歇歇！’有几回还来夺掉我的锤子凿子，真叫是，一母所生的呀。”

“哥哥。”作弟弟的轻轻叫了一声，制止石匠再往下说。

“我为什么不说？”石匠反过脸去爱抚地看了他一眼，“为什么不要我说？同胞兄弟，同根的树，一枝死了，一枝枯呀。”

于是，咳嗽逼上来了，全身痉挛，好像一只瘦虾。作弟弟的便给他轻轻地捶着背。

我觉得我不应该再坐下去了，便急急地告辞走了。石匠正想压制住喘咳挽留我，而当他发现这也无效时，便挥舞着一双手，用带咳地嘶声喊着：

“弟弟……赶快……你把床头里那两个橘子……拿去送……送……”

自然我并没有收受他们的橘子，我逃出茅屋来了。我怎么能不逃呢？那两个橘子，大概是从老远的市集上，作弟弟的买给哥哥诊治咳嗽病的罢？那一霎那间，我只简单地觉得，在这一对可怜的兄弟的前面，一切存在的人与人之间的欺压和蔑视，都是不可饶赦的罪恶。

六

这里我给你带来一个很坏的消息，一个很不愉快的消息：鱼鬼死了。

什么？鱼鬼？那样一个壮健而固执的人，他死了？一个固执的人不是也有着固执的生命的吗？他是怎么死的？你脑子里是不是正掠过这样一串疑问？但是，他死了，的的确确死了，而且死得非常奇怪，在乡里间引起很大的震惊。

近一周来，雨是全无节制地下着，遭遇到了谷物黄熟期前的淫雨。稻禾受了蹂躏，委屈地掩卧着，无可奈何地承受着雨水的淋漓。一切桑树、楂树、杨柳和小荆树，莫不摇曳着身枝，仿佛在埋怨这种简直是无尽止的苦刑。池塘起着细小的、似乎永远不会消失的皱纹；芋子的大叶，最初雨珠落在那上面，滚转着，又剥落地滚下泥土；后来终于破裂了，下垂了。大水鸟张开白色的翅膀，在稻田上飞翔着。一阵风吹过，在空中卷起一层轻轻的雾。

终于雨停了，洪水来了，从溪岸泛溢出白流，远远望去，好像是无数道瀑布的倾泻。农民们忘记了对天时的嗟怨，甚至是忘记了对作物的痛惜，他们舍命地从事于抢救工作，忙碌于疏通沟渠，赶筑临时防堤和堵塞溪岸的罅裂。在雨霁的第一天，我就出发巡视去了。我把裤筒直卷到腿根，撑着一根竹竿，从泛滥着泥水的田塍上走过。一路上，可以看到满身斑纹的水蛇在水面上疲乏地浮游，“水牛”（一种小虫）、蚱蜢和土蛙们到处跳跃着，而青色的大水蛙，便豪兴万状地鼓噪着，好像庆贺灾祸的来临。野鸭们，也以一种幸灾乐祸的神情在稻田里出没。只有乌鸦是悲哀的，停留在树梢头，发着饥饿的鸣吟。位置比较高的稻田，这时正从田缺口忽忽放水，低处的稻禾则已经被水淹了小半截。东边远山上，低云在山巅作着象征雨水还不肯停止的“老鼠窠”。我一直走向那泛滥着白流的溪岸。

溪岸上另是一幅惨烈的景象。溪水好像一条巨大的怒龙，张牙舞爪地猛闯过来，那声势，仿佛要用不可一世的浑流，冲破一切障碍，不管你是堤坡、大树、桥梁。溪岸低的地方，水越过了它，冲在谷田里，稻穗浸在水里，谷粒发了芽，放青了，有的竟有寸来长；溪岸高的地方，都已经开始坼裂[①]，罅缝里冒着泡沫。农民们来往查勘着，一处一处地用门板和稻秆进行堵塞的工作。我

---

① 坼（chè）裂，裂开。

沿着田塍走去，我希望能够碰到那个被叫做“鱼鬼”的好农人。

我没有失望，鱼鬼是在那边，在堵塞一处溪岸。虽然半淹在水里，我也可以看见他的“大水田”里有着比别人更丰茂的作物。属于他的那段溪岸，原是高高的、厚厚的，可是不幸它是一个弯曲的外弧，正挡着水势，所以还是呈现着快要拆裂的险象。在一条长长的罅缝里，正冒出沸腾一般的泡沫。鱼鬼，他慌乱地在自己田边用双手挖掘泥块，完全无济于事地堵塞着罅缝，这里还没有弥补好，那里又涌出了黄水。但他不知厌倦地进行着自己的工作，仿佛他已经继续了很久，仿佛他还要继续下去，永不停息。有时，他甚至为了防止一处新的罅缝，便把自己的身子当作堵塞物。他大概没有发现我的来到，他做什么都是专一的。

“你在这里吗？”当他重新站起身子时，我招呼他道。

他笑着，浑身泥浆，双手失措地擦着裤子，又把湿透了的裤管高卷到腿根。

“这是你种的‘五爷’的田呵？”

“是的。”他喘喘地回答。

“谷子发芽了哩，还是赶紧把它割掉的好，收得一粒是一粒呀。”我劝告他道，因为他现在的忙碌显然是一种徒劳。

“天还有雨呵，”他望望天，“割掉舍不得，它还是要发芽哩。”

鱼鬼说着，又立即拿起一把稻秆去弥补另一处冒着水泡的裂罅。虽然明知是徒劳，明知是不可挽救的厄运，他还是只有献出自己所有的力量。稻禾的生命和一个农民的生命是不可分的。

但是，鱼鬼的努力，并没有使田里的稻禾脱离可怕的灾祸。从白天到黑夜，鱼鬼一直守在溪边，用稻秆堵塞着堤岸上冒着水泡的裂罅。到了黄昏过后，堤岸终于崩决了，湍流好像山岳崩坍一般倾倒过来，不仅鱼鬼的稻禾全被冲毁，就连稻田也给沙泥埋掉了大半。鱼鬼自己也几乎被急湍吞没。当天晚上，他是怎样回到自己家屋里去的？怎样度过那么一个灰心绝望的夜晚的？他和他那作石匠的哥哥谈了些什么话？——这一切，我都无从知道，因为，到了第二天一早，一件可怕的事情便发生了。

得知由鱼鬼租种着的“大水田”被洪水的急湍冲毁的消息，田主“议员五爷”便赶到鱼鬼的家门来了。这位乡里间的大人物，鼻梁上依然架着那副墨晶眼镜，手里挥舞着那根粗大的黑漆手杖，墨晶眼镜下面瞪着那双金鱼眼，声气凶凶地申斥着鱼鬼兄弟保卫溪堤的不力；并且扬言道，不管那两丘大水田有没有收成，被泥沙埋没之后能不能再事耕种，他作田主的人只知道按年份照章程收租谷——少一颗半粒也不行。在“议员五爷”申斥着时，那作石匠的哥哥，便像一只顽童手中的青蛙似的，不住地颤栗着，剧烈地喘咳着；而那作弟弟的鱼鬼，最初，他低着头，一声不作……突然地，他抢上两步，迅捷得不让那位乡里间的大人物有吃惊躲避的时间，粗鲁莽撞的拳头，已经打在“议员五爷”的头上和胸前了……

又一次地闯下了这个滔天大祸，不顾作哥哥的苦苦的央求，他，鱼鬼，完全陷入疯狂状态，哇哇地嚷叫着，一径向溪边奔去。看见的人说，当他向溪边奔去的时候，一反过去那种低头俯身的形态，他是狂叫大喊的，像一只扑击着什么猎物的鹰。当初，人们不知道他为什么要奔向溪边，所以也没有人想到要拦阻他，甚至迎面走在路上的人还避让着他；而当人们发现他的可怕的意图时，已经来不及了，他已经纵身跳进溪中汹涌的洪水的急流里了。

事后，很多农民撑着木筏去打捞他的尸体。在生前，他是一个鱼鬼，不受人尊敬，不被人同情；可是，现在，他死在这样一种令人震惊的景况里，人们重新认识他了，好像认识自己的命运。他们满眼流泪谈论着他，觉得他是自己中间的一个，是和自己同命运的人。

他死了，鱼鬼死了。他那残废的哥哥呢？没有了鱼鬼，今后，这个作石匠的哥哥不是更加孤凄了吗？该怎么生活呢？……但是，我们还是放下这一些吧，每个人都会有自己的命运，都会有自己生活的道路的。

1940年9月8日

（原载《现代文艺》1941年第3卷第6期，修订后刊发于《文学创作》1943年第2卷第4期，此据作家出版社1957年版《眷恋土地的人》收录）

【导　读】

作者以重返故乡与童年回忆的双重视角，讲述忠厚纯善、勤劳勇敢、固执刚硬，但备受乡邻歧视与冷落的“鱼鬼”，最终因受乡绅欺压而投水自尽的故事。《鱼鬼》的复杂性在于，一方面童年的“我”也因乡间的迷信与传闻而对“鱼鬼”抱有抵触的心理，也是曾经的“施害者”一员；不过从深层次来看，欺负“鱼鬼”一家的乡里人实则也与前者一起均是受到压迫的“受难者”。另一方面，“鱼鬼”的命运与其父亲何其相似，他们都是固执且勤劳的好农人。然而，这一固执与勤劳却将他们引向了绝路，似乎带有某种命运悲剧的必然性，读来不禁令人唏嘘。“鱼鬼”身上的悲剧不仅源于封建社会的迷信，更与以“议员五爷”为代表的特权阶级对劳苦大众的盘剥有着直接关联。本文通过“鱼鬼”这个典型形象的塑造，表达了对于命运与人生的思考。

蛟和龙

……季节到了起伏边，稻子已经拔穗扬花，天下起雨来了，一开始就不停歇地下着，从天明到天黑，又从天黑到天明。头几天，我们小孩子的心里充满喜悦，因为雨天会带来很多快活。俗话说："长晴有长雨。"连绵不断的大雨，往往在长期的干旱以后。只要想一想，泥土给太阳晒成龟裂，田塍也给太阳晒得发烫，白天喘不过气，晚上也无法睡觉，忽然下起雨来，把难受的暑热一扫而空，该有多么的舒畅！除了这种一般的感觉，我们小孩子还有特殊的享受。村子前面有条小溪，到了夏天，那清澈而又清凉的溪水，就成为我们的宝物：傍晚时分，把牛往溪岸上一放，把牛绳往牛角上一绕，听任它自由自在地用鼻子摸着地皮，啃那短短的青草；我们自己，穿裤子的就把裤子一脱，只围一条"汤布"（围巾）的就把"汤布"一解，往溪边只有半人来深的水里一跳，浑身的汗渍，顿时都消失殆尽，爽快得和成了神仙差不多，自然更不用说此后能够做花样繁多的水中游戏了。可是，只要天日常久了，一出了旱象，上流的溪水，就会被沿溪的村子筑坝拦住，简直节节中断；我们村前那一段，往往给太阳晒得沙粒发白，上面贴着一些给烤成干瘪的小鱼、石蟹、水蛇，景象很凄惨。如今一下雨，不是那给太阳晒掉的好光景又会回来了吗？而且，雨水一多，稻田沟甽里往外面开放[①]，就给了我们一个捉鱼的好机会。我们拿了小篾篮和圆口小网子，在田缺口里，那些顺流而下的小鲫鱼、小鲶鱼、小乌鳢就会钻进我们的网罟。尤其是，村后那一连四口清塘，因为长久没有淘挖，面积愈来愈窄，容水量也愈来愈小，四周浅水里长满水草，灌注农田的作用虽然不大，却成为养鱼的好场所。平时，我们从塘边走过，看见尺把来长的小青鱼在水草丛里钻动，却又不能下去捕捉，鱼塘里是连游泳和洗澡也禁止的。可是，多下了几天雨，塘水就满了，就会把最后一口塘（我们叫它"下清塘"）的塘塍冲坍，那些原来是可望不可即的小青鱼，就成群地冲将出来。我们小孩，自然还有大人，就都拿了篮子或网子，总之是一切可以捕鱼的工具，爬到那条承接塘水的大堰沟里去"发洋财"——那真叫是"发洋财"！那么多的小青鱼，只要一出了塘塍，谁捉着就是谁的；就是你没有网子或篮子，单凭一双空手，也能捉到那些匆匆忙忙地直向你脚下闯来的"逃亡者"；甚至你用不到下水，它们也会自动跳到岸上来。

可是，如果雨再不停，景象就发生变化，就要发起大水来了。也就是说，欢乐就会变成灾祸了。我们那里，是个半山区。夏天只要多晴几天，就会发生

---

① 甽（quǎn），田间小水沟，也泛指沟渠、河流。

旱象；相反地，多下几天雨，一发了山洪，就会酿成水灾。田地需要水分来滋润，农作物需要雨水作食粮；不过，“水火无情”，原来受欢迎的水，一翻脸又会变成最可怕的东西。有经验的老农民，能够从云层的高低和稀密，看出发大水的预兆。至于已经下起长雨来，发大水的预兆就更多了：首先是大水蛙的鸣叫，其次是大水鸟的翱翔，最严重的是山上出了蛟——离开我们村子，向南十来二十里有南山，向北十来二十里有北山，如果远远地看到山腰上突然发生了一片一片的大瀑布，就是那里出了一个一个的蛟。果然，不到半天或一天，大水就浩浩荡荡地发起来了。那水源，一方面是从村前的小溪里涌上来的，另一方面就是从村后的青塘里冲下来的。两个方面的水一经汇合，村子周围的大片稻田，就变成可怕的汪洋大海了。……

奇怪的是，发现发大水，好象总是大清早的事情。前一两天，已经感觉到这场灾祸的不可避免了，农民们就锁起眉头，披起蓑衣，背起锄头，一遍一遍地到溪岸和田坂里去巡逻，看看溪岸会不会崩决，田里的稻禾有没有浸着；甚至，有耕牛的人家，就把耕牛寄到山里亲戚家去，粮食也寄到有高楼的人家去，作好准备。晚上，天上是不停歇的急雨，田坂里是大水蛙打鼓似的鸣叫声。人心惶惶不安。老太婆就点香叩头。而到了天快亮时，村前已经是白茫茫一片，全部正在拔穗扬花的稻禾都被淹没掉，只露出一些树梢头；成群的大水鸟，展开雪白的翅膀，在水面上飞来飞去。我们的村子，即使地势稍高，暂时还没有进水，也岌岌可危了，因为水还在刻刻上涨着，不一会，就涨到了屋前的晒坪里[①]。那大水，总是从北往南流涌过去。水面上，开始时是漂浮着一些虫蛇、垃圾、簸箕、箩筐，随后就是鸡鸭、牛羊、门板、桌凳；终于，人的尸体也发现了，也有攀爬在一根屋梁或一块木板上的活人。村子里也有人撑起临时扎成的木板前去搭救的，有时把遭难者救起来了，有时连自己也遭了难。最可怕的，是大水还在继续上涨。水冲过晒坪，冲进屋子里来了。人声沸扬起来了。女人小孩哭起来了。那些虫蛇、垃圾和死鸡死鸭之类的东西，就一起冲了进来。人们自然是往高处爬：上楼，上梁，上屋顶。有时，却连屋架子也给水冲走了。亏得我们村后有个山坡，有一大片满是枣林的高地，是大水淹不到的。这当然是个很好的避难所。因此，即使田里的农作物都给淹没掉，屋子也有给冲倒的，连祖宗坟墓尸骨也有给漂去的，但活人总能保留下来。有的人舍不得离开自己的家，先上楼，再上屋，最后也终于给救到山坡上来。

村子地势高，村后有个山坡，这是幸运。可是，农民总得靠田地吃饭；如果屋子给冲倒了，就会连个栖身之所也没有。当大家停留在山坡上的时候，景象依然是很悲惨的。不用说，在这些避难者中间，不会有财主和富裕户，他们

---

① 坪（píng），平地。

老早就带起贵重财物，到地势更高的地方去了。因此，给淹没掉的农作物和给冲倒的土墙茅屋，对山坡上的避难者来说，就更加重要，更加成为对生命的威胁了。妇女孩子们啼哭着，男人们就想尽办法，冒险到水里去捞回一点什么——甚至一把稻草也好。附近地势更高一些的村子里，就会送一些救济物资来，主要的自然是干粮，例如米粉、包谷粉之类的东西。遮蔽风雨的篾席棚子也搭起来了[①]，甚至也塑起了土灶，从枣林里冒出炊烟来。在这样的灾难中，人们的互助精神，就得到发挥的机会。不过，也仍然要发生上吊和投水自尽的事情，那是由于担心到生活的前途。大水就算很快退去了，灾难却并没有完。首先是做善后工作，修理房屋，抢救还没有完全泡死浸坏的农作物，清除田坂里的污物和各种各样的尸体，恢复生活的常规。如果在离村五六里路外的江边有亲戚的人家，马上得去探听亲戚的消息，给受难更重的亲戚送“大水饭”。江边的沙土地，可以种花生和甘蔗之类的高价农作物，农民们的生活，按理应该是比较好的，所以有这样的俗话：“江边是福地，只要三年没大水，狗也要娶妻。”可是，那里的农民好象比我们村子还要穷些，我们村子大都不愿意把女儿嫁到那“福地”里去。我有个堂姊姊，不知道怎么嫁到了江边的村子里；只要夏天一下起长雨，我的大伯母就两眼含泪，给女儿烧香叩头，祈祷她的平安。当然，大水遗留下来的灾祸，远不止此。大概夏天每发一次大水，秋天就要发一次瘟疫；而且，第二年的春荒，也特别严重。至于那些租种财主家田地的佃户们，在秋收后交租的关口上，就会给财主抓到城县里去坐班房；即使给你挨过了这交租的一关，到了年底，也往往仍然免不掉要采取上吊或者喝盐卤之类的办法来逃避财主的煎逼。

“水是多么可爱又可怕呵！”在还是小孩子的时候，我把穷人这种灾难归罪于那不驯服的水，因之产生了这样的愿望，“什么时候，人们能够制服它，叫它听话，不再撒野作祸，把大家害得这样苦呢？”

发大水诚然可怕，碰到大旱年，也同样使人惊慌。

前面不是说到“长晴有长雨”的规律吗？不过，有时候，天晴得傻了，一直不肯下雨。每天，一大清早就是火烤似的大太阳，天壁高高的，连云丝也没有。风也不见了。看样子，天老爷已经发了脾气，存心要把大地晒干，把自然界的一切生物都晒死。果然，首先是村前的小溪断了水，接着是田坂里的大塘小塘都显了底，最后连村后那四口清塘的水草也发了黄。终至，连村上头那口供人吃用的甜水井也枯竭了，去挑水的人，得挨个儿等着，让水从井壁里慢慢地渗出来。因为村边几口池塘里的水都戽去灌田了，每天傍晚时分，就有人敲起锣，警告大家小心火烛，免得起火时没有水救。那情景也真叫人担心。天火

①篾（miè）席，竹席。

生地火，给太阳晒得久了，连大路上的石板都冒着火星，好象随时都会烧将起来，把整个世界都烧成炭，烧成灰。我们小孩子，当干旱刚开始时，倒是很有些兴致勃勃的，自然是为了捉鱼的方便：在水车急切的辘辘声里，池塘里的水浅下去了，塘边泥土上划出一圈圈半湿的印子，贴起一层层半干枯的水草，慢慢地，终于水更浅了，发浑了，鱼儿闪尾了，于是我们就一哄儿抢下塘底去，在泥浆里捉起鱼来；至于在那些半干涸的沟畈里，小鲫鱼成堆地挤在小洼子里，你只要伸手去捧就行。可是，到了水都搬干了，连水车也用不上了，稻禾、田塍黄、花生、刚插下去的红薯藤子都卷起叶子，开始发黄了，连野草也变得萎靡不振了——到这时候，我们的心情也变得沉重起来，觉得灾祸已经临头了。我们也到田坂里去。我们看到，那些曾经捉过鱼的池塘，如今已经完全干涸了，塘泥发了白，龟裂成寸把大的缝；贴在上面的水草自然也干了，连蚌壳也裂了开来，还有那些原来躲在泥浆里逃命的鲶鱼和乌鳢，都只剩着干燥的尸体，腾着一股腥臭。无情的太阳，却依然毒辣地晒着；天壁依然高得出奇，连一丝云也没有。……

大人们自然比小孩更焦急些。他们都显出一副愁苦的脸色，在给晒成枯黄的稻田里转来转去。村后那四口大清塘都干涸了，大家就动手去开挖村前小溪里的水柜。那是几个埋在溪底里的大松木柜，得套起好几头大水牯，把沙子耙开丈把来深，才露出盖子；揭开盖子，里面储着少量只有动用丈八水车才能搬上来的救命水。这是最后一着。在这样的紧急关头，一定已经开始向龙王求雨了。

我们那里的龙王，是好几个同姓的村子共有的，据说非常灵验。平时，龙王摆在西竺庵里，供一些善男信女们烧香祈祷。到了过大年元宵节，就由各村轮流“迎灯”——把龙王打扮得齐齐整整，在龙亭上挂起琉璃红灯，结起彩，请到自己村子里，放鞭鸣炮，敲锣打鼓，大大地热闹一番。最有趣的，还是每逢轮流到自己村子那一年，凡是这一期间嫁过来的新娘，都要在龙王抬进村来那一晚，盛装迎接，向龙王求子。那景象，自然是充满欢乐的。可是，如今一向龙王求雨，气氛就全然不同了。龙王并没有加以打扮，而且只把它抬到一个用松毛遮盖起的棚子里。给太阳一晒，松毛干枯了，太阳就直接晒在龙王身上，好象有意让它也尝尝味道。至于农民们，在那棚子周围，是连箬帽也不许戴的，自然更不用说阳伞了，表示和龙王一起同甘共苦的意思。尤其是，在这时候，龙王连女人也不喜欢了，她们不仅不能再向它求子，连在它面前露一露身子也不允许，经过棚子周围时，得远远地避开。总之，一切都显出一种非常时期的样子。

龙王请出来了，接着就是请龙王的“真身”。那是一场很庄严的仪式。几个披着黄色法衣的道士，在龙王面前念了一通咒语，敲了一通木鱼。一群体面的士绅，也光起脑袋，穿起礼服，跪在地上祈祷。随后，就敲着锣，由道士领先，后面跟着一大群人，向“龙潭”出发。“龙潭”就是大约几里路外一处山谷里的小涧。到了“龙潭”旁边，道士照例又是敲木鱼，念咒语，而且向那小涧里掷去一支黄裱纸叠成的令箭。这是最紧张的时刻，因为随着令箭，就会出现龙王的“真身”——或者是一条小水蛇，或者是一只小青蛙，要不然就是一个小螃蟹。发现了这一类小水族，马上把它捞起，放进预先准备好的水瓶里，捧将回来，摆在龙王面前，依然是道士们敲木鱼，念咒语，士绅们下跪叩头。这样继续了好几天，有时果然就下起雨来，有时却完全没有效果，好象连龙王也不再赐恩给受难的老百姓了。

其实，在无可奈何的时候，农民们虽然要去祈求神灵，但在更多的场合，还是更相信自己的力量的。这表现在水的抢夺上。因为田地私有，灌注的水也是私有的：每丘田都有引水的池塘，每个村子又有公塘；属于这个村子的公塘，对别村说就又是私塘；至于大河和小溪之类，则又有更大范围的公私关系。这样一来，碰上大旱的年份，水成了命根子，就势必发生争执：小规模的是这一家和那一家，大规模的就是这一村和那一村。我们村子里，就有一对已经分过家的嫡兄弟，为了抢水，做哥哥的就带领老婆儿子，把弟弟的水车敲得稀烂，又把弟媳妇打得半死，一母所生的手足之亲，竟结成难解的冤仇。不过，最可怕的还是村与村之间的械斗。我们那里，在我童年时代，这村和那村，这姓和那姓，时常会发生械斗。那原因，有时是为了迎神赛会，有时是为了斗牛[①]；最多也最悲惨的，却是为了抢水，因为这是一种生命攸关的斗争。往往是，天旱得长久了，村与村相交界的池塘或小溪小河里的水，成为彼此争夺的对象，最初自然是大家用水车和戽桶之类的工具搬运，接着就发生争执，最后就打起架来。因为是大规模的斗争，需要动员、组织和部署，而这一切，又无例外地操之于地主士绅们的手里；于是，在地主士绅们的唆使挑拨下，农民们就拿起锄头扁担，彼此砍杀。我记得，有一年夏天，在请过龙王以后，忽然村子里打起急锣，叔伯和哥哥辈的农民，都拿起锄头柄之类的武器，奔到后山去集合，原来是和邻村发生了械斗。孩子们当时不能跟去，婶嫂们也都吓得哭了。很快地，受伤的人抬回来了，就躺在村子中间的公共厅屋里。空气非常紧张而恐怖。午后打了一场，晚上又打了一场。据说对方使用了刀子和鸟枪，硬要打过来烧我们村子的祠堂。有个原来在外县当什么推事官的远房伯伯，成了村子里的司令官，他不但催人去“前线”冲锋陷阵，还在“后方”向大家派款。结果，已经拔穗的稻禾枯死在龟裂的田里；给私有观念弄得疯狂了的农民，死伤的死伤，坐班房的坐班房，陷入家破人亡的惨境。看起来，他们是为

① 原注：这是我们浙东金华一带很特殊的风俗，财主和富裕人家饲养专门来斗角的黄牛，定期相斗。

了水的争夺；实际上，倒是受了愚弄和欺骗。有个堂房叔伯辈的农民，为人非常老实，平时连说话也不大声，竟在参加械斗时受了重伤，肋骨给敲断了；可是，伤还没有好，又因为旱灾交不起邻村东家的田租，给抓进县城，后来就瘐死在班房里了①。

1945年

（原载《文艺春秋》1946年8月15日第3卷第1期—1947年6月15日第4卷第6期，此据浙江文艺出版社1984年版王西彦回忆录《忧伤的世界》收录）

【导 读】

作为一篇带有地方乡土特色的童年回忆散文，本文描绘了家乡人民饱受旱涝之灾情状的同时，也勾勒了一幅儿童玩耍的图景。此外也涉及了元宵节“迎灯”请龙王以及面临干旱的威胁时向龙王祈雨等习俗。“水是多么可爱又可怕呵！”通过儿童的语言，作者表达了对于水的理解。在文章的末尾，作者又宕开一笔写到了因为抢夺水资源而发生的暴力行为，并将其归于受“私有观念”的负面影响，也在一定程度上反映了当时的社会背景。

【延伸阅读】

王西彦是一位勤奋高产的作家，论著极多。吴秀明主编的《王西彦全集》2012年12月由上海人民出版社出版，共17卷，其中第1—3卷为短篇小说，第4—7卷为中长篇小说，第8—11卷为散文、游记、报告文学、回忆录，第12—14卷为随笔、杂文，第15—17卷为文学理论，是迄今为止有关王西彦作品的唯一全集，也是收录王西彦作品最为齐全的一个版本。

（浙江大学人文学院吴秀明教授撰稿）

① 瘐（yǔ）死，古指囚犯因冻饿、疾病、受刑死在监狱里。后也泛指在狱中病死。

第四编

规约家训

四十八规（选三十六）

〔宋〕虞复

法祖宗[①]

创业垂统之君[②]，必有盛德以当天意，必有善政以得民心，然后举天下而归之，此立国之本源也。譬木与水，离本必枯，绝源必涸；作聪明以乱旧章者必乱，此必然之理也。《书》曰："丕显哉[③]，文王谟[④]！丕承哉[⑤]，武王烈[⑥]！佑启我后人[⑦]，咸以正罔缺[⑧]。"[⑨]盖一代之兴，有一代之家法，其可以不守乎？后世人主往往不知取法祖宗者，盖由上以聪明自任而率意妄为，下以救弊为辞而肆言妄改耳。高帝以宽大得天下[⑩]，文景以恭俭守之[⑪]，此汉家不可变之道，百世子孙所宜取法也。武帝不法其恭俭[⑫]，而以多欲变之，海内虚耗；宣帝不法其宽大[⑬]，而以严密变之，汉业遂衰。吁！亦可鉴矣！

---

① 法祖宗，效法遵循先皇祖辈制定的各种制度规矩。

② 创业垂统，开创基业，传之子孙。《孟子·梁惠王下》："君子创业垂统，为可继也。"

③ 丕显，伟大而显著。《尚书·康诰》："惟乃丕显考文王，克明德慎罚。"

④ 文王，周文王，姬姓，名昌，商末周族领袖，在位五十年，统治期间国势强盛。◎谟，谋略。

⑤ 丕承，很好地继承。《尚书·君奭》："惟文王德，丕承无疆之恤。"

⑥ 武王，周武王（？—前1043），姬姓，名发，周文王姬昌与太姒的嫡次子，西周王朝的开国君主。◎烈，功业。

⑦ 佑启，佑助启发。

⑧ 正，正道。◎罔缺，没有缺陷。

⑨ 引文见《尚书·君牙》。

⑩ 高帝，指汉太祖高皇帝刘邦（前256/前247—前195），沛县（今属江苏）人。《史记·高祖本纪》："常有大度，不事家人生产作业。"

⑪ 文景，西汉文帝与景帝的并称，先后相继，社会比较安定富裕，史称"文景之治"。

⑫ 武帝，指汉武帝刘彻（前156—前87），西汉皇帝。在位期间，推行了一系列革新举措，但崇信方术，自奉奢侈，兼以穷兵黩武，引发统治危机。

⑬ 宣帝，指汉宣帝刘询（前92—前49），西汉皇帝。在位期间，选贤任能，励精图治，重视吏治，反对专任儒术。

齐 家[1]

尧授舜以天下[2]，可谓重矣，不观诸它，惟观刑于二女[3]。岂非齐家之事，人之所至难，而亦必有本与？夫家者，人之所有疑，不若治国平天下之难也。然圣人于此尤加之意者，何也？盖私欲难克，恩爱易玩[4]，家之难齐，不亦宜乎？然则齐之之道当如何？《易·家人》之《彖》曰[5]："家人有严君焉，父母之谓也。"[6]其《象》曰[7]："君子以言有物，而行有常。"[8]九三之象曰[9]："妇子嘻嘻，失家节也。"[10]上九之象曰："威如之吉，反身之谓也。"[11]夫存其严与威，而去其嘻嘻之失，则欲既可克而爱不至玩矣。然圣人必致谨其言行于反身之际，此又所谓欲齐其家必先修其身之义也。是之谓本，可不谨诸？

亲硕学[12]

义理精微之学，古今治乱之源，非儒生莫能言也[13]。人主能使儒生日在左右，则磨砻浸灌可以进学而成德[14]。不然，则退朝之暇，所与处者宦官宫女而

---

① 齐家，使家族成员齐心协力、和睦相处。《礼记·大学》："欲齐其家者，必修其身。"

② 尧，传说中父系氏族社会后期部落联盟领袖，号陶唐氏，名放勋，史称唐尧。◎舜，姚姓，一作妫姓，号有虞氏，名重华，史称虞舜。尧死后，舜继位。

③ 刑，通"型"，做出表率。《诗经·大雅·思齐》："刑于寡妻，至于兄弟，以御于家邦。"据说尧将二女嫁给舜，通过二女考察舜之德行。

④ 玩，轻慢。

⑤ 家人，《周易》卦名，六十四卦之一，下离上巽，内容是论治家之道。◎彖，《周易》中统论一卦之义的部分。《周易·乾》："《彖》曰：'大哉乾元，万物资始。'"唐孔颖达疏："夫子所作《彖》辞，统论一卦之义，或说其卦之德，或说其卦之义，或说其卦之名。"

⑥ 此句指一家之中应有威严的君主，那就是父母。

⑦ 象，《周易》专用语，谓解释卦象的意义。

⑧ 此句指君子说话当有根据，行动亦要持之以恒。常，今本《周易》作"恒"，当系虞复避宋真宗讳改。

⑨ "九三之象"与下文"上九之象"都是《周易》中对卦名爻象的分析。

⑩ 引文见《周易·家人》。"妇"字底本误作"归"，兹据1999年重修本改正，今本《周易·家人》亦正作"妇"。妇子，妻子儿女。嘻嘻，喜乐貌。此句指家长过于放纵。

⑪ 引文见《周易·家人》。反身，自我检束。此句指敬畏可以获得吉祥，在于严格要求自身。

⑫ 亲，亲近，信任。◎硕学，博学之人。《明史·儒林传序》："制科取士，一以经义为先，网罗硕学。"

⑬ 儒生，通达儒家经书的人。

⑭ 磨砻浸灌，切磋浸染。形容勤学苦练，始终不懈。宋曾巩《刘伯声墓志铭》："余与伯声皆罕与人接，得颛意以学问磨砻浸灌为事。"

已，其谁与为善哉？今也讲读赐茶，仅止俄顷；金莲夜对[①]，旷不复闻；儒生得侍燕闲之时[②]，至无几也[③]。使人主心诚亲之，则睹其诵说，听其奏对，虽片时寸晷[④]，犹或有得。倘或貌敬而情不亲，耳闻而神不接，则虽日对儒生，亦徒文具[⑤]，终无益也。

精六艺[⑥]

天人之蕴奥[⑦]，帝王之治法，无不聚在六艺之中。虽简严易直[⑧]，人皆可得而通，然其宏远精微之义，则有探索所不能尽者。如日星丽天[⑨]，有目者孰不共睹？苟欲穷其高远，测知其所以运行，则岂易能哉？故学六艺者不可以不精，不精则所见不真，所体不实，所得不固，所行不笃，是为口耳之学[⑩]，非帝王心传之事也[⑪]。然则读群经而泛滥，阅众篇而卤莽[⑫]，不如深玩于一言[⑬]，力行于一事，尚为能体于心而得有实焉耳。

崇节俭

节俭为美德，奢侈为恶行，人孰不知之？然人之节俭者或变为奢侈，奢侈

---

① 金莲，古时宫廷中用黄金制成的莲花形烛台。◎夜对，深夜议政。宋姚勉《沁园春·寿同年陈探花》："即似坡公，金莲夜对，身作玉堂云雾仙。"

② 燕闲，公余，闲暇。

③ 无几，指时间不多，短暂。

④ 寸晷，犹寸阴，指小段时间。晷，日影。唐贾岛《答王参》："寸晷不相待，四时互如竞。"

⑤ 文具，指表面条文。《史记·张释之冯唐列传》："且秦以任刀笔之吏，吏争以亟疾苛察相高，然其敝徒文具耳，无恻隐之实。"唐司马贞索隐："谓空具其文而无其实也。"

⑥ 六艺，指儒家的"六经"，即《易》《书》《诗》《礼》《乐》《春秋》。

⑦ 蕴奥，指精深的含义。宋朱熹《中庸章句序》："历选前圣之书，所以提挈纲维，开示蕴奥，未有若是之明且尽者也。"

⑧ 简严，指文辞简朴而严谨。宋戴埴《鼠璞·十五国风二雅三颂》："《周颂》简严，《商颂》敷畅，已非一体。"◎易直，平易质直。《礼记·乐记》："致乐以治心，则易直子谅之心油然生矣。"

⑨ 日星丽天，指太阳、星辰附着于天。丽，附着，依附。《周易·离》的《彖》："日月丽乎天。"

⑩ 口耳之学，只是耳听口说的学习，喻指道听途说的肤浅之学。语出《荀子·劝学》："小人之学也，入乎耳，出乎口。"

⑪ 心传，指以心传心，悟解契合。

⑫ 卤莽，粗疏，鲁莽。卤，通"鲁"。唐杜甫《空囊》："世人共卤莽，吾道属艰难。"

⑬ 玩，研习，钻研。

者多不能变而为节俭，何哉？此无他，处富履贵①，不与侈期而侈自至，侈源既开而不可复塞故也。是故莫若谨其初而防其渐②。夏、商、陈、隋之季，穷奢极欲，卒至亡国。其初不过娱乐富贵而已，岂料其祸之至此哉？人主苟知奢侈之极可以亡国，则必思所以保其富贵，必不肯以一朝之乐而易万世之羞也③。

惜名器④

人主以其一身立于公卿大夫之上，以奔走天下之人⑤，尊卑相承，贵贱相使，俯首帖耳⑥，安其分而不敢争者，名与器实维持之也，故传曰："惟名与器，不可以假人。"⑦以是假人，则人主所以奔走天下之权已失之矣。出之失于泛，与之失其实，则凡受者不以为荣。穷官好爵⑧，滥予不问，而独沮格于繁碎不切之小节⑨，则凡当得而不得者或以为怨。然则名器之所以轻者，伊谁之过耶⑩？晁错谓："爵者，上之所擅，出于口而无穷。"⑪此最谬论，有天下者其无为此论所悮哉⑫。

谨言语

《易》曰："君子居其室出其言善，则千里之外应之，况其迩者乎？居其室

① 履贵，指置身显贵。《晋书・陆机陆云传论》："然则荣利人之所贪，祸辱人之所恶，故居安保名，则君子处焉；冒危履贵，则哲士去焉。"

② 渐，逐渐发展的过程。《管子・明法》："奸臣之败其主也，积渐积微，使主迷惑而不自知也。"

③ 易，交换。

④ 名器，名号与车服仪制，泛指官位与俸禄待遇。

⑤ 奔走，驱使，使……奔走。《国语・鲁语下》："士有陪乘，告奔走也。"三国吴韦昭注："奔走，使令也。"

⑥ 俯首帖耳，形容走兽驯服的样子，喻驯服。

⑦ 引文见《左传・成公二年》："唯器与名，不可以假人，君之所司也。"晋杜预注："器，车服；名，爵号。"假，借。

⑧ 穷官，有名无实的官衔。◎好爵，诱人的爵位。

⑨ 沮格，阻止，阻挠。《新唐书・张说传》："说畏其扰，数沮格之。"

⑩ 伊，语气词，相当于"惟""维"。《诗经・小雅・正月》："有皇上帝，伊谁云憎？"

⑪ 晁错（前200—前154），颍川（今河南禹州）人，西汉著名政治家、文学家，著有《言兵事疏》《守边劝农疏》《论贵粟疏》《贤良对策》等。◎引语出自《论贵粟疏》，指国君掌握着爵位，可以开口无穷尽地赏赐给百姓。

⑫ 悮（wù），同"误"。

出其言不善，则千里之外违之，况其迩者乎？”[1]言之不可以不谨盖如此。《书》曰：“王言惟作命。”[2]又曰：“惟口出好兴戎。”[3]盖人主一话一言即为命令，苟不谨其出，则可以取玩易而致祸患[4]。史官书之，天下传之，善与不善皆不可掩，其可不谨于未发之先乎？

戒喜怒

喜怒之发，戒于失中[5]。常人之情，皆宜谨也。况于人主，威福在己，喜则为春生[6]，怒则为秋杀[7]，其可轻发乎？夫喜其所当喜，怒其所当怒，此人情之真也。惟其发之也轻，不待其所见之定，则是非有倒置而喜怒有妄施矣。姑以目前之事言之。忠言直谏，此可喜也，或以其逆心而怒之；谗口佞舌[8]，此可怒也，或以其悦心而喜之。岂不过乎？若谨其喜怒之发而徐察其忠佞之分[9]，则无此患矣。

恶旨酒[10]

旨酒，人之所同嗜也，何恶焉？恶其能乱性而败德也。今夫人之饮酒，其始未必遽至于乱性而败德也，资其斟酌以成礼而已[11]。惟其味之适于口也，故多嗜焉。嗜之不止，则卒至于沉湎而不自知也矣。为庶人者而至于是，则废其业；为士者而至于是，则废其学；为官者而至于是，则废其职。况于人主之任尤重，苟至于是，则其为害可胜言哉？惟能于未饮之先，逆知其害必至于是，视之如恶臭毒药，则远之不暇，尚何嗜之有？

---

① 引文见《周易·系辞上》，指君子在自己家中，如果说的话是真善的，那么千里之外都能得到响应，何况是近处？如果说的话是丑恶的，那么千里之外也会背弃他，何况是近处？

② 引文见《尚书·说命上》，谓天子的话便是命令。

③ 引文见《尚书·大禹谟》，谓言语易于引起争端。

④ 取玩易，受到轻视。

⑤ 中，中庸之道，中和之气。《论语·尧曰》：“允执厥中。”清刘宝楠正义：“执中者，谓执中道用之。”

⑥ 春生，春季万物萌生，指赞赏恩赐。

⑦ 秋杀，秋天万物萧条，指动用刑罚。

⑧ 谗口，说坏话的嘴，引申为谗人。◎佞舌，巧嘴，引申为佞人。谗口佞舌引申为谗邪奸佞之言。

⑨ 徐，慢慢地。《说文·彳部》：“徐，安行也。”

⑩ 旨酒，美酒。《诗经·小雅·鹿鸣》：“我有旨酒，以燕乐嘉宾之心。”

⑪ 资，取用。◎斟酌，饮酒，品评。

远声色[①]

耳目之于声色[②]，人未有不以为悦者。耳目接于外，则此心变于内矣。勤于事者能变而为惰，谨于德者能变而为荒，此理之所必至也。况人主处富贵之极，所欲易遂[③]，娱悦于前者至多[④]，尤非常人之比。然则何道而可以使吾心之不变乎？传曰："不见可欲，使心不乱。"[⑤]然则欲使吾心不为声色所乱，则惟有远之而已。苟不能远之于耳目未接之先，而欲制之于此心既动之后，虽坚忍强制，终为其所乱矣。况宗社之重[⑥]，民物之众[⑦]，皆系于我。存我者，所以为宗社民物之托也。远声色者，所以存我也，可不谨乎？

明赏罚

有功不赏，有罪不诛，虽尧舜不能以化天下，此善论也。然而赏及于罔功则为滥恩[⑧]，亦无以起天下为善之心；罚及于无辜则为淫刑，亦无以遏天下为恶之心。此赏罚所以贵乎得其当也。抑又有说焉。铢铢以议赏[⑨]，寸寸以量罚[⑩]，乃有司之常法[⑪]。人主擅春生秋杀之柄，操风飞雷厉之权[⑫]，必深察乎群臣忠佞之大者，而施之大赏罚焉。如舜之举相去凶[⑬]，齐威王之烹阿、封即

---

① 声色，美好的声音与颜色，特指淫声与女色。《礼记·月令》："止声色，毋或进。"

② 耳目，耳朵和眼睛。《礼记·仲尼燕居》："若无礼，则手足无所措，耳目无所加。"

③ 遂，称心，如意。《玉篇·辵部》："遂，称也。"《广韵·至韵》："遂，从志也。"

④ 娱悦，谓使他人或自己欢乐。

⑤ 引文见《老子》第三章："不见可欲，使民心不乱。"指不见到诱发欲望的人或物，则可以使百姓心不混乱。

⑥ 宗社，宗庙和社稷的合称，亦可引申为国家。《南史·虞寄传》："朕不食言，誓之宗社。"

⑦ 民物，泛指人民、万物。汉蔡邕《陈太丘碑》："神化着于民物，形表图于丹青。"

⑧ 罔，欺骗。

⑨ 铢铢，一铢一铢。铢，古代重量单位，一两的二十四分之一为一铢。汉枚乘《谏吴王书》："夫铢铢而称之，至石必差；寸寸而度之，至丈必过。"

⑩ 寸寸，一寸一寸。寸，市制长度单位。

⑪ 有司，官吏，主管部门。

⑫ 风飞雷厉，指大风和响雷，指重大举措。

⑬ 此句引用舜举用"八恺""八元"等治理民事，任命大禹治水，放逐"四凶"的典故。

墨[①]，而后可以耸动物听[②]，兴起人心。所谓赏一人而千万人悦，罚一人而千万人惧，此之谓也。虽然，惟天下之至明而后可以用此。

广视听[③]

人主居深宫之中，耳目之所及者至狭。苟不广其视听，则己德之阙遗[④]，政治之得失，风俗之美恶，群臣之邪正，万姓之休戚，国家之理乱，天下之安危，皆无从而知之。然有人主知视听当广矣，而乃寄耳目于近习小人刺知外事为务[⑤]，不知此曹初无裨补[⑥]，徒有奸欺。或尽听其言，则聪明反为蛊惑，是非因此而倒置，刑赏由此而逆施，其为害岂可胜言哉！是以古之帝王旁咨博采，上自公卿大夫，下及士庶人，无不遍及，独不寄耳目于近习小人者，盖为此也。

守信义[⑦]

信义者，人心之所同有也，有感应之机焉[⑧]。匹夫之交犹不可以无信义，况君临万宇[⑨]，统御臣民，其可以不知此乎？上失其信，则下亦不信其上。君忘其义，则臣亦不义其君。不信其上，则令之将不听。不义其君，则率之将不服。其何以自立于臣民之上哉？故人主知守信义，然后能使其臣民各怀信义，

---

① 齐威王（？一前320），妫姓，田氏，名因齐，战国时期齐国国君。此句指齐威王不信谗言，实事求是地封赏即墨大夫，惩罚阿城大夫的典故。《史记·田敬仲完世家》："威王初即位以来，不治，委政卿大夫。九年之间，诸侯并伐，国人不治。于是威王召即墨大夫，而语之曰：'自子之居即墨也，毁言日至，然吾使人视即墨，田野辟，民人给，官无留事，东方以宁。是子不事吾左右以求誉也。'封之万家。召阿大夫，语曰：'自子之守阿，誉言日闻，然使使视阿，田野不辟，民贫苦。昔日赵攻甄，子弗能救。卫取薛陵，子弗知。是子以币厚吾左右以求誉也。'是日烹阿大夫，及左右尝誉者皆并烹之。"

② 耸动，恐惧震动。耸，通"悚"。◎物听，众人的言论。《晋书·王敦传》："天下荒弊，人心易动；物听一移，将致疑惑。"

③ 视听，见闻，言路。

④ 阙遗，缺失，不足。《后汉书·郎顗传》："如有阙遗，退而自改。"

⑤ 近习小人，指君主宠爱亲信而人格卑鄙的人。《礼记·月令》："省妇事，毋得淫，虽有贵戚近习，毋有不禁。"◎刺，侦察，探听。

⑥ 此曹，此辈。◎裨补，助益。

⑦ 信义，信用和道义。《三国志·蜀志·诸葛亮传》："将军既帝室之胄，信义著于四海，总揽英雄，思贤如渴。"

⑧ 机，禀赋，性灵。《庄子·大宗师》："其耆欲深者，其天机浅。"

⑨ 万宇，指天下。南朝齐谢朓《元会曲》："天仪穆藻殿，万宇寿皇基。"

以事其上也。可不务乎?

究远图[①]

善为农者不期早收,早收必薄;善为贾者不谋近利[②],近利必微。然则善为国者,其可邀一时之功而不思为子孙万事之计乎[③]?矧夫天下国家之大[④],非独远图之当究,亦有远患之当防。自古及今,理乱安危之变常隐伏于未形[⑤],人主玩细娱而不图大患[⑥],则今日之治,宁保其不为异日之乱?今日之安,宁保其不为异日之危?故不邀近功则其志大,不玩细娱则其忧深,夫如是而后可以究远图矣。

开公道

人主临御天下,如大明当天[⑦],万物共睹,一毫之私不容隐于其间,盖公道之所自出也。私欲不除,则汩其清明[⑧];私见先立,则害其正直。况夫群险众巧[⑨],或用私情而挠法[⑩],或缘私宠以希恩[⑪],皆公道之害也。惟夫发号施令明白洞达[⑫],爵与众共,刑与众弃[⑬],公道昭揭[⑭],朝廷清明,则人心之私匿不

---

① 远图,深远的谋划。《左传·襄公二十八年》:"荣成伯曰:'远图者,忠也。'"

② 贾,商人。

③ 邀,谋求。

④ 矧,况且。《尚书·大禹谟》:"至诚感神,矧兹有苗。"伪孔安国传:"矧,况也。"

⑤ 未形,尚未明显或暴露的事物发展的征兆。

⑥ 细娱,游乐活动。游乐对军国大事而言为细事。《汉书·贾谊传》:"今不猎猛兽而猎田彘,不搏反寇而搏畜菟,玩细娱而不图大患,非所以为安也。"

⑦ 大明,泛指日月。《管子·内业》:"乃能戴大圜而履大方,鉴于大清,视于大明。"唐尹知章注末句:"日、月也。"

⑧ 汩(gǔ),乱,使乱。《尚书·洪范》:"鲧堙洪水,汩陈其五行。"伪孔安国传:"汩,乱也。"

⑨ 群险众巧,指奸邪巧伪之人。

⑩ 挠法,指枉法。《汉书·酷吏传·周阳由》:"所爱者,挠法活之;所憎者,曲法灭之。"

⑪ 缘,凭借,依据。《后汉书·杨震传》:"安帝乳母王圣,因保养之勤,缘恩放恣。"◎希恩,希冀恩宠。《旧唐书·裴行俭传》:"天后预政之时,刑峻如壑,多以谀佞希恩。"

⑫ 发号施令,指发命令,下指示。《尚书·冏命》:"发号施令,罔有不臧。"◎洞达,畅通无阻。汉班固《东都赋》:"且夫僻界西戎,险阻四塞,修其防御,孰与处乎土中,平夷洞达,万方辐凑。"

⑬ "爵与众共"二句,指爵位大众共有(都可以努力争取),犯法的事大众一起摈弃。

⑭ 昭揭,显扬,宣示。宋李焘《续资治通鉴长编·宋仁宗皇祐三年》:"朕悯然念兹大惧,列圣之休,未能昭揭于天下之听,是用申敕执事,远求博讲而考定其衷。"

敢作矣。《书》曰：“无偏无党，王道荡荡。”[①]其是之谓乎？

塞倖门[②]

爵以待有德，禄以待有功，本不可以倖得也。然富贵者，人之所同欲。操富贵之柄者一人而已，举天下皆欲求富贵于上，而一人之聪明不能以尽察，投间抵隙[③]，纷然以进，而倖门于是乎四启矣。人主非不欲塞是门也，奈之何人心之私伪无穷，有非周防曲虑之之所能绝者[④]。至有谓倖门如鼠穴，必须留其一以为容奸之地。此亦非至论也。人心之私伪虽难防，而吾之公法则易守，必有德然后爵之，必有功然后禄之。彼无德与功者，吾虽不与，而人心自服，其谁敢萌倖得之心乎[⑤]？

待耆老[⑥]

耆德宿望[⑦]，更事多而阅理熟[⑧]，其思虑必深，其举动必审。是以三王皆养老乞言[⑨]，非独礼貌其高年而已。然而老成之人往往朴拙迟钝，其人常不足以快人意，是以英锐之主或多忽之。秦穆公不听蹇叔，至于丧师而后悔[⑩]。武帝

---

① 引文见《尚书·洪范》，指没有偏私，没有朋党，圣王之道广阔无边。

② 倖门，侥幸之门，奸邪小人或侥幸者进身的门户。唐白居易《杂兴》诗之三：“奸邪得藉手，从此倖门开。”《续资治通鉴·宋太宗淳化五年》：“帝谓宰臣曰：‘倖门如鼠穴，何可尽塞！但去其甚者斯可矣。’”

③ 投间抵隙，伺机钻营。宋秦观《朋党上策》：“君子信道笃，自知明，不肯偷为一切之计。小人投隙抵巇，无所不至也。”“投隙抵巇”义同。

④ 周防，周密防备。宋王禹偁《闻鸮》：“报国惟直道，谋身昧周防。”

⑤ 萌，萌发，滋长。

⑥ 耆老，老年人。《礼记·王制》：“养耆老以致孝，恤孤独以逮不足。”

⑦ 耆德宿望，年高德劭、素孚众望者。

⑧ 更事，经历世事。宋陆游《春雨绝句》之六：“更事老翁顽到底，每言宜睡好烧香。”◎阅理，经历过的道理。《史记·孝文本纪》：“楚王，季父也。春秋高，阅天下之义理多矣，明于国家之大体。”南朝宋裴骃集解：“如淳曰：‘阅犹言多所更历也。’”

⑨ 三王，指夏、商、周三代之君。

⑩ 秦穆公（？—前621），嬴姓，名任好，春秋五霸之一。◎蹇叔，春秋时秦国大夫。公元前628年，秦穆公欲袭郑，蹇叔加以谏阻，认为长途偷袭，军易疲劳，郑亦会有备，穆公不听，仍派孟明视、蹇叔之子等人东征。蹇叔泣送其子，断言秦军定在崤山（今河南三门峡东南）为晋所败。结果，秦军至滑（今河南偃师东南），知郑已有防备，返途到崤山被晋军所伏击，全军覆没，主帅孟明视等被俘，穆公深悔不听蹇叔之言。

罢申公就邸，不用其力行之言[①]，后世惜之。然则人主之待耆老其慎，无以朴拙迟钝视之哉！

奖忠直[②]

人心莫不爱君而忧国，亦莫不畏威而惧祸。群工百执事之中[③]，幸有一二人能犯颜而抗节[④]，逆耳而纳忠[⑤]，亦可谓难矣。汲汲而嘉奖[⑥]，以作其敢言之气[⑦]，则凡欲言者始相率以进。苟或愠而不乐，厌而不纳，则其敢言之气日消月沮，虽有爱君忧国之心，将不胜其畏威惧祸之私。夫以朝廷有忠直之士，犹人之有元气也[⑧]。爱护培养，岂可或伤？非必加以弃斥，然后谓之拒谏；但面为嘉纳而退不以为意，名为容受而实不用其言，亦非所谓导人使谏，而忠言亦终于不进而已。

储人才

良贾必储重宝，良医必储珍剂[⑨]。为天下国家者，其可不储人才乎？人才不预储，则缓急之际必至乏[⑩]，使以常材而承乏[⑪]，则有败事而已。今内而班

① 武帝，指汉武帝刘彻（前156—前87）。◎申公，姓申，名培，鲁人，西汉初期儒家学者，经学家。据《汉书·儒林传》载，汉武帝问治理国家之事，申公答云："为治者不在多言，顾力行何如耳。"当时"上方好文辞，见申公对，默然。然已招致，即以为太中大夫，舍鲁邸，议明堂事"。后因武帝祖母窦太后喜好《老子》学说，不悦儒术，使武帝废明堂事，申公亦因病免归，家居数年而卒。

② 忠直，忠诚正直。

③ 群工，群臣。◎执事，有职守之人，官员。《尚书·盘庚下》："呜呼！邦伯师长百执事之人，尚有隐哉。"

④ 犯颜，敢于冒犯君王或尊长的威严。《韩非子·外储说左下》："犯颜极谏，臣不如东郭牙，请立以为谏臣。"◎抗节，坚持操守。唐王烈《酬崔峒》诗："荣宠无心易，艰危抗节难。"

⑤ 逆耳，刺耳，不顺耳。◎纳忠，采纳忠言。

⑥ 汲汲，心情急切貌。《礼记·问丧》："其往送也，望望然，汲汲然，如有追而弗及也。"唐孔颖达疏："汲汲然者，促急之情也。"

⑦ 作，振作。宋辛弃疾《美芹十论》："盖古之英雄拨乱之君，必先内有以作三军之气，外有以破敌人之心。"

⑧ 元气，指人的精神、精气。《后汉书·赵咨传》："夫亡者，元气去体，贞魂游散，反素复始，归于无端。"

⑨ 剂，药剂，制剂。《新唐书·吴凑传》："诏侍医敦进汤剂。"

⑩ 缓急之际，指危急或发生变故之时。"缓急"为偏义复词，偏义在"急"。《史记·绛侯周勃世家》："孝文且崩时，诫太子曰：'即有缓急，周亚夫真可任将兵。'"

⑪ 承乏，承继空缺的职位。

行[①]，外而郡县，充满周布，何往非储材之地？然而临事常有乏材之叹，亦未得其所以储之之道也。是必明礼义以养其心，厉廉耻以养其操[②]，容奖忠直以养其气，褒录贤劳以养其望[③]。作成培植[④]，使之皆为有用之材，则吾可以无乏材之叹。不然，则车载斗量，皆庸人耳，何补于成败之数哉？

访屠钓[⑤]

国家三岁一取士，又有公卿大夫奏荐其子孙，罗网人材之道可谓博矣。然而奇材未必不遗于科举，豪杰未必尽出于世胄[⑥]。昔人固有隐约于廛閧[⑦]，放浪于江湖，而其才术或可以供缓急之用者[⑧]，岂可谓今世无若人哉？访而求之，庶几有焉。

保勇将

天下之事莫危于战，将帅之材莫难于勇。先登陷阵[⑨]，勇者之事也，然恃勇而至于沦没者[⑩]，多矣！幸而以勇成功，则上之人其可不思所以保存之乎？然而握兵则生嫌，成功则招忌。淮阴侯兔死狗烹之哀[⑪]，檀道济自坏长城之

---

① 班行，指朝官。宋秦观《辞史官表》："班行之内，学术过于臣者甚多。"

② 厉，劝勉，讽谏。《资治通鉴·汉平帝元始三年》："莽召明礼少府宗伯凤入说为人后之谊，白令公卿、将军、侍中、朝臣并听，欲以内厉天子而外塞百姓之议。"宋胡三省注："厉，讽厉也。"◎操，志节，品德。

③ 贤，底本作"賢"，古异体俗字。

④ 作成，培育，造就。《续资治通鉴·元成宗大德二年》："诏廉访司作成人材以备选举。"

⑤ 屠钓，宰牲和钓鱼，旧指操贱业者。

⑥ 世胄，世家子弟，贵族后裔。晋左思《咏史》诗之二："世胄蹑高位，英俊沉下僚。"

⑦ 隐约，困厄。《楚辞·严忌〈哀时命〉》："居处愁以隐约兮，志沈抑而不扬。"◎廛閧，指民间。"閧"字字书定作"閧（hòng）"的俗体，而后者也用作"巷"的异体字（《集韵·绛韵》），文中"閧"也应为"巷"的增旁俗字，指胡同，里弄。

⑧ 才术，才学。宋林逋《舒城僧舍呈赠李仲宣文学》诗："莫为无辜惜才术，圣明求治正焦劳。"

⑨ 先登，指冲锋在前。《韩非子·内储说上》："明日且攻亭，有能先登者，仕之国大夫，赐之上田上宅。"

⑩ 恃，依赖，仗着。

⑪ 淮阴侯，指韩信（？一前196），淮阴（今江苏淮安）人，西汉开国功臣，封淮阴侯。但因功高震主，受到刘邦的猜忌，被诱至长乐宫杀死。韩信临刑前感叹"狡兔死，良狗烹；高鸟尽，良弓藏；敌国破，谋臣亡"（《史记·淮阴侯列传》）。

叹[①]，至今伤之。惟我太祖区处诸将[②]，最得其道。然功成事定，乃可用此。今边境未宁，正当策厉将帅以事战攻[③]，必宽文法以养其气，明赏罚以御其骄，使之心悦诚服，有所畏慕，以就功名，是所谓保之之道也。

抑贪竞[④]

国家设爵禄以待天下之士，则必欲人能奋于功名而有以得，吾之爵禄本无恶乎？人之有求于我也，然求之则有道焉。安分义而修职业[⑤]，以待上之用，固未害其为进也。彼贪竞者，不问有德之可旌[⑥]，有功之可赏，志于得而已。夫既以贪得竞进为心，必不能以厉廉耻、守节操为事，扶奸附势以相倾，侵公剥私以行赂，蠹坏风俗[⑦]，污浊朝廷，将无所不至矣。不务抑绝，将安用哉？

进廉退[⑧]

廉退之士，不以进为荣也。朝廷之进廉退，非以廉退者之可念而为之地也[⑨]，盖将标植其风节以厉廉耻之俗[⑩]，以愧贪竞之徒耳。然贪竞者不先去，则廉退者终不肯进。何者？洁白之操常惧于易污，而高抗之踪固不肯杂处于无耻苟贱之中也[⑪]。故世道清则遗逸寡[⑫]，朝廷浊则隐遁多。然则欲进廉退，其必自

---

① 檀道济（？—436），高平金乡（今山东金乡）人，东晋末年将领，南朝宋开国元勋，因功被封为司空。后受到宋文帝的猜忌，全家被害。◎长城，喻指可资倚重的人或坚不可摧的力量。《宋书·檀道济传》："道济见收，脱帻投地曰：'乃复坏汝万里之长城。'"

② 太祖，指宋太祖赵匡胤（927—976），涿州（今属河北）人，宋代开国皇帝。◎区处，处置，安排。宋代建国后，宋太祖为加强中央集权，巩固统治，采取了一系列政治军事改革措施，其中包括"杯酒释兵权"事件。建隆二年（961），宋太祖召集禁军将领石守信、王审琦等宴饮，以高官厚禄为条件，解除了他们的兵权。

③ 策厉，督促勉励。宋苏轼《上监司谢礼上启》："勉知策厉之勤，少答吹扬之赐。"

④ 贪竞，贪求竞进。《文子·上仁》："故位不以雄武立，不以坚强胜，不以贪竞得。"

⑤ 分义，指遵守名分，为所宜为。《荀子·强国》："礼乐则修，分义则明，举错则时，爱利则形。如是，百姓贵之如帝，高之如天。"唐杨倞注："分，谓上下有分；义，谓各得其宜。"◎职业，职分应作之事。《国语·鲁语下》："昔武王克商，通道于九夷百蛮，使各以其方贿来贡，使无忘职业。"

⑥ 旌，表彰。

⑦ 蠧，同"蠹"，蛀蚀，败坏。

⑧ 廉退，指谦让。宋苏轼《送周正孺知东川》："岂云慕廉退？实自知衰冗。"

⑨ 地，地位，位子。《周书·窦毅传》："以毅地兼勋戚，素有威重，乃命为使。"

⑩ 标植，彰显并助长。标，显出，表明。植，扶植。

⑪ 高抗，刚正不屈。《后汉书·逸民传·梁鸿》："恢亦高抗，终身不仕。"◎踪，足迹。

⑫ 遗逸，隐士，遗才。唐方干《题悬溜岩隐者居》诗："见说公卿访遗逸，逢迎亦是戴乌纱。"

抑贪竞始矣。

斥谄佞[①]

语言之无益者，莫过于谄佞，而人往往悦之者，盖亦自欺其心而不计其言之是与否也。彼为谄佞者，亦岂真以我有是德而称誉之哉？亦不过饰为虚谈以相弄玩而已[②]。甘受其弄玩而又因以自欺，然则吾谁欺乎？况夫虚伪之人称誉于前者，必訾毁讪笑于后[③]，此小人之常态也。苟知其情状如此，不斥何为？

鉴迎合[④]

《孟子》曰："长君之恶其罪小，逢君之恶其罪大。"[⑤]"长"与"逢"何以异哉？君之恶既形，为臣者不能正救[⑥]，乃顺而长之，固有罪矣。若夫隐于心而未发于言，萌于意向而未见于行事，其是非之见本未定也，或悔悟而中止，或转移而为善[⑦]，皆未可必也。为臣者乃揣摩逢迎，导而发之，使其君为恶之念遂决而不疑，其罪岂不大哉！《书》曰："有言逆于汝心，必求诸道；有言逊于汝志，必求诸非道。"[⑧]苟以此察之，则凡为迎合者，自不能逃程鉴矣[⑨]。

---

① 谄佞，花言巧语，阿谀逢迎。亦指花言巧语、阿谀逢迎的人。《汉书·贡禹传》："选贤以自辅，开进忠正，致诛奸臣，远放谄佞。"

② 弄玩，戏弄。

③ 訾毁，非议诋毁。《汉书·地理志下》："俗俭啬爱财，趋商贾，好訾毁，多巧伪。"

④ 迎合，指揣摩他人意旨而投其所好。唐韩偓《海山记》："左右近臣，阿谀顺旨，迎合帝意。"

⑤ 引文见《孟子·告子下》，指臣下助长君主的过恶，这罪行还小；臣下主动逢迎引导君主的过恶，这罪行可大了。长，助长。逢，迎合。

⑥ 正救，纠正，补救。宋周密《齐东野语·洪君畴》："窃惟今日阉寺，骄恣特甚。宰执不闻正救，台谏不敢谁何。"

⑦ 转移，改变。下文《杜请托》"然转移之道当自上始"句之"转移"义同。

⑧ 引文见《尚书·太甲下》，指有人说话违背了你的心愿，一定要研求他的话是否合于正道；有人说话顺从了你的心愿，一定要研求他的话是否不合乎正道。逊，顺。

⑨ 程鉴，犹"品鉴"，鉴别。《文选·陆机〈演连珠〉之二》："故明主程才以效业，贞臣底力而辞丰。"唐李善注引《说文》："程，品也。"

绝朋比[①]

植党而怙权[②]，附下而罔上[③]，其患能使人主孤立而莫如之何。士大夫苟有此风，固不容不摈绝也[④]。然而吉人善士亦各有气类[⑤]，其志虑同于爱君[⑥]，其议论同于忧国。意在乎荐贤，而不以更相汲引为嫌[⑦]；心存乎乐善，而不以交相称誉为忌。或辩诉其枉，抑或扶掖其倾危[⑧]，其迹有似于朋比，其心初无负于国家也。小人欲毁君子，无以藉口[⑨]，或用是为谗谮之端[⑩]。上之人万一不察，则其害博矣，一网尽去，而为之私相庆贺，此事容或有之。然则欲去朋比之患，又必先致君子小人之辨而后可也。

察谗间[⑪]

甚矣，谗间之难察也。巧言如簧[⑫]，听为之移；变白为黑，视为之改；诡遁出没[⑬]，而中伤之毒隐行其间；诬陷忠良，离贰心腹[⑭]，盖有浸润而不自觉

---

① 朋比，结成私党。《新唐书·李绛传》："趋利之人，常为朋比，同其私也。"

② 植党，指结党，树立党羽。《新唐书·萧至忠传》："时楚客怀奸植党。"◎怙权，指专权。《新唐书·王正雅传》："属监军怙权，乃谢病去。"

③ 附下，附和偏袒臣下。《北齐书·文苑传·樊逊》："子胥无君，马迁附下，受诛取辱，何可尤人！"◎罔上，欺骗君上。

④ 摈绝，排斥弃绝。《晋书·汪叔坚传》："且既许宗等宥广以死，若复有宗比而不求赎父者，岂得不摈绝人伦，同之禽兽邪？"

⑤ 气类，意气相投者。语本《周易·乾》："同声相应，同气相求……则各从其类也。"

⑥ 志虑，思想，想法。

⑦ 汲引，引荐，提拔。《汉书·刘向传》："禹、稷与皋陶传相汲引，不为比周。"

⑧ 扶掖，扶助。清唐孙华《闲居写怀》："望我仕宦成，扶掖出邅屯。"◎倾危，倾覆，倾侧危险。《周书·于谨传》："昔帝室倾危，人图问鼎。"

⑨ 藉口，托词或假托的理由。宋陈善《扪虱新话》卷二："唐史称房、杜不言功，予谓此乃庸人鄙夫持禄固位者得以藉口也。"

⑩ 谗谮，恶言中伤。晋袁宏《后汉纪·灵帝纪上》："中常侍曹节、张谏、王甫等因宠乘势，贼害忠良，谗谮故大将军窦武、太傅陈蕃，虚遭无形之罾，被以滔天之罪。"

⑪ 谗间，用谗言离间他人。《新唐书·苗晋卿传》："中伤，则枉直无辨，而谗间之道行。"

⑫ 巧言如簧，谓花言巧语，悦耳动听，有如笙中之簧。《诗经·小雅·巧言》："巧言如簧，颜之厚矣。"

⑬ 诡遁，欺诈。《淮南子·缪称训》："世莫不举贤，或以治，或以乱，非自遁，求同乎己者也。"汉高诱注："遁，欺。"◎出没，有出入，不合事实。唐刘知几《史通·浮词》："心挟爱憎，词多出没。"

⑭ 离贰，离间。《周书·王庆传》："朝议以魏氏昔与蠕蠕结婚，遂为齐人离贰，今者恐复改变，欲遣使结之。"

者。然则果何道以察之？譬之水焉，清则须眉毕见；譬之镜焉，明则妍丑莫逃[①]。人主必先治此心，不以嗜欲汩其情[②]，不以偏见蔽其明，视君子小人常如白黑之易辩，则谗间之言自不能入矣。

禁苞苴[③]

贪风之炽，诚有不可不关念动心者。事无巨细，非请托不行[④]。请托之缄与物俱至[⑤]，名为馈遗，其实贿耳。此何等风俗，而见于厉精更始之时乎[⑥]？不宁惟是，秉麾持节[⑦]，往服外庸[⑧]，涉日未多，中朝士大夫或已计日而待馈矣。故其往也，德意未暇宣[⑨]，民瘼未暇究[⑩]，先问风土之宜以充苞苴之实。岁有常献，节有常仪，比及代还[⑪]，复储例送[⑫]。盗侵公帑[⑬]，则明书所与之人于籍；虐取民财，则明言欲用之意于人。其间多有半归权贵之门，半为囊橐之积[⑭]。习以成风，廉耻道丧，不以为异，外间财计所在虚耗[⑮]。此而不禁，民必大穷，国必大屈，怨咨必多，盗贼必作，不至于乱不止也。吁！讵可忽而不为之

① 妍丑，美和丑。唐吴兢《贞观政要·公平》："能以古之哲王，鉴于己之行事，则貌之妍丑宛然在目，事之善恶自得于心。"

② 情，疑当作"清"，此句承上文"譬之水焉，清则须眉毕见"句而来，下句"不以偏见蔽其明"则承上文"譬之镜焉，明则妍丑莫逃"句而来，"清""明"皆前后呼应，作"情"非义。

③ 苞苴（jū），馈赠的礼物，贿赂。苞，通"包"。"苴"亦为包裹义，与"苞（包）"同义连文。《荀子·大略》："汤旱而祷曰：'……苞苴行与？谗夫兴与？何以不雨至斯极也！'"唐杨倞注："货贿必以物苞裹，故总谓之苞苴。"

④ 请托，指以私事相嘱托，走门路，通关节。《汉书·翟方进传》："为相公絜，请托不行郡国。"唐颜师古注："言不以私事托于四方郡国。"

⑤ 缄，书信，信函。唐白居易《初与元九别后忽梦见之》："开缄见手札，一纸十三行。"

⑥ 厉精更始，振奋精神，从事革新。《汉书·宣帝纪》："其赦天下，与士大夫厉精更始。"

⑦ 秉麾持节，指外出任官或指挥军队。麾，古代指挥军队的旗子。持节，古代使臣奉命出行，必执符节以为凭证。

⑧ 外庸，指任地方官时的政绩。唐韩愈《沂国公先庙碑铭》："暨暨田侯，两有文武。讫其外庸，可作承辅。"

⑨ 德意，布施恩德的心意。《周礼·秋官·掌交》："道王之德意志虑，使咸知王之好恶。"

⑩ 民瘼，民众的疾苦。《后汉书·循吏传序》："广求民瘼，观纳风谣。"

⑪ 代还，指朝臣出任外官者重新被调回朝廷任职。《宋史·真宗纪二》："诸路转运使代还日，在任兴除利害，升黜能否，凡所经画事悉条上以闻。"

⑫ 储，等待。

⑬ 公帑，公款，国库。

⑭ 囊橐，指行李财物。唐白行简《李娃传》："及旦，尽徙其囊橐，因家于李之第。"

⑮ 外间，外地，地方。

禁哉[①]?

杜请托

请托之为害，多矣！事理之不可行者必欲其行，恩泽之不当得者必欲其得，狱讼之不能胜者必欲其胜，其弊固不能以枚举也[②]。况夫请托之事，贵者能之，贱者不能也；富者能之，贫者不能也；强者能之，孱弱者不能也；狡猾虚伪者能之，纯实朴直者不能也。然则不杜请托，则贫贱而孱弱、纯实而朴直者终不得职，天下之事果何时而得其平乎？然转移之道当自上始。上之人不徇私情，不受私请，先致其严，为天下倡；又明禁峻罚以杜绝之，则公道庶乎其开矣。

议释老[③]

释老之教其害有二，不事耕农，华屋丰食，其害在民力；不谈实理，空虚荒诞，其害在人心。以先王之教律之，诚有可议者矣。虽然，民之好恶皆视其上。国家祈禳之事[④]，宜致力于郊社而已[⑤]。今乃杂用淄黄[⑥]，则何责乎民俗？度牒之鬻[⑦]，方藉其入以佐国用，则安问其荒虚？然则，欲议释老，当自二事始。

---

① 讵，副词，表示反问，相当于“怎么”“难道”。

② 枚举，一一列举。《北史·恩幸传序》：“其间盗官卖爵，污辱宫闱者多矣，亦何可枚举哉！”

③ 释老，释迦牟尼和老子的并称，指佛教和道教。宋司马光《子厚先生哀辞》：“释老比尤炽，群伦将荡然。”

④ 祈禳，祈祷以求福除灾。《汉书·孔光传》：“俗之祈禳小数，终无益于应天塞异，销祸兴福。”

⑤ 郊社，祭祀天地。周代冬至祭天称郊，夏至祭地称社。《礼记·中庸》：“郊社之礼，所以事上帝也。”宋朱熹集注：“郊，祭天；社，祭地。”

⑥ 淄黄，指释道两教。淄，通“缁”，黑色。宋时僧人多穿黑衣，故引申指僧人。黄，黄色。宋时道士多穿黄衣，故引申指道士。《册府元龟》卷九二八：“既久惑于左道，专求长生之要。尝聚淄黄，炼仙丹，或讲说佛经，亲受符录。”

⑦ 度牒，僧道出家，由官府发给凭证，称之为“度牒”。唐宋时，官府可出售度牒，以充军政费用。◎鬻，卖。

哀鳏寡[①]

人主为民父母，凡民皆当恤也，况又民之无告者乎[②]？此文王发政施仁所以必先于斯也。然孟子又论文王之民所以无冻馁之老者[③]，则在于制其田里[④]，教之以艺畜[⑤]，固不日阅其国内之民，曰："此为鳏者，吾遗之衣；此为寡者，吾遗之食。"以从事于小惠也。虽然，尚论先王之政，往往阔而难举[⑥]，则亦有随宜而讲其所以轸恤之策耳[⑦]。朝廷有义仓之储[⑧]，州县类支移而妄用[⑨]；部使者讲赈救之政[⑩]，官吏多具文以为欺。奸胥因催科而肆槌剥之惨[⑪]，豪民乘水旱而行吞并之谋，于是斯民有流离死亡，而父子夫妻不能以相保矣。若此之类，苟深讲而严职之[⑫]，则无告之民庶其少苏乎[⑬]？

求善使过[⑭]

天下之善不易得，而过者君子之所不能无。人主之用人，不使片善之或遗，则可以办天下之事。而人之有过者，未必不忸怩于中而内图以自尽也[⑮]。

---

① 鳏寡，老而无妻或无夫的人，引申指老弱孤苦者。《诗经·小雅·鸿雁》："爰及矜人，哀此鳏寡。"

② 无告，孤苦无处投诉，无所依靠。

③ 冻馁，指饥寒交迫。《墨子·非命上》："是以衣食之财不足，而饥寒冻馁之忧至。"

④ 田里，指田地和庐舍。《孟子·尽心上》："所谓西伯善养老者，制其田里，教之树畜，导其妻子，使养其老。"

⑤ 艺畜，种植畜牧。犹上条所引《孟子》之"树畜"。

⑥ 阔而难举，迂阔而难以实施。

⑦ 轸恤，顾念，怜悯。《宋史·张鉴传》："顾此疲羸，尤堪轸恤。"

⑧ 义仓，隋以后各地为备荒而设置的粮仓。

⑨ 支移，宋代赋税的输纳方式。送纳赋税有固定处所，而以有余补不足，则移此输彼，移近输远，谓之支移。

⑩ 部使者，宋朝监司的俗称。

⑪ 催科，催收租税。租税有科条法规，故称。《宋史·职官志三》："狱讼无冤、催科不扰为治事之最。"◎槌剥，指武力剥削。槌，捶击的器具。剥，强制除去，侵夺。

⑫ 讲，考核，研究。《国语·郑语》："择臣取谏工而讲以多物，务和同也。"三国吴韦昭注："讲，犹校也。"◎职，负责，承担。《明史·河渠志二》："淮雍为害，谁职其咎？"

⑬ 苏，苏息，缓解。《方言》卷十："悦、舒，苏也。"晋郭璞注："谓苏息也。"

⑭ 求善使过，既寻求善良正直之人，也应任用有过失的人。

⑮ 忸怩，羞愧。《尚书·五子之歌》："郁陶乎予心，颜厚有忸怩。"伪孔安国传："忸怩，心惭。"◎自尽，尽自己的才力。

秦穆公，一国之君也，不以一眚弃孟明[①]，遂开霸业。然则，为天下主，其可忽人之善而记人之过欤？虽然，此谓君子之过不足以掩其善者也。若夫小人之为不善，或贪赃狼籍，罪状显著；或欺君卖国，奸利明白；若此俦类[②]，苟复举而用之，害国蠹民，其祸不浅。如是而亦曰使过，岂不悮哉[③]？

宽民力[④]

渡江百年[⑤]，民力尽矣，诚不可不思所以宽之。然往和戎息兵之时[⑥]，不能议及蠲减[⑦]。今边备方严，转饷方急[⑧]，宽民之事亦难言矣。然天下之赋入，初不尽以供军。用兵之费虽未可省，若夫奢靡之泛滥，独不可节乎？库藏之隐漏，独不可覈乎[⑨]？州县之虐政横敛，或以实苞苴，或以饱溪壑[⑩]，独不可禁乎？但为根本之图，必有宽民之策。苟为不然，则缓急之际将有甚焉。民不堪命，怨嗟愁叹，流离转徙，不至于胥为盗贼[⑪]，不止也，国家其独奈何哉？

饬边备

饬边备之道有四。其一曰民，民在结其心。宽征薄敛，使之安生乐业，则始效死弗去，可与共守。其二曰将，将在养其气。不淬砺于行阵则其勇衰[⑫]，不精明其赏罚则其志怠。其三曰兵，兵贵乎练得其法。养百懦卒不如养一精

---

① 眚（shěng），过失。◎孟明，春秋时期虞国（今山西平陆）人，姜姓，百里氏，名视，字孟明，百里奚之子，秦穆公的主要将领。公元前628年，秦穆公不听蹇叔等劝阻，孤军袭郑，结果全军覆没，主帅孟明等被俘，秦穆公深悔不听蹇叔之言。《左传·僖公三十三年》："秦伯素服，郊次，乡师而哭曰：'孤违蹇叔，以辱二三子，孤之罪也。不替孟明，孤之过也。大夫何罪。且吾不以一眚掩大德。'"参见本书第427页注⑩。

② 俦类，同一类人。

③ 悮，同"误"。

④ 民力，民众的人力、物力、财力。《汉书·五行志上》："今宫室崇侈，民力雕尽，怨讟并兴。"

⑤ 渡江百年，南宋王朝自绍兴八年（1138）宋高宗渡长江，迁都临安府（今浙江杭州）；至虞复写作本文的南宋绍定六年（1233）稍后，已近百年。

⑥ 和戎，指与少数民族或别国媾和修好。宋苏辙《龙川别志》卷下："诸将耻于无功，莫敢言和戎者。"

⑦ 蠲（juān），除去，免除。

⑧ 转饷，运送军粮。

⑨ 覈，今作"核"，检验，查核。

⑩ 溪壑，山间的沟壑，比喻贪欲。宋岳飞《谢讲和赦表》："盖夷虏不情，犬羊无信，莫守金石之约，难充溪壑之求。"

⑪ 胥，皆，都。

⑫ 行阵，行伍，军队。《韩非子·外储说左上》："夫好显岩穴之士而朝之，则战士怠于行阵。"

兵，持十弱弓不如持一劲弩。其四曰财，财贵乎用得其当。增馈饷则竭民力[①]，不如汰虚藉而军自裕[②]；丰犒赏则耗军储，不如禁掊克而士自饱[③]。此四者，皆边备之急务也。

旌死事

人莫难于一死，使其死而得以流芳百世，则人亦固有轻于死者。今捐其父母妻子所仰望之身以狥国家之急[④]，而朝廷无以旌之，则身后之名亦复寂寞而无闻，观听之下，谁复兴起？他时国家有难，则有趋而避之耳，岂可责其用命以报上哉？至有士卒死于行阵，或讳败而不以实闻，或已申上而朝廷迟于推赏，一再覈实，动逾岁年，恩泽未沾，名粮先绝[⑤]，非独死者不见恤，而其家皆已失所矣。此则尤可念也。夫赖其力以卫上而不恤其死，吾亦何忍于心哉？

惩偷生

不旌死事，固不足以示天下之劝；不惩偷生，亦不足以示天下之戒。食君之禄，任君之事，临危值难，有死而已。苟徒窃享富贵于无事之时，而不能捐躯死节于缓急之际，则国家果何赖于若人哉？使其势穷力尽，遁而未归，此直懦耳，尚可情恕。或有城池兵食之可守，朝廷救援之可待，乃望敌而迎锋[⑥]，开门而纳寇，其亦可以勿惩乎？苟怀姑息，不正显诛[⑦]，则国无政刑[⑧]，何以能立？此非忍论也，所以厉名节而明君臣之大义也。

（原载清道光十八年《华溪虞氏宗谱》卷一）

---

① 馈饷，指粮饷。《陈书·徐俭传》：“臧氏亦深念旧恩，数私致馈饷，故不乏绝。”

② 藉，通“籍”。虚籍，指利用亡故、离职等原因不在岗士兵的身份，虚报冒领薪酬、吃空饷的行为。

③ 掊克，聚敛，搜刮。《诗经·大雅·荡》：“曾是疆御，曾是掊克。”宋朱熹集传：“掊克，聚敛之臣也。”掊，聚敛。克，损人利己。

④ 狥，“徇”的俗字，为某种目的或理想而舍弃自己的生命。后通行作“殉”。

⑤ 名粮，指以死亡兵士的名义发放的粮饷，宋代多用于赏赐亡者家属。《册府元龟》卷一四七：“如有子弟许继其父兄本军名粮，如无乡里可归，无子弟承继，且量支一年以是晓喻其家。”

⑥ 迎锋，犹迎战。

⑦ 不正显诛，指不能准确地公开诛杀临阵脱逃之将官。不正，不准确。显诛，公开诛戮。

⑧ 政刑，政令和刑罚。《左传·隐公十一年》：“君子谓郑庄公失政刑矣。政以治民，刑以正邪。”

【导 读】

《四十八规》，又称《缉熙殿四十八规》。南宋绍定五年（1232）十一月，宋理宗御制《四十八规》，书于卷轴之上。绍定六年，理宗将《四十八规》置于新建成的缉熙殿中，并诏讲读之臣为之作注疏，“将益以开广睿聪”。时为杨村酒官的虞复亦为《四十八规》逐条作注并上呈理宗。据说理宗阅后“大喜”，给予了充分的肯定。咸淳年间丞相叶梦鼎也称其“敷畅厥旨，有劝有戒”。虞氏后人明代嘉靖年间刑部尚书虞守愚也以其祖“爱君忧国之心惓惓无已”为傲[①]。当时为《四十八规》作注者当不在少数，但此篇是唯一保存下来的，看来不是没有原因的。

《四十八规》是帝王治国理政的四十八条箴言，包含了驭臣、民事、外交、军政、修身、齐家、治学、礼仪等多个方面。具体条目为：敬天命、法祖宗、事亲、齐家、亲硕学、精六艺、崇节俭、惜名器、谨言语、戒喜怒、恶旨酒、远声色、伸刚断、肃纪纲、核名实、明赏罚、广视听、守信义、惧满盈、究远图、开公道、塞倖门、待耆老、奖忠直、储人才、访屠钓、尚儒术、保勇将、知勤劳、抑贪竞、进廉退、斥谄佞、鉴迎合、绝朋比、察谗间、禁苞苴、杜请托、议释老、谨刑狱、哀鳏寡、伤暴露、罪己为民、捐躬抚军、求善使过、宽民力、饬边备、旌死事、惩偷生。这四十八条箴言体现了亲政后的理宗对自身的鞭策和自我期许，具有施政纲领的性质，其重要性不言而喻。虞复则从一个低级官员的角度出发，逐条加以注释和阐发。他结合时局，引经据典，做了进一步的诠释。他的诠释针砭时弊，提纲挈要，言简意赅，不但对封建统治者来说具有很高的参考价值，对今天的治国理政也有深刻的借鉴意义。如《崇节俭》云“奢侈之极可以亡国”，务必“谨其初而防其渐”；《惜名器》批评统治者“穷官好爵，滥予不问”；《远声色》云“欲使吾心不为声色所乱，则惟有远之而已”；《明赏罚》称赏罚要做到“赏一人而千万人悦，罚一人而千万人惧”；《守信义》云“上失其信，则下亦不信其上”；《究远图》云“理乱安危之变常隐伏于未形”；《开公道》云“私欲不除，则汩其清明；私见先立，则害其正直”；《塞倖门》云“爵以待有德，禄以待有功”，“人心之私伪虽难防，而吾之公法则易守，必有德然后爵之，必有功然后禄之”；《奖忠直》云“夫以朝廷有忠直之士，犹人之有元气也。爱护培养，岂可或伤”；《储人才》云“良贾必储重宝，良医必储珍剂。为天下国家者，其可不储人才乎”，对人才需要“明礼义以养其心，厉廉耻以养其操，容奖忠直以养其气，褒录贤劳以养其望”；《访屠钓》云“奇材未必不遗于科举，豪杰未必尽出于世胄”；《保勇将》云“宽文法以养其气，明赏罚以御其骄”；《饬边备》云“民在结其心”“将在养其气”“兵贵乎练得其法”“财贵乎用得其当”，又云“养百懦卒不如养一精兵，持十弱弓不如持一劲弩”，等等，精辟精练，极富启发意义。

---

① 虞守愚《四十八规跋》，载《华溪虞氏宗谱》卷一，清道光十八年（1838）刻本。

《四十八规》今选三十六。其前道光本《华溪虞氏宗谱》原有虞复《进缉熙殿四十八规表》《四十八规前序》，后有《四十八规后序》及嘉靖甲辰（1544）裔孙刑部尚书虞守愚跋文。兹附载《四十八规前序》如下，以供参考。

附 录

四十八规前序

臣窃惟开辟以来，治乱兴衰之变不知其几，揆其本源，实判于人主一念之敬肆而已。隆古帝王，非不神圣，然而盘盂几杖，随寓有铭，盖斯须而不敢忘敬也。故其盛德日新，治功卓越。后世贤主，或取群臣书疏列为屏障，或录其箴规之献置诸座隅，故亦能谨修厥德，克保令名。若夫庸君辟主，初无立志，莫知君道所当为者何事，臣子所当咨访者何人，怠忽荒嬉，罔克自觉，衰乱继之，徒足为后世鉴戒而已。

恭惟皇帝陛下，不自聪明，留意典学，稽经阅史，自得于心，乃亲洒翰墨，科别其条，自“敬天命”而下凡四十有八事，揭为宝轴，置之燕座，以便观省。其于正心、修身、齐家、治国、平天下之道，大略具是矣。又命讲读之臣，用司马光五规之意，紬绎厥旨，各著于逐条之下，将益以开广睿聪。猗欤休哉！虽隆古帝王敬德好言之盛美，何以尚兹？薄海欢传，万口诵圣，臣虽至愚极贱，不觉兴起，辄欲效一得之愚，以呈清闲之览。始也窃伏自念陛下以讲论近联，故属以文字之职。鸿儒硕学，崇论宏议，亦既尽善尽美，足以扬休显而竟缉熙矣。而臣乃以筦库冗贱，犯此不韪，窃惧僭躐干诛，将不可赦。越月逾时，怀不自已。又窃以为自古帝王非无前师后诵，而学问犹且下逮于刍荛。舜木求箴，禹轺听规，亦未尝择其愚贱者而略之，此帝王从善无不听之意。今陛下圣度如天，求善不倦，同符帝王，此真千载难逢之会，臣是以自忘其陋而卒有献焉。陛下倘以听政之馀，稽古之暇，略赐省览，万有一焉仰契圣心，臣虽退就僭躐之诛，有馀荣矣。

【延伸阅读】

虞复（1188—1259），字从道，号东岩，又号远斋，义乌华溪人。早年求学于东阳倪千里，得永嘉《春秋》之传。宋嘉定十六年（1223），虞复由太学登进士第。历任临安府杨村酒官、主管户部架阁文字、籍田令、武学谕、宗正寺主簿、大宗正丞、信州知州等。嘉熙元年（1237）出知信州时，因上表《爱养根本之说》，得罪权相史嵩之，被贬为都官郎。又因御史金渊上奏，被贬主管台州崇道观。任满后归隐家乡东岩。宝祐二年（1254），经丞相董槐力荐，虞复再任尚书郎官兼国史院编修、实录院检讨。后外差知宁国府，又改知瑞州。积阶至朝议大夫致仕。开庆元年（1259），卒于家。

《华溪虞氏宗谱》

虞复生活在南宋由盛转衰之际，历光宗、宁宗、理宗三朝。在任杨村酒官时，上奏《四十八规》注，以一片赤诚之心得到了理宗的赏识与嘉奖。在朝廷中，虞复不畏史嵩之之流，洁身自好，耻于依附佞臣，勤于体察民情，敢于针砭时弊，勇于直言进谏。退休后，不交诸公贵人，潜心著书。著有《成已集》《告蒙》《告忠》《远斋集》等，合八十余卷（据徐象梅《两浙名贤录》卷一），其中《告蒙》十三篇咸淳年间于家塾付梓刊刻。明正德二年（1507）春，虞家遭火，虞复的著作亦未能幸免。现仅有散篇见于《华溪虞氏宗谱》及义乌旧志，包括诗六首（《述怀》《正节李侯诚之》《送东阳许伯继主簿之官淮西》《观海》《登松山》《和倪至庵夫子元韵》）、文五篇（《义乌华溪虞氏宗谱序》《缉熙殿四十八规》《国子进士虞凿卿墓志铭》《答朱左司年丈重修东江桥书》《重修兴济桥记》），吉光片羽，尤为可贵。

虞复有二子，均咸淳间进士：一名虞琮，字德瑞；一名虞璞，字天成，其撰有《重建瑞峰院记》，今仍存于《华溪虞氏宗谱》。因虞氏父子三人均登进士第，民间素有“父子三进士”的美誉。

（浙江师范大学硕士研究生项雨峥、浙江大学人文学院张涌泉教授撰稿）

乡　约

乡　约

洪武初，命郡、县、里各制木铎[①]，推耆老行振之，狥道路以警众[②]。其词曰：

孝顺父母，尊敬长上，和睦乡里；

教训子孙，各安生理[③]，毋作非为[④]。[⑤]

本县遵遗制，每月朔[⑥]，引坊里长人等集公廨两廊[⑦]，老人捧圣谕牌至露台前[⑧]，宣读劝戒之。万历十五年，知县俞士章申明约训，令八乡即民祠之宽厂者[⑨]，立为约所，选择约长、约副主其事，仿古属民读法之令，为约书，先圣谕，次条律，次六歌，俾月朔集众会讲，人斌斌向方矣[⑩]。

---

① 木铎（duó），一种铜质的铃铛，用木作为发声的舌。在古代社会，官府机构要发布新的政令时，一般会先派人摇晃木铎，四方巡走，引起民众的注意，然后召集起来宣布。

② 狥（xùn），同“徇”，巡视，巡行。

③ 生理，即生计。唐杜甫《春日江村》诗之一：“艰难昧生理，飘泊到如今。”

④ 非为，指违法或违反道德的行为举止。

⑤ “孝顺父母”以下几句，系明太祖朱元璋洪武辛亥（1371）颁布的政令之一。《大明太祖圣神文武钦明启运俊德成功统天大孝高皇帝实录》卷二五五：“辛亥，上命户部下令天下民，每乡里各置木铎一，内选年老或瞽者，每月六次持铎狥于道路，曰：孝顺父母，尊敬长上，和睦乡里；教训子孙，各安生理，毋作非为。”

⑥ 月朔，指农历每月初一。

⑦ 长（zhǎng）人，乡村里的官长、长老。◎公廨（xiè），古代称官员办公的场所。

⑧ 露台，露天的台榭，常用于演出戏曲等。

⑨ 宽厂，同“宽敞”。

⑩ 斌斌，或作“彬彬”，文雅的样子。◎向方，崇尚正直，遵循正道。明唐顺之《葛母传》：“自是书院成而扬之士彬彬多向方者。”

温军门六歌[①]

我劝吾民孝父母，父母之恩尔知否？
生我育我苦万千，朝夕顾复不离手[②]。
岂但三年乳哺艰，甘脆何曾入其口[③]。
每逢疾病更关情[④]，废寝忘餐无不有。
虎狼犹知父子恩[⑤]，人不如兽亦可丑。
试读《蓼莪》诗一章[⑥]，欲报罔极空回首。
人谁不受劬劳恩[⑦]，我劝吾民孝父母。

我劝吾民敬长上，少小无如崇退让[⑧]。
分定尊卑不可逾[⑨]，辈分前后宁相亢[⑩]。

① 军门，明朝可用于指称总督、巡抚等官员，所以“温军门”当指一位姓温的总督或巡抚，也正好与后面的《熊知县六歌》对应。不过，在崇祯《义乌县志》卷五的“名宦祠”中，并未见有温姓的官员。再查民国梁伯荫修、罗克涵纂民国《沙县志》(民国十七年铅印本)，在卷七的“学校”也收了这六首歌，但没有《温军门六歌》的题目，而是每首前有标题，如第一首题《孝顺父母歌》，其下署“徐显臣”，这六首歌前云：“天启四年建中，祀杨、罗、李、朱、了斋、默堂、栟榈七先生，岁延师以课子弟。至徐尹显臣，又立乡约所二，东在兴国寺，西在云际寺。每朔望集小民老稚，令学中之耆儒至该处地方讲圣谕六条，亲集故事，著诗歌译其义。先以能孝能弟者之事以歆之，后以不孝不弟者之刑以警之，反复丁宁，备极懃恳。又令童子歌以咏叹之，听者咸翕然心悦，怡然感悟。行之各乡，莫不遵令。”据此，似乎徐显臣就是这六首歌的作者。同书卷十一的“循吏”载：“徐显臣，永康举人，万历戊午任沙县事，下车后讲乡约、联保甲，条陈兴革事宜。”可参。不过，为什么《义乌县志》又称之为《温军门六歌》，实在还是疑问。

② 顾复，指父母辛苦养育。《诗经·小雅·蓼（lù）莪（é）》：“父兮生我，母兮鞠我。拊我畜我，长我育我，顾我复我，出入腹我。欲报之德，昊天罔极！”汉郑玄笺：“顾，旋视；复，反覆也。”

③ 甘脆，美味，佳肴。《战国策·韩策二》：“臣有老母，家贫，客游以为狗屠，可旦夕得甘脆以养亲。”

④ 关情，指对人或事物注意、重视。唐崔峒《送苏修游上饶》诗：“世事关情少，渔家寄宿多。”

⑤ 父子恩，民国《沙县志》作“父母恩”，义长。

⑥《蓼莪》，《诗经·小雅》中的一首诗歌。该诗共六章，主要表达子女追思双亲抚养之恩的情思，其中尤其以“哀哀父母，生我劬劳”两句最为著名。参见本页注②。

⑦ 劬（qú）劳，劳累，劳苦。

⑧ 少小，年幼，年幼者。汉刘向《说苑·谈丛》：“仁慈少小，恭敬耆老。”

⑨ 分定，辈分排定。

⑩ 亢（kàng），抵挡，匹敌。

阙党欲速非求益[①]，原壤不逊曾受杖[②]。
道路崎岖争负戴[③]，几杖追随共偃仰[④]。
尧舜亦从仁让来[⑤]，疾徐之间休轻放[⑥]。
凌节无损亦薄德[⑦]，我劝吾民敬长上。

我劝吾民睦乡里，自古人情重桑梓[⑧]。
仁人四海为一家，何乃比邻分彼此[⑨]。
有酒开壶共斟酌，有田併力同耘耔[⑩]。
东家有粟宜相赒[⑪]，西家有势勿轻使。
谚有言“邻里和，外侮止”，百姓亲睦自此始。
亲睦比屋皆可封[⑫]，我劝吾民睦乡里。

我劝吾民训子孙，子孙好丑关家门。

---

① 阙党，孔子所居之地，在今天山东曲阜城内阙里街，因为有两个石阙，所以得名，此指阙党童子。《论语·宪问》：“阙党童子将命。或问之曰：‘益者与?’子曰：‘吾见其居于位也，见其与先生并行也。非求益者也，欲速成者也。’”大意是，阙党的一个童子来向孔子传达信息。有人问孔子道：“这小孩是肯求上进的人吗?”孔子道：“我看见他（大模大样地）坐在位上，又看见他同长辈并肩而行。这不是个肯求上进的人，只是一个急于求成的人。”

② 原壤，姓原名壤，春秋时鲁国人，孔子的朋友之一。原壤不学礼仪，碌碌无为，时常被孔子批评。《论语·宪问》：“原壤夷俟，子曰：‘幼而不孙弟，长而无述焉，老而不死是为贼。’以杖叩其胫。”

③ 负戴，以背负物，以头顶物。《孟子·梁惠王上》：“谨庠序之教，申之以孝悌之义，颁白者不负戴于道路矣。”

④ 几杖，坐几和手杖，皆老者所用，古常用为敬老者之物，亦用以借指老人。《礼记·曲礼上》：“谋于长者，必操几杖以从之。”◎偃仰，安居，游乐。《诗经·小雅·北山》：“或栖迟偃仰，或王事鞅掌。”“几杖”句的大意是，拿着坐几和手杖，追随师长安居游乐。

⑤ 尧舜，指尧和舜，一般认为他们是上古时代的两位贤明君主。传说，尧在位几十年后，年纪大了，就召开会议讨论继承人的人选问题。大家都推举舜，说他是个德才兼备、很能干的人。尧经过一段时间的考察，觉得舜确实不错，就把皇位让给了舜。

⑥ 疾徐，快慢。《周礼·夏官·大司马》：“辨鼓铎镯铙之用……以教坐作进退、疾徐疏数之节。”此句谓是快是慢得讲求礼节，不可轻易行动。

⑦ 凌节，逾越法度。《管子·权修》：“朝廷不肃，贵贱不明，长幼不分，度量不审，衣服无等，上下凌节，而求百姓之尊主政令，不可得也。”

⑧ 桑梓，本指桑树和梓树，后用来借指故乡或乡亲父老。

⑨ 比邻，乡邻，邻居。

⑩ 併力，并力，合力。◎耘耔（zǐ），泛指在田间从事劳动。耔，给植物的根部培土。

⑪ 赒（zhōu），救济，接济。

⑫ 比屋皆可封，谓教化遍及，家家都有德行，堪受旌表。

周公挞禽为圣父[①]，孔庭训鲤见《鲁论》[②]。
何乃禽犊爱，忍令子孙昏？
黄金满籯何足贵[③]，一经教子言犹存[④]。
螺赢尚能化异类[⑤]，燕翼岂难裕后昆[⑥]。
纵使不才也难弃，长养还须父祖恩。
子孝孙顺乐何如，我劝吾民训子孙。

我劝吾民安生理，处世无如守分美。
守分不求自有馀，过分多求还丧己。
农者但向耕凿间[⑦]，工者但向锥刀里[⑧]。
商者行路要深藏，贾者居市休贪鄙[⑨]。
饶他异物不能迁[⑩]，自然家道日兴起。

---

① 挞，底本误作"犍"，兹据嘉庆志及民国《沙县志》径改。◎禽，指周公的儿子姬伯禽。周公姬旦对于儿子管教较严，针对伯禽问安时的傲慢态度经常采取责打的方式来教诲。后来，伯禽在智者的启发下，终于学会了谦抑有礼。

② 鲤，指孔鲤，孔子的儿子。《论语·季氏》："（孔子）尝独立，鲤趋而过庭。曰：'学诗乎?'对曰：'未也。''不学诗，无以言。'鲤退而学诗。他日又独立，鲤趋而过庭。曰：'学礼乎?'对曰：'未也。''不学礼，无以立。'鲤退而学礼。"后来用"庭训"来指父亲教诲子女，而用"趋庭""鲤对""庭对"等来指子女接受父亲的教诲。◎《鲁论》，即《鲁论语》，是《论语》在汉代时流传的版本之一，相传为鲁人所传，因而得名。

③ 籯（yíng），箱笼一类的器具，多用竹编成，用以存放物品。

④ 一经教子，让子女学一部经书。宋陈亮《祭何茂材文》："众所睹者，黄金满籯；我独知之，教子一经。"此二句意谓留给儿子许多黄金，抵不上让他学通一部经书。

⑤ 蜾（guǒ）蠃（luǒ），寄生蜂的一种，以泥土筑巢于树枝或墙壁上，捕捉螟蛉等害虫作为幼虫的食物，古人误以为收养幼虫。《文选·刘伶〈酒德颂〉》："二豪侍侧，焉如蜾蠃之与螟蛉。"唐李善注引《法言》李轨注："螟蛉，桑虫也；蜾蠃，蜂虫也……蜂虫无子，取桑虫蔽而殪之，幽而养之，祝曰：'类我。'久则化而成蜂虫矣。"

⑥ 燕翼，语出《诗经·大雅·文王有声》："武王岂不仕，诒厥孙谋，以燕翼子。"毛传："燕，安；翼，敬也。"唐孔颖达疏："思得泽及后人，故遗传其所以顺天下之谋，以安敬事之子孙。"后以"燕翼"谓善为子孙后代谋划。◎裕，使富饶。◎后昆，后代，后嗣。

⑦ 向，下句又见，民国《沙县志》皆作"尚"，"尚"谓重视，义亦可通。◎耕凿，耕田凿井，泛指耕种。语出古诗《击壤歌》："日出而作，日入而息，凿井而饮，耕田而食，帝力于我何有哉?"

⑧ 锥刀，锥子和刀子，工匠用具，此处泛指做工。

⑨ 贾（gǔ）者，商人，做生意的人。◎贪鄙，贪婪卑鄙。

⑩ "饶他"句，即便其他不同行业也不动心。饶，任凭，尽管。异物，其他事物，其他行业。迁，改变，变更。《管子·小匡》："少而习焉，其心安焉，不见异物而迁焉。"唐尹知章注："异物，谓异事非其所当习者。"宋王安石《上仁宗皇帝言事书》："使各专其业而不见异物，惧异物之足以害其业也。"

华胥蓬莱在人间[①]，民生安业无如是。
守分守分美何如，我劝吾民安生理[②]。

我劝吾民勿非为[③]，非为由来是祸基[④]。
一念稍错万事裂，一朝不忍终身危[⑤]。
淫赌窃劫常相因，健讼争夺与诈欺[⑥]。
不胜犹或生止心，一胜那能有已时。
力穷事败网罗随，此时堪怜悔恨迟。
纵逞机谋能解开，国法森严神鉴之。
及早觉迷犹猛省，我劝吾民勿非为。[⑦]

熊知县六歌[⑧]

孝顺父母歌

天高地厚海波长，这样恩同父与娘。
不信亲恩难报答，问君怎样痛儿郎，痛儿郎？
劳心劳力万万千，总因儿女计周全。
养心养志须兼尽，草木如何报答天，报答天？

尊敬长上歌

世沐朝廷养育恩，设官保护汝生存。
法严分定无争害，今日方知长上尊，长上尊。
族长乡尊总要恭，随行后长圣贤从。

---

① 华胥，指理想的安乐和平之境。详见本书第240页注②。◎蓬莱，泛指仙境。详见本书第243页注⑨。
② “守分”以下二句，底本及嘉庆志无，兹据民国《沙县志》拟补。前后五歌之末都重复首句，此首底本独无重复之句，知其必有脱漏。
③ 非为，底本及嘉庆志误作“为非”，兹据民国《沙县志》乙正。此首系演绎圣谕“毋作非为”句，知原文必应作“非为”，本首末句重出亦作“非为”不误。此处“非为”是动词，指干坏事。
④ 由来，历来，自始以来。◎祸基，祸根。
⑤ 一朝，一旦，一时。
⑥ 健讼，指喜好打官司，以诉讼为能事。
⑦ “此时”以下五句，底本及嘉庆志皆缺失，兹据民国《沙县志》拟补。
⑧ 熊知县，指熊人霖，崇祯十一年（1638）八月出任义乌知县。

聪明莫倚凌前辈[①]，　他日须为白首翁，白首翁。

和睦乡里歌

难把黄金买好邻，　相规相劝是相亲。
休将闲气轻争讼，　黾勉同心做好人[②]，做好人。
富汉周贫是福田[③]，　贫人怨富祸相连。
施财济物阴功大[④]，　巧取从来不聚钱，不聚钱。

教训子孙歌

娇儿不教大来痴，　及早教他莫要迟。
记得桑条从小郁[⑤]，　儿贤方得守家赀[⑥]，守家赀。
或读诗书或种田，　总教勤俭做家缘[⑦]。
儿孙不教亲之过，　忠信存心作圣贤，作圣贤。

莫作非为歌

一念非为必不祥，　天刑王法总昭彰[⑧]。
心劳日拙因机械[⑨]，　作善心闲福更长，福更长。
天道无亲与善人[⑩]，　奸欺诈害祸非轻。
万般善恶终须报，　远在儿孙近在身，近在身。

各安生理歌

劝君安分好生涯，　本分求财好养家。
士农工贾皆随分，　栽得根深定放花，定放花。
衣禄生来莫强求，　丰年能俭定无忧。

---

① 凌，侵犯，欺压。

② 黾（mǐn）勉（miǎn），勤勉努力。《诗经·邶风·谷风》："黾勉同心，不宜有怒。"

③ 周，周济，救济。

④ 阴功，指在人世间所做而在阴间可以记功的好事。

⑤ 郁，拗，使弯曲。康熙《涪州志》卷五风土志"善俗"引谚言："桑条从小郁，大来郁不屈。"

⑥ 赀（zī），同"资"，财货，财产。

⑦ 家缘，家产，家业。唐吕岩《沁园春》词："限到头来，不论贫富，着甚干忙日夜忧，劝年少，把家缘弃了，海上来游。"

⑧ 天刑，天降的刑罚。

⑨ 机械，巧诈，机巧。《淮南子·原道训》："故机械之心，藏于胸中，则纯白不粹，神德不全。"

⑩ "天道"句，指天道公正无私，总是帮助心地善良之人。《史记·伯夷列传》："天道无亲，常与善人。"

男耕女织家兴旺， 方便公门更好修，更好修。

以上六歌，每歌中，前二人齐唱第四句，六人重叹一句。

（原载崇祯《义乌县志》卷四）

【导 读】

乡约，是指乡里村民共同遵守的民间约定，一般由乡民百姓自发地制定，自主地用于处理乡里治安、教育、礼俗等问题，具有"守望相助"的淳朴美德，同时也是百姓自治的一种典型体现。

明太祖朱元璋在洪武年间颁布诏令，要求每逢婚姻、死丧、耕种等各种事务时，乡民要互相帮助，并制定了"孝顺父母，尊敬长上，和睦乡里；教训子孙，各安生理，毋作非为"的"洪武六谕"。这二十四个字成为明代社会教化百姓的核心内容，被各地方的乡约、族约、家规等广泛引用。《温军门六歌》和《熊知县六歌》则是在此基础上演绎和编制的，在每月集会时讲唱，劝喻百姓孝敬父母、尊敬长辈、和睦乡里，具有义乌地方特色。

（浙江大学人文学院窦怀永副教授撰稿）

训 学

〔宋〕徐侨[1]

不讲其忧[2]，说在时习[3]。自谓不厌[4]，犹恐其失[5]。十五始志，逮矩不逾[6]。十室忠信，好不我如[7]。我非生知，敏以求之[8]。发愤忘食，老至不知[9]。终夜不寐，以思无益[10]。于我何有，要在默识[11]。《易》加数年，无大过焉[12]。女何不

---

① 徐侨生平事迹详见本书第三编之“宋·徐侨”简介。

② 不讲其忧，语本《论语·雍也》：“子曰：‘贤哉，回也！一箪食，一瓢饮，在陋巷，人不堪其忧，回也不改其乐。贤哉，回也！’”孔子称赞弟子颜回不因清贫而改变一心向学的乐趣。

③ 说在时习，语本《论语·学而》：“子曰：‘学而时习之，不亦说乎？’”说，同“悦”。时习，适时温习、实践。

④ 自谓不厌，语出《论语·述而》：“子曰：‘默而识之，学而不厌，诲人不倦，何有于我哉？’”

⑤ 犹恐其失，语出《论语·泰伯》：“子曰：‘学如不及，犹恐失之。’”是说为学犹如追赶什么，生怕赶不上，就是赶上了，也唯恐得而复失。

⑥ “十五”二句，是说学习是终其一生都要努力的事情。逮，直到。语出《论语·为政》：“子曰：‘吾十有五而志于学，三十而立，四十而不惑，五十而知天命，六十而耳顺，七十而从心所欲，不逾矩。’”

⑦ “十室”二句，语出《论语·公冶长》：“子曰：‘十室之邑，必有忠信如丘者焉，不如丘之好学也。’”是说即使只有十户人家的小地方，也一定会有像我这样忠信的人，只是不如我这样好学罢了。

⑧ “我非”二句，语出《论语·述而》：“子曰：‘我非生而知之者。好古，敏以求之者也。’”是说我不是一个生来就有知有识的人，而是一个热爱古代文化典籍、勤勉学习求知的人。

⑨ “发愤”二句，语出《论语·述而》：“叶公问孔子于子路，子路不对。子曰：‘女奚不曰：其为人也，发愤忘食，乐以忘忧，不知老之将至云尔。’”是说自己发愤为学，沉浸在学而时习之的快乐之中，忘了吃饭，忘了忧愁，连老之将至也浑然不知。

⑩ “终夜”二句，语出《论语·卫灵公》：“子曰：‘吾尝终日不食，终夜不寝，以思，无益，不如学也。’”

⑪ “于我”二句，语出《论语·述而》。详见本页注④。

⑫ “《易》加”二句，语出《论语·述而》：“子曰：‘加我数年，五十以学《易》，可以无大过矣！’”过，过错。

为？可兴者《诗》[①]。君子就道，无求安饱[②]。笃信守善，随道隐见[③]。三年不易，匪志于谷[④]。寡尤寡悔，奚俟干禄[⑤]。六蔽有言，务去是力。好仁好信，终堕愚贼。[⑥]入孝出弟，文乃其馀[⑦]。贼人之子，恶置读书[⑧]。不思则罔[⑨]，不重奚

---

① “女何”二句，语出《论语·阳货》：“子曰：‘小子，何莫学夫《诗》?《诗》可以兴，可以观，可以群，可以怨。迩之事父，远之事君；多识于鸟兽草木之名。’”这段话系统概括了孔子对诗歌的社会作用、教育作用和审美意义的认识。《诗》可以兴，是指通过诵读诗作可以感受和激发情志。女，同“汝”，你。

② “君子”二句，语出《论语·学而》：“子曰：‘君子食无求饱，居无求安，敏于事而慎于言，就有道而正焉，可谓好学也已。’”君子就道，指君子亲近有道之人来匡正自己。安饱，指安居饱食。

③ “笃信”二句，语出《论语·泰伯》：“子曰：‘笃信好学，守死善道。危邦不入，乱邦不居。天下有道则见，无道则隐。’”是说君子处世，应该诚挚坚定信守仁道，好学不倦，誓死保全善道。不入危国，不居乱邦。天下有道，就出来有所作为，天下无道，就隐居不仕。见（xiàn），同“现”，现身。

④ “三年”二句，语出《论语·泰伯》：“子曰：‘三年学，不至于谷，不易得也。’”是说为学三年而没有做官发财的念头，这是难得的。谷，古代常以谷物计俸禄，故以“谷”指代当官领俸禄。

⑤ “寡尤”二句，语出《论语·为政》：“子张学干禄。子曰：‘多闻阙疑，慎言其馀，则寡尤；多见阙殆，慎行其馀，则寡悔。言寡尤，行寡悔，禄在其中矣。’”是说子张请教求官职谋俸禄的法子。孔子对他说：多听闻，多见识，有感觉可疑和不太踏实的言论行事，就予以保留，此外可信可行的，也要谨慎地出言行事，那么，你在仕途上言行便可少些过错和后悔。言论少过错，行为少后悔，仕宦谋俸禄之道就在其中了。“匪志于谷”“奚俟干禄”两句，是说好学深思、谨慎实践是君子的素志与本分，本无意于当官拿俸禄。寡尤寡悔，也并不只是对求官职谋俸禄者们的要求。尤，过错。

⑥ “六蔽”四句，语出《论语·阳货》：“子曰：‘由也！女闻六言六蔽矣乎?’对曰：‘未也。’‘居！吾语女。好仁不好学，其蔽也愚；好知不好学，其蔽也荡；好信不好学，其蔽也贼；好直不好学，其蔽也绞；好勇不好学，其蔽也乱；好刚不好学，其蔽也狂。’”孔子对子路所说的意思是，仁、智、信、直、勇、刚（六言）都是美德，但如果不好学明理，便有可能变成“六蔽”。蔽，通“弊”。务去是力，是要求努力去除“六蔽”。贼，这里有害人害己的意思。

⑦ “入孝”二句，语出《论语·学而》：“子曰：‘弟子，入则孝，出则悌，谨而信，泛爱众，而亲仁。行有馀力，则以学文。’”是说仁德为人是君子内在的根本，行有余力，才可从事学文。弟，同“悌”，敬爱兄长。

⑧ “贼人”二句，语出《论语·先进》：“子路使子羔为费宰。子曰：‘贼夫人之子。’子路曰：‘有民人焉，有社稷焉，何必读书，然后为学?’子曰：‘是故恶夫佞者。’”是说子路让尚在求学的子羔去费地任长官。孔子说：这是害了人家的孩子。子路说：有百姓，有祭祀土神和谷神之所，可以在实践中学习，何必一定要读书才算是学习呢？孔子说：所以我讨厌巧言强辩之人。恶，讨厌。置，废弃。

⑨ 不思则罔，语出《论语·为政》：“子曰：‘学而不思则罔，思而不学则殆。’”罔，迷惘，不得正解。

固[①]。爱人以道，为己乃古[②]。子以四教[③]，多识一贯[④]。谋道不忧[⑤]，约礼勿畔[⑥]。毋怠而寝，莫有所悔[⑦]。毋说而画，自安于退[⑧]。迁怒贰过，不萌于微[⑨]。未闻好者[⑩]，有焉其谁？博无成名[⑪]，曷从庶几[⑫]。进而不止，惟颜是希[⑬]。

（据清光绪七年刻本《毅斋诗集别录》收录）

---

① 不重奚固，语出《论语·学而》："子曰：'君子不重，则不威；学则不固。'"是说君子不庄重，就没有威严；即使读了书，所学也不会稳固。毅斋先生引此，有勉励后学当庄敬自强之意。重，庄重。奚，何。固，巩固。

② 为己乃古，语出《论语·宪问》："子曰：'古之学者为己，今之学者为人。'"是说古代学者读书是为了自己修身养德，今人为学则是为了参与社会。

③ 子以四教，语出《论语·述而》："子以四教：文，行，忠，信。"四教，指孔子从文、行、忠、信四方面教导弟子。

④ 一贯，语出《论语·里仁》："子曰：'参乎！吾道一以贯之。'曾子曰：'唯。'子出，门人问曰：'何谓也？'曾子曰：'夫子之道，忠恕而已矣。'"多识，详见本书第449页注①。

⑤ 谋道不忧，语出《论语·卫灵公》："子曰：'君子谋道不谋食。耕也，馁在其中矣；学也，禄在其中矣。君子忧道不忧贫。'"是说君子所谋不在衣食，所忧不在贫穷，而在达得正道。耕种者，或不免于饿肚子；学有所成，却可以当官得俸禄。

⑥ 约礼勿畔，语出《论语·雍也》："子曰：'君子博学于文，约之以礼，亦可以弗畔矣夫！'"是说君子广博地学习典章文献，再以礼仪规范来约束自己，也就可以不至于离经叛道了。畔，通"叛"。

⑦ "毋怠"二句，语出《论语·公冶长》："宰予昼寝。子曰：'朽木不可雕也，粪土之墙不可杇也！于予与何诛？'"是说不要懈怠，像宰予一样白天睡大觉，以免将来后悔。怠，懈怠。

⑧ "毋说"二句，不要只是心悦于大道，却安于停滞退步，故步自封，半途而废。语出《论语·雍也》："冉求曰：'非不说子之道，力不足也。'子曰：'力不足者，中道而废。今女画。'"说，同"悦"。画，划断，划界，这里有自我设限的意思。

⑨ "迁怒"二句，指迁怒、贰过这些毛病，在最初发生的细微状态，就不能任其萌芽滋生。迁怒，将愤怒转发到无辜者身上。贰过，重犯同样的错误。语出《论语·雍也》："哀公问：'弟子孰为好学？'孔子对曰：'有颜回者好学，不迁怒，不贰过。不幸短命死矣。今也则亡，未闻好学者也。'"

⑩ 好者，好学者。参见本页注⑨。又《论语·雍也》："子曰：'知之者不如好之者，好之者不如乐之者。'"

⑪ 博无成名，虽然博学，却未能专精一艺以成名。语出《论语·子罕》："达巷党人曰：'大哉孔子！博学而无所成名。'子闻之，谓门弟子曰：'吾何执？执御乎？执射乎？吾执御矣。'"

⑫ 曷从庶几，是说不知从何处着手，只有像颜渊这样才差不多吧。《论语·子罕》："颜渊喟然叹曰：'仰之弥高，钻之弥坚。瞻之在前，忽焉在后。夫子循循然善诱人，博我以文，约我以礼，欲罢不能。既竭吾才，如有所立卓尔。虽欲从之，末由也已。'"《周易·系辞下》："子曰：'颜氏之子，其殆庶几乎！'"庶几，近似，差不多。

⑬ "进而"二句，语出《论语·子罕》："子谓颜渊曰：'惜乎！吾见其进也，未见其止也。'"孔子谈到早逝的颜渊时说：可惜啊！我只看到好学的他在不断进步，从未见他止步不前。颜，颜渊（前521—前490），名回，字子渊，孔子最得意的门生。

【导　读】

《训学》与《训言》《训行》《训仁》凡四篇，皆为四言体箴言，亦诗亦文，显然是宋徐侨专门为他的弟子们撰写的。作者主要以孔门师弟子的言行事迹，分别阐释如何为学、立言、力行，以及仁义之说。训，是对这些重要范畴的解释，也是对其弟子们的训导与教诲。其中的典故、词语，大都出于《论语》，以孔门论学为典则，相当系统地标举了为学的宗旨与目的、教学的原则与方针、学习的态度与方法，涉及教与学的方方面面，进而具体落实到做人，即怎样成为一个君子。

为学，是君子终其一生的立身之本，立言、力行和仁义之说三者也都有待于学。故《论语》以《学而》为首章，开篇便语重心长，以“学而时习之，不亦说乎”教导后学，而徐氏也以《训学》为首篇。本篇通过大量引用《论语》之说，多方面阐述为学，最后“惟颜是希”一语，寄托了徐侨对弟子们的殷切期望。

（浙江大学人文学院孙敏强教授撰稿）

训　言

〔宋〕徐侨

巧则鲜仁[①]，知难宜讱[②]。耻于过行[③]，惟讷欲敏[④]。有德必有[⑤]，就道必谨[⑥]。圣人示教，曾无尔隐[⑦]。赐不受命，亿惟善辞[⑧]。野哉由也[⑨]，诲女知之[⑩]。

---

① 巧则鲜仁，花言巧语、满脸堆笑的人，没有多少仁德。语出《论语·学而》："子曰：'巧言令色，鲜矣仁！'"同样的话也见于《论语·阳货》。

② 知难宜讱（rèn），语出《论语·颜渊》："司马牛问仁。子曰：'仁者，其言也讱。'曰：'其言也讱，斯谓之仁已乎？'子曰：'为之难，言之得无讱乎？'"是说仁义之行，为之不易，言之怎能不迟缓呢？讱，出言谨慎迟缓。

③ 耻于过行，以言过其实为耻。语出《论语·宪问》："子曰：'君子耻其言之过其行。'"

④ 惟讷（nè）欲敏，希望出言谨慎而行动敏捷。语出《论语·里仁》："子曰：'君子欲讷于言而敏于行。'"讷，出言谨慎，好似不太会说话。

⑤ 有德必有，有德者必有言。语出《论语·宪问》："子曰：'有德者必有言，有言者不必有德。仁者必有勇，勇者不必有仁。'"

⑥ 就道必谨，参见本书第449页注②。

⑦ "圣人"二句，是说孔子教弟子毫无保留，一无所隐。语出《论语·述而》："子曰：'二三子以我为隐乎？吾无隐乎尔。吾无行而不与二三子者，是丘也。'"

⑧ "赐不"二句，语出《论语·先进》："子曰：'回也其庶乎？屡空。赐不受命，而货殖焉，亿则屡中。'"是说颜回学问道德不错了吧，却常常陷于穷困。端木赐（子贡）不安于接受运命的安排，做生意测行情，却屡屡猜对。端木赐（前520—?）是孔子最善辞令的有才弟子，曾任鲁、卫两国之相，并善经商之道。亿，通"臆"，猜测。善辞，善于辞令。

⑨ 野哉由也，语出《论语·子路》："子路曰：'卫君待子而为政，子将奚先？'子曰：'必也正名乎！'子路曰：'有是哉，子之迂也！奚其正？'子曰：'野哉，由也！君子于其所不知，盖阙如也。名不正，则言不顺；言不顺，则事不成；事不成，则礼乐不兴；礼乐不兴，则刑罚不中；刑罚不中，则民无所错手足。故君子名之必可言也，言之必可行也。君子于其言，无所苟而已矣。'"意思是，孔子说，倘若要他去治理卫国，一定从正名顺言着手，来达到兴礼乐、行仁义的境界。这里强调了言的重要性。由，仲由（前542—前480），字子路，又字季路，以政事见称，为人刚直好勇力。周敬王四十年（鲁哀公十五年），卫乱，父子争位，子路被蒯聩所杀。

⑩ 诲女知之，语出《论语·为政》："子曰：'由！诲女知之乎？知之为知之，不知为不知，是知也。'"诲，教。

信始观今，于予何诛[①]。舍欲为辞[②]，求非我徒[③]。《诗》《书》执礼[④]，先行后从[⑤]。性与天道[⑥]，乐在其中[⑦]。审于答问，与点是偃[⑧]。考之德行[⑨]，骞中雍

---

① “信始”二句，语出《论语·公冶长》：“宰予昼寝。子曰：‘朽木不可雕也，粪土之墙不可杇也！于予与何诛？’子曰：‘始吾于人也，听其言而信其行；今吾于人也，听其言而观其行。于予与改是。’”孔子后句是说，由宰予言行不一的现象，孔子一改从前听其言信其行的做法而为现在的听其言而观其行。宰予（前522—前458），字子我，亦称宰我，孔子著名弟子，孔门四学“言语”科中，他列名于子贡之前。

② 舍欲为辞，语本《论语·季氏》：“子曰：‘求！君子疾夫舍曰欲之而必为之辞。’”是说君子厌恶不直接说自己想要，而为自己的贪欲另外找借口与说辞。

③ 求非我徒，语出《论语·先进》：“季氏富于周公，而求也为之聚敛而附益之。子曰：‘非吾徒也。小子鸣鼓而攻之，可也。’”求，冉求（前522—前489），字子有，孔子学生，曾担任鲁国权臣季氏的家臣。

④ 《诗》《书》执礼，语出《论语·述而》：“子所雅言，《诗》《书》执礼，皆雅言也。”是说孔子读《诗经》《尚书》和行礼的时候，都用雅言（通行语言，犹今天的普通话）。

⑤ 先行后从，语本《论语·为政》：“子贡问君子。子曰：‘先行其言而后从之。’”是说君子行于言先，言随行后，言行如一。

⑥ 性与天道，人性与天道。语出《论语·公冶长》：“子贡曰：‘夫子之文章，可得而闻也；夫子之言性与天道，不可得而闻也。’”

⑦ 乐在其中，语出《论语·述而》：“子曰：‘饭疏食饮水，曲肱而枕之，乐亦在其中矣。不义而富且贵，于我如浮云。’”是说吃着粗茶淡饭，喝冷水，弯了胳膊当枕头，其中也有快乐。

⑧ 与点是偃，赞同曾点和言偃的观点。点，曾点（生卒年不详），字皙，是孔子传人曾参的父亲，孔子三十多岁时收的第一批弟子。偃（yǎn），言偃（前506—前443），字子游，为孔门七十二贤弟子中唯一的南方弟子。语出《论语·先进》：“‘点！尔何如？’鼓瑟希，铿尔，舍瑟而作，对曰：‘异乎三子者之撰。’子曰：‘何伤乎？亦各言其志也。’曰：‘莫春者，春服既成，冠者五六人，童子六七人，浴乎沂，风乎舞雩，咏而归。’夫子喟然叹曰：‘吾与点也！’”又《论语·阳货》：“子之武城，闻弦歌之声。夫子莞尔而笑，曰：‘割鸡焉用牛刀？’子游对曰：‘昔者偃也闻诸夫子曰：‘君子学道则爱人，小人学道则易使也。’子曰：‘二三子！偃之言是也。前言戏之耳。’”

⑨ 考之德行，语本《周礼·地官·司徒》载地方乡官教化选拔之制：“三年则大比，考其德行道艺，而兴贤者能者。”德行，道德品行。

然[1]。默而识之[2]，予欲无言。时行物生，何哉在天。[3]斯道之传，得之寡矣[4]。回也如愚[5]，参乎曰唯[6]。

（据清光绪七年刻本《毅斋诗集别录》收录）

【导　读】

孔子论言，重在追求仁道，强调言行合一，极其厌恶言过其实、巧言令色者。徐氏所论亦然。此篇释言，重心在言，却又不局限于言语辞令，而是时时关顾行为实践。这里提到多名孔子著名的弟子。昼寝的宰予，为季氏聚敛的冉求，让孔子怫然不悦，乃至声色俱厉。曾点的“浴乎沂，风乎舞雩，咏而归”，引发孔子深切的共鸣；言偃治理武城，让夫子得闻弦歌之声，莞尔而笑。这里还着重提到了颜回、子路和子贡。颜回和子路，是最让孔子晚年黯然神伤的学生。颜回好学谦退，悟性高、人品好，孔子视为可传其道的最中意的弟子，却不幸英年早逝，未展其才；子路正直刚强，嫉恶如仇，孔子认为他会一直追随左右，却惨死

---

① 骞，闵子骞（前536—前487），名损，字子骞，孔子弟子。《论语·先进》将闵子骞归入“孔门四科”中的“德行”，与颜回并称：“德行：颜渊、闵子骞、冉伯牛、仲弓。言语：宰我、子贡。政事：冉有、季路。文学：子游、子夏。”◎雍，冉雍（前522—?），字仲弓，孔子弟子。《论语·雍也》：“仲弓问子桑伯子，子曰：‘可也，简。’仲弓曰：‘居敬而行简，以临其民，不亦可乎？居简而行简，无乃大简乎？’子曰：‘雍之言然。’”“中”和“然”都有肯定、赞同的意思。孔子称赞冉雍的话说得对。

② 默而识之，默默地铭记在心。语出《论语·述而》：“子曰：‘默而识之，学而不厌，诲人不倦，何有于我哉？’”

③ “予欲无言”三句，语出《论语·阳货》：“子曰：‘予欲无言。’子贡曰：‘子如不言，则小子何述焉？’子曰：‘天何言哉？四时行焉，百物生焉。天何言哉？’”

④ “斯道”二句，语出《论语·子张》：“叔孙武叔语大夫于朝曰：‘子贡贤于仲尼。’子服景伯以告子贡。子贡曰：‘譬之宫墙，赐之墙也及肩，窥见室家之好。夫子之墙数仞，不得其门而入，不见宗庙之美，百官之富。得其门者或寡矣。夫子之云，不亦宜乎！’”大意是说，叔孙武叔在朝中对大夫们说，子贡胜过他老师仲尼。子贡知道了，就说，以住宅围墙为喻吧，我（子贡）的及肩之墙，望进去一目了然，而夫子的道德学问，犹如高大门墙，不得其门而入，自然领略不到其丰富博大。所以武叔老先生会有这样的说法。

⑤ 回也如愚，语出《论语·为政》：“子曰：‘吾与回言终日，不违，如愚。退而省其私，亦足以发，回也不愚。’”大意是说，我整天给颜回讲学，他从来没有异议和疑问，像个蠢人。等他退下之后，我察看他私下的言行，发现他对我所讲授的内容有所实践，有所发挥，可见颜回其实并不愚笨。

⑥ 参（shēn）乎曰唯，语出《论语·里仁》：“子曰：‘参乎！吾道一以贯之。’曾子曰：‘唯。’子出，门人问曰：‘何谓也？’曾子曰：‘夫子之道，忠恕而已矣。’”参，曾子（前505—前436），名参，字子舆，鲁国南武城（一说为山东省嘉祥县，一说为平邑县郑城镇）人，孔子晚期弟子之一，与其父曾点同师孔子，为孔子学说传人，参与编写《论语》，编著《大学》《孝经》等。

于卫国之乱。子贡与子路一样，可谓是孔子最有行动力的学生。子贡通达，子路果决。子贡之辞令、智慧，子路之正直、勇武……孔门师弟子本于心、发于言而见于行的一切，及孔子“天何言哉”的无言之叹，给后人留下了深刻印象，也引起徐氏无限的感慨。

（浙江大学人文学院孙敏强教授撰稿）

训 行

〔宋〕徐侨

为礼不敬，吾何以观[①]？人而无信，又乌可焉[②]！见宾承祭[③]，每事必然。车无輗軏[④]，寸步难前。犬马能养，孝何以别[⑤]？兵食可去，民无不立[⑥]。亲谏不违[⑦]，谨有馀力[⑧]。国以是道[⑨]，君事后食[⑩]。兼是二者[⑪]，言行无愧。岂但州

① “为礼”二句，语本《论语·八佾》：“子曰：‘居上不宽，为礼不敬，临丧不哀，吾何以观之哉?’”是说居于上位的人不宽宏大量，行礼义之时不庄重虔敬，参加丧礼不肃穆哀戚，这种人我还怎么看他呢?

② “人而”二句，做人而不讲求信用，又怎么可以呢？语本《论语·为政》：“子曰：‘人而无信，不知其可也。大车无輗，小车无軏，其何以行之哉?’”

③ 见宾承祭，语本《论语·颜渊》：“仲弓问仁。子曰：‘出门如见大宾，使民如承大祭。己所不欲，勿施于人。在邦无怨，在家无怨。’仲弓曰：‘雍虽不敏，请事斯语矣。’”见宾，即出门如见大宾，指出门办事，如见贵宾。承祭，即使民如承大祭，指使唤百姓，如主持大典般严肃认真。

④ 輗（ní）軏（yuè），为车辕与衡轭连接处插上的销子，其中安于大车（牛车）的叫輗，置于小车（马车）的叫軏。用于比喻重要的关键，这里喻指人而无信，则寸步难行。参见本页注②。

⑤ “犬马”二句，语出《论语·为政》：“子游问孝。子曰：‘今之孝者，是谓能养。至于犬马，皆能有养；不敬，何以别乎?’”

⑥ “兵食”二句，语本《论语·颜渊》：“子贡问政。子曰：‘足食，足兵，民信之矣。’子贡曰：‘必不得已而去，于斯三者何先?’曰：‘去兵。’子贡曰：‘必不得已而去，于斯二者何先?’曰：‘去食。自古皆有死，民无信不立。’”

⑦ 亲谏不违，对父母劝谏要委婉，即使未被接受听从，仍然要敬重而不违逆他们。不违，不触犯，不违逆。语本《论语·里仁》：“子曰：‘事父母几谏，见志不从，又敬不违，劳而不怨。’”

⑧ 谨有馀力，语出《论语·学而》：“子曰：‘弟子，入则孝，出则悌，谨而信，泛爱众，而亲仁。行有馀力，则以学文。’”

⑨ 国以是道，指按事父之道来事君。

⑩ 君事后食，要先办好国君之事，将拿俸禄之事放到后面。语出《论语·卫灵公》：“子曰：‘事君，敬其事而后其食。’”

⑪ 二者，指于家敬事父母，于国敬事国君。

里，蛮貊行矣[①]。立参于前[②]，舆倚于衡[③]。随所见焉，则著则明[④]。[⑤]为人大方，循道履坦[⑥]。君子君子，一言曰诚[⑦]。

（据清光绪七年刻本《毅斋诗集别录》收录）

【导　读】

学以致用，言行一致，因此，学与言，都要着落于君子之“行”。徐氏“训行”全面阐释在家事亲、在邦国事君所要遵行的基本理念，那就是“言忠信，行笃敬”。他赞同并引用孔子之语，认为只要忠信、笃敬，在异邦他乡也行得通，否则，就是在本乡本土也行不通。忠信、笃敬，应该作为座右铭来铭记和践行。从开头一段的“人而无信，又乌可焉”到最后“君子君子，一言曰诚”一语，毅斋先生自始至终强调的是庄敬诚信，“诚信”可谓《训行》一篇的关键词。

（浙江大学人文学院孙敏强教授撰稿）

---

① 蛮（mán）貊（mò），是指南北方较落后的部族，也泛指四方落后部族。

② 立参于前，站立时，显现在面前。参，排列，显现。

③ 舆倚于衡，在车厢里，则刻附于车前横木上。衡，车辕前横木。

④ “随所”二句，指“言忠信，行笃敬”的格言，应该随处可见，时时铭记，并落实于言行实践。著，明显，明示。

⑤ “岂但”以下六句，语出《论语·卫灵公》：“子张问行。子曰：‘言忠信，行笃敬，虽蛮貊之邦，行矣。言不忠信，行不笃敬，虽州里，行乎哉？立则见其参于前也，在舆则见其倚于衡也，夫然后行。’子张书诸绅。”大意是说，言语忠诚守信，行为严谨忠厚，无论在本乡本土，还是在蛮荒部落，都行得通，否则哪儿能行得通？言忠信，行笃敬，要像座右铭一样，常常看见，时时铭记。

⑥ 循道履坦，履行天道，前路自然会平坦宽广。循道，即履道，履行天道。履，践行。《周易·履》：“履道坦坦，幽人贞吉。”

⑦ “君子”二句，是说如果只用一个字来给“君子”下定义，那就是“诚”。

训 仁

〔宋〕徐侨

好无以尚[①]，安与利异[②]。仁远乎哉，我欲斯至[③]。终食无违，造次于是[④]。立人达人[⑤]，欲不徇己[⑥]。能好能恶[⑦]，占其为矣[⑧]。一日用力，未见不足[⑨]。加我加人，谁能无欲[⑩]。巧言令色，有之则鲜[⑪]。刚毅木讷[⑫]，近之则渐[⑬]。小人未

---

① 好无以尚，即“好仁者，无以尚之”。尚，盖过，超越。语出《论语·里仁》：“子曰：‘我未见好仁者，恶不仁者。好仁者，无以尚之；恶不仁者，其为仁矣，不使不仁者加乎其身。有能一日用其力于仁矣乎？我未见力不足者。盖有之矣，我未之见也。’”大意是说，我没见到过爱好仁德的人厌恶不仁德的人。爱好仁德的人，会把仁德看得至高无上；厌恶不仁的人，他行仁德，不会让不仁德的事情加到自己身上。有人能一整天全心全意用力于仁德吗？我还未曾见过心力不够的。也许真有这样的人，只是我没见到吧。

② 安与利异，安于仁与利用仁是不同的。语出《论语·里仁》：“子曰：‘……仁者安仁，知者利仁。’”是说有仁德的人安于仁，聪明之人则利用仁。

③ “仁远”二句，仁离我们很远吗？我想求仁，仁就会来到。语出《论语·述而》：“子曰：‘仁远乎哉？我欲仁，斯仁至矣。’”

④ “终食”二句，语出《论语·里仁》：“子曰：‘……君子无终食之间违仁，造次必于是，颠沛必于是。’”是说君子不会有一刻弃离仁德，无论是在仓促匆忙之间，还是在颠沛流离之时，始终都与仁同在。终食，一顿饭的工夫。造次，慌忙，匆促。

⑤ 立人达人，语出《论语·雍也》：“子贡曰：‘如有博施于民而能济众，何如？可谓仁乎？’子曰：‘何事于仁！必也圣乎！尧舜其犹病诸！夫仁者，己欲立而立人，己欲达而达人。能近取譬，可谓仁之方也已。’”是说假如能给民众很多好处，周济他们，排忧解难。这岂止是仁道，一定是圣德了。尧舜恐怕都难以完全做到吧。仁德之人，自己想站得住，也要使别人能站得住，自己想要顺利通达，也要使别人顺利通达。凡事能推己及人，由身边近事生发开去，可以说就是践行仁德的方法了。

⑥ 徇己，犹言营一己之私。孔子“己欲立而立人，己欲达而达人”之语，与“己所不欲，勿施于人”之说一样，都有推己及人之意。

⑦ 能好能恶，语出《论语·里仁》：“子曰：‘唯仁者能好人，能恶人。’”是说只有仁德之人才能公正无私，恰如其分地喜爱某人，厌恶某人。

⑧ 占其为矣，指好之或恶之是根据其所作所为而确定的。占，视。

⑨ “一日”二句，参见本页注①。

⑩ “加我”二句，语出《论语·公冶长》：“子贡曰：‘我不欲人之加诸我也，吾亦欲无加诸人。’子曰：‘赐也，非尔所及也。’”加，凌驾，欺辱。

⑪ “巧言”二句，参见本书第452页注①。

⑫ 刚毅木讷，语出《论语·子路》：“子曰：刚、毅、木、讷近仁。”是说刚强、坚毅、质朴和说话谨慎，近于仁德。讷，说话谨慎，言语迟滞。

⑬ 近之则渐，指刚、毅、木、讷四者渐近仁德。

有[①]，君子不忧[②]。勇则可必[③]，生平弗求[④]。苟志无恶[⑤]，观过可知[⑥]。先难后获[⑦]，能行事为[⑧]。静而乐山[⑨]，无加其身[⑩]。动而出门，如见大宾。己所不欲，于人勿施。其在邦家，夫谁怨之。[⑪]恭敬而忠，行此三者。虽之夷狄，不可弃也。[⑫]博施济众，尧舜犹病[⑬]。吾则岂敢，若是与圣[⑭]。子所罕言[⑮]，谓不可传[⑯]。

---

① 小人未有，语出《论语·宪问》："子曰：'君子而不仁者有矣夫，未有小人而仁者也。'"

② 君子不忧，语出《论语·颜渊》："司马牛问君子。子曰：'君子不忧不惧。'曰：'不忧不惧，斯谓之君子已乎？'子曰：'内省不疚，夫何忧何惧？'"是说君子问心无愧，所以不忧不惧。

③ 勇则可必，指近仁德则必有勇。语出《论语·宪问》："子曰：'……仁者必有勇，勇者不必有仁。'"

④ 生平弗求，是说既然"好仁者，无以尚之"，那么除了无上的仁德，一生就没有什么可以奢求的了。

⑤ 苟志无恶，语出《论语·里仁》："子曰：'苟志于仁矣，无恶也。'"是说如果有志于仁德修养，就不会为非作歹。

⑥ 观过可知，语出《论语·里仁》："子曰：'人之过也，各于其党。观过，斯知仁矣。'"是说人的过失，是各式各样，各从其类的。以忠恕之心具体考察人之过失，就可以了解其为人。这也是求仁知仁的一个途径吧。

⑦ 先难后获，语出《论语·雍也》："（樊迟）问仁。（孔子）曰：'仁者先难而后获，可谓仁矣。'"通常解释为先付出劳动，然后再取得收获。比喻不坐享其成。但恐怕不太合乎孔子原意，因为大多数人都是劳而后获的，不坐享其成就可算是仁了吗？参考"吃苦在前，享乐在后"之语，应该是遇难事在前，收获时在后。

⑧ 能行事为，指能行五事于天下则为仁。语本《论语·阳货》："子张问仁于孔子。孔子曰：'能行五者于天下，为仁矣。'请问之。曰：'恭，宽，信，敏，惠。恭则不侮，宽则得众，信则人任焉，敏则有功，惠则足以使人。'"

⑨ 静而乐山，语本《论语·雍也》："子曰：'知者乐水，仁者乐山。知者动，仁者静。知者乐，仁者寿。'"

⑩ 无加其身，语本《论语·里仁》："子曰：'……好仁者，无以尚之；恶不仁者，其为仁矣，不使不仁者加乎其身。'"

⑪ "动而出门"以下六句，语本《论语·颜渊》："仲弓问仁。子曰：'出门如见大宾，使民如承大祭。己所不欲，勿施于人。在邦无怨，在家无怨。'"邦，诸侯国。家，卿大夫的封地。

⑫ "恭敬"以下四句，语本《论语·子路》："樊迟问仁。子曰：'居处恭，执事敬，与人忠。虽之夷狄，不可弃也。'"大意是说，平常起居端正庄重，工作办事严肃认真，与人相处忠心诚意。即使到了异邦外国，也不可废弃这些美德。之，到，往。

⑬ "博施"二句，语本《论语·雍也》，参见本书第458页注⑤。

⑭ "吾则"二句，语本《论语·述而》："子曰：'若圣与仁，则吾岂敢？抑为之不厌，诲人不倦，则可谓云尔已矣。'"是，此，这里指仁。

⑮ 子所罕言，语本《论语·子罕》："子罕言利与命与仁。"

⑯ 不可传，不易讲清楚。

克己之偏，复礼之全。视听言动，罔或有愆。由人乎哉？天下归焉。[①]三月不违[②]，心存者天[③]。其庶几乎，亚圣大贤[④]。

（据清光绪七年刻本《毅斋诗集别录》收录）

【导　读】

徐氏之训学、训言、训行，贯穿着一个重心，那就是“仁”。“仁”是君子人格的核心，也是《论语》乃至孔子学说的核心理念。所以徐侨的这四篇训辞，最后以“训仁”作结。在此篇中，徐氏大量运用孔子及其弟子关于“仁”的对话和语录，从方方面面阐释了“仁”的内涵，以及体认和达到“仁德”的方法和途径。

“仁”者二人，其实是两个人之间的关系，在古代就是所谓君臣、父子，在今天就是自我与他者，处理好这关系，就是“仁”。而处理好这二人关系，要从“仁”爱出发，“仁者爱人”，但爱有多种多样，有大爱，有小爱，有私爱。所以，光有爱是不够的，要处理好二人关系，实现和谐社会，还需要社会成员对游戏规则的共同遵守，而这游戏规则是社会全体成员依据所有人的共同利益，或利益的最大公约数制定的。当然，以孔子为代表，古代人着重探讨的是推己及人的忠恕之道，孔子讲“己所不欲，勿施于人”，孟子讲“独乐乐”，不如“与人乐乐”“与众乐乐”，都体现了这一点。徐氏的《训仁》也贯穿着这样的思想。

（浙江大学人文学院孙敏强教授撰稿）

---

① “克己”以下六句，指需要视、听、言、动四方面都用礼来加以约束，不能局限于其中的一方面，或在某一方面有过错；实行仁德，在于自己本身的努力而不在于别人。如果这样做了，天下就归于仁政了。语本《论语·颜渊》：“颜渊问仁。子曰：‘克己复礼为仁。一日克己复礼，天下归仁焉。为仁由己，而由人乎哉？’颜渊曰：‘请问其目。’子曰：‘非礼勿视，非礼勿听，非礼勿言，非礼勿动。’颜渊曰：‘回虽不敏，请事斯语矣。’”罔，勿，不要。愆（qiān），过错。

② 三月不违，语出《论语·雍也》：“子曰：‘回也，其心三月不违仁，其馀则日月至焉而已矣。’”是说颜回一直秉持着仁心，而别的有些弟子只是时不时地偶尔想起。

③ 心存者天，心存仁念出自天性。天，天然，天性。

④ “其庶几乎”二句，指如果像颜回一样三月甚至其天性秉持着仁心，那就近乎亚圣大贤了。庶几，差不多。亚圣，指道德才智仅次于圣人的人。晋葛洪《抱朴子·正郭》：“夫所谓亚圣者，必具体而微，命世绝伦。”清钱大昕《廿二史考异·三国志三》：“子张、子路、子贡诸贤，当时皆有亚圣之目也。”大贤，才德超群的人。《孟子·离娄上》：“天下有道，小德役大德，小贤役大贤。”

家　书（致儿黄侗）

光绪十五年己丑[①]

〔清〕黄卿夔

按：先大夫于光绪十二年丙戌考取觉罗正红旗官学教习[②]，至是始奉命供职，居京师三年，期满外迁。

侗儿知悉[③]：八月十七接阅尔信，知家中大小平安，诸事妥当，甚慰远怀。尔信内叙事明确，字体工整，洵堪嘉奖。

芸青夫子，品学兼优按：先师朱含晖，字芸青，邑诸生，南乡六石村人，如此良师，真不易得，尔宜尽心服事。师性爱酒，每月宜送家酿三次，每次盛满一壶。家中倘有时鲜园蔬，亦宜送去，不必拘定两碗四碗也。

读书使尔自解[④]，此是绝妙法门，在先生既无舌敝唇焦之苦，而学生亦无听书磕睡之病。不但尔宜如此，即凡同窗诸君俱宜如此，即凡天下书馆俱宜如此。惟解书亦不容易，不是挨字解去便算解书也，须将此章书旨摸着才好。摸书旨亦不容易，有旨在章内者，有旨在章外者。如《论语》“巧言令色”章，“心”字是书旨，盖仁者心之德，徒于言色上做出仁来，其仁鲜矣，此书旨在章外者也。如“吾日三省”这章，“身”字是书旨，夫既为人谋，未有不替他打算者；但为己打算算到十分，为他人打算算到八分，已是好了，为身、为人，毕竟两样，即此便是不忠；他如交而不信，于友无损，传而不习，于师无损，都是害着自身不信则自欺，不习则自误；以“身”字分贴三项，语语切实，

---

① 光绪十五年，公元1889年。本文是黄卿夔写给其长子黄侗的家书。黄卿夔当时在北京宗人府任觉罗正红旗官学教习。文中的注文皆出自黄侗之手。

② 先大夫，先父，指黄卿夔。◎觉罗正红旗，清代爱新觉罗氏八旗之一。◎官学教习，清代为八旗子弟立官学，设助教、教习等。

③ 侗儿，指黄卿夔长子黄侗（1873—1939），字晓城，号无知氏，义乌稠城人；清末科秀才，著有《义乌兵事纪略》。1935年黄侗铅印《义乌先哲遗书》，收录黄卿夔《石古斋诗存》《石古斋文存》《石古斋杂存》。

④ 自解，谓自己解读、阐发。

此书旨在章内者也。四书中章章有书旨[1]，不必到高头讲章上求之[2]，亦不必于朱注中求之[3]，自己将白文反覆体会，自然寻得出来。寻出之后，证之以朱注、讲章，合与不合，得失自知。

以上是解四书之法。《易》理精微，不必强解。若解《诗经》，不能自寻章旨，须以小序为主[4]，朱注虽好，不必依也。《书经》并非难解，就是字眼古奥，此为讨厌。将“宏”字作“大”字解，“厥”字作“其”字解，“时”字作“是”字解，“肆”字作“遂”字解，种种古奥字眼，俱以今字解之，便觉文从字顺。《礼记》无甚难解，照注便是。但《丧服》等记，不必节去，全读可也。《春秋左传》文法极佳，此宜熟读。解《左传》时，须按时世，譬如讲鲁国事务，将此时之鲁君是谁、鲁后是谁、鲁卿大夫是谁考究明白，再将此时之天子是谁、霸主是谁、霸佐是谁考究明白，如此便有把握，不致乱讲矣。讲齐、楚、宋、卫、秦、晋等国亦然。以上是解经之法。总之，无论四书、五经皆有章旨[5]，章旨不得，便是乱讲，他日作文必无好处。故解书断难草率，切记切记。

都中书馆课程极好，上半天背生书，连前三日带书，背上生书后读十遍，再写字；下半天理旧书，凡已读之书，每本约背一张许或半张亦可，大抵一年之中可五六周，如此背书，虽欲不熟，焉得不熟？尔之力量未知如何，但尔旧书尚少按：此时侗正读左氏僖公传[6]，不过四书、《诗经》、《书经》、《易经》、《礼记》、《周礼》、《尔雅》七部，或可照式行之。若能照行，四书不必背注，只背白文便好。若竟不背，前功尽弃，大为可惜。尔自斟酌，我不尔强。

据尔来信，家中用度幸无亏乏，所言若真，此亦得之意外。姑母病虽小愈，然赖姑夫一人调治，亦太可怜，还宜劝其自己调治，不可劳、不可忧、不可怒，此三语，尔宜转达。

祖母春秋已高，极宜留心调养起居、服食，一有不慎即为致疾之由。内养功夫亦同姑母一般，劝其勿劳、勿忧、勿怒。至于外养事宜，铺盖常要晒，纸

---

① 四书，《论语》《大学》《中庸》《孟子》的合称。南宋理学家朱熹注《论语》，又从《礼记》中摘出《中庸》《大学》，分章断句，加以注释，配以《孟子》，题称《四书章句集注》，“四书”之名始立，后用作学习的入门书。

② 高头讲章，经书正文上端空白处刊印的讲解文字。

③ 朱注，谓宋朱熹《四书章句集注》。

④ 小序，《诗经》每篇前的一小段题解性质的文字，称为小序。东汉郑玄认为小序是子夏和毛公合作的。

⑤ 五经，五部儒家经典，即《诗》《书》《易》《礼》《春秋》。其称始于汉武帝建元五年（前136）。其中《礼》，汉时指《仪礼》，后世指《礼记》；《春秋》，后世并《左传》而言。

⑥ 左氏僖公传，指《春秋左传》僖公部分。

窗常要补毛厕后窗风更甚[①]，须日日审视。每日清晨，尔宜早起，促令用人烧汤[②]，泡茶一碗盖好，尔送到床前吃过，才可请其起床。祖母清晨如厕，先嘱尔妹关好后门，送一火炉上去此指冬月而言，此时尔妹去捧面水要热[③]，尔去调药胶吃了[④]，才可请其念佛，否则大伤中气此早晨之事也。尔到书塾后，务将功课早完，回家吃午饭不宜过迟，须防祖母使唤此日中之事也。夜膳后，须侍祖母安睡，才好理会他事，或看书，或记账，或与弟妹说故事、讲笑话，听尔自便。睡时务将门户火烛看过[⑤]此夜间之事也。

兄弟三人，惟尔居长按：侗止一弟名佃，其一乃从弟锡本也，先君每视如己出，故家信中时时提及，佃与锡本宜尔率领，若不听教，好言开导，不可疾声厉色；再不听教，告诉祖母要打，尔不可打。总是以身表率，不在声色，即待尔妹亦然，即待用人亦然。十月节，邑庙演戏不必去看，十三、十五、十六等日更不可看，防有客来无人照应也。倘然要看，佃与锡本挈带一处，不可任其乱走。冬至、新年、清明三节，近地上坟，紫龙山、塘头村两处不去可也。

九、十两月家信须照常寄来，十一月后可不必寄，彼时轮船不通故也候至明年二月再寄。年终苗生伯来城，我已有洋二十元托交家用。预告祖母不必担忧，我在都中不但无苦，并有乐趣，脩金一一存储[⑥]，每月本有四吊京钱月费[⑦]，又加月课奖银，足敷闲用，将来积得数金，尚要购皮袍也。前次李春魁兄带来茶叶、信件，悉已收到，勿念。姑夫勤浣、叔庆坤、伯庆珪、伯洵墀、爷启英太公、四太公，及一切关切诸公处，尔去报一安信，我不另函候好。以上长笺二纸，一系学文[⑧]，一系立行[⑨]，俱于尔身甚切，宜时时取阅，以自勉励，不为无益。

八月十八夜作。按：是时先母骆太夫人已逝世，先继慈陈太夫人未来归，上事祖母、下抚弟妹，皆不肖一人之责，故书中屡言琐事者以此。

（原载民国二十五年印本《石古斋杂存》）

---

① 毛厕，茅厕，厕所。
② 用人，即仆人。
③ 面水，谓洗脸的热水。
④ 药胶，指阿胶、鹿角胶一类的胶剂补药。
⑤ 火烛，泛指照明的灯烛。
⑥ 脩金，送给老师的薪金。
⑦ 四吊，四千文钱。◎京钱，清代北京通行的钱。清沈涛《瑟榭丛谈》：“今京师用钱，以五百为一千，名曰京钱。”
⑧ 学文，谓学习经史等文化知识。《论语》：“行有馀力，则以学文。”
⑨ 立行，谓见诸实事的修养德行。

【导　读】

黄卿夔（1851—1907），字尧钦，义乌人。七岁学习经史典籍，辄能成诵，九岁能作文章，十二岁丧父，光绪八年（1882）中举人。光绪十二年考充宗人府觉罗官学教习，供职京师。光绪二十年，再度会试不第，于是以家贫亲老呈请以教习知县签分四川，因母亲年迈改任福建。二十一年秋，母亲去世。二十四年，为母守丧期满，次年正月前往四川。二十六年，管理绥靖屯政。二十九年，代理潼川府三台知县，后因得罪郡守而去官。三十二年，代理龙安府彰明知县。三十三年，卸任回成都，奉办四川机器新厂文案，十一月以劳疾卒于成都寓舍。著有《石古斋诗存》《石古斋文存》《石古斋杂存》《华夏人文地志汇》。

家书即家信，本是非常私人化的写作。但古代的不少家书，也有留传后世之预期的，那便是作文章，不是写家信了。黄卿夔写给儿子黄侗的这封家书大概本无此意，这封信之所以值得一读，就是因为它不是为了写文章而写的，而的确是一封“家书”。该文前半部分教育儿子如何治学，如何在老师的指导下读四书五经；后半部分告诫儿子如何处理家务、侍奉祖母、率领兄妹等等。就像信件的最后所讲的，“一系学文，一系立行”。虽然作者也希望儿子“时时取阅，以自勉励”，但毕竟未存示人之心，故文字之亲切自不待论，其语气之琐屑恰是这封家书的可爱之处。如对老师的尊敬，细致到送多少酒菜；对经书的解读，细致到举例一一分说；对祖母的奉养，细致到窗风热水；对儿子的告诫，细致到哪天不能出门看戏；等等。这种琐碎的内容在外人看来固然累赘，但其实反映了一位父亲对子弟成材的殷切期望，是颇令人感动的。

【延伸阅读】

黄卿夔现存著作有《华夏人文地志汇》以及《石古斋诗存》《石古斋文存》《石古斋杂存》各一卷。《石古斋诗存》收录五言古诗、七言古诗、五言律诗、五言排律、七言律诗、五言绝句、七言绝句近百首，附录词十首。《石古斋文存》《石古斋杂存》收录祭文、寿文、碑记、像赞、传、策、序、引、跋等约五十篇。《华夏人文地志汇》是一部简明的中国人文地理普及读物，介绍中国方域、中国形势、中国海岛、中国物产、历代都邑，并有分省介绍。可阅读中华书局2017年出版的《黄卿夔集》（汪少华点校）。

（杭州师范大学人文学院樊蕤副教授撰稿）

复傅敏生妹婿

〔清〕朱一新

接诵惠章，备悉兴居佳胜①，致以为慰②。承询为学本末、词章门径③，新不文④，何足语此？谨即所闻庭训⑤，及师友所论述者，为足下陈之。

为学大端，不外虚心卓识，识不卓，则为俗学所囿⑥；心不虚，则为客气所乘⑦。去骄去浮，始有进境。持躬如是⑧，为学亦如是，二者终身由之可也⑨。

有义理之学⑩，有经济之学⑪，有考据之学⑫，有词章之学⑬。能考据者，未必能词章；能词章者，未必能考据，此关天分，贵在舍短用长。

义理尤切于日用⑭，故汉学必以宋学为归宿⑮，斯无乾嘉诸儒支离琐碎之

---

① 兴居，指日常起居，多用于书信。

② 致，通“至”，极，甚。

③ 词章，即辞章，古人称文章写作技巧的学问叫辞章之学。

④ 新，作者自称。◎不文，谦辞，犹不才。

⑤ 庭训，《论语·季氏》记孔子在庭，其子伯鱼趋而过之，孔子教以学《诗》《礼》。后因称父教或家教为庭训。

⑥ 俗学，指世俗流行之学。◎囿，拘泥，局限。

⑦ 客气，这里指浮夸不实的文风。唐刘知几《史通·外篇·杂说中第八》：“其书文而不实，雅而无检，真迹甚寡，客气尤烦。”

⑧ 持躬，立身，处世。躬，身，自身。

⑨ 由之，遵从之。

⑩ 义理之学，指解释儒家经义的学问，注重从思想理论角度阐释经典。清代学者将学问分为义理、辞章、考据三类，义理之学主要指宋明以来的理学。

⑪ 经济之学，指经世济民、治国理政之学。参见本书第217页注①。

⑫ 考据之学，指对古籍语义和历代名物典章制度进行考核及辨正的学问。考据之学滥觞于汉学，大盛于清乾嘉时期。

⑬ 词章之学，诗歌辞赋之学，文学艺术之学。参见本书第214页注⑧。

⑭ 切，接近，贴近。

⑮ 汉学，汉代经学中注重训诂考据之学。清代乾嘉年间的学者崇尚其风，形成与“宋学”相对的“乾嘉学派”，也称“汉学”。清代汉学治学严谨，对文字训诂、古籍整理、辑佚辨伪、考据注释等，有较大的贡献。◎宋学，主要指宋儒理学，同汉学相对，汉学专重训诂，宋学以义理为主，亦称理学。后来元、明、清的理学也称宋学。宋学以“理”为天地万物的本源，以三纲五常为核心，虽标榜孔孟之道，但亦参以佛、道之说。

患[①]。宋学必以汉学为始基，斯无明末诸儒放诞空疏之弊[②]。所谓义理者，非谓摹太极[③]、衍先天[④]、高谈性命[⑤]、索诸杳冥不可知之域也。躬行实践，明辨慎思，国朝诸儒[⑥]，如黄梨洲[⑦]、顾亭林[⑧]、江慎修[⑨]，皆汉宋兼治，学博而识精。即如阎百诗为汉学家之先导[⑩]，朱竹垞为目录家之标准[⑪]，要皆实事求是，立言不苟，故国初学术为极盛。乾嘉以后，精深过之[⑫]，而正大不逮矣[⑬]。其学问之博，可希踪前哲者[⑭]，则推钱竹汀[⑮]、阮文达[⑯]。然《潜研堂》《研经室》二集中

---

① 乾嘉诸儒，即乾嘉学派，以精于考据为主要特点。因在乾隆、嘉庆两朝达到鼎盛，故得名。因为此一时期的学术研究采用了汉代儒生训诂、考订的治学方法，与着重于义理的宋明理学有所区别，所以有“朴学”“考据学”之称。◎支离琐碎之患，指乾嘉学派的考据存在泥古、烦琐及脱离实际等流弊。

② 明末诸儒放诞空疏之弊，指明末以王阳明为代表的心学，其特点是重视主体的能动作用和本原地位，把儒家伦理与心等同，对待儒家经典时采取“六经注我”的主张，认为六经不过是心的注脚，治经学的目的是致良知，所以有着“放诞空疏”的弊病。

③ 太极，哲学术语，意为派生万物的本源。宋朝道士陈抟传有太极图，周敦颐著有《太极图说》。太极图形象化地表达了阴阳轮转、相反相成是万物生成变化根源的哲理。参见本书第225页注⑫。

④ 衍，推演。◎先天，指伏羲八卦。

⑤ 性命，中国古代哲学范畴，指万物的天赋和禀受。宋明以来理学家专意研究性命之学，因以指理学。

⑥ 国朝，即本朝，文中指清朝。下同。

⑦ 黄梨洲，即黄宗羲（1610—1695），字太冲，号南雷，别号梨洲老人，学者称梨洲先生，浙江绍兴府余姚县（今余姚市）人，明末清初经学家、史学家，著有《明儒学案》等。

⑧ 顾亭林，即顾炎武（1613—1682），本名绛，字忠清，因仰慕先贤王炎午的为人，改名炎武，因故居旁有亭林湖，学者尊为亭林先生，南直隶苏州府昆山县（今江苏省昆山市）人，明末清初思想家、经学家、史地学家，与黄宗羲、王夫之并称为明末清初“三大儒”，著有《日知录》《音学五书》等。

⑨ 江慎修，即江永（1681—1762），字慎修，徽州府婺源县（今属江西省）人，清代经学家，博通古今，尤长于考据之学，著有《周礼疑义举要》等。

⑩ 阎百诗，即阎若璩（1636—1704），字百诗，号潜丘，山西太原人，侨居江苏淮安府山阳县，清初学者，清代考据学发轫时最重要的代表人物之一，著有《潜丘札记》等。

⑪ 朱竹垞，即朱彝尊（1629—1709），字锡鬯，号竹垞，浙江秀水（今浙江省嘉兴市）人，博经通史，工诗能词，著有《经义考》《曝书亭集》等。

⑫ 精深，指学术研究的精微深奥。

⑬ 正大，雅正弘大。清曾国藩《致刘孟容书》：“孟氏而下，唯周子之《通书》，张子之《正蒙》，醇厚正大，邈焉寡俦。”◎不逮，比不上，不及。

⑭ 希踪，有望追踪、比肩。

⑮ 钱竹汀，即钱大昕（1728—1804），字晓徵，号辛楣，一号竹汀，江苏嘉定（今属上海）人，乾隆甲戌进士，改庶吉士，授编修，历官少詹事，清代学者，著有《潜研堂文集》《十驾斋养新录》等。

⑯ 阮文达，即阮元（1764—1849），字伯元，号芸台，江苏仪征人，历乾隆、嘉庆、道光三朝，体仁阁大学士，太傅，谥号“文达”，在经史、数学、天算、舆地、编纂、金石、校勘等方面都深有造诣，著有《研经室集》等。

语及心性，喜为异说，盖风会使然[①]。纪文达《四库提要》更肆行掊击矣[②]。高邮王氏[③]、东吴惠氏[④]，皆三世经学，卓然不磨。惠定宇又为汉学祖师[⑤]，各尊所闻，与宋儒不相扼[⑥]。戴东原集其成[⑦]，恢而廓之[⑧]，而偏戾之气[⑨]、博辨之词与毛氏西河相近[⑩]。当此之时，海内翕然从风，不七十年，而魏默深诋之已无完肤矣[⑪]。此知学贵定识[⑫]，不必随时俯仰也[⑬]。

经济因事而见，非可空谈。然如舆地[⑭]、河漕[⑮]、兵制、典章，亦须平时探访。考据之学，若天算[⑯]、若地理、若训诂[⑰]、若音韵[⑱]、若名物制度、若国朝掌故、若历代职官、氏族、礼乐、刑政，随举一门，即终身搜讨不尽[⑲]。古今

---

① 风会，风气，时尚。

② 纪文达，即纪昀（1724—1805），字晓岚，直隶献县（今河北省沧州市献县）人，清代文学家，因其“敏而好学可为文，授之以政无不达”（嘉庆帝御赐碑文），故卒后谥号“文达”，乡里世称文达公，曾负责《四库全书总目》的定稿工作。◎掊击，抨击。

③ 高邮王氏，此指高邮王安国、王念孙、王引之祖孙三代，江苏高邮人，皆深研经籍，王念孙及王引之更为乾嘉时期著名经学家，训诂学领域的集大成者，为扬州学派的代表人物。

④ 东吴惠氏，指清代东吴学者惠周惕、惠士奇、惠栋，前二惠是江苏吴县人，后者是江苏元和（今江苏苏州）人，东吴三惠为清初著名的经学家，惠栋更是乾嘉考据学派的领袖。

⑤ 惠定宇，即惠栋（1697—1758），字定宇，号松崖，著有《易汉学》《周易述》《易例》等。

⑥ 扼，妨碍，干扰。

⑦ 戴东原，即戴震（1724—1777），字东原，休宁隆阜（今安徽省黄山市屯溪区）人，清代学者，于音韵、文字、历算、地理无不精通，又进而阐明义理，对理学家“去人欲，存天理”之说有所抨击，著有《屈原赋注》《考工记图》《孟子字义疏证》《原善》等。

⑧ 恢、廓，皆扩大、发展义。

⑨ 偏戾，偏执，乖僻。

⑩ 毛氏西河，即毛奇龄（1623—1716），字大可，号西河，学者称其西河先生，绍兴府萧山县（今浙江省杭州市萧山区）人，清初学者，著有《西河合集》等。

⑪ 魏默深，即魏源（1794—1857），名远达，字默深，湖南邵阳人，清代思想家、文学家，以“经世致用”为宗旨，提出“变古愈尽，便民愈甚”的变法主张，倡导学习西方先进科学技术，并提出了“师夷长技以制夷”的主张，开启了向西方学习的新潮流。

⑫ 定识，明确的见识、主见。

⑬ 随时俯仰，语本汉司马迁《报任安书》：“从俗浮沉，与时俯仰。”此指治学风气随着社会的风俗习惯而改变。

⑭ 舆地，地理。

⑮ 河漕，指河道工程及漕运事务。

⑯ 天算，天文历算的简称。

⑰ 训诂，用通俗的语言去解释疑难的词叫训，用现代语言去解释古语或用较通行的话去解释方言叫诂。后用以泛指解释古书中的字、词、句的意义。

⑱ 音韵，指音韵学，主要研究汉语的语音结构和语音演变。

⑲ 搜讨，研究探讨。

能兼此者，曾有几人？彼沾沾自喜，动辄矜张[①]，适足形其浅陋耳。足下敏而好学，兼得贤师友砥砺，定可有成。第才力似不甚大[②]，考据一途，恐非性之所近。

自九经三史外[③]，宜阅《通鉴》[④]《通考》[⑤]《近思录》《困学纪闻》《日知录》《皇朝经世文编》《方舆纪要》[⑥]《地理约编韵本》诸书[⑦]，通知今古，务益身心，视彼泛滥无归者[⑧]，事半功倍，为学不可不知要领也。

至词章，则唐以前文无所谓骈、散之分也[⑨]。宋后始判为两途，而文格日严[⑩]，文气日靡。夫骈文不运以古文之气，则涂附可憎[⑪]；古文不泽以骈文之色，则边幅亦窘[⑫]。周秦两汉无论矣[⑬]，昌黎[⑭]、柳州雄视词坛者[⑮]，能用词采而

---

① 矜张，夸张。

② 第，只，只是。

③ 九经，自唐以降，科举考试项目中有“九经”之说。即《诗经》《尚书》《周易》《周礼》《仪礼》《礼记》《春秋公羊传》《春秋穀梁传》《春秋左氏传》等九部经书。◎三史，魏晋南北朝以《史记》《汉书》《东观汉记》为三史。唐开元以后，因《东观汉记》失传，乃以《史记》《汉书》《后汉书》为三史。

④ 《通鉴》，指《资治通鉴》，北宋司马光主编的编年体史书，记载由周威烈王起至五代的后周世宗为止的历史，共二百九十四卷。

⑤ 《通考》，指《文献通考》，宋元之际马端临撰。记载上古至宋宁宗时的典章制度的沿革，计有田赋考、选举考、职官考、兵考、经籍考、舆地考等二十四个门类。除因袭《通典》外，兼采经史、会要、传记、奏疏、论及其他文献等，资料较《通典》丰富，于宋代典章制度尤称详备。

⑥ 《方舆纪要》，即《读史方舆纪要》，清初顾祖禹所撰，记载古代中国历史地理、兵要地志的专著。着重考订古今郡县变迁，详列山川险要战守利害，共一百三十卷。

⑦ 《地理约编韵本》，疑为清李兆洛《历代地理韵编》，一部分韵编排的历代地名辞典。

⑧ 泛滥，指盲目、泛泛地阅览。

⑨ 骈，文体名，指用骈体写成的文章，以偶句为主，讲究对仗和声律，易于讽诵。迨南北朝，专尚骈俪，以藻绘相饰，文格遂趋卑靡。唐代以后，有以四字六字相间定句者，称四六文，亦是骈文的一种。◎散，文体名，指相对于骈文而言，奇句单行、不讲对偶声律的散体文。魏晋以后骈文盛行于世，时人将内容充实、长短自由、朴质流畅的传统散文称为古文，与重骈俪的“时文”相区别。

⑩ 文格，文章的风格、格调。

⑪ 涂附，犹言拼凑。

⑫ 边幅，此指文章内容的深广程度、格调。◎窘，逼仄，狭隘。

⑬ 无论，不必说，且不说。

⑭ 昌黎，韩愈（768—824），字退之，河南河阳（今河南省孟州市）人，自称郡望昌黎，世称韩昌黎，唐代文学家，卒谥“文”，世又称韩文公，著有《昌黎先生集》。

⑮ 柳州，柳宗元（773—819），字子厚，河东（今山西运城永济一带）人，世称柳河东，宪宗元和十年（815）徙柳州刺史，人称柳柳州，与韩愈并称“韩柳”，共倡古文运动，其文峭拔矫健；又工诗，风格清峭；著有《柳河东集》。◎雄视词坛，指韩、柳引领的古文运动为后世学者所尊崇。

不为词采所累也。欧、苏以下[①]，兢兢焉不敢犯矣[②]。国朝古文以桐城为正宗[③]，而魏叔子[④]、汪钝翁[⑤]、姜西溟导其先[⑥]，桐城祖述八家[⑦]，实则祢震川而宗永叔[⑧]，其义法谨严[⑨]，则百世不能易也。而沿其流者，才力少弱。近人如曾文正[⑩]、魏默深，皆少矫其弊。曾用桐城义法而加以朴茂[⑪]，体格较纯；魏则笔力恣横，间涉伪体[⑫]。若龚定盦[⑬]，又下一格矣。阳湖一派[⑭]，恽子居[⑮]、张皋文为大宗[⑯]，而张优于恽，视桐城则少贬矣。其不以古文名，而古文铿然可诵者，

---

① 欧、苏，指欧阳修、苏轼。欧阳修（1007—1072），北宋文学家，字永叔，号醉翁、六一居士，吉州吉水（今属江西）人，有《欧阳文忠集》。苏轼（1037—1101），字子瞻，又字和仲，号东坡居士，世称苏东坡，眉州眉山（今属四川省眉山市）人，北宋文学家、书法家、画家，有《东坡七集》等。欧阳修、苏轼都是北宋中期的文坛领袖，均属散文“唐宋八大家”之列，并称“欧苏”。

② 兢兢，小心谨慎貌。◎犯，违背，违反。

③ 桐城，即清代最大的散文流派“桐城派”，以戴名世为先驱，方苞为桐城奠基人；方苞、刘大櫆、姚鼐被尊为“桐城三祖”；提倡学习先秦、两汉及“唐宋八大家”散文；讲究“义法”，主张“义理、考据、辞章”三者并重；要求语言雅洁，文以载道。桐城派是清代极有影响的散文流派。

④ 魏叔子，即魏禧（1624—1681），字冰叔，江西宁都人，明末清初散文家，与侯朝宗、汪琬合称“明末清初散文三大家”，著有《魏叔子文集》。

⑤ 汪钝翁，即汪琬（1624—1691），字苕文，号钝庵，长洲（今江苏苏州）人，清初散文家，著有《尧峰诗文钞》《钝翁前后类稿》。

⑥ 姜西溟，即姜宸英（1628—1699），字西溟，号湛园，浙江慈溪人，明末清初学者，著有《湛园集》等。

⑦ 祖述，效法，仿效。

⑧ 祢，本义为宗庙，此用作尊崇、推崇义。◎震川，即归有光（1507—1571），字熙甫，别号震川，世称“震川先生”，苏州府昆山县（今江苏昆山）人，明朝中期散文家，崇尚唐宋古文，是明代“唐宋派”代表作家，与唐顺之、王慎中并称为“嘉靖三大家”。

⑨ 义法，桐城派古文家遵循的文章准则。清方苞《书〈货殖传〉后》：“《春秋》制义法，自太史公发之，而后之深于文者亦具焉。”

⑩ 曾文正，即曾国藩（1811—1872），初名子城，字伯涵，号涤生，长沙府湘乡县（今湖南省娄底市双峰县）人，近代政治家、文学家，“晚清中兴四大名臣”之一，谥号“文正”，后世称“曾文正”，曾选编《经史百家杂钞》《十八家诗钞》，著有《曾文正公全集》。

⑪ 朴茂，质朴，厚重。

⑫ 伪体，指专事模拟而无真实内容和独特风格的作品。清方苞《古文约选序例》：“始学而求古求典，必流为明七子之伪体。”

⑬ 龚定盦，即龚自珍（1792—1841），字璱人，号定盦，清代思想家、文学家，浙江仁和（今浙江杭州）人，道光年间进士，官至礼部主事，著有《定盦文集》等。

⑭ 阳湖一派，清代中叶散文流派之一，因其代表人物恽敬及后学多为江苏阳湖（今江苏常州）人，故名。

⑮ 恽子居，即恽敬（1757—1817），字子居，号简堂，江苏阳湖（今江苏常州）人，清代文学家，阳湖文派创始人之一，著有《大云山房文稿》。

⑯ 张皋文，即张惠言（1761—1802），原名一鸣，字皋文，号茗柯，江苏武进人，清代经学家、文学家，著有《茗柯文编》等。

则汪容甫也[①]。不以骈文名，而骈文斐然成章者，则顾亭林也。

骈文滥觞于《诗》《骚》[②]，导源于两汉[③]。魏晋则质有其文[④]，齐梁乃荡而忘返[⑤]。徐、庾蔚为大宗[⑥]，燕、许沿其馀波[⑦]，四杰稍变新声[⑧]，义山渐开宋派[⑨]，要皆骈体之正宗也。赵宋以还，始参变体；元明而降，罕闻嗣音[⑩]。逮乎国朝[⑪]，始知复古。曾宾谷所编《骈体正宗》[⑫]，足窥崖略[⑬]，其间毛西河之古雅、陈其年之宕逸[⑭]、胡稚存之古奥[⑮]、袁子才之浩瀚[⑯]、邵荀慈之幽隽[⑰]、吴榖

---

① 汪容甫，即汪中（1745—1794），字容甫，江都（今属江苏扬州）人，清代学者、文学家，著有《述学》等。

② 《骚》，指屈原作的《离骚》。

③ 导源，用指事情的源流与发展。

④ 质，质朴。◎文，文彩。《论语·雍也》："质胜文则野，文胜质则史。"

⑤ 荡，指文辞放纵、放荡。

⑥ 徐、庾，即南北朝时期徐摛、徐陵父子和庾肩吾、庾信父子的诗文风格，世称"徐庾体"。

⑦ 燕、许，指唐朝文学家张说、苏颋，因张说封燕国公，苏颋封许国公，故称。二人主张"崇雅黜浮"，以矫正陈、隋以来的浮丽风气，讲究实用，重视风骨。

⑧ 四杰，指初唐王勃、杨炯、卢照邻、骆宾王的合称，又称"王杨卢骆"。四杰主要以骈文和赋而言，后兼用以评其诗。◎新声，指四声、格律体系的完备。

⑨ 义山，即李商隐（约813—约858），字义山，号玉谿生，又号樊南生，祖籍怀州河内（今河南焦作沁阳），出生于郑州荥阳（今河南郑州荥阳），晚唐著名诗人、骈文家，著有《樊南文集》《李义山诗集》。

⑩ 嗣音，谓继承者。

⑪ 逮乎，及至，至于。

⑫ 曾宾谷，即曾燠（yù）（1759—1831），字庶蕃，号宾谷，江西建昌府南城（今抚州市南城县）人，清代文学家，工诗文，著有《赏雨茅屋诗集》。◎《骈体正宗》，即下文之《国朝骈体正宗》，总集名，清曾燠编，十二卷，又补编一卷，选录清前中期毛奇龄等四十三家骈体文共一百七十篇，按作家编次。

⑬ 崖略，大略，梗概。

⑭ 陈其年，即陈维崧（1625—1682），字其年，号迦陵，江苏宜兴人，清代文学家，康熙年间举博学鸿词科，授翰林院检讨，参与纂修《明史》，著有《湖海楼诗集》《湖海楼文集》《迦陵词》。◎宕逸，形容文章风格奔放洒脱。

⑮ 胡稚存，疑为"胡稚威"之误，与下文洪稚存（洪亮吉，字稚存）误混，胡稚威即胡天游（1696—1758），一名骙，字稚威，山阴（今浙江绍兴）人，清代文学家，善作骈体文。

⑯ 袁子才，即袁枚（1716—1798），字子才，号简斋，晚号随园老人，浙江钱塘（今浙江杭州）人，乾隆四年（1739）进士，授翰林院庶吉士，著有《随园诗话》《小仓山房文集》等。

⑰ 邵荀慈，即邵齐焘（1718—1769），字荀慈，号叔山，江苏昭文（今常熟）人，乾隆壬戌（1742）进士，改庶吉士，授编修，著有《玉芝堂集》。

人之整缛[①]、汪容甫之隽雅、孔顨轩之秾厚[②]、洪稚存之警拔[③]、刘芙初之娟秀[④]、彭甘亭之密栗[⑤]，皆可上踵六代[⑥]，下掩三唐[⑦]。他如章岂绩之《思绮堂集》[⑧]，则才力绵薄；胡竹岩之《绿萝山庄集》[⑨]、吴园次之《林蕙堂集》[⑩]、杨蓉裳之《芙蓉山馆集》[⑪]，则锤炼未至；刘孟涂之《孟涂集》[⑫]，则未能免俗；姚梅伯之《复庄文権》[⑬]，则时涉纤怪[⑭]：皆瑕瑜不掩者也[⑮]。

学骈文者，当读《后汉书》、《楚辞》、《文选》、《文心雕龙》、《庾子山集》、《徐孝穆集》、李义山《樊南文集》、《四六法海》[⑯]、《骈体文钞》[⑰]、《唐骈文

---

① 吴穀人，即吴锡麒（1746—1818），字圣征，号穀人，浙江钱塘（今浙江杭州）人，其诗清峭灵俊，骈文为乾隆八大家之一；词清和雅正，秀色有余，为浙派晚期名家；著有《有正味斋集》。◎整缛，端正繁密。

② 孔顨轩，即孔广森（1752—1786），字众仲，号顨轩，山东曲阜人，清代著名经学家，工骈文，著有《仪郑堂骈俪文》。◎秾厚，形容诗文风格盛美、厚重。

③ 洪稚存，即洪亮吉（1746—1809），字稚存，号北江，晚号更生居士，江苏阳湖（今江苏常州）人，为乾嘉学派学者，兼工辞章，骈文为一时翘楚。◎警拔，形容诗文创作警策拔俗。

④ 刘芙初，即刘嗣绾（1762—1821），字简之，又字芙初，号醇甫，江苏阳湖（今江苏常州）人，从祖父始皆寓无锡之锦树里，著有《尚䌹堂集》《筝船词》。

⑤ 彭甘亭，即彭兆荪（1769—1821），字湘涵，又字甘亭，晚号忏摩居士，镇洋（今江苏太仓）人，著有《文选考异》《小谟觞馆全集》等。◎密栗，形容行文缜密。

⑥ 六代，所指不一，这里大约是指唐代之前的三国吴、东晋和南朝之宋、齐、梁、陈。唐李白《留别金陵诸公》诗："六代更霸王，遗迹见都城。"

⑦ 三唐，唐人诗文多以初、盛、中、晚分期，或以中唐分属盛、晚唐，谓之三唐。

⑧ 章岂绩，即章藻功（1656—？），字岂绩，号绮堂，又号息庐主人，浙江钱塘（今浙江杭州）人，康熙四十二年（1703）进士，擅骈体文，有《思绮堂文集》十卷行世。

⑨ 胡竹岩，即胡浚（生卒年不详），字希张，号竹岩，浙江会稽（今浙江绍兴）人，康熙五十九年（1720）举人，乾隆时举博学鸿词科，知洧川县；精诗古文，尤工骈体，著有《绿萝山庄文集》二十四卷、诗集三十三卷。

⑩ 吴园次，即吴绮（1619—1694），字园次，号丰南，江都（今江苏扬州）人，顺治甲午（1654）荐授秘书院中书舍人，历官湖州知府，著有《林蕙堂集》。

⑪ 杨蓉裳，即杨芳灿（1754—1816），字才叔，号蓉裳，江苏金匮（今属江苏无锡）人，著有《芙蓉山馆全集》。

⑫ 刘孟涂，即刘开（1784—1824），字方来，号孟涂，安徽桐城人，著有《刘孟涂集》等。

⑬ 姚梅伯，即姚燮（1805—1864），字梅伯，号复庄，又号大梅山民，浙江镇海人，道光十四年（1834）举人，著有《复庄骈俪文権》八卷、《复庄骈俪文権二编》八卷、《复庄文酌初编》不分卷等。

⑭ 纤怪，纤巧怪异。

⑮ 瑕瑜不掩，指优劣并存。

⑯ 《四六法海》，为明代王志坚（1576—1633）编选的骈文集，选录魏晋以降的骈文及唐以后四六文。

⑰ 《骈体文钞》，清代李兆洛编选。李兆洛（1769—1841），字申耆，晚号养一老人，江苏阳湖（今江苏常州）人，清代学者、文学家，是阳湖派代表作家之一。

钞》[①]、《国朝骈体正宗》、《八家四六文钞》[②]。学古文者，当读《左传》《国语》《国策》《庄子》《史记》《汉书》《唐宋文醇》《八家文钞》《湖海文传》[③]《古文辞类纂》[④]。

至若吾乡先正之书[⑤]，据新所习见者，如《东莱博议》《陈龙川集》[⑥]《吴渊颖集》[⑦]《柳待制集》[⑧]《黄文献集》[⑨]《宋文宪集》[⑩]，当时皆名重天下。柳、吴郁勃之气不可遏抑[⑪]，黄则纯粹以精[⑫]。宋为有明三百年文章弁冕[⑬]，渟泓演迤[⑭]，时与欧阳文忠为近；《全集》细大不捐，颇伤于芜[⑮]。陈则策论致佳[⑯]，碑版不逮[⑰]，博观约取，亦征文考献之资也。

诗则宜读《文选》《选》诗宜先读《杂拟》《杂诗》《行旅》三种，取其有性灵易解

① 《唐骈文钞》，指《唐骈体文钞》，十七卷，清陈均辑。

② 《八家四六文钞》，清吴鼒编。吴鼒（1755—1821），字山尊，安徽全椒人。《八家四六文钞》共九卷，所辑为袁枚、邵齐焘、刘星炜、孔广森、吴锡麒、曾燠、孙星衍、洪亮吉八人的骈文。

③ 《湖海文传》，清代散文总集，七十五卷，选录自康熙中叶到乾隆朝一百余家、七百余篇文章，是一部较重要的清初至清中叶的散文总集。编者王昶（1724—1806），字德甫，青浦（今属上海市）人。

④ 《古文辞类纂》，清代桐城派古文家姚鼐编的各类文章总集，七十五卷，选录战国至清代的古文，依文体分为论辨、序跋、奏议、书说、赠序、诏令、传状、碑志、杂记、箴铭、颂赞、辞赋、哀祭等十三类。

⑤ 吾乡，指金华一带。◎先正，前代的贤人。

⑥ 《陈龙川集》，即《龙川集》，南宋思想家、文学家陈亮的文集。陈亮（1143—1194），原名汝能，字同甫，号龙川，学者称为“龙川先生”，婺州永康（今属浙江）人，著有《龙川文集》《龙川词》。

⑦ 《吴渊颖集》，吴莱著。吴莱（1297—1340），字立夫，门人私谥“渊颖先生”，婺州浦江（今浙江省浦江县）人，元代学者。

⑧ 《柳待制集》，柳贯著。柳贯（1270—1342），字道传，婺州浦江人，元翰林待制、兼国史院编修官，世称柳待制，其文章原本经术，精湛闳肆，与黄溍齐名。

⑨ 《黄文献集》，黄溍著，十卷。黄溍（1277—1357），字晋卿，婺州义乌（今浙江义乌）人，元代文学家。

⑩ 《宋文宪集》，宋濂著。宋濂（1310—1381），字景濂，号潜溪，婺州浦江人，元末明初文学家，与高启、刘基并称为“明初诗文三大家”，被明太祖朱元璋誉为“开国文臣之首”。其作品大部分被合刻为《宋学士文集》，凡七十五卷；另有《宋文宪公全集》，凡五十三卷。

⑪ 郁勃，形容气势旺盛或充满生机。◎遏抑，阻止抑制。

⑫ 纯粹，朴实。宋欧阳修《〈梅圣俞诗集〉序》：“其为文章，简古纯粹，不求苟说于世。”

⑬ 宋，指宋濂。◎弁冕，弁、冕皆古代男子冠名，引申指魁首。

⑭ 渟泓，积水幽深，喻含义深邃。◎演迤，绵延不绝貌，指文气悠长。

⑮ 芜，芜杂，杂乱。

⑯ 策论，就当时政治问题加以论说，提出对策的文章。◎致佳，绝佳。致，通“至”。

⑰ 碑版，指志传类文章，旧多刻于碑版之上。

也。自古诗及建安七子外，陶靖节、谢康乐、刘越石[①]、谢玄晖、江文通、鲍参军诸家，各有所长，最宜学步、《唐宋诗醇》所选六家皆唐宋诗人冠冕[②]。少陵诗圣，不待言。太白仙才，非可强致。昌黎取其横空排奡[③]，苏则飞行绝迹。白、陆两家较易学步，由陆以希杜[④]，则有阶级可寻，沉着中带细密，不似少陵之苍莽也[⑤]、《古诗笺》渔洋诗重神韵而边幅少窘[⑥]，所选重才力宏富之作，盖欲以救其偏也、沈选《别裁集》自唐至国朝共五编[⑦]，大旨归于雅正，无纤靡粗厉之音[⑧]。其别集宜读者[⑨]，《李翰林集》王琦注、《杜诗详注》仇兆鳌注。杜诗注本甚多，仇注为胜、《王右丞集》赵殿臣注、《韩诗增注证讹》黄钺注、《玉谿生诗详注》冯浩注。义山为少陵后劲[⑩]，学少陵者以此为阶梯，则无粗笨之病、《李长吉歌诗》王琦注。昌谷诗非正音[⑪]，然其思之深窈，笔之幽秀，为诗家别开生面，非玉川子之怪险[⑫]、孟东野之寒瘦可比、《苏诗合注》冯应榴注、《高青丘集注》明高启撰，国朝金檀注。其诗工于拟古、《吴诗集览》国朝吴伟业撰[⑬]，靳荣藩注。以下皆国朝人诗、《精华录》王士祯撰[⑭]，惠栋注。又有金荣始注。近则金注盛行，惠注不易得、《曝书亭诗注》朱彝尊撰，杨谦注。又有孙银槎注。诸注皆详征博引，具有本

---

① 刘越石，即刘琨（271—318），字越石，中山魏昌（今河北省无极县）人，西晋诗人，官至并州刺史，代表作有《重赠卢谌》及《扶风歌》《答卢谌》等诗，风格慷慨悲凉，明人辑有《刘越石集》。

② 《唐宋诗醇》，乾隆十五年（1750）御定，凡唐诗四家，曰李白、曰杜甫、曰白居易、曰韩愈；宋诗二家，曰苏轼、曰陆游。诗至唐而极其盛，至宋而极其变。

③ 排奡，刚劲有力，豪宕起伏。

④ 希，通“睎”，观望，仰慕。

⑤ 苍莽，形容诗文内容深广、开阔的样子。明袁宏道《与丘长孺书》：“五七言古及诸绝句，古质苍莽，气韵沉雄。”

⑥ 《古诗笺》，清王士祯选、闻人倓笺注，录齐梁诗人三十二家、诗二百余首。王士祯（1634—1711），原名王士禛，字子真，一字贻上，号阮亭，又号渔洋山人，世称王渔洋，谥“文简”，山东新城（今山东省桓台县）人，常自称济南人，清初文学家。

⑦ 《别裁集》，指沈德潜所编选的《唐诗别裁》《明诗别裁》《清诗别裁》等集。沈德潜（1673—1769），字碻（què）士，号归愚，长洲（今江苏苏州）人，清代诗人、文学评论家。

⑧ 纤靡，纤巧柔弱。

⑨ 别集，与总集相对，指收录个人诗文的集子。

⑩ 后劲，指后继的有力人物。

⑪ 正音，指雅正之诗什。

⑫ 玉川子，即卢仝（约795—835），自号玉川子，诗尚奇僻，与孟郊相近。

⑬ 吴伟业（1609—1672），字骏公，号梅邨，又号梅邨居士，江苏太仓人，复社重要成员。尤工七言歌行，人称“梅邨体”；亦工古文辞，余事填词，亦负时名。著有《梅邨集》《梅邨家藏稿》《梅邨词》，今人辑有《吴梅邨全集》。

⑭ 《精华录》，指王士祯著《渔洋山人精华录》。

末，非同稗贩[①]。既学诗法，兼资腹笥[②]。

词则宜读《绝妙好词笺》宋周密选，国朝厉鹗、查为仁笺。选本绝精，笺亦详尽。词家多写意，不得其本事则无以知其用意之所在，此笺之足贵也、《词综》朱彝尊编。自唐至南宋，词家精华大略具是矣、《国朝词综》王昶选、《续编》黄宪清选[③]、《曝书亭词注》朱彝尊撰，李商孙注。词家二派，苏、辛豪迈[④]，秦、柳绮丽[⑤]，然后人多宗秦、柳，盖词本诗馀[⑥]，绮丽固当行也[⑦]。陆士衡《文赋》曰“诗缘情而绮靡”[⑧]，后人病其绮靡之称未合诗旨，若移以赠词，则允当矣。宋词如柳耆卿、

---

① 稗贩，转抄贩卖。

② 腹笥，指腹中所记之书籍及学问。笥，书箱。语出《后汉书·边韶传》：“边为姓，孝为字，腹便便，五经笥。”

③ 《续编》，指清黄燮清在王昶《国朝词综》基础上编的《国朝词综续编》，二十四卷。黄燮清（1805—1864），原名宪清，字韵甫，一字韵珊，号吟香诗舫主人，浙江海盐人，晚清诗人、剧作家。

④ 苏、辛，北宋苏轼与南宋辛弃疾的并称，二人同为豪放词派的代表。自晚唐“花间派”以来，词以婉约为正宗，诗庄词媚，几成定格。到了苏轼，才以豪健纵放之笔，创豪放一派，扩大了词的题材范围，开拓了词的表现领域，打破了词为艳科的藩篱，使词体获得了解放。辛弃疾（1140—1207），原字坦夫，后改字幼安，号稼轩，山东东路济南府历城县（今山东省济南市历城区）人，南宋词人，有词集《稼轩长短句》等传世。辛弃疾继承了苏轼的豪放风格，并把它推向了一个新的发展阶段。辛词热情洋溢，慷慨壮烈，具有浪漫主义的色彩，创造出瑰丽雄奇的艺术境界。清高佑釲《陈其年湖海楼词序》引顾咸三语曰：“宋各家词最盛，体非一格，苏、辛之雄放豪宕，秦、柳之妩媚风流，判然分途，各极其妙。”

⑤ 秦、柳，北宋秦观与柳永的并称，二人同为婉约词派的代表。秦观（1049—1100），江苏高邮人，字少游，号太虚，学者称其淮海居士，官至太学博士、国史院编修，北宋词人，以婉约之词驰名于世，被尊为婉约派一代词宗，著有《淮海集》《淮海词》。柳永（约984—约1053），原名三变，字景庄，后改名柳永，字耆卿，因排行第七，又称柳七，福建崇安（今福建省武夷山市）人，暮年及第，曾任余杭县令、泗州判官等职，以屯田员外郎致仕，故世称柳屯田；北宋词人，婉约派代表人物，存世词作有《乐章集》。

⑥ 诗馀，词的别称，因词是由诗发展而来并被认为是诗的降一格的文学式样，故称。

⑦ 当行，本行，本色。宋严羽《沧浪诗话·诗辩》：“大抵禅道惟在妙悟，诗道亦在妙悟……惟悟乃为当行，乃为本色。”

⑧ 陆士衡，即陆机（261—303），西晋文学家，字士衡，诗重藻绘排偶，骈文亦佳，著有《陆士衡集》。所作《文赋》，论述作文利弊。◎绮靡，指风格浮艳柔弱。

苏子瞻、张子野[①]、秦淮海、辛稼轩、姜白石[②]、周公谨[③]、陆放翁[④]、张叔夏[⑤]、李易安[⑥]，皆可宗法。国朝则吴梅邨[⑦]、彭羡门[⑧]、朱竹垞、陈其年、厉太鸿[⑨]、吴縠人、张皋文、周稚珪[⑩]、郭频迦[⑪]，皆最著者。诸书虽非旦暮可得，第凡物聚于所好[⑫]，或借阅、或购藏，不出十年，当可得其大凡矣。若欲求初学易解、卑无高论者[⑬]，则如国朝尤展成之《西堂杂俎》[⑭]拟骚及诸游戏文最佳，《明史乐府》亦佳，古文则冗弱无师法[⑮]，不足观也、袁简斋之《小仓山房全集》随园著述以骈文为最，格高而气盛，远在《有正味斋》之上。古文亚于骈文，诗又亚于古文。其论诗颇诋渔洋，实则与渔洋有雅郑之分[⑯]。然新颖之思，足开心智，当分别观之。蒋苕生之《忠雅堂

---

① 张子野，即张先（990—1078），字子野，乌程（今浙江湖州）人，北宋词人，曾以巧用三“影”字而被称为张三影，著有《张子野词》。

② 姜白石，即姜夔（kuí）（约1155—1209），字尧章，号白石道人，饶州鄱阳（今江西省鄱阳县）人，南宋文学家、音乐家，著有《白石道人诗集》《白石道人歌曲》等。

③ 周公谨，即周密（1232—约1298），字公谨，号草窗，吴兴（今浙江湖州）人，与吴文英并称“二窗”，著有《草窗韵语》《草窗词》，并编纂有《绝妙好词》。

④ 陆放翁，即陆游（1125—1210），字务观，号放翁，越州山阴（今浙江绍兴）人，南宋文学家，宋孝宗时赐进士出身，官至宝章阁待制；其词“激昂慷慨者，稼轩不能过”，著有《剑南诗稿》《渭南文集》等。

⑤ 张叔夏，即张炎（1248—1314后），字叔夏，号玉田、乐笑翁，临安（今浙江杭州）人，与周密、王沂孙为词友，著有《词源》《山中白云词》。

⑥ 李易安，即李清照（1084—约1155），号易安居士，齐州济南（今山东省济南市章丘区）人，宋代女词人，婉约词派代表，出身于书香门第，出嫁后与夫赵明诚共同致力于书画金石的搜集整理，金兵入据中原时，流寓金华等地，境遇孤苦，著有《漱玉词》。

⑦ 吴梅邨，即吴伟业。详见本书第473页注⑬。

⑧ 彭羡门，即彭孙遹（1631—1700），字骏孙，号羡门，浙江海盐人，工诗词，与王士祯并称“彭王”，著有《松桂堂全集》《金粟词话》《延露词》。

⑨ 厉太鸿，即厉鹗（1692—1752），字太鸿，号樊榭、南湖花隐等，钱塘（今浙江杭州）人，清代文学家，浙西词派中坚人物，著有《宋诗纪事》《樊榭山房集》等。

⑩ 周稚珪，即周之琦（1782—1862），字稚圭，号耕樵，又号退庵，河南祥符（今河南开封）人，精词学，著有《心日斋词》，编有《心日斋词选》《晚香室词录》。

⑪ 郭频迦，即郭麐（1767—1831），字祥伯，号频迦，江苏吴江人，清监生，词为浙西派殿军，著有《灵芬馆集》《灵芬馆词》。

⑫ 第，但是。◎物聚于所好，指珍贵之物往往聚于喜好者之手。语出宋欧阳修《〈集古录〉目序》：“物常聚于所好，而常得于有力之强。”

⑬ 卑无高论，言论平庸，没有什么高明的见解。

⑭ 尤展成，即尤侗（1618—1704），字同人，一字展成，号悔庵，又号艮斋，晚号西堂老人，长洲（今江苏苏州）人，工诗词古文，运笔奥劲，使事典切，著有《西堂全集》（内含《西堂杂俎》三集二十四卷）、《百末词》。

⑮ 冗弱，羸弱，卑弱。

⑯ 雅郑，古代儒家以郑声为淫邪之音，引申为高雅与低劣之别。

集》劲而伤于粗[1]，赵云松之《瓯北集》华而伤于俗[2]，张遂宁之《船山集》清而伤于薄[3]，要皆便于初学，可资流览。查初白之《敬业堂集》质而不俚[4]，淡而弥真，固胜一筹。吴汉槎之《秋笳集》用齐、梁、初唐体[5]，虽伤华缛，自成格调，隶事宏富[6]，亦可为馈贫粮[7]。闻赵秋谷、施愚山之集殊佳[8]，惜均未之见也、吴縠人之《有正味斋集》骈文固有精诣，第应酬文太多，为所掩耳。此与陈其年之《湖海楼集》、厉太鸿之《樊榭山房集》同病。縠人诗词隽雅可诵，坊行王氏、叶氏两注本，俱劣。文既不全，亦无抉择、黄仲则之《两当轩集》[9]诗笔超妙，颇有太白遗意，皆可藉为导师。而如《左》、《国》、楚骚、马、班、韩、柳、欧、苏之文[10]，曹、刘、陶、谢、江、鲍、李、杜、王、李、苏、陆之诗[11]，则所谓光景常新，江河不废者[12]。潜心玩索，久之而得其气

---

① 蒋苕生，即蒋士铨（1725—1784），字心馀、苕生，号清容，又号藏园，江西铅山人，乾隆丁丑（1757）进士，改庶吉士，授编修，著有《忠雅堂集》。

② 赵云松，即赵翼（1727—1814），字云崧，号瓯北，江苏阳湖（今江苏常州）人，清代诗人、文学评论家，著有《瓯北集》。

③ 张遂宁，即张问陶（1764—1814），字仲冶，号船山，四川遂宁人，乾隆庚戌（1790）进士，改庶吉士，授检讨，著有《船山诗草》。

④ 查初白，即查慎行（1650—1727），字悔馀，号初白，浙江海宁人，清初宋诗派代表人物，尤致力于学苏轼，著有《敬业堂集》《馀波词》。

⑤ 吴汉槎，即吴兆骞（1631—1684），字汉槎，江苏吴江人，工骈文，著有《秋笳集》。

⑥ 隶事，以故事相隶属，谓引用典故。

⑦ 为馈贫粮，语出南朝梁刘勰《文心雕龙·神思》："是以临篇缀虑，必有二患：理郁者苦贫，辞溺者伤乱，然则博见为馈贫之粮，贯一为拯乱之药。"意为广博的见闻是赠给知识贫乏者的宝贵的精神食粮。

⑧ 赵秋谷，即赵执信（1662—1744），字伸符，号秋谷，晚号饴山老人，山东益都（今属山东淄博）人，任右春坊右赞善兼翰林院检讨，著有《饴山集》《谈龙录》《声调谱》等。◎施愚山，即施闰章（1619—1683），字尚白，一字屺云，号愚山、蠖斋、矩斋，安徽宣城人，清初政治家、文学家，著有《双溪诗文集》《愚山诗文集》等。

⑨ 黄仲则，即黄景仁（1749—1783），字仲则，为清中叶最具代表性诗人，著有《两当轩集》。

⑩ 马、班、韩、柳、欧、苏，指司马迁、班固、韩愈、柳宗元、欧阳修、苏轼。

⑪ 曹、刘、陶、谢、江、鲍、李、杜、王、李、苏、陆，指曹植、刘琨、陶渊明、大小谢（谢灵运及谢朓）、江淹、鲍照、李白、杜甫、王维、李商隐（或李贺）、苏轼、陆游。上文"诗则宜读《文选》"下注"自古诗及建安七子外，陶靖节、谢康乐、刘越石、谢玄晖、江文通、鲍参军诸家，各有所长，最宜学步"，可知此处的"刘"当指刘琨（字越石），"谢"当指谢灵运（世袭为康乐公，世称谢康乐）和谢朓（字玄晖），谢灵运与谢朓同族，世称"大谢""小谢"。又上文云诗之"别集宜读者"，李白、杜甫、王维之后，苏轼之前，举有李商隐（字义山）《玉谿生诗详注》、李贺（号昌谷）《李长吉歌诗》，并称"义山为少陵后劲，学少陵者以此为阶梯，则无粗笨之病"，"昌谷诗非正音，然其思之深窈，笔之幽秀，为诗家别开生面，非玉川子之怪险、孟东野之寒瘦可比"，可见朱一新对李商隐、李贺均推崇有加，这里的后一"李"指李商隐或李贺均有可能。

⑫ 江河不废，比喻作家及著作流传不朽。唐杜甫《戏为六绝句》之二："王杨卢骆当时体，轻薄为文哂未休。尔曹身与名俱灭，不废江河万古流。"

势，久之而得其笔意[①]，久之而得其神理，夫乃不为俗学所囿矣。

大抵文章之道，骨欲其坚[②]，气欲其充，词欲其雅。惧其剽也[③]，渟之蓄之[④]；惧其杂也[⑤]，淘之汰之[⑥]。深而毋涩[⑦]，简而毋窘[⑧]，华而毋冶[⑨]，质而毋俚[⑩]。诘屈以为古[⑪]，非古也，而师法必于大家[⑫]，否则纤[⑬]；挦撦以为富[⑭]，非富也，而取材必于古训，否则陋。明之何大复、李崆峒倡复古之说[⑮]，尝谓诗文不可用汉以后事。语虽过高，然有微理。大约唐以后须选用，要其致力之始，则在去陈去俗。俗在词者，显而易见；俗在骨者，隐而难知。惟在多读古人文字，久之自悟。古庸有能读书而不能为文者[⑯]，未有能为文而不由读书者。读古人书，先求其用意，次求其用笔，次求其用字。初读贵于疑，疑其用意之隐也，用笔之奥也，用字之奇也。多读乃渐喜，喜其用意之周也，用笔之古也，用字之雅也。

新于词章涉猎无所得，牵率酬应[⑰]，阁笔不复为诗文[⑱]。足下误以为识涂之老马，则傎矣[⑲]。抑古书具在，瞭然可共睹。学无常师，以古人为师，当胜于

---

① 笔意，指诗文所表现的意态情致。

② 骨，指诗文的理路和气势。南朝梁刘勰《文心雕龙·风骨》："故练于骨者，析辞必精。"

③ 剽，轻薄，轻浮。唐柳宗元《答韦中立论师道书》："故吾每为文章，未尝敢以轻心掉之，惧其剽而不留也。"

④ 渟蓄，储积。

⑤ 杂，驳杂，不精纯。唐韩愈《答李翊书》："吾又惧其杂也，迎而距之，平心而察之，其皆醇也，然后肆焉。"

⑥ 淘、汰，谓去除杂质。《世说新语·排调》："王因谓曰：簸之扬之，糠秕在前。范曰：洮之汰之，沙砾在后。"洮，同"淘"。

⑦ 涩，生硬，不流畅。

⑧ 窘，贫乏。

⑨ 华，有文采。◎冶，艳丽。

⑩ 质而毋俚，质朴而不粗俗。《汉书·司马迁传》："辨而不华，质而不俚。"

⑪ 诘屈，谓文词艰涩难读。

⑫ 师法，效法，学习。◎大家，大作家。

⑬ 纤，指艺术风格上的细巧柔弱。唐窦臮（jì）《述书赋下》："文过于质曰纤。"

⑭ 挦撦，拉撕剥取，特指在写作中对他人的著作率意割裂取用。清周亮工《书影》卷二："弘正之学杜者，生吞活剥，以挦撦为家常，此鲁直之隔日疟也。"

⑮ 何大复，即何景明（1483—1521），字仲默，号白坡，又号大复山人，河南信阳人，弘治十五年（1502）进士，官至陕西提学副使，著有《大复集》。◎李崆峒，即李梦阳（1473—1530），字献吉，号空同、崆峒，河南扶沟人，弘治七年（1494）登甲寅科进士，官至江西按司提学副使，著有《乐府古诗》《空同集》等。何景明、李梦阳都是明代文坛领袖，明代"前七子"成员，倡导文学复古运动，试图扭转明初以来受理学风气及台阁体创作影响所形成的萎靡不振的文学局面。

⑯ 庸，副词，或许，大概。

⑰ 牵率，犹草率。

⑱ 阁笔，同"搁笔"，指停止写作。

⑲ 傎，同"颠"，颠倒，错乱。

世俗瞽说万万耳[①]。

（原载清光绪二十二年顺德龙氏葆真堂刻《拙盦丛稿》本《佩弦斋杂存》卷上）

【导　读】

本文是朱一新回复其妹婿傅典修的信，也是一篇精心撰写的充分体现了朱一新学术观与文学观的重要文章。在文中，朱一新既阐明了治学应有的态度，又指点了治学应循的途径，高屋建瓴，要言不烦。信中后半部分则着重于词章之学，朱一新虽自称对“词章涉猎无所得”，然亦列举了骈文、散文、诗词等方面的书目。这些作品上及诗骚、下至时文，朱一新都做了精到的点评，可谓全局在胸，如数家珍，为后来的学者提供了登堂入室的门径。

（复旦大学中文系博士研究生王博、复旦大学中文系傅杰教授撰稿）

① 瞽说，胡说，亦指不明事理的言论。

示儿萃祥[①]

〔清〕朱一新

顷接家书，闻汝乡试荐卷[②]，颇喜。不喜汝之可渐得科名[③]，喜汝之稍知向学也。

又闻明岁将从三姑丈至金华读书，此虽美意，但以我观之，殊可不必。丽正书院近虽稍整顿[④]，而住院者鱼龙混杂，未必能得丽泽之资[⑤]。况汝血气未定，阅历全无，若位置此中，不但我不能相信，恐汝亦不敢自信。与其悔之于后，不若慎之于始也[⑥]。凡读书固贵有切磋之益，其奋勉与否，则在己之寸心，他人丝毫不能相助。我在金华一年，在杭州两年，彼时拘谨已甚，不独赌馆、妓船不知为何物[⑦]，即三朋四友往来者亦甚稀[⑧]。然在金华时竟无大进益，在杭州乃觉眼界稍宽，文思日进。彼时杭、嘉、湖、宁、绍、台六府博学能文者甚多[⑨]，而书局尤为英才聚集之所[⑩]。我在彼半年后，屡有慕虚名而来访者，我仍

---

① 萃祥，清光绪二十二年（1896）顺德龙氏葆真堂刻《拙盦丛稿》本如此，《金华丛书》本题作“萃昌”，应为一人异名。葆真堂本下有“男萃祥初校”字，朱一新父亲朱凤毛《虚白山房骈体文》（光绪十五年刻本）末附有孙朱萃祥所撰朱凤毛《行述》，亦作“朱萃祥”。

② 乡试，明清时正式科举分“乡试”“会试”“殿试”三级。乡试是在各省省城和京城举行的科举考试。按四书五经、策问和诗赋分三场进行考试，每场考三天。考中的称为“举人”，头名举人称“解元”。◎荐卷，指科举考试时试卷被选荐。

③ 科名，科举功名。

④ 丽正书院，清康熙六十一年（1722）在其前身滋兰书院基础上建立，取丽泽书院、崇正书院各一字而命名，为清代金华府规模最大的书院。

⑤ 丽泽，即丽泽书院，原名丽泽堂，为南宋吕祖谦讲学会友之所，设于宋乾道五年（1169）。“丽泽”之名取于《周易》“兑”《象》义：“丽泽，兑。君子以朋友讲习。”

⑥ “与其”二句，与其事后才后悔，不如事前慎重。语本《说苑·建本》：“不慎其前而悔其后，虽悔无及矣。”

⑦ 妓船，明清时期在钱塘江上做风月生意的船只，船上有接客的女子，所谓“水上青楼”。

⑧ 三朋四友，谓若干朋友。多含贬义。

⑨ 六府，清朝行政区划名，民国初废。清政府于雍正四年（1726）置宁绍台道，治宁波，辖宁波、绍兴、台州三府；又置杭嘉湖道，驻嘉兴府，领杭州府、嘉兴府、湖州府，乾隆十九年（1754）移驻杭州府。

⑩ 书局，官府成立的编撰及刊印书籍的机构。

淡漠处之。盖彼皆名士，恐其有名士习气[①]，久与相习[②]，易至长吾骄傲之心。自审道力未坚[③]，故不敢与之熟习，以免口舌是非。名士且如此，其他淫朋狎友[④]、无聊之辈，更何敢与之亲近。汝自问能之乎？顾亭林先生有言："饱食终日，无所用心，难矣哉，北方之学也；群居终日，言不及义，好行小慧[⑤]，难矣哉，南方之学也。"[⑥]汝在家时，吾见其近于北方之学[⑦]。若到金华，吾又惧其近于南方之学也。汝自信有定力则去，不然勿轻尝试也。汝若肯用功，即在家何尝不可？但自立章程[⑧]，每日必须看书若干页、读书若干遍、写字若干张，逢课期即作文[⑨]、作诗。日日如是，不出二三年，科名可唾手得矣。我从知读书以来，无一日废书不观。上者可以收束身心[⑩]，次者可以通知今古，下者亦可以供词章之用，取之不竭，观之不尽，况汝辈少年而可废学耶？

闻汝欲学名文，甚好。时墨必须以名文为之骨[⑪]。近时风气，作滥墨者亦难入彀[⑫]。今科闱墨[⑬]，我所见者，顺天[⑭]、江南、江西、广东、广西、贵州均佳，浙江除去以《春秋》作主诸篇，馀亦多有力厚思沉之作[⑮]。《春秋》作主十馀篇中，有两篇讲《公羊》之学者尚佳，馀则无理取闹，不必学。名文最不易学，若以浅

① 习气，习惯，习性。

② 习，习染，沾染。

③ 道力，指处变和把握自己意志的能力。

④ 淫朋狎友，指不正派的亲密朋友。狎，亲近。

⑤ 小慧，指小聪明。

⑥ 语见清顾炎武《日知录》卷十三"南北学者之病"，原文作："饱食终日，无所用心，难矣哉！今日北方之学者是也。群居终日，言不及义，好行小慧，难矣哉！今日南方之学者是也。"

⑦ 其，代词，表近指或远指，犹此、彼。

⑧ 章程，计划，规矩。

⑨ 课期，即考课之期，是书院的一种考核制度。课卷经山长品评，送知府审查，确定等第，发给奖金，类似官学廪给制度。书院考课以清代为盛，以试制艺为主。一般每月课试两次：一次为官课，定在初二或初五日，由府、县轮流出题、阅卷，给奖；一次为师课，定在每月十六或二十五日，由掌教出题、评卷，书院给奖。

⑩ 收束，本义为束缚、捆扎，此引申为约束。

⑪ 时墨，时文，科举应试文章。《明史·选举志二》："考试者用墨，谓之墨卷；誊录用硃，谓之硃卷。"清顾炎武《日知录·程文》："至本朝，先亦用士子程文刻录，后多主司所作，遂又分士子所作之文，别谓之墨卷。"

⑫ 滥墨，指粗劣的应试文章。◎入彀，比喻合乎一定的程式和标准。清周亮工《书影》卷一："（王屋）举于乡，戊辰计偕，度已文必入彀。"

⑬ 闱墨，明清科举于乡试、会试后，主考挑选试卷中文字符合程式的，编刻成书，明称"小录"，清称"闱墨"。

⑭ 顺天，即顺天府，明清设于京师（今北京）之府属建制。

⑮ 力厚思沉，笔力雄健，思想深刻。

率枯淡为名文[①]，相去奚止亿万里[②]！明人之文，成、弘以前浑厚肃穆[③]，法律未备[④]；正、嘉纯用中锋[⑤]，为明文之极盛，最可贵，亦最难作；王、唐、归、胡四大家俱在其时[⑥]，浅学看之，未必解耳。隆、万虽讲机局[⑦]，亦多淡淡着笔，皆不易学，亦不必学。以世少识者，难遇赏音，即学到十二分，亦是屠龙之技无所用也[⑧]。惟天、崇[⑨]、国初，多尚才力，乃可学步。康熙以来，韩慕庐菼及三方之文[⑩]，方望溪名苞[⑪]、方百川名舟[⑫]，及其兄名林之作[⑬]。世又有易以方文辀名棨如之文为"三方"者[⑭]。最宜学。近时则管韫山最合风气[⑮]。慕庐与储中子均佳[⑯]，而储文多用中锋，非浅学所能办。慕庐骨力苍坚[⑰]，意境恢阔，其细致与张百川江同[⑱]，而发皇过之[⑲]。时墨不可不发皇也。三方文皆用思深曲，用笔超脱；百川尤有感慨激昂之气；文辀且多深微窈渺之思[⑳]；管稿则酝酿深醇，脱尽浮烟涨墨[㉑]，此皆学之无弊者。名文须看其篇，篇皆有精义，撇去常解，深入显出，

---

① 浅率枯淡，浅显平淡。

② 奚，疑问代词，何。

③ 成、弘，明代成化与弘治时期。

④ 法律，诗文创作所依据的格式和规律。

⑤ 正、嘉，明代正德、嘉靖时期。

⑥ 王、唐、归、胡，王慎中、唐顺之、归有光同尊唐宋古文，诗文唱和频繁，为"唐宋派"；归有光又与当时浙江德清的胡友信齐名，世称"归胡"。

⑦ 隆、万，明代隆庆、万历时期。◎机局，文章格局。

⑧ 屠龙之技，指高超的技艺或高超而无用的技艺。语出《庄子·列御寇》："朱泙漫学屠龙于支离益，单千金之家，三年技成，而无所用其巧。"

⑨ 天、崇，明代天启、崇祯时期。

⑩ 韩慕庐，指韩菼（1637—1704），字元少，号慕庐，长洲（今江苏苏州）人，康熙年间进士，官至礼部尚书，谥"文懿"，著有《有怀堂集》。

⑪ 方苞（1668—1749），字灵皋，号望溪，清代散文家，安徽桐城人，康熙年间进士，官至礼部侍郎，桐城派创始者，著有《方望溪先生全集》。

⑫ 方舟（1665—1701），字百川，安徽桐城人，方苞之兄，以时文名天下。

⑬ 林，指方林（生卒年不详），字枝一，号桂堂，安徽桐城人，著有《也是先生集》。

⑭ 方文辀，即方棨如（生卒年不详），字文辀，号朴山，浙江淳安人，著有《集虚斋集》。

⑮ 管韫山，即管世铭（1738—1798），字缄若，号韫山，江苏武进人，清代文学家，著有《韫山堂诗集》。

⑯ 储中子，即储在文（生卒年不详），字礼执，江苏宜兴人，清初学者、文学家，著有《待园集》等。

⑰ 骨力，指书画诗文刚健雄劲的风格。

⑱ 张百川，即张江（生卒年不详），字百川，号晓楼，清代文学家。

⑲ 发皇，阐明。

⑳ 深微，深奥微妙。◎窈渺，亦作"窈眇""窈妙"，指精微幽远。

㉑ 浮烟涨墨，此指行文空泛、虚浮。

用意用笔，出人意外，仍复入人意中，非以浅率干枯为贵也[①]。

作文第一在看题，每题必有题旨，此处一差，满盘皆错。又必有不关痛痒之语，摇笔即来[②]，此等不净扫之，则题之真际不出[③]，作者陈陈相因[④]，阅者昏昏欲睡矣。闱中中异不中同[⑤]，最忌人人共有之语。但所谓异者，不在牛鬼蛇神[⑥]，陆离光怪。题中自有要义，尽力发挥，不求异而自异，初非节外生枝也。[⑦]理路不清[⑧]，必不能作佳文。多看宋儒书，自能明理。专看讲章[⑨]，犹无益也。

其次则在用意、用笔。他人喋喋不休者，我只以两三句括之，而别从题中讨出真消息，以全力发挥之。意欲深而恶浅，欲显而恶晦；笔欲曲而恶直，欲超而恶滞[⑩]；词欲雅而恶俗，欲纯而恶杂。大场之题[⑪]，不外理致[⑫]、典故、议论三者。理题能作，则馀题不难。典制题亦非胸有书卷不办[⑬]，均须平时肄业及之[⑭]。选本通行者如《天崇欣赏》《天崇百篇》《八铭二集》《目耕斋二刻》皆佳[⑮]。家中旧有《明文定》《明文待》及《钦定四书文》[⑯]，如未解其好处，且缓看。《八铭》理致最深，不善学之则易晦。《目耕斋》议论最爽，不善学之则易粗，能

---

① 干枯，比喻文章枯燥乏味。

② 摇笔，动笔，谓写字作文。

③ 真际，真义，真境界。

④ 陈陈相因，指文章因袭前人，缺乏创新。

⑤ 闱中，即闱场、贡院，古代会试的考场，即开科取士的地方。◎后二“中”字，适合。

⑥ 牛鬼蛇神，牛首之鬼和蛇身之神，形容作品虚幻怪诞。

⑦ 此处原有大段注文，从略。

⑧ 理路，文章的思路、条理。

⑨ 讲章，为学习科举文或经筵进讲而编写的五经、四书的讲义。

⑩ 超，指文笔高超脱俗。◎滞，指文笔滞重不通畅。

⑪ 大场，即闱场，指乡试或会试之地。

⑫ 理致，义理情致。北齐颜之推《颜氏家训·文章》：“文章当以理致为心肾，气调为筋骨，事义为皮肤，华丽为冠冕。”

⑬ 典制，典章制度，典故。《三国志·吴志·吴主传》：“丧纪之礼虽有典制，苟无其时，所不得行。”

⑭ 肄业，修习课业。古人书所学之文字于方版谓之业，师授生曰授业，生受之于师曰受业，习之曰肄业。

⑮ 《天崇欣赏》以下三种为清吴懋政所编。吴懋政（1717—1793），号兰陔，字维风，浙江海盐人，清代文学家，曾任广东博罗知县，后调任处州府学教授。去官后，被请去为应试的举子授课，门生达数千人，参与刊刻之书皆流传广泛。八铭楼即吴懋政之读书楼。◎《目耕斋二刻》，清沈叔眉编，叔眉字少潭，又署少潭居士，斋堂为目耕斋，钱塘（今浙江杭州）人，清代著名书画家。

⑯ 《明文定》等二种，为明艾南英选编的八股文选本。艾南英（1583—1646），字千子，号天佣子，抚州府临川东乡（今江西抚州）人，明末散文家、文学评论家。◎《钦定四书文》，为乾隆元年（1736）方苞奉敕编选的一部八股文选本，从明迄清，共选入了二百七十一位作家的七百八十三篇八股文；方苞在每篇之后均加评语，对八股文的艺术性和思想性加以评点。

取其长而去其弊则善矣。时墨仍须拣数十篇熟读，《登瀛社稿初集》颇佳。试帖可看《养云山馆》及嘉、道间馆阁诗①。近时馆阁诗不好，但亦当略看，以观时尚。《七家诗》极佳②，而多空句、粗句、率句、笨句，皆须去之。此体无他妙巧，以细腻熨贴为主③。凡纤佻衰飒语最忌用④，抬头及避讳字尤须细检⑤。汝书法太劣，须临欧帖⑥，以赵帖参之⑦。赵虽有流弊，但可救汝枯燥槎牙之病⑧。兼日习小楷，乃能精工。至二三场亦须留意⑨，往往有以此获隽者⑩。我兄弟乡试即得力于此，此非仓卒可办，在乎平日读书。临场即有书可带，苟平时不曾用功，大海茫茫，从何检起？

二场有以训诂考证见长者，有以词藻制胜者⑪。词藻与律赋不同，须以古茂为贵⑫。欲求古茂，当熟读《左传》《史记》《汉书》《文选》。而《文选》《汉书》中尤多古茂，或摘其字句以为兔园册子⑬，亦无不可。训诂考证，国朝儒者最擅长，但须先看《十三经注疏》⑭，十三经中又以《诗》与《三礼》注疏

---

① 试帖，为科举考试所用的一种文体，始于唐代。以古人诗句命题，一般用四韵、六韵。宋时废除。清代自乾隆朝开始，恢复试帖诗这一考试项目，并改为八韵。乡试、会试用五言八韵，童试用五言六韵。限用官韵，皆用仄起格，对于内容和格律有着严格的要求。◎《养云山馆》，即清许球《养云山馆试帖》。许球（生卒年不详），字玉叔，安徽歙县人，著有《养云山馆杂著》等。◎馆阁，清代的翰林院。馆阁诗，即指流行于馆阁文臣中的一种标准体诗。

② 《七家诗》，清张熙宇所评选的试帖诗集，全书七卷。张熙宇（1783—1853），字玉田，号晓沧，四川峨眉县（今眉山）人，道光十三年（1833）进士。

③ 熨贴，同“熨帖”，指文字稳妥、贴切。

④ 纤佻，纤巧轻浮。◎衰飒，颓废失落。清恽敬《与来卿书》：“进取宜缓，不宜因难进而衰飒。”

⑤ 抬头，又称抬格，文书书写空格或另行的规定。《钦定大清会典事例》对文书的抬头书写做了明确规定：章内称宫殿者，抬一字；称皇帝、上谕、旨、御者，抬两字；称天地、宗庙、山陵、庙号、列祖、谕旨者，均出格一字。

⑥ 欧帖，指唐代欧阳询、欧阳通的书帖，其主要特点为笔画刚劲有力，结构谨严。

⑦ 赵帖，指元赵孟頫的书帖。

⑧ 槎牙，形容书法错落不齐。

⑨ 二三场，清代乡试分三场进行，乾隆后期定第一场考“四书”文三篇，五言八韵诗一首；第二场考经文五篇；第三场考策问五道，提问内容为经史、时务、政治。

⑩ 获隽，指会试得中，亦泛指科举考试得中。

⑪ 词藻，此处指诗赋。

⑫ 古茂，古雅美盛。

⑬ 兔园册子，本是唐五代时私塾教授学童的课本，内容浅近，此指时学者读书过程中随手记录的学术摘抄或笔记。

⑭ 十三经，即《周易》《尚书》《诗经》《周礼》《仪礼》《礼记》《春秋左传》《春秋公羊传》《春秋穀梁传》《论语》《孝经》《尔雅》《孟子》等十三种儒家经典。清嘉庆时期著名学者阮元主持重刻《十三经注疏》，裒集宋本重刊，以十行本为主，并广校唐石经等古本，撰《校勘记》附于诸经卷末，号为善本。

为最精博。《诗》疏分解《毛诗》《郑笺》之异义，其训诂名物极详。《三礼》之中，《礼记》疏尤精核，凡典章制度之异义者，必博考而弥缝其阙[①]，非后儒所能及也。《仪礼》《周官》疏稍结轖难读[②]，而制度名物必于是求之。《皇清经解》中有吴氏《仪礼章句》[③]，《续皇清经解》中有胡氏《仪礼正义》[④]，可参读也。《尔雅》《说文》为训诂之宗，与《毛诗》相表里。《尔雅》有郝氏懿行《义疏》[⑤]、《说文》有段氏玉裁之注，皆精博绝伦。小学书极多[⑥]，可先看此二种。不通小学，不能治经。二书均刻《皇清经解》中。近有续刻，其中佳者亦多。若《通志堂经解》[⑦]，皆宋、元、明人说经之书，佳者不多。此三部是解经大宗，其零刻者若《困学纪闻笺注》有翁元圻注者尤佳、《日知录集释》顾炎武著，黄汝成释、《养新录》钱大昕著，《皇清经解》刻者非足本、《过庭录》宋于廷著[⑧]，皆甚精博。《皇清经解》中有王氏《经义述闻》最好[⑨]，当先阅之。若《九经古义》《经义杂记》《读书脞录》之类[⑩]，不甚精要，然试场有当用者。闻汝欲学经解，且先看以上所举诸书，自能逐渐通晓。读书贵有恒心，日定功课，虽极忙迫，亦必明后日补之。每日阅一卷，每年亦有三百六十卷，十年即有三千六百卷，况不止此耶！天下之至乐，孰过于斯？古人云：南面百城，且不与易[⑪]，况区区博簺嬉游至俗不堪之事[⑫]？果能如此，一切淫朋狎友不谢而自绝。使远

---

① 弥缝，弥补，补救。

② 结轖，即指将遮蔽物联结起来，比喻文风郁结不通顺。轖，用皮革缠叠而成的车旁障蔽物。

③ 《皇清经解》，清阮元主编，汇集清人解释儒家经典的著作。◎吴氏，即吴廷华（1682—1755），字中林，号东壁。清代经学家，著有《仪礼章句》。

④ 《续皇清经解》，即《皇清经解续编》（又名《南菁书院经解》或《续清经解》），清末王先谦继阮元汇刻《皇清经解》后，续收清代学者训释儒家经典的著作续刻而成。◎胡氏，即胡培翚（1782—1849），字载屏，安徽绩溪人，清代经学家，著有《仪礼正义》。

⑤ 郝懿行（1755—1823），字恂九，号兰皋，山东栖霞人，清代经学家，著有《尔雅义疏》等。

⑥ 小学，即文字学、训诂学、音韵学之总称。

⑦ 《通志堂经解》，传为清纳兰性德主持编撰，收录唐、宋、元、明经解一百多种。

⑧ 宋于廷，即宋翔凤（1779—1860），字虞庭，一字于庭，长洲（今江苏苏州）人，清代经学家，著有《过庭录》等。

⑨ 王氏，指王引之（1766—1834），字伯申，号曼卿，江苏高邮人，王念孙之子，嘉庆四年（1799）进士，授编修，著有《经义述闻》《经传释词》等。

⑩ 《九经古义》，十六卷，清惠栋撰。◎《经义杂记》，三十卷，清臧琳撰，为其读经心得与札记。臧琳（1650—1713），字玉林，江苏武进人，清代经学家，精研《说文》《尔雅》。◎《读书脞录》，七卷，清孙志祖撰。孙志祖（1737—1801），字贻谷，号约斋，浙江仁和（今杭州）人，清代藏书家、学者。

⑪ "南面"二句，指藏书的珍贵，胜过于做能管理百座城池的君主。南面，面朝南坐着，指居尊位。百城，上百座城。易，交换。语出《魏书·李谧传》："丈夫拥书万卷，何假南面百城。"

⑫ 博簺，古代赌博性的游戏。

近称之曰某人是通品[①]、是纯儒[②]，与使远近称之曰某人是败子[③]、是无赖，孰荣孰辱，当必能辨之也。

凡学问，有师传则为力较易[④]。吾郡读书者，寥寥数人。不独吾郡，即杭州书院迥非昔比。汝欲赴郡肄业，诚恐有名无实，不若闭户自精。吾向不理会汝之学业，近观汝寄来时文，似尚可造。此后可将所作时文、经解时常寄来我看，我事虽极忙，亦当为汝批点。本地从师不易，不得明师指点，安能事半功倍？我惟期汝有成，故不惮拨冗为之[⑤]。汝年已不少，儿女成行，家累日重一日[⑥]，若不吃紧为人[⑦]，将来何以自立？使妻孥有冻馁之虑[⑧]，问心何以自安？

我今训汝者，不过数端，并不难行，然行之终身可免大戾[⑨]。

一曰不可闲荡[⑩]。人无论士农工商，均须各执一业。既读书，即以读书为事，日亲书本，自然日远匪人[⑪]。凡嫖、赌、吃烟等事，只因闲荡而起。刻刻读书[⑫]，醰醰有味[⑬]，惟日不足[⑭]，何暇闲游？

一曰不可忘本。孝弟忠信[⑮]，人之根本。凡薄待其亲与兄弟者，及作事虚浮[⑯]、说话夸诈者[⑰]，其人必无好收场。不但己身当切戒，即交游中有此者，亦当敬而远之。

一曰不可滥交[⑱]。好友本不能多得，习气则易为所移，慎之又慎，以少为妙。我生平无他长，颇善取友。取友亦无他法，以《论语》所云“三益”“三

---

① 通品，学识渊博通达的人。
② 纯儒，纯粹的儒者。《后汉书・郑玄传》：“至于经传洽孰，称为纯儒，齐鲁间宗之。”
③ 败子，败家之子。《韩非子・显学》：“夫严家无悍虏，而慈母有败子。”
④ 师传，老师之传授、师承。
⑤ 不惮，不厌烦。◎拨冗，于繁忙中抽出时间。
⑥ 家累，家庭生活负担。
⑦ 吃紧，认真，仔细。语本《四书集注》引程子曰：“子思吃紧为人处，活泼泼地，读者其致思焉。”
⑧ 妻孥，指妻子和儿女。
⑨ 戾，祸患。
⑩ 闲荡，指游手好闲，不务正业。
⑪ 匪人，行为不端正的人。
⑫ 刻刻，每时每刻。
⑬ 醰（tán）醰，醇厚，醇浓。语出《文选・王褒〈洞箫赋〉》：“哀悁悁之可怀兮，良醰醰而有味。”
⑭ 惟日不足，只觉时日不够。惟，只。足，够。语出《尚书・泰誓中》：“我闻吉人为善惟日不足，凶人为不善亦惟日不足。”
⑮ 孝弟忠信，指孝顺父母、尊敬兄长、忠于君主、取信于朋友等道德标准。
⑯ 虚浮，浮华不实。
⑰ 夸诈，虚伪欺诈。
⑱ 滥交，指无选择地交友。

损”观之[①]，自不至有大失。好友之所以肯亲近我者，一则在能容受直言，一则在能激发志气。人非圣人，谁能无过？人面谀我[②]，是损友也。直言最不易得，有能规戒我者[③]，皆一片相爱之意，敬而听之。必不可文过饰非[④]，以遂其恶[⑤]。然虽能听言，而委靡不振，仍无益也。人必有硬性[⑥]，而后能改过。所以能有硬性者，无非耻心之所发[⑦]。立身行己[⑧]，我不如人，可耻也。读书作文，我不如人，可耻也。比匪之伤[⑨]，甘与下流为伍[⑩]，使人面谀之而窃笑之、私议之，可耻也。贫者士之常[⑪]，恶衣恶食无足耻[⑫]，恶模恶样则真可耻。能激发其志气，必欲学成一好人，则不三不四之徒自然销声匿迹。我不到烟馆[⑬]，烟友其如我何？我不到赌场，赌友其如我何？此须用强制工夫，而以有恒持之。强恕而行，求仁莫近[⑭]，其初亦出于勉强，久之则纯熟矣。我生平得力，在此四字。汝毫无定识[⑮]、定力[⑯]，而敢轻与损友处乎？

一曰不可任性。汝性最执拗，名为读书，实则于书中道理懵然未解；名为成人，实则于为人道理茫然无知。任性而行，不顾前后，以此处世，动则招

---

① 三益，谓直、谅、多闻。◎三损，谓便辟、善柔、便佞。语本《论语·季氏》：“孔子曰：‘益者三友，损者三友。友直、友谅、友多闻，益矣。友便辟、友善柔、友便佞，损矣。’”

② 面谀，当面恭维。

③ 规戒，规劝告诫。

④ 文过饰非，掩饰过错。唐刘知几《史通·外篇·惑经第四》：“岂与夫庸儒末学，文过饰非，使夫问者缄辞杜口，怀疑不展，若斯而已哉!”

⑤ 遂，助长。

⑥ 硬性，坚硬刚强的秉性。

⑦ 耻心，羞耻之心。

⑧ 立身行己，安身行事。

⑨ 比匪之伤，与行为不端的人交往，会带来伤害。语本《周易·比》：“六三，比之匪人。《象》曰：‘比之匪人’，不亦伤乎?”

⑩ 下流，指低微劣等之人。《论语·子张》：“纣之不善，不如是之甚也。是以君子恶居下流，天下之恶皆归焉。”

⑪ 贫者士之常，清贫是读书人的常态。《世说新语·德行》：“贫者士之常，焉得登枝而捐其本?”

⑫ 恶衣恶食，粗劣的衣服和食物。恶，粗劣。《论语·里仁》：“士志于道，而耻恶衣恶食者，未足与议也。”

⑬ 烟馆，供人吸食鸦片烟的营业场所。

⑭ “强恕”二句，指对于恕道，要勉力行之，如果做到这一点，就近乎仁者了。强，勉力。语出《孟子·尽心上》：“万物皆备于我矣！反身而诚，乐莫大焉；强恕而行，求仁莫近焉。”

⑮ 定识，明确的见识、主见。

⑯ 定力，指处变和把握自己的意志力。

尤[1]。夫读书何为？所以学为人也。人情、物理且不知[2]，虽读破万卷何益[3]？学莫要于变化气质[4]，汝自审气质之偏，则当铭心镂骨以改之。一话一言，一举一动，刻刻检点，我此说话莫开罪于人否[5]？我此举动莫见笑于人否？动容貌则远暴慢，出词气则远鄙倍[6]，固治身之良箴[7]，亦处世之要诀也。

一曰不可纵欲。汝身体本虚弱，当以保养身子为第一义。所谓保养者，时其饮食[8]，慎其起居，清心寡欲，以护其根本。如此则服药乃可有效。专恃草木之灵[9]，无益也。汝子嗣久虚，我亦盼抱孙綦切[10]，若再不知自保，将来妻孥何所倚赖？盍亦澈底一细想乎[11]？

一曰不可骄傲。气骨与骄傲迥然不同[12]。真有气骨者，其处己必谨，不苟取予[13]，不妄交游也。其待人必谦，不以颜色慢人，不以言语凌人也。若小人则反是，胸有点墨[14]，便趾高气扬，目空一切，其故仍由于不读书。天下道理无穷，虽圣人有所不知不能，何骄之有？此辈高谈阔论，自以为是，不知人实背地唾骂之、讪笑之。且非独笑骂而已，吾阅人颇多，未见有骄傲而能善其后者也。此不但关人之品行，亦关人之福泽。谦受益，满招损[15]，自然之理。我家自汝高祖以来，吾所亲见，未尝敢得罪于乡党邻里[16]。我兄弟率而行之[17]，亦

---

① 招尤，招致他人的怪罪或怨恨。

② 物理，指事物的道理、规律。

③ 破，超过。

④ 要（yào），重要。

⑤ 开罪，得罪，冒犯。

⑥ “动容貌”二句，使自己的容貌庄重严肃，这样可以避免粗暴、放肆；使自己说话的言辞和语气谨慎小心，这样就可以避免粗野和悖理。语见《论语·泰伯》：“动容貌，斯远暴慢矣；正颜色，斯近信矣；出辞气，斯远鄙倍矣。”

⑦ 良箴，指有益的劝诫。

⑧ 时，副词，按时。

⑨ 草木之灵，指草本药物。

⑩ 綦，副词，极。

⑪ 澈底，同“彻底”。

⑫ 气骨，气概与骨气。

⑬ 不苟，不随便，不马虎。◎取予，收受和给予。《汉书·司马迁传》：“然仆观其为人自奇士，事亲孝，与士信，临财廉，取予义。”

⑭ 点墨，比喻极少的文化、学问。《古尊宿语录》卷十二：“眼里有瞳人，肚中无点墨。”

⑮ “谦受益”二句，谓谦虚得到益处，自满招致损失。语出《尚书·大禹谟》：“满招损，谦受益，时乃天道。”

⑯ 乡党，乡亲。

⑰ 率，遵循。

未尝敢失坠也[①]。汝胸中无百十卷书，谅不至以学问骄人。但挟贵而骄[②]，恐所不免。即汝无此意，而人之与汝游者，谈论词气之间[③]，自必让汝几分，习惯自然，渐至夜郎自大[④]，粗心浮气[⑤]，将为终身之累而不自知。且无论招怨于人[⑥]，只此大模大样[⑦]，见之令人欲呕，不但我看不惯，即全家亦看不惯也。待长上，有待长上之礼；交朋友，有交朋友之礼；处家庭，有处家庭之礼。人有礼则安，无礼则危[⑧]，此是实情，并非迂话。读书人最须讲究威仪[⑨]，即以至小者而论，无事不可盘辫，终日不可靸鞋[⑩]，见客不可率意涕唾。以此类推，能处处留意即学问也。若不知做人道理，虽通今博古，仍谓之一字不识可也。

以上六事，约举所易犯者言之。其他义理甚多，或言之而汝不甚解，或言之而我未能行者，不在此列。总之，能细心读书，则天下古今之义理莫不备焉。书固所以淑人之身心[⑪]，非仅为作文用也。

书有最要者，五经、三史《史记》《汉书》《后汉书》、《通鉴》及宋五子书[⑫]五子书亦多，以《近思录》《小学》及朱子《文集》《语类》为最要，皆不可不熟复。其馀书之切用者虽多，未得门径，亦未暇遍读。且读此数书及前所举诸书，以收束身心，开扩眼界。《通鉴》在我寓中，则且读《通鉴辑览》[⑬]。馀书未备者，我亦可以买寄，特仍束诸高阁[⑭]，以为美观之具，则不如勿寄也。买书亦须识货，其不中用者，多买无益。汝但能孜孜读书[⑮]，不患无书读。我原不望汝得科第，但果能得科第，亦未尝不欢喜。若能明白为人道理，我之欢喜更比得科名十

---

① 失坠，丧失。

② 挟贵而骄，倚仗地位显贵而自傲。语出《孟子·万章下》："不挟长，不挟贵，不挟兄弟而友。"

③ 词气，谈吐的语气。

④ 夜郎自大，喻人妄自尊大。夜郎为汉代西南小国。《史记·西南夷列传》："滇王与汉使者言曰：'汉孰与我大？'及夜郎侯亦然。以道不通，故各以为一州主，不知汉广大。"

⑤ 粗心浮气，浮躁轻率。

⑥ 无论，不必说。

⑦ 大模大样，傲慢的样子。

⑧ "人有礼"二句，人有礼仪就能安身立命，没有礼仪就会危及自身。语出《礼记·曲礼》："人有礼则安，无礼则危。故曰：礼者，不可不学也。"

⑨ 威仪，庄重的仪容举止。

⑩ 靸（sǎ）鞋，指将鞋后帮踩在脚后跟下。

⑪ 淑，美好。

⑫ 五子，指宋代五位著名的理学家：周敦颐、程颢、程颐、张载、朱熹。清何凌汉《宋元学案叙》："余生于濂溪之乡，幼禀庭训，读宋五子书。"

⑬ 《通鉴辑览》，即《御批通鉴辑览》，一百十六卷，乾隆年间官修，排辑历朝事迹，自黄帝至明代，编年记载，于音韵训诂、典故事实，皆详加考证。

⑭ 特，但，只是。

⑮ 但，只要。

倍。为人道理并无奇异，只在五伦中求之[①]。五伦道理一言难尽，仍在经书中求之而已。院中尚有三课未阅，百忙中书此，以当面谕[②]，未知汝能领略否？能依此言，是为肖子[③]；不依此言，即为不肖。我待人素无成心[④]，好与歹悉视其人之自取。汝自勉之，以后亦不多及也。

（原载清光绪二十二年顺德龙氏葆真堂刻《拙盦丛稿》本《佩弦斋杂存》卷上）

【导 读】

本文是朱一新在两江总督幕府时，写给儿子朱萃祥的一封信。萃祥得中乡试荐卷，因此，朱一新为其讲解所见闱墨及贡院应试之法，并详细指点读书、作文门径，谆谆告谕，颇见指导之苦心。在信件的后半部分，朱一新则根据自己的人生经验，对萃祥提出了六条为人处世的训诫：不可闲荡、不可忘本、不可滥交、不可任性、不可纵欲、不可骄傲。他认为学会做人的重要性远在取得科名之上，即所谓“若不知做人道理，虽通今博古，仍谓之一字不识可也”。本文言辞严厉但恳切，今天的读者也仍能从中得到为人处世的可借鉴之处。

（复旦大学中文系博士研究生王博、复旦大学中文系傅杰教授撰稿）

---

① 五伦，指君臣、父子、兄弟、夫妻、朋友之间五种伦理关系，也称五常。

② 面谕，当面训示。

③ 肖子，在志趣等方面与其父一样的儿子。

④ 成心，成见，偏见。

后　记

三十七年前，我从杭州大学中文系毕业，分配到故乡义乌县文化馆工作，承担的具体任务是为馆藏的约五万册线装古籍（其中不少来自清末著名学者朱一新的家藏）整理编目。走进扑满灰尘的书库，我既为家乡丰厚的文化底蕴所震撼，也为这些丰富的宝藏没有得到充分的开发利用而惋惜。此后的近三年时间，我就与这些古籍为伴，度过了近千个充实而又难忘的日子。在清理这些古籍的过程中，我发现其中有大批家乡先贤的著作，包括傅大士、骆宾王、宗泽、黄溍、朱震亨、朱一新等，那是一长串熠熠生辉的名字。但是，这些珍贵的古籍并未对外开放，平民百姓对先贤的著作也知之甚少，如何让她们走到普通民众中去，为最广大的人民群众所欣赏和接受，这是摆在我们文化工作者面前的一项重要任务。两年后，我受命充任新成立的义乌图书馆的首任馆长，谋划馆里下一阶段的工作任务时，就曾设想编辑一套“义乌小丛书”，把历代先贤最优秀的诗文推介给普通民众。只是不久以后，我考上了母校的研究生，这一设想没来得及展开就不得不搁置了。

再次离开家乡到外求学工作，一晃已是三十多年，虽然南征北战，教学科研任务极其繁重，但想为家乡的文化传承做点实事的初心依然不时在心中萌动。2017年11月24日，我应邀回故乡参加义乌市海内外高层次人才联谊会成立大会，并有幸当选理事。当晚，林毅市长请联谊会朱世强会长等几位领导喝茶，我也叨陪末座。聚谈间，与会领导提出，希望联谊会的每位理事为家乡做一件实事，于是编纂《义乌文史读本》（以下简称《读本》）的设想便不经意间冒了出来。承蒙朱会长、林市长的赞赏和鼓励，这一设想当场就拍板定了下来。

说易行难。义乌自秦王政二十五年（前222）建县，已有两千多年的历史，星光闪耀，名家如云，文化底蕴极为丰厚。要把两千多年来先贤创造的优秀文化浓缩到一部几十万字的读本中去，并加以正确的阐释，其实并不是一件容易的事。所以自承接任务以后，浙江大学人文学院院长楼含松教授、副院长冯国栋教授和我一起组建的学术团队，便以一种战战兢兢、如履薄冰的高度责任感，全力投入到了这项工作之中。经过一年多的艰苦努力，《读本》的编纂工作总算基本完成。回首一年多的辛劳，我们觉得《读本》在以下方面做出了努力，形成了自己的特色。

一、定体例

如上所说，义乌先贤著作数量庞大，且多用文言文写成，必须去粗取精，化繁为简，化难为易，让老百姓看得懂，看得有味，这样才能激活其生命力，并进而推陈出新，弘扬光大。为此，我们确定《读本》的编纂宗旨是发掘提炼义乌优秀历史文化中最精粹、最经典的部分，让她们从史乘、文集、笔记中走到最广大的人民群众中间，接地气、扬正气，打造成中小学生、公务员及其他所有市民喜爱的乡土文化教材。根据这一定位，全书设置“历史回望”“山川风流”“文史名篇”“规约家训”四大板块，其中“文史名篇”为重点，包括作者简介、选文、注释、导读、延伸阅读，并辅以必要的图片，形式图文并茂，内容深入浅出、通俗易懂。力争做到一编在手，地方风土典章粲然大备，历史文化精华网罗无遗，成为一部浓缩的地方文化史，真正让书写在古籍里的文字活起来。就地方文献的弘扬普及而言，这是一项开创性的工作；就高校教师而言，这是我们走出书斋，把著作书写在乡村民间的具体行动。

二、定选文

不少义乌先贤著述宏富，像黄溍、朱震亨、王祎、朱一新、陈望道、冯雪峰、吴晗、王西彦等大家，遗存作品的字数都多达数百万甚至近千万之巨，要从中把那些最经典的诗文遴选出来，可谓披沙拣金，确非易事。为此，我们组建了包括近二十位教授在内的强大的编委团队，其中包括浙江省特级专家、浙江大学教授束景南先生，国家级教学名师、浙江大学教授吴秀明先生，浙江大学求是学者、教授董平先生，浙江省中医药研究院国家级名中医盛增秀主任中医师，复旦大学教授傅杰先生，等等。编委们慧眼如炬，尽心尽力，第一时间提供了可供选择的基本篇目，从而为入选篇目的最终确定奠定了基础。现在我们可以有把握地说，义乌历史上的一些最经典、最有价值的文字，都已收录于本书，真正做到一编在手，精华无遗。

三、定底本

传承至今的历史文献，往往有不同的版本；版本不同，内容往往也有出入，从而会影响选本的水平和质量。所以确定了选目，还需要进一步决定据以录文的底本及必要的参校本。本书尽量选用那些时代较早或者经过作者本人或传刻者精心校勘的文本，并在每篇录文之后标注说明。如唐骆宾王选文，以极为罕见的宋蜀刻本《骆宾王文集》十卷本为底本。又如宋刘祖尹《题石壁精舍》诗，目前所见主要有四个本子，其中清康熙《义乌县志》系此诗现存最早的传本，嘉庆《义乌县志》承之；清厉鹗编《宋诗纪事》（乾隆十一年厉氏樊榭山房刻本）及今人《全宋诗》本亦皆源出康熙志，但颇多妄改，不可为据，所以本书录文以清康熙《义乌县志》本为据。

又如所收吴晗《论贪污》一文，原载于1943年11月14日《云南日报》，后被收录于生活书店1946年出版的《历史的镜子》和作家出版社1959年出版的《投枪集》，收录于这两个集子时，作者都做过修订。比较而言，后一修订本虽然多了一些政治色彩，但更多的是对原本文句标点的润饰甚至是疏误的修订。如前一修订本中有“皇后的教和皇帝的制敕并行，藩镇奉之如一”，“教”字单行不伦，后一修订本改作“教令”，句意便明白无误了。又如前者“贪污成为正常风气”，“贪污”而称“正常风气”，总让人感到不妥；后者改作“贪污成为社会风气”，便怡然理顺了。类似的例子极多，此不一一列举。所以我们不能因为后来的修订本多了一点政治色彩便弃而不用。中国人民大学出版社2009年出版的《吴晗全集》以前者为据，不但沿袭了原本的许多疏失，而且还增添了一些新的错误。北京出版社1988年出版的《吴晗文集》则以后者为据，编者有眼光，可惜排版错误太多，亦不可依以为据。所以我们的选文既不用早期的《历史的镜子》为据，也不以今人编的《吴晗文集》《吴晗全集》为据，而是选用作者生前修订出版的《投枪集》本为底本，无疑是最合适的。

四、定录文

选定了底本，接下来的重要工作是录文。由于主客观的原因，要保证文献录文的准确并不是一件容易的事，不但需要校录者扎实的学术根底，更需要严谨细致的工作作风。如第二编所收清张若霈《重建东江桥记》，原文记建桥“工手指数千”“椽柱瓦埴之属千”，初稿“指”误作“值”，“埴”误作“植”，修订时改正其误，并出注云：“工手指，工匠工数。工手，工匠。指，量词，用以计算人口。清魏源《圣武记》卷六：‘乃伐箐中数百丈老藤，夜往钩其栅，役数千指曳之。’”又云：“椽柱瓦埴之属，泛指桥亭上的各种建筑材料。瓦埴，砖瓦。明曹学佺《蜀中广记》卷八五《峨眉历代耆宿》：‘西域圣僧名阿婆多尊者，来礼峨眉。而观山水环合，同于西域化城寺地形，依此而建道场。山高无瓦埴，复雨雪寒严，而冻裂不坚，故以木皮盖殿，因呼为木皮殿。’”“指”“瓦埴”的用法今人罕觏，校录时极易误录误改。

另外，即便是古代精校精刻的文本甚或作者自定的本子，也会存在这样那样的问题，需要参考其他本子或用理校的方法加以纠正。如宋宗泽《贤乐堂记》一文，《读本》据清同治八年胡凤丹刻《金华丛书》本《宗忠简公集》收录，其中有“堂之东，浚为方池，植竹以环其峰，强名曰‘竹溪’”，“植竹以环其峰”句《文渊阁四库全书》本同，费解，后来我们偶然发现《永乐大典》卷七二三七亦载有此文，上引例句的“峰”字《永乐大典》本作“岸”，原文是说在方池四岸种了一圈竹，校“峰”作“岸”，文意便豁然通贯了。

又如第四编“规约家训”中的《温军门六歌》，读本据崇祯《义乌县志》收录，其中第五歌、第六歌底本都不完整，后来我们发现梁伯荫修、罗克涵纂民国《沙县志》也收了这六首歌，因而据以补足了原本脱漏的文句，并连带纠正了底本的多处文字疏误。

又如明王绅《王处士传》，读本据近代金华胡宗楙刻《续金华丛书》本《继志斋集》卷下收录，其中有“见有以刁讦为务者，蹙额吐舌，避之如蛇虺。夫何，为人诬诉于官，符下逮捕”句，“夫何”句费解，我们校“夫何”作“无何”，释为“不久”，原文便顺适无碍了。

再如上文所举的吴晗《论贪污》一文，反复权衡，《读本》选用作者生前修订出版的《投枪集》本为底本，但此本也存在少量排版方面的疏误。如“皇后的教令和皇帝的制敕并行，藩镇奉之加一”，“加一”不通，而早期的《历史的镜子》本作“如一”，“如一”显然是正确的；又如“看看历代复亡之原”“明太祖有惩于元代的复败”两句，其中的“复”字底本如此，而《历史的镜子》本皆作“覆”，“覆”指覆灭、灭亡，作“覆”无疑是正确的。诸如此类，《读本》皆参考《历史的镜子》本订正。我们可以自信地说，《读本》所收诗文录文的可靠性很高，有的甚至超越了作者本人修订过的文本。

五、定注文

历代的高文大典，博大精深，要让她们走近普通民众，还需要进行精准、详尽、系统的阐释，这也正是《读本》特别倾注心力的地方。每篇选文，除了前置的作者介绍，还包括注音释义、导读赏析、延伸阅读等内容，我们努力在深入浅出、通俗易懂上下功夫。每位撰稿者完成初稿后，主编逐字逐句逐篇进行审读，提出修改意见，再返回撰稿者修订，最后提交主编审读定稿。《读本》中的每篇诗文都经过这样来来回回的推敲打磨（如骆宾王选文修订过五次），尽可能做到注文的准确可靠。如拓展版第三编骆宾王《上吏部裴侍郎书》，初稿有云：“抚躬存亡，何心天地？”修订时据底本改“存亡”为“在亡”，并出注云：“抚躬在亡，面对生者和死者自我反省。在亡，生者和死者；一本作‘存亡’，义同。唐柳宗元《酬韶州裴曹长使君寄道州吕八大使因以见示二十韵》：‘在亡均寂寞，零落间惸鳏。’”可见底本“在亡”不误。

又如第三编所收元黄溍《说水赠蒋春卿》篇有云：“潜渊之珍，参错朗耀，而荒查丑石、屑琐附丽之物，亦无所不容也。”初稿原注：“荒查，荒野中的碎屑。查，通‘碴’。”修订时改作：“荒查（chá），荒野中的树根、枝杈之属。宋王禹偁《啄木歌》：‘嘴长数寸劲如铁，丁丁乱凿干枯查。’‘枯查’犹枯枝。”“查”字辞书原本就有树桩、树杈等义，“荒查”自然无须改读。

再如第二编据崇祯《义乌县志》卷二方舆考收《形胜》篇：“愚观县治境界，独善坑一路接壤诸暨，行旅往来，开上江之门户。”初稿原注：“上江，上游，古代多指长江上游。”但义乌地理与长江远隔，故把这个“上江”定作长江上游显然有问题。修订后改注：“上江，上游，指金华、衢州一带，以其居浙江上游，故称。”这样就与义乌的地理位置吻合了。

总之，为《读本》撰稿的每一位参与者都以高度的责任感投入此项工作，严谨细致，一丝不苟，在“五定”上倾注了心力。在此，请允许我代表编委会向他们表示由衷的谢意！我相信，《读本》特色鲜明，质量是上乘的。我和我的同事们希望用这种方式，展示义乌深厚的历史文化底蕴，延续先贤们的精神血脉，助推义乌进一步走向世界。

张涌泉

己亥年正月初一

补记：本书前言由楼含松教授执笔，第一编“历史回望”由本书编委傅健先生撰写初稿。承蒙义乌籍著名书画家金鉴才先生惠予题签，本书责任编辑朱立、周佳细心负责，谨致谢忱！

张涌泉

2020年8月16日于临安寓所

图书在版编目(CIP)数据

义乌文史读本:拓展版 / 张涌泉,楼含松,冯国栋主编. —杭州:浙江文艺出版社,2020.8
ISBN 978-7-5339-6165-7

Ⅰ.①义… Ⅱ.①张… ②楼… ③冯… Ⅲ.①中国文学—作品综合集—义乌 Ⅳ.①I218.553

中国版本图书馆CIP数据核字(2020)第126068号

责任编辑 朱 立 周 佳
书名题字 金鉴才
装帧设计 徐然然
责任校对 唐 娇 牟杨茜
责任印制 吴春娟

义乌文史读本·拓展版
YIWU WENSHI DUBEN·TUOZHAN BAN
张涌泉 楼含松 冯国栋 主编

出版 浙江文艺出版社
地址 杭州市体育场路347号
邮编 310006
网址 www.zjwycbs.cn
经销 浙江省新华书店集团有限公司
制版 杭州天一图文制作有限公司
印刷 杭州富春印务有限公司
开本 710毫米×1000毫米 1/16
字数 778千字
印张 32
插页 1
版次 2020年8月第1版
印次 2020年8月第1次印刷
书号 ISBN 978-7-5339-6165-7
定价 78.00元